가장 잔인한 달

THE CRUELLEST MONTH

옮긴이 신예용
숙명여자대학교 영문과를 졸업 후, 동 대학원에서 영문학 석사 학위를 받았으며 한국 문학 번역
원에서 영어권 정규 과정과 심화 과정을 수료했다. 현재 책을 읽는 독자의 입장에서 양질의 책
들을 발굴하고 번역하는 데 매진하고 있다. 옮긴 책으로 랜디 게이지의 『공짜 치즈는 쥐덫에만
있다』, 윌리엄 이안 밀러의 『잃어 가는 것들에 대하여』가 있다.

이 도서의 국립중앙도서관 출판시 도서목록(CIP)은 서지정보유통지원시스템 홈페이지(http://seoji.nl.go.kr)와
국가자료공동목록시스템(http://www.nl.go.kr/kolisnet)에서 이용하실 수 있습니다.
CIP제어번호: CIP2014016371

The Cruellest Month

루이즈 페니 지음 | 신예용 옮김

가장 잔인한 달

LOUISE PENNY

피니스
아프리카에

내 형제 롭과 롭의 멋진 식구들

아우디, 킴, 애덤과 사라에게 사랑을 담아

4월은 가장 잔인한 달
죽은 땅에서 라일락을 키워 내고
기억과 욕망을 뒤섞네……

T. S. 엘리엇, 「황무지」

1

클라라 모로는 마을의 향기롭고 촉촉한 잔디 광장 위에 무릎을 꿇고 앉아 조심스럽게 부활절 달걀을 숨겼다. 그리고 저녁을 먹고 나서 곧바로 치를 예정인, 죽은 사람을 불러내는 의식에 대해 잠시 생각했다. 그녀는 얼굴에서 머리카락 한 올을 떼어 낸 다음, 헝클어진 머리칼이 더러워지지 않게 흙이 묻어 생긴 갈색 얼룩과 풀을 닦아 냈다. 사람들은 마을 곳곳에서 밝은색 달걀이 담긴 바구니를 들고 달걀을 숨길 완벽한 장소를 찾아다니고 있었다. 루스 자도는 의자에 앉아 숲 한가운데로 아무렇게나 달걀을 집어 던지고 있었다. 그러다가 가끔씩은 누군가의 뒤통수나 정수리를 겨냥해 던지곤 했다. 클라라가 생각하기에 루스는 깜짝 놀랄 만큼, 너무 늙거나 어리석은 사람을 잘 골라냈다.

"오늘 밤에 올 거예요?" 늙은 시인 루스가 무슈 벨리보를 맞히지 못하게 주의를 딴 데로 돌리려 애쓰며 클라라가 물었다.

"지금 그걸 말이라고 해? 살아 있는 사람만으로도 골치가 아파 죽겠는데 왜 죽은 사람을 데려오고 싶겠어?"

이렇게 말하며 루스는 무슈 벨리보의 뒤통수를 향해 달걀을 힘껏 던졌다. 다행히 마을의 식료품점 주인은 천으로 만든 모자를 눌러쓴 데다 벤치에 앉아 있는 백발의 저격수를 무척이나 좋아했다. 루스는 이런 면에서도 희생양들을 잘 골랐다. 거의 언제나 자신을 좋아하는 사람만을 희생양으로 삼았던 것이다.

일반적으로 부활절 초콜릿 달걀에 얻어맞는 일은 대수롭지 않았지만 이 달걀은 초콜릿이 아니었다. 마을 사람들은 단 한 번 그런 실수를 저질렀다.

몇 년 전 처음으로 스리 파인스에서 부활절 주일에 달걀 사냥을 하겠다고 결정했을 때 마을 사람들은 무척 열광했다. 그리고 올리비에의 비스트로편안한 분위기의 작은 식당에서 만나 술과 브리 치즈를 즐기며 저마다 다음 날 숨길 초콜릿 꾸러미들을 나누었다. '오오.'나 '아아.' 같은 부러움 섞인 탄성이 좌중을 가득 메웠다. 사람들은 다시 어린 시절로 돌아간 것 같았다. 물론 가장 큰 즐거움은 달걀을 찾은 마을 아이들의 얼굴을 보는 데 있었다. 하지만 아이들이 달걀을 전부 찾는다는 보장이 없었다. 올리비에의 술집에 숨겼을 때라면 더더욱.

"정말 끝내준다." 가브리가 섬세하게 조각된 조그만 마지팬비스킷으깬 아몬드나 아몬드 반죽, 설탕, 달걀흰자로 만든 말랑말랑한 과자을 집어 들고 끄트머리를 베어 물었다.

"가브리!" 파트너인 올리비에가 가브리의 큰 손아귀에 남아 있는 거위 모양의 비스킷을 낚아챘다. "애들 먹으라고 만든 거잖아."

"자기도 자기 몫을 따로 챙기고 싶을 텐데." 가브리가 머나 쪽을 돌아보더니 모두가 들을 수 있는 소리로 중얼거렸다. "참 좋은 생각 같지 않아? 게이가 아이들에게 초콜릿을 나눠 준다니. 도덕적 다수파미국의 보수적인 기독교 정치 단체가 놀라서 뒤로 자빠질걸?"

금발에 수줍음을 잘 타는 올리비에의 얼굴이 금세 붉게 상기되었다.

머나는 가볍게 미소를 지었다. 그녀는 마치 카프탄에 둘러싸인 검고 커다란 타원형의 부활절 달걀 같았다.

작은 스리 파인스 마을 사람들 대부분이 비스트로의 윤이 나는 긴 카운터 주위에서 북적대고 있었다. 여기저기 흩어져 있는 낡고 편한 안락의자에 앉은 사람도 몇 명 있었다. 의자들은 전부 판매용이었다. 올리비에의 비스트로는 골동품 가게이기도 했다. 제대로 인정과 칭찬을 받지 못했다고 느꼈을 때의 가브리까지 포함하여 의자를 비롯한 모든 물건에 심혈을 기울여 가격을 정한 꼬리표가 달려 있었다.

벽난로에서 경쾌하게 타닥거리는 난롯불이 낡고 빛바래 호박색으로 얼룩진 널찍한 소나무 마루에 따뜻하게 내리쬐는 4월 초였다. 종업원들은 반짝거리는 실내를 능수능란하게 오가며 음료수와 무슈 파제의 농장에서 온 부드럽고 촉촉한 브리 치즈를 권하고 있었다. 올리비에의 비스트로는 옛 퀘벡 마을 한가운데에 있는 잔디 광장 끝에 자리하고 있었다. 비스트로 양쪽 사잇문으로 이어진 이웃 가게들의 낡은 벽돌이 다정하게 마을을 감쌌다. 무슈 벨리보의 식료품점과 사라의 빵집이 있었고, 비스트로가 있었다. 그리고 조금만 더 가면 마침내 머나의 헌책방인 네프 위자제새 책 & 헌책가 나온다. 사람들이 기억하는 한 아주 오래전부터 있던 옹이가 진 소나무 세 그루가 잔디 광장 제일 끝에 버티고 서서 자신들이 바라던 것을 찾은 현자처럼 마을을 내려다보고 있었다. 마을을 벗어나는 흙투성이 길은 구불거리며 산과 숲으로 뻗어 나갔다.

하지만 스리 파인스 자체는 기억 속에서 지워진 마을이었다. 시간이 소용돌이치고 회오리쳤다. 가끔은 그 두 가지가 마주치기도 했지만 결코 오래 머무르거나 많은 흔적을 남기지는 않았다. 스리 파인스는 수백년 동안 굴곡이 심한 캐나다 산맥의 종려나무들에 둘러싸여 보호받고 숨겨져 있었기에 사고도 거의 일어나지 않았다. 가끔은 지친 여행자가 언덕 끝까지 올라 샹그릴라제임스 힐튼의 『잃어버린 지평선』에 나오는 가상의 지상 낙원같이 포근하게 둘러앉은 오래된 집들을 굽어보곤 했다. 거주민들이 땅속 깊이 뿌리 내린 나무를 뽑고 비바람에 씻긴 자연석을 힘겹게 파내어 지은 집들도 있었고, 안식처를 갈망했던 왕당파의 양식을 따라 지은 붉은 벽돌집들도 있었다. 퀘벡 특유의 박공벽과 널찍한 베란다, 가파른 경사의 강철 지붕이 딸린 집들도 있었다. 마을의 가장 끝에는 카페오레와 갓 구운 크루아상은 물론이고, 함께 이야기꽃을 피우며 친절까지 누릴 수 있는 올리비에의 비스트로가 있었다. 누구든지 한 번 발을 들여놓기만 하면 스리 파인스를 좀처럼 잊지 못했다. 하지만 오직 길을 잃은 사람들만이 이 마을을 찾을 수 있었다.

머나는 친구인 클라라 모로가 혀를 내미는 모습을 보았다. 머나도 혀를 내밀었다. 클라라가 눈알을 굴렸다. 벽난로를 마주한 부드러운 소파에 앉은 클라라의 옆에서 머나도 눈알을 굴렸다.

"내가 몬트리올에 있는 동안 정원에 거름을 주지 않았구나, 그렇지?"

"이번엔 아니었지." 클라라 모로가 웃음을 터트렸다. "근데 코에 뭐 묻었어."

코를 만져 보고 뭔가를 집어낸 머나가 그것을 들여다보았다. "음, 초콜릿 아니면 나무껍질 같은데? 정확히 아는 방법은 하나뿐이지."

머나가 집어낸 것을 냉큼 입에 집어넣었다.

"맙소사." 클라라가 움찔했다. "이러면서도 결혼 못 하는 이유를 모르다니."

"알고 있어." 머나가 미소 지었다. "나에게는 날 채워 줄 남자가 필요하지 않거든."

"정말? 라울은 어때?"

"아, 라울?" 머나는 마치 꿈을 꾸듯 말했다. "정말 달콤하지."

"한때는 젤리곰이었지." 클라라가 맞장구를 쳤다.

"그는 나를 채워 줘." 머나가 말했다. "그 결과가 이거지만." 그녀는 자신의 분신과도 같은 크고 풍만한 허리를 두드렸다.

"이거 좀 봐." 날카로운 목소리가 두 사람의 대화를 끊었다.

수류탄이라도 되는 것처럼 초콜릿 토끼를 높이 쳐든 루스 자도가 비스트로 가운데에 서 있었다. 다크초콜릿으로 만든 토끼의 긴 두 귀는 생기 넘치고 기민해 보였다. 얼굴이 너무 진짜 같아 클라라도 부스러지기 쉬운 사탕으로 된 수염을 잡아당겨 보고 싶을 정도였다. 발에는 화이트 초콜릿과 밀크초콜릿으로 짠 바구니가 달려 있고, 바구니 안에는 화려한 장식을 한 10여 개의 사탕 달걀이 들어 있었다. 정말로 사랑스러웠다. 클라라는 루스가 이 초콜릿 토끼를 누군가에게 던져 버리지 않기를 기도했다.

"토끼야." 나이 든 시인이 으르렁거리듯 말했다.

"저것도 먹어 버리겠어." 가브리가 머나에게 말했다. "내 취미거든. 토끼 먹기."

머나는 웃음을 터트렸지만 이내 자신에게는 같은 취미가 생기지 않길 바랐다. 루스의 시선이 머나를 향했다.

"루스." 자리에서 일어난 클라라는 남편 피터의 스카치 술병을 미끼 삼아 조심스레 그녀에게 다가갔다. "그 귀염둥일 놔줘요."

클라라는 한 번도 이런 식으로 부탁한 적이 없었다.

"이건 귀염둥이가 아니라 토끼야." 루스가 말귀를 잘 못 알아듣는 아이를 대하듯이 거듭 말했다. "이것들을 갖고 뭘 어쩌겠다는 거야?"

루스가 달걀들을 가리켰다.

"언제부터 토끼가 알을 낳았지?" 그녀는 당황한 표정의 마을 사람들을 상대로 끝까지 고집을 부렸다. "그런 생각은 안 해 봤어? 토끼가 어디서 달걀을 가져왔겠냐고. 초콜릿 닭에게서 가져왔겠지. 이 토끼가 새끼를 찾아 헤매느라 제정신이 아닌 사탕 닭에게서 훔친 게 틀림없어."

늙은 시인이 말하는 동안 우습게도 클라라는 실제로 초콜릿 닭들이 이리저리 뛰어다니며 빼앗긴 알들을 찾아 필사적으로 헤매는 모습을 떠올렸다. 부활절 토끼가 훔쳐 간 그 알들을.

일장연설을 마친 루스는 초콜릿 토끼를 바닥에 떨어뜨려 산산조각 내버렸다.

"맙소사." 초콜릿 토끼를 주우려고 달려가며 가브리가 외쳤다. "올리비에 거라고요."

"정말이야?" 올리비에가 물었다. 자신이 문제의 토끼를 샀다는 사실도 잊고 있었다.

"참 이상한 부활절 휴가로군." 루스가 음산한 어조로 중얼거렸다. "난한 번도 부활절을 좋아한 적이 없어."

"이제 우리 모두 그렇게 되겠네요." 가브리는 상처 입은 소중한 어린아이라도 되는 양, 부서진 토끼 조각을 감싸 안았다. 자상하기도 하지. 클라라가 이런 생각을 한 적이 처음은 아니었다. 몸집이 워낙 큰 데다위압적인 분위기가 풍겨, 죽어 가는 초콜릿 토끼를 다정하게 안고 있는지금 같은 순간이 아니면 가브리가 무척 섬세한 사람이라는 것을 잊어

버리기 십상이었다.

"이번 부활절에는 뭘 할 거지?" 늙은 시인은 클라라가 들고 있는 피터의 스카치병을 낚아채 죽 들이켜고는 따지듯이 물었다. "달걀 사냥이나 하고 핫 크로스 번건포도와 시나몬 등을 넣어 만든 대표적인 부활절 빵을 먹겠군."

"세인트 토머스 성당에도 가야죠." 무슈 벨리보가 대꾸했다.

"성당보다 사라네 빵집으로 가는 사람이 더 많을걸." 루스가 쏘아붙였다. "가서 끔찍한 장식이 달린 패스트리나 사겠지. 날 미쳤다고 생각한다는 거 알아. 하지만 이 마을에서 유일하게 멀쩡한 사람은 나밖에 없을걸?"

영문 모를 말을 남기고 그녀는 절뚝거리며 문 쪽으로 다가서다가 뒤를 돌아보았다.

"애들한테 초콜릿 달걀을 주면 안 돼. 나쁜 일이 생길 테니까."

눈물의 선지자인 예레미야의 예언처럼 루스의 예언도 옳았다. 실제로 나쁜 일이 생겼다.

다음 날 아침, 달걀이 사라졌다. 달걀을 싸 둔 종이만 남았다. 처음에 마을 사람들은 좀 더 큰 애들이 한 짓이거나 부활절 행사를 망치려는 루스의 소행이라고 짐작했다.

"이것 좀 봐." 피터가 초콜릿 토끼 상자에서 찢겨 나가고 남은 조각을 들어 올리며 말했다. "이빨 자국이 있어. 발톱 자국도."

"그럼 루스가 한 일이겠네." 가브리가 상자를 받아 들고 살펴본 뒤 말했다.

"저기도 있어." 클라라는 마을 잔디 광장으로 날아가는 사탕 포장지를 급히 뒤쫓았다. "포장지도 전부 찢어졌어."

부활절 달걀 포장지를 찾고 어지럽게 널린 쓰레기를 정리하는 데 아침나절을 모조리 허비한 마을 사람들은 난롯가에서 따뜻하게 몸을 데우려고 올리비에의 비스트로로 다시 터덜터덜 걸어갔다.

"이제는 정말 무슨 일이 생길 것 같다는 느낌이 들지 않아?" 점심을 먹으면서 루스가 클라라와 피터에게 물었다.

"정말 그럴 것 같군요." 부드럽게 녹은 카망베르 치즈가 메이플 시럽을 발라 훈제한 햄과 얇은 껍질이 벗겨지기 시작한 패스트리를 간신히 붙들고 있는 황금빛 크로크므시외를 썰면서 피터가 웃었다. 피터의 주위는 우는 아이들을 달래는 근심스러운 표정의 부모들로 북적거렸다.

"근처에 있던 야생동물들이 어젯밤 전부 마을로 들어온 게지." 루스가 스카치 잔에 담긴 얼음 조각을 천천히 휘저으며 말했다. "그리고 부활절 달걀을 먹어 치운 거야. 여우하고 너구리, 다람쥐가."

"곰일 수도 있죠." 머나가 그들이 앉은 테이블에 합석했다. "맙소사. 그러고 보니 끔찍하네요. 굶주렸던 곰들이 겨울잠에서 깨어난다고 생각해 봐요. 그동안 겨울잠을 자느라 배도 무척 고플 거고요."

"그러니 초콜릿 달걀과 토끼를 보고 얼마나 놀랐겠어." 클라라가 연어와 가리비, 새우가 든 걸쭉한 해산물 차우더를 떠먹으며 말했다. 그녀는 갓 구운 바게트 빵을 집어 들고 한 조각을 떼어 내 달콤한 올리비에표 특제 버터를 고루 펴 발랐다. "아마 겨울잠 자는 동안 기적이라도 일어났나 싶었을 거야."

"부활한다고 모두 다 기적이라고는 할 수 없어." 루스가 호박색 액체와 점심 식사에서 눈을 들어 중간 문설주를 댄 창을 바라보며 말했다. "다시 살아난다고 전부 다 대단한 의미가 있는 것도 아니고. 부활절 주간은 일 년 중에서 제일 이상한 때야. 어느 날은 비가 오는가 하면 다음 날에는 불쑥 눈이 오곤 하지. 모든 게 불확실해. 아무것도 예측할 수가 없지."

"어느 계절이나 다 그렇잖아요. 가을에 태풍이 불고, 겨울에 눈보라가 치니까요." 피터가 말했다.

"내 말이 바로 그거야. 자네는 어떤 재난이 생길지 하나하나 예를 들 수 있겠군. 다른 계절에는 누구나 무슨 일이 생길지 알아. 하지만 봄은 달라. 가장 비참한 홍수는 봄에 일어나지. 산불이며 된서리, 눈사태, 산사태 전부 봄에 일어난다고. 한마디로 자연이 혼란에 휩싸이는 거야. 어떤 일이 생겨도 이상할 게 없어." 루스가 말했다.

"가장 눈부실 만큼 아름답기도 하고요." 클라라가 말했다.

"맞아. 부활의 기적이 일어나지. 모든 종교가 부활을 근본 개념으로 삼고 있다고. 하지만 묻어 둔 채로 놔두는 게 좋을 때도 있어." 늙은 시인은 일어서서 스카치를 들이켰다. "아직 끝난 게 아니야. 다시 곰들이 돌아올 거라고."

"저도 다시 돌아올 거예요. 눈앞에 갑자기 초콜릿으로 만든 마을이 나타나면요." 머나가 말했다.

머나의 말에 클라라는 미소를 지었다. 하지만 두 눈은 루스를 보고 있었다. 루스의 눈에 담긴 건 분노나 짜증이 아니었다. 클라라를 훨씬 더 혼란스럽게 한 감정이었다.

바로 두려움.

2

루스의 예언이 옳았다. 곰들은 부활절이 되자 초콜릿 달걀을 찾으러 나타났다. 물론 곰들은 달걀을 하나도 찾지 못했다. 몇 년이 지나자 마침내 곰은 초콜릿 달걀을 포기하고 스리 파인스 마을을 둘러싼 숲에 머물렀다. 마을 사람들은 부활절 무렵에는 숲 속 깊이 들어가면 안 된다는 사실을 금세 터득했다. 특히 갓 태어난 새끼 곰과 엄마 곰 사이에는 절대로 끼어들면 안 된다는 사실을.

이것도 자연의 일부라면 일부지. 클라라는 혼잣말을 했다. 그래도 여전히 걱정은 남아 있었다. 어느 정도는 마을 사람들이 이 사태를 자초했기 때문이었다.

그리고 부활절이 다시 찾아왔다. 이번 부활절에 클라라의 손과 무릎에는 진짜 달걀 대신 아름다운 나무 달걀이 놓여 있었다. 해나와 로어 파라의 아이디어였다. 체코 출신인 두 사람은 달걀에 그림을 그리는 데 상당한 재주가 있었다.

긴 겨울 내내 로어는 나무를 깎아 달걀을 만들었고, 해나는 그림을 그리고 싶어 하는 사람들에게 달걀을 나눠 주었다. 곧 캉통 드 레스트^{캐나}^{다 퀘벡주 남동부 지역. 영어로는 이스턴 타운십스} 도처에서 온 사람들이 달걀을 가져다 그림을 그렸다. 학생들에게는 미술 과제였고, 부모들에게는 뒤늦게 재능을 발견하는 기회였으며, 할아버지와 할머니에게는 청춘의 한 장면을 일깨우는 계기가 되었다. 퀘벡의 기나긴 겨울 동안 마을 사람들은 달걀에 그림을 그리는 데 열중했고, 성금요일에 달걀을 숨기기 시작했다. 달걀을 찾은 아이들은 나무로 만든 전리품을 진짜 물건과 교환했다. 적어도 진짜 초콜릿으로 바꿀 수 있었다.

"어머, 이것 좀 봐." 클라라가 잔디 광장에 있는 연못 저편에서 외쳤다. 무슈 벨리보와 마들렌 파브로가 클라라가 있는 쪽으로 건너갔다. 몸을 웅크리자 무슈 벨리보의 길고 마른 몸은 보통 사람보다 거의 두 배나 더 굽어 보였다. 풀이 무성한 잔디 속에는 새 둥지가 있었다.

"진짜 알이군." 벨리보는 풀잎을 걷어 내어 마들렌에게 둥지를 보여 주었다.

"정말 아름다워." 매드가 감탄하며 둥지로 손을 뻗었다.

"매, 농Mais, non 그만둬요." 그가 말했다. "알을 건드리면 어미가 가만있지 않을 거예요."

매드는 재빨리 손을 거두고 입을 벌려 활짝 미소 지으며 클라라를 바라보았다. 서로 잘 아는 사이는 아니었지만 클라라는 늘 마들렌이 좋았다. 매드가 이 지역에서 산 지는 몇 해 되지 않았다. 클라라보다 서너 살 아래인 그녀는 활기에 넘쳤다. 짧고 진한 검은 머리에 갈색 눈동자가 지적인 자연 미인이기도 했다. 그리고 언제나 삶을 즐기는 것처럼 보였다. 마들렌 같은 삶을 살아왔더라면 누군들 그렇지 않겠는가.

"무슨 알이에요?" 클라라가 물었다.

마들렌은 얼굴을 찡그리며 손을 들어 올렸다. 아무런 단서를 찾지 못했던 것이다.

무슈 벨리보는 다시 우아하게 팔짱을 꼈다. "닭은 아니에요. 트로 그랑Trop grand 너무 크잖아요. 오리나 거위 같은데."

"재밌네요. 잔디밭 위의 작은 식구들이라니." 마들렌이 클라라를 돌아보며 물었다. "고령회죽은 사람들의 영혼과 통교하는 영매를 중심으로 한 모임는 몇 시에 해요?"

"올 거예요?" 반갑기는 했지만 뜻밖이기도 했다. "헤이즐도 오나요?"

"아뇨. 헤이즐은 싫대요. 내일 아침에 소피가 집에 오기로 해서 요리하고 청소를 해야 한다나요?" 마들렌은 비밀스러운 음모라도 털어놓듯 몸을 숙였다. "내가 보기에 헤이즐은 유령을 무서워하는 것 같아요. 무슈 벨리보는 같이 가기로 했어요."

"대신 요리를 해 주기로 한 헤이즐에게 우린 감사해야 해요." 무슈 벨리보가 말했다. "그녀가 우리를 위해 맛있는 캐서롤을 준비했답니다."

클라라는 정말 헤이즐답다고 생각했다. 헤이즐은 항상 다른 사람들을 챙겨 주려 했다. 클라라는 사람들이 헤이즐의 친절을 이용할까 봐 은근히 걱정이 되기도 했다. 특히 헤이즐의 딸이 문제였다. 하지만 클라라는 그건 다른 사람이 관여할 수 없는 문제라는 것도 알고 있었다.

"하지만 저녁 식사 전에 할 일이 많잖아요. 몬 아미mon ami 친구." 마들렌이 무슈 벨리보를 보고 밝게 미소 지으며 가볍게 그의 어깨를 두드렸다. 그녀보다 나이가 많은 그도 따라 웃었다. 아내가 죽은 이후로 좀처럼 웃지 않던 그가 지금은 웃고 있었다. 마들렌 덕분이었다. 바로 이런 점 때문에도 클라라는 마들렌이 좋았다. 지금 클라라는 부활절 달걀이 든 바구니를 들고 두 사람을 바라보며 4월 하순의 햇살 속을 걷고 있었다. 이제 막 사귀기 시작한 다정한 연인의 어깨 위로 따스해지기 시작한 다정한 봄 햇살이 쏟아져 내렸다. 키가 크고 마른 체형에 조금 구부정한 무슈 벨리보의 발걸음에는 마치 봄이 스며들기라도 한 것 같았다.

클라라는 일어서서 마흔여덟이 된 몸을 죽 늘인 다음 주위를 둘러보았다. 들판의 이면을 본 듯했다. 마을 사람들 모두 몸을 숙여 달걀을 내려놓고 있었다. 이 모습을 스케치한다면 좋을 텐데.

대학을 갓 졸업했던 스물다섯 당시의 클라라에게 분명 이 스리 파인스라는 마을에는 근사하거나 멋지거나 세련되거나 눈길을 끌 만한 점이 없었다. 이 마을에는 인위적으로 만든 것이 하나도 없었다. 대신 사람들은 잔디 광장 위 소나무 세 그루가 이끄는 대로 따라가고, 그저 세월의 흐름에 따라 살아가는 것처럼 보였다.

향긋한 봄 공기를 깊이 들이마신 클라라는 피터와 함께 사는 집을 바라보았다. 나무로 된 현관 입구와 돌담이 있는 벽돌집은 커먼스The Commons 마을의 공동 소유 토지를 의미하는 것으로 주로 마을 한복판 광장을 의미를 면해 있었다. 현관문으로 난 길에는 몇 그루의 사과나무가 막 꽃을 피우기 시작했다. 클라라의 시선은 그녀의 집을 시작으로 커먼스를 둘러싼 집들을 떠돌아다녔다. 안에 살고 있는 사람들만큼이나 견고한 스리 파인스의 집들은 주변 환경과 잘 어우러졌다. 이 집들은 태풍과 전쟁을, 상실과 슬픔을 견뎌 왔다. 그리고 이렇게도 친절하고 자상한 공동체를 만들어 냈다.

클라라는 스리 파인스를 사랑했다. 집과 가게를, 마을 잔디 광장을, 사시사철 푸른 정원과 빨래판처럼 울퉁불퉁한 길까지도. 차를 타면 두 시간 이내에 몬트리올에 갈 수 있다는 점도, 길 아래로 바로 미국 국경이 있다는 점도 마음에 들었다. 하지만 무엇보다도 함께 살아가며 부활절마다 아이들을 위해 나무 달걀을 숨기는 마을 사람들을 가장 사랑했다.

올해 부활절은 4월의 끝 무렵이었다. 비바람이 몰아칠 때도 있었으니 부활절이라고 해서 항상 날씨가 좋은 것만은 아니었다. 사람들은 부활절 주일마다 한 번씩은 잠에서 깨어 부드러운 꽃송이와 정성껏 그린 달 걀들이 밤새 퍼부은 봄눈에 파묻혀 버린 광경을 봐야 했다. 날씨도 지독 하게 추워 마을 사람들은 가끔씩 따뜻한 사과주나 핫초콜릿 한 잔을 마 시러 올리비에의 비스트로 안으로 파고들었다. 그러고는 추위에 얼어붙 어 바들거리는 손가락으로 따스하고 안온한 머그잔을 감싸곤 했다.

하지만 오늘은 아니었다. 이번 부활절에는 특별한 은총이 내렸다. 화 창하고 포근한 성금요일이라는 은총이었다. 그야말로 완벽했다. 쉬이 녹지 않던, 응달 아래 쌓인 눈까지 말끔히 녹았다. 잔디가 무럭무럭 자 라나고 나무에는 부드럽기 그지없는 광채가 감돌았다. 스리 파인스의 성스러운 기운이 갑자기 모습을 드러낸 것 같았다. 반짝거리는 초록색 산마루에서 쏟아져 내린 금빛 광채가 온 마을을 감싸고 있었다.

땅속에서는 튤립 구근이 벌어지기 시작했다. 머지않아 잔디 광장은 군청색 히아신스, 블루벨, 생기 있게 꽃망울을 터뜨리는 민들레, 스노드 롭, 향이 진한 은방울꽃 같은 봄꽃으로 뒤덮여 마을을 꽃향기와 기쁨으 로 채울 터였다.

올해 성금요일에는 스리 파인스 마을에 신선한 흙냄새와 상서로운 징 조의 냄새가 풍겼다. 그리고 아마 벌레도.

"뭐라고 해도 소용없어. 절대로 안 갈 테니까."

클라라의 귀에 다급하고 악의에 찬 속삭임이 들려왔다. 그녀는 다시 잔디가 길게 자란 연못가로 몸을 숙였다. 누군지 알 수는 없었지만 잔디 밭 바로 맞은편에 사람들이 있다는 것쯤은 알 수 있었다. 여자는 프랑스 어로 말하는 데다 긴장이 섞인 초조한 목소리라 누군지 알 수 없었다.

"교령회일 뿐이오." 남자의 목소리가 말했다. "재밌을 거라고."

"신성모독이라니까. 말도 안 돼. 성금요일에 교령회를 한다고?"

대화가 잠시 끊겼다. 클라라는 기분이 언짢았다. 엿듣게 되어서가 아니라 다리에 쥐가 나기 시작했기 때문이었다.

"이봐, 오딜. 원래 신앙심이 깊은 편도 아니잖소. 무슨 일이 있겠어?"

오딜이라고? 클라라가 아는 오딜은 오딜 몽마니뿐이었다. 그리고 그녀는…….

맞은편에서 그녀가 화난 어조로 조용히 말했다.

"겨울엔 항상 동상에 걸리지.

봄을 맞이하는 벌레는 흔적을 남기지.

아이와 젊은이, 아버지의 머그잔에

슬픔의 흔적을 남기듯."

한마디로 말문이 막혀 침묵할 수밖에 없는 시였다.

정말 형편없는 시로군. 클라라가 힘겹게 내린 결론이었다.

오딜은 그 시가 시인의 재능을 나타낸다기보다 어떤 감정을 전달하는 것이라는 듯 엄숙하게 읊조렸다.

"내가 잘 보살펴 주겠소." 남자가 말했다. 이제 클라라는 남자가 누구인지도 알았다. 오딜의 남자 친구 질 샌던이었다.

"정말 가고 싶어, 질?"

"그냥 재미 삼아서."

"그 여자 때문이 아니고?"

다시 침묵이 찾아왔다. 애꿎은 클라라의 다리만 비명을 질러 댈 뿐이었다.

"그 남자도 같이 올 거야." 오딜이 질을 좀 더 몰아붙였다.

"누구?"

"알면서 그래. 무슈 벨리보. 질, 난 이런 건 정말 질색이야." 오딜이 말했다.

대화가 다시 끊겼다. 잠시 후 감정을 억누르려 무던히 애쓰며 샌던이 낮은 목소리로 무뚝뚝하게 말했다

"걱정 마시오. 안 죽일 테니까."

이제 클라라는 쥐가 난 다리 따위는 안중에도 없었다. 무슈 벨리보를 죽인다고? 누가 그런 생각을 한단 말인가? 이 늙은 식료품상은 심지어 거스름돈을 잘못 준 적도 없었다. 도대체 질 샌던은 어떤 이유로 그에게 원한을 품게 되었을까?

그녀는 두 걸음쯤 떨어져 듣고 있었다. 다리를 뻗으려 하니 새삼 통증이 밀려왔다. 클라라는 오딜과 질의 뒷모습을 바라보았다. 울퉁불퉁한 배처럼 생긴 오딜은 뒤뚱뒤뚱 걸었고, 커다란 곰 인형 같은 질은 그의 상징이라고 할 수 있는 붉은 수염이 뒤에서도 보일 정도였다.

나무로 된 부활절 달걀을 움켜쥐고 있느라 땀에 흠뻑 젖은 두 손이 눈에 들어왔다. 손바닥은 온통 밝은 빛깔로 물들어 있었다.

가브리가 유명한 영매인 마담 이사도르 블라바츠키의 방문을 알리며 비스트로에 안내문을 내걸었을 때만 해도 흥미로울 것만 같던 교령회가 갑자기 전혀 다른 의미로 다가오기 시작했다. 클라라의 가슴속에는 어느새 행복한 설렘 대신 공포가 한가득 들어찼다.

3

그날 밤 마담 이사도르 블라바츠키는 평소와 달랐다. 정확히 말하면 전혀 마담 이사도르 블라바츠키 같지 않았다.

"잔이라고 해요. 잔 쇼베입니다." 비스트로의 뒷방 가운데에 서 있는 소심해 보이는 여자가 손을 내밀었다.

"봉주르Bonjour 안녕하세요, 마담 쇼베." 클라라는 웃으며 잔의 축 처진 손을 맞잡았다.

"잔이라고 불러 주세요." 그 여인은 들릴 듯 말 듯하게 클라라에게 다시 말했다.

클라라는 손님들에게 훈제 연어가 담긴 접시를 돌리고 있는 가브리에게 다가갔다. 방 안으로 손님들이 하나둘씩 모여들고 있었다. "연어?" 그가 클라라에게 접시를 내밀었다.

"누구야?" 클라라가 물었다.

"마담 블라바츠키. 헝가리의 유명한 영매죠. 남다른 기운이 느껴지지 않나요?"

마들렌과 무슈 벨리보가 손을 흔들었다. 클라라도 손을 흔들고는 누가 야유라도 보내면 당장 쓰러질 것 같은 잔에게 시선을 던졌다.

"확실히 무언가 느껴지는군, 젊은 양반. 신경에 거슬린다는 게 문제지만."

가브리 뒤보는 젊은 양반이라고 불린 것을 기뻐해야 할지, 아니면 방어적인 태도를 취해야 할지 알 수 없었다.

"저 사람은 마담 블라바츠키가 아니야. 그녀는 그런 척조차 안 하잖아. 이름이 잔 뭐라고 했는데," 클라라가 건성으로 연어 한 조각을 집어 들어 품퍼니켈독일식 호밀 흑빵에 감싸며 말했다. "마담 블라바츠키가 온다고 하지 않았어?"

"마담 블라바츠키러시아 출신으로 19세기 최고 영매이자 신비주의자가 어떤 사람인지 조차 모르면서."

"그녀가 마담 블라바츠키가 아니라는 것쯤은 알아." 클라라는 고개를 끄덕이고는 방 한가운데에 어리둥절한 표정으로 서 있는 작은 중년 여인에게 미소를 보냈다.

"그녀가 영매인 줄 알았다면 당신이 왔겠어요?"

가브리가 잔을 향해 쟁반을 들어 보였다. 쟁반 한쪽 가장자리에서 케이퍼지중해산 관목의 작은 꽃봉오리를 식초에 절인 것으로 요리의 풍미를 더하는 데 쓴다가 굴러 떨어져 화려한 동양풍 카펫 속 어디론가 사라져 버렸다.

왜 우리는 절대로 깨닫지 못할까? 클라라는 한숨을 쉬었다. 가브리는 손님을 치를 때마다 깜짝 놀랄 만한 이벤트를 준비했다. 마을 사람들 돈을 전부 따 간 포커 챔피언이 온 적도, 루스의 노래마저 마리아 칼라스처럼 들리게 한 가수가 온 적도 있었다. 여전히 이 끔찍한 사교 모임처럼 가브리는 마을 사람들을 위해 이벤트를 주선했다. 손님들이 이 마을에서 조용히 쉬길 원했을 때 가브리가 스리 파인스 마을 사람들을 즐겁게 해 달라고 그들을 꼬였고 마을 사람들은 이 예기치 않은 손님들 때문에 당황했다.

클라라는 잔 쇼베가 폴리에스테르 바지에 손을 문지르며 방을 유심히 살피다가 활활 타오르는 벽난로 위의 초상화를 보고 미소를 짓는 모습을 보았다. 그녀는 클라라의 면전에서 사라진 것만 같았다. 그녀의 초자연적인 능력을 칭찬하는 사람은 아무도 없었지만 그것은 아주 탁월한 능력이었다. 클라라는 그녀가 안타까워졌다. 가브리는 도대체 뭘 어쩌자는 걸까?

"뭘 하자는 거지?"

"무슨 말이죠? 영매라니까. 그녀가 방을 예약할 때 알았어요. 맞아요. 그녀는 마담 블라바츠키가 아니에요. 헝가리 출신도 아니고. 하지만 사람들의 마음을 읽을 줄 안다니까."

"잠깐만." 클라라에게 불쑥 의심이 생겼다. "그녀가 오늘 밤의 자기 계획도 안다는 거야?"

"그녀는 직감했을 거예요."

"사람들이 모이고 있으니까 그럴지도 모르지. 어떻게 손님으로 온 그녀한테 이럴 수가 있어, 가브리? 우리한테는 어떻고?"

"잘 해낼 거예요. 그녀를 봐요. 벌써 긴장이 풀렸잖아요."

잔 쇼베는 머나가 텀블러에 따라 준 화이트 와인을 기적이 일어나기 직전의 물이라도 되는 양 마시고 있었다. 그녀를 지켜보던 머나가 클라라를 향해 눈썹을 추켜올렸다. 이보다 더한 경우도 많았다. 어쨌든 머나가 이 교령회를 지휘해야 하리라.

"교령회라니요? 누가 주도하는 건데요?" 머나가 마을 사람들이 기대하는 바를 이야기하자 잔이 물었다.

모두의 눈길이 가브리에게 쏠렸다. 가브리는 매우 조심스럽게 탁자 위에 접시를 내려놓더니 잔의 옆으로 가서 섰다. 가브리의 거대하고 활기 넘치는 몸집이 가뜩이나 왜소한 잔을 옷걸이에 걸어 둔 옷만큼이나 움츠러들어 보이게 했다. 클라라는 잔이 마흔쯤 됐겠다고 짐작했다. 연한 갈색 머리는 집에서 직접 자른 것 같았다. 눈동자는 빛바랜 푸른색이었고 K마트의 할인 가판대에서 산 옷을 입고 있었다. 인생의 대부분을 가난한 예술가로 살아온 클라라는 할인 가판대의 상표를 금세 알아보았다. 클라라는 문득 잔이 왜 스리 파인스에 와서 터무니없이 비싸지는 않지만 싼 편도 아닌 가브리의 비앤비B&B Bed&Breakfast 아침 식사를 제공하는 여관에서 지내게 되었는지 궁금했다.

잔은 더 이상 두려워하는 것 같지 않았다. 다만 좀 혼란스러워 보일 뿐이었다. 클라라는 이 작은 여인에게 다가가 팔을 두르고 앞으로 다가올 사건에서 보호해 주고 싶었다. 뜨겁고 맛있는 저녁 식사를 차려 주고 따뜻한 욕조와 친절을 나눠 주고 싶었다. 그러고 나면 그녀가 기운을 차릴지도 모르리라.

클라라 역시 잔처럼 주위를 둘러보았다. 피터는 교령회는 터무니없기 짝이 없다며 단호히 참석을 거부했다. 하지만 집을 나설 때 평소보다 더 오랫동안 그녀의 손을 잡고 조심하라고 당부했다. 마을 잔디 광장 주위에 떠오른 별 아래 활기 넘치는 비스트로까지 걸어오면서 클라라는 미소를 지었다. 피터는 엄격한 성공회 신자로 자라 와 교령회 같은 미신을 마뜩지 않아 했다. 무서워하는 것 같기도 했다.

두 사람은 저녁을 먹으며 잠시 대화를 나누었다. 피터의 생각은 얼마든지 예측 가능했다. 한마디로 정신 나간 짓이라는 쪽이었다.

"지금 나보고 정신이 나갔다는 거야?" 클라라는 피터가 그런 뜻으로 한 말이 아닌 줄 알면서도 당황해하는 모습을 보고 싶어서 일부러 그런 질문을 던졌다. 덥수룩한 회색 곱슬머리의 피터는 화가 나서 고개를 치켜들고 클라라를 쳐다보았다. 키가 크고 마른 데다 매부리코와 지적인 눈매까지 갖춘 그는 화가가 아니라 은행 간부처럼 보였다. 실제로는 화가였지만.

그렇지만 화가로서의 그는 감성적인 면과 거리가 멀었다. 피터는 모든 예측 불가능한 것은 '정신 나갔다'거나 '어리석다'거나 '정상이 아니다'라고 보는 지극히 합리적인 세계에서 살았다. 피터에게 있어 감정이란 것들은 정신 나간 것에 불과했다. 클라라에게 바치는 헌신적이고 완벽한 사랑만이 예외였다.

"당신 말고 그 영매 말이야. 사기꾼이 틀림없다니까. 죽은 사람들과 대화해서 미래를 예측하다니 기가 막히는군. 책에나 나오는 낡은 수작에 불과하지."

"무슨 책? 혹시 성경책?"

"시비 걸지 마, 클라라." 피터가 경고했다.

"시비 거는 거 아냐. 변신에 관한 책이 뭐더라? 물을 포도주로 만드는 거? 빵을 살로 만드는 거? 아니면 물 위를 걷는 마법? 바다를 가르고 눈먼 사람의 눈을 뜨게 하고 절름발이를 걷게 만드는 거?"

"그런 건 보통 마법이 아니라 기적이라고 하지."

"아." 클라라는 고개를 끄덕이며 미소를 짓고 식사하기 시작했다.

결국 클라라는 피터 대신 머나와 함께 왔다. 마들렌과 무슈 벨리보는 이미 와 있었다. 손을 잡고 있지는 않았지만 차라리 손을 잡는 편이 더 나을 뻔했다. 긴 스웨터에 감싸인 무슈 벨리보의 팔이 마들렌의 팔을 어루만지고 있었고, 마들렌은 굳이 피하려 하지 않았다. 클라라는 다시 한 번 마들렌의 매력적인 모습에 반하고 말았다. 마들렌은 여자들은 가장 친한 친구로, 남자들은 아내로 삼고 싶어 할 만한 사람이었다.

클라라는 무슈 벨리보를 보고 미소 짓다가 얼굴을 붉혔다. 자신이 그들의 친밀한 순간을 목격했기 때문이었다. 비밀로 남겨 두었어야 할 감정을 보고 만 걸까? 잠시 고민하던 그녀는 얼굴이 붉어진 이유가 무슈 벨리보보다는 마들렌 때문임을 깨달았다. 오딜과 질의 대화를 엿듣고 난 후부터 무슈 벨리보에 대한 그녀의 생각이 좀 바뀌었다. 지금까지는 상냥하게만 보이던 식료품상이 언제나 온화하고 친절하게 마을 사람을 대하는 사람에서 신비스러운 존재로 바뀌어 버렸다. 클라라는 이 변화가 달갑지 않았다. 무엇보다 우연히 엿들은 잡담에 쉽게 흔들리는 자신이 맘에 들지 않았다.

질 샌던은 벽난로 앞에 서서 질긴 청바지 뒷주머니 속으로 부지런히 온기를 밀어 넣고 있었다. 몸집이 워낙 커서 난로 전체를 가로막다시피 했다. 그는 오딜 몽마니가 가져다준 와인 한 잔을 무심히 받아 들고 무슈 벨리보를 뚫어지게 쳐다보았다. 무슈 벨리보는 그가 자신을 바라보고 있다는 것을 의식하지 못하는 것 같았다.

클라라는 항상 오딜이 좋았다. 나이도 비슷했고, 예술 계통에 종사한다는 공통점도 있었다. 클라라는 화가, 오딜은 시인이었다. 서사시를, 구체적으로 퀘벡에 사는 영국인들에게 바치는 송시를 쓰고 있다고 했지만 오딜이 프랑스인인 것을 고려하면 미심쩍은 대목도 없지 않았다. 클라라는 생 레미의 왕립 캐나다 재향군인회에 참석했던 날의 시 낭송을 절대로 잊을 수 없었다. 루스와 오딜을 비롯해 여러 지역의 문인들이 초대된 자리였다.

루스가 먼저 「신도들에게 바치는 시」라는 신랄한 작품을 낭송했다.

공동 예배 책에 힘입어 자라는

당신들의 한결같은 열정이 부럽소.

그 열정이 부럽다오. 진심으로.

모두가 하나일 수 있음이.

그리고 이해한다오.

당신들이 난 그저 내 자신이어야 한다는 걸 알지 못한다 해도.

오딜의 차례가 되었다. 의자에서 벌떡 일어선 그녀는 망설임 없이 시를 읽기 시작했다.

허리끈girth 거스을 두른 봄이 다가오네.

향기로운 온기warmth 웜스의 유쾌한 입김breath 브레스을 머금었네.

버뱅크미국의 원예가, 보보링크bobolink 쌀먹이새, 그리고 스너스가.

겨울의 한기와 결핍dearth 더스을 몰아냈네.

감미로운 기쁨이 대지earth 어스에 가득하네.

"멋진 시였어요." 모든 이들의 시 낭송이 끝나고 사람들이 바 주위로 모여들어 서둘러 마실 것을 찾고 있을 때 클라라는 거짓말을 했다. "그런데 한 가지 궁금한 게 있어요. 스너스라는 단어는 처음 들어요."

"내가 만들었어요. 더스, 어스와 운율을 맞출 단어가 필요했거든요." 오딜이 자랑스럽다는 듯이 대답했다.

"머스mirth 즐거움 같은 거?" 루스가 예를 들었다. 클라라는 루스에게 경고의 눈초리를 보냈지만 오딜은 그 말을 고민해 보는 것 같았다.

"유감이지만 제가 원하는 만큼 강렬하지는 않네요."

"스너스라는 정체불명의 단어만큼은 아니겠지." 오딜에게 돌아서서 말하기 전에 루스가 클라라에게 속삭였다. "마음이 풍요로워지진 않았지만, 확실히 어휘는 더 풍부해진 것 같군. 내 생각에 당신과 비교할 유일한 시인은 위대한 사라 빙크스뿐이야."

오딜은 한 번도 사라 빙크스라는 이름을 들어 본 적이 없었지만 프랑스어를 주 언어로 사용하는 프랑스의 천재들만을 인정하는 교육을 받고 자란 탓에 자신의 문학적 교양이 제한적이라는 것을 알고 있었다. 오딜은 사라 빙크스가 굉장히 위대한 영국 시인이 틀림없다고 생각했다. 루스 자도에게 들은 칭찬은 오딜 몽마니의 창조성에 불을 지폈다. 생 레미에 있는 그들의 가게 라 메종 바이올로지크가 한가해질 때면 그녀는 낡고 닳은 아동용 공책을 끄집어내어 시를 쓰곤 했다. 때때로 영감이 떠오를 때면 쉬지도 않았다.

클라라도 오딜처럼 고군분투하는 예술가였기에 그녀를 격려해 주었다. 물론 피터는 오딜이 제정신이 아니라고 생각했다. 하지만 클라라의 생각은 달랐다. 그녀는 재능만이 아니라 인내심 덕분에 더욱 빛을 발하게 된 위대한 예술가가 많다는 사실을 알고 있었다. 그리고 오딜에게는 인내심이 있었다.

성금요일에 여덟 명의 사람이 죽은 이를 불러내기 위해 비스트로의 아늑한 뒷방에 모였다. 누가 주도를 하느냐 하는 문제만이 남았다.

"난 못해요." 잔이 말했다. "당신들 중 한 사람이 영매라고 생각했는데요."

"가브리?" 질 샌던이 교령회의 주최자를 돌아보았다

"하지만 당신이 볼 수 있다고 했잖아요." 가브리가 잔에게 간청했다.

"그렇긴 해요. 하지만 그건 타로 카드나 룬 문자 같은 걸 말한 거예요. 죽은 자들과 이야기하지는 않아요. 어쨌든 자주는 아니에요."

이거 흥미로운데. 클라라는 생각했다. 어떻든 충분히 오래 기다리고 귀를 기울인다면 사람들은 가장 이상한 비밀까지 털어놓겠는걸.

"자주는 아니라고요?" 클라라가 잔에게 물었다.

"가끔은 해요." 잔이 공격이라도 받은 듯이 뒤로 약간 물러서며 인정했다. 클라라는 미소를 잃지 않고 부드럽게 대하려고 노력했다. 하지만 잔에게는 초콜릿 토끼도 얼마든지 위협적으로 보일 것 같았다.

"오늘 밤 해 주실 수 있겠어요? 부탁입니다." 가브리가 간곡히 청했다. 그도 오늘 마련한 파티의 분위기가 빠르게 식어 가고 있음을 느끼고 있었다.

자그마하고 소심하고 가냘픈 잔이 사람들 한가운데에 섰다. 클라라는 그때 무언가를 보았다. 이 창백한 여인의 얼굴 위로 빠르게 스쳐 지나가는 무언가를. 미소였다. 아니, 냉소였다.

4

헤이즐 스미스는 안락하지만 비좁은 집 안을 분주히 오가며 부산을 떨고 있었다. 딸 소피가 퀸스 대학에서 돌아오기 전에 할 일이 산더미처럼 쌓여 있었다. 침대에는 이미 청결하고 빳빳한 리넨 이불을 깔아 두었다. 베이크트 빈즈쪈 콩과 베이컨 등을 구운 요리가 천천히 익어 가고 빵이 부풀어 오르고 있었으며 냉장고에는 소피가 제일 좋아하는 음식이 가득 차 있었다. 지금 헤이즐은 거실에 있는 불편한 말 털 소파에 무너지듯 주저앉아 42년간 매일같이 느껴 오던 감정을, 그리고 그 이상의 감정을 느끼고 있었다. 그 낡은 소파는 미세한 바늘로 뒤덮인 것 같았고 그 위에 놓인 무엇이라도 찔러 대어 그 무게를 떨쳐 내려는 것 같았다. 헤이즐은 그래도 이 소파가 좋았다. 어쩌면 이 소파를 좋아하는 사람이 아무도 없어서인지도 몰랐다. 그녀는 이 소파에 말 털만큼이나 수북한 추억이 들어 있다는 걸 알고 있었다. 그리고 말 털처럼 추억도 가끔 사람을 따끔하게 찌르곤 했다.

"그 소파가 아직도 있진 않겠지, 헤이즐?" 몇 해 전 마들렌이 이 비좁은 방에 처음 걸어 들어왔을 때 그녀는 의자에 앉는 방법을 잊기라도 한 듯 곧장 이 낡은 소파 위로 올라가 등받이 너머로 몸을 구부렸고 어리둥절한 표정으로 이 광경을 지켜보던 헤이즐을 향해 자신의 날씬한 엉덩이를 가볍게 흔들었다.

"멋져." 소파와 벽 사이에서 매드의 숨죽인 목소리가 들려왔다. "이 뒤에 숨어서 너희 부모님 훔쳐보던 기억나?"

헤이즐은 까맣게 잊고 있었다. 이미 추억으로 꽉 차 있는 소파에 또 다른 기억이 덧씌워졌다. 두 사람은 폭소를 터트렸고 마들렌은 학생 시절 그랬던 것처럼 주위를 빙글빙글 돌았다. 그러고는 헤이즐을 마주 보고 앉아 손을 내밀었다. 몸을 숙인 헤이즐은 마들렌의 섬세한 손에서 무언가를 발견했다. 흰색이었고 완전히 새것처럼 보였다. 마치 표백된 해골 조각 같았다. 헤이즐은 소파에서 나온 게 뭔지 약간은 두려워하며 잠시 숨을 죽였다.

"네 거야." 마들렌이 헤이즐의 손바닥에 조심스럽게 작은 선물을 내려놓았다. 마들렌의 얼굴에서는 빛이 나고 있었다. 말 그대로 환하게 빛이 났다. 벗겨지기 시작한 머리에 두른 파란색 스카프와 서툴게 그린 눈썹 때문에 그녀는 좀 놀란 사람처럼 보였다. 눈 아래 살짝 감도는 푸른 기운이 불면에 시달리고 있다는 사실을 말해 주었다. 하지만 이 모든 것에도 불구하고 마들렌은 여전히 빛나고 있었다. 마들렌에게서 흘러나오는 독특한 즐거움이 지루한 방 안에 생기를 불어넣었다.

두 사람은 20년 동안이나 서로 만나지 못했다. 헤이즐은 젊은 날 두 사람이 나누던 우정의 사소한 장면은 하나하나 기억하면서 정작 매드가 옆에 있을 때 자신이 얼마나 생기가 넘쳤는지는 잊고 있었다. 헤이즐은 그녀의 손바닥을 내려다보았다. 손바닥 위에는 뼛조각이 아니라 둥글게 만 종잇조각이 놓여 있었다.

"아직도 소파 안에 있더라고. 생각해 봐. 이십 년이나 지났어. 그런데도 계속 우리를 기다리고 있었던 것 같아. 지금 이 순간을 말이야." 마들렌이 말했다.

헤이즐이 기억하는 마들렌은 언제나 마법을 품고 다니는 사람 같았다. 그리고 마법이 있는 곳에 기적이 있었다.

"어디서 찾았어?"

"저 뒤에서." 매드가 소파 뒤쪽을 가리켰다. "옛날에 네가 화장실에 있을 때 내가 이걸 작은 구멍에 집어넣었었거든."

"작은 구멍이라니?"

"볼펜으로 작은 구멍을 만들었어." 펜으로 소파에 구멍을 파서 집어넣는 시늉을 하는 마들렌의 눈이 반짝였다. 어느새 헤이즐도 함께 웃고 있었다. 그녀의 눈에도 부모님의 소중한 공간을 엿보려는 소녀가 보였다. 마들렌은 좀처럼 겁이 없었다. 헤이즐은 성실한 모범생에 가까웠지만 마들렌은 숲에서 담배를 피우고 교실에 뒤늦게 숨어 들어오곤 하는 학생이었다.

헤이즐은 손바닥 위에 있는 흰색의 조그만 원기둥을 내려다보았다. 소파가 집어삼켰다가 수십 년 후에 뱉어 낸 덕분에 햇빛과 세월에 노출되지 않아 하나도 오염되지 않은 원기둥을.

그러고 나서 그녀는 선물을 펼쳐 보았다. 그리고 자신이 이것을 두려워할 만한 이유가 있었다는 사실을 알았다. 그 안에 그녀의 삶을 한 순간에 영원히 뒤바꿀 무언가가 있었기 때문이었다. 종이에는 생생한 보라색의 둥글한 글씨체로 한 문장이 적혀 있었다.

사랑해.

헤이즐은 마들렌의 눈을 똑바로 쳐다볼 수가 없었다. 종이쪽에서 눈을 들어 보니 아침까지만 해도 그토록 생기 없던 거실은 어느새 따뜻하고 평화로운 공간으로 바뀌었고, 집 안의 빛바랜 색채는 선명하게 되살아나 있었다. 그녀의 시선이 마들렌을 향한 순간, 기적이 일어났다. 혼자이던 사람이 둘이 되는 기적이었다. 마들렌은 치료를 받기 위해 몬트리올로 돌아갔다가 완만한 경사를 이룬 언덕과 숲, 그리고 봄꽃이 만발한 들판에 둘러싸인 교외의 외딴 집으로 부랴부랴 되돌아왔다. 마들렌은 편히 쉴 수 있는 집을 찾아냈고 헤이즐도 마찬가지였다.

이제 헤이즐은 낡은 말 털 소파 위에서 바느질감을 집어 들고 있었다. 그녀는 불안했다. 비스트로에서 벌어진 일이 불안했다.

그들은 고대 게르만족의 상징인 룬 문자로 의식을 치렀다. 룬 스톤에 따르면 클라라는 황소, 머나는 횃불이었다. 룬 문자가 가브리를 비치bitch 암컷라고 했다고 클라라가 말해 주었지만 가브리는 버치birch 자작나무였다.

"제대로 봤는데?" 가브리는 깊은 인상을 받은 듯했다. "고대의 신은 당신이 황소인 줄도 알고 있었군요."

무슈 벨리보가 작은 버들가지 바구니에 손을 뻗어 다이아몬드 상징이 그려진 돌을 꺼냈다.

"결혼." 무슈 벨리보가 넌지시 말했다. 마들렌은 미소를 지었지만 아무 말도 하지 않았다.

"아니에요." 잔이 돌을 가져가 살펴보더니 말했다. "프로이 신평화, 번영, 결혼의 신이에요."

"나도 해 보겠소." 질 샌던이 강하고 굳은살이 박인 손을 부드러운 바구니에 넣었다가 주먹을 꽉 쥔 채 꺼냈다. 주먹을 펴자 R 자가 적힌 돌이 나타났다. 클라라의 눈에는 아이들을 위해 숨겼던 나무 달걀처럼 보였다. 달걀에도 상징이 그려져 있었다. 하지만 달걀은 삶을 상징하는 반면 돌은 죽음을 상징한다는 점이 달랐다.

"무슨 뜻이오?" 질이 물었다.

"여정이라는 뜻이에요. 모험과 여행을 뜻하죠." 잔이 질을 보며 대꾸했다. "일을 해야 할 때도 많아요. 그것도 굉장히 힘든 일이에요."

"새로운 건 없소?"

클라라가 웃자 오딜도 웃었다. 45년을 살아온 질의 육체에는 벌목꾼으로 힘겹게 일한 시간이 고스란히 배어 있었다. 강인하고 건장하며 거의 언제나 멍들어 있는 육체였다.

"하지만," 잔이 손을 뻗어 질의 딱딱하고 울퉁불퉁한 손바닥 한가운데의 부드러운 부분에 여전히 놓여 있는 돌 위에 자신의 손을 얹었다. "돌을 거꾸로 들었네요. R 자가 뒤집혀 있어요."

침묵이 흘렀다. 룬 문자를 설명한 작은 팸플릿을 읽은 가브리는 마침내 자신의 돌이 '비치'가 아니라 '버치'라는 걸 알게 되었다. 그리고 클라라와 언쟁을 벌이며 그녀 몫의 파테간이나 자투리 고기, 생선살 등을 갈아서 오븐에 구워낸 요리와 적포도주 양을 줄이겠다고 협박했다. 이제 두 사람도 다른 사람들 틈에 섞여 몸을 숙였다. 원이 더욱 단단하고 팽팽해졌다.

"그건 무슨 뜻이에요?" 오딜이 물었다.

"험난한 길을 헤쳐 가야 한다는 뜻이에요. 조심해야 한다고 경고하는 거죠."

"그럼 저게 뜻하는 건 뭐요?" 질이 무슈 벨리보의 돌을 가리켰다.

"프로이 신이오? 풍요로움과 남성성을 상징하죠." 잔이 조용하고 부드러운 식료품상을 보며 미소 지었다. "자연적인 모든 것을 존중해야 한다는 사실을 결코 잊지 말라는 뜻이기도 하죠."

질이 작고 음흉한 소리로 거들먹거리며 웃었다.

"마들렌도 해 봐요." 긴장감을 깨뜨리며 머나가 제안했다.

"좋아요." 매드가 손을 뻗어 돌을 꺼냈다. "내 돌은 분명히 이기적이고 잔인하다는 뜻일 거예요. P가 나왔네요." 그녀가 상징을 확인하고 웃었다. "놀랍네요. 지금 오줌이 마렵던 참이거든요.영어로 '오줌 누다'를 뜻하는 pee라는 단어는 알파벳 P와 발음이 같다."

"P는 즐거움이라는 뜻이에요." 잔이 말했다. "하지만 또 다른 뜻도 있다는 거 알아요?"

마들렌은 멈칫했다. 클라라는 그녀의 주위에 희미하게 나타난 듯한 놀라운 에너지를 보았지만 그 에너지는 곧 사라졌다. 그녀는 순식간에 기운이 다 빠져나간 사람처럼 보였다.

"이것도 뒤집혀 있네요." 마들렌이 말했다.

손으로는 해진 양말을 깁고 있었지만 헤이즐의 마음은 다른 데 가 있었다. 그녀는 흘깃 시계를 보았다. 10시 30분이었다. 아직 일러. 헤이즐은 혼잣말을 했다. 도대체 스리 파인스의 비스트로에서 무슨 일이 일어나고 있는지 궁금했다. 마들렌이 함께 가자고 했지만 그녀는 거절했다.

"겁난다고는 하지 마." 마들렌이 놀리는 투로 말했다.

"물론 아니야. 그냥 너무 말이 안 돼서 그래. 시간 낭비일 뿐이야."

"유령이 무서운 건 아니고? 그럼 공동묘지 옆에 있는 집으로 이사 갈 자신 있어?"

헤이즐은 잠시 생각해 보았다. "아마 아닐걸. 싸게 내놓는다면 또 몰라도."

"정말 현실적이라니까." 마들렌이 웃었다.

"죽은 사람들과 이야기를 한다는 여자를 믿는 거야?"

"나도 잘은 모르겠어." 마들렌이 털어놓았다. "솔직히 별로 생각해 본 적 없어. 그래도 재밌어 보이잖아."

"유령을 믿거나 귀신이 나오는 집을 믿는 사람들이 많지. 어제만 해도 귀신이 산다는 집에 대한 기사를 봤어. 필라델피아에 있다던데? 수도사가 계속 나타나고 계단에서 사람 그림자를 본 사람이 있는데 거기에 뭐가 있었대. 그게 뭐였더라. 소름이 확 끼쳤어. 아, 맞아. 냉각점이라는 데가 있는데 큰 안락의자 바로 옆이라던가. 듣자 하니 거기에 앉는 사람은 모두 죽는대. 늙은 여자 유령을 보고 나면." 헤이즐이 말했다.

"유령을 안 믿는 줄 알았는데."

"안 믿지. 믿는 사람들이 많다는 거야."

"영혼에 대해 떠드는 문화가 많긴 하지." 마들렌이 인정했다.

"하지만 지금은 영혼 이야기를 하는 게 아니잖아, 안 그래? 유령이랑 영혼은 서로 달라. 유령은 좀 불길하고 사악하다는 느낌이 들어. 원한과 분노에 차 있는 것 같고. 유령 갖고 장난치는 일이 좋은 건지 모르겠어. 비스트로 건물도 수백 년이나 됐잖아. 많은 사람들이 거기서 죽었을 거고. 그래서 싫어. 집에서 텔레비전이나 보고 옆집의 가엾은 마담 벨로와 저녁 식사나 할래. 유령 같은 건 멀찌감치 피할 거라고."

지금 헤이즐은 거실에만 켜 둔 램프에서 퍼져 나오는 희미한 빛의 소용돌이 속에 앉아 있었다. 아까 나눈 대화를 떠올리자 유령이 바로 옆에 냉각점을 만들기라도 한 듯 온몸에 한기가 돌았다. 자리에서 일어나 불을 모두 켰다. 하지만 방 안은 여전히 어두컴컴했다. 마들렌이 없는 집

안은 온통 시들어 버린 것 같았다.

불을 모두 켜니 더 이상 창문 밖을 내다볼 수 없게 되어 불편했다. 보이는 거라곤 창문에 비친 자신의 모습뿐이었다. 헤이즐은 창에 비친 그 모습이 그녀 자신만의 것이기를 바랐다. 거기에는 실용적인 트위드 스커트와 올리브색 카디건 세트를 걸친 중년 여성이 소파 위에 앉아 있었다. 목에는 비싸지 않은 진주 목걸이가 걸려 있었다. 엄마의 것인지도 몰랐다. 아마 그렇겠지.

피터 모로는 클라라의 스튜디오 문턱에 서서 어둠 속을 응시하고 있었다. 처음에 그는 설거지를 마친 후 거실에 불을 피워 놓고 책을 읽었다. 그러다 지루해져 자신의 스튜디오로 가서 최근에 그린 작품을 한 시간 정도 손보려 했다. 그는 부엌 저편에 있는 자신의 스튜디오에 갈 작정으로 부엌을 향해 걸었었다.

그런데 왜 지금 클라라가 활짝 열어 둔 스튜디오의 문 앞에 서 있는 걸까?

그곳은 어둡고 매우 조용했다. 심장박동 소리까지 들렸다. 손이 차가워졌다. 피터는 자신이 숨을 죽이고 있다는 사실을 깨달았다.

그가 지금 하려는 행동은 지극히 단순했고, 일상적이기까지 했다.

그는 손을 뻗어 머리 위에 있는 전등 스위치를 켰다. 그리고 안으로 들어갔다.

그들은 나무 의자로 둥근 원을 만들어 앉았다. 숫자를 헤아려 본 잔은 불안해 보였다.

"팔은 불길한 숫자예요. 그만둬야겠어요."

"'불길한' 숫자라니 무슨 뜻이죠?" 마들렌은 심장이 쿵쿵거리기 시작하는 걸 느꼈다.

"팔은 칠 바로 다음에 오는 숫자거든요." 잔이 설명했다. "그리고 팔은 무한이라는 기호를 만들어요." 그녀는 허공에 대고 손가락으로 무한대 기호를 그렸다. "에너지는 돌고 돌아요. 출구가 없죠. 분노와 좌절을 느끼면 무척 강해지고요." 그녀가 한숨을 쉬었다. "전혀 좋은 느낌이 안 들어요."

불을 끄자 벽난로의 불꽃이 타오르며 생기는 희미한 빛이 전부였다. 몇 사람은 난로를 등진 채 어둠 속에 앉아 있었다. 난로 쪽으로 향한 사람들은 모두 걱정스러운 표정이었고 반쯤은 넋이 나간 것처럼 보였다.

"다들 정신 똑바로 차려요." 잔의 목소리가 깊게 울려 퍼졌다. 그녀는 난로를 등지고 있어 얼굴이 잘 보이지 않았다. 클라라는 잔이 일부러 얼굴이 안 보이게 한 것 같다는 느낌을 받았지만 확실하지는 않았다.

"깊이 숨을 들이마시고 모든 걱정과 근심을 떨쳐 버려야 해요. 영혼은 에너지를 감지하거든요. 부정적인 에너지는 사악한 영혼만을 끌어들여요. 비스트로를 긍정적인 에너지와 자애심으로 가득 채워서 선한 유령을 불러야 해요."

"젠장." 가브리가 중얼거렸다. "하지 말았어야 했는데."

"조용히 좀 해." 가브리 옆의 머나가 낮게 말했다. "좋은 생각이라잖아, 멍청아. 어서 좋은 생각을 하라고."

"무서우니까 그렇죠." 그가 속삭였다.

"무서울 거 없어. 행복해지는 공간으로 가라니까, 가브리. 자기가 행복해지는 장소로 가라고."

"내가 행복해지는 장소는 여기라고요." 가브리가 톡 쏘듯 말했다. "머나를 먼저 데려가 주세요. 덩치도 크고 육즙도 풍부해요. 전 데려가지 마세요."

"버치 같으니라고." 머나가 말했다.

"조용히 해요." 잔이 클라라가 생각했던 것보다 훨씬 더 권위 있는 목소리로 말했다. "갑자기 큰 소리가 나면 서로 손을 잡으세요. 무슨 말인지 알겠죠?"

"왜죠?" 가브리가 옆에 있는 오딜에게 속삭였다. "뭔가 나쁜 일이 생긴다는 뜻일까요?"

"쉿!" 잔이 조용히 말하자 소곤거리는 소리가 전부 멎었다. 숨소리도 전부 멎었다. "오고 있어요."

심장까지 전부 멎었다.

피터는 클라라의 스튜디오로 들어갔다. 수없이 들락거린 곳이었고, 그녀가 문을 왜 열어 두는지도 알았다. 감출 게 없어서였다. 하지만 피터에게 죄책감이 생기는 이유는 따로 있었다.

빠르게 스튜디오를 둘러본 그는 곧장 방 한가운데에 있는 이젤로 성큼성큼 걸어갔다. 스튜디오에서는 기름, 바니시, 나무 냄새가 났고 진한 커피 향도 살짝 풍겼다. 오랜 세월을 거듭해 온 창작의 열기와 커피향이 방 안에 편안한 기운을 불어넣었다. 그런데 왜 자신은 이토록 겁에 질려 있는 걸까?

그는 이젤 앞에 멈춰 섰다. 클라라는 캔버스를 천으로 덮어 놓았다.

그는 이젤을 바라보며 생각에 잠겼다. 그리고 자신에게 떠나라고, 이러지 말라고 애원했다. 자신이 하려는 일이 좀처럼 믿기지 않는데도 저절로 오른손이 앞으로 뻗치고 있었다. 그는 영혼이 육신을 떠난 사람처럼 자신도 지금 하려는 행동을 도저히 막을 수 없다는 사실을 알았다. 마치 오래전부터 예정되어 있던 일 같았다.

그의 손이 얼룩이 묻어 있는 낡은 천을 움켜쥐더니 홱 잡아당겼다.

방은 조용했다. 클라라는 손을 뻗어 머나의 손을 잡고 싶은 마음이 간절했지만 움직일 엄두가 나지 않았다. 혹시 또 몰랐다. 다가오는 무언가의 이목을 끌 수도 있었다.

그때 그녀는 무슨 소리를 들었다. 다른 사람들도 모두 들었다.

발자국 소리였다.

그리고 손잡이 돌리는 소리.

누군가가 겁먹은 강아지처럼 낑낑대는 소리를 냈다.

그때 갑자기 문을 쾅쾅 두드리는 소름 끼치는 소리가 침묵을 갈랐다.

남자가 소리를 질렀고, 클라라는 양쪽에 앉은 사람이 자신의 양손을 움켜쥐는 걸 느꼈다. 그녀는 누군지 확인한 다음 필사적으로 손을 맞잡았다. 그러고는 "주여, 은혜로이 내려 주신 이 음식과 우리에게 강복하시고 우리가 이웃들을 잊지 않게 하소서."라고 연거푸 기도했다.

"들어가게 해 줘." 현세 저편의 소리가 울부짖었다.

"맙소사, 분노한 영혼이야. 자기 탓이야." 눈을 크게 뜬 채 겁에 질려 있는 가브리에게 머나가 말했다.

"우라질." 누군지 알아듣기 힘든 목소리가 말했다. "오우우우우……

라질……."

유리창 판유리가 덜거덕거리는 소리를 내면서 끔찍한 얼굴이 유리에 모습을 드러냈다. 원이 깜짝 놀라 움츠러들었다.

"제발, 도로시게라는 뜻이 있다. 거기 있는 거 알아." 그 목소리가 소리쳤다. 그것은 클라라가 죽기 전에 마지막으로 들을 말이라고 상상했던 말이 아니었다. 그녀는 언제나 "대체 무슨 생각을 하고 있느냐?"라는 말을 마지막으로 듣게 될 거라고 생각했었다.

가브리가 부들부들 떨면서 벌떡 일어섰다.

"신이시여." 그가 손가락으로 성호를 그으면서 말했다. "아직 덜 죽은 사람이야."

루스 자도가 중간 문설주를 댄 유리창 앞에서 눈을 가늘게 떴다. 그리고 가브리를 향해 반쪽짜리 성호를 그었다.

피터는 이젤 위의 작품을 빤히 쳐다보았다. 이를 꽉 깨물고 눈을 부릅떠야 했다. 예상하던 것보다, 그리고 두려워하던 것보다 상태가 더 안 좋았다. 피터는 너무나 두려웠다. 그의 앞에 클라라가 가장 최근에 그린 그림이 있었고, 곧 몬트리올에서 가장 영향력 있는 갤러리 소유주인 데니스 포틴이 이 그림을 보러 올 예정이었다. 지금까지 클라라는 무명 화가로 힘겨운 생활을 하면서 그녀의 또 다른 작품들과 거의 구별이 안 되는 작품을 그려 왔다. 적어도 피터에게는 잘 구별되지 않았다.

그런데 느닷없이 데니스 포틴이 자신들의 현관문을 두드렸다. 피터는 미술계에 연줄이 많은 유명한 판매상이 당연히 자신을 보러 온 줄 알았다. 어쨌거나 피터도 유명한 화가였다. 극도로 섬세한 그의 그림은 수천

장이 팔려 나갔고 그중 몇 장은 캐나다에서 가장 사치스러운 벽에 걸려 있었다. 피터는 자연스럽게 자신의 스튜디오로 포틴을 안내하려 했다. 하지만 피터의 작품도 훌륭하지만 자신이 보고 싶은 것은 클라라 모로의 작품이라는 정중한 답변만을 들었을 뿐이었다.

중개상은 피터가 질투하거나 기뻐하는 모습을 보고 싶었는지 모른다. 하지만 피터는 깜짝 놀라고 말았다. 뭐라고? 클라라의 작품을 보겠다고? 그의 마음이 일순간 정지했다. 그는 멍하니 포틴을 바라보았다.

"왜죠?" 그가 더듬거리며 묻자 이번에는 포틴이 멍해졌다.

"저분이 화가 클라라 모로시죠? 제 친구가 포트폴리오를 보여 줬습니다. 이거 맞습니까?"

포틴이 상자에서 포트폴리오를 꺼냈다. 그림은 말할 것도 없이 클라라의 작품인 '흐느끼는 나무'였다. 흐느끼는 단어들이었다. 단어로 슬픔을 드러내며 흐느끼는 나무가 세상에 있단 말인가? 클라라가 처음 작품을 보여 줬을 때 피터가 가진 의문이었다. 그런데 지금, 퀘벡에서 가장 유명한 갤러리 소유주인 데니스 포틴이 그 작품이 무척 인상적이라고 말하고 있었다.

"맞아요." 클라라가 두 남자의 대화에 끼어들며 말했다.

꿈이라도 꾸는 것처럼 얼떨떨한 표정을 지으며 그녀는 포틴에게 스튜디오를 구경시켜 주었다. 그리고 캔버스를 감싸고 있는 대망막_{태아가 태어날 때 종종 머리에 쓰고 나오는 양막의 일부} 아래에 있는 자신의 최근 작품에 대해 설명했다. 캔버스를 바라보는 포틴은 손을 뻗지도, 천을 치우라고도 하지 않았다.

"언제 끝나죠?"

"며칠 후에요." 대관절 어디서 이런 대답이 나온 건지 스스로도 어리둥절해하며 클라라가 대답했다.

"오월 첫째 주로 생각하면 될까요?" 그는 미소를 지으며 무척 다정하게 그녀와 악수를 나누었다. "큐레이터를 데려오면 모든 걸 결정할 수 있겠죠."

결정이라고?

위대한 데니스 포틴이 몇 주 후에 클라라의 최신작을 보러 온다니. 그리고 그 작품을 맘에 들어 한다면 앞으로의 클라라의 경력에 결정적인 영향을 미칠 터였다.

지금 피터는 바로 그 작품을 바라보고 서 있었다.

갑자기 무언가가 그를 움켜쥐는 것 같았다. 저 뒤쪽 어딘가에서. 그 무언가는 곧장 앞으로 뻗어 나와 그를 뚫고 지나갔다. 그리고 그를 단단히 사로잡았다. 피터는 온몸이 타오르고 끓어오르는 것 같은 고통에 숨을 헐떡거렸다. 평생 동안 자신을 협박해 온 유령에 끝내 굴복하고 만 그의 눈에서 눈물이 흘렀다. 어려서부터 그 유령을 피해 도망쳐 다녔다. 깊숙이 파묻고 부인했다. 하지만 유령은 끈질기게 따라다닌 끝에 마침내 그를 찾아냈다. 하필이면 여기, 사랑하는 아내의 스튜디오에서였다. 흉측한 괴물은 아내의 작품 앞에서 그를 찾아냈다.

그리고 그를 통째로 집어삼켰다.

5

"루스가 뭘 원했다고?" 올리비에가 머나와 가브리 앞에 싱글 몰트위스키를 내려놓으며 물었다. 오딜과 질은 집으로 갔지만 다른 사람들은 전부 비스트로에 남아 있었다. 클라라가 코트를 벗어 문 옆의 못에 걸고 있는 피터에게 손을 흔들었다. 교령회가 끝나자마자 클라라는 그에게 전화를 걸어 사후 논의에 참여하라고 불렀다.

"처음에는 '우라질.'이라고 하는 줄 알았어. 그러다 '오리.'라고 한다는 걸 알게 됐지." 머나가 말했다.

"오리라고? 그게 정말이에요?" 올리비에가 가브리가 앉은 안락의자 팔걸이에 걸터앉아 코냑을 들이켜며 물었다. "계속 오리라고 했다고?"

"잘못 들은 거 아니야?" 머나가 물었다. "'오지 마.'라고 했을 수도 있어. 그건 지난번에 루스가 나한테 한 말이었나?"

"'오면 끝장이야.'가 아니고? 그럴 수도 있잖아. 험한 말이 특기니까." 클라라가 말했다.

무슈 벨리보가 웃으며 옆에서 하얗게 질린 채로 조용히 앉아 있는 마들렌을 살펴보았다.

화창한 4월 오후도 저물고 차갑고 눅눅한 밤이 찾아오고 있었다. 시간은 어느덧 자정으로 치달았고, 지금은 그들만이 비스트로에 남아 있었다.

"루스가 뭘 원했는데?" 피터가 물었다.

"오리알 찾는 걸 도와 달라고 했어. 오늘 낮에 연못 옆에서 본 오리 기억나?" 클라라가 매드 쪽으로 고개를 돌렸다. "괜찮아요?"

"네." 마들렌이 미소를 지었다. "신경이 좀 날카로워진 것 뿐이에요."

"유감이네요." 잔이 말했다. 그녀는 원 밖에서 조금 벗어나 딱딱한 의자에 앉아 있었다. 어느새 다시 소심한 모습으로 돌아가 있었다. 강인하고 차분한 영매의 모습은 불빛이 켜지는 동시에 홀연히 사라졌다.

"아니에요. 교령회와는 아무 상관없어요." 마들렌이 그녀를 안심시켰다. "저녁 먹고 커피를 마셨는데 카페인이 들었나 봐요. 카페인이 들어가면 늘 이렇거든요."

"매, 스 네파 포시블 Mais, ce n'est pas possible 말도 안 돼. 틀림없이 디카페인 커피였다고요." 무슈 벨리보가 말했다. 하지만 그도 조금 신경이 날카로워져 있었다.

"알 이야기는 어떻게 된 거예요?" 올리비에가 티 하나 없이 청결한 코듀로이 바지에 생긴 주름을 펴면서 물었다.

"우리가 가고 나서 루스가 연못에서 알을 주웠던 것 같아." 클라라가 설명했다.

"오, 안 돼요." 매드가 말했다.

"그러면 새가 돌아와도 알을 품을 수 없죠. 정확히 예상한 대로예요. 루스가 알을 집에 가져갔거든요." 클라라가 말했다.

"먹으려고?"

"부화시키려고요." 도움이 될까 싶어 클라라와 함께 루스의 작은 집에 갔던 가브리가 말했다.

"직접 알 위에 앉아 부화시키는 건 아니겠지?" 머나가 물었다. 알을 부화시키는 루스의 모습을 상상하니 웃어야 할지 울어야 할지 알 수 없었다.

"아니, 실은 굉장히 자상했어. 가서 보니까 바구니에 부드러운 플란넬 담요를 깔고 그 위에다 알을 놓더라고. 그런 다음 오븐 속에 넣고 낮은 온도로 맞춰 두었지."

"잘했네." 피터가 말했다. 그도 다른 사람들처럼 루스가 알을 살리지 않고 먹어 치울 줄 알았다.

"그 오븐은 오랫동안 쓰지 않은 것 같던데. 가스를 너무 많이 낭비한다나." 머나가 말했다.

"어쨌든 지금은 쓰고 있어." 클라라가 말했다. "알을 부화시키려고 애쓰고 있지. 어미 새가 안됐어." 그녀는 스카치 잔을 들어 올리고 유리창 너머로 어둠이 깔린 마을 잔디 광장을 내다보았다. 그리고 새끼들이 부모가 지켜 주리라 믿으며 기다리던 연못 옆의 작은 둥지에 앉아 있을 오리 부부를 상상해 보았다. 오리들은 평생 짝을 이루고 산다는 것을 클라라는 알고 있었다. 오리 사냥철이 다른 사냥철보다 더 잔인한 이유가 그 때문이었다. 가끔 가을에 그녀는 꽥꽥거리고 있는 외로운 오리를 보곤 했다. 부르는 것이었다. 짝을 기다리며. 죽을 때까지 기다릴지도 모르는 일이었다.

지금도 오리 부부는 기다리고 있을까? 새끼들이 돌아오기를 기다리고 있을까? 오리는 기적을 믿을까?

"그래도 진짜 소름 끼치게 무서웠어."

올리비에가 유리창 밖의 루스를 상상하며 웃었다.

"다행히도 클라라가 영적 위기를 억누르고 있었지. 아주 유서 깊은 기도문을 읊었거든." 가브리가 말했다.

"더 마실 사람?" 클라라가 물었다.

"주여, 은혜로이 내려 주신 이 음식과." 가브리가 시작하자 다른 사람들이 함께했다. "우리에게 강복하시고,"

피터가 웃음을 터트렸다. 스카치가 턱 아래로 흘러내렸다.

"우리가 이웃들을 잊지 않게 하소서, 아멘." 피터는 즐거워하는 클라라의 푸른 눈을 똑바로 쳐다보았다.

"아멘." 웃고 있던 클라라까지 포함하여 모두가 합송했다.

"식전 기도를 드렸어?" 피터가 물었다.

"꼭 한 번 저녁을 다시 먹고 싶더라니까."

이제는 모든 사람들이 웃고 있었다. 침착하고 예의 바른 무슈 벨리보조차 요란한 소리를 내며 웃다가 급기야 눈물까지 닦아 냈다.

"루스의 출현이 교령회를 망쳐 놨지." 정신을 차린 클라라가 말했다.

"어쨌든 성공적이지는 않았어요." 잔이 말했다.

"왜 아니었죠?" 뭐라고 변명할지 궁금해하며 피터가 물었다.

"이곳은 지나치게 행복해 보여서 무서울 정도예요." 잔이 올리비에게 말했다. "이곳에 왔을 때부터 의심스러웠거든요."

"젠장." 올리비에가 말했다. "인정할 수 없는데."

"그렇다면 왜 당신은 교령회를 한 겁니까?" 피터가 집요하게 물었고 그녀는 확실히 당황한 듯 보였다.

"따지고 보면 제가 먼저 시작한 일은 아니에요. 오늘 밤 여기서 링귀니 프리마베라당근, 브로콜리, 버섯, 붉은 피망 등의 채소를 넣어 만든 크림 파스타의 일종나 먹으며 지난 「컨트리 라이프」나 읽을 작정이었으니까요. 주변에 악의에 찬 영혼 같은 것도 없고요."

잔은 피터를 정면으로 바라보며 웃음을 거두었다.

"하나를 제외하면요." 무슈 벨리보가 말했다. 피터는 잔에게서 시선을 돌려 벨리보를 바라보며 이 친절한 식료품상이 제이컵 말리찰스 디킨스의 『크리스마스캐럴』에서 스크루지의 꿈에 나타난 유령 같은 굽은 손가락으로 자신을 가리킬 거라 생각했다. 하지만 매를 닮은 무슈 벨리보의 옆모습은 창문만을 응시할 뿐이었다.

"무슨 말이에요?" 잔이 벨리보의 시선을 따라가며 물었다. 하지만 납으로 만든 옛 창틀과 레이스 커튼 너머로는 따뜻한 불빛이 새어 나오는 집들밖에 보이지 않았다.

"저기에요." 무슈 벨리보가 고개를 획 젖혔다. "마을 저 위쪽에. 어딘지 모르면 지금은 안 보일 거예요."

클라라는 쳐다보지 않았다. 그가 무슨 이야기를 꺼낼지 알고 있었다. 그리고 그에게 간청했다. 조용히 하라고. 더 이상 이야기하지 말라고.

"하지만 저기," 그가 말을 이었다. "위쪽을 보면 마을의 다른 데보다 더 어두운 곳이 있어요. 언덕 위에서 마을을 내려다보고 있죠."

"그게 뭔데요?" 잔이 물었다.

"악이죠." 늙은 식료품상의 말에 방이 조용해졌다. 난롯불마저 숨죽인 듯했다. 잔은 유리창으로 다가가 그가 시키는 대로 친근한 마을의 위쪽을 올려다보았다. 좀 시간이 걸리긴 했지만, 결국은 스리 파인스의 불빛 너머로 밤보다 더 어두운 장소를 찾아냈다.

"옛 해들리 저택." 마들렌이 소곤거렸다.

잔은 더 이상 서로 편안하게 이야기 나누지 않고 긴장한 모습으로 신경을 곤두세우고 있는 사람들 쪽으로 몸을 돌렸다. 머나가 스카치 잔을 집어 들어 한 모금 마셨다.

"왜 악이라고 하는 거죠?" 잔이 무슈 벨리보에게 물었다. "그 말은 사람이나 장소에 대한 심한 비난이군요."

"그곳에서 나쁜 일이 있었거든요." 그가 간단히 언급하며 동의를 구하듯이 다른 사람들을 돌아보았다.

"맞아요." 가브리는 올리비에의 손을 잡았지만 시선은 클라라와 피터를 향했다. "더 말해도 돼요?"

클라라는 어깨를 으쓱하는 피터를 바라보았다. 옛 해들리 저택은 이제 버려져 있었다. 몇 달 동안이나 비어 있었다. 하지만 피터는 그 집이 비어 있지 않다는 걸 알고 있었다. 일단 그는 자신의 일부를 그 안에 두고 왔다. 손이나 코, 발이 아니어서 다행이었다. 대단한 물건이 아닌 실체가 없는 것이었다. 다름 아닌 희망과 신뢰였다. 그리고 믿음도. 얼마 안 되는 믿음이었지만 그마저도 전부 잃어버렸다. 해들리 저택에서.

피터 모로는 옛 해들리 저택이 사악한 장소임을 알고 있었다. 그 저택은 무엇이든지 빼앗아 갔다. 사람들의 목숨을. 친구들을. 영혼과 믿음을. 가장 친한 친구인 벤 해들리도 빼앗아 버렸다. 그리고 언덕 위의 흉가는 오로지 슬픔만을 돌려주었다.

잔 쇼베는 미끄러지듯 난롯가로 돌아왔다. 그리고 의자를 가까이 끌어당겨 다시 원 안으로 들어왔다. 팔꿈치를 가려린 무릎에 얹고 몸을 앞으로 숙인 그녀의 눈동자는 클라라가 그날 밤 내내 보았던 다른 어떤 누구의 눈동자보다 더 밝게 빛나고 있었다.

천천히 친구들이 클라라를 향해 돌아서자 그녀는 깊은 한숨을 쉬었다. 20년도 더 전에 피터의 젊은 신부로 처음 스리 파인스에 온 후부터 해들리 저택은 줄기차게 그녀를 괴롭혀 왔다. 그저 괴롭힌 정도가 아니라 거의 죽일 뻔했다.

"거기서 살인과 유괴가 있었어요. 살인미수도요. 살인자들이 살았고요." 클라라는 이런 말이 얼마나 낯설게 들리고 멀게 느껴지는지 깨달으며 새삼 놀랐다.

잔이 고개를 끄덕이며 벽난로 안에서 서서히 잦아드는 잉걸불 쪽으로 고개를 돌렸다.

"균형." 마침내 잔이 말했다. "그것이 감각을 일깨워요." 그녀는 마치 다른 모드로 전환하는 것처럼 몸을 일으켜 자세를 바르게 했다. "스리 파인스에 처음 왔을 때부터 그걸 느꼈어요. 지금 여기, 지금 이 순간에도 느껴져요."

무슈 벨리보가 마들렌의 손을 잡았다. 피터와 클라라는 서로에게 더 가까이 다가갔다. 올리비에와 가브리, 머나도 마찬가지였다. 클라라는 눈을 감고 무엇이 되었든 간에 잔이 감지하는 악을 함께 느껴 보려고 했다. 하지만 그녀가 느낀 것은 단지…….

"평화." 잔이 살짝 미소를 지었다. "처음 온 순간부터 이 마을이 무척 친절하다고 생각했어요. 비앤비에 예약하기도 전에 작은 성당에 들어가 가만히 앉아 있었지요. 세인트 토머스라는 것 같던데. 평화와 만족감이 느껴지더군요. 그렇지만 이 마을도 오래된 영혼이 머무르는 오래된 마을이에요. 성당 벽에 걸린 명판도 읽어 보고 스테인드글라스도 봤어요. 이 마을에도 상실이 있었고, 가야 할 때가 되기 전에 세상을 떠난 사람들도 있었고, 사고와 전쟁, 질병이 있었죠. 하지만 그 어떤 것에도 물들지 않았어요. 하지만 비탄에만 빠져 있지 말고 상실을 삶의 일부로 받아들이는 자세도 중요하죠. 지금 말하는 살인 사건에 관련된 사람들을 다들 알고 있나요?"

모두 고개를 끄덕였다.

"그런 끔찍한 경험을 했는데도 슬퍼하거나 별로 얽매여 있는 것 같지 않군요. 오히려 그 반대예요. 행복하고 평화로워 보이네요. 왜인 줄 아세요?"

그들은 그저 난롯불을, 마시고 있는 음료를, 바닥을 응시할 뿐이었다. 어떻게 행복을 설명할 수 있겠는가? 만족감은 또 어떻고?

"우리는 그냥 놓아 버려요." 머나가 마침내 대답했다.

"놓아 버리는군요." 잔이 고개를 끄덕였다. "하지만," 지금 그녀는 매우 차분해져 머나의 눈을 정면으로 쳐다보고 있었다. 반박하려는 것 같지는 않았다. 오히려 머나에게 다음에 이어질 말을 이해해 달라고 간청하거나 애원하는 쪽에 더 가까웠다. "그다음엔 어디로 보내죠?"

"뭘 어디로 보내요?" 침묵이 흐른 뒤에 가브리가 물었다.

머나가 속삭였다. "슬픔 말이야. 어디론가는 보내야 하잖아."

"맞아요." 잔이 유난히 총명한 학생을 보듯 미소를 지었다. "사람은 에너지로 이루어져 있어요. 두뇌와 심장은 자극을 받아 움직이죠. 몸은 음식에서 연료를 얻고, 음식은 또 에너지로 바뀌죠. 그걸 칼로리라고 하고요. 우리의 몸이 바로," 그녀는 두 손으로 자신의 여윈 몸을 토닥였다. "가장 놀라운 공장인 셈이죠. 에너지를 만들어 내니까요. 하지만 사람은 감정적이고 정신적인 존재이기도 해요. 그것도 에너지에 속하죠. 오라나 느낌, 또 뭐라고 불러도 좋아요. 화가 날 때는," 그녀는 피터를 돌아보았다. "몸이 떨리는 게 느껴지지 않나요?"

"전 화나지 않았는데요." 그가 차가운 눈빛으로 그녀의 시선을 마주하며 답했다. 이런 헛소리는 이만하면 충분했다.

"지금 화났잖아요. 전 알겠는데요. 모두 알고 있어요." 그녀가 다른 사람들 쪽을 돌아보았다. 그들은 친구에 대한 의리로 아무 말도 하지 않았다. 하지만 모두 그녀의 말이 옳다는 사실을 알고 있었다. 모두 피터의 분노를 느낄 수 있었다. 피터에게서 분노가 뿜어져 나오고 있었다.

영매 옆에 앉은 피터는 자신의 몸이 자신을 배반하고 있는 것 같다는 기분이 들었다.

"자연스러운 거예요. 당신의 몸이 강한 감정을 느끼고 신호를 보내고 있는 거죠." 잔이 말했다.

"맞아." 가브리가 양해를 구하는 듯이 피터를 보며 말했다. "전 당신의 분노를 느낄 수 있어요. 다른 사람들도 전부 불편하고 있어요. 좀 전까지만 해도 우린 행복했죠. 모두 편안했고요. 아무도 내게 말해 줄 필요가 없었어요. 사람들로 가득 찬 이 집으로 들어오자마자 당신도 느끼지 않았어요? 사람들이 행복해하는지, 불안해하는지 금방 알 수 있잖아요."

가브리가 주위를 둘러보자 모두 고개를 끄덕였다. 무슈 벨리보까지.

"우리 가게에 있을 때 당신은 사람들의 분위기를 빨리 파악하잖아요. 기분이 별로인지, 초조한지, 위협을 받고 있는지 하는 것들이오."

"위협이오? 스리 파인스에서요?" 마들렌이 물었다.

"농, 세 브레Non, c'est vrai 아니. 사실이에요." 식료품상이 인정했다. "그런 일이 일어난 적은 없죠. 만약을 조심하자는 거예요. 저는 손님들이 가게에 들어오자마자 알 수 있거든요."

"하지만 그건 보디랭귀지 아닌가요? 서로 비슷하고요." 피터가 말했다. "에너지 같은 게 아니라고요." 무슈 벨리보 앞에서 손을 내저으며 피터가 조롱 섞인 어조로 낮게 말했다. 무슈 벨리보는 입을 다물었다.

"믿지 않아도 돼요." 잔이 말했다. "대부분 안 믿으니까요." 잔은 피터를 보고 선심이라도 쓰는 것처럼 웃었다. "빵을 물에 던져라전도서에 나오는 구절로 보상을 바라지 말고 음덕을 베풀라는 뜻. 다음 구절인, 나중에 그 음덕이 자신에게 돌아온다는 의미가 생략돼 있다. 갑자기 그녀가 엉뚱한 말을 했다. "분노에 찬 에너지를 내보내면 그 에너지를 돌려받아요. 꽤 간단하죠."

피터는 모인 사람들을 둘러보았다. 모두 이런 헛소리를 믿기라도 하듯 이 잔이라는 여자의 말을 주의 깊게 듣고 있었다.

"균형이라는 말을 했죠." 머나가 말했다.

"맞아요. 자연은 균형이에요. 작용과 반작용. 삶과 죽음. 모든 것이 균형을 이루죠. 스리 파인스 가까이 옛 해들리 저택이 있는 것도 다 이유가 있어요. 서로 균형을 이루기 위해서죠."

"무슨 말이죠?" 마들렌이 물었다.

"우리가 빛이라면 옛 해들리 저택이 어둠이라는 거죠." 머나가 설명했다.

"여러분이 슬픔을 내보내 스리 파인스가 즐거운 곳이 됐어요. 하지만 슬픔은 멀리 가지 않았어요. 저 언덕 위에 있어요. 옛 해들리 저택에요." 잔이 말했다.

이제는 피터도 느낄 수 있었다. 팔에 소름이 돋고 머리칼이 곤두섰다. 그가 발산하는 모든 에너지가 날카로운 자국을 남겼다. 그리고 옛 해들리 저택으로 곧장 나아갔다. 저택은 마을 사람들의 두려움과 슬픔, 분노로 가득 찼다.

"거기서 교령회를 하면 어떨까요?" 무슈 벨리보가 제안했다. 모두 천천히 몸을 돌려 그를 바라보았다. 그들은 마치 벽난로가 세상에서 가장 터무니없는 제안이라도 한 것처럼 어안이 벙벙해졌다.

"잘 모르겠는데요." 가브리는 의자 위에서 불안한 듯 몸을 움직였다.

자연스럽게 그들은 클라라 쪽을 향했다. 누가 따로 부탁하지도 않았는데 클라라는 이 공동체의 중심인물이 되어 있었다. 점점 살이 찌고 있는 자그마한 클라라는 좀처럼 함께 갖추기 어려운 두 가지 성향을 겸비한 중년 여성이었다. 이성적이면서도 또 감성적이었다. 지금 그녀는 한 움큼의 캐슈너트와 마시다 만 스카치 잔을 들고 일어나 창가로 걸어가고 있었다. 마을 잔디 광장 너머의 불빛은 대부분 꺼져 있었다. 스리 파인스는 휴식을 취하고 있었다. 잠시 평화로운 분위기를 음미한 클라라의 눈길이 언덕 위에 있는 블랙홀로 향했다. 그녀는 한동안 그대로 서서 먹고 마시면서 곰곰이 생각해 보았다.

옛 해들리 저택이 사람들의 분노와 슬픔으로 가득 차 있다는 게 말이 되는 소리일까? 정말로 살인자들을 끌어당기고 있을까? 유령들도?

"해야겠어요." 그녀가 마침내 결론을 내렸다.

"맙소사!" 피터가 외쳤다.

클라라는 다시 잠깐 동안 창밖을 내다보았다.

사악한 기운을 휴식에 들게 할 시간이 다가오고 있었다.

6

무슈 벨리보가 마들렌에게 차 문을 열어 주었다.

"정말 집에 바래다주지 않아도 괜찮아요?"

"네. 괜찮을 거예요. 이제 편안해졌거든요." 거짓말이었다. 그녀는 거의 탈진 상태였고, 심장은 여전히 빠르게 요동치고 있었다. "안전하고 편안하게 차까지 데려다 줬잖아요. 곰도 없는데요, 뭐."

무슈 벨리보가 그녀의 손을 잡았다. 화선지처럼 건조하고 쉽게 부서질 것 같은 손. 하지만 그의 손아귀는 야무졌다. "곰이 당신을 해치지 않을 거예요. 어미와 새끼 사이에 끼어들 때만 위험할 뿐이죠. 그것만 조심하면 돼요."

"명심할게요. 절대로 곰을 화나게 하지 말 것. 이제 마음이 놓여요?"

무슈 벨리보가 껄껄 웃었다. 마들렌은 그의 웃음소리가 좋았다. 그녀는 이 남자를 좋아했다. 그녀는 그에게 비밀을 털어놓을지 잠시 망설였다. 그러면 마음이 놓일 것 같았다. 하지만 입을 열려다가 다시 다물었다. 그에게는 여전히 슬픔이 어려 있기 때문이었다. 그런데도 이렇게 친절하다니. 그 마음을 이용하고 싶지는 않았다. 적어도 아직은 때가 아니었다.

"커피 마시고 갈래요? 꼭 디카페인 커피로 준비할게요."

그녀는 자신의 손을 가볍게 잡고 있는 그의 손을 놓았다.

"가야겠어요. 오늘 정말 멋졌어요." 그의 볼에 입을 맞추려고 몸을 기울이며 그녀가 말했다.

"유령은 못 봤지만요." 그의 말이 거의 애석해하는 듯 들렸다. 실제로 그랬고.

그는 마들렌의 자동차에 달린 붉은 미등이 물랭 길을 향해 가는 것을 지켜보았다. 미등은 옛 해들리 저택을 지나 시야에서 사라졌고 그제야 자신의 현관문을 향해 발걸음을 돌렸다. 발걸음에서 거의 눈치채기 힘들 만큼 미세한 경쾌함이 느껴졌다. 그의 안에서 작은 무언가가 되살아난 것 같았다. 아내가 죽을 때 함께 묻은 게 틀림없다고 생각했던 그 무언가가.

머나는 장작 난로에 통나무 몇 조각을 집어넣은 다음 무쇠로 된 문을 닫았다. 그리고 지친 걸음으로 위층을 향해 올라갔다. 슬리퍼를 신은 발을 낡은 나무 바닥 위로 질질 끌면서, 섬 사이를 헤엄쳐 가는 수영 선수처럼 본능적으로 이 깔개에서 저 깔개로 움직이며 지나갈 때마다 불을 하나씩 껐다. 큰 기둥 하나가 받치고 있는 벽돌로 된 낡은 다락방이 천천히 어둠에 잠겼다. 크고 안온한 침대 옆에 켜 둔 불빛만이 남았다. 머나는 핫초콜릿이 든 머그잔과 초콜릿칩 쿠키가 든 쟁반을 낡은 소나무 탁자에 내려놓고 책을 집어 들었다. 나이오 마시도로시 세이어즈, 애거서 크리스티, 마저리 앨링엄과 더불어 미스터리 황금기를 대표하는 범죄 소설의 4대 여왕였다. 머나는 미스터리 소설의 고전을 다시 읽고 있었다. 운 좋게 그녀의 헌책방에는 이런 작품이 끝도 없이 들어왔다. 그녀 자신이 최고의 고객이었다. 뭐, 자신과 클라라. 자신의 헌책방에서 파는 고전 미스터리의 대부분이 클라라가 되판 것이었다. 뜨거운 물주머니가 발을 덥혀 주었다. 그녀는 이불을 끌어당기고 책을 읽기 시작했다. 핫초콜릿을 마시고 쿠키를 베어 물다가, 그녀는 자신이 10분째 같은 장을 읽고 있다는 걸 깨달았다. 마음이 다른 데 가 있었다. 스리 파인스의 불빛과 별 사이로 찾아든 어둠 속에 붙들려 있었다.

오딜은 오디오에 CD를 넣고 미끄러지듯 헤드폰 속으로 들어갔다.

그녀는 이 순간을 기다렸다. 엿새 동안 애타게 기다렸다. 하루하루가 지날수록 근심은 더욱 커져만 갔다. 그렇다고 일상을 즐기지 않았다는 뜻은 아니다. 그녀는 자신이 얼마나 운이 좋은 사람인지를 깨닫고 새삼 감탄하고 있었다. 질의 결혼 생활이 끝났을 때 그가 자신을 찾아왔다는 사실이 아직도 놀라웠다. 그녀는 고등학교 때부터 그에게 반해 있었다. 간신히 용기를 내어 새디 호킨스 댄스파티_{여자가 남자에게 먼저 파트너 신청을 할 수 있는 댄스파티} 때 그에게 파트너가 돼 달라고 청했지만 보기 좋게 거절당했다. 하지만 그는 결코 잔인하게 굴지 않았다. 어떤 남자애들은 잔인했었고 오딜 같은 여자애들에게는 유독 심했다. 하지만 질은 아니었다. 언제나 상냥했다. 늘 웃어 주고, 복도에서 친구들이 보고 있을 때에도 '봉주르.' 하고 인사를 건넸다.

오딜은 그때부터 그를 좋아하게 되었고 지금도 좋아하고 있었다.

그녀는 매주 이 순간만을 애타게 기다렸다. 매주 금요일 밤, 질이 일찍 잠자리에 들면 그녀는 생 레미에 있는 그들의 수수한 거실로 갔다.

첫 곡의 첫 음을 듣는 순간, 어깨가 축 늘어지며 긴장이 풀렸다. 경계심도 모조리 빠져나갔다. 모든 말과 행동에 주의를 기울일 필요도 없었다. 눈을 질끈 감고 물에 빠진 사람이 공기를 들이마시듯 허겁지겁 레드 와인을 들이켰다. 이미 병의 절반이 비어 있었다. 오딜은 마법이 일어나기 전에 술을 다 마셔 버릴까 봐 걱정이었다. 변신의 순간이 오기도 전에. 몇 분 뒤에 오딜은 자리에서 일어나 눈을 감고 꽃으로 장식된 무대를 걷고 있었다. 오슬로에 있는. 아니었나? 상관없었다.

넥타이와 연미복, 이브닝드레스를 입은 저명한 관중들이 모두 일어서 있었다. 박수갈채를 보내고 있었다. 아니, 눈물을 흘리고 있었다.

오딜은 환호하는 그들을 진정시켰다. 끝없는 겸손과 품위를 드러내며 두 손을 가슴에 올리고 가볍게 절을 했다.

그때 왕이 그녀에게 비단 장식 띠를 증정했다. 왕의 눈에서도 눈물이 흘렀다.

"노벨 문학상을 수여하게 되어 무척 기쁘오, 마담 몽마니."

하지만 오늘 밤 열광적인 관중들은 그녀를 움직이지 못했다. 그녀를 압도하지도 못했으며 자신이 늘 한심한 존재였다는 스스로의 의심으로부터 자신을 지켜 주지도 못했다. 그녀는 자신 이외의 모든 사람들이 알고 있는 사회적 규범에 맞추려고 애쓰지도 않았다.

하지만 오딜은 다른 사람들이 모르는 한 가지를 알고 있었다. 그녀만의 작은 비밀이었다. 교령회에 참석한 모든 사람들은 사악한 영혼을 두려워하고 있었다. 하지만 그녀는 알았다. 괴물이 내세에서 오는 게 아니라 현세에 있다는 사실을. 오딜 몽마니는 그 괴물이 누구인지도 알고 있었다.

헤이즐은 마들렌이 돌아왔을 때부터 좀 혼란스러워 보였다.

"잠이 안 와." 헤이즐이 두 사람의 컵에 차를 따르며 말했다. "소피가 온다고 해서 너무 흥분했나 봐."

마들렌은 차를 휘저으며 고개를 끄덕였다. 헤이즐은 소피가 올 때마다 약간씩 긴장했다. 소피의 방문은 그들의 고요한 일상을 뒤흔들었다. 소피는 파티광도 아니었고 시끄럽지도 않았다. 하지만 무언가 다른 게 있었다. 갑자기 자신들의 안락한 집에 알 수 없는 긴장감이 느껴졌다.

"가엾은 벨로 부인에게 저녁 식사를 갖다 줬어."

"부인은 좀 어때?" 매드가 물었다.

"나아지긴 했어. 하지만 여전히 허리가 아프셔."

"너도 알겠지만 그런 건 남편하고 애들이 당연히 챙겨야 할 일이야."

"하지만 안 하잖아." 헤이즐이 말했다. 그녀는 가끔씩 마들렌의 신랄함에 놀라곤 했다. 마치 다른 사람들을 전혀 신경 쓰지 않는 것처럼 보였다.

"넌 좋은 사람이야, 헤이즐. 부인이 고맙게 생각했으면 좋겠네."

"천국에 가면 보답을 받겠지." 헤이즐이 과장스럽게 이마에 팔을 갖다 대며 말했다. 마들렌이 웃었다. 헤이즐이 그랬던 것처럼. 마들렌이 헤이즐을 사랑하는 수많은 이유 가운데 하나가 이런 점이었다. 헤이즐은 친절할 뿐 아니라 자신을 지나치게 심각하게 받아들이지 않을 줄도 알았다.

"교령회가 한 번 더 있어." 매드가 차에 담가 적당히 촉촉하고 부드러워진 비스킷을 입에 가져가며 말했다. "일요일 밤이야."

"한 번에 너무 많은 유령들을 만나는 거 아냐? 유령들은 한 번에 한 번씩만 나타나야 하는 거 아냐?"

"너무 적은 유령이겠지. 영매는 비스트로가 행복으로 흘러넘친다고 하더라."

"게이로 흘러넘치는 게 아니라?"

"그럴 수도 있지." 매드가 웃었다. 그녀는 헤이즐과 가브리가 좋은 친구 사이며 성공회 부인회에서 오랫동안 함께 일해 온 사이임을 알고 있었다. "어쨌든 유령이 올 만한 곳은 아니었어. 다음에는 옛 해들리 저택에서 하려고."

그녀는 들고 있는 찻잔 너머로 헤이즐을 바라보았다. 헤이즐의 눈이 커졌다. 잠시 후에 그녀가 말했다.

"그게 정말 잘하는 일일까?"

"여기 왔었어?" 클라라가 스튜디오 안에서 외쳤다.

루시에게 저녁 인사로 비스킷을 주던 피터는 그대로 얼어붙었다. 루시의 꼬리가 점점 더 힘차게 앞뒤로 휙휙 움직였다. 고개를 한쪽으로 기울이고, 욕망만으로도 물체를 움직일 수 있다는 듯 마법의 쿠키에서 눈을 한사코 떼지 않고 있었다. 그게 사실이라면 냉장고 문이 평생 열려 있어야 할 터였다.

클라라는 스튜디오 밖으로 고개를 쑥 내밀고 피터를 보았다. 그녀의 얼굴에는 호기심뿐이었지만 피터는 비난받는 기분이 들었다. 가슴이 쿵쾅거렸지만 그녀에게 거짓말을 할 수 없다는 걸 알았다. 그럴 순 없었다. 어쨌든.

"당신이 모임에 갔을 때 잠깐 들어갔어. 혹시 기분 나쁜 거야?"

"기분이 나쁘냐고? 좋아 죽겠는데? 뭐 필요한 거라도 있었어?"

카드뮴옐로 물감이 필요했다고 할까? 아니면 사 호 붓이라도? 혹시

자는 어떨까?

"그래." 그는 클라라에게 다가가서 긴 팔을 그녀의 허리에 둘렀다. "당신 그림이 보고 싶었어. 미안해. 올 때까지 기다려 양해를 구했어야 했는데."

그는 그녀가 반응을 보이기를 기다렸다. 가슴이 저 밑바닥까지 가라앉는 것 같았다. 그녀는 미소 지으며 그를 올려다보았다.

"정말이야, 피터? 신나는데?"

그가 움츠러들었다.

"들어와." 그녀가 피터의 손을 잡고 방 한가운데 버티고 서 있는 그림으로 이끌었다. "자, 이제 당신 생각을 말해 줘."

그녀가 이젤 위의 천을 걷어 내자 그림이 나타났다.

지금까지 봐 왔던 그림 중 가장 아름다운 그림이었다.

아름다워서 가슴이 저밀 지경이었다. 그래, 저 그림 때문이었다. 그것은 자신의 외면에서 비롯됐다고 느껴야 할 고통이었다. 내면이 아니라. 절대로.

"클라라, 정말 대단해." 그는 그녀의 손을 잡고 맑고 푸른 눈을 바라보았다. "당신이 그린 그림 중 최고야. 당신이 참 자랑스러워."

클라라는 입을 열었지만 아무 말도 나오지 않았다. 그녀는 화가로서의 자신의 삶 전부를 걸고 피터가 자신의 작품 중 하나라도 이해하고, 피터의 마음이 그 작품 안에 '닿기를' 기다려 왔다. 화폭 위에서 그림 이상의 것을 보게 되기를. 실제로 느낄 수 있게 되기를. 그녀도 그렇게 신경 쓰지 말아야 한다는 것쯤은 알고 있었다. 그것이 자신의 약점이라는 것도. 피터를 비롯한 자신의 화가 친구들은 화가란 모름지기 자신을 위해 작품을 창조해야 하며, 다른 사람들의 생각에 신경을 쓰지 말아야 한다고 한 말뜻도 알았다.

그리고 그녀도 다른 사람들은 신경 쓰지 않았다. 오직 한 사람만 신경 쓸 뿐이었다. 그녀는 자신의 영혼을 나눈 남자, 자신의 미래 또한 나눌 남자가 신경 써 주길 원했다. 단 한 번만이라도. 단 한 번이면 족했다. 그리고 지금이 바로 그 순간이었다. 그리고 축복 중에서도 가장 큰 축복은, 그 그림이 다른 어떤 그림보다 더욱 소중한 그림이라는 데 있었다. 난 며칠 후면 퀘벡에서 가장 영향력 있는 갤러리 소유주에게 보여 줄 그림이었다. 모든 것을 쏟아부은 그림이기도 했다.

"그런데 색이 너무 뻔하지 않아?" 피터가 이젤 쪽으로 몸을 굽혔다가 뒤로 물러났다. 그는 그녀를 보고 있지 않았다. "음, 이게 맞겠군. 이 그림이 어떤지는 당신이 더 잘 알겠지."

그는 그녀에게 입을 맞추고 귓가에 속삭였다. "축하해." 그리고 밖으로 나가 버렸다.

클라라는 뒤로 물러나서 캔버스를 응시했다. 피터는 캐나다에서 가장 존경받고 가장 성공한 화가 중 한 명이었다. 그의 말이 맞을지도 몰랐다. 그녀에게 이 그림은 좋아 보였지만, 그래도 여전히……

"뭐 하는 거야?" 올리비에가 가브리에게 물었다. 한밤중이었고 그들은 비앤비에 있는 자신들의 침실에 서 있었다. 올리비에가 손을 뻗어 가브리의 자리를 만져 보니 차가웠다. 올리비에는 실크 가운의 끈을 질끈 묶고 게슴츠레한 눈으로 파트너를 바라봤다.

구겨진 파자마 바지와 슬리퍼 차림의 가브리가 손에 크루아상을 든 채 침실을 이리저리 돌아다니고 있었다. 그것을 먹으려는 것 같았다.

"여기까지 따라온 교령회의 사악한 영혼을 쫓아내는 중이야."

"빵으로?"

"핫 크로스 번영국에서 전통적으로 부활절 무렵에 먹는 빵으로 속에 건포도가 들고 위에 십자가 무늬가 있는 작은 빵이 없잖아. 차선책으로 골랐어. 크레센트초승달 모양의 빵는 이슬람교의 상징 아닌가?"

올리비에는 가브리 때문에 끊임없이 놀라곤 했다. 의외로 진지할 때가 있는가 하면 심각할 만큼 멍청할 때도 있기 때문이었다. 올리비에는 고개를 가로저으며 침대로 되돌아갔다. 그리고 아침이면 모든 사악한 영혼과 함께 크루아상도 사라지리라 믿었다.

7

부활절 일요일 아침은 잿빛으로 밝아 왔다. 하지만 부활절 달걀 사냥이 끝나면 비가 그치리라는 희망도 있었다. 미사 시간 내내 아이들은 신부의 말은 들은 척도 하지 않고 세인트 토머스 성당 지붕을 두드리는 빗소리에만 귀를 기울였다.

성당에서는 은방울꽃 향내가 났다. 신자석마다 선명한 초록 이파리가 달린 작고 하얀 종 모양의 은방울꽃 꽃다발이 놓여 있었다. 아름다운 풍경이었다.

꼬마 폴레트 르굴트가 티미 벤슨에게 꽃다발을 던지기 전까지는. 그다음부터는 커다란 소동이 벌어졌다. 물론 신부는 못 본 척했다.

아이들은 좁은 통로를 이리저리 뛰어다녔다. 아이들을 붙잡으려고 애쓰는 부모들도 있었고 무시하는 사람들도 있었다. 어쨌든 소란스럽기는 마찬가지였다. 신부는 악령을 쫓아내는 의식에 대한 성경 구절을 조금 읽었다. 신자들은 '아멘'이라고 답하고 재빨리 예배당에서 빠져나갔다.

가브리가 이끄는 성공회 부인회가 점심 식사를 준비해 두었다. 지하실에서 붉은 체크무늬 테이블보를 깐 피크닉 테이블을 꺼내 와 잔디밭에 차렸다.

"행복한 사냥 하시길." 이웃 교구에 있는 성당으로 가기 위해 차를 타고 물랭 길을 오르는 신부가 손을 흔들며 외쳤다. 그는 자신이 바치는 조촐한 미사가 아무도 구원하지 못했음을 잘 알았다. 하지만 어느 부모도 아이들을 잃어버리지 않았으니 그걸로 족했다.

루스는 성당 계단 끝에 서서 메이플 시럽을 바른 두꺼운 햄샌드위치, 계란과 마요네즈를 얹은 수제 포테이토 샐러드, 큼직한 설탕 파이 조각이 든 종이 접시의 균형을 잡고 있었다. 사라네 불랑제리프랑스식 빵집에서 가져온 샌드위치에서는 여전히 김이 모락모락 나고 있었다. 머나가 책과 꽃, 초콜릿이 두서없이 놓인 커다란 식판을 머리에 이고 루스에게 다가왔다. 마을 사람들은 잔디 광장을 돌아다니거나 피크닉 테이블에 앉아 있었다. 여자들은 엄청나게 크고 화려한 부활절 보닛을 썼고, 남자들은 그 우스꽝스러운 모자를 못 본 척하려고 애썼다.

머나는 루스 옆에 섰다. 당황스러울 만큼 많이 담은 음식 탓에 루스의 종이 접시 가운데가 움푹해져 있었다. 두 사람은 함께 달걀을 찾는 아이들을 지켜보았다. 아이들은 마을 이곳저곳을 쏜살같이 돌아다니며 나무 달걀을 찾을 때마다 기쁨에 겨워 탄성과 비명을 내질렀다. 꼬마 로즈 트랑블레가 오빠들 중 한 명이 미는 바람에 연못에 빠졌고, 그 모습을 본 티미 벤슨이 그녀를 구하기 위해 사냥을 멈췄다. 마담 트랑블레가 아들에게 소리를 지른 순간 폴레트 르굴트가 티미를 후려쳤다. 엄연한 사랑의 징표지. 더 이상 열 살이 아니라는 사실에 머나는 안도했다.

"같이 앉고 싶어요?" 머나가 물었다.

"안 그러고 '싶어요.'" 루스가 대답했다. "집에 가야 해."

"병아리는 잘 지내나요?" 머나는 루스의 말에 기분이 상하지 않았다. 그랬다면 평생을 그녀의 말에 기분이 상해 지내야 하리라.

"병아리가 아니야. 오리라고. 오리 새끼라고 해야겠지."

"어디 가면 진짜 달걀을 찾을 수 있어요?" 로즈 트랑블레가 그린치 앞에 선 신디 루_{닥터 수스의 책 「How the Grinch Stole Christmas」에 등장하며 요괴의 일종인 그린치를 전}혀 무서워하지 않는 당돌한 소녀처럼 루스 앞에 다가와 섰다. 통통한 핑크빛 손바닥에는 매우 아름다운 달걀 세 알이 들려 있었다. 어떤 이유에서인지 스리 파인스의 아이들은 레밍_{비단털쥣과에 속하는 설치류의 일종. 이 동물에서 비롯한 레밍 효}_{과는 누군가 먼저 시작하면 너도나도 따라 하는 현상을 일컫는다}처럼 항상 루스에게 곧바로 찾아오곤 했다.

"내가 어떻게 알겠니?"

"할머니는 달걀 부인이잖아요." 흠뻑 젖은 담요를 걸치고 있는 로즈가 말했다. 머나가 보기에 로즈는 플란넬 천으로 감싼 루스의 소중한 오리알 하나를 조금 닮은 것 같았다.

"우리 집 알들은 집에서 따뜻한 시간을 보내고 있지. 네가 그래야 하는 것처럼 말이지. 하지만 자꾸 멍청하게 구니 저 아줌마에게 초콜릿 달걀이라도 주라고 해야겠구나." 루스는 피크닉 테이블 사이를 헤집고 다가오는 클라라를 향해 구부러진 지팡이처럼 생긴 막대기를 흔들었다.

"하지만 클라라는 애들에게 초콜릿 달걀을 줄 권한이 없잖아요." 머나가 말했다. 그때 꼬마 로즈가 담요를 벗어 던지고 아이들에게 소리치자 클라라 주위로 몰려드는 아이들의 모습이 토네이도처럼 보였다.

"알아." 루스는 비웃듯이 말하고 절뚝거리며 계단을 내려갔다. 그녀가 맨 아래 계단에서 샌드위치를 입으로 밀어 넣고 있는 육중한 흑인 여자를 올려다보며 말했다. "오늘 밤에 갈 거야?"

"클라라와 피터네 저녁 식사요? 우리 모두 가야죠. 안 그래요?"

"그거 말고. 알잖아." 노시인이 구태여 옛 해들리 저택을 바라보지 않아도 머나는 무슨 말인지 알아들었다. "하면 안 돼."

"왜죠? 전 언제나 의식을 치러요. 제인이 죽고 난 후에도 그랬잖아요. 당신도 그렇고, 마을 여자들이 전부 다 모여 정화 의식을 했죠."

모두를 사로잡았던 두려움과 의심을 없애기 위해 다른 여자들과 연기가 나는 세이지 막대기를 들고 스리 파인스 주변에 연기를 피우고 원을 그리며 돌던 기억을 결코 잊을 수 없었다.

"이건 달라, 머나 랜더스."

머나는 루스가 자신의 성을 알고 있는지 몰랐다. 이름도 모르는 줄 알았다. 루스는 보통 그저 손을 흔들거나 명령할 뿐이었다.

"이건 의식이 아니야. 일부러 악을 건드리는 거라고. 남신이나 여신이라든지, 영혼이나 영성 같은 차원이 아니야. 복수에 관한 거라고.

나는 혼자 살라는 벌을 받았지.
푸른 눈과 까맣게 그을린 피부를 지녔기에.
단추도 얼마 없는 누더기 치마를 입은 데다
내 이름을 딴 농장에는
무사마귀에 직방인 잡초만이 가득하니.

아, 맞아, 가슴도 있긴 하지.
달콤한 배를 몸속에 숨기고
악마에 대해 말할 때마다
무척 쓸모가 있지.

하지 마, 머나 랜더스. 의식하고 복수가 다른 줄은 알잖아. 저 집에선
뭘 하든 마찬가지야."

"우리가 복수 때문에 교령회를 한다고 생각하세요?" 머나가 망연자실
해져 물었다.

"물론이지. 그냥 그대로 놔둬. 저 집에 뭐가 있든 그냥 놔두라고."

루스가 지팡이로 해들리 저택을 푹 찌르는 시늉을 했다. 마법의 지팡
이였다면 번개가 내리치며 언덕 위 음울한 저택을 무너뜨렸을 것이라
고 머나는 확신했다. 루스는 뒤로 돌아 절뚝거리며 집으로 향했다. 그녀
의 알들에게로, 그녀가 키우는 생명에게로 돌아갔다. 머나에게는 루스
의 날카로운 푸른 눈과 언제까지나 까맣게 그을려 있을 것 같은 피부와

누더기 치마, 얼마 남지 않은 단추의 이미지만이 남았다. 머나는 단어와 잡초가 무성한 집으로 돌아가는 늙은 여자의 뒷모습을 바라보았다.

비가 그치자 부활절 일요일은 새끼 토끼처럼 재빠르게 움직였다. 대부분의 알을 찾아낸 티미 벤슨이 장난감으로 가득 찬 커다란 초콜릿 토끼를 선물로 받았다. 곧 폴레트 르굴트가 빼앗아 갔지만 무슈 벨리보가 돌려주고 사과하게 했다. 앞날을 내다볼 줄 아는 티미는 상자를 열고 단난한 초콜릿 귀를 부러뜨린 후 자신을 후려쳤던 폴레트에게 그것을 주었다.

그날 밤 피터와 클라라는 연례행사인 부활절 일요일 만찬 파티를 열었다. 질과 오딜은 바게트와 치즈를 들고 왔다. 머나는 화려한 꽃꽂이 작품을 들고 와 부엌의 소나무 식탁 한가운데에 놓았다. 영매인 잔 쇼베는 스리 파인스 근처의 목초지에서 딴 작은 야생화 꽃다발을 가져왔다.

소피 스미스는 엄마 헤이즐, 그리고 마들렌과 함께 왔다. 소피는 그 전날 밤, 차에 세탁물 거리를 한가득 담아 집으로 돌아왔다. 헤이즐과 마들렌이 새우 접시를 들고 손님들에게 권하는 동안, 소피는 다른 손님들과 수다를 떨었다.

"당신이 바로 그 영매군요." 엄마가 가져온 새우 몇 마리를 집어 들어 소스에 담그며 소피가 말했다.

"내 이름은 잔이에요."

"잔 다르크Jeanne D'Arc하고 이름이 같네요." 소피가 웃었다. "조앤 오브 아크Joan of Arc 잔 다르크를 영어식으로 칭한 말라." 결코 듣기 좋은 말투는 아니었다. "조심하는 게 좋겠네요. 잔 다르크에게 무슨 일이 생겼는지는 알죠?"

약간 구부정했지만 키가 크고 날씬한 소피는 자세를 바로했다. 짙은 금발 머리는 어깨까지 내려와 있었다. 사실 소피는 무척 매력적이었다. 하지만 그녀에게는 무언가 다른 점이 있었다. 잔을 슬쩍 물러나게 만드는 무언가가.

그때 무슈 벨리보가 사라네 불랑제리에서 산 블루베리 타르트를 들고 나타났다.

시골집 부엌 식탁에 촛불이 켜졌고 와인병이 열렸다.

곧 집에는 마늘, 로즈메리에 재운 양고기, 신선한 감자, 크림소스에 볶은 파를 비롯한 갖가지 요리 냄새가 퍼졌다.

"맙소사, 그거 통조림 완두콩이야?" 클라라가 가브리와 올리비에가 가져온 냄비를 보며 물었다.

"통조림에서 꺼내 왔어요." 올리비에가 말했다. "뭐 잘못됐어요?"

"아니, 역겹잖아."

"내가 당신이라면 인신공격으로 받아들이겠어요." 가브리가 부드러운 브리 치즈를 바른 바게트 조각과 와인 잔을 들고 돌아다니는 무슈 벨리보에게 말했다. "당신네 가게에서 샀거든요."

"마담." 식료품상이 엄숙하게 선언했다. "이 통조림은 시중에서 살 수 있는 최고의 통조림인 르 시유입니다. 솔직히 말해 저는 완두콩이 통조림에서 익는 게 제일 좋다고 봅니다. 터무니없는 짝퉁 통조림을 개발하는 데는 군수산업 단지뿐이죠. 누가 거기에 속아 넘어가겠어요. 그거야말로 역겹죠." 무슈 벨리보가 워낙 진지하게 말하는 바람에 눈에 장난기가 감돌지 않았더라면 클라라는 정말로 믿을 뻔했다.

곧이어 민트 소스를 발라 구운 양고기와 야채가 접시에 한가득 쌓였다. 갓 구운 롤빵은 바구니에서 모락모락 김을 피우다가 버터, 그리고 치즈와 함께 식탁 곳곳으로 흩어졌다. 식탁은 행복한 무게에 비명을 질러 댔다. 손님들도 마찬가지였다. 식탁 한가운데에는 머나의 거대한 꽃꽂이가 놓였다. 싹을 틔우기 시작한 나뭇가지가 천장을 향해 뻗어 있었고 대지에서 막 생동하기 시작한 사과나무 가지, 갯버들, 막 피기 시작한 온화한 노란색의 개나리, 진분홍 튤립으로 장식되어 있었다.

"그리고," 머나가 마법사처럼 냅킨을 흔들며 말했다. "좋았어." 그녀는 꽃꽂이에 손을 집어넣어 초콜릿 달걀을 꺼냈다. "이 정도면 우리한테 충분하지."

"부활." 클라라가 말했다.

"하지만 부활이 있으려면 먼저 죽음이 있어야 하잖아요." 소피는 순진한 척하며 주위를 둘러보았다. "누가 죽기라도 하나요?"

소피가 마들렌의 옆자리에 앉으려던 무슈 벨리보의 자리를 가로채 결국 식료품상은 그녀의 옆자리에 앉았다. 소피는 초콜릿 달걀을 집어 들어 자신의 앞에 놓았다.

"탄생, 죽음, 그리고 부활." 퀸스 대학에서 새로운 사상을 전파하러 온 현자처럼 소피가 중얼거렸다.

클라라는 소피 스미스에게 사람의 넋을 빼놓는 무언가가 있다고 생각했다. 언제나 그랬다. 학교에서 집으로 돌아올 때는 늘 다른 모습이었다. 때로는 금발 머리로, 때로는 붉은 머리로, 때로는 통통한 모습으로, 때로는 날씬한 모습으로, 때로는 피어싱을 한 모습으로, 때로는 수수하게. 한마디로 어떤 모습으로 나타날지 좀처럼 상상하기 어려웠다. 하지만 한 가지는 변하지 않았다. 클라라는 앞에 달걀을 둔 소녀를 바라보며 생각했다. 소피는 언제나 자신이 원하는 대로 했다. 하지만 그녀가 원하는 게 뭘까? 클라라는 문득 궁금했다. 아마 부활절 달걀보다는 훨씬 중요한 것이리라.

한 시간 뒤에 피터와 루스, 올리비에는 어둠 속으로 터덜터덜 걸어가는 자신들의 친구나 연인을 보고 있었다. 저마다 깜빡거리는 손전등을 들고 있어 오로지 손전등 불빛만이 눈에 띄었다. 처음에 불빛은 작은 원형을 이루며 한데 뭉쳐 있었지만 곧 뿔뿔이 흩어지고 한 줄로 늘어서서 그들을 기다리는 것 같은 언덕 위의 어두운 저택으로 느릿느릿 걸어 올라가는 모습이 보였다.

겁쟁이처럼 굴지 마. 피터는 혼잣말을 했다. 저건 멍청한 집일뿐이야. 설마 무슨 일이 있겠어?

하지만 피터는 그들이 옛 해들리 저택에서 교령회를 한다는 말을 들었을 때 그들이 그 일을 너무 쉽게 여긴다고 생각했다.

클라라는 어렸을 때 무서운 경험을 해 보고 싶어서 일부러 혼자서 〈엑소시스트〉를 보기도 했고, 라 롱드몬트리올에 있는 놀이공원에서 무시무시한 롤러코스터를 탔다가 침을 흘리고 비명을 지르고 오줌까지 지린 적도 있었다. 그 후로 이런 느낌은 처음이었다.

신나고 무섭고 얼떨떨한 기분을 동시에 느낄 수 있는 경험이었다. 가까이 갈수록 클라라는 그들이 집에 다가가는 게 아니라 집이 그들에게 다가오는 것 같다는 무척 기묘한 느낌에 사로잡혔다. 왜 그들이 이 일을 하려 했는지도 기억이 나지 않았다.

뒤에서 발을 질질 끄는 소리와 말소리가 들렸다. 클라라는 다행히 마들렌과 오딜이 뒤에 따라오고 있다는 사실을 기억해 냈다. 또한 공포 영화에서 처음 습격을 당하는 사람은 언제나 뒤처진 사람들이라는 생각에 마음이 놓였다. 하지만 그들이 습격을 당하면 내가 마지막이잖아. 그녀는 더욱 속도를 냈다. 이내 살아남고 싶은 욕구와 두 여자 사이에 오가는 대화를 듣고 싶은 욕구 사이에서 갈등을 느끼다가 이내 걸음을 늦추었다. 부활절 달걀을 숨기며 질과의 대화를 엿들은 후부터 그녀는 오딜이 매드를 싫어하리라 짐작해 왔다. 그렇다면 두 사람은 도대체 무슨 이야기를 할까?

"하지만 그건 공평하지 않아요." 오딜이 말했다. 마들렌도 무언가 말했지만 잘 들리지 않았다. 자신이 더 천천히 걸었다면 마들렌의 손전등 불빛이 보통은 비추지 않을 자신의 어느 부위에 닿았으리라.

"정말로 큰 용기를 내서 하는 말이에요." 오딜이 이제 조금 더 큰 목소리로 말했다.

"부탁인데 오딜, 바보 같은 소리 하지 마요." 마들렌이 분명하면서도 무척 딱딱한 목소리로 말했다. 클라라가 알지 못했던 또 다른 마들렌에게서 나오는 목소리였다.

이야기를 엿듣는 데 지나치게 집중하다가 클라라는 그녀 앞의 검은 물체에 부딪히고 말았다. 질이었다. 그러고 나서 그녀는 고개를 들었다.

그들은 그곳에 도착했다.

8

그들은 차가운 어둠 속에 옹기종기 모여 있었다. 손전등 불빛이 낡아 빠진 저택 사방으로 튀었다. 바닥에 떨어진 '매물' 표지판이 부드러운 땅에 코를 처박고 비석처럼 서 있었다. 클라라가 좌우로 손전등을 흔들자 황폐한 집 안이 더 선명하게 눈에 들어왔다. 집이 버려져 있다는 건 알았지만 이렇게 빨리 폐허가 되었을 줄은 몰랐다. 간신히 걸려 있는 덧문 몇 개가 부드럽게 벽돌담을 때리고 있었다. 창문 몇 장은 부서져 날카로운 이빨처럼 유리가 들쭉날쭉하게 튀어나와 있었다. 클라라는 주춧돌 옆에서 동그랗게 말려 있는 하얀색의 무언가를 보았다. 심장이 빠르게 요동쳤다. 죽은 무언가의 허물이리라.

그녀는 마지못해 앞으로 나아갔다. 길은 포석이 삐져나와 울퉁불퉁했다. 가까이 다가가다가 잠시 멈춰서 뒤를 돌아보았다. 다른 사람들은 여전히 길가에 모여 있었다.

"이리 와 봐." 그녀가 속삭였다.

"우리한테 한 말이야?" 겁에 질린 머나가 물었다. 그녀 역시 저택의 주춧돌 앞에 하얗게 말려 있는 조각을 응시하고 있었다.

"여긴 겁쟁이들밖에 없어요." 가브리가 말했다.

"저게 뭐야?" 머나는 클라라가 서 있는 곳으로 조금씩 다가갔다. 그녀는 그것을 가리키는 자신의 손가락이 경련을 일으키고 있다는 걸 알아차렸다. 몸이 신호를 보내오는 것일까? 모스 부호처럼? 그렇다면 그녀는 몸이 보내오는 신호를 알았다. 도망쳐!

클라라는 저택으로 몸을 돌렸다. 그리고 심호흡을 하고 식전 기도를 올린 후 저택으로 난 길로 발걸음을 옮겼다. 발밑의 땅이 질척거려서 발을 디딜 때마다 쉭쉭 소리가 났다. 머나는 클라라가 하는 행동이 도무지 믿어지지 않았다. 그저 어서 앞으로 달려 나가 친구를 데리고 돌아와서는 힘껏 안아 주고 그만두라고 하고 싶었다. 그러는 대신 그녀는 보고만 있었다.

클라라는 저택 앞으로 다가가 몸을 구부렸다. 그런 다음 다시 몸을 펴고 조금 전보다 빠르고 비교적 안정된 걸음으로 머나에게 돌아왔다.

"믿기 힘들겠지만 눈이야."

"그럴 리가 없어. 눈은 전부 녹았다고."

"여긴 아니야." 클라라는 호주머니에 손을 집어넣어 큼지막한 구식 열쇠를 꺼냈다. 열쇠는 길쭉하고 두껍고 무거웠다.

"날 보게 돼서 얼마나 기뻤겠어." 머나가 말했다.

"하. 하. 하. 참 재밌기도 하지." 클라라가 미소했다. 기분이 나아졌다. 그녀는 어두운 이 길에서 자신과 함께 있어 주고 웃게 해 준 머나에게 감사했다. "부동산 중개업자가 열쇠를 주면서 무척 좋아하더라고. 몇 달 만에 집을 보여 주는 것 같았어."

"그녀에게 뭐라고 했어요?" 마들렌 파브로가 물었다. 클라라와 머나가 여전히 살아 있었기 때문에 나머지 사람들은 그들에게 다가가기로 합의했다.

"악마들을 모두 불러내서 내쫓겠다고 했죠."

"그래서 그녀가 열쇠를 준 거예요?"

"거의 집어 던지다시피 했어요."

클라라가 열쇠 구멍에 열쇠를 집어넣고 돌리기도 전에 문이 스르르 열리기 시작했다. 문이 안으로 열리면서 열쇠와 문손잡이가 집 안 저편 어둠으로 사라지는 걸 보고 그녀는 안으로 들어갔다.

"왜 우리는 교령회를 또 하는 걸까요?" 무슈 벨리보가 속삭였다.

"재미있잖아요." 소피가 말했다.

"모두가 그렇진 않을 텐데요." 잔이 말했다. 이 작고 창백한 여자는 그들 곁을 지나 곧장 집 안으로 들어갔다.

그들은 한 사람씩 차례로 옛 해들리 저택에 들어섰다. 저택 안은 바깥보다 더 추웠고, 곰팡이 냄새가 났다. 전기가 끊긴 지 오래여서 반쯤 벗겨져 나간 꽃무늬 벽지에 손전등 불빛만이 어른거리고 있었다. 벽지는 눅눅한 무언가로 얼룩져 있었는데 모두들 그저 그게 물이기를 바랐다. 들고 있는 손전등이 무기라도 되는 양 불빛에 힘을 얻은 사람들은 저택 깊숙이 들어갔다. 마룻바닥이 그들의 무게 때문에 삐걱거렸고 먼 어딘가에서 펄럭거리는 소리가 들렸다.

"새가 어디 갇혀 있나 봐. 가엾기도 하지." 가브리가 말했다.

"찾아야 해요." 마들렌이 말했다.

"미쳤어요?" 오딜이 속삭였다.

"마들렌 말이 맞아요. 새가 아니라면, 아마 갇혀 있는 영혼일 거예요. 그냥 지나칠 수 없어요." 잔이 말했다.

"새가 아닐 거예요." 그곳에 있다는 걸 아직까지 실감하지 못하고 있는 헤이즐에게 가브리가 속삭였다.

이제 그들은 한 마리의 거대한 곤충이 기어가는 것처럼 한데 뭉쳐서 걸었다. 공포에 질린 다족류처럼 축축한 집을 따라 걷다가 한 번씩 위치를 가늠하곤 했다.

"위층이에요." 잔이 낮은 음성으로 말했다.

"그런 것 같군." 질이 대꾸했다. "그것들은 절대 문가에 있지 않소. 여름날의 장미 정원이나 아이스크림 장수의 트럭에서 살지도 않지."

"피터랑 즐겨 하던 게임 같아." 클라라가 머나에게 말했다. 하지만 머나는 별로 신경 쓰고 있지 않았다. 어떻게든 따라잡으려고 하고 있었지만 머나는 여전히 사람들 중에서 제일 느렸다. 어쩌면 헤이즐이 더 느릴지도 몰라. 그렇게 생각하니 마음이 편해졌다. 그럼 악령들이 그녀를 데려가겠지. 하지만 딸을 살리기 위해서라면 무섭게 앞서 나갈 텐데. 심리학자인 머나는 어머니는 자녀들 앞에서는 가공할 만한 힘을 발휘하는 존재라는 걸 알고 있었다.

빌어먹을 모성 본능 같으니. 또 망했군. 그녀는 계단에 올라섰다. 닳아 빠진 카펫 천에는 곰팡이가 잔뜩 슬어 있었다. 한 걸음씩 계단을 힘겹게 디디고 있을 때 그녀는 난폭하게 퍼덕거리는 날갯짓 소리를 들었다. 날갯짓 소리는 자꾸만 커져 갔다.

"무서운 영화에서는 늘 사람들이 귀신 들린 집으로 들어가잖아." 클라라가 여전히 떠들고 있었다. 좋았어. 악령이 클라라를 노릴 거야. "그럼 우리는 '넌 대체 언제 저 집에서 나갈 거니?'라고 하잖아. 잘린 목이 날아다니고, 고통스러운 비명 소리가 들리고, 친구의 배가 갈라져도 그들은 계속 머물러 있지."

"얘기 다 끝났어?"

"그래." 클라라는 자신을 더 공포에 몰아넣으려고 애쓰면서, 만약 이 상황이 영화라면 이쯤에서 피터가 자신에게 나가라고 소리치지 않을까 하고 생각했다.

"저 안에 있어요."

"그런 것 같군." 질이 중얼거렸다.

잔은 닫힌 문 앞에 서 있었다. 복도에 있는 모든 방 중에서 유일하게 닫힌 문이었다. 이제 침묵만이 감돌았다.

갑자기 문에 대고 미친 듯이 날개를 푸드덕거리는 소리가 들렸다. 그 무언가가 문에서 벗어나려는 듯이 몸부림치는 것 같았다.

잔은 손을 뻗었지만 무슈 벨리보가 그녀의 손목에 자신의 길고 날씬한 손을 얹어 손잡이에서 잔의 손을 거두었다. 그리고 그녀 앞에 버티고 서서 직접 손잡이를 돌렸다.

그리고 문을 열었다.

처음에 그들은 아무것도 볼 수 없었다. 아무리 보려고 해도 그 어두움에 적응할 수가 없었다. 하지만 그 안의 무언가는 그들을 보았다. 잠깐 동안 숨죽이고 있던 그것의 정체는 새가 아니었다. 다른 무언가였다. 방 안에는 냉기가 감돌았고 희미한 향기가 퍼지고 있었다.

방에서는 꽃향기가 났다. 신선한 봄꽃 향기가.

클라라는 문 앞에서 자신의 가슴 깊숙한 곳에 침잠해 있던 슬픔과 비애에 압도당했다. 그녀는 그 방의 슬픔을 느꼈다. 그 방의 갈망 또한.

클라라는 거칠게 숨을 몰아쉬었고 자신이 계속 숨을 참고 있었다는 사실을 깨달았다.

"들어가요." 잔이 속삭였다. 그녀의 목소리가 클라라의 머릿속으로 파고드는 것 같았다. "여기까지 왔으니 할 일을 해야죠."

사람들은 먼저 잔이, 다음에는 클라라가 어둠 속으로 들어가는 모습을 바라보았다. 남은 사람들도 뒤를 따랐고, 곧 불빛이 방 안을 드문드문 비추기 시작했다. 유리창에는 무거운 벨벳 커튼이 비스듬히 걸려 있었다. 한쪽 구석에는 사주식 침대네 귀퉁이에 레이스가 달린 침대가 놓여 있었는데, 지금도 크림색 천과 레이스가 걸려 있었다. 조금 전까지 불안하게 뒤척이넌 머리가 놓여 있던 것처럼 베개도 푹 파여 있었다.

"전 이 방을 잘 알아요." 머나가 말했다. "자기들도 그럴 거야." 그녀가 클라라와 가브리에게 말했다.

"티머 해들리 부인의 침실." 미처 깨닫지 못한 자신에 놀라며 클라라가 말했다. 두려움의 힘이 그만큼 컸다. 클라라는 이 방에 여러 번 머물며 죽어 가는 노부인을 돌보곤 했다.

그녀는 티머 해들리를 싫어했다. 이 집도 싫었다. 지하실에서 뱀이 기어가는 소리가 들리는 것도 싫었다. 그리고 몇 년 전에 이 집은 그녀를 죽일 뻔했다.

클라라에게 거센 혐오감이 밀려왔다. 이 저주받은 곳에 불이라도 지르고 싶었다. 이곳은 슬픔과 분노와 두려움을 품고 있었다. 그런 감정들은 이타적인 감정이 아니라 이기적인 감정이었다. 옛 해들리 저택은 그런 감정들을 배양하여 슬픔과 공포를 세상 밖으로 밀어냈고 슬픔과 공포가 낳은 자식들은 아들딸이나 되는 것처럼 부활절에 이곳을 찾아온 것이다.

"그만 나가요." 클라라가 문 쪽으로 돌아서며 말했다.

"안 돼요." 잔이 말했다.

"왜 안 되죠?" 무슈 벨리보가 물었다. "나는 클라라와 생각이 같아요. 느낌이 좋지 않아요."

"기다려 봐요." 질이 말했다. 이 덩치 큰 남자가 방 한가운데에 눈을 감고 섰다. 고개를 뒤로 젖히자 북슬북슬한 붉은 수염이 벽을 향했다. "여긴 그냥 집일 뿐이오." 마침내 그가 침착하고 분명한 목소리로 말했다. "그리고 우리의 도움을 필요로 하고 있소."

"무슨 말인지 모르겠어요." 헤이즐은 소피의 손을 잡으려 했지만 소피는 한사코 떨쳐 냈다. "그냥 집일 뿐인 거예요, 아니면 우리 도움이 필요한 거예요? 어느 한쪽이지, 둘 다는 아니라고 봐요. 우리 집은 한 번도 내 도움을 청한 적이 없다고요."

"귀를 기울이지 않는 건지도 모르지." 질의 의견이었다.

"난 남고 싶어요. 마들렌 아줌마 생각은 어때요?" 소피가 말했다.

"잠깐 앉아도 될까요?"

"원한다면 누워도 좋아요." 가브리가 침대 너머로 손전등을 빠르게 움직이며 말했다.

"고맙지만 그건 사양하겠어요. 몽 보mon beau 우리 멋진 가브리 씨. 아직 그 정도는 아니에요." 마들렌이 웃자 조금 긴장이 풀렸다. 모인 사람들은 더 이상의 논의 없이 할 일을 시작했다. 우선 의자를 가져와 방 안에 원을 만들었다.

잔이 들고 온 가방을 의자에 내려놓고 짐을 푸는 동안 클라라와 머나는 주위를 둘러보았다. 두 사람은 어두운 마호가니 장식이 달린 벽난로와 그 위에 걸린 수수한 빅토리아 시대 초상화를 바라보았다. 책장에는 인테리어 업자에게서 미터 단위로 산 장식용이 아닌 진짜 독서용 가죽 장정의 책들이 즐비했다.

"새가 어디 있나 모르겠네." 클라라가 옷장에 있는 물건으로 손을 뻗으며 말했다.

"가엾은 새는 어디 숨어 있을 거야. 겁에 질렸겠지." 머나가 손전등으로 어두운 구석을 비추며 말했다. 새는 보이지 않았다.

"박물관 같군." 가브리가 합류하며 은거울을 집어 들었다.

"무슨 능 같아요." 헤이즐이 말했다. 방 한가운데로 모인 그들은 촛불이 켜진 모습을 보고 깜짝 놀랐다. 침대 주변에 초가 스무 개쯤 되는 것 같았다. 눈부시게 빛나고 있었지만 클라라와 피터의 집에서는 따뜻하고 안온하기만 했던 촛불들이 지금은 이 방을 조롱이라도 하는 것 같았다. 어둠이 더 깊게 내려앉고, 깜박거리는 불꽃은 호화로운 벽지에 음산한 그림자를 남기고 있었다. 클라라는 모든 촛불을 끄고 촛불이 만들어 낸 악령의 그림자들을 몰아내고 싶었다. 그토록 익숙하던 자신의 그림자마저도 잔뜩 비틀어져 기괴해 보였다.

원의 대형에서 열린 문을 등지고 앉은 클라라는 아직 켜지지 않은 네 개의 초를 보았다. 각자 의자를 고르고 나자 잔이 작은 봉지에 손을 뻗었다. 그리고 사람들이 만든 원 근처로 다가와 무언가를 흩뿌렸다.

"이제 신성한 원이 됐어요." 그녀가 읊조렸다. 잔의 얼굴에 빛과 그림자가 번갈아 나타났고, 푹 꺼진 눈이 전구가 없는 검은 소켓 같았다. "소금으로 원을 축복했으니 원 안의 모든 것이 안전할 거예요."

클라라는 머나가 자신의 손을 잡는 걸 느꼈다. 잔이 원 주위에 살며시 소금을 뿌리는 소리 말고는 아무런 소리도 들리지 않았다. 작은 소리에도 민감해져 클라라는 머리가 얼얼했다. 발톱을 세우고 한껏 부리를 열어 비명을 내지르는 새가 어둠 속에서 덮쳐 올지도 모른다는 생각이 그녀를 환각에 빠뜨렸다. 목덜미 부위의 피부가 간질거렸다.

잔이 성냥에 불을 붙였을 때 클라라는 거의 자신의 몸 밖으로 뛰쳐나올 뻔했다.

"지구 네 구석의 지혜를 원으로 불러냈어요. 이 집의 목을 조르는 영혼들을 몰아내는 동안, 우리를 보호하고 이끌어 주고 또 오늘 밤 내내 우리가 하는 일을 지켜볼 거예요. 여기에 뿌리내린 사악함을 몰아내는 모습을요. 이 집에 묶여 있던 모든 사악함과 두려움, 공포, 증오를요. 바로 이 방을요."

"정말 재미로 하는 거 맞아?" 가브리가 속삭였다.

잔은 초를 하나씩 밝히고 자리로 돌아와 마음을 가라앉혔다. 차분해 보이는 사람은 그녀밖에 없었다. 클라라는 심장이 두근거리고 호흡이 가빠지고 들쑥날쑥해졌다. 옆자리의 머나는 개미가 기어오르기라도 하는 것처럼 온몸을 비비 꼬고 있었다. 원의 어디를 보나 사람들은 새파랗게 질린 얼굴로 멍하니 앞만 쳐다보고 있었다. 정말 신성한 원일지도 몰라. 클라라는 생각했다. 아니, 분명히 신성했다. 클라라는 주위를 둘러보고 이 상황이 피터와 함께 소파에 웅크려 앉아 보고 있는 영화라면 과연 누가 먼저 죽을지 궁금했다.

아내를 여의어 슬픔에 빠져 있는 깡마르고 겁 많은 무슈 벨리보일까?

건장하고 강인하며 빅토리아 시대의 저택보다 숲에서 훨씬 편안해 보이는 질 샌던일까?

무척이나 친절하고 상냥한, 어쩌면 나약하다고 해야 할 헤이즐일까?

만족이라고는 모르는 딸 소피일까?

아니야. 클라라의 시선이 오딜에게 멎었다. 그녀가 첫 번째가 되리라. 가엾고 애처로운 오딜. 실제로 이미 죽었는지도 몰라. 이 중에서 가장 자신감이 없는 데다 잃을 것도 없잖아. 그녀는 유전적으로 가장 먼저 목숨을 잃게끔 태어난 사람 같았다. 클라라는 자신의 잔혹한 상상력에 기분이 상했다. 이 집 탓이었다. 옛 해들리 저택이 좋은 생각을 앗아 가고 나쁜 생각만을 불러일으키고 있었다.

"지금 죽은 자들을 부르겠어요." 잔이 말했다. 클라라는 자신에게 더 이상의 두려움이 남아 있을 줄은 몰랐다. 하지만 이제 두려움이 더욱 커졌다.

"여기 있는 거 알아요." 잔의 음성이 점점 더 강력해졌다. "오고 있어요. 지하실에서, 다락방에서요. 모두 우리 주변에 있어요. 복도를 내려오고 있어요."

클라라는 발걸음 소리를 들을 수 있으리라고 생각했다. 카펫 위로 발을 느릿느릿 끌면서 절뚝거리는 소리를. 더럽고 썩어 있다시피 한 붕대를 감은 미라들이 팔을 앞으로 내밀고 저주받은 어두운 복도를 지나 그들에게 느릿느릿 다가오는 모습이 보이는 것 같았다. 도대체 문은 왜 열어 두었을까?

"여기 있어요." 잔이 고함을 질렀다. "지금." 그녀가 손뼉을 쳤다.

방 안에서, 그들의 신성한 원 안에서 비명 소리가 들렸다. 그리고 다시 또 한 번의 비명 소리.

쿵 하고 떨어지는 소리.

죽은 자가 도착했다.

9

아르망 가마슈 경감은 신문 너머로 어린 손녀를 훔쳐보고 있었다. 그녀는 비버 호숫가의 진흙탕 속에 앉아 더러운 엄지발가락을 입에 물고 있었다. 얼굴은 진흙이나 초콜릿, 아니면 감히 상상할 엄두도 못 낼 무언가로 뒤덮여 있었다.

부활절 주간 월요일이었다. 몬트리올 전체가 루아얄산 정상에 있는 비버 호수로 아침 산책을 나온 것 같았다. 가마슈와 렌 마리는 벤치에 앉아 햇볕을 쬐면서 파리로 돌아가기 전 몬트리올에서의 마지막 하루를 즐기는 아들 가족을 바라보고 있었다.

날카로운 웃음소리와 함께 어린 플로렌스가 물에 빠졌다.

신문을 내려놓고 절반쯤 일어섰을 때 가마슈는 자신을 붙드는 손길을 느꼈다

"다니엘이 있잖아, 몽 쉐르mon cher 여보. 알아서 할 거야."

여전히 경계를 늦추지 않았지만 아르망은 멈추어 서서 바라보았다. 옆에는 독일셰퍼드 강아지 앙리가 갑작스러운 분위기를 감지하고 긴장해서 몸을 일으켜 세웠다. 아니나 다를까, 다니엘이 웃음을 터뜨리며 물을 뚝뚝 떨어뜨리는 어린 딸을 재빠르게 들어 올렸다. 그리고 딸의 배에 얼굴을 파묻어 그 애가 웃음을 터트리며 아빠의 머리를 끌어안게 했다. 가마슈는 한숨을 쉬며 렌 마리 쪽으로 몸을 돌렸다. 그리고 머리를 굽혀, 희끗해져 가는 정수리에 입을 맞추며 "고마워."라고 속삭였다. 그다

음에 손을 뻗어 앙리의 옆구리를 쓰다듬고는 정수리에 입을 맞추었다.

"착한 녀석."

더 이상 못 참겠다는 듯 앙리는 가마슈의 어깨까지 뛰어올랐다.

"농Non 안 돼." 가마슈가 명령했다. "앉아."

앙리는 즉시 주저앉았다.

"엎드려."

앙리가 뉘우치듯 엎드렸다. 우두머리 개가 가려졌다.

"착한 녀석." 가마슈가 다시 한 번 칭찬하고 앙리에게 보상을 내렸다.

"착한 녀석." 렌 마리가 가마슈에게 말했다.

"내 상은 어디 있지?"

"공원에서요? 무슈 랑스펙퇴르monsieur l'inspecteur 경감님?" 그녀는 몬트리올 한가운데에 아름답게 솟은 루아얄산의 몽 루아얄 공원을 유유히 산책하는 다른 가족들을 보았다. "처음 있는 일도 아니지."

"난 처음인데." 가마슈는 미소를 지으면서 살짝 얼굴을 붉혔다. 다니엘이나 다른 식구들이 듣지 못해 다행이었다.

"당신은 다정한 야수 타입이야." 렌 마리가 그에게 입을 맞추었다. 가마슈는 부스럭거리는 소리를 듣고 자신의 신문 북섹션이 한 장씩 바람에 날리고 있다는 사실을 알아차렸다. 자리에서 일어난 그는 여기저기 돌아다니면서 신문이 모조리 날아가 버리기 전에 한 장이라도 더 잡으려 애쓰며 발을 동동 굴렀다. 담요에 감싸여 있는 플로렌스가 이 모습을 보고 손가락질을 하며 웃음을 터트렸다. 다니엘이 땅에 내려놓자 플로렌스도 발을 굴렀다. 다니엘, 아내 로슬린, 어린 플로렌스가 모두 다리를 높이 쳐들고 상상 속의 악당인 신문을 붙잡으려 하자 가마슈는 현실 속의 신문을 붙잡을 때까지 더욱 과장된 자세를 취했다.

"사랑에 눈먼다는 건 참 멋져." 가마슈가 벤치로 돌아오자 렌 마리가 활짝 웃었다.

"멍청하기도 하고." 가마슈가 그녀의 손을 꼭 잡으며 동의했다. "춥지 않아? 카페오레라도 마실래?"

"좋지." 아내가 읽고 있던 「라 프레스」에서 고개를 들었다.

"아버지, 잠깐요. 도와 드릴게요." 다니엘은 플로렌스를 로슬린에게 건넸다. 두 남자는 호수에서 그리 멀지 않은 숲 속의 간이매점으로 걸음을 옮겼다. 조깅하는 사람들이 루아얄산의 오솔길을 따라 발소리를 내며 달리고 있었고, 자전거 도로에서는 자전거를 타는 사람들이 간간이 눈에 띄었다. 부드러운 햇살 속에 따뜻함이 번지는 화창한 봄날이었다.

렌 마리는 꼭 닮은 두 사람이 걸어가는 모습을 지켜보았다. 두 사람은 한 꼬투리에 든 두 콩알처럼 똑같았다. 둘 다 큰 키에 참나무처럼 건강했다. 다니엘의 갈색 머리는 가늘어지기 시작했고, 아르망은 정수리 부분에 숱이 많이 줄어 있었고 단정한 검은 옆머리가 희끗희끗해지고 있었다. 50대 중반인 아르망 가마슈는 편안하면서도 바른 자세를 유지했다. 어느새 훌쩍 서른이 되어 버린 아들도 마찬가지였다.

"아버님이 벌써 그리우신 거예요?" 시어머니 옆에 앉은 로슬린은 렌 마리의 주름이 진 편안한 얼굴을 들여다보았다. 그녀는 렌 마리를 사랑했다. 이 나이 든 여인이 처음 저녁 식사를 차려 주던 날부터 그랬다. 사귀기 시작한 지 얼마 되지 않았을 무렵 다니엘이 자신을 가족에게 소개하는 자리에서였다. 로슬린은 겁을 내고 있었다. 자신이 다니엘을 사랑하고 있다는 사실을 깨달았다는 단순한 이유 때문만이 아니라 그 유명한 아르망 가마슈 경감을 실제로 만날 생각 때문이기도 했다. 유명한 살인 사건들을 해결하며 보여 준 빈틈없고 올바른 일처리로 그는 퀘벡에서 전설적인 존재가 되어 있었다. 그녀는 아침 식사 자리에서 가마슈 경감의 업적에 대한 기사를 읽는 아버지의 얼굴을 마주하며 자랐다. 세월이 흘러감에 따라 신문 속 사진도 나이가 들어 갔다. 점점 머리가 벗겨지고 희끗희끗해졌으며 얼굴에 살도 좀 붙었다. 단정한 턱수염이 생기고 구겨진 신문의 주름과는 다른 선들이 생기기 시작했다.

그러던 어느 날 놀랍게도 그를 3차원에서 만나는 날이 왔다.

"비엥브뉘Bienvenue 반가워요." 우트레몽의 아파트 문을 연 그는 미소를 지으며 살짝 고개를 숙였다. "내가 다니엘의 아버지요. 들어와요."

그는 일요일 점심 식사에 어울리는 회색 플란넬 바지와 셔츠 위에 편안한 캐시미어 카디건을 입고 넥타이를 매고 있었다. 그에게서는 백단향 냄새가 났다. 맞잡은 그의 손은 따뜻했고 익숙한 의자에 앉는 것처럼 든든했다. 그녀는 그 손을 잘 알고 있었다. 바로 다니엘의 손이었다.

그때가 벌써 5년 전이었고, 그동안 많은 일이 있었다. 두 사람은 결혼했고 플로렌스가 태어났다. 그러던 어느 날 다니엘이 어느 매니지먼트 회사에서 자신에게 일자리를 제안했다는 소식을 듣고 껑충거리며 집에 왔다. 파리에서 이 년 동안 일해야 해. 자기 생각은 어때?

생각하고 말고 할 것도 없었다. 파리에서 이 년을 보낸다고? 벌써 파리에서 지낸 지도 1년이 넘었고, 두 사람은 파리 생활에 만족했다. 그렇지만 가족이 그리웠다. 공항에서 자그마한 플로렌스에게 작별의 입맞춤을 보내는 양가의 할아버지 할머니에게 이 모든 게 얼마나 가혹한 시련인지도 알았다. 손녀딸의 첫 번째 걸음마와 첫 번째로 말하는 단어, 첫 번째로 돋아난 치아, 매일같이 커 가는 모습과 수많은 표정을 지켜볼 수 없다는 가혹함. 이런 것들이 자신의 어머니에게 심한 타격이었겠지만 아마 아르망 할아버지에게는 더 심한 타격이었으리라. 비행기로 향하는 유리 복도를 걸어가며 아르망이 대기실 유리창에 지그시 손바닥을 누르는 모습을 지켜보는 자신의 가슴도 찢어지는 것 같았다.

하지만 그는 아무 말도 하지 않았다. 그저 아들 부부를 위해 기뻐했으며 두 사람이 그걸 알 수 있게 행동했다. 그리고 그들을 보내 주었다.

"다들 보고 싶을 거야." 렌 마리가 손을 잡으며 미소를 지었다.

그리고 지금 그녀의 배 속에는 또 다른 아이가 있었다. 지난 성금요일 저녁 식사 자리에서 양가 부모님께 이 소식을 전했고, 한바탕 소란이 일었다. 친아버지는 샴페인을 터뜨렸고 아르망은 가게로 달려가 그녀에게 무알코올 사과주를 사다 주었다. 그리고 눈부신 앞날을 기원하며 축배를 들었다.

주문을 기다리는 동안 아르망은 아들의 팔에 손을 얹고, 다른 사람들이 볼 수 없도록 아들을 매점에서 좀 떨어진 곳으로 데려갔다. 그런 다음 버버리 재킷에 손을 넣어 봉투 하나를 건넸다.

"저는 필요 없어요, 아버지." 다니엘이 속삭였다.

"넣어 둬라."

다니엘이 코트 속으로 봉투를 밀어 넣었다. "고마워요."

아들이 아버지를 포옹했다. 이스턴섬의 거석이 합쳐진 듯했다.

하지만 가마슈는 누군가의 시야에서 완전히 벗어나지 못했다. 모든 걸 지켜보는 이가 있었다.

가마슈가 벤치로 돌아와 아내에게 커피를 건네고 신문을 집어 드는 사이, 로슬린과 플로렌스는 다른 가족들과 어울렸고 다니엘은 주위를 거닐었다. 렌 마리는 「라 프레스」 1면에 머리를 처박고 있었다. 그녀가 그를 본체만체하는 경우는 드물었지만 그는 두 사람 모두 독서에 열중하곤 한다는 사실을 알고 있었다. 앙리는 햇볕이 내리쬐는 가마슈의 발치에서 잠이 들었고, 가마슈는 커피를 마시며 사람들이 오가는 모습을 지켜보았다.

그야말로 완벽한 하루였다.

몇 분 후에 렌 마리가 신문에서 고개를 들었다. 불안한 얼굴이었다. 아니, 거의 겁을 먹은 것 같았다.

"무슨 일이야?" 가마슈가 큰 손을 뻗어 그녀의 이마에 가져가며 눈빛을 살폈다.

"신문 봤어?"

"책 소개란만 봤어. 왜?"

"너무 겁에 질리면 죽을 수도 있나?"

"무슨 뜻이야?"

"어떤 사람이 그랬다나 봐. 겁에 질려 죽었대."

"매, 세 오리블Mais, c'est horrible 정말 끔찍하군."

"스리 파인스에서 죽었어." 렌 마리가 남편의 표정을 살폈다. "옛 해들리 저택에서."

가마슈의 얼굴이 창백해졌다.

10

"들어오게, 가마슈. 주아이요 파크_{Joyeues Pâques} 부활 축하!"

브레뵈프 경정이 악수를 청한 뒤 문을 닫았다.

"에 부, 몬 아미_{Et vous, mon ami} 자네도, 친구." 가마슈가 미소를 지었다. "행복한 부활절 맞게나."

렌 마리가 알려 준 뉴스의 놀라움은 사라진 지 오래였다. 그가 기사를 다 읽자마자 휴대전화가 울렸다. 퀘벡 경찰청의 친구이자 상관인 미셸 브레뵈프에게서 온 전화였다.

"사건이 터졌네. 다니엘 가족이랑 함께 있다는 건 아네. 미안한데 시간 좀 내줄 수 있겠나?" 브레뵈프가 말했다.

가마슈는 상사인 그가 예의상 물어보는 거라고 생각했다. 그냥 명령할 수도 있기 때문이었다. 하지만 두 사람은 함께 자랐고 오랫동안 둘도 없는 친구 사이였으며 경찰청에서도 줄곧 함께 일했다. 경정이라는 직위를 놓고 역시 함께 다투었다. 결국 승진한 사람은 브레뵈프였지만 그 점이 두 사람의 우정에 영향을 끼치지는 않았다.

"오늘 밤 파리로 돌아갈 거야. 걱정 안 해도 돼. 길진 않았지만 좋은 시간이었어. 바로 가지."

그는 아들과 며느리, 플로렌스에게 작별 인사를 했다.

"전화할게." 렌 마리에게 입을 맞추고 그가 말했다. 그녀는 손을 흔들며 그가 소나무 숲 사이에 숨은 주차장으로 걸어가는 모습을 지켜보았다. 남편의 모습이 시야에서 사라질 때까지 지켜보았다. 그러고 나서도 계속 지켜보았다.

"신문 읽었어?" 브레뵈프가 책상 저편의 회전의자에 앉아 물었다.

"내용을 다 알 만큼은 아니야." 자신의 거대한 발자국이 찍힌 신문을 읽으려고 애쓰던 생각이 났다. "설마 스리 파인스 사건을 말하는 건 아니겠지?"

"봤군."

"렌 마리가 알려 줬지. 하지만 자연사라던데? 엽기적이긴 하지만 자연사야. 그 여자는 정말 죽을 만큼 무서웠던 걸까?"

"코완스빌 병원 의사들은 그렇게 말하더군. 심장마비라고. 하지만……."

"계속하게."

"자네가 직접 봐야 할 것 같네만 내가 듣기로 죽은 여자는……." 말을 꺼내기 난처하다는 듯 브레뵈프가 잠시 멈추었다. "마치 뭘 보았던 것 같더군."

"옛 해들리 저택에서 교령회를 하고 있었다던데."

"교령회라." 브레뵈프는 헛기침을 했다. "어리석어. 아이들이나 하는 줄 알았는데 다 큰 어른들이 하다니. 도대체 왜 그런 데 시간을 낭비하는지 알 수가 없군."

가마슈는 왜 경정이 쉬는 날에 출근을 한 건지 궁금했다. 브레뵈프는 수사에 들어가기 전에 사건에 대해 논의를 했던 적이 없었다.

그렇다면 왜 이번에는 논의부터 하려는 것일까?

"검시관이 오늘 아침까지 혈액 검사 결과를 끝낼 수 없을 거라고 했는데 이게 왔더군."

브레뵈프가 종이 한 장을 건넸다. 가마슈는 반달형 안경을 걸쳤다. 그는 수없이 이런 보고서를 읽어 왔고 무엇을 찾아야 하는지 정확히 알고 있었다. 독성학 리포트.

잠시 후, 그는 보고서를 내리고 안경 너머로 브레뵈프를 바라보았다.

"에페드라군."

"세 사C'est ça 그렇다네."

"그렇다고 꼭 살인이라고 봐야 할까?" 가마슈가 혼잣말에 가깝게 중얼거렸다. "에페드라를 복용하는 사람들도 있잖아?"

"금지 약물이지."

"맞아, 사실이야." 가마슈가 심란해하며 대답했다. 그는 다시 보고서를 훑어보았다. 그리고 잠시 후 말했다. "흥미로운 부분이 있군. 들어 보게." 그는 보고서의 한 구절을 읽었다.

"죽은 사람의 키는 백칠십 센티미터고, 몸무게는 육십일 킬로그램이라는군. 자네는 그녀가 다이어트약이 필요 없을 거라고 생각할 테지." 그는 안경을 벗어 다시 접었다.

"대부분의 사람들은 먹지 않네." 미셸 브레뵈프가 말했다. "생각만 할 뿐이지."

"몇 달 전의 몸무게가 궁금하군." 가마슈가 말했다. "아마 육십이 킬로그램에서 뺀 몸무게겠지." 가마슈는 안경으로 보고서를 툭툭 쳤다. "에페드라 덕분에 말일세."

"그럴지도 모르지." 브레뵈프가 동의했다. "그걸 알아내는 게 자네 임무네."

"살인인지 사고인지 말인가?" 가마슈가 다시 보고서를 손에 들고, 또 다른 결론을 생각해 보았다. 하지만 보고서만으로는 답을 얻을 수 없다는 걸 알고 있었다. 살인 사건일까? 그렇다면 범인은 누구일까? 왜 목숨을 빼앗을 정도로 이 여자를 증오하거나 두려워했을까? 왜일까? 도대체 왜? 언제나 누구보다는 왜가 더 중요했다.

아니, 답은 책이나 보고서 안에 있는 게 아니라 언제나 인간에게 있다. 심지어 가끔은 형체가 없는 것일 수도 있다. 잡을 수도, 막을 수도, 만질 수노 없는 무언가에 있다. 답은 어두컴컴한 과거와 그 안에 숨겨진 감정 속에 있다.

손에 들린 종이가 상황은 알려 줄지 모르지만 진실은 가르쳐 주지 않는다. 그러한 이유 때문에 그는 스리 파인스로 가야만 했다. 다시 옛 해들리 저택으로 가야만 했다.

"누굴 데려가겠나?" 이 질문이 가마슈를 다시 친구의 사무실로 되돌려 놓았다. 브레뵈프는 태연하게 말하려 애썼지만 예외적인 질문을 한다는 걸 감추기에는 역부족이었다. 예전에 그는 절대로 살인 수사반 반장 아르망 가마슈에게 이런 질문을 하지 않았다. 수사 절차, 특히 요원 배치와 같은 구체적인 사항에 대해서는 한 번도 묻지 않았다.

"그건 왜 묻지?"

브레뵈프가 펜을 들고 미해결된 서류 더미 위를 빠르게 두드렸다.

"왜인지 잘 알잖나. 자네야말로 내가 그녀의 행동에 관심을 갖게 한 장본인이 아닌가. 이베트 니콜 형사를 이번 사건에 데려갈 생각인가?"

그것이었다. 그것이 루아얄산에서 차를 몰고 오는 내내 가마슈를 끈질기게 괴롭혔던 질문이었다. 니콜을 팀에 합류시켜야 할까? 그럴 때가

된 걸까? 실제로 거의 비어 있던 경찰청 본부의 주차장에서 자신의 볼
보에 앉아 결정을 내리려고 애썼다. 그렇지만 여전히 친구의 질문에는
놀라고 말았다.

"자네 생각은 어떤가?"

"이미 마음을 굳혔나, 아니면 내 생각이 끼어들 여지가 있나?"

가마슈가 웃었다. 그들은 서로를 너무 잘 알았다.

"솔직히 말하지, 미셸. 지금 막 결정했네. 하지만 내가 얼마나 자네의
의견을 존중하는지 알잖아."

"부아이용Voyons 그럼, 자네에게 지금 더 필요한 게 뭐지? 내 의견인가,
아니면 브리오슈인가?"

"브리오슈지." 가마슈가 미소를 지으며 시인했다. "하지만 그건 자네
라도 마찬가지일 걸세."

"세 라 베리테C'est la vérité 그게 진실이야." 브레뵈프가 자리에서 일어나 책상
앞으로 나오더니 책상 위에 걸터앉았다. 그리고 경감 쪽으로 몸을 기울
였다. "그녀를 데려간다는 것은, 글쎄, 세 포c'est fou 미친 짓이야. 미친 짓이고
말고. 난 자넬 잘 알아. 그녀를 도와주고 다시 기회를 주고 싶겠지. 유
능하고 성실한 형사로 키우고 싶을 거야. 내 말이 맞지?"

미셸 브레뵈프는 더 이상 웃고 있지 않았다.

가마슈는 입을 열고 무슨 말을 하려다가 마음을 바꾸었다. 대신 친구
가 말을 하도록 놔두었다. 그리고 미셸은 그렇게 했다.

"언젠가 그 잘난 자아가 자네를 죽일 걸세. 자네도 알겠지만 그렇다
면 그걸로 끝일 거야. 자네는 그것이 이타적인 것이라고 생각하고 그렇
게 하는 것이 좋은 선생, 현명하고 인내심이 강한 아르망 가마슈가 되는

거라고 생각하겠지만 자네나 나는 그게 자존심이라는 걸 아네. 우월감. 조심하게, 친구. 니콜은 위험해. 자네도 그렇게 말하지 않았나."

가마슈는 심장이 요동치는 것을 느꼈고 태연함을 유지하기 위해서 숨을 들이마셔야 했다. 분노를 분노로 맞서지 않기 위해서. 그는 미셸 브레뵈프가 왜 이런 말을 하는지 알고 있었다. 그가 경정인 동시에 친구이기 때문이었다.

"아르노 사건은 이제 끝낼 때가 됐어." 가마슈가 단호하게 말했다.

마침내 이 순간이 왔다. 가마슈가 그 말을 입 밖으로 꺼냈다.

빌어먹을 아르노. 감옥에서 썩어 가면서도 여전히 그를 놓아주지 않고 있다.

"내 생각도 같네." 브레뵈프가 자리로 돌아오며 말했다.

"자넨 왜 여기에 있지, 미셸?"

"내 사무실에 내가 왜 있냐고?"

가마슈는 아무 말 없이 친구를 바라보았다. 마침내 브레뵈프가 앞으로 몸을 숙여 넓은 책상 위에 팔꿈치를 내려놓았다. 팔꿈치로 기어 와 가마슈의 머리를 감싸 쥐기라도 할 듯이.

"자네가 옛 해들리 저택에서 무슨 일을 겪었는지 알아. 거의 죽을 뻔했지. 거기서……,"

"그 정도는 아니었네."

"나한테 거짓말할 생각 마, 아르망." 브레뵈프가 경고했다. "나는 자네에게 사건에 대해 알려 주고 자네가 어떻게 생각하는지 알고 싶을 뿐이야."

깊은 감동을 받은 아르망은 잠자코 있었다.

"그 저택엔 무언가가 있네." 시간이 좀 흐른 뒤에 그가 털어놓았다. "자네는 한 번도 가 본 적 없지, 그렇지?"

브레뵈프가 고개를 끄덕였다.

"무언가가 있네. 굶주림이랄까, 채워야 할 욕구 같은 거 말이야. 미친 소리 같겠지."

"내가 보기엔 자네한테도 정확히 그만큼의 파괴적인 욕구가 있는 것 같은데. 다른 사람을 도우려는 욕구 말이야. 이베트 니콜이 대표적인 예지." 브레뵈프가 말했다.

"돕고 싶은 게 아냐. 그녀와, 그녀의 배후에 있는 상관들을 파헤치고 싶을 뿐이야. 난 니콜이 아르노를 지지하는 무리를 위해 일한다고 확신하네. 이미 말했을 텐데."

"그렇다면 그녀를 내치게." 브레뵈프가 격노하며 날카롭게 대꾸했다. "내가 그녀를 내치지 않은 유일한 이유는 자네가 그러지 말라고 했기 때문이야. 개인적으로 부탁하지 않았나. 내 말 잘 듣게. 아르노 사건은 절대로 끝나지 않아. 경찰청 내부로 너무 깊숙이 파고들었어. 여기에서 일하는 모든 사람이 어떤 식으로든 연관되어 있지. 자네도 알다시피 대부분은 자네 편이야. 하지만 아닌 사람들도 있지." 브레뵈프는 이제 간단하고 우아한 항복의 표시로 손바닥을 들어 보였다. "그들은 강력한 존재들이고, 니콜은 그들의 눈과 귀야. 그녀를 자네 곁에 두는 한 자네는 위험해. 그들이 자네를 파멸시킬 거야."

"그쪽도 마찬가지야, 미셸." 가마슈가 지친 듯이 말했다. 옛 상사인 아르노에 대한 이야기는 언제나 그의 진을 빼 놓았다. 가마슈가 보기에 그 사건은 벌써 오래전에 끝났다. 오래전에 죽어 묻혀 버렸다. 그런데 지금 또다시 돌아왔다. 부활한 것이다. "가까이에 있으면 그녀를 지켜볼 수 있어. 그녀가 보고 듣는 걸 통제할 수도 있지."

"어리석기는." 브레뵈프가 고개를 흔들었다.

"자만심이 강하고 고집이 세고 거만하기까지 하지." 문으로 걸어가며 가마슈가 동의했다.

"니콜을 데려가게." 창밖을 보기 위해 등을 돌리며 미셸 브레뵈프가 말했다.

"메르시Merci 고맙네."

문을 닫고 가마슈는 전화를 걸기 위해 사무실로 향했다.

혼자가 된 브레뵈프 경정 역시 자신의 직통전화를 들었다.

"브레뵈프 경정입니다. 곧 가마슈 경감이 전화를 할 겁니다. 아니, 의심은 안 하고 있습니다. 그는 니콜이 문제라고 생각하고 있습니다."

브레뵈프는 몇 차례 심호흡을 했다. 아르망 가마슈가 자신을 역겹게 하는 모습을 지켜볼 단계에 이르렀다.

장 기 보부아르 경위가 모는 볼보가 세인트로렌스강을 가로지르는 샹플랭 다리를 건너 미국 접경지인 남쪽으로 향하는 이스턴 타운십스 고속도로로 접어들었다. 1년 전쯤 경감의 볼보가 마침내 생명을 다했을 때 보부아르는 경감에게 MG를 추천했지만 경감은 무슨 이유 때문인지 자신의 말을 농담으로 받아들였다.

"어떤 사건입니까?"

"어젯밤 스리 파인스에서 어떤 여자가 겁에 질려 죽었네." 가마슈가 스쳐 가는 교외 풍경에 눈길을 던지며 말했다.

"사크레sacré 젠장! 그럼 우리는 뭘 찾아야 하죠? 유령입니까?"

"자네 생각에 가까운 거지. 옛 해들리 저택의 교령회에서 생긴 일이니까."

가마슈는 자신의 젊은 부하인 보부아르 경위의 잘생긴 얼굴을 보기 위해 고개를 돌렸다. 보부아르의 입술을 꽉 다문 긴장한 얼굴은 점점 창백해지고 있었다.

"빌어먹을 저택." 보부아르가 마침내 입을 열었다. "누군가가 허물어 버려야 합니다."

"저택 때문이라고 생각하나?"

"경감님은 아니라고 생각하십니까?"

보부아르가 미신을 인정하는 것은 이례적인 경우였다. 보통 그는 지나치게 합리적이었고 사실을 근거로 판단했다. 또한 감정같이 눈에 보이지 않는 것을 신뢰하지 않았다. 보부아르의 견해에 따르면 자신이야말로 사람들의 머리와 심장을 파고드는 데 지나치게 시간을 낭비하는 상사를 완벽하게 보완하는 인물이었다. 머리와 심장에는 혼돈이 살고 있었고, 보부아르는 그런 걸 중요하게 생각하지 않았다.

하지만 이런 보부아르가 보기에도 악을 위한 장소가 따로 존재한다면, 그곳이 바로 옛 해들리 저택이었다. 보부아르는 갑자기 불편함을 느끼고 운전석에서 탄탄한 몸을 움직여 자신의 상사를 보았다. 가마슈는 사려 깊은 얼굴로 그를 바라보고 있었다. 두 사람은 서로에게 시선을 고정했다. 흔들림 없이 차분한 가마슈의 눈은 짙은 갈색이었고 보부아르의 눈은 회색에 가까웠다.

"죽은 사람은 누굽니까?"

11

고속도로를 빠져나와 스리 파인스로 가는 길은 가마슈가 아는 한 가장 경치가 좋고 가장 험한 길이었다. 차가 비포장도로를 덜컹거리며 제멋대로 내달리는 통에 보부아르와 가마슈는 스크램블드에그가 된 느낌이었다.

"조심하게." 가마슈가 비포장도로의 움푹 파인 곳을 가리켰다. 그곳을 피하기 위해 보부아르는 더 크게 파인 쪽으로 차를 돌렸고, 새 차나다름없는 볼보는 울퉁불퉁한 길에 받혀 진흙에 여러 차례 깊은 자국을 냈다.

"더 알려 주실 거라도?" 길에 눈을 고정한 보부아르가 으르렁거렸다.

"매 초마다 조심하라고 외칠 작정이었네만." 가마슈 경감이 말했다. "조심해!"

그들 앞에 소행성이 떨어져 생긴 분화구만큼이나 거대한 구멍이 나타났다.

"제기랄." 보부아르는 운전대를 한쪽으로 꺾어 간신히 그 구멍을 피했다. "저택이 우리가 오는 걸 원하지 않는 것 같은데요."

"저택이 길에 구멍을 파 놓으라고 했다는 말인가?" 사실에 입각한 논의보다 영적인 면을 흔쾌히 받아들이는 가마슈조차 보부아르가 한 말에 놀랐다. "봄이 땅을 녹였다는 말이겠지?"

"뭐, 그럴 수도 있겠죠. 조심하세요!" 그들은 또다시 깊은 구덩이에 부딪혀 앞으로 튀어 나갔다. 휘청거리고 이리저리 방향을 틀고 욕설을 퍼부으며 두 사람은 더디게 숲 속 깊숙이 들어갔다. 소나무와 단풍나무 숲 사이로 난 흙투성이 길은 골짜기를 따라 구불구불하게 뻗어 나가다가 야트막한 산등성이로 이어졌다. 그리고 봄비로 불은 개울물과 얼음이 막 녹기 시작한 회색 호수를 지나쳐 갔다.

그런 다음에야 그들은 가까스로 스리 파인스에 도착했다.

가마슈는 길 양옆에 주차된 차들을 보았다. 친숙하면서도 이상할 만큼 편안한 '범죄 현장'에 도착한 것이다. 아직 옛 해들리 저택은 보이지 않았다.

보부아르는 저택 맞은편 버려진 제분소 옆에 주차했다. 차 문을 열고 내리자 그윽한 향기가 풍겨 와 가마슈는 잠시 눈을 감고 멈추어 섰다.

숨을 깊이 들이마시자 곧 무슨 향기인지 알 수 있었다. 신선한 솔향기였다. 어린 싹이 뿜어내는 강하고 신선한 향기였다. 그는 서둘러 고무장화로 갈아 신고 재킷 위에 방수 코트를 걸친 다음, 넥타이를 매고 트위드 모자를 썼다.

그는 여전히 옛 해들리 저택은 쳐다보지도 않고 언덕 꼭대기로 걸어 올라갔다. 메리노 울 터틀넥에 이탈리안 가죽 재킷을 입은 보부아르는 거울에 자신을 비춰 보았다. 예상보다 더 만족스러운 모습이었다. 잠시 행복한 순간을 만끽하던 그는 가마슈를 뒤쫓아 가 어깨를 나란히 하고 골짜기 전체를 내려다보았다.

아르망 가마슈가 제일 좋아하는 풍광이었다. 산 저편에는 우아하게 핀 장미꽃들이 서로를 감싸고 있었다. 산비탈은 보송보송한 라임빛 새 싹들로 뒤덮여 있었다. 솔향기와 대지의 향기뿐 아니라 여러 가지 향을 맡을 수 있었다. 바싹 마른 낙엽의 풍부한 사향 냄새, 굴뚝이 내뿜는 나무 타는 냄새, 그리고 그 밖의 냄새. 그는 고개를 들고 이번에는 부드럽게, 다시 숨을 들이마셨다. 진한 향기 가운데 감지하기 어려울 만큼 미묘한 향이 섞여 있었다. 처음 피어난 봄꽃의 향기였다. 가장 신선하고 가장 새로운 향기였다. 가마슈는 하얀 참나무 첨탑이 우뚝 솟아 있는, 단순하고 우아한 예배당을 떠올렸다. 예배당은 자신의 발아래 오른편에 있었다. 그는 세인트 토머스 성당에 자주 들렀었다. 그래서 이 아름다운 아침에 오래된 스테인드글라스 창문을 통과한 햇살이 신자석과 나무 바닥으로 한가득 쏟아져 내릴 거라는 걸 알고 있었다. 스테인드글라스의 핵심적인 이미지는 예수나 성인들의 삶과 죽음이 아니라 1차 세계 대전에 참전한 세 젊은이였다. 전진하는 두 사람의 옆모습. 다른 한 사람은 모여 있는 교회 신자들을 정면으로 바라보고 있었다. 책망하지도, 슬퍼하거나 두려워하지도 않았다. 이 성당을 당신들에게 주는 선물이라고 말하는 양 깊은 사랑을 담아. 잘 사용하거라.

아랫부분에는 전쟁에서 목숨을 잃은 사람들의 이름과 한 줄의 글귀가 새겨져 있었다.

그들은 우리의 자식이었습니다.

가마슈는 언덕 끝자락에 서서 진한 꽃향기를 맡으며 지상에서 가장 사랑스럽고 온화한 마을을 내려다보았다. 용감한 사람들은 언제나 젊은 이들이었는지 궁금했다. 사람은 나이가 들면서 점점 소심해지고 겁이 많아지는지도 모른다.

가마슈 자신은 어떨까? 물론 그도 목덜미에 와 닿는 숨결마저 오싹하게 하는 흉물스러운 건물로 들어가기가 무서웠다. 아마 보부아르도. 하지만 가마슈가 정말로 두려워하는 것은 따로 있었다.

아르노였다. 망할 아르노. 감옥에 들어가 있는데도 자신을 두렵게 할 수 있는 존재였다. 특히 자신이 처넣은 감옥에서.

이런 어두운 생각조차 눈앞의 풍경을 마주하니 모두 사라져 버렸다. 이런 풍경을 접하면서 어떻게 두려움 따위에 마음을 빼앗기겠는가?

스리 파인스는 작은 골짜기에 포근히 누워 있었다. 돌로 된 굴뚝에서는 장작 향이 감돌았고 단풍나무, 벚꽃나무, 사과나무에서도 싹이 돋아나고 있었다. 마을 사람들은 여기저기 분주히 오가고 있었다. 정원에서 일하는 사람도 있었고, 빨랫줄에 보송보송한 빨래를 널거나 널찍하고 우아한 베란다를 청소하는 사람도 있었다. 봄맞이 대청소였다. 마을 사람들은 바게트와, 보이지는 않지만 가마슈가 능히 짐작할 수 있는 먹거리로 가득 채운 캔버스 백을 들고 잔디 광장을 가로지르고 있었다. 가게마다 지역 특산품인 치즈, 파테, 농장에서 갓 나온 계란, 향이 진한 커피콩을 팔고 있었다.

가마슈는 시계를 들여다보았다. 정오가 되어 가고 있었다.

가마슈는 지난 두 사건 때 스리 파인스에 왔었다. 그때마다 자신이 이 마을에 속해 있다는 느낌을 받았다. 가히 강렬한 느낌이었다. 소속감 말고 사람들이 원하는 게 또 무엇이겠는가?

그는 진흙탕 길을 지나 잔디 광장을 가로지른 다음 올리비에의 비스트로로 가고 싶었다. 거기서 그는 난롯불에 손을 녹였고 감초 파이프와 친자노를 주문했었다. 그리고 아마 콩이 잔뜩 들어간 완두 수프도. 과월호 「타임스」 문예 부록을 읽으며 올리비에와 문학에 대한 이야기를 나눴고, 가브리와는 날씨 이야기를 하였다.

어쩌다가 그가 세상에서 가장 좋아하는 장소가 가장 꺼리는 장소에 이렇게 가까이 있게 된 걸까?

"무슨 소리죠?" 장 기 보부아르가 그의 팔에 손을 얹으며 물었다. "들리시나요?"

가마슈도 듣고 있었다. 새소리가 들렸다. 발밑에서 오래된 잎사귀가 미풍에 살짝 흔들리는 소리도 들렸다. 그리고 또 다른 소리가 들려왔다.

뭔가 웅웅거리는 소리였다. 아니, 단순히 웅웅거리는 정도가 아니었다. 잔뜩 소리를 낮춰 으르렁거리는 소리에 가까웠다. 옛 해들리 저택이 그들 뒤에서 부활이라도 한 걸까? 그래서 으르렁거리는 소리를 내며 자라고 있는 걸까?

평화로운 마을에서 눈을 뗀 그는 천천히 주위를 둘러본 다음, 해들리 저택에 시선을 내리꽂았다.

저택도 차갑고 거만한 눈길로 그를 마주 보았다.

"강입니다, 경감님." 보부아르가 멋쩍은 미소를 지으며 말했다. "벨라 벨라강이에요. 봄비가 넘치고 있네요. 별거 아니었군요." 저택을 바라보던 경감은 눈을 깜빡거리다가 보부아르 쪽으로 돌아서며 가볍게 미소를 지었다.

"저택이 으르렁거리는 소리가 아닌 게 확실한가?"

"아주 확실합니다."

"자네 말을 믿지." 가마슈가 웃었다. 가마슈는 젊은 보부아르의 부드러운 가죽 재킷에 큰 손을 얹고 옛 해들리 저택을 향해 걷기 시작했다.

저택에 닿았을 때 그는 페인트칠이 다 벗겨지고 들쭉날쭉하게 깨진 유리창을 보고 깜짝 놀랐다. '매물' 표지판이 떨어져 있었고 지붕의 기왓

장이 빠진 이를 드러냈으며 굴뚝의 벽돌 일부마저 떨어져 나가고 없었다. 저택이 일부러 자신의 일부를 떨쳐 내기라도 한 듯한 광경이었다.

그만둬. 그가 중얼거렸다.

"뭘 그만두라는 거죠?" 저택으로 다가갈수록 점점 걸음이 빨라지는 상관 가마슈 경감의 큰 보폭을 따라잡느라 뛰다시피 하며 보부아르가 물었다.

"내가 소리 내어 말했군. 그랬나?" 가마슈는 갑자기 말문이 막혔다. "장 기." 다시 입을 열었지만 무슨 말을 해야 할지 알 수 없었다. 가마슈는 공손하게 자신의 말을 기다리는 보부아르의 잘생긴 얼굴에 차츰 의구심이 깃들기 시작한다고 느꼈다. 나는 무슨 말을 하고 싶은 거지? 조심하라는 말? 사물이 눈에 보이는 것과 다르다는 사실을 알라는 말? 이 말은 비단 해들리 저택이나 이번 사건, 또는 살인 수사반에만 해당되는 이야기는 아니었다.

그는 이 젊은 형사를 해들리 저택에서 멀리 떼어 놓고 싶었다. 이번 사건에서도. 그 자신에게서도. 이 모든 것에서 최대한 멀리 떨어지게 하고 싶었다.

사물은 눈에 보이는 것과 달랐다. 우리가 아는 세계는 항상 움직이고 변하게 마련이었다. 그가 기정사실로 받아들이고 아무런 의심 없이 현실이라고 믿던 모든 것도 무너져 버렸다.

자신 역시 함께 무너졌었다. 자신이 사랑한 누군가와 함께.

"집이 무너지고 있네. 조심하게." 가마슈가 말했다.

보부아르가 고개를 끄덕였다. "경감님도요."

안으로 들어간 가마슈는 집이 너무 평범하게 느껴져서 놀랐다. 사악한 기운은 전혀 느껴지지 않았다. 그저 애처로움만이 느껴질 뿐이었다.

"위층으로 올라오세요, 경감님." 갈색 머리칼을 어두운 나무 난간 너머로 늘어뜨린 라코스트 형사가 외쳤다. "여자가 이 방에서 죽었어요." 그녀는 뒤쪽 방을 가리키더니 사라져 버렸다.

"주아이요 파크." 가마슈가 계단을 올라 방으로 들어가자 그녀가 말했다. 라코스트 형사는 대부분의 퀘벡 사람처럼 편안하면서도 세련된 옷차림을 하고 있었다. 20대 후반에 두 아이를 둔 그녀는 몸무게를 줄이는 데 별로 신경 쓰지 않았다. 대신 옷을 잘 입었으며 자신의 옷차림에 완벽하게 만족했다.

가마슈는 방 안을 살펴보았다. 화려한 사주식 침대가 한쪽 벽에 놓여 있었다. 맞은편에는 무거운 빅토리아풍 앞 장식이 딸린 벽난로가 놓여 있었다. 나무로 된 마루 위에는 푸른빛과 진홍빛의 화려하고 커다란 인도풍 양탄자가 깔려 있었다. 벽에는 복잡한 문양의 윌리엄 모리스 벽지가 발라져 있었고, 마루와 탁자 위에 있는 램프는 술로 장식되어 있었다. 드레스 테이블 위에 놓인 램프에 누군가가 알록달록한 스카프를 걸쳐 놓았다.

가마슈는 이 저택이 수백 년은 뒤처져 있다는 느낌을 받았다. 방 한가운데 둥글게 놓인 의자들만이 예외였다. 그는 의자의 수를 헤아려 보았다. 열 개였다. 그중 세 개는 바닥에 쓰러져 있었다.

"조심하세요, 아직 끝나지 않았어요." 가마슈가 의자 쪽으로 발걸음을 떼자 라코스트가 주의를 주었다.

"저건 뭐지?" 보부아르가 양탄자를 가리켰다. 마치 싸라기눈이 흩뿌려져 있는 것 같았다.

"소금 같아요. 처음에는 메타암페타민 가루나 코카인이라고 생각했는데 알고 보니 그냥 돌소금이더라고요."

"카펫 위에 왜 소금을 뿌렸지?" 보부아르는 질문을 던지긴 했지만 딱히 대답을 기대하지는 않았다.

"공간을 정화하기 위해서인 것 같은데요." 뜻밖에도 라코스트가 대답했다. 자신의 대답이 얼마나 이상하게 들리는지 알지 못하는 것 같았다.

"무슨 말이지?" 가마슈가 물었다.

"교령회를 하고 있었지 않나요?"

"그렇다고 듣긴 했네." 가마슈가 동의했다.

"무슨 말인지 잘 모르겠군. 소금이라니?" 보부아르가 말했다.

"곧 전부 알게 될 거예요." 라코스트가 미소했다. "교령회를 하는 방식은 여러 가지가 있지만 둥글게 앉아 소금을 뿌리고 네 개의 초를 켜는 방식은 하나뿐이거든요."

그녀는 원 안의 양탄자에 있는 양초를 가리켰다. 가마슈가 미처 보지 못한 것이었다. 양초 하나가 쓰러져 있었고, 가까이 다가가자 카펫에서 촛농 냄새가 났다.

"삼십이 방위예요." 라코스트가 설명을 계속했다. "동, 서, 남, 북 같은 걸 뜻하죠."

"삼십이 방위가 뭔지 알아." 보부아르가 대꾸했다. 그는 이 모든 상황이 맘에 들지 않았다.

"양초와 소금을 필요로 하는 교령회는 하나뿐이라고 했지." 날카로운 눈빛의 가마슈가 침착한 목소리로 말했다.

"마법 숭배 의식이죠." 라코스트가 말했다.

12

마들렌 파브로는 겁에 질려 죽었다.

클라라는 옛 해들리 저택이 그녀를 죽였다고 확신했다. 지금 클라라 모로는 저택 앞에 서서 저택에 따지고 있었다. 목줄을 한 루시는 앞뒤로 움직이면서 저택 밖으로 벗어나려 애썼다. 클라라 역시 벗어나고 싶었지만 마들렌을 위해서 참아야 한다고 생각했다. 저택에 지면 안 돼. 난 네 정체를 알아.

어젯밤에 무언가가 깨어났다. 그리고 그 무언가는 작고 긴밀한 원으로 뭉쳐 어리석고 멍청하고 유치하기 짝이 없는 짓을 하는 우리를 찾아냈다. 단지 그뿐이었다. 아무도 죽지 말았어야 했다. 다른 곳에서 교령회를 했더라면 아무도 죽지 않았을 텐데. 비스트로에서는 아무도 안 죽었잖아.

이 기괴한 공간에서 무언가가 부활했다. 그리고 복도를 지나 거미줄이 가득 쳐진 낡은 침실로 들어왔다. 결국 마들렌의 목숨을 앗아 갔다.

클라라는 앞으로 죽을 때까지 그날 밤을 잊지 못할 것 같았다. 비명 소리를. 사방으로 울려 퍼지던 비명 소리를. 그리고 쿵 하는 소리. 양초들이 식식거리며 타는 소리. 사람들이 도움을 주려고, 자리를 뜨려고 우왕좌왕하는 바람에 의자들이 넘어지는 소리. 찰칵하며 손전등이 켜지는 소리와 온 방을 미친 듯이 뛰어다니는 소리, 그리고 뒤이어 찾아온 정적을. 단 한 가지만이 빛나고 있었다. 바로 그 얼굴만이. 클라라는 여전히 밝고 따뜻한 햇살 속에서도 아직 차마 벗을 수 없는 외투처럼 온몸을 팽팽하게 조이는 공포에 휩싸여 있었다.

"보지 마." 클라라는 헤이즐 스미스가, 아마도 소피에게, 외치는 소리를 들었다.

"농." 무슈 벨리보도 외쳤다.

마들렌은 눈을 크게 뜬 채 앞을 응시하고 있었다. 마치 전구가 소켓에서 빠져나오려고 안간힘을 쓰는 것 같았다. 입은 벌어져 있었고, 비명을 지르다 그대로 굳어 버린 듯 입술은 팽팽했다. 너무 늦었다는 걸 알면서도 클라라는 위안을 주려고 마들렌의 손을 붙잡으려 했다. 하지만 그녀의 손은 알 수 없는 힘에 사로잡힌 지 오래였다. 클라라가 고개를 들었을 때 원 밖에서 뭔가가 움직이는 것을 보았다. 어떤 소리도 들려왔다.

날개가 푸드덕거리는 소리였다.

"봉주르." 가마슈가 저택을 나서며 큰 소리로 말했다. 클라라는 천천히 일상으로 돌아오고 있었다. 그녀는 크고 우아한 사람이 자신을 향해 성큼성큼 다가오고 있는 걸 인식했다.

"괜찮으신가요?" 고통스러워하는 클라라를 보고 그가 물었다.

"사실은 그렇지 못해요." 그녀는 간신히 미소를 지었다. "경감님을 보니 좀 낫네요."

하지만 그녀는 조금도 나아지지 않았다. 그녀의 얼굴에서 눈물이 흘러내리기 시작했고, 가마슈는 그녀가 지금 처음 우는 게 아닐 거라고 짐작했다. 그는 애써 눈물을 멈추게 하려 하지 않았다. 클라라가 있는 그대로 슬픔을 드러낼 수 있도록 가만히 옆에 서 있을 뿐이었다.

"어젯밤 여기 계셨다고요?" 질문이라기보다는 확인하는 차원에서 한 말이었다. 가마슈는 이미 보고서에서 그녀의 이름을 보았다. 클라라의 이름은 목록의 제일 위에 적혀 있었다. 그는 그녀의 견해와 눈에 보이거나 보이지 않는 세세한 것들을 포착하는 그녀의 시선을 존중했다. 교령회에 참여한 다른 사람들과 함께 그녀를 용의선상에 올려야 한다는 것은 알았지만, 그는 그렇게 하지 않았다. 그에게 있어 클라라는 소중한 목격자였다.

클라라는 외투 소매로 얼굴과 코 주변을 닦았다. 그 모습을 본 아르망 가마슈는 주머니에서 면으로 된 손수건을 꺼내 건넸다. 클라라는 가장 비참한 슬픔은 이미 지나갔기를 바랐지만, 봇물이 터진 벨라벨라강이라도 된 듯 좀처럼 눈물이 그치지 않았다. 슬픔이 흘러넘치고 있었다.

어젯밤의 피터는 훌륭했다. 병원으로 달려온 그는 "내가 뭐라고 했어?" 같은 말은 한마디도 하지 않았다. 대신 그녀가 그에게 간신히 이야기를 들려주면서 스스로에게 충분히 말했다.

그녀의 이야기를 듣고 난 그는 머나와 가브리, 클라라를 집으로 데려다 주었다. 겁에 질리고 넋이 나간 헤이즐과 이상할 정도로 차분한 소피에게 자신의 집에서 편히 쉬라고 제안했다. 너무 슬퍼서 감정이 마비라도 된 것이었을까? 아니면 이런 경우에는 늘 그렇듯이 소피의 미심쩍은 반응을 호의적으로 해석해야 할까?

하지만 두 사람은 그 제안을 거절했다. 혼자 남겨진 집으로 돌아가는 게 헤이즐에게 얼마나 고통스러운 일일지 클라라는 아직도 가늠하기 어려웠다. 소피와 함께 있더라도 실제로는 혼자 있는 것이나 다름없기 때문이었다.

"그녀와 친했나요?" 그들은 방향을 돌려 저택에서 마을로 향했다.

"네, 우리 모두와 친했어요." 클라라는 그가 자신의 옆에서 뒷짐을 진 채 생각에 잠긴 얼굴로 잠자코 걷는 모습을 보았다.

"무슨 생각을 하시는 거죠?" 그녀가 물었다. 잠시 침묵이 흐른 뒤, 그녀는 자신의 질문에 답했다. "그녀가 살해당했다고 생각하시나요? 그런 거죠?"

그들은 다시 멈추었다. 클라라는 걷는 일과 마들렌이 살해당했다는 소식을 받아들이는 일을 동시에 감당할 수 없었다. 선 채로 생각하기도 힘들 정도였다. 그녀는 몸을 돌려 가마슈를 바라보았다. 내가 늘 이렇게 둔하고 궁금한 게 많았던가? 당연히 그는 살해당했다고 생각하리라. 그렇지 않다면 왜 퀘벡 경찰청의 수사반장이 이 먼 데까지 왔겠는가?

가마슈는 마을 잔디 광장의 의자를 가리켰다.

"저 피크닉 테이블은 뭐죠?" 자리에 앉으면서 그가 물었다.

"부활절 달걀 사냥과 피크닉을 했거든요." 그게 겨우 어제였다고?

가마슈는 고개를 끄덕였다. 그들 역시 플로렌스를 위해 달걀을 숨겼다가 결국 자신들이 다시 찾아내야 하는 소동을 치렀다. 내년부터는 플로렌스 혼자 찾아낼 수 있으리라.

"마들렌은 살해당했나요?"

"그렇게 생각합니다." 그가 대답했다. 클라라가 이 말을 받아들일 시간을 준 뒤 그가 물었다. "제 말에 놀라셨나요?"

"네."

"아니, 숨을 돌리고 생각해 보세요. 누구나 살인 사건을 접하면 처음에는 놀라는 게 당연합니다. 하지만 질문을 다시 한 번 생각해 보시기 바랍니다. 마들렌 파브로가 살해당했다는 사실이 당신에게 정말 놀랍습니까?"

클라라는 가마슈 쪽으로 몸을 돌렸다. 그의 깊은 갈색 눈은 신중해 보였고, 단정한 턱수염은 희끄무레해지고 있었다. 모자 아래로 보이는 곱슬머리는 단정하게 빗질이 되어 있었으며 웃을 때 생기는 눈꼬리 주름이 선명했다. 그녀는 그가 일부러 예의를 갖춰 영어로 말하고 있다는 것을 알고 있었다. 완벽한 영어를 구사했지만 가마슈의 영어에는 특이하세도 영국식 억양이 배어 있었다. 그녀는 만날 때마다 그 이유를 물어볼 작정을 했던 터였다.

"왜 영국식 억양으로 말씀하시죠?"

그가 눈썹을 치켜뜨더니 약간 놀란 기색으로 그녀를 돌아보았다.

"그게 제 질문에 대한 답인가요?" 가마슈가 미소를 지으며 물었다.

"아니에요, 경감님. 전부터 물어보려고 했는데 자꾸 잊어버려서요."

"케임브리지 크라이스트 칼리지를 나왔습니다. 역사학을 전공했죠."

"대학에서 영어를 갈고닦으셨군요."

"거기서 영어를 배웠죠."

이번에는 클라라가 놀랄 차례였다.

"케임브리지에 가기 전에는 영어를 전혀 못하셨나요?"

"한두 마디 정도는 했죠."

"예를 들면……."

"'클링곤족〈스타 트렉〉에 나오는 호전적 외계인에게 발사.', 그리고 '맙소사, 제독님. 정말 끔찍합니다.' 같은 거요."

클라라는 코를 울리며 웃었다.

"시간 날 때마다 미국의 텔레비전 프로그램을 봤습니다. 특히 두 프로그램은 더 열심히요."

"〈스타 트렉〉과 〈해저 여행〉." 클라라가 말했다.

"케임브리지에서 그런 말들이 얼마나 쓸모없는지 알면 놀라실 겁니다. 하지만 '맙소사, 제독님. 정말 끔찍합니다.' 정도는 가끔 써먹을 수 있었죠."

클라라는 웃으면서 케임브리지 시절의 젊은 가마슈를 상상해 보았다. 도대체 어떤 사람이 그 나라의 언어도 배우지 않고 외국에서 대학을 다닐 생각을 한단 말인가?

"그럼 이제." 가마슈의 얼굴이 다시 심각해졌다.

"마들렌은 어디를 보나 사랑스러웠어요. 누구라도 좋아하고 사랑할 만한 사람이었죠. 시간이 조금만 더 있었으면 사랑에 빠진 모습도 봤을 텐데요. 누군가 그녀를 죽였다니 믿을 수가 없어요."

"그녀가 어떤 사람인가 하는 것 때문이 아니라, 누군가가 그런 일을 할 수 없다고 생각하기 때문인가요?"

클라라는 그 점이 문제라고 생각했다. 살인을 인정한다는 건 살인범이 있다는 사실을 인정한다는 뜻이었다. 그것도 그들 중에, 가까운 사람들 중에 있다는 사실을. 그 방에 있던 사람이라는 점은 거의 확실했다. 함께 미소 짓고 웃음을 터트리던 친근한 얼굴 너머에 그들이 몰아내야 했던 사악한 생각이 숨어 있었다.

"마들렌은 이곳에서 얼마나 살았죠?"

"실은, 마을 밖에서 살았어요." 클라라가 구불거리는 언덕을 가리켰다. "헤이즐 스미스와 같이 살았죠."

"어젯밤 같이 있던 사람이군요. 또 소피 스미스라는 사람과도 같이 살았고요."

"소피는 헤이즐의 딸이에요. 마들렌은 오 년 전부터 같이 살았고요. 예전부터 알던 사이였죠."

바로 그때 루시가 클라라가 붙들고 있던 목줄을 홱 잡아당겼다. 클라라의 눈에 현관문을 나와 먼지 낀 길을 걸어오며 손을 흔드는 피터가 보였다. 그녀는 주위에 차가 오는지 둘러본 다음, 루시를 풀어 주었다. 나이 든 개가 날듯이 잔디밭을 가로지르더니 몸을 숙인 피터에게 곧장 뛰어들었다. 가마슈는 몸을 움찔했다.

허리를 편 피터가 사타구니 근처에 두 개의 진흙투성이 발자국을 남긴 채 그들이 앉아 있는 벤치로 느릿느릿 다가왔다.

"경감님." 피터는 가마슈의 예상보다 훨씬 더 정중한 태도로 손을 내밀며 인사를 청했다. 가마슈는 자리에서 일어나 피터 모로의 손을 따뜻하게 마주 잡았다. "힘든 시기입니다." 피터가 말했다.

"맞습니다. 방금 부인께 마담 파브로가 자연사한 것 같지 않다는 말씀을 드리고 있었습니다."

"왜 그렇게 말씀하시는 거죠?"

"당신은 그 자리에 없었지요." 가마슈가 피터의 질문을 무시했다.

"네. 어제 손님들과 저녁 식사를 해서 집을 치워야 했거든요."

"그렇지 않다면 참석했을 거라는 뜻입니까?"

피터는 조금도 주저하지 않았다. "아닙니다. 나는 찬성하지 않았습니다." 피터 자신의 귀에도 그 말이 빅토리아 시대의 목사가 하는 말처럼 들렸다.

"피터는 저한테 가지 말라고 했어요." 클라라가 말했다. 지금 세 사람은 모두 일어서 있었다. 클라라는 피터의 손을 잡았다. "그리고 피터 말이 옳았어요. 가지 말아야 했어요. 모두 해들리 저택에서 멀리 떨어져 있었다면," 클라라가 언덕 위의 집을 올려다보았다. "지금도 마들렌은 살아 있겠죠."

그럴지도 모른다. 가마슈는 생각했다. 하지만 얼마나 더 오래 버틸 수 있었을까? 세상에는 벗어날 수 없는 것들이 있었다. 죽음이 그중 하나였다.

장 기 보부아르 경위는 수사반의 마지막 반원들이 짐을 챙기는 걸 지켜본 후에 침실에서 물러나 문을 닫았다. 그는 노란색 테이프 두루마리에서 일정 길이를 잘라 그것을 문을 가로지르도록 붙였다. 그가 보통 그랬던 때보다 더 많은 테이프를 둘렀다. 내면의 무언가가 이 방에 있는 것은 무엇이든지 봉인하라고 자꾸 부추겼다. 절대로 인정하고 싶지는 않았지만, 장 기 보부아르는 이 집에서 무언가가 자라나고 있다는 느낌을 받았다. 더 오래 머무를수록 무언가가 더 크게 자라나고 있었다. 전조 같은 것. 아니, 단순히 전조에서 그치지 않았다. 다른 무언가였다.

바로 공허감이었다. 그는 자기 안의 무언가가 텅 비어 가고 있다는 느낌을 받았다. 이곳에 계속 머무른다면 내면이 있던 자리에는 균열과 흔적만이 남을 것 같았다.

그는 밖으로 나가고 싶어 못 견딜 지경이었다. 라코스트 형사를 슬쩍 쳐다본 그는 그녀도 같은 생각을 하고 있을지 궁금했다. 그에게는 말도 안 되는 헛소리일 뿐인 마법에 대해 그녀는 너무 잘 알고 있었다. '해일

메리투팍의 노래로 가톨릭 기도문인 성모송을 뜻한다'를 흥얼거리며 방을 봉인한 후 몇 발자국 뒤로 물러나 자신이 해 놓은 작품을 보고 감탄했다.

예술가 크리스토1935~ 환경 설치 예술가 가 독일 연방의회 의사당을 폴리프로필렌 직물로 어떻게 감쌌는지 알았더라면 그는 거기서 어떤 유사점을 발견했을지도 몰랐다. 수사반의 노란 테이프가 방문을 온통 짓누르다시피 했다.

그는 한 번에 두 계단씩 걸어 내려가 순식간에 햇빛 속으로 나섰다. 무덤과도 같은 집에서 빠져나오니 세상이 무척이나 밝았고, 공기도 무척 신선했다. 벨라벨라강의 포효조차 정답게 들렸다. 초자연이 아닌 자연의 세계로.

"다행입니다. 아직 출발하지 않으셨군요."

뒤를 돌아보니 로베르 르미외 형사가 걸어오고 있었다. 젊고 열정적인 얼굴에 미소가 드리워져 있었다. 르미외는 그들과 오래 일하지 않았지만 이미 보부아르가 가장 아끼는 형사가 되어 있었다. 그는 자신을 흠모하는 젊은 형사들을 좋아했다. 하지만 그런 보부아르도 지금은 깜짝 놀랐다.

"경감님이 불렀나?" 보부아르는 살인 사건이라고 확신하기 전까지는 가마슈가 최대한 가볍게 수사를 진행할 계획이라고 알고 있었다.

"아닙니다. 경찰 친구에게서 들었습니다. 이 근처 생트 카트린 드 오베이에 사시는 부모님을 뵈러 왔거든요. 한번 들러 보는 게 좋겠다 싶었습니다."

보부아르는 시계를 들여다보았다. 오후 1시였다. 저주받은 집에서 빠져나오니 자신이 느끼던 공허감이 그저 심한 공복 때문이 아닐까 싶었다. 그래, 그게 틀림없어.

"따라오게. 비스트로에 경감님이 계시네. 마지막 크루아상 조각을 드시고 있을 것 같은데?" 농담처럼 말했지만 불안이 솟구쳤다. 정말 그렇다면 어떡하지? 그는 서둘러 차에 올라탔다. 두 사람은 1백 미터쯤 떨어진 스리 파인스로 향했다.

아르망 가마슈는 벽난로 앞에 앉아 친자노를 마시며 이야기에 귀를 기울이고 있었다. 4월 하순인데도 아직 따뜻한 난롯불이 반가웠다. 올리비에는 포옹과 감초 파이프로 그를 맞았다.

"메르시, 파트롱patron 주인 양반." 포옹을 되돌려 주고 감초 파이프를 받으며 가마슈가 말했다.

"받아들이기 너무 힘든 소식입니다." 코듀로이 바지에 넉넉한 치수의 캐시미어 스웨터를 우아하게 차려입은 올리비에가 말했다. 멋진 금발은 한 올도 흩어져 있지 않았고 전체적인 아름다움을 해치는 구김이나 자국도 전혀 없었다. 그에 비해 그의 파트너인 가브리는 의치를 끼우는 걸 잊었고 면도도 하지 않았다. 가브리와 포옹을 나누는 동안 새카맣고 꺼칠한 수염이 가마슈의 볼을 문질렀다.

피터와 클라라, 가마슈는 가브리를 따라 난롯불 옆의 빛바랜 소파로 갔다. 올리비에가 음료수를 가져왔고, 그들이 자리에 앉기가 무섭게 머나가 합류했다.

"만나서 반가워요." 그녀는 옆의 안락의자에 자리를 잡았다.

가마슈는 애정이 깃든 얼굴로 거대한 흑인 여자를 바라보았다. 그녀는 가마슈가 좋아하는 책방을 경영했다.

"여긴 왜 오셨죠?" 지적인 눈동자가 상냥해 보이는 그녀가 물었다. 그녀는 행여 무뚝뚝하게 들릴까 봐 최대한 조심스럽게 물었다.

전쟁 시 기우뚱거리는 자전거를 타고 전보를 전했을 배달부의 마음을 충분히 알 것 같았다. 참혹한 재앙을 전하는 사람이라는 유대감이었다. 언제나 의심 섞인 눈초리를 받아야 한다는 점도 같았다.

"경감님은 그녀가 살해당했다고 생각해." 가브리가 말했다. 의치가 없어서인지 가마슈의 귀에는 '새각해.'처럼 들렸다.

"살해당했다고요?" 머나가 코웃음을 치며 말했다. "끔찍했죠. 잔인하기까지 했어요. 하지만 살해당하지는 않았어요."

"얼마나 잔인했습니까?"

"우리 모두 폭행이라도 당한 것 같은 느낌이었어요." 클라라가 말하자 모두 고개를 끄덕였다.

그때 보부아르와 르미외가 대화를 나누면서 문을 밀치고 들어왔다. 가마슈는 두 사람의 주의를 끌기 위해 손을 들어 올렸다. 그들은 대화를 중단하고 난롯가 옆에 모인 사람들 곁으로 다가왔다.

납으로 된 유리 창틀의 유리를 통해 햇살이 흘러들어 왔고 마당에 있는 다른 손님들이 두런거리는 소리를 들을 수 있었다. 분위기가 가라앉아 있었다.

"무슨 일이 있었는지 말해 보세요." 가마슈가 차분하게 말했다.

"영매가 소금을 뿌리고 초를 켰죠." 머나가 눈을 크게 뜨고, 마치 실제로 눈앞에서 펼쳐지는 장면을 보듯이 말했다. "우리는 원형을 그린 의자에 앉아 있었어요."

"손을 잡고요." 가브리가 기억을 떠올렸다. 그의 숨소리가 빨라지고 호흡이 얕아졌다. 그는 마치 기억 저편에 홀로 남은 듯 주위를 의식하지 않고 있었다. 이 덩치 큰 남자의 심장박동 소리가 들리는 것만 같았다.

"그렇게 무서웠던 적이 없어요. 폭설이 내리는 날, 고속도로를 달리는 일 따위는 아무렇지 않게 느껴질 정도였죠." 클라라가 말했다

모두 고개를 끄덕였다. 모두 이렇게 삶이 끝나는 게 아닌가 하는, 심장이 멎을 것 같은 공포에 사로잡혔었다. 사나운 굉음 속에서 제어하지 못하고, 아무것도 보이지 않는 눈보라 속에 갇힌 공포.

"하지만 그게 목적이었잖아. 안 그래?" 클라라가 앉아 있는 안락의자의 팔걸이에 걸터앉으며 피터가 말했다. "스스로에게 겁을 주는 것."

자신에게 겁을 주고 싶어 교령회를 했던 걸까? 문득 클라라는 의구심이 들었다.

"악한 유령들이 사는 곳을 정화하려고 했을 뿐이에요." 머나가 가마슈에게 설명했다. 하지만 햇살이 환히 비치는 곳에서 이런 말을 하니 우스꽝스럽기 짝이 없었다.

"저에게 겁을 주려고 한 것도 있었고요." 가브리가 솔직하게 인정했다. "그건 맞아요." 그는 사람들의 얼굴을 둘러보며 덧붙였다. 클라라 역시 가브리의 말이 옳다고 인정해야 했다. 자신들은 왜 그렇게 어리석었을까? 자신들의 일상이 너무 차분하고 지루해서, 일부러 위험을 찾아다니고 만들어 내려고 했던 것일까? 그건 아니었다. 일부러 만들어 내려고 하지는 않았다. 위험은 이미 잠복해 있었다. 그들은 그저 불러냈을 뿐이었다. 그리고 위험은 그들에게 응답했다.

"잔. 그러니까 그 영매요." 머나가 가마슈에게 부연 설명을 했다. "잔이 무언가가 다가오는 소리가 들린다고 했어요. 우리는 한동안 말을 잃

었죠. 저도 들었던 것 같아요."

"저도요. 침대 쪽이었어요. 무언가가 침대 위에서 몸을 뒤척였죠." 가브리가 말했다

"아니, 복도 쪽이었어요." 클라라가 난롯불에서 시선을 떼고 그들의 얼굴을 바라보았다. 어젯밤의 기억이 고스란히 떠올랐다. 난롯불이 그들의 얼굴을 비추고 있었고, 모두의 눈은 반쯤 넋이 나가 있었으며, 몸은 금방이라도 튀어 나갈 것처럼 잔뜩 긴장해 있었다. 그녀는 그 소름 끼치던 방으로 되돌아가 있었다. 마치 장례식장에서 풍기는 것 같은 봄꽃 향이 났고, 뒤에서 발을 질질 끌며 걸어오는 소리를 들었다. "발걸음 소리. 발걸음 소리가 들렸어요. 잔이 오고 있다고 말한 기억이 나요. 죽은 자들이 다가오고 있다고요."

보부아르는 심장이 움츠러들고 손이 마비될 것만 같았다. 르미외의 손을 잡아도 될까 망설였지만, 그렇게 하느니 차라리 죽어 버리는 편이 나을 것 같았다.

"그들이 오고 있다고요." 머나가 거들었다. "그러고 나서 무슨 말인가 했어요."

"지붕에서, 또 다른 곳에서도 온다고 했던가." 가브리가 잔의 말을 기억하려고 애쓰며 말했다.

"다락방이야." 머나가 정정했다.

"지하실에서도요." 클라라가 아르망 가마슈를 똑바로 쳐다보며 말했다. 가마슈의 얼굴에서 핏기가 가셨다. 옛 해들리 저택의 지하실은 그에게 여전히 끔찍한 기억으로 남아 있었다.

"그런 다음에 그 일이 생겼죠." 가브리가 말했다.

"아직 아니에요. 한 가지 더 말했거든요." 클라라가 말했다.

"모두 우리 주변에 있어요." 머나는 조용히 말했다. "여기 있어요. 바로 지금."

그녀가 손뼉을 치자 보부아르는 숨이 멎는 줄만 알았다.

13

"그다음에 그녀가 죽었어요." 가브리가 말했다. 아래층에서 올라온 올리비에가 가브리의 어깨에 손을 얹었다. 가브리는 비명을 질렀다.

"타바르나클르Tabernacle 젠장, 날 죽일 작정이야?"

주문이 모두 풀렸다. 방은 다시 밝아졌고 가마슈는 커피 테이블에 놓인 커다란 샌드위치 접시를 보았다.

"그때 무슨 일이 일어난 거죠?" 가마슈가 뜨거운 바게트 위에 녹은 염소 치즈와 루콜라를 얹은 오픈 샌드위치빵 위에 여러 가지 음식을 올리고 그 위에 빵을 덮지 않은 샌드위치를 집어 들면서 말했다.

"질이 차를 가지고 오는 동안 무슈 벨리보가 아래층으로 그녀를 옮겼어요." 머나가 구운 치킨, 망고 샌드위치, 크루아상을 가져가며 말했다.

"질?" 가마슈가 물었다.

"질 샌던이오. 숲에서 일하죠. 질과 여자 친구인 오딜도 그 자리에 있었어요."

가마슈는 주머니에 든 증인 목록에서 두 사람의 이름을 기억해 냈다.

"질이 운전했어요. 헤이즐과 소피가 같이 갔고요." 클라라가 말했다. "남은 사람들은 헤이즐의 차를 탔죠."

"맙소사, 헤이즐." 머나가 말했다. "오늘 헤이즐이랑 이야기한 사람 있어?"

"전화했어." 클라라가 쟁반을 내려다보며 말했다. 사실 그녀는 배가 고프지 않았다. "소피하고 통화했어. 헤이즐은 너무 지쳐서 말도 못 하겠나 봐."

"헤이즐과 마들렌은 가까운 사이였습니까?" 가마슈가 물었다.

"단짝 친구였어요." 올리비에가 대답했다. "고등학교 때부터요. 몇 년 전부터 함께 살았죠."

"사귀진 않았어요." 가브리가 덧붙였다. "제가 알기로는요."

"남자들이란. 남자들은 성인 여자들이 친하게 지내면서 같이 살면 다 레즈비언인 줄 안다니까." 머나가 말했다.

"맞아요." 가브리가 말했다. "모두가 우릴 그렇게 생각하죠." 그는 올리비에의 무릎을 두드렸다. "하지만 용서할게요."

"마들렌 파브로가 살이 찐 적이 있었나요?"

너무 뜻밖의 질문이라 모두 러시아어라도 들은 것처럼 멍한 얼굴로 가마슈를 바라보았다.

"뚱뚱했냐고요?" 가브리가 물었다. "그랬던 것 같지는 않은데요."

다들 고개를 가로저었다.

"하지만 여기서 오래 살지는 않았잖아. 당신이 잘 알잖아." 피터가 말했다. "몇 년이랬지? 오 년?"

"그 정도 될 거야." 클라라가 동의했다. "하지만 금세 적응했죠. 헤이즐하고 성공회 부인회 활동을 했거든요."

가브리가 신음 소리를 냈다. "메르드Merde 젠장. 올여름에 내 자리를 물려주기로 되어 있었는데. 앞으로 어쩌지?"

그의 일정이 모두 엉망이 되고 말았다. 하지만 그가 생각하기에도 마들렌만큼은 아닐 것이었다.

"포브르Pauvre 가엾은 가브리. 개인적인 비극이군." 올리비에가 말했다.

"성공회 부인회의 운영에 관한 일일 뿐인데. 살인이라니." 그가 가마슈에게 물었다. "헤이즐이 맡으려고 할까요? 어떠세요?"

"안 할 것 같은데. 어쨌든 지금은 물어보지 않는 게 나아." 올리비에가 말했다.

"누군가가 집에 있었을 가능성은 없습니까?" 가마슈가 물었다. "대부분 소리를 들으셨다고 했죠."

그러자 사악한 소리를 떠올린 클라라, 가브리, 머나가 잠잠해졌다.

"당신이 믿는 게 뭐죠, 클라라?"

내가 뭘 믿고 있냐고? 클라라는 자기 자신에게 물었다. 악마가 마들렌을 죽였다고 믿는 걸까? 그 집에 사악한 존재가 살고 있는데 우리가 불러냈을지도 모른다고? 영매의 말이 옳을지도 모른다. 마을 사람들이 품고 있던 불쾌하고 사악한 모든 생각이 평화로운 마을에서 쫓겨나 악마적인 존재에게 잡아먹혔다. 그동안 그 존재는 굶주려 있었다. 사악한 생각에는 계속 먹고 싶게 만드는 중독성이 있는지도 모른다. 그래서 그

맛을 더욱 원하게 되는지도 모른다.

그런데 마을 사람 모두가 자신들의 사악한 생각을 몰아냈을까? 누군가가 그런 생각을 붙잡아 쌓아 두는 일이 가능할까? 언덕 위의 저택이 가혹한 생각을 모조리 먹어 치우고 집어삼켜 사악함으로 온몸을 가득 채운 채 결국은 걸어 다니고 숨을 쉴 수 있는 존재가 되었다는 것이 과연 말이 되는 소리일까? 저 끔찍한 장소가 인간으로 화하여 사람들 사이를 활보하고 있는 것일까?

내가 믿는 건 뭐지? 그녀는 자신에게 다시 한 번 물었다. 하지만 답을 알 수 없었다.

잠시 후에 가마슈가 일어섰다. "영매라는 마담 쇼베는 어디 있습니까?" 그는 샌드위치와 음료수 값을 치르기 위해 주머니에 손을 넣었다.

"비앤비에서 머무르고 있어요." 올리비에가 말했다. "불러올까요?"

"아니요. 직접 찾아가겠습니다. 메르시, 파트롱."

"전 안 갔어요." 올리비에가 긴 나무 바 위에 놓인 금전등록기에서 잔돈을 꺼내면서 가마슈에게 속삭였다. "너무 무서웠거든요."

"이해합니다. 그 집에는 무언가가 있죠."

"그리고 그 여자한테도요."

"마들렌 파브로 말입니까?" 가마슈는 지금 자신이 속삭이고 있다는 걸 알았다.

"아니, 잔 쇼베, 영매 말입니다. 여기 오자마자 가브리에게 뭐라고 했는지 아세요?"

가마슈는 답을 기다렸다.

"'여기서는 사랑을 나누지 못할 거예요.'라고 말했대요."

가마슈는 이 믿을 수 없는 이야기를 받아들였다.

"확실한가요? 영매가 걱정할 문제는 아닐 텐데요. 그런 건⋯⋯."

"확실하냐고요? 물론 아니죠. 실은⋯⋯ 아니, 신경 쓰지 마세요."

가마슈는 밖으로 나가 아름다운 봄날 속으로 걸어 들어갔다. 올리비에가 귓가에 경고처럼 속삭인 마지막 말을 가슴에 품고.

"그 여자는 마녀입니다."

세 명의 수사관이 마을 숲을 둘러싼 길을 따라 걷고 있었다.

"혼란스럽네요." 르미외가 말했다. 그는 가마슈의 걸음을 따라잡기 위해 거의 뛰다시피 했다. "정말 살인일까요?"

"나도 혼란스럽네, 젊은이." 가마슈는 말을 마치고 멈추어 서서 그를 바라보았다. "여기서 뭐 하는 건가? 자네한테 연락한 적 없는데."

르미외는 잠시 주춤했다. 그는 경감이 기뻐할 거라고 기대했다. 고마워하기조차 할 거라고 생각했다. 하지만 지금 가마슈는 인내심과 약간의 당황스러움이 섞인 얼굴로 그를 바라볼 뿐이었다.

"그는 부활절이라 여기서 멀지 않은 곳에 계신 부모님을 뵈러 왔답니다. 경찰청 친구가 이 사건을 이야기해 줬고요." 보부아르가 대신 설명했다.

"제 발로 직접 왔습니다. 죄송합니다만, 잘못한 건가요?"

"아니, 잘못했다는 말이 아니네. 그저 수사를 가능한 한 신중하게 처리하고 싶을 뿐일세. 살인인지 분명해질 때까지 말이야." 가마슈가 웃었다. 부하들이 자발적으로 행동해야 할 필요는 있었지만, 르미외처럼 적극적일 필요는 없었다. 하지만 르미외가 직접 이 사실을 깨닫게 되는 날이 올 것이다. 가마슈는 그때가 좋은 날이 될지 확신이 서지 않았다.

"그럼 아직 확실하지 않나요?" 가마슈가 다시 모퉁이에 있는 커다란 벽돌집으로 걸음을 옮기기 시작하자 르미외가 서둘러 따라잡으면서 물었다.

"아직 공표하고 싶지 않네만 혈액에서 에페드라가 검출되었네." 가마슈가 설명했다. "들어 본 적 있나?"

르미외가 고개를 저었다.

"뜻밖이군. 운동을 좋아하지 않았던가? 네스 파n'est-ce pas 그렇지 않나?"

젊은 형사가 고개를 끄덕였다. 바로 이 점이 그와 보부아르를 연결하는 또 다른 공통점이기도 했다. 두 사람은 모두 몬트리올 카나디앙 하키 팀을 좋아했다. 몬트리올 카나디앙 아이스하키 팀도.

"테리 해리스라고 들어 봤나?"

"러닝백이오?"

"세이머스 리건은?"

"아웃필더죠? 리용에서 뛰지 않았습니까? 두 사람 다 죽었죠. 「알로 스포르」에서 기사를 본 기억이 납니다."

"둘 다 에페드라를 복용했네. 다이어트 약품으로 사용하거든."

"그랬군요. 해리스는 훈련 중에 쓰러졌고 리건은 경기 중이었죠. 텔레비전으로 봤습니다. 무척 더운 날이어서 다들 일사병인 줄 알았는데 아니었나 보죠?"

"두 사람은 코치에게 빨리 감량하라는 말을 들었네. 그래서 다이어트 약을 먹었고."

"몇 년 전의 일입니다. 지금은 금지 약품이죠?" 보부아르가 말했다.

"내가 알기로도 그렇지만, 아닐 수도 있지. 알아봐 주겠나?" 가마슈 가 르미외에게 물었다.

"물론입니다."

매혹적인 비앤비로 걸어가며 가마슈가 미소를 지었다. 그는 르미외의 열정이 마음에 들었다. 그 열정이 이 젊은이를 팀에 합류시킨 이유이기 도 했었다. 지난번 살인 사건 수사 때 르미외는 코완스빌 경찰서에 있었 고 가마슈에게 깊은 인상을 남겼다.

그 사건의 피해자는 옛 해들리 저택에서 살고 있었다.

그들은 비앤비의 드넓은 현관으로 들어섰다. 3층 벽돌 건물은 예전에 윌리엄스버그와 생 레미 사이를 잇는 역마차 운행로의 정류장이었으며, 현재 올드 스테이지 로드라고 불렸다. 가마슈는 가브리가 친구들에게 '무대stage에 섰다'고 말할 수 있도록 올리비에에게 이 건물을 사게 했다는 이야기를 전에 올리비에에게서 들은 적이 있었다.

안으로 들어서자 나무 바닥이 그를 맞았고 호화로운 인도 양탄자와 고상하게 바랜 소파가 눈에 들어왔다. 사람들에게 휴식과 위안을 주는 옛 컨트리 하우스 같은 느낌을 주었다.

하지만 그는 전혀 위안을 받지 못했다. 무엇이 마들렌 파브로를 죽였 는지 찾아내려고 왔기 때문이었다. 단순히 흥분이나 두려움이 일으킨 심장마비 때문이었을까? 마들렌이 직접 에페드라를 복용하지는 않았을 까? 스리 파인스의 평화로운 겉모습 뒤에 숨겨진 불길한 기운 때문은 아니었을까?

올리비에는 잔 쇼베가 1층의 작은 침실에서 머문다고 알려 주었다.

"여기서 기다리게." 보부아르와 함께 짧은 복도로 가면서 가마슈가 르미외에게 지시했다.

"그녀가 우리를 제압할 거라고 생각합니까?" 보부아르가 미소를 지으며 속삭였다.

"그럴 거라고 생각하네." 아르망 가마슈가 진지하게 답하고는 문을 두드렸다.

14

침묵.

가마슈와 보부아르는 기다렸다. 복도 끝에 살짝 열린 창문 틈새로 햇빛과 신선한 공기가 스며들었고, 수수해 보이는 얇은 흰색 커튼은 미풍에 가볍게 흔들리고 있었다.

그들은 여전히 기다렸다. 보부아르는 다시 문을 두드리고 싶어 몸이 근질거렸다. 이번에는 더욱 참기 힘들었다. 마치 집요함과 조바심의 마법에라도 걸린 것 같았다. 차라리 마법에라도 사로잡히고 싶은 심정이었다. 유령들과 어울린다는 이 여자와 만나길 고대했다. 그녀는 유령을 좋아했던 걸까? 그것이 그녀가 영매가 된 이유일까? 아니면 혹시 현실 속의 사람들이 그녀를 원치 않아서였을까? 그녀가 친하게 지낼 수 있는 유일한 친구들은 현실 세계의 인물들처럼 까다롭지 않은, 죽은 사람들뿐인지도 모른다. 보부아르가 생각하기에 그녀는 분명 제정신이 아니었다. 어쨌든 유령은 가짜야. 유령은 없어. 아마 성령은 예외로 해야겠지. 하지만 만약…… 아니, 이런 생각은 그만하자. 그는 오늘 하루를 복도에서서 굳게 닫힌 문을 바라보면서 보내고 싶었던 게 아닌가 할 정도로 뛰어난 인내심을 발휘하는 가마슈의 옆모습을 바라보았다.

"마담 쇼베? 퀘벡 경찰청의 아르망 가마슈라고 합니다. 이야기 좀 하고 싶은데요."

보부아르는 살짝 미소 지었다. 경감은 마치 문에 말을 걸고 있는 사람처럼 보였다.

"왜 그런 표정을 짓는지 알겠네, 무슈. 자네가 해 보겠나?"

가마슈가 옆으로 물러나자 보부아르가 문 앞으로 다가가 손바닥으로 문을 두드렸다.

"경찰청에서 왔습니다. 문 좀 열어요."

"훌륭하네, 몬 아미. 그녀 같은 사람에게 잘 통하는 방법을 제대로 알고 있군." 가마슈는 돌아서서 복도를 따라 내려가다가 보부아르를 돌아보았다. "안에 없을 줄 알고 문을 두드리게 한 것뿐이네."

"저도 경감님이 즐거워하실 줄 알고 했을 뿐입니다."

"열쇠 걸이에 열쇠가 있습니다." 두 사람이 돌아왔을 때 르미외가 말했다. "들어가도 되지 않을까요?"

"안 돼." 보부아르가 말했다. "영장 없이는. 그리고 살인이라는 게 분명해지기 전까지는 안 되네." 하지만 그는 르미외의 제안이 맘에 들었다. "이제 뭘 할까요?" 보부아르가 가마슈에게 물었다.

"여길 수색하게."

보부아르와 르미외가 식당과 주방, 화장실과 지하실을 수색하는 동안 가마슈는 거실로 걸어 들어가 초대형 가죽 소파에 걸터앉았다.

그는 눈을 감고 마음을 비웠다. 걱정이 됐다. 잔 쇼베는 어디 있을까? 뭘 하고 있을까? 어떤 기분일까? 죄책감이 들까? 후회를 느낄까? 아니면 만족스러울까?

그녀에게 이번 교령회는 비극적인 실패작이었을까, 아니면 환상적인 성공작이었을까?

로베르 르미외 형사는 경감을 지켜보며 거실과 식당 사이 문턱에 서 있었다.

간혹 젊은 르미외 형사는 의심에 시달렸다. 부모님이 수십 년 전 그 고통에 대해 경고했던 일종의 신앙의 위기 같은 것이었다. 하지만 그의 교회는 경찰청이었다. 경찰청은 그를 받아들였고 그에게 목적의식을 부여했다. 부모님이 결국 교회를 떠났을 때에도 그는 결코 자신의 교회를 떠나지 않았다. 절대 떠나지 않을 것이고 결코 배신하지도 않으리라. 부모님은 그를 키워 주고 먹여 주고 가르치고 사랑해 주었다. 하지만 경찰청은 그에게 집을 주었다. 부모님과 형제들을 사랑했지만 경찰청에서 지내는 생활이 어떤지는 오직 경찰청 직원들만이 알 수 있었다. 밖에서는 거드름을 떨며 으스대지만 실제로 경우에 따라서는 자신이 사랑하는 여자에 대해 자신의 고양이에게조차 말하기 조심스러울 때가 있다.

눈을 감고 고개를 뒤로 젖혀 목을 훤히 드러내고 있는, 그토록 믿음직한 가마슈를 지켜보는 르미외에게 아주 잠시 의문이 찾아왔다. 가마슈에 대해 들려오는 소문 중 무엇이 정말로 진실일까? 얼마 전까지만 해도 르미외는 가마슈를 숭배했었다. 신참이던 그가 처음 경찰청을 방문하던 날 그는 이 유명한 사람이 부하들에게 가장 복잡하고 잔혹한 사건에 대해 설명하며 복도를 가로지르는 모습을 보았다. 바쁜 와중에도 가마슈는 미소를 지으며 고개를 끄덕이는 여유를 보였다. 그의 부하들은 가마슈가 맡은 사건을 철저히 연구했다. 가마슈가 비열한 아르노 경정을 실각시켰을 때 그들은 지켜보며 환호했다. 그리고 함께 경찰청을 지켜 냈다.

모든 일이 눈에 보이는 것과 같지만은 않았다.

"아무것도 없습니다." 보부아르가 거실로 들어가며 르미외의 옆을 스치고 지나갔다. 가마슈는 눈을 뜨고 두 사람을 바라보았다. 가마슈의 시선이 르미외에게 머물렀다. 둘의 시선이 마주쳤다.

이윽고 가마슈는 눈을 깜빡이더니 의자에서 가볍게 몸을 일으켰다.

"충분히 쉬었겠지? 일하러 갈 시간이네. 르미외 형사, 잔 쇼베가 돌아올지도 모르니 여기 있게. 자네하고 나는," 문으로 걸어가며 그가 보부아르에게 말했다. "헤이즐 스미스를 만나러 가기로 하지."

가마슈와 보부아르가 차로 가는 것을 지켜본 르미외는 휴대전화의 단축 버튼을 눌렀다.

"브레뵈프 경정님이십니까? 르미외 형사입니다."

"뭐 새로운 일이라도 있나?" 자신감 넘치는 목소리가 전화선을 타고 건너왔다.

"몇 가지 도움이 되실 만한 사항이 있습니다."

"좋아. 아직 니콜 형사는 보이지 않나?"

"안 보입니다. 물어봐야 합니까?"

"바보 같은 짓 하지 말게. 당연히 안 되지. 나에게 전부 보고하게."

전화선 너머로 잠시 침묵이 흘렀다. 브레뵈프는 이를 꽉 물었다. 가마슈를 잡기 위해 오랫동안 기다려 오긴 했지만 그는 참을성이 많은 사람이 아니었다. 그들은 함께 자라고 함께 어울렸으며 함께 진급했다. 그들은 경정 자리를 놓고 함께 경쟁했었다. 브레뵈프에게는 만족할 만한 기억이었다. 그 기억은 그가 마음 한구석 깊이 감춰 두고 힘이 들 때마다 떠올리곤 하는 작은 선물과도 같았다. 그리고 지금 그는 그 일을 반복하고 있었다. 가장 절친한 친구를 상대로 미소와 끄덕임과 정중한 인사라는 가면을 내보이고 있었다. 그는 뜻밖에 가장 위대한 선물을 얻었다. 위대한 아르망 가마슈를 제치고 승진한 것이었다. 한동안은 그 사실만으로도 충분했다. 아르노 사건이 닥치기 전까지는.

그는 마음 한구석에 찾아왔던 편안한 생각을 밀어내고 재빨리 원래의 가면을 썼다. 지금은 집중과 신중함이 필요할 때였다.

"자네도 왜 이 일을 하는지 알고 있겠지."

"네, 경정님."

"그에게 빠져들면 안 되네. 어리석은 짓은 금물이야. 대부분의 사람들이 그랬지. 아르노 경정도 그랬어. 그런데 지금 어떤 일이 생겼는지 보게나. 집중해야 하네, 르미외."

르미외가 그날 일을 들려주자 브레뵈프는 한동안 생각에 잠겼다.

"자네가 해 줘야 할 일이 있네. 좀 위험하기는 하지만. 많이 위험하지는 않아." 그는 르미외에게 지시 사항을 전달했다. "금방 끝날 거야." 그가 상냥하게 말했다. "전부 다 끝나면, 자신의 신념을 지키기 위해 용기를 낸 형사는 보답을 받을 걸세. 자네는 용감한 젊은이라네. 내 말을 믿게. 얼마나 힘들지 잘 아네."

"네, 경정님."

브레뵈프는 전화를 끊었다. 이 사건이 끝나자마자 로베르 르미외와의 관계를 어떻게 처리해야 할지 생각해야 했다. 이 젊은 형사는 지나치게 감수성이 예민했다.

전화를 끊은 르미외의 가슴속에 기묘한 느낌이 찾아왔다. 여태껏 브레뵈프 경정이 도움을 청해 왔을 때와는 다르게 긴장된 느낌이 아닌 황홀경과도 같은 나른한 기분이 들었다.

지금 막 브레뵈프 경정이 승진을 제안한 것일까? 최고이자 최선인 임무를 과연 잘 수행할 수 있을까? 이 자리에 오르기까지 얼마나 숨차게 달려왔던가? 모든 게 잘될 거야.

헤이즐 스미스는 마들렌이 집으로 돌아오기를 기다리고 있었다. 내딛는 모든 발소리와 마룻바닥을 삐걱거리게 하는 모든 소리, 손잡이를 돌리는 모든 소리가 마들렌이 내는 소리로 들렸다. 하지만 아니었다. 그매 순간마다 헤이즐은 마들렌을 또다시 잃었다. 거실로 통하는 문이 열리자 헤이즐은 매드의 명랑한 얼굴과 차 쟁반을 볼 수 있길 기대하며 고개를 들었다. 차를 마실 시간이었던 것이다. 대신 딸의 명랑한 얼굴이 보였다.

자신이 마실 레드 와인을 큰 유리잔에 담아 온 소피는 비좁은 방을 헤치고 들어와 소파 앞으로 걸어갔다.

"오늘 저녁은 뭐예요?" 소피가 의자에 털썩 주저앉아 잡지를 집어 들며 물었다.

헤이즐은 이 낯선 사람을 멍하니 바라보았다. 자신이 어젯밤 두 사람을 한꺼번에 잃은 것 같았다. 마들렌은 죽고, 소피는 무언가에 단단히 홀린 듯했다. 눈앞의 소피는 예전의 소피가 아니었다. 시무룩하고 이기적이던 소피에게 도대체 무슨 일이 생긴 걸까?

지금 그녀의 눈앞에 있는 사람은 눈부시게 빛나고 있었다. 마들렌의 영혼이 소피 안으로 들어온 것만 같았다. 단지 심장과 영혼이 없을 뿐. 무엇이 소피를 빛나게 하는지 잘 알 수 없었지만 즐거움이나 사랑, 따스함과는 분명히 거리가 멀었다.

하지만 소피는 한껏 행복에 부풀어 있었다. 마들렌은 죽었다. 그것도 끔찍하고 기괴한 모습으로 죽음을 맞이했다. 그런데 소피는 마냥 행복해하고 있었다.

그리고 헤이즐은 겁이 나서 죽을 것만 같았다.

보부아르가 운전하는 차가 경사진 구덩이투성이 길을 덜컹거리며 오르는 동안 가마슈는 간신히 지도를 보며 방향을 지시하고 있었다. 그는 급격하게 흔들리는 구불구불한 선과 점 들을 빼면 자신들이 나아가는 방향을 전혀 볼 수가 없었다. 차가 고장이 나지 않아 다행이었다.

"바로 저 위야." 가마슈는 지도를 접고 창유리로 밖을 내다보았다. "조심해!"

보부아르가 급히 운전대를 홱 꺾었지만 결국은 움푹 팬 구덩이에 빠지고 말았다.

"주의를 주시기 전까지 잘하고 있었다는 건 아시겠죠."

"자네는 스리 파인스에서 여기까지 오는 동안 모든 구덩이에 빠졌네. 조심하라고."

차가 또 다른 구덩이에 빠지자 가마슈는 타이어가 얼마나 더 오래 버틸지 궁금했다.

"노트르담 드 루프 트뤼스 마을을 지나 반대편으로 나가게. 우측에 막다른 골목이 있어. 슈맹 에라블리 쪽으로."

"노트르담 드 루프 트뤼스성모마리아의 지붕틀이라는 뜻라고요?" 보부아르는 귀를 의심했다.

"세인트 루프 트뤼스성인의 지붕틀이라는 뜻이길 바랐나?"

보부아르는 적어도 스리 파인스, 즉 세 그루 소나무라는 이름은 말이 된다고 생각했다. 윌리엄스버그와 생 레미 같은 지명만 해도 괜찮았다. 하지만 루프 트뤼스, 그러니까 지붕틀은 그저 건물 구조와 관련된 말이 아닌가?

빌어먹을 영국계. 그들에게 이름을 정하게 맡기다니. 마을 이름을 로열 뱅크라거나 콘크리트 파운데이션이라고 짓는 사람들에게. 노상 지어 대고, 노상 떠벌리지. 그리고 이번 사건은 도대체 뭐란 말인가? 스리 파인스에서 늙어 죽는 사람은 없는 거야? 살인마저도 평범하지 않잖아. 그저 한 대 후려치거나 서로 찌르거나 총이나 몽둥이를 사용하면 안 되는 거야? 아니다. 언제나 난해했다. 복잡하기까지 했다.

전혀 퀘베쿠아퀘벡 사람답지 않았다. 퀘베쿠아는 거침없고 명쾌했다. 누군가를 좋아하면 얼싸안았다. 누군가를 죽이겠다면 머리를 후려치면 될 뿐이었다. 퍽. 끝. 유죄. 다음.

'이건가?', '이게 아닌가?' 따윈 없다. 빌어먹을.

장 기 보부아르는 이번 사건에 반감이 생기기 시작했다. 이번 사건으로 처가의 부활절 달걀 사냥에서 빠져나올 수 있게 되어 고마웠지만 그것과는 별개였다. 처가에는 아이가 없었다. 그와 아내 이니드뿐이었다. 이니드의 부모님은 집 구석구석에 숨겨 둔 초콜릿 달걀을 보부아르 부부가 오전 내내 찾길 바랐다. 어쨌든 수사관이니 쉽게 찾지 않겠느냐는 농담까지 했다. 그는 달걀을 찾는 가장 손쉬운 방법은 장인의 머리에 총을 겨누고 빌어먹을 달걀을 어디 숨겼느냐고 다그치는 거라고 생각했다. 하지만 그때, 기적과도 같이 전화벨 소리가 울렸다. 그에게 온 전화였다.

가엾은 이니드는 어떻게 하고 있을지 궁금했다. 너무 안됐군. 얼빠진 부모를 둔 죄지.

가마슈와 보부아르는 서둘러 노트르담 드 루프 트뤼스를 향해 나아갔다. 아니나 다를까 작은 공장 앞마당에 '루프 트뤼스'임을 알리는 커다랗고 빛바랜 표지판이 있었다. 보부아르는 고개를 가로저었다.

길가에 오래된 벽돌집 한 채가 서 있었다. 앞마당에는 단풍나무 몇 그루가 있고 집 근처와 진입로 주변에는 가마슈가 보기에 몇 주 만에 활짝 핀 듯한 다년생 식물로 가득한 화단이 있었다. 화단의 앞날이 더욱 기대되는 아담하고 깔끔한 집이었다. 잎이 아직 다 돋아나지 않았고 꽃도 다 피지 않았으며 풀도 아직 다 자라지 않았다.

가마슈는 사건과 관계된 사람들의 집 안을 보는 걸 좋아했다. 그들이 가장 사적인 공간을 무엇으로 채우는지 볼 수 있기 때문이었다. 색감과 장식. 냄새. 책은 있는지? 있다면 어떤 책인지?

그리고 전체적인 집의 인상은 어떤지?

가마슈는 양탄자는 닳아 빠지고 소파 덮개는 너덜너덜해지고 벽지가 벗겨진 외딴 판잣집에 간 적이 있었다. 하지만 집 안으로 발을 내디딜수록 갓 끓인 커피와 빵 냄새가 가득했다. 벽에 걸린 졸업 사진 속 사람들은 활짝 웃고 있었고, 녹슬고 구멍이 난 텔레비전 받침대에는 이가 빠진 소박한 꽃병이 놓여 있었다. 꽃병에는 신선한 민들레와 갯버들, 지친 손이 애틋한 마음으로 따 왔을 이름 모를 들꽃이 꽂혀 있었다.

거대한 묘처럼 느껴지는 집에도 가 봤다.

그는 마들렌 파브로의 집은 어떤 느낌인지 보고 싶어 죽을 지경이었다. 밖에서 보기에 슬퍼 보이기는 했다. 하지만 그는 대부분의 집이 봄이 되면 슬퍼 보인다는 사실을 알고 있었다. 밝고 유쾌한 눈송이가 사라지고 꽃과 나무는 아직 피어나지 않았기 때문이었다.

집에 들어서자마자 거의 움직일 공간이 없을 만큼 비좁다는 느낌을 받았다. 좁은 머드룸현관 가까이 흙 묻은 옷이나 신발 등을 두는 방. 혹은 공간에조차 장식장과 책장 같은 물건들이 빼곡히 들어차 있었고 기다란 나무 벤치 아래에는 진흙투성이 장화와 신발들이 켜켜이 쌓여 있었다.

"아르망 가마슈라고 합니다." 그는 문을 연 중년 여자에게 살짝 고개를 숙였다.

그녀는 단정한 슬랙스와 스웨터를 입고 있었다. 편안하고 일상적인 차림이었다. 그가 신분증을 꺼내려 하자 그녀는 가볍게 미소 지었다.

"괜찮습니다, 경감님. 누구신지 알아요." 그녀는 옆으로 비켜서서 두 사람을 안으로 들였다. 가마슈는 헤이즐에게서 힘든 상황을 극복하려고 애쓰는 품위 있는 사람이라는 인상을 받았다. 그녀는 영국식 억양이 심한데도 프랑스어를 사용했다. 예의 바르고 침착했다. 슬픔이 그녀에게 육체적인 타격을 줬음에도 불구하고 뭔가 안 좋다는 징후는 눈 아래 드리워진 다크서클뿐이었다.

하지만 아르망 가마슈는 그게 다가 아니라는 것을 알고 있었다. 슬픔은 때때로 천천히 찾아온다. 누군가가 살해된 첫날, 살해된 사람의 친척들이나 가까운 친구들은 다행스럽게도 마비 상태가 된다. 그들은 무심한 제삼자가 자신들에게 닥친 재앙을 눈치채지 못하도록 거의 항상 뭉쳐 시내며 평범한 일상을 보내는 척한다. 하지만 대부분의 사람들은 옛 해들리 저택처럼 조금씩 무너져 간다.

가마슈는 헤이즐 너머로 피할 수 없는 상황을 맞은 언덕 위의 기병들이 숨을 헐떡거리며 땅을 박차고 그 상황에서 벗어나려 애쓰는 모습이 보이는 것만 같았다. 그들은 헤이즐이 알고 있던 모든 것에, 익숙하고 예측 가능하던 모든 것에 종지부를 찍었다. 이 침착한 여인은 사냥감을 찾아 쫓아다니는 슬픔의 무리에 맞서고 있었지만 곧 슬픔이 밀어닥쳐 그녀를 무너뜨리고, 그녀에게 익숙했던 그 무엇도 버텨 낼 수 없게 만들 것이다.

"클라라 모로가 제가 어떻게 지내는지 보러 와서 먹을 걸 줬어요. 경감님이 올지도 모른다고 하더군요."

"저도 먹을 걸 가져올 걸 그랬습니다. 죄송합니다." 그는 닫힌 문 뒤로 가까스로 자신을 밀어 넣은 보부아르를 치지 않고 외투를 벗으려 애썼다. 책장에서 책이 몇 권 떨어지고 손가락 관절이 장식장에 부딪힌 후에야 간신히 외투가 벗겨졌다.

"아니, 그러지 않으셔도 돼요." 외투를 받아 든 헤이즐이 힘겹게 옷장을 열며 말했다. "클라라에게도 음식이 많다고 말했는걸요. 사실 오래 이야기 나눌 시간은 없어요. 가엾은 터코트 노부인이 뇌졸중에 걸려서 저녁거리를 갖다 드려야 하거든요."

그들은 헤이즐을 따라 집 안으로 들어갔다.

식당은 거의 지나갈 수 없을 정도였다. 간신히 헤집고 마침내 거실에 당도하니 암흑의 대륙에 도착한 아프리카 탐험가라도 된 듯한 기분이었다. 여기서 잠시 야영이라도 하고 싶었다. 공간이 충분히 마련된다면.

작은 방에는 그가 지금까지 본 중에 가장 큰 소파를 포함한 두 개의 소파와 의자 한 벌, 그리고 탁자가 놓여 있었다. 조그만 벽돌집은 꽉 차 있고, 비좁고, 금방이라도 터져 나갈 것 같고, 또 어두컴컴했다.

"여긴 아늑한 느낌이 들어요." 세 사람이 자리에 앉자 그녀가 말했다. 가마슈와 보부아르는 거대한 소파에, 헤이즐은 맞은편의 낡은 안락의자에 앉았다. 헤이즐의 발치에는 수선 중인 가방이 놓여 있었다. 가마슈는 마들렌의 의자를 알아보았다. 하지만 방에서 가장 좋은 의자는 아니었다. 그 의자는 비어 있었고 난로 가장 가까이에 있었다. 램프 아래 탁자에 책 한 권이 펼쳐 있었다.

가마슈가 흠모하는 퀘벡 출신 작가가 프랑스어로 쓴 책이었다.

마들렌 파브로의 자리. 방에서 가장 좋은 자리였다. 자리는 어떻게 정했을까? 그녀가 그냥 차지했을까? 아니면 헤이즐이 제안했을까? 마들렌 파브로는 괴롭히는 쪽이었을까? 그렇다면 헤이즐은 주로 피해를 입는 쪽이었을까?

어쩌면 그들은 그저 모든 일을 자연스럽고 원만하게 결정하고 '가장 좋은 자리'에 번갈아 앉는 좋은 친구였는지도 모른다.

"마들렌이 세상을 떠났다는 게 아직 실감이 안 나요." 헤이즐이 다리를 내던지듯 의자에 앉으며 말했다. 가마슈는 상실감의 진정한 모습이 바로 이와 같으리라고 생각했다. 상실감이란 그저 사랑하는 사람을 잃는 일만이 아니다. 심장을, 기억을, 웃음을, 두뇌를, 심지어는 뼈까지 잃게 된다. 잃어버린 것들은 결국 모두 제자리로 돌아오지만, 예전과는 다르다. 재조정된다.

"마담 파브로와는 오래 알고 지냈습니까?"

"평생 동안 그랬던 것 같아요. 고등학교 때 만났지요. 일 학년 때 같은 반이라 친구가 됐어요. 저는 수줍은 편이었는데 어떤 이유에서인지 그녀가 먼저 다가왔죠. 그때부터 삶이 훨씬 편해졌어요."

"왜 그랬을까요?"

"친구를 사귀면 그렇게 되잖아요, 경감님. 단 한 명의 친구로도 모든 게 달라지죠."

"그 전에도 친구가 있었을 텐데요, 마담."

"물론이죠. 하지만 마들렌 같은 친구는 없었어요. 마들렌과 친구가 되면 마법이 일어나요. 세상이 훨씬 밝아지거든요. 무슨 뜻인지 아시겠어요?"

"압니다." 가마슈가 고개를 끄덕였다. "베일이 걷히죠."

그녀는 고맙다는 뜻으로 웃어 보였다. 그는 정말로 무슨 뜻인지 이해하고 있었다. 하지만 이제 그녀에게 다시 천천히 베일이 내려지고 있음을 느꼈다. 마들렌은 좀처럼 죽지 않았고, 땅거미가 내려앉으면 어김없이 공허함이 찾아왔다. 그리고 그녀의 지평선 한가득 펼쳐졌다.

한 사람은 죽었고 한 사람은 살아남았다. 혼자가 되고 말았다. 결국 또다시.

"쭉 같이 살았던 건 아니지 않습니까?"

"하느님 맙소사, 물론 그건 아니죠." 결국 헤이즐도 웃고 말았다. 여전히 웃을 수 있다는 사실에 그녀 자신도 놀란 것 같았다. 그 땅거미는 그냥 공갈이었나 봐. "고등학교를 졸업하고 나서 각자 제 갈 길을 갔다가 몇 년 전에 다시 만났죠. 거의 오 년째 여기서 살았어요."

"마담 파브로가 과체중인 적이 있었습니까?"

그는 이 질문을 던질 때마다 사람들이 당황스러운 표정을 짓는 데 익숙해지고 있었다.

"마들렌이오? 제가 알기로는 아니에요. 고등학교 때보다 몸무게가 좀 늘긴 했지만 벌써 이십오 년 전이니까 자연스러운 거죠. 그리고 뚱뚱했던 적은 한 번도 없어요."

"몇 년 동안은 못 보지 않았습니까?"

"그렇긴 하죠." 헤이즐이 시인했다.

"마담 파브로는 왜 이사를 오게 된 거죠?"

"결혼에 실패했거든요. 둘 다 혼자 살고 있어서 같이 살기로 한 거예요. 그땐 몬트리올에 살았었죠."

"공간을 마련하기가 어렵지는 않았습니까?"

"잘 돌려 말하시네요, 경감님." 헤이즐이 미소를 지었다. 그 순간, 그는 자신이 그녀를 좋아한다는 사실을 알게 되었다. "이쑤시개를 가져왔으면 문제가 생길 수도 있었겠죠. 하지만 다행히도 그렇지는 않았어요. 마들렌은 몸만 가져왔고, 그것으로 충분했죠."

가마슈는 분명히 느낄 수 있었다. 단순하고 자연스럽고 은밀한 감정을. 그것은 바로 사랑이었다.

맞은편에 있는 헤이즐은 눈을 감고 다시 미소를 지었다. 그런 다음 눈썹을 살짝 찡그렸다.

갑자기 방 안에 다시 아픔이 찾아들었다. 가마슈는 자신의 손으로 그녀의 차분해 보이는 손을 잡고 싶었다. 경찰청의 어떤 고위 간부라도 이런 행동이 약해 빠진 행동일 뿐만 아니라 어리석기까지 하다고 생각하리라. 하지만 가마슈는 이런 행동을 살인자를 찾을 수 있는 유일한 방법으로 보았다. 그도 다른 동료들처럼 사람들의 말에 귀를 기울이고 증거를 모았다. 하지만 그가 하는 일이 한 가지 더 있었다.

그는 감정을 모았다. 그리고 정서를 수집했다. 살인은 지극히 인간적인 것이기 때문이었다. 살인 사건에서 중요한 것은 사람들이 한 행동이 아니었다. 사람들이 느끼는 감정이 훨씬 더 중요했다. 그 지점에서 모든 일이 출발하기 때문이었다. 한때는 인간적이고 자연스러웠던 감정이 일그러진다. 그리고 기괴한 모습으로 변한다. 감정의 주체를 집어삼킬 때까지 비틀리고 부패한다. 결국 인간성의 흔적이 거의 남지 않는 지경에 이른다.

감정이 이 단계에까지 오려면 꽤 오랜 시간이 걸렸다. 그 감정을 오랫동안 조심스럽게 키우고 보호하고 정당화하고 보살피다가 마침내 깊숙이 파묻는다. 그래도 죽지 않는다.

그러다가 어느 날 밖으로 빠져나와 끔찍한 실체를 드러낸다.

그 끔찍한 실체의 목적은 오로지 한 가지뿐이다. 목숨을 빼앗는 것.

아르망 가마슈는 살인자들은 보통 이와 같이 감정이 타락하는 단계를 거친다는 사실을 알게 되었다.

옆에서 보부아르가 몸을 비비 틀었다. 참을성이 없어서가 아니었다. 어쨌든 아직까지는 아니었다. 소파가 생명을 얻어 그를 작은 못들로 찔러 대고 있는 것 같았다.

헤이즐은 눈을 뜨고 그를 쳐다보며 살짝 웃어 보였다. 방해하지 않은 데 대한 감사의 표시이리라.

그때 위층에서 쿵 하는 소리가 들렸다.

"딸 소피예요. 대학을 다니다 잠시 들렀어요."

"따님도 어젯밤 교령회에 참석했다고 들었습니다." 가마슈가 말했다.

"정말 어리석고 또 어리석었죠." 헤이즐이 주먹으로 의자의 팔걸이를 쳤다. "그 정도는 알고 있어요."

"그럼 왜 가신 거죠?"

"첫 번째 교령회는 안 갔어요. 그리고 마들렌을 말리려 했는데……"

"첫 번째라고요?" 보부아르가 고쳐 앉았다. 엉덩이를 찔러 대고 있는 수백 개의 작은 말 털마저도 까맣게 잊은 채였다.

"네. 모르셨어요?"

사람들이 모름지기 형사들은 모든 사실을 곧바로 알 것이라고 착각하는 데 가마슈는 매번 놀라고, 또 약간 당황했다.

"말씀해 주십시오."

"금요일 밤에 다른 교령회가 있었어요. 성금요일이었죠. 비스트로에서요."

"마담 파브로도 그 자리에 있었습니까?"

"여러 사람들과 같이 있었어요. 아무 일도 일어나지 않았기 때문에 한 번 더 하기로 한 거예요. 그곳에서요."

가마슈는 헤이즐 스미스가 『맥베스』를 '스코틀랜드 희곡'이라고 하는 배우들처럼 일부러 옛 해들리 저택의 이름을 언급하지 않는 것인지 궁금했다.

"스리 파인스에서는 자주 교령회를 합니까?" 가마슈가 물었다.

"제가 알기로는 한 번도 없었어요."

"그럼 왜 이번에는 일주일에 두 번이나 한 거죠?"

"그 여자 잘못이에요." 이 말을 할 때 헤이즐의 성벽에서 큰 돌덩이 하나가 떨어졌다. 그리고 그는 그녀의 안쪽에 있는 감정을 엿볼 수 있었다. 그건 슬픔도 아니고 상실도 아니었다.

바로 분노였다.

"누구 말이죠, 마담?" 답을 알면서도 가마슈가 물었다.

말 털이 엉덩이를 더 깊숙이 찔러 와 보부아르는 앞으로 몸을 숙였다.

"왜 여기 오신 거죠?" 헤이즐 스미스가 물었다. "마들렌은 살해당한 건가요?"

"누구 이야기를 하는 겁니까? 그 여자는 누구입니까?" 가마슈는 꿋꿋이 되물었다.

"그 마녀요. 잔 쇼베."

모든 길은 그녀로 통하는군. 가마슈는 생각했다. 그런데 그녀는 어디 있을까?

15

아르망 가마슈는 마들렌 파브로의 침실 문을 열었다. 그는 이 행위가 그 여자에게 가장 가깝게 다가갈 수 있는 방법이라는 걸 알았다.

"그럼 마들렌은 살해당했나요?"

그 말이 2층 복도를 따라와 침실 문 앞에 있는 그들과 만났다.

"당신이 소피겠군요." 보부아르가 젊은 여성에게 다가가며 말했다. 샤워를 한 지 얼마 되지 않은 듯 검고 긴 머리카락이 촉촉이 젖어 있었다. 몇 발자국 떨어진 곳에서도 신선한 과일 샴푸 향을 맡을 수 있었다.

"놀라운 추리력이네요." 그녀는 보부아르를 보며 활짝 웃더니, 한쪽으로 고개를 젖히며 손을 내밀었다. 소피 스미스는 날씬했고 타월 소재의 로브를 걸치고 있었다. 보부아르는 이 젊은 여자가 자신이 한 행동이 어떤 영향을 미치는지 알고 있을지 궁금했다.

그는 미소를 되돌려 주며 아마도 알리라고 생각했다.

"지금 살인에 대해 묻는 거군요." 보부아르는 그녀의 질문을 진지하게 되새기는 것처럼 사려 깊게 보이려 애썼다. "위험한 생각을 자주 하는 편입니까?"

그녀는 그가 재치 있지만 지나친 말이라도 했다는 듯 웃음을 터뜨리며 그를 장난스럽게 밀쳐 냈다.

가마슈는 장 기 보부아르가 미심쩍은 매력을 발휘하도록 내버려 두고 슬그머니 마들렌의 방으로 갔다.

침실에서는 향수 냄새가 났다. 오 드 투왈렛 같았다. 상쾌하고 세련된 향기였다. 방금 복도에서 만난 젊은 여자의 과장되고 자극적인 향기와는 달랐다.

그는 향기를 들이마시며 주위를 둘러보았다. 자그마한 방은 이지러지는 태양 속에서도 환하게 빛났다. 유리창에 달린 엷은 흰색 커튼은 햇빛 차단용이 아니라 빛의 강도를 약하게 하려는 용도로 쓰였다. 방은 청결하고 상쾌한 느낌의 흰색으로 칠해져 있었고, 주름을 완전히 숨기지 못한 침대보는 서닐(이중으로 직조하여 만든 두껍고 튼튼한 원단)이었다. 놋쇠로 된 침대는 더블 사이즈였는데 가마슈가 보기에 마들렌에게는 더 큰 사이즈가 필요할 것 같았다. 낡았지만 아름다운 침대였다. 침대 옆을 지나면서 가마슈는 커다란 손으로 차가운 금속을 훑었다. 침대 옆 탁자에는 몇 개의 램프가 놓여 있고, 한 탁자에는 여러 권의 책과 잡지가, 다른 탁자에는 자명종 시계가 놓여 있었다. 디지털시계는 오후 4시 19분을 가리키고 있었다. 그는 호주머니에서 손수건을 꺼내 디지털시계의 알람 버튼을 눌렀다. 오전 7시였다.

옷장에는 원피스와 스커트, 블라우스가 일렬로 걸려 있었다. 대부분 12사이즈였는데, 10사이즈의 옷도 하나 있었다. 최상급 품질의 소나무 궤짝 옷장 제일 위에는 청결하지만 개지 않은 속옷이 들어 있었다. 그 옆에는 브래지어와 양말이 있었다. 다른 옷장에는 스웨터와 티셔츠 몇 장이 있었는데, 깨끗하긴 했지만 겨울에서 여름으로 넘어가면서 옷장 정리를 하지 않은 것이 분명했다. 앞으로도 마찬가지리라.

"그러니까," 보부아르는 복도 벽에 옆으로 기대어 섰다. "어젯밤에 무슨 일이 있었는지 말씀해 주시죠."

"알고 싶은 게 뭔데요?" 소피도 보부아르처럼 벽에 기댔다. 그에게서 한 발짝 정도 떨어진 거리였다. 보부아르는 사적인 공간을 침범당한 것 같아 불편했다. 하지만 이 자리를 선택한 건 보부아르 자신이었다. 적어도 말 털에 찔리는 소파보다는 나았다.

"교령회에는 왜 갔습니까?"

"그걸 질문이라고 해요? 여기 온 지 사흘이나 지났는데 두 늙은 아줌마하고만 틀어박혀 있었다고요. 펄펄 끓는 기름에서 수영을 하러 가자고 해도 따라갔을 거예요."

보부아르는 웃음을 터뜨렸다.

"실은 집에 돌아오기를 기다렸어요. 세탁물이랑 여러 가지를 챙겨서요. 엄마는 내가 제일 좋아하는 음식을 하죠. 하지만 몇 시간만 지나면 질리고 말아요."

"마들렌은 어떤 사람이었습니까?"

"언제요? 이번 주예요, 아니면 평소에요?"

"다른 점이라도 있습니까?"

"그녀가 처음 왔을 때는 정말 좋았던 것 같아요. 전 아줌마와 이 집에서 딱 일 년만 지내고 대학에 들어갔죠. 그다음부터는 휴일이나 여름 방학에만 만났어요. 처음에는 마들렌 아줌마가 좋았어요."

"처음에는?"

"아줌마가 변했거든요."

소피가 몸을 돌려 등을 벽에 기대고 가슴과 엉덩이를 내밀었다. 그리고 맞은편의 텅 빈 벽을 응시했다. 보부아르는 잠자코 있었다. 기다리고 있었다. 무언가가 더 있으며, 그녀가 그 무언가를 말하고 싶어 한다는 느낌이 들었다.

"이번에는 예전만큼 좋지 않았어요. 잘 모르겠어요." 소피가 아래를 내려다보자 머리카락이 얼굴로 쏟아져 내려 보부아르는 그녀의 표정을 잘 볼 수 없었다. 그녀는 뭐라고 중얼거렸다.

"뭐라고 하셨죠?"

"아줌마가 죽었다고 별로 슬프지도 않다고요." 소피가 손에 얼굴을 파묻고 말했다. "아줌마는 뭐든지 가져가 버렸으니까요."

"뭘 말입니까? 보석이나 돈 같은?"

"그런 거 말고요. 다른 거요."

보부아르는 소피의 머리카락을 바라보다가 그녀의 손으로 시선을 떨구었다. 그녀는 누군가의 손을 잡고 싶은데 아무도 손을 내밀어 주는 사람이 없는 것처럼 자신의 한 손으로 다른 한 손을 꼭 잡고 있었다.

가마슈는 마들렌의 침대 옆 탁자에 있는 책을 집어 들었다. 영어로 된 책뿐 아니라 프랑스어로 쓰인 책도 있었다. 마들렌은 다방면의 책을 읽었다. 전기, 2차 세계 대전 이후의 유럽사, 유명한 캐나다인이 쓴 소설책도 있었다.

그런 다음 그는 긴 팔을 박스 스프링상자형의 프레임에 넣은 용수철로 만든 취침 용구과 매트리스 사이에 밀어 넣어 위아래로 쓸어내렸다. 경험상 남들 보기에 쑥스러운 책이나 잡지를 그곳에 감춘다는 것을 알기 때문이었다.

두 번째로 물건을 감추는 장소는 덜 은밀하기는 했지만 간단하게 사적인 물건을 넣어 두기에는 더욱 편했다. 침대 옆 탁자 아래에 있는 서

랍이었다. 서랍을 열어 보니 책 한 권이 들어 있었다.

그녀는 왜 이 책을 다른 책과 함께 두지 않았을까? 몰래 혼자 보는 책이었을까? 일단 위험해 보이지는 않았다.

책을 집어 들자 트위드 재킷과 길고 호화로운 목걸이를 걸치고 미소 짓고 있는 중년 여성의 사진이 실린 표지가 나타났다. 한 손으로 우아하게 칵테일 잔을 들고 있었다. 표지에는 '폴 히버트의 사라 빙크스'라고 적혀 있었다. 그는 되는대로 책장을 펼쳐 읽었다. 그러고 나서 침대 한 모서리에 앉아 계속 읽기 시작했다.

5분 후에도 그는 여전히 책을 읽으며 미소를 짓고 있었다. 가끔씩은 소리 내어 웃기도 했다. 그는 죄책감에 주위를 둘러보고는 책을 접어 주머니에 넣었다.

몇 분 후, 문 옆의 옷장을 마지막으로 수색이 끝났다. 마들렌은 옷장에 액자 몇 개를 놓아두었다. 하나를 집어 드니 그 안에 헤이즐과 어떤 여성이 웃고 있는 사진이 들어 있었다. 그녀는 매우 짧고 검은 머리에 날씬했고 갈색 눈을 반짝이고 있었다. 머리카락이 짧아서 아름다운 눈이 더 커 보였다. 일부러 꾸미지 않은 미소를 함빡 머금고 있었다. 평화로운 모습의 헤이즐 역시 웃고 있었다.

두 사람이 함께 있는 모습은 자연스러웠다. 헤이즐은 침착하면서도 만족스러워 보였고 옆의 여자는 환하게 빛나고 있었다.

아르망 가마슈는 비로소 마들렌 파브로를 만나게 되었다.

"슬픈 집입니다." 보부아르가 백미러를 살피며 말했다. "이 집이 단 한순간이라도 행복한 적이 있었을까요?"

"예전에는 매우 행복한 집이었을 것 같은데." 가마슈가 말했다.

보부아르는 경감에게 소피와 나눈 대화를 들려주었다. 가마슈는 가만히 듣고 있다가 창밖을 내다보았다. 멀리서 이따금씩 불빛이 보였다. 쿵쾅거리며 몬트리올로 돌아오는 동안 날이 저문 것이다.

"자네가 보기에는 어땠나?"

"마들렌 파브로가 소피를 집에서 몰아낸 것 같습니다. 일부러 그런 건 아니겠지만 소피가 머물 공간이 충분하지 않았던 것 같습니다. 그 집에는 내줄 방이 없는 거나 마찬가진데 마들렌까지 들어오니 더욱 비좁았겠죠. 무언가를 내보내야 했습니다."

"무언가가 사라져야 했군." 가마슈가 말했다.

"소피요."

가마슈는 어둠을 바라보며, 고개를 끄덕이며 친딸마저도 집어삼켜 뱉어 낼 만큼 강렬할 사랑에 대해 생각해 보았다. 딸의 심정은 어땠을까?

"뭐 찾아내신 거라도 있습니까?" 보부아르가 물었다.

가마슈가 간단히 방을 설명했다.

"에페드라는 없었지요?"

"마들렌의 방이나 욕실에는 없었네."

"어떻게 생각하십니까?"

가마슈는 휴대전화를 꺼내 들고 수신 버튼을 눌렀다. "마들렌이 직접 에페드라를 복용한 것 같지는 않군. 누군가가 그녀한테 먹인 것 같네."

"죽이기에 충분한 양을요."

"살해하기에 충분한 양을."

16

"안녕하세요, 아버지." 곤란해하는 다니엘의 목소리가 전화기 저편에서 건너왔다. "플로렌스의 토끼 인형 못 보셨어요? 인형 없이는 일곱 시간이나 비행기를 타지 못해요. 그리고 담배 없이도요."

"공항에 몇 시까지 가야 하지?" 가마슈가 볼보 계기판의 시계를 바라보며 물었다.

5시 20분.

"삼십 분 전에 떠나야 했어요. 그런데 담배가 사라졌어요."

경감은 이 말만 듣고도 충분히 상황을 짐작할 수 있었다. 플로렌스의 외할아버지인 그레구아 할아버지가 플로렌스에게 노란색 젖꼭지를 주었고, 그녀는 그걸 아주 좋아했다. 그레구아 할아버지는 젖꼭지를 주면서 자신이 담배를 피우는 것처럼 플로렌스에게 그걸 물고 빠는 법을 가르쳐 주었다. 이후로 젖꼭지는 플로렌스의 담배가 되었다. 플로렌스의 보물 1호였다. 담배가 없으면 비행기도 타지 못했다.

가마슈는 자신이 그것을 숨겼길 바랐다.

"뭐라고, 여보?" 수화기 너머로 다니엘의 목소리가 들려왔다. "아, 잘됐군. 아버지, 찾았어요. 이제 가야겠어요. 사랑해요."

"나도 사랑한다, 애야."

전화가 끊겼다.

"공항까지 태워 드릴까요?" 보부아르가 물었다.

가마슈는 다시 한 번 시간을 확인했다. 아들이 타고 갈 파리행 비행기는 7시 30분에 출발 예정이었다. 두 시간밖에 남지 않았다.

"아니, 괜찮네. 너무 늦었어. 메르시."

보부아르는 자신이 그 말을 했다는 사실이 기뻤고, 경감이 괜찮다고 한 점은 더욱 기뻤다. 그의 가슴에 작은 만족감이 피어올랐다. 이제 다니엘은 떠났다. 경감은 다시 오롯이 그의 차지가 되었다.

실망하지 마라. 시간이 짐짝처럼 된다 해도.

심술궂게 굴더라도.

바람이 세차게 불어온다 해도.

오딜은 선반 위의 유기농 시리얼 봉지를 바라보며 영감이 찾아오기를 기다리고 있었다. 지금 '바람이 세차게 불어온다 해도'라는 구절에서 막혀 반복하고 있었다. '게일gale 강풍'이라는 단어와 운율을 이루는 단어를 찾아야 했다.

"페일pale 연한? 페일pail 들통? 셰일shale 이판암? 바람이 거대한 웨일whale 고래처럼 세차게 불어온다 해도." 오딜이 희망의 끈을 놓지 않고 중얼거렸다. 근접하기는 했지만 정확히 자신이 찾는 단어가 아니었다.

생 레미에 있는, 질과 운영하는 가게에서 그녀는 영감을 받아 온종일 시를 쓰고 있었다. 그녀 안에서 영감이 흘러넘쳐 계산대에는 그녀가 영수증 뒤편에 휘갈기거나 빈 갈색 종이봉투에 쓴 글로 가득했다. 그녀는 자신의 대부분의 글이 출판하기에 손색이 없다고 확신했다. 이제 이 글을 컴퓨터에 옮겨 호그 브러더스 다이제스트사에 보낼 예정이었다. 이

잡지사에서는 거의 언제나 그녀의 시를 받아 주었다. 가끔은 수정도 하지 않고. 뮤즈가 늘 자애로운 편은 아니었지만, 오늘 오딜의 마음은 몇 달 전보다 훨씬 가벼웠다.

하루 종일 사람들이 가게에 들렀다. 약간의 물건을 사고 많은 소식을 들으러 오는 손님들이었다. 오딜은 재촉을 받으면 기꺼이 그날 밤의 이야기를 들려주곤 했다. 너무 불안해하는 티를 내면 안 돼. 즐거워하는 티도.

"당신도 그 자리에 있었나요?"

"정말 무서웠겠어요."

"가엾은 무슈 벨리보. 마들렌과 한창 사랑에 빠져 있었는데. 그 사람 아내가 죽은 지도 거의 이 년이나 됐잖아요."

"정말 겁에 질려서 죽은 걸까요?"

손님들의 말은 오딜이 다시 떠올리기 싫은 기억을 되살렸다. 마들렌은 비명을 지르며 뻣뻣이 굳었다. 마치 신화 속에 나오는 뱀 머리칼을 한 것이든 뭐든, 그녀는 자신을 돌로 변하게 한 끔찍한 것을 보기라도 한 것 같았다. 사실 오딜은 신화 속 괴물을 두려워한 적이 없었다. 오딜의 괴물은 인간의 형상을 취하고 있기 때문이었다.

그렇다. 마들렌은 겁에 질려 죽었다. 지난 몇 달 동안 그녀가 자신에게 불러일으킨 모든 두려움만 따져 봐도 충분히 그런 대가를 받을 만했다. 하지만 지금 공포는 허리케인이 지나간 것처럼 모두 사라졌다.

그래, 허리케일^{맞는 철자는 hurricane이지만 오딜이 운율을 맞추기 위해 hurricale로 바꾸었다.} 오딜은 미소 지으며 다시 찾아온 영감에 감사를 표했다.

허리케일과 같은 바람이 세차게 불어온다 해도

그것이 무엇이든, 그것이 당신과 나 사이에 무엇이 되었든 간에.

어느새 5시가 넘어 문을 닫을 시간이 되었다. 하루 일로 이만하면 충분했다.

가마슈 경감은 아직 비앤비에 있는 르미외 형사에게 전화를 걸었다.

"그녀는 아직 안 돌아왔습니다, 경감님. 하지만 가브리는 왔습니다."

"가브리를 바꿔 주게."

잠시 후에 낯익은 목소리가 들렸다. "살뤼Salut 안녕하세요, 파트롱."

"살뤼, 가브리. 마담 쇼베가 차를 가지고 왔나요?"

"아니요, 펑 하고 나타났어요. 물론 차를 타고 왔겠죠. 차가 없으면 어떻게 여기까지 왔겠어요?"

"차가 아직 거기 있나요?"

"아, 좋은 질문입니다." 가마슈의 귀에 가브리가 전화기를 들고 밖으로 나가는 소리가 들렸다. 짐작건대 현관 쪽인 것 같았다.

"위, 세 티시Oui, c'est ici 네, 여기 있어요. 녹색 소형 에코예요."

"멀리 나가지는 않았겠군요." 가마슈가 말했다.

"방문을 한번 열어 봐 드릴까요? 청소하는 척하고요. 제게 열쇠가 있습니다." 열쇠 꾸러미에서 들어 올린 열쇠가 덜거덕거리는 소리가 들려왔다. "지금 복도 쪽으로 가고 있어요."

"르미외 형사에게 주실 수 있습니까? 경찰이 문을 열어야 합니다."

"좋습니다." 가마슈는 가브리가 약 올라 한다는 걸 알 수 있었다. 잠시 후에 다시 르미외가 전화를 받았다.

"지금 문을 열었습니다, 경감님." 르미외 형사가 방으로 들어서며 불을 켜는 사이에 고통스러운 침묵이 흘렀다. "아무것도 없습니다. 방이 비어 있습니다. 화장실도 마찬가지고요. 서랍을 수색해 볼까요?"

"아니, 그럴 필요까지는 없네. 그녀가 안에 없는지 확인하고 싶었을 뿐이야."

"죽었을까 봐요? 저도 궁금했습니다만 죽지는 않았습니다."

가마슈는 다시 가브리를 바꿔 달라고 했다.

"파트롱, 내일부터 묵을 방이 필요합니다."

"얼마 동안요?"

"사건이 끝날 때까지요."

"만약 해결하지 못하면요? 영원히 계실 겁니까?"

가마슈는 포근한 베개와 산뜻한 리넨 이불보, 너무 높아 작은 계단식 의자를 두고 올라가야 하는 침대가 있는 고상한 손님용 침실을 떠올렸다. 책과 잡지, 물주전자를 갖춘 침대 옆 탁자도. 구식 타일과 신식 배관을 갖춘 사랑스러운 욕실도.

"달걀옷을 입힌 플로렌타인견과류와 과일을 섞고 초콜릿을 씌워 만든 비스킷을 매일 아침 만들어 준다면 그러죠." 가마슈가 말했다.

"터무니없는 요구를 하시는군요. 하지만 난 경감님이 좋아요. 방은 걱정 안 하셔도 됩니다. 충분하니까요." 가브리가 말했다.

"부활절 휴가가 지나고 나서도? 그땐 방이 다 차지 않나요?"

"방이 다 차느냐고요? 이 호텔은 별로 유명하지 않습니다. 그리고 전 그게 좋고요." 가브리가 코웃음을 쳤다.

가마슈는 가브리에게 잔 쇼베가 돌아오면 알려 달라고 부탁하고 르미외에게는 밤에는 집에 돌아가라고 말한 뒤 전화를 끊었다. 창문 밖으로 몬트리올의 고속도로를 쌩쌩 달리는 차들을 내다보는 가마슈에게 의문이 찾아왔다.

영매는 도대체 어디에 있을까?

실제로 목소리가 들려온다면 어떻게 해야 할지 잘 모르면서도 가마슈는 언제나 은밀하게 내면의 목소리가 대답을 속삭여 주길 바랐다.

잠시 시간을 두고 기다려 보았지만 아무 소리도 들리지 않았다. 그는 다시 전화기를 들었다.

"봉주르, 경정님. 근무 중인가?"

"막 나가려던 참이네. 무슨 일인가, 아르망?"

"살인이었네."

"그냥 직감인가, 아니면 정확한 근거가 있나?"

가마슈는 미소를 지었다. 가마슈의 오랜 친구는 그를 너무 잘 알고 있었다. 그리고 보부아르처럼 가마슈의 감정을 그다지 신뢰하지 않았다.

"실은 영혼이 나를 인도했다네."

전화기 저편에서 침묵이 흐르자 가마슈가 웃음을 터뜨렸다.

"윈느 블라그Une blague 농담이네, 미셸. 이번에는 명백한 근거가 있어. 에페드라 말일세."

"에페드라 이야기는 내가 먼저 꺼냈는데."

"하지만 침실이나 욕실같이 그녀가 둘 만한 상식적인 곳에는 에페드라가 없었네. 살을 빼고 싶어 하지 않았으리라는 근거도 충분해. 잘 알려진 위험 약물을 써야 할 만한 식이 장애도 없었고 몸무게나 식사에 대한 강박증도 없었네. 관련 주제 책이나 잡지도 없고 말이야. 아무것도 없었네."

"누군가가 고의로 먹였다고 보는군."

"그래. 나는 이 건을 살인으로 다룰 생각이야."

"좋아. 휴가를 방해해서 미안하군. 다니엘이 떠나기 전에 그 애를 보러 갈 수 있겠어?"

"아니, 그 애는 벌써 공항으로 가고 있어."

"미안하게 됐네, 아르망."

"자네 잘못이 아니잖나." 가마슈가 말했다. 그렇게 말했지만 브레뵈프를 너무 잘 아는 가마슈는 그가 미안해한다는 것을 알 수 있었다. "카트린에게 안부 전해 주게."

"그러지."

전화를 끊으며 가마슈는 안도했다. 몇 달 사이, 어쩌면 그전부터, 그는 친구가 어딘지 모르게 변했다고 생각했다. 마치 얇은 막이 내려와 두 사람 사이에 끼어든 것만 같았다. 무언가가 두 사람 사이에 항상 오갔던 친밀한 기운을 가로막고 있었다. 그렇다고 눈에 띄게 드러나지도 않았다. 착각이 아닌가 싶어 가마슈는 브레뵈프와의 저녁 식사가 끝난 후에 렌 마리의 의견을 물어본 적도 있었다.

"확실히 설명할 수는 없어." 그가 설명하려고 애썼다. "단지……,"

"느낌이 그렇다고?" 그녀가 웃었다. 렌 마리는 남편의 감을 믿었다.

"그저 느낌이라고 보기에는 좀 더 강해. 말투가 달라졌고 눈빛도 딱딱해졌어. 가끔은 일부러 모욕적인 말을 하는 것 같기도 해."

"파리로 간 퀘벡인들은 자기네들이 다른 사람들보다 잘난 줄 안다고 생각한다는 말 같은 거?"

"당신도 들었군. 미셸도 다니엘이 파리로 갔다는 걸 알잖아. 혹시 빈 정거리는 건 아닐까? 그렇다면 그건 미셸이 최근에 했던 말 중에 하나에 불과해. 도대체 왜 그러지?"

그는 기억을 훑어보았지만 미셸이 자신에게 일부러 상처를 주고 싶을 만한 이유를 찾을 수 없었다. 미셸이 그렇게 행동하게 할 만한 어떤 동기를 제공했는지도 전혀 기억나지 않았다.

"미셸은 당신을 좋아해, 아르망. 그냥 시간을 줘 봐. 카트린 말로는 요새 자식 결혼 문제로 걱정이 많대. 별거했다나 봐."

"난 아무 말 못 들었는데." 가마슈가 말했다. 그는 그 말에 자신이 상처받았다는 사실에 놀랐다. 그는 자신과 그 사이에 비밀이 없다고 생각했다. 좀 더 신중하게 판단해야 하는 문제 같기는 했지만 무언가 달라졌다는 직감이 들었다. 같은 방식으로 앙갚음을 하기는 얼마나 쉬운가. 그는 미셸에게 얼마든지 필요한 만큼의 시간과 공간을 주고, 자신을 상대로 불만을 해소하게 내버려 둘 수 있었다. 가까운 사람들에게 스트레스를 푸는 건 자연스러운 행동이었다.

미셸은 지금 아들 때문에 골치가 아프다. 물론 그런 문제일 수도 있다. 자신이나 두 사람의 우정과는 상관없는 문제일 터였다.

하지만 지금 전화를 끊으면서 가마슈는 미소를 짓고 있었다. 미셸의 목소리가 예전으로 돌아왔기 때문이었다. 아르망에게 익숙하던 예전의 쾌활함이 되살아나 있었다. 그들 사이에 어떤 문제가 있었건, 이제 그 문제는 사라졌다.

미셸 브레뵈프는 전화를 끊고 벽을 바라보며 미소를 지었다.

바로 이거였다. 브레뵈프는 몇 달간 자신을 괴롭혀 오던 질문에 대한 답을 찾았다. 어떻게? 어떻게 하면 자신의 삶에 만족하고 있는 사람을 파멸시킬 수 있을까?

지금 미셸 브레뵈프는 그 방법을 알게 되었다.

17

이베트 니콜 형사는 다음 날 아침 일찍 일어났다. 너무 흥분되어 잠이 오지 않았다. 마침내 그 순간이 찾아왔다. 그토록 기다리던 순간이었다. 가마슈가 마침내 내 진가를 알겠군.

그녀는 거울 속에 비친 자신의 모습을 바라보았다. 짧고 붉은 머리에 갈색 눈동자, 자신이 할퀴어 보라색 흉터가 남은 피부. 마른 체형이었지만 얼굴은 늘 약간 통통해 보였다. 마치 머리털이 달린 풍선 같았다.

그녀는 안으로 움푹 들어가게 볼을 당긴 뒤 어금니로 안쪽 살을 물었다. 조금 나아 보이기는 했지만 평생을 이렇게 하고 살 수는 없었다.

그녀는 아버지의 외모와 어머니의 성격을 닮았다. 늘 그런 말을 들었지만 결코 어머니를 많이 좋아한 적이 없었기에 삼촌과 숙모들이 그녀를 짜증 나게 하려고 일부러 그런 말을 하는 게 아닌가 싶었다. 어머니는 어느 날 갑자기 세상을 떠났다. 어느 날 그 자리에 있다가 다음 날 갑자기 사라졌다.

어머니는 항상 아웃사이더로 지냈다. 수다스러운 숙모와 숙부로 득시글대는 시댁의 대식구들 사이에서 묵묵히 견뎠지만 결코 사랑받지 못했다. 존중받거나 인정받지도 못했다. 니콜이 아는 한 어머니는 항상 열심히 노력했다. 니콜레프가의 아무리 사소한 편견이나 의견이라도 받아들이려 했다. 하지만 시댁 식구들은 그녀를 비웃기만 했고 금세 의견을 바꾸어 버렸다.

어머니는 가없은 사람이었다. 항상 적응하려고 부단히 노력했으며, 그런 노력을 비웃으며 절대로 자신을 사랑해 주지 않을 사람들의 애정을 받으려 애썼다.

"넌 엄마를 쏙 빼닮았어." 거센 사투리가 섞인 말이 이베트 니콜의 머릿속에 무겁게 내려앉았다. 이 말은 어쩌면 숙모와 숙부들이 한 유일한 프랑스어인지도 몰랐다. 마치 저주의 주문이라도 되는 양 외우고 또 외운 것 같았다. 제기랄. 젠장. "넌 엄마를 쏙 빼닮았어." 빌어먹을.

그녀가 사랑하는 사람은 아빠였다. 아빠도 그녀를 사랑했다. 자기 집에서조차 사투리와 악취와 모욕에 끊임없이 시달리는 그녀를 보호해 주었다.

"화장은 하지 마라." 아버지의 목소리가 욕실 문을 뚫고 들어왔다. 니콜은 웃었다. 아버지의 눈에 자신은 지금 모습 그대로도 충분히 아름다울 터였다.

"화장 안 해도 어려 보인다. 더 여려 보이고."

"아빠, 저는 경찰청 수사관이에요. 살인 사건을 다루고요. 여려 보일 필요는 없어요."

그는 언제까지라도 딸에게 속임수를 쓰게 해 사람들이 그녀를 좋아하게 만들려고 노력할 것 같았다. 하지만 그녀는 그런 속임수가 아무런 소용이 없음을 잘 알고 있었다. 사람들이 자신을 좋아하게 될 리 없었다. 한 번도 그런 적이 없었으니까.

어제 부활절 점심 식사를 하는 도중에 상사에게서 전화가 왔다. 친척들은 루마니아나 유고슬라비아, 체코 공화국에서 지내는 게 얼마나 더 좋은지의 문제를 두고 떠들어 댔다. 그녀가 알아듣지 못하는데도 저마다 모국어로 말하면서 수선을 피웠다. 하지만 친척들이 아빠에게 내가 왜 한 번도 달걀에 그림을 그리지도 않고, 부활절 특제 빵을 굽지도 않느냐고 물어본다는 것쯤은 알 수 있었다. 항상 결점만을 지적하지. 헤어스타일이나 새 옷에 대해서, 직업에 대해서는 절대로 이야기하지 않았다. 니콜은 자랑스럽게도 퀘벡 경찰청에서 일하는 형사가 되었다. 이 가없는 대가족 가운데서 유일하게 성공을 거둔 사람이 되었다. 그렇다고 친척들이 관심이라도 보였을까? 절대 아니지. 차라리 그림이 그려진 빌어먹을 달걀이었더라면 더 많은 관심을 받았겠지.

전화기를 들고 복도로 내려가 침실에 틀어박혔다. 친척들이 자신을 두고 하는 어리석은 우스갯소리를, 단순한 웃음을 넘어 불쾌하게 키득대는 소리를 상관이 듣지 못하게 하기 위해서였다.

"몇 달 전에 나눈 이야기 기억하나?"

"아르노 사건 말씀이신가요?"

"앞으로 다시는 그 이름을 언급해서는 안 되네. 내 말 알겠나?"

"잘 알겠습니다." 그는 니콜을 마치 어린애처럼 대했다.

"사건이 발생했네. 살인인지는 확실치 않네만 만약 그렇다면 자네도 합류해야 해. 난 거의 확실하다고 보네. 때가 됐네. 잘할 자신 있나, 니콜 형사? 자신 없으면 지금 말하게. 이건 굉장히 중요한 일이야."

"잘할 수 있습니다."

이 말을 할 때는 분명히 자신이 있었다. 그리고 그게 겨우 어제였다. 하지만 지금은 갑자기 오늘이 되어 버렸다. 살인 사건이었다. 그리고 때가 되었다. 그녀는 겁에 질려 죽을 지경이었다. 두 시간 이내에 그녀는 스리 파인스에서 수사반에 합류하게 된다. 하지만 수사 팀은 살인자를 찾으려 하는 반면, 그녀는 경찰청의 배신자를 찾으려 하고 있었다. 아니, 그냥 찾는 게 아냐. 정의를 실현하는 거야.

이베트 니콜 형사는 비밀을 좋아했다. 다른 사람의 비밀을 모으고 자신의 비밀을 만드는 것이 좋았다. 모든 비밀을 그녀만의 비밀 정원에 심고, 주위에 담을 쌓아 그 안에서 살아 숨 쉬게, 튼튼히 자라나게 했다.

그녀는 비밀을 숨기는 데도 능했다. 상사가 그녀를 선택한 이유가 바로 이 점 때문이 아니었을까. 한편으로는 더욱 하찮은 이유 때문이 아닌가 하는 의심도 들었다. 늘 무시당하는 사람이라 그녀를 고른 것일 수도 있었다.

"잘할 수 있어." 그녀는 거울 속에 비친 낯선 젊은 여자에게 말했다. 두려움 때문에 갑자기 추해 보였다. "잘할 수 있어." 니콜은 더욱 확신에 찬 목소리로 말했다. "넌 멋지고 용감하고 아름다워."

그녀는 떨리는 손으로 립스틱을 입술에 가져갔다. 다시 립스틱 든 손을 내리고는 거울 속의 여자를 단호하게 쳐다보았다.

"절대로 망치면 안 돼."

그녀는 드러그스토어에서 산 연붉은빛 립스틱을 쥔 손의 팔목을 다른 손으로 잡고 입술에 그림이라도 그리듯 칠했다. 마치 머리가 부활절 달걀이고 그 위에 그림이라도 그리려는 것처럼. 결국에는 친척들이 나를 자랑스럽게 생각하게 될 거야.

이자벨 라코스트 형사는 옛 해들리 저택 앞 도로에 차를 대고 청명한 아침 햇살을 받으며, 삐뚤삐뚤하고 가운데가 불쑥 튀어나온 경사진 도로를 응시하고 있었다. 마치 그 길은 무언가가 땅에서 떼어 내려다 만 것 같았다.

마침내 그녀의 용기가 한계에 부딪혔다. 그녀는 5년간 가마슈와 함께 살인 사건을 수사해 오면서 비정상이거나 정신 나간 살인자들을 접했다. 그리고 마침내 이 저택 앞에 섰다. 그녀는 그 앞에 한동안 억지로 서 있다가 차를 돌려 멀어졌다가 다시 저택 앞으로 돌아왔다. 저택이 자신을 지켜본다는 걸 느끼면서. 그녀는 전력 질주라도 하듯 차의 속도를 높였다.

깊이 심호흡을 하고 다시 한 번 저택을 바라보았다. 반드시 저 안에 들어가야 했다. 그런데 무슨 수로? 혼자 들어가는 건 좋은 생각이 아니었다. 혼자서는 절대 저 저택 문을 넘지 못하리라는 사실을 알고 있었다. 함께 갈 사람이 있어야 했다. 마을과 굴뚝에서 피어오르는 연기와 집집마다 켜진 불빛들을 내려다보며, 그녀는 이제 막 식탁에 앉아 첫 번째 커피와 따끈한 토스트에 잼을 발라 먹는 사람들을 상상해 보았다. 그리고 함께 갈 사람으로 누가 좋을지도 생각해 보았다. 이상하리만치 강렬한 감정이 밀려왔다. 사형 제도가 남아 있는 캐나다에서 판사가 느끼는 감정이 이렇지 않을까.

마침내 그녀의 시선이 어느 한 집에 머물렀다. 그때서야 그녀는 자신이 누구와 함께 가야 하는지에 대해서 애초에 의문의 여지가 없었음을 깨달았다.

"내가 갈게." 클라라가 스튜디오에서 대답했다. 그녀는 며칠 전 피터가 그림 속에서 보았던 걸 신선한 아침 햇살 속에서 발견하게 되기를 바라는 마음에 일찌감치 일어나 있었다. 작품 속의 허점을. 어긋난 색채를. 청색을 잘못 쓴 걸까? 아니면 녹색인가? 청자색보다는 청록색을 써야 하나? 일부러 밝은 군청색은 피했는데, 혹시 그게 실수였을까?

데니스 포틴이 방문하기 전까지 그림을 완성할 수 있는 시간은 딱 일주일밖에 없었다.

시간이 촉박했다. 그리고 그림에 무언가 문제가 있는데도 그 문제가 무엇인지도 모르고 있었다. 그녀는 의자에 앉아 진한 모닝커피를 마시고 몬트리올 베이글을 먹으면서 봄 햇살이 답을 알려 주기를 바랐다.

하지만 봄 햇살은 잠잠하기만 했다.

오 하느님, 제가 도대체 뭘 어떻게 해야 하죠?

바로 그때 누군가가 문을 두드렸다. 신이 문을 두드리지 않았나 생각했지만 신이라면 문을 두드리지 않을 것이었다.

"아, 일하고 있었네." 부엌에서 피터가 시계를 흘끗 보며 외쳤다. 겨우 7시가 지났을 뿐이었다. "내가 갈게."

그는 클라라의 작품을 두고 한 말이 맘에 걸렸다. 지금까지 계속 자신이 과민반응을 보였다고 말하려 했다. 클라라의 그림에는 아무런 잘못이 없다고. 오히려 정반대였다. 그러면 클라라는 내가 잘난 척한다고 생각할 거야. 그가 처음으로 자신에게 거짓말을 했다는 생각은 절대로 하지 않을 것이다. 클라라의 그림은 훌륭했다. 환하게 빛이 났으며 정말 대단했다. 그가 자신의 그림에 대해 듣고 싶은 모든 찬사를 다 갖춘 그림이었다.

사실 갤러리 소유주들과 실내 장식가들은 피터의 그림을 사랑했다. 항간에서는 그가 일상의 사물을 택해 가까이 접근한 다음, 마침내 형체를 알아보지 못할 만큼 추상적인 사물로 만든다고 평했다. 왜인지 모르게 그는 진실을 희미하게 만드는 작업에 끌렸다. 비평가들은 복합적이라거나, 심오하다거나, 눈을 뗄 수 없다거나 하는 표현을 사용했다. 클라라의 그림을 보기 전까지는 그런 평에 만족해 왔다. 하지만 지금 그는 누군가, 단 한 사람이라도 좋으니 자신의 작품을 보고 '환하게 빛이 난다'는 말을 해 주길 열망하고 있었다.

피터는 클라라가 작품에 손을 대기를 바랐다. 그러면서도 손을 대지 않기를 바랐다.

문 앞으로 나가 보니 이자벨 라코스트 형사였다.

"봉주르." 그녀가 미소를 지었다.

"신이야?" 클라라가 스튜디오에서 외쳤다.

피터는 라코스트가 사과라도 하는 것처럼 고개를 흔드는 걸 보았다.

"아니. 신이 아니야, 여보. 유감이야."

행주에 손을 닦으며 나타난 클라라가 따뜻한 미소를 지었다. "어서 와요, 라코스트 형사님. 오랜만이네요. 커피 드시겠어요?"

이자벨 라코스트는 정말로 커피가 마시고 싶었다. 집에서는 추운 봄 날 아침 갓 끓인 커피와 구운 베이글, 따뜻한 모닥불 냄새가 났다. 그녀 는 자리에 앉아 이 포근한 사람들과 함께 대화를 나누며 머그잔으로 손 을 덥히고 싶었다. 그 집으로 돌아가고 싶지 않았다. 그렇게 할 수 있다 는 것도 알고 있었다. 살인 수사반의 어느 누구도 그녀가 그 저택에 갔 다는 사실을 몰랐다. 그녀의 목적은 지극히 개인적이었으며 은밀하고 사소한 의식이었다.

"부탁이 있어요." 그녀가 이렇게 말하자 클라라는 놀라서 눈썹을 치 켜떴다. 이자벨 라코스트가 부탁한 내용을 듣고 그녀의 눈썹이 다시 내 려갔다.

머나 랜더스는 혼자 콧노래를 부르며 원두를 갈아 보덤 커피메이커에 넣었다. 베이컨이 익어 가고, 부엌의 목재 카운터에 놓인 두 개의 갈색 달걀은 프라이팬에 들어갈 예정이었다. 그녀는 자주 토스트와 커피를 찾지는 않지만 가끔은 아침 식사를 제대로 차려 먹고 싶을 때가 있었 다. 그녀는 영국인들이 아침 식사를 하루에 세 번 갈망한다는 이야기를 들은 적이 있었다. 그녀 생각에도 이 지적은 정확했다. 하루 종일 베이 컨과 달걀, 크루아상과 소시지, 팬케이크와 메이플 시럽, 포리지_{오트밀 같} _{은 영국식 죽}, 진한 흑설탕만 먹고도 살 수 있을 것 같았다. 갓 짠 오렌지 주 스와 진한 커피를 곁들여서. 그렇게만 먹으면 나는 한 달 내에 죽겠지.

죽는다.

베이컨을 뒤적거리던 머나의 뒤집개가 멈추었다. 기름이 손에 튀었지 만 아무 느낌도 없었다. 그녀는 다시 그 끔찍한 날의 끔찍한 방으로 돌아가 있었다. 마들렌에게 돌아가 있었다.

"아, 냄새 좋은데?" 로프트옛날 공장을 개조한 아파트 저 끝에서 익숙한 목소리가 들렸다. 정신을 차리니 클라라와 한 여자가 구석에서 진흙이 묻은 장화를 벗고 있었다. 그 여자는 놀란 표정으로 주위를 둘러보고 있었다.

"세 마니피크C'est magnifique 굉장한데요." 라코스트가 눈을 크게 뜨고 말했다. 이제 그녀는 식당에서나 쓸 만한 길쭉한 테이블에 앉아 베이컨과 달걀을 먹으며 이 자리에 눌러앉고 싶었다. 그녀는 이 방 전체에 빨려 들었다. 오랜 세월 탓에 검게 변한 대들보가 머리 위를 달리고 있었다. 장밋빛에 가까운 사방 벽에는 과감하고 매력적인 추상화가 걸려 있었고, 커다란 문설주가 달린 유리창에서 살짝 떨어져 책으로 가득한 책장이 놓여 있었다. 방 한가운데에 있는 장작 난로 옆에는 낡은 안락의자가, 난로 맞은편에는 커다란 소파가 있었다. 넓은 널빤지 마루는 최고급 소나무였다. 라코스트의 짐작에, 두 개의 문은 침실과 욕실인 것 같았다.

그녀는 진짜 집에 있었다. 문득 클라라의 손을 잡고 싶었다. 자신이 있어야 할 집은 여기였다. 바로 이 로프트. 그리고 이 집에서는 눈앞의 두 여자와도 함께 있을 수 있었다.

"봉주르." 카프탄을 걸친 덩치 큰 흑인 여자가 그녀 쪽으로 걸어왔다. 그리고 사랑스러운 얼굴에 미소를 띤 채 팔을 쭉 뻗었다. "세 아장 라코스트. 네 스 파C'est Agent Lacoste. n'est ce pas 라코스트 형사님. 맞죠?"

"위Oui 맞아요." 라코스트는 그녀와 양쪽 뺨에 입맞춤을 주고받았다. 그런 다음 머나는 뒤로 돌아 클라라를 안고 입을 맞추었다.

"아침 먹을래요? 양이 많아요. 더 만들 수도 있어요. 무슨 일이야?"

그녀는 클라라의 얼굴에 감도는 긴장감을 보았다.

"라코스트 형사님이 부탁이 있대."

"뭔데요?" 머나가 대부분의 젊은 퀘벡인처럼 단순하지만 세련되게 차려입은 젊은 여자를 바라보았다. 라코스트는 머나를 보니 마치 이웃집에 온 것만 같았다. 편안하고 행복한 이웃집에.

자신이 꺼내는 말이 이 멋진 장소를 더럽히는 것 같다고 느끼면서도 라코스트는 찾아온 용건을 밝혔다. 그녀가 말을 마치자 머나는 가만히 서서 눈을 감았다. 그리고 다시 눈을 뜨고 말했다.

"물론 들어 드려야죠, 아가씨."

10분 후에 베이컨이 열판 밖으로 나오고, 주전자 플러그가 뽑히고, 머나는 옷을 갖춰 입었다. 세 여자는 조용히 술렁이는 마을을 걸었다. 연못에 드리운 옅은 안개가 언덕까지 거슬러 올라왔다.

"부인의 이웃이 죽었을 때가 떠오르네요." 라코스트가 클라라에게 말했다. "그때 무슨 의식을 치렀죠."

머나가 끄덕였다. 연기가 피어오르는 세이지와 향기름새 막대기를 들고 스리 파인스를 걷던 기억이 떠올랐다. 살인이라는 잔혹한 행위가 낸 화상에 다시 기쁨을 불러오는 의식이었다. 그리고 효과가 있었다.

"옛 이교도 의식이에요. 이교도는 소작농이고 소작농은 일꾼이며 일꾼이 된다는 일이 중요하던 때의 의식이었죠." 머나가 말했다.

이자벨 라코스트 형사는 잠자코 있었다. 진흙탕 길을 철벅거리면서 걸어가며 그녀는 고개를 숙여 고무장화를 내려다보았다. 그녀는 여기가 좋았다. 길 한복판을 걸어 다니면서 아무도 자신을 들이받지 않을 거라고 안심할 수 있는 곳은 여기밖에 없었다. 그녀는 흙냄새와 길 양쪽 소나무 숲에서 나는 향긋한 솔 향을 맡았다.

"마들렌은 살해당했나요?" 클라라가 물었다. "그래서 이런 일을 하려는 건가요?"

"네, 맞아요."

머나와 클라라가 멈추어 섰다.

"믿을 수가 없네요." 머나가 말했다.

"가엾은 마들렌. 가엾은 헤이즐. 다른 사람들을 위해 많은 온정을 베푼 결과가 고작 이거라니." 클라라가 말했다.

라코스트는 친절한 행위가 비극을 막을 수 있다면 세상은 훨씬 더 친절한 곳이 되었을 거라고 생각했다. 계몽적이기는 하지만 이기심에 지나지 않는다고? 그럴지도 모른다. 하지만 적어도 계몽적이지 않은가. 나는 지금 해들리 저택에 친절을 베풀려고 하는 걸까? 그래서 저택의 환심을 사고 싶은 걸까? 생사를 판가름하거나 보상을 해 주는 힘과는 아무 상관도 없는 내가 그저 얼마나 친절한 사람인지 증명하기 위해 애쓰고 있는 걸까?

세 사람은 마을 위에 치솟은 저택을 다시 한 번 바라보았다. 빌어먹을 해들리 저택. 느릿느릿 걸음을 옮기면서 클라라는 생각했다. 또 하나의 목숨을 거두어 갔군.

그녀는 해들리 저택이 만족스럽고 충만한 장소가 되기를 바랐다. 그리고 자신에게서 베이컨과 달걀 냄새가 나지 않길 바랐다.

"왜 이런 일을 하려는 거죠?" 머나가 차분하게 라코스트에게 물었다.

"왜냐하면 제 생각에는 어쩌면……," 그녀는 잠시 말을 멈추었다가 다시 이었다. "당신은 결코 모를……,"

머나가 돌아서서 그녀의 손을 잡았다. 라코스트 형사는 자신의 손을 잡는 용의자나 목격자에 익숙하지 않았지만 물리치지 않았다.

"괜찮아요, 아가씨. 우리를 봐요. 클라라와 나는 그저 쪼그랑할멈일 뿐이에요. 세이지와 향기름새로 만든 염병할 막대에 불을 붙이고 사악한 영혼을 내몬답시고 마을에 향을 피운 우리예요. 우리가 이해하지 못할 게 뭐가 있겠어요?"

라코스트는 웃고 말았다. 어른이 된 이후로 줄곧 그녀는 유령을 믿는 자신이 부끄러웠다. 가톨릭 집안에서 자랐기 때문이었다. 춥고 음울하던 어느 날 아침, 뺑소니로 죽은 한 젊은 남자가 쓰러져 있던 아스팔트에서 검붉은 얼룩을 본 그녀는 눈을 감고 죽은 남자에게 말을 걸었다.

억울하게 죽은 당신을 기억하겠다고 말했다. 절대 잊지 않겠어요. 그녀는 그를 죽음으로 몬 자를 찾아냈다.

그 사건이 그녀가 처음으로 맡은 임무였다. 죽은 자에게 말을 건넨 본능은 처음에는 아무 문제가 없어 보였지만 곧 또 다른 본능이 눈을 떴다. 이 본능은 그녀에게 좀 더 주의를 기울이라고 당부했다. 죽은 자가 아닌 산 자들에게. 그녀가 동료에게 덜미를 잡혔을 때 그녀의 염려는 충분히 근거가 있었다고 증명이 되었다. 그녀는 무자비하게 조롱을 당하고 놀림을 받았다. 유령과 대화한다는 이유로 경찰청 복도에서 쫓겼고, 비웃음과 경멸을 샀다.

일을 그만두기로 마음먹었을 때, 실제로 사직서를 들고 상관의 사무실 앞에서 기다리고 있을 때, 문이 열리면서 아르망 가마슈 경감이 나왔다. 물론 모두가 그를 알고 있었다. 악명 높은 아르노 사건이 아니더라도 그는 충분히 유명했다.

그가 그녀를 바라보며 웃음을 지었다. 그리고 놀랄 만한 행동을 했다. 커다란 손을 내밀며 자신을 소개한 뒤 말했다. "자네가 나와 일해 준다면 큰 영광이겠네, 라코스트 형사."

그녀는 농담인 줄만 알았다. 하지만 그의 눈길은 그녀에게서 떨어지지 않았다.

"제발 좋다고 말하게."

그녀는 가마슈의 말대로 했다.

그녀는 하루의 수사가 끝나 반원들이 돌아가고 현장의 공기가 가라앉았을 때도 자신이 남아 있었던 모든 살인 사건 현장을 가마슈 경감은 알고 있었을 거라고 생각했다.

자신이 남아 있었던 이유는 죽은 자들에게 말을 걸기 위해서였다. 가마슈와 반원들이 사건을 해결할 거라며 안심시키기 위해서였다. 그들은 잊히지 않았다.

지금 상쾌하고 부드러운 빛 아래 서서, 머나의 거친 손을 잡고 클라라의 따뜻한 푸른 눈동자를 바라보고 있노라니 경계심이 풀렸다.

"마들렌 파브로의 영혼이 아직 그곳에 있는 것 같아요." 그녀는 언덕 위의 황량한 집을 올려다보았다. "우리가 해방시켜 주길 기다리고 있어요. 모두 노력하고 있고, 잊지 않을 거라는 말을 하고 싶어요."

"신성한 의식이로군요." 머나가 그녀의 손을 꼭 잡으며 말했다. "우리를 불러 줘서 고마워요."

이자벨 라코스트는 왜 그들이 고마워하는지 잠시 의아했다. 마침내 세 여자가 어깨를 나란히 맞대고 옛 해들리 저택 앞에 섰다.

"자, 어서 가요. 시간이 흐른다고 더 쉬워지지도 않아요." 클라라가 말했다.

그녀는 현관으로 나 있는 울퉁불퉁한 통로를 고꾸라지듯 내려가 문손 잡이를 돌려 보았다.

"잠겨 있네요." 클라라가 말했다. 머나의 집으로 돌아가 메이플 시럽을 끼얹은 베이컨과 반숙 계란, 따뜻한 빵과 수제 마멀레이드를 마음껏 즐기는 장면이 마음속에 떠올랐다. 자신들은 노력했고, 최선을 다했다. 그러니 아무도……

"열쇠가 있어요." 라코스트가 말했다.

빌어먹을.

같은 시각, 아르망 가마슈와 장 기 보부아르는 코완스빌 병원으로 들어서고 있었다. 몇 사람이 담배를 피우며 밖에서 서성거리고 있었고, 어떤 여자가 산소 탱크를 끌고 가고 있었다. 두 사람은 그녀에게서 멀찌감치 떨어졌다.

"왜 이렇게 오래 걸렸어요?"

이베트 니콜 형사가 선물 가게 문 앞에 서 있었다. 사이즈가 안 맞는 푸른 정장의 바짓단은 진흙으로 더럽혀져 있었고, 머리는 17세기 이후로 유행이 지난 페이지 보이끄트머리 부분을 안으로 감은 단발머리 스타일이었으며 입술에는 감자 깎는 도구로 문지른 것 같은 립스틱이 칠해져 있었다.

"니콜 형사." 보부아르가 고개를 끄덕였다. 그녀의 무뚝뚝하고 부루 퉁한 얼굴이 욕지기가 치밀어 오르게 했다. 그는 알고 있었다. 정확히 알고 있었다. 가마슈는 그녀를 수사반에 합류시키는 끔찍한 실수를 저질렀다. 경감이 왜 그녀를 수사반에 합류시키는지 도무지 납득할 수가 없었다.

하지만 짐작은 할 수 있었다. 실패하고 추락하고 결함이 있는 피조물을 돕는 일은 가마슈의 개인적인 사명이었다. 단지 훌륭한 추천서를 써주는 종류의 도움이 아니라 실제로 같은 팀에서 일할 기회를 주었다. 그는 이런 사람들을 선택해서 살인 수사반으로 데려왔다. 그리고 경찰청에서 가장 뛰어난 팀에서 가장 유명한 형사와 함께 일하게 했다.

보부아르 자신이 그 첫 번째였다.

그는 트루아 리비에 분견대에서 끔찍한 미움을 샀었다. 증거물로 가득한 우리에 영구 배정받았다. 그곳은 말 그대로 우리였다. 그만두지 않은 이유는 자신의 존재 자체가 상사들을 화나게 한다는 점을 알기 때문이었다. 당시 그는 분노로 가득 차 있었다. 우리 속이야말로 그가 속한 장소일지도 몰랐다.

그때 가마슈 경감이 그를 발견했다. 그리고 살인반으로 데려왔다. 몇 년이 지나자 그를 경위로 진급시켜 부관으로 삼았다. 하지만 장 기 보부아르는 결코 우리를 완전히 떠나지 않았다. 대신 우리가 그의 속으로 들어와 가장 추악한 분노를 집어삼켰다. 그의 내면은 주변에 어떤 피해도 끼치지 않을 곳이었다. 그리고 우리 속에는 더 조용한, 또 하나의 우리가 있었다. 그 우리 속 한구석에는 분노보다 그를 더욱 두렵게 하는 무언가가 웅크리고 있었다. 보부아르는 언젠가 그 존재가 그 안에서 뛰쳐나오지 않을까 하는 공포 속에서 살았다.

그 우리 속에 그는 사랑을 숨겨 두었다. 그리고 사랑이 밖으로 빠져나오면 곧장 아르망 가마슈에게로 향하게 될 것이었다.

장 기 보부아르는 니콜 형사를 바라보면서 그녀가 자신의 우리 안에 무엇을 숨겨 두었을지 생각해 보았다. 무엇이 되었든 그녀가 우리를 잘 달아 두었길 바랐다. 이미 밖에 꺼내 놓은 것만으로도 충분히 해로웠다.

그들은 병원 제일 아래층으로 내려가 온통 인위적인 것으로 채워진 방 안으로 들어갔다. 빛도 공기도 없이 그저 화학 약품 냄새만이 진동했다. 가구도 하나 없이 온통 알루미늄뿐이었다. 죽음도 없었다.

중년의 감식반원이 태연하게 마들렌 파브로를 서랍에서 꺼냈다. 그리고 아무렇지도 않게 백을 열고 풀어 헤쳤다.

"젠장." 그가 비명을 질렀다. "이 여자한테 무슨 일이 있었던 거지?"

단련된 살인반 수사관이라도 시체를 보는 데는 마음의 준비가 필요했다. 제일 먼저 정신을 차리고 입을 연 사람은 가마슈였다.

"어떻게 보입니까?"

감식반원이 앞으로 몸을 숙여 최대한 목을 길게 빼서 백 안을 들여다보았다.

"젠장." 그가 숨을 내뱉었다. "잘은 모르겠지만 이런 식으로 죽고 싶지는 않군요." 그가 가마슈를 돌아보았다. "살해당했습니까?"

"겁에 질려 죽었어요." 눈앞의 광경에 도취된 니콜이 말했다. 그녀는 시체의 얼굴에서 도무지 눈을 뗄 수가 없었다. 마들렌 파브로의 얼굴은 비명을 지르다 굳은 채였다. 눈은 튀어나와 있었고 크게 벌린 입에는 이가 드러나 있었다. 크게 벌린 입에서는 아무 소리도 나오지 않았다. 끔찍한 모습이었다.

도대체 무엇이 그녀를 이렇게 만들었을까?

가마슈는 물끄러미 시체를 바라보았다. 그리고 심호흡을 했다.

"해리스 박사는 언제 옵니까?" 그가 물었다. 감식반원이 작업 일정표를 뒤적거렸다.

"열 시에요." 조금 전에 내지른 비명을 만회하려 애쓰며 그가 무뚝뚝하게 대답했다.

"메르시." 가마슈는 그렇게 말하고 밖으로 나갔다. 나머지 두 사람도 포르말린의 악취와 함께 그의 뒤를 따랐다.

머나, 라코스트, 클라라는 곧장 계단으로 향했다. 클라라의 짧은 다리는 한 번에 두 계단씩 오르는 머나를 따라잡으려 고전하고 있었다. 악마가 친구를 먼저 발견하기를 바라며 클라라는 머나의 뒤에 숨으려고 애썼다. 물론 악마가 뒤에서 덮치지 않는다면. 클라라는 뒤를 돌아보다가 복도에서 완전히 멈춘 머나와 부딪혔다.

"아버지가 보셨다면," 그녀가 클라라에게 말했다. "우리가 결혼한 줄 아셨을 거야."

"아직도 그런 생각을 하는 분이 계시다니, 멋진데."

머나가 멈춘 이유는 앞장서던 라코스트가 멈추었기 때문이었다. 그것도 갑자기. 복도 한가운데서.

머나를 방패 삼아 주위를 둘러보던 클라라도 매우 놀란 채 서 있는 라코스트를 발견했다.

세상에. 그녀는 생각했다. 또 무슨 일이지?

라코스트가 천천히 앞으로 나아갔다. 머나와 클라라도 살며시 따라갔다. 그리고 클라라는 보았다. 바닥에 흩어져 있는 노란 테이프를. 문틀에 대롱대롱 매달려 있는 노란 테이프를.

경찰용 테이프가 훼손됐다. 단지 벗기거나 잘라 낸 정도가 아니었다.

조각조각 잘게 찢겨 있었다. 무언가가 몹시 간절하게 그 안으로 들어가려 했던 것이다.

아니면 밖으로 나오려 했거나.

열린 문 틈 사이로 클라라는 어두컴컴한 방을 보았다. 모여 있는 의자 한가운데, 소금을 뿌린 원 안에 누워 있는 것은 다름 아닌 자그마한 울새였다.

죽어 있었다.

18

로베르 르미외 형사는 옛 철도 역사 한가운데에 놓인 커다란 검은 스토브에 장작을 잔뜩 집어넣었다. 르미외 주위에는 감식반원들이 설치한 책상과 칠판, 컴퓨터 단말기와 프린터가 놓여 있었다. 예전 캐나다 국철의 오래된 역사였다는 모습은 찾아볼 수 없었다. 대형 불자동차를 빼면 이곳이 현 스리 파인스 의용소방서라는 모습도 찾아보기 어려웠다. 감식반원이 불조심 홍보 포스터와 캐나다 총독 문학상 수상을 축하하는 포스터 몇 장을 조심스럽게 떼어 냈다. 축하 포스터 중에 언짢은 얼굴로 누군가를 째려보는 이가 있었는데 의용소방대 대장인 루스 자도였다.

그녀가 문학상을 수상했을 때의 모습이었다. 그녀는 누가 자신에게 오물이라도 던진 것 같은 표정을 짓고 있었다.

전날 밤 보부아르 경위는 르미외에게 전화해 일찌감치 스리 파인스로 가서 수사본부를 설치하는 일을 도우라고 지시했다. 하지만 여태 르미외가 한 일이라고는 사람들의 출입을 통제하고 불을 피우는 일뿐이었다. 팀 호튼 코완스빌점에서 더블더블 커피와 도넛 몇 상자도 사 왔다.

"좋아, 와 있었군." 보부아르 경위가 걸어왔다. 니콜 형사가 따라오고 있었다. 니콜과 르미외는 서로 노려보았다.

아무리 생각해도 왜 이토록 니콜이 자신에게 적대감을 갖는지 알 수 없었다. 그는 그녀와 친구가 되려고 노력했다. 모두에게 환심을 사라는 브레뵈프의 지시 때문이었다. 그는 시키는 대로 했다. 그는 살아오면서 쉽게 친구를 만들었다. 니콜만 빼고. 그래서 그는 골치가 아팠다. 니콜은 정말 골칫덩어리였다. 느끼는 그대로를 표현하는 니콜의 성격 탓에 더욱 혼란스럽고 초조한 기분이 드는지도 몰랐다. 그녀는 마치 위험한 신인류 같았다.

니콜에게 미소를 지어 보였지만 니콜은 비웃음으로 응수할 뿐이었다.

"경감님은 어디 계십니까?" 르미외가 보부아르에게 물었다. 회의 테이블을 중심으로 다섯 개의 테이블이 원형으로 놓여 있었다. 테이블마다 컴퓨터가 설치되어 있었고 곧 전화선이 연결될 예정이었다.

"라코스트 형사와 함께 있네. 곧 오실 거야. 아, 저기 오시는군." 보부아르는 턱으로 문 쪽을 가리켰다. 필드 코트를 걸치고 트위드 모자를 쓴 가마슈 경감이 방으로 들어섰다. 라코스트 형사가 따라 들어왔다.

"문제가 생겼네." 가마슈가 르미외에게 고개를 끄덕인 뒤 모자를 벗으며 말했다. "모두 자리에 앉도록."

수사팀이 회의 테이블 주위에 모였다. 가마슈와 친숙한 감식반원들은 소리를 내지 않으려고 노력했다.

"라코스트 형사?" 가마슈는 외투도 벗지 않았다. 보부아르는 무언가 중대한 일이 있다는 낌새를 감지했다. 역시 외투와 고무장화를 아직 벗지 않은 이자벨 라코스트는 얇은 장갑만 벗고 앞에 있는 책상으로 손을 뻗었다.

"누군가 옛 해들리 저택의 방에 침입했어요."

"범죄 현장에?" 보부아르가 말했다. 거의 없는 일이었다. 멍청이 몇몇이 있긴 했지만. 그는 본능적으로 니콜을 바라봤다가 곧 의심을 떨쳐냈다.

"장비를 갖고 있어서 사진을 찍고 지문을 채취했습니다. 감식반원이 준비를 마치는 대로 연구실에 보내려고요. 하지만 여기서도 사진은 볼 수 있어요."

그녀는 자신의 디지털카메라를 주위에 돌렸다. 컴퓨터로 옮기면 이미지가 훨씬 선명하게 드러나겠지만 지금도 사람들을 숨죽이게 하기에 충분했다. 이미 사진을 본 가마슈는 자리를 옮겨 통신 장비를 중점적으로 손보고 있는 감식반원과 대화를 나누었다.

잠시 동안, 보부아르 형사마저 말을 잃었다.

"테이프를 그냥 뜯은 정도가 아니라 아예 갈기갈기 찢었군." 그는 지금 자신의 몸에 나타나는 반응이 맘에 들지 않았다. 몸이 마비되고 머릿속에서 무언가가 떨어져 나가 그 안을 떠다니는 것처럼 머리가 텅 비는 것을 느꼈다. 떨어져 나간 무언가를 되찾고 싶어 짧은 손톱이 손바닥으로 파고들 때까지 주먹을 꽉 쥐었다.

제법 효과가 있었다.

"저게 뭐죠? 누가 똥이라도 싼 것 같은데요." 니콜이 말했다.

"니콜 형사. 지금은 어린애 같은 소리를 할 때가 아니라 건설적인 의견을 나눠야 할 때네." 가마슈가 말했다

"네, 알겠습니다." 니콜은 자신의 의견에 동의하더라도 거들 리 없는 르미외와 라코스트를 바라보았다. 보부아르가 보기에도 니콜의 말은 그럴듯했다. 의자들이 둘러싼 한가운데 바닥에 놓여 있는 것은 검은빛을 띤 작은 덩어리였다. 마치 작은 똥 덩어리 같았다. 곰의 똥일까? 그렇다면 곰이 테이프를 갈기갈기 찢어 놓았을까? 새끼를 품고 있던 곰이 옛 해들리 저택에서 보금자리를 발견한 것일까?

일리가 있었다.

"저건 새예요. 새끼 울새죠." 라코스트가 말했다.

보부아르는 입을 다물고 있었다는 사실에 안도했다. 곰이든 아기 새든 뭐가 됐든 간에.

"가여운 것." 르미외가 말하자 니콜이 업신여기는 표정으로 바라보았고, 가마슈는 살짝 미소를 지었다.

"이제 보낼 준비를 마쳤습니다, 경감님." 컴퓨터들 가운데 한 대에서 신호를 감지한 감식반원이 자리에 앉아 손을 내밀었다. 라코스트가 카메라와 지문 채취 도구를 건넸다. 몇 분 내로 프린트가 몬트리올로 전송됐고 화면에 사진이 떴다. 곧이어 컴퓨터가 한 대씩 살아나면서 엽기적인 화면 보호기 같은 불안감을 주는 사진이 모니터마다 나타났다. 경찰 테이프가 찢겨 있는 복도와 원형을 이룬 의자들 가운데에 놓인 작은 새

의 사체.

도대체 이 집은 무엇을 바라고 있을까? 가마슈는 문득 궁금했다. 살아서 그 집에 들어갔던 모든 것들은 죽거나, 달라진 모습으로 나왔다.

"알로Alors 그럼." 그들이 회의 테이블 주변으로 돌아오자 보부아르가 말했다. "다들 알겠지만 이제 이 사건은 살인 사건입니다. 좀 더 분발해야 합니다." 그는 앞으로 손을 뻗어 커다란 컵 한 개를 집어 들고 플라스틱 테두리의 마시는 부분을 열어 능숙하게 눌러서 고정시킨 다음 초콜릿을 씌운 도넛 상자를 열었다.

보부아르 경위는 피해자와 살인범에 대해 알아낸 내용을 간결하게 설명했다. 보부아르가 교령회에 대한 설명을 시작하자 방 안의 소음이 침묵으로 바뀌었다. 가마슈가 고개를 들자 유령 이야기를 들으러 모닥불 주위로 모여든 야영객처럼 보부아르의 설명에 빨려 든 감식반원들이 자신들 주변에 또 하나의 원을 이룬 모습이 보였다.

"교령회는 왜 한 거죠?" 르미외가 물었다.

"누구의 생각이었는지를 아는 게 더 중요하겠죠." 니콜이 르미외의 질문을 일축했다.

"비스트로에서 첫 번째 교령회를 제의한 사람은 가브리 뒤보인 것 같네. 하지만 옛 해들리 저택에서의 교령회를 제안한 사람은 누군지 모르네." 보부아르가 말했다

"왜 처음으로 제안한 사람이 누군지 아는 게 중요하다는 건가?" 가마슈가 물었다.

"뻔하지 않아요? 누군가를 겁에 질려 죽게 하고 싶다면 디즈니랜드에서 하진 않겠죠. 진작부터 사람들이 겁에 질릴 만한 장소를 고르지 않겠

어요? 옛 해들리 저택이 딱이죠."

니콜이 경감 면전에 대고 야유를 보낸 셈이나 다름없었다. 모든 사람들이 가마슈의 반응을 기다리기라도 하듯 침묵했다. 그는 잠시 가만히 있다가 고개를 끄덕였다.

"자네 말이 옳을지도 모르지."

"하지만 그녀가 겁에 질려 죽은 건 아니야." 보부아르가 니콜에게 비난하듯 말했다. 반항하는 니콜과 그 행동을 묵인하는 가마슈에게 화가 치밀었다. 도대체 가마슈에게는 무슨 문제가 있는 걸까? 왜 그는 다른 사람들에게 하는 것처럼 니콜을 몰아세우지 않을까? 다른 모든 이유를 떠나 일단 훈련이라는 측면에서도 바람직하지 않았다. 하지만 사람들의 경멸 섞인 얼굴을 보니 이 방의 어느 누구도 니콜을 롤모델로 삼지는 않을 것 같았다. "자네가 입 다물고 듣기만 했더라면 그녀가 독살됐다는 사실을 알 수 있었을 거야. 안 그런가?"

"에페드라. 처음에 의사는 그녀가 심장마비로 죽었다고 생각했네. 그런데 그럴 나이가 아니었기 때문에 혈액검사를 하기로 했지. 그 결과 다량의 에페드라가 검출되었네." 경감이 말했다.

니콜은 가슴 위로 팔짱을 낀 채 가만히 앉아 있었다.

"어제 오후에 에페드라에 대해 조사해 봤습니다." 르미외가 수첩을 꺼내며 말했다. "에페드라는 사실 화학물질이 아닙니다. 식물이지요. 에페드라 디스–타–차라는 약초입니다." 아무도 발음을 고쳐 줄 것 같지는 않았지만 르미외는 느리고 조심스럽게 이름을 말했다. "전 세계에서 재배하고 있습니다."

"대마초 같은 건가요?" 라코스트가 물었다.

"아뇨. 환각제나 이완제는 아닙니다. 오히려 정반대입니다. 한약 전문점에서 진정 효과를 위해 차로 사용하죠." 그는 다시 한 번 수첩을 살폈다. "감기나 천식에 좋고, 짐작건대……,"

"짐작은 하지 말게." 가마슈가 부드럽게 말했다.

"죄송합니다." 팀 전원이 바라보는 가운데 르미외는 고개를 푹 숙이고 빠르게 수첩을 앞뒤로 넘겼다. 그리고 마침내 메모를 찾아냈다. "샐처라는 제약 회사에서 에페드라가 다이어트에 효과가 있다는 사실을 발견했습니다. 에페드라는 신진대사를 촉진해서 지방을 연소시킵니다. 다이어트 보조제 시장은 컸고, 충혈 완화제나 감기 치료약보다는 훨씬 발전 가능성이 컸습니다. 모두 살을 빼고 싶어 하니까요."

"모두 살을 빼야 하지는 않은데 말이죠. 그게 문제예요. 살을 뺄 필요가 없는 사람들한테까지 살을 빼게 하니까요." 라코스트가 말했다.

"에페드라를 잘 아나?" 가마슈가 말했다.

"들어는 봤지만 그게 다예요. 하지만 몸매 문제에 대해서는 잘 알죠. 대부분의 소녀들이 자신을 뚱뚱하다고 생각해요. 그렇지 않나요?"

그녀는 니콜을 바라보는 실수를 저지르고 말았다. 니콜은 그저 어깨를 으쓱했다. 라코스트도 니콜이 똥 이야기를 할 때 도와주지 않았으니 결국 혼자 맞서야 했다.

"이건 몸매 문제가 아니야." 보부아르가 화제를 제자리에 돌려놓으려 애쓰며 말했다.

"아마 그렇겠지. 마흔네 살이었으니 마들렌 파브로는 중년이라고 봐야지. 방을 수색해 보니 몸매에 대한 문제나, 다이어트 관련 책이나, 체중 감소 관련 기사 같은 게 전혀 없었네. 냉장고에 다이어트 음료나 식품 같은 것도 없었고." 가마슈가 말했다.

니콜이 라코스트를 보며 웃었다. 가마슈는 라코스트의 일반화 논리에 동의하지 않았다.

"살 때문에 에페드라를 복용했다고 볼 이유가 없네." 그가 말했다.

"감기 때문에 복용한 건 아닐까요?" 라코스트가 물었지만 니콜의 맹렬한 빈축을 샀을 뿐이었다.

"더 이상은 감기 치료제로 사용되지 않습니다." 르미외가 말했다.

"그렇다고 해도 방이나 욕실에도 없었어. 그녀가 그것을 숨겼다면 다시 한 번 수색을 해야겠지. 하지만 누군가가 그녀에게 그것을 몰래 먹였으니 정말로 숨길 이유가 없었네."

"그래서 이 사건을 살인 사건으로 보신 거군요." 보부아르가 말했다.

"그래서 이 사건이 몸매와 관련이 있지 않을까 생각하네."

그들은 당황해서 그를 바라보았다. 그가 말하려는 바를 좀처럼 이해할 수 없기 때문이었다.

"마들렌 파브로는 에페드라를 복용하지 않았네. 하지만 다른 사람은 복용했지. 누군가가 그걸 샀어. 자기가 먹으려고 샀을 수도 있겠지. 아무튼 그다음에는 그녀에게 사용한 거야."

"하지만 에페드라는 캐나다에서 금지되어 있습니다. 캐나다 연방 보건부에서 몇 년 전에 수거했습니다. 미국과 영국에서도 금지되어 있습니다." 르미외가 말했다.

"왜죠?" 라코스트가 물었다.

르미외 형사는 다시 수첩을 살폈다. 여기서 실수하고 싶지 않았다. "미국에서 백오십오 명의 사망자가 발생했고 의사들이 보고한 사고 사례도 수없이 많습니다. 대부분 심장마비와 뇌졸중이었죠. 노년층에서는 나타나지 않았습니다. 주로 젊고 건강한 사람들에게서 발병했어요. 조사에 밝혀진 바에 의하면 분명 에페드라는 지방을 연소시키지만 심장박동 수와 혈압을 높인다는 결론이 나왔습니다."

"그래서 운동선수들이 죽었군." 보부아르가 말했다.

"야구 선수와 축구 선수들이었죠." 르미외가 동의했다. "새끼 울새가 곤경에 빠진 것도 그래서일지 모르고요." 가마슈조차 웃음을 터트렸다. 하시만 니콜은 웃지 않았다. "조사해 보니 심장에 영향을 끼치긴 하지만 주로 이미 심장 질환 관련 문제를 겪고 있는 사람에 한해서만 그렇다고 밝혀졌습니다."

"그렇다면 에페드라는 모든 사람의 심장박동 수를 높일 수 있다는 말이겠군." 보부아르가 핵심을 짚었다. 이 점이 그가 갈망하던 대목이었다. 정확한 사실. "이미 심장에 이상이 있는 사람들을 죽일 수도 있겠군. 마들렌 파브로에게도 이런 문제가 있었나요?"

"약품 선반에서 심장 질환 관련 약품은 발견되지는 않았네. 오늘 오후나 돼서야 검시관 보고서를 받아볼 수 있을 걸세." 가마슈가 말했다.

"얼마나 많은 사람이 에페드라를 알고 있는지 궁금하네요. 저는 들어본 적이 없습니다만, 다이어트를 하지 않아서일지도 모르죠. 다이어트를 해 본 사람들은 대체로 알고 있다고 봐도 무방할까요?" 보부아르가 말했다.

그는 그것에 관해 생각했던 라코스트를 돌아보았다. 그녀는 가끔 다이어트를 했다. 대부분의 여성들과 마찬가지로 그녀에게도 어느 날에는 뚱뚱해 보이게 하고, 어떤 날에는 날씬해 보이게 하는 유령의 집 거울이 있었다. "다이어트를 자주 하는 사람이라면 에페드라를 잘 알 거예요." 생각에 잠겨 있던 그녀가 천천히 말했다. "다이어트를 하는 사람들은 살 빼는 데 집착하게 마련이고, 손쉽게 살을 뺀다고 큰소리치는 상품은 금방 알게 되죠."

"그럼 다이어트를 하는 사람을 찾아야 하나요?" 니콜이 혼란스럽다는 듯 물었다.

"그런데 한 가지 문제가 있습니다." 르미외가 지적했다. "캐나다에서는 살 수 없습니다. 미국에서도 마찬가지고요."

"그게 문제야." 가마슈도 동의했다.

"하지만," 저 뒤편에서 목소리가 들려왔다. 자료를 다운받았던 감식반원이 자신의 책상에 앉아서 모니터 너머로 이쪽을 바라보고 있었다. "온라인에서는 에페드라를 주문할 수 있습니다." 그가 앞에 있는 모니터를 가리키자 사람들이 일어나 그의 자리로 이동했다.

모니터 상의 구글 사이트에는 에페드라를 원할 만큼 간절한 사람, 혹은 어리석은 사람 누구에게나 안전 배송해 주는 긴 목록이 떠 있었다.

"하지만," 아르망 가마슈가 자세를 똑바로 하며 말했다. "에페드라만으로는 불가능하네. 이미 체내에 흡수된 에페드라가 있었으니 가능성이 있긴 했지만 살인자에게는 또 다른 장치가 필요했지. 일종의 액세서리 같은 거랄까. 옛 해들리 저택 말일세." 놀랍게도 그는 니콜을 향했다. "자네 말이 맞아. 그녀는 겁에 질려 죽었네."

19

의자에 등을 기댄 클라라는 머그잔으로 손을 뻗었다. 그녀 앞에는 아직 다 끝내지 않은 아침 식사가 놓여 있었다. 작은 빵 부스러기였다. 접시가 어쩐지 너무 쓸쓸해 보여 클라라는 테피 토스터기에 빵 몇 조각을 집어넣고 문을 닫았다.

그녀와 머나는 라코스트 형사가 필요한 작업을 하는 동안 함께 머물렀었다. 그들이 보기에 작업 속도는 더디기만 했다. 클라라는 그동안 주로 방 안에 서서 작은 새를 바라보고 있었다. 마들렌보다 훨씬 작긴 했지만 새 역시 마들렌처럼 다리를 가슴까지 끌어 올리고 옆으로 누워 몸을 웅크리고 있었다. 물론 새에게는 날개가 있다는 점도 다르긴 했다. 그렇지만 여전히 큰 공통점이 있었다. 새와 마들렌은 모두 죽었다.

클라라는 마들렌의 죽음이 고통스럽기는 했지만 그 죽음에 죄책감이 들지는 않았다. 적어도 이 작은 생물에게만큼은 아니었다. 그녀는 자신이 이 아기 새의 죽음에 일조했다는 것을 알고 있었다. 그 방에 있던 사람들은 모두 거기에 새가 있다는 것을 알고 있었다. 사실, 그들이 그 특별한 방을 사용하기로 결정했던 이유도 그 때문이었다. 그것을 구할지도 모른다는 희망 때문에.

하지만 자신이 정말 새를 구하려 했을까? 그렇지 않았다. 오히려 그새가 어둠 속에서 나와 공격을 할까 봐 두려웠었다. 새를 구하려 하기는커녕 증오했다. 새가 죽기를 바랐다. 사라지거나, 그렇지 않다면 다른 사람을 공격하기를 바랐다.

그리고 그 새가 지금 여기에 있었다. 죽은 새가. 아직 새끼였다. 겁에 질린 작은 울새는 아마 굴뚝 위 둥지에서 떨어져 그저 엄마와 보금자리를 다시 찾기만을 바라고 있었으리라.

마침내 라코스트 형사가 모든 준비를 끝냈다. 서로 손을 잡은 세 여자는 소금을 뿌린 원을 응시했다. 그리고 저마다 마들렌에게 무언의 메시지를 보냈다. 라코스트 형사는 기괴한 겉모습만을 보았을 뿐이지만 클라라와 머나는 살아 있는 마들렌을 떠올릴 수 있었다. 미소를 가득 머금고 웃고 있는 마들렌을 상상하니 기분이 홀가분해졌다. 마들렌은 빛나고 있었다. 흥미진진한 눈으로 모든 일에 귀를 기울이고 받아들였다. 살아 있는 마들렌의 모습이 점점 더 생생해졌다. 그들이 바라는 대로였다.

그런 다음 클라라는 새를 떠올리며 사과하고 다음부터는 더 잘 처신하겠다고 약속했다.

클라라가 지금까지 옛 해들리 저택에서 보낸 시간 중에 가장 평화로운 순간이었다. 하지만 떠나야 할 시간이 되자 반대하는 사람은 아무도 없었다.

가마슈 경감이 떠날 시간에 맞춰 차를 몰고 왔다. 라코스트 형사는 가마슈의 차를 보고 멈추라는 신호를 보냈다. 머나와 클라라는 가마슈에게 인사한 다음 걸어서 로프트로 돌아갔다. 머나는 다시 베이컨을 굽고, 클라라는 피터에게 전화를 걸어 자신이 어디에 있는지 알렸다.

"신문 봤어?" 피터가 물었다.

"아니. 귀신 쫓느라 바빴어."

"머나네 집에 있지? 기다려. 지금 갈게."

머나가 더 많은 베이컨을 불 위에 올리고 커피를 끓이는 동안, 클라라는 식탁을 차리고 테피 토스트기에 넣을 빵을 잘랐다. 피터가 도착할 즈음에는 아침 식사 준비가 끝나 있었다.

"사라네 가게에서 사 왔어." 그는 종이봉투를 들고 있었다. 클라라는 그에게 입을 맞추고 봉투를 받아 들었다.

크루아상이었다.

20분 후에 피터는 손가락을 핥은 다음 클라라의 뺨에서 버터를 닦아 내고 있있다. 버터는 그녀의 입술 근처에 닿지도 않았다. 도대체 어떻게 하면 그럴 수 있는지 피터는 매번 놀라곤 했다. 아무런 목적도 없이 초능력을 부리는 것 같았다.

"무슈 벨리보의 가게에도 들렀어." 커피를 따르며 그가 말했다.

"가게를 열었어?" 머나가 물었다. "몰랐는데."

"평소 같았어. 어젯밤 저녁 식사에도 왔잖아." 피터가 잼 단지 몇 개를 열면서 말했다. 뚜껑 하나는 여전히 밀봉이 되어 있어서 칼로 긁어내야 했다. "거의 아무것도 먹지 못한 것 같아."

"그럴 만도 하지. 마들렌을 사랑했잖아." 머나가 말했다.

피터와 클라라가 고개를 끄덕였다. 가엾은 사람. 불과 몇 년 사이에 사랑하는 두 여자를 잃고 말았다. 어젯밤 저녁 식사 때만 해도 그는 얼마나 상냥했던가. 사라네 불랑제리에서 파이를 가져오기까지 했었다. 하지만 기운이 하나도 없었고, 30분이 채 안 되는 시간 동안 가만히 자리에 앉아 접시에 음식을 옮겨 담기만 했다. 피터는 그의 와인 잔을 채웠고, 클라라는 정원을 가꿀 전망에 대해 신나게 떠들어 댔다. 그녀는 이래서 친구가 좋은 것이라고 생각했다. 그들은 무슈 벨리보에게 아무것도 기대하지 않았다. 벨리보도 그 점을 알고 있었다. 혼자 있지 않다는 것만으로도 힘이 될 때가 있다. 그는 식사를 마치자마자 일찌감치 떠났다. 그리고 조금은 기운을 되찾은 것 같았다. 클라라와 피터는 루시를 데려왔고, 마을 잔디 광장을 가로질러 무슈 벨리보의 집까지 그와 함께 걸었다. 클라라와 피터는 현관 앞에서 그를 포옹했지만 값싼 위로의 말은 하지 않았다. 그렇게 하는 건 자신의 위안에 지나지 않는다는 걸 알기 때문이었다. 지금 무슈 벨리보는 충분히 슬픔에 잠길 시간이었다. 그리고 시간이 흐르면 차차 나아지리라.

식사를 하면서 클라라와 머나는 그날 아침에 일어난 일을 피터에게 들려주었다. 그는 다시 그 집에 들어갈 용기를 냈다는 데 감탄하면서도 그들이 그토록 어리석다는 데에는 경악을 금치 못하며 이야기를 들었다. 정말로 마들렌의 영혼이 그 방을 떠돌아다니며 그들이 하는 말을 들을 수 있다고 믿는 걸까? 죽은 새에게도 영혼이 있다는 생각은 두말할 나위가 없었다. 더욱 당혹스러운 점은 경찰청 수사관이 그런 미신을 정말로 믿고 있다는 부분이었다. 하지만 이때, 그에게 찾아온 용건이 떠올랐다. 그는 가져온 신문으로 손을 뻗어 신문을 펼쳤다.

"이 기사 좀 들어 봐."

"골프 점수에 관한 거야?" 커피를 좀 더 따른 머나가 클라라에게 권하며 물었다. 피터는 몬트리올 신문 「라 주르네」 뒤에 파묻혀 있었다.

"시市 칼럼이야." 피터는 신문 밖으로 고개를 내밀어, 커피에 크림을 붓는 머나와 토스터기를 열어 조심스럽게 빵을 꺼내는 클라라를 지켜보았다. 빵 한 조각을 머나에게 건넨 클라라는 마멀레이드를 가져와 빵 위에 두껍게 바르기 시작했다. 두 사람은 피터의 말에 전혀 관심이 없었다. 그는 미소를 지으며 다시 신문 뒤로 얼굴을 감추었다. 곧 상황이 바뀐다는 것을 알았기 때문이었다. 그는 소리 내어 기사를 읽었다

"퀘벡 경찰청의 한 고위 경찰 간부가 분수에 넘치는 생활을 하고 있어 눈길을 끈다. 한 소식통에 따르면, 그와 같은 직급의 수사관 연봉은 구만오천 달러 이하라고 한다. 필자의 견해에 따르면 이 액수 또한 상당히 많아 보인다. 하지만 아무리 월급을 관대하게 책정해도 이 간부의 생활 수준은 명백히 수입 한도를 초과한다. 그는 주로 영국제 명품 옷을 애용하고 휴가는 프랑스에서 보내며 우트레몽에서 호화로운 생활을 하고 있다. 최근에는 볼보를 구입했다."

피터는 천천히 신문을 내리고 주변의 광경을 둘러보았다. 머나와 클라라는 입과 눈을 크게 벌리고 그를 바라보고 있었다. 빵을 먹으려다 도중에 멈춘 채였다.

그는 신문을 다시 들어 올려 마지막 줄을 읽었다. 최후의 일격이 남아 있었다. 급소를 찌르는 반전이었다.

"모두 피에르 아르노 경정의 안타까운 사건 이후에 생긴 일이다. 그는 어떻게 이 많은 수입을 벌어들였을까?"

가브리는 남은 허브티를 다 마시고 잔을 내려놓는 손님을 지켜보고 있었다. 부엌의 스윙도어 틈으로 엿보고 있던 가브리는 그녀가 일어서는 모습을 보았다.

잔 쇼베는 어젯밤 저녁 식사가 끝난 후 비앤비로 돌아왔다. 가브리는 미소 지으며 그녀에게 방 열쇠를 건네고 방에서 가마슈에게 조심스레 연락을 취했다.

"돌아왔습니다." 가브리가 속삭였다.

"뭐라고 하셨죠?"

"그녀가 돌아왔다고요." 그가 좀 더 힘차게 말했다.

"누구십니까?"

"세상에. 마녀가 돌아왔다고요." 가브리가 전화기에 대고 외쳤다.

"가브리?"

"아니, 글린다 오즈의 마법사에 등장하는 착한 마법사 말입니다. 물론 전 가브리고요. 오 분 전에 돌아왔어요. 어떻게 할까요?"

"아무것도 하실 필요 없습니다, 파트롱. 적어도 오늘은요. 내일 제가 갈 때까지 그녀가 자리를 비우지 않게만 해 주십시오. 메르시."

"언제 오십니까? 어떻게 그녀를 막아야 하죠? 알루 allô 여보세요, 가마슈, 알루?"

그는 밤새도록 천장을 올려다보며 어떻게 저 작은 여자가 아래층에만 머무르게 할지 연구했었다. 그리고 마침내 그 순간이 왔다. 그녀가 식탁에서 일어섰다. 이 내성적이고 자그마한 여자가 진짜 살인범일까? 아마 그럴지도 모른다는 생각이 들었다. 그녀에게는 분명히 교령회에 대한 책임이 있었으며, 교령회가 마들렌을 죽인 것이나 다름없기 때문이었다. 그렇게 따지고 보면 그 역시 거의 죽을 뻔했다. 혹시 그게 그녀가 바라던 일이 아니었을까? 이 무시무시한 여자가 나를 죽이려 하지는 않았을까? 사실은 나를 죽이려 한 건 아닐까? 하지만 누가 내가 죽길 바라겠는가?

불현듯 굉장히 긴 목록이 떠올랐다. 2학년 때 괴롭혔던 어린 소녀에서부터 자신에게 레시피를 도둑맞았던 친구들이나 뒤에서, 하지만 분명히 소리가 들리는 데서 자신이 일부러 던진 말에 상처받았던 사람들까지. 얼마나 신랄하고 매서운 말들을 했던가. 사람들은 웃음을 터트렸고 자신은 상황을 즐기기만 했을 뿐 자신을 친구로 여기던 사람들의 얼굴에 나타난 아픔이나 혼란, 상처는 안중에도 없었다.

그래서 올리비에와 이곳으로 이사하기로 결정한 건 아닐까? 예전의 삶에서 쌓아 놓은 수많은 헛소리의 탑에서 달아나 친절함이 영악함을 이기는 곳에서 살고 싶었기 때문에.

이곳에서 그는 새롭게 출발했다. 하지만 예전의 삶이 자신을 찾아낸 건 아닐까? 예전에 만난 동성 파트너 중 한 명이 자신을 찾아낸 다음 마녀를 고용해 없애라고 시킨 것은 아닐까?

그렇다. 그것만이 유일하게 납득할 수 있는 논리였다. 그녀가 지금 자신을 죽이지 못하더라도, 가마슈가 여기 있어서 맞서지 못한다고 해도 최소한 자신을 저주할 수는 있으리라. 무언가를 시들게 하고 떨어지게 할 수도 있으리라. 그것이 머리카락이 아니기를.

잔은 식당을 둘러보더니 천천히 복도를 가로질러 방으로 걸어갔다.

그녀가 방 한쪽 구석의 창문으로 올라가 빠져나가지는 않을지 궁금했다. 그녀라면 그런 정도의 속임수는 얼마든지 쓸 수 있을 것 같았다. 문을 조금 더 활짝 열고 밖으로 고개를 내밀었다. 고양이가 달아나는가 싶더니 다시 태연하게 식당으로 걸어 들어왔다.

"애인이라도 찾고 있냐, 이 망할 것아?" 가브리가 중얼거렸다. 그는 이 망할 올리비에의 고양이가 잔의 심부름꾼이 틀림없다고 확신했다. 그 심부름이 뭐든. 어쨌든 좋은 심부름이 아니라는 것만큼은 확실했다. 문틈으로 내다보려고 목을 길게 뺐을 때 들킬 염려가 없다는 걸 알았다.

그는 가능한 한 문을 아주 조금만 열고 자신의 큰 덩치를 쥐어짰다. 하지만 실제로 문은 그의 몸이 절반도 빠져나가기도 전에 활짝 열렸다. 그는 발끝으로 복도를 살금살금 걸어가 잔의 방을 살짝 엿보았다. 창문은 열려 있었지만 방충망은 여전히 닫혀 있었다.

가브리는 안내 데스크가 전략적으로 가장 좋은 위치라는 결론을 내렸다. 극도의 주의를 기울인 30초 후, 가마슈가 도착하든 저 마녀가 자신을 죽이든 어떻게 되든 기다리는 시간 동안 그는 컴퓨터로 프리셀 게임을 하기로 결정했다. 지루할 틈이 없군. 마우스를 움직이자 모니터에 사진이 떴다.

사진 아래에는 '에페드라'라고 쓰여 있었다. 가브리는 그것이 주문이 들어온 것인지 고민하다가 올리비에에게 전화하기로 결정했다.

"경감님이 신문을 봤는지 모르겠어." 클라라 모로가 토스트를 내려놓으며 말했다. 그녀는 마침내 배가 꽉 찼다. 질리지 않았더라면 더 먹었으리라.

"아침에 마주쳤을 때만 해도 아주 좋아 보였는데." 머나가 말했다.

"그런 티를 내기 싫었을 거야, 안 그래?" 피터가 클라라의 토스트를 가져가며 말했다.

"아르노 사건은 도대체 무슨 상관이 있는 거지? 꽤 오래됐는데." 머나가 말했다.

"적어도 오 년은 됐지." 피터가 거들었다. 그는 자리에 앉아 신중하고 편안한 자세로 탁자에 손을 올려놓았다. 예전에 그는 잘난 척하고 아는 척을 많이 한다는 이유로 루스에게 지적을 받은 적이 있었다. 부당한 지적임을 알면서도 여전히 속은 쓰렸다. 그때부터 그는 다른 사람들이 잘 모르는 내용을 알려 줄 때 너무 딱딱하거나 거만하게 보이지 않으려고 주의해 왔다. 토마토를 잘 써는 방법이나 신문을 드는 방법을 알려 줄 때, 아니면 아르노 사건에 대한 정보를 줄 때도 마찬가지였다.

피터도 당시 아르노 관련 기사를 읽었다. 모든 뉴스에서 그 사건을 다루었고, 몇 달 동안 주요한 쟁점으로 떠올랐다.

"아직도 기억나." 머나가 피터를 향하며 말했다. "그 사건에 푹 빠져 있었지?"

"푹 빠져 있지는 않았어. 그냥, 중요한 사건이었잖아."

"흥미로운 사건이었지." 클라라가 동조했다. "물론 그때는 가마슈를 잘 알지 못했지만 그래도 누군지는 알았어."

"경찰청 스타 중의 한 명이었으니까." 머나가 말했다.

"아르노 사건 전까지는 그랬지. 그런데 피고 측이 가마슈를 자기 잇속만 차리는 위선자로 만들었어. 권력이 따를 때는 기꺼이 명예를 누리지만 근본적으로는 약한 사람이라고 비난했지. 질투심과 자부심에만 이끌려 다닌다고 했어." 피터가 말했다.

"맞아." 머나가 말했다. 지난날을 되새기자 더 많은 기억이 떠올랐다. "피고 측에서 가마슈가 아르노에게 누명을 씌웠다고 하지 않았어?"

피터가 고개를 끄덕였다. "아르노는 강력반 경정이었지. 재판에서 아르노가 살인을 비롯한 폭력 사건을 묵인했다는 사실이 밝혀졌어. 아르노는 그저 내버려 두었지."

"원주민 관련 사건에는 더 심했어." 머나가 고개를 끄덕이며 말했다.

"내 말이 바로 그거야. 결국 피에르 아르노는 자신이 가장 신뢰하는 수사관에게 실제로 살인을 사주했지."

"왜였지?" 클라라가 당시를 기억해 내려고 애쓰며 물었다.

피터는 어깨를 으쓱했다. "신문에서 내세운 견해는 다음과 같아." 그는 「라 주르네」를 높이 쳐들었다. "아르노는 무고한 시민들을 위해 범죄자들이 서로를 죽이도록 내버려 두었다. 일종의 지역 봉사 활동과도 같았다."

세 사람이 이 충격적인 폭로 사건을 떠올리는 동안 머나의 로프트는 침묵에 휩싸였다. 더욱 충격적일 수밖에 없었던 이유는 퀘벡인들은 프랑스계나 영국계나 할 것 없이 모두 경찰청에 존경심이나 애정을 품고 있었기 때문이었다. 이 사건이 터지기 전까지는 그랬다. 하지만 재판이 모든 것에 종지부를 찍고 말았다.

피터는 뉴스를 시청하던 때를 기억했다. 경찰청 고위 간부들이 날마다 어두운 표정으로 도착하는 모습을 지켜보곤 했다. 카메라와 마이크가 간부들의 얼굴을 찌르다시피 했다. 처음에 그들은 단합된 모습을 과시라도 하듯 함께 나타났다. 하지만 결국에는 두 사람이 무리에서 제외됐다.

가마슈와 그의 직속상관이었다. 무슨 경정인가 하는 사람. 공식 석상에서 가마슈 옆에 서 있던 사람은 그 경정뿐이었다. 거듭되는 폭로와 비난 속에 지치고 해쓱해져 가는 두 사람을 지켜보고 있자니 연민이 일기까지 했다.

하지만 기자들이 하나같이 중요하지만 어리석고 모욕적인 질문을 반복해도 가마슈는 미소만 띨 뿐이었다. 그는 침착한 사람이었고, 전통적인 방식의 예의범절을 고수했다. 충성심이 없다는 비난을 받았을 때도 그랬다. 살인범을 알면서도 묵인했다며 급기야 공범이라는 비난까지 받았을 때도 그랬다. 아르노는 결국, 어떻게 살인 수사반 반장이 몰랐겠느냐고 암시했었다.

"소름 끼쳤지. 힌덴부르크 비행선이 폭발하는 장면을 계속 슬로모션으로 보는 것 같았어. 숭고한 무언가가 갈라지고 만 거야." 클라라가 말했다.

피터는 클라라가 가마슈를 두고 하는 말인지 경찰청 자체를 두고 하는 말인지 알 수 없었다.

"신문사들은 확실히 편이 갈렸지. 대부분은 가마슈를 지지했지만 가마슈의 사퇴를 요구하는 측도 있었어." 그가 말했다

"저 신문에서였지." 머나가 피터 옆에 접어 둔 「라 주르네」를 고개로 가리켰다. "신문 사설에서 가마슈가 아르노와 같은 감방에 들어가야 한다고 주장했잖아. 두 사람이 서로를 죽이게 하자고."

"아르노와 그 수하들은 어떻게 됐지?"

"몇몇은 교도소에 갔어. 아직까지 다른 수감자들이 죽이지 않았다니 신기할 노릇이지."

"그 지긋지긋한 아르노가 교도소를 운영하고 있을 거라고 장담해." 머나가 말했다. 그녀가 냅킨을 둥글게 말아 힘껏 내던졌다. 냅킨은 테이블 위에 안착했다. 다른 두 사람은 머나의 갑작스러운 분노에 놀라 멍하니 그녀를 바라보았다.

"왜 그래?" 클라라가 물었다.

"몰라서 그래? 지금 우린 이게 드라마 에피소드라도 되는 것처럼 말하고 있잖아. 하지만 이건 현실이라고. 그 아르노라는 자식이 사람을 죽

였어. 자신이 도와야 할 바로 그 사람들을 죽였어. 왜냐고? 절망에 빠져 코를 훌쩍이던 원주민들이었기 때문이야. 그 사태를 막고 아르노와 경찰청의 위계질서에 반기를 들 용기를 낸 사람은 한 명밖에 없었는데 그마저 죽이려 했지. 아르노는 정신병 환자야. 그냥 하는 말이 아니라, 난 그들이 어떤지 잘 알아. 오랫동안 수많은 정신병 환자를 진료했고 그들에 대해 연구해 왔으니까. 무슨 말인지 알겠어?"

그녀가 피터와 클라라를 바라보더니 몸을 구부려 피터의 신문을 집어 들었다. 그리고 형벌이라도 내리는 것처럼 신문을 탁자에 거세게 내팽개쳤다.

"아직 끝나지 않았어. 아르노 사건은 아직도 계속되고 있어."

전화벨이 울리고 클라라가 전화를 받았다.

"올리비에야." 클라라가 송화구를 가리고 말했다. "아, 진짜 고마워. 내가 전할게." 클라라는 전화를 끊고 다른 사람들에게로 몸을 돌렸다. "혹시 에페드라가 뭔지 알아?"

20

장 기 보부아르가 임무를 배정했다.

이자벨 라코스트 형사는 마들렌 파브로의 삶을 속속들이 파헤치는 임무를, 니콜 형사는 에페드라의 공급업체 목록을 조사하고 최근 에페드라가 이 지역으로 배송된 적이 있는지 조사하는 임무를 배정받았다. 로베르 르미외는 보부아르 경위, 그리고 가마슈 경감과 동행하게 되었다.

"이건 불공평해요." 보부아르의 잘못된 판단에 니콜이 경악을 금치 못하며 말했다. "르미외 형사가 이미 에필렙시간질인가 뭔가 하는 걸 조사하기 시작했잖아요."

"에페드라였지. 제대로 듣긴 했나?" 보부아르가 말했다.

"보세요, 여기 컴퓨터에 다 나와 있잖아요. 안 그래요?"

보부아르는 뒤로 휙 돌아서서 가마슈를 노려보았다. 자신의 상사가 니콜이 얼마나 어리석은지 제발 깨닫기를 바라는 마음뿐이었다.

"중요한 건," 자신이 어떤 인상을 남겼는지 알 리 없는 니콜은 말을 이었다. "그가 시작한 일이니 그가 끝내야 한다는 거예요."

"뭐라고? 그런 규칙은 언제부터 생겼지?" 보부아르가 물었다. "여긴 학교가 아니고, 지금 우린 토론하는 게 아니야. 그저 지시에 따르기만 하면 돼."

"알겠습니다, 경위님." 니콜은 부리나케 자리로 돌아가느라 르미외가 그녀와 눈을 마주쳐 사과의 뜻이 담긴 미소를 보내려 했다는 것을 알지 못했다.

　다른 사람들이 나가고 감식반원들은 방 한쪽에서 분주하게 일하는 동안, 니콜은 휴대전화를 가져왔다. 회의 시간 내내 줄기차게 진동하는 휴대전화를 모른 척하기가 여간 힘들지 않았다. 전화를 받았다면 재앙이 닥쳤으리라.

　"위, 알루." 그녀가 말했다. 전화기 너머로 놀랄 것도 없는 익숙한 목소리가 들려왔다.

　"어떻게 진행되고 있는지 말해 봐." 그가 말했다. 그녀가 시키는 대로 하자 전화기 저쪽에서 침묵이 흘렀다. "별로 마음에 안 드는데. 반드시 가마슈와 함께 있어야 해. 혹시 무슨 잘못이라도 했어? 그를 화나게 하지는 않았지?"

　"물론 아니에요. 죽음의 원인을 밝혀내기까지 했는걸요. 모두 약품 관련 사고라고 했지만 전 겁에 질려 죽었다고 했어요. 경감님까지 제 생각에 동의한다고 했어요."

　"잠깐만. 반원들이 전부 보는 앞에서 그에게 맞섰다고?"

　"그렇게 심하지는 않았어요."

　"내가 뭐라고 했어? 지금까지 어떻게 가르쳤지? 그에게 반기를 들면 안 돼."

　"뭐라고요? 그럼 무조건 좋다고만 하라고요?"

　"이 사건보다 더 중요한 문제가 달려 있어. 잘 알고 있잖아? 이번 일을 망치면 안 돼."

　"그런 말씀은 그만두세요."

　"일을 망치는 거나 그만둬."

전화가 끊겼다.

아르망 가마슈는 올리비에의 비스트로 밖에 있는 작은 원형 탁자에 앉아 신선한 봄 햇살을 만끽하는 두 사람에게 고개를 끄덕였다. 퀘벡인들은 늦가을까지 테라스에 나와 앉아 있다가 봄이 오기 무섭게 다시 테라스로 돌아왔다. 터틀넥 스웨터와 코트를 껴입고, 모자와 장갑까지 챙겨야 하는 퀘벡인들은 간절히 햇빛을 찾아다녔다.

두 사람은 카푸치노에 비스코티밀가루에 버터, 달걀, 설탕 따위를 넣어 만든 부드러운 쿠키를 찍어 먹으며 활기차게 대화를 나누고 있었다. 사람들이 개를 데리고 마을의 잔디 광장에 서 있을 때 사람들을 스치고 굴러가는 덩굴손처럼 그들의 대화 일부분이 덩굴손이 되어 가마슈의 귀를 스쳤다.

오늘 마을은 같은 노래만 부르고 있었다. 한 단어로 된 노래를.

에페드라.

가마슈는 갑자기 걸음을 멈추었다. 그리고 쾌적한 봄날을 만끽하듯 만면에 미소를 띠고 있는 르미외 형사를 뚫어지게 쳐다보았다.

"들었나?" 가마슈가 물었다. 르미외가 고개를 한쪽으로 젖히고 귀를 기울였다.

"울새인가요?"

보부아르 경위가 고개를 흔들었다.

"좀 더 자세히 들어 보게." 가마슈가 말했다.

르미외는 차분하게 마음을 가라앉히고 눈을 감은 채 다시 들어 보았다. 강물이 휘몰아치는 소리가 들렸다. 울새는 아닌 듯했지만 새가 우는 소리도 들려왔다. 그는 사람들의 이야기 소리를 들었다. 그는 '에페드라'라는 말을 들었다.

그는 눈을 뜨고 가마슈를 응시했다.

"비스트로 테이블에 앉아 있는 저 두 사람은 틀림없이 이번 살인 사건과 관계가 있습니다." 그가 속삭였다. 이때 다시 '에페드라'라는 단어가 들렸다. 이번에는 무슈 벨리보의 식료품점 쪽에서였다.

"르미외 형사, 어제 자료 조사를 어떻게 했는지 알려 주겠나?" 가마슈가 심각한 표정으로 그를 바라보고 있었다.

"글쎄요, 영매가 돌아오길 기다리다가 데스크에 컴퓨터가 있길래 찾아보았습니다."

"가브리의 컴퓨터를 썼군."

"그렇습니다."

"찾은 사이트는 잘 닫았나?" 보부아르 경위가 물었다.

"물론입니다."

"난 에페드라는 한 번도 안 써 봤어. 너무 위험하잖아." 마을 사람 한 명이 다른 사람들 사이로 걸어가며 옆에 있는 사람에게 말했다. 그리고 잠시 멈춰 서더니 그들을 향해 모자를 들어 올린 가마슈에게 미소를 보냈다. "하지만 가브리가 써 봤다는 말은 들었어. 아니, 올리비에였나? 솔직히 말하면 머나는 한 번 써 보는 게 좋을 것 같아."

가마슈는 모자를 고쳐 쓰고 르미외를 쳐다보았다. 이제껏 르미외가 받았던 시선 중에 가장 견디기 힘든 시선이었다. 따지고 탐색하는 시선.

"지우지 않았던 것 같습니다. 죄송합니다. 명청한 짓이었습니다." 로베르 르미외는 고개를 푹 숙이더니 고개를 가로저었다. 그리고 발을 거의 구르다시피 했다. "죄송합니다, 경감님."

"이 일이 뭘 의미하는지 알고 있겠지." 보부아르가 말했다.

"네, 경위님. 마을의 모든 사람들, 아니 카운티의 모든 사람들이 우리가 에페드라에 관심이 있다는 걸 알게 되었다는 뜻입니다. 사람들은 우리가 왜 그러는지 알 만큼은 똑똑하고요."

"범인이 우리가 뭘 아는지 알게 되었고, 이미 치워 버리지 않았다면 분명히 약을 치울 거라는 뜻이기도 하지. 이 마을은 이제 퀘벡에서 유일하게 에페드라를 찾아볼 수 없는 마을이 되겠지." 가마슈가 말했다.

르미외는 고개를 들더니 코로 푸른 하늘을 찌를 듯 고개를 털썩 젖혔다. "죄송합니다. 경감님 말씀이 옳아요. 꿈에도 생각 못 한 일입니다."

"어떻게 못 할 수가 있지? 자, 생각해 봐. 우리가 어떻게 해야 한다고 생각하지?" 보부아르가 마을 사람들의 귀에 들리지 않게 목소리를 낮추어 말했다. "여기 있는 사람들 중에 범인이 있네. 여기 있는 사람들 중 누군가는 살인도 두려워하지 않는 사람이야. 대부분의 사람들은 사람을 죽이지 않지. 왜인 줄 아나? 두렵기 때문이지. 잡힐까 봐 두렵기 때문이야. 우리는 지금 두려움이라고는 모르는 사람을 상대하고 있네. 정말로 무서운 상대인 거야, 르미외. 자네는 상대를 도와준 거나 다름없어."

가마슈는 동의하지 않았지만 보부아르의 말을 흥미롭게 들었다. 두려움 때문에 살인을 저지르지 않는 사람들도 있다. 하지만 어떤 특정한 종류의 두려움은 대부분의 사람들이 살인을 저지르게 만들기도 한다. 이 두려움은 다른 모든 감정들 밑에 똬리를 틀고 있다. 다른 감정을 왜곡해서 병적인 감정으로 바꾼다. 낮을 밤으로, 즐거움을 절망으로 바꾸는 연금술이 일어난다. 한번 뿌리내리기 시작한 두려움은 햇빛을 철저히 가로막는다. 가마슈는 어둠 속에서 무엇이 자라나는지 알고 있었다. 자신이 매일같이 찾아다니기 때문이었다.

"경위님 말이 옳습니다. 절대적으로 옳아요. 죄송합니다." 르미외가 말했다.

그는 정색하고 자신을 바라보고 있는 가마슈를 똑바로 바라보았다. 르미외는 가마슈의 표정이 살짝 부드러워지는 것을 봤다. 마음이 놓였다. 브레뵈프의 말이 옳았다. 브레뵈프는 의도적으로 에페드라 관련 정보를 유출하여 그들을 화나게 한 후 필사적으로 사과하라고 지시했다.

모든 사람이 죄인을 사랑한다. 특히 죄인을 사랑하는 데 있어 가마슈를 따라올 자는 없었다. 왜 아니겠는가? 가마슈 자신이 직접 모든 잘못을 저지르고 난 후에 죄인을 사랑하게 된 사람이었다. 아르노에게 누명을 씌우고 경찰청을 파괴할 뻔한 후에 위대한 가마슈는 당연히 죄인들을 더욱 사랑하게 되었을 것이다.

르미외는 자신이 살인 수사반 반장이 되면 어떨지 궁금했다. 물론 지금 당장은 어렵겠지. 하지만 브레뵈프가 보상을 내릴 거야. 그러면 곧 경찰청으로 가겠지. 이번 사건이 끝나면 승진이 보장된다.

"조심하게." 가마슈가 부드럽게 말했다. 한순간 르미외는 가마슈의 날카로운 시선이 실제로 머리를 뚫고 들어온 건 아닌가 싶었다. 혹시 눈치를 챘을까?

"무슨 말씀이시죠?" 그가 물었다.

"더 주의하라는 뜻일세." 여전히 뚫어지게 그를 바라보고 있는 가마슈가 대꾸했다.

가마슈처럼 약해지지 않을 거야. 르미외는 생각했다. 경감이라는 지위에서 멈추지도 않을 거야.

"더 많은 분야를 더 빨리 파악해야 하네. 보부아르 경위, 자네와 르미외 형사는 각자 살인을 목격했던 사람들을 만나 보게."

"경감님은요?" 보부아르가 물었다.

"잔 쇼베를 만나 보겠네."

보부아르가 경감을 팔꿈치로 찔러 르미외에게서 몇 걸음 떨어진 곳으로 이끌었다.

"함께 가겠습니다." 보부아르가 말했다.

"영매를 만나겠다고? 왜지, 장 기?"

"그게," 보부아르는 옛 해들리 저택을 바라보다 다시 시선을 돌렸다. "그냥 그게 좋을 거 같아서 그럽니다. 이 영매는 그저 평범하게 타로 카드나 읽거나 제 어머니와 친구분이 하던 위저 보드_{귀신과 대화를 나누는 심령 게임의 일종}를 하는 사람이 아닙니다. 잔 쇼베는 마녀입니다."

"그녀가 나에게 맞서는 사악한 영혼이라도 부를 거라고 생각하나?"

가마슈는 웃고 있지 않았다. 보부아르를 조롱하지도 않았다. 그저 진심으로 보부아르의 생각을 알고 싶어 할 뿐이었다.

"저는 유령을 믿지 않습니다. 사람들이 어떤 목적을 위해 지어낸 존재라고 생각합니다." 보부아르가 말했다.

"어떤 목적 말인가?"

"제 아내는 천사에 대해 이야기를 합니다. 아내는 수호천사를 믿고 싶어 합니다. 그러면 두려움도, 외로움도 사라지니까요."

"그럼 사악한 영혼도 사람들이 만들어 낸단 말이지?"

"제 생각에는 그렇습니다. 부모들이나 교회들이 만들어 내죠. 사람들에게 두려움을 느끼게 해서 시키는 대로 하게 만들려고요."

"사악한 영혼은 두려움을 일으키고, 천사는 두려움을 가라앉히는 거로군." 잠시 생각에 잠겨 있던 가마슈가 말했다.

"전 유령은 보는 사람의 관점에 따라 달라진다고 생각합니다. 우리가 믿고 싶어 하는 대로의 존재라는 뜻이지요. 마들렌 파브로는 유령을 믿었습니다. 그래서 유령이 그녀를 죽일 수 있었죠. 유령을 믿지 않았더라면 그렇게까지 두려워하지 않았을 테고, 그러면 에페드라가 심장을 멈추게 하는 일도 없었겠죠. 경감님이 하신 말씀이기도 합니다. 그녀는 겁에 질려서 죽은 겁니다. 그녀의 믿음이 자신을 죽였죠. 누군가가 그 믿음을 악용했고요. 경감님은 제가 믿지 않는 걸 믿으시죠? 영매가 그 믿음을 이용할까 봐 걱정이 됩니다. 영매는 경감님 머릿속을 꿰뚫어 볼 겁니다." 보부아르가 말했다.

"영매가? 그녀가 내 머리 속으로 기어들어 와 내 믿음을 악용할 거라고 생각하나?"

보부아르는 고개를 끄덕였다. 시선을 피하지 않고 버텼다. 그는 이런 주제의 이야기가 싫었다. 문자 그대로 이해할 수 없는 것들을 다루기 때문이었다.

"걱정되어서 하는 말인 줄은 알겠네." 가마슈도 보부아르에게 시선을 고정한 채 말했다. "하지만 내 믿음은 날 안심시키지 죽이지는 않네. 내 믿음이 곧 나일세, 장 기. 그러니 날 해치진 않아."

"경감님은 영혼을 믿으시죠?" 보부아르는 그냥 넘어가고 싶지 않았다. "성당에 다니시는지 모르겠지만 신은 믿으시겠죠. 그녀가 사악한 영혼을 불러내겠다고 하면 어떻게 하시겠습니까?"

"천사들을 부르겠네." 가마슈가 미소를 지었다. "이봐, 장 기. 삶의 어떤 시점에서 우리는 모두 그 질문과 맞닥뜨려야 하네. 자네가 믿는 게 뭐지? 내게는 적어도 나만의 답이 있네. 내 답이 날 죽인다면 죽게 되겠지. 하지만 달아나지는 않을 거야."

"달아나시라는 게 아닙니다. 도움을 받아들이라는 겁니다. 함께 가게 해 주십시오."

가마슈는 망설였다. "할 일이 너무 많아. 자네는 자네 일을 하게."

가마슈가 보부아르를 지그시 바라보다가 시선을 떨어뜨렸다. 그는 그때 무엇이 가마슈를 죽일지 깨달았다. 사악한 영혼도, 악귀도, 유령도 아니었다. 그의 자존심이었다.

21

"당신이 마녀라고 하더군요."

"위카인현대 종교의 형태로 행해지는 마법 숭배교의 교인이라는 호칭을 더 좋아해요. 경감님은 가톨릭 신자죠?"

가마슈는 눈을 치켜떴다. 정확히 알기는 어려웠지만 눈앞의 여자는 40대 초반쯤 되어 보였다. 그녀가 유치원 때부터 중년 여인처럼 보이지 않았을까 하는 의심이 들었다. 그녀는 실용적인 스커트와 단화 차림이었다. 스웨터는 고급이었지만 그녀가 입은 다른 옷처럼 유행에 뒤처져 있었다. 어디서 이런 옷을 구했는지 궁금했다. 엄마가 줬을까? 아니면 중고품 가게에서 샀을까? 앞치마만 입으면 손녀 플로렌스에게 사 준 베아트릭스 포터피터 래빗 시리즈로 유명한 영국의 아동문학 작가의 책에서 튀어나왔다고 해도 과언이 아니었다. 잔의 이목구비는 자그마했고 귀는 뾰족했으며 눈동자는 회색이었다. 그는 숲에서 온 피조물을 만나고 있다는 느낌을 받았다. 매우 명석한 두뇌의 피조물을.

"타락했지요." 가마슈가 말했다. 보부아르의 말이 맞을까? 이 여자는 자신의 머릿속을 꿰뚫어 보려는 걸까? 기이하게도 그곳은 보부아르가 자신의 믿음이 존재한다고 생각하는 곳이었다. 하지만 가마슈의 믿음은 머리와는 전혀 상관없는 곳에 있었다.

"위카인이라고요?" 그가 물었다.

"훈련 중이에요." 그녀는 고개를 끄덕이더니 그에게 희미하지만 따뜻한 미소를 보냈다.

두 사람은 비앤비의 거실에 앉아 있었다. 난로에서는 모닥불이 타오르고 있었다. 오늘 날씨는 포근한 것 같았지만 그래도 여전히 난롯불은 고마웠다. 가브리가 사는 공간을 보기 전에 먼저 그를 만난 사람이라면 누구나 이 우아하면서도 소박한 방을 보고 깜짝 놀랄 만했다. 가마슈는 독특한 모습과, 편안하고 기품이 있는 집 중에 과연 어느 쪽이 진정한 가브리의 모습에 가까운지 궁금했다.

"어제 계속 당신을 찾아다녔습니다. 어디 계셨는지 물어봐도?"

"그럼요. 하지만 먼저 질문이 있어요. 마담 파브로는 살해당했나요?"

"가브리에게서 들었습니까?"

"네, 그가 알려 줬어요. 그뿐만 아니라 자기가 〈프로듀서멜 브룩스가 각본을 쓰고 감독한 희극 영화로 오스카 각본상을 받았다〉를 썼는데 멜 브룩스에게 도둑맞았다는 이야기와, 루스가 실은 그의 아버지라는 이야기도 해 줬어요."

가마슈는 웃음을 터트렸다.

"하루에 한 가지 진실만 밝혀야 할 텐데요. 안타깝게도 마들렌 파브로에 관한 소식은 그렇습니다. 그녀는 살해당했습니다."

잔이 눈을 감았다 뜨고는 한숨을 쉬었다. "에페드라 때문인가요?"

망할 르미외. "다른 이유도 있죠." 그가 인정했다.

"에페드라가 뭔가요?"

그녀가 워낙 자연스럽게 묻는 바람에 그는 그녀가 정말로 알고 싶어 하는 것인지 아니면 교활하게 모른 척을 하는 것인지 헷갈렸다. 정말 에페드라가 뭔지 모른다면 그녀는 결백한 것이리라.

"제 질문에 대한 답이 먼저입니다. 어제 오후에 어디 갔었습니까?"

"저 언덕 위쪽에 갔었어요."

"옛 해들리 저택에요?"

순간적으로 커튼을 걷기라도 한 것처럼 그녀의 얼굴에 혐오감이 내비쳤다. 그리고 그는 커튼 뒤편에 무엇이 숨어 있는지 슬쩍 엿보았다.

"아니에요. 거긴 다시 가고 싶지 않아요." 그녀는 가마슈의 얼굴을 응시하며 그의 의중을 살폈다. 그는 그녀에게 그곳에 가자고 부탁할 생각이었다. 치과 의사에게는 익숙한 표정이리라. 겁에 질린 환자들이 눈으로 하는 애원. '제발 절 아프게 하지 마세요.'

이 순간은 곧 지나갔다. "정반대편에 있었어요. 작은 성당에요."

"세인트 토머스 성당 말입니까?"

"맞아요. 정말 아름다운 곳이죠. 가끔 조용하고 평화로운 장소에서 기도하고 싶을 때가 있거든요."

그녀는 그가 혼란스러워한다는 것을 알아차렸다.

"왜 그러시죠? 마녀는 기도하면 안 되나요? 아니면 세인트 토머스 성당에 걸린 천사들 말고 타락한 천사에게만 기도해야 하나요?"

"저는 위카인에 대해서는 하나도 모릅니다. 좀 알고 싶습니다만." 가마슈가 말했다.

"함께 가시겠어요?"

"어디로 말입니까?"

"두려우신가요?" 자신을 놀리는 것 같지는 않았다.

그는 잠시 가만히 생각해 보았다. 그는 용의자에게 거짓말을 하지 않으려 애썼다. 윤리적이거나 도덕적이어서가 아니었다. 거짓말을 하면 자신의 위치가 약해진다는 걸 알기 때문이었다. 그리고 가마슈 경감은 거짓말을 한 적이 없었다. 세상에서 거짓말처럼 어리석은 것도 없었다.

"저는 잘 알려지지 않은 존재를 늘 약간 두려워했습니다. 하지만 당신은 두렵지 않군요." 그가 털어놓았다.

"절 믿으시나요?"

"아니요." 그가 미소를 지었다. "제 자신을 믿을 뿐입니다. 더군다나 전 총이 있지만 당신은 없겠지요."

"제가 고를 만한 무기가 아니긴 해요. 오늘은 날씨도 참 좋은데 안에만 있기는 아깝잖아요. 그냥 산책이나 하자는 거예요. 예배당으로 가도 되고요."

그들은 흔들의자와 고리버들 탁자 옆의 넓은 현관 앞에 잠시 서 있었다. 그런 다음 보조를 맞춰 타원형 계단을 내려갔다. 두 사람은 한동안 말없이 걸었다. 상상할 수 있는 모든 초록빛이 모습을 드러내기 시작한 눈부신 날이었다. 마침내 진흙탕 길도 마르고 공기 중에는 신선한 풀과 꽃봉오리의 향기가 진동했다. 보라색과 노란색 크로커스가 잔디밭과 마을 잔디 광장을 수놓았다. 넓은 들판에는 철 이른 수선화가 꽃망울을 터트려 햇살 아래 타오르는 노란색 나팔을 스리 파인스 마을 한가득 흩뿌려 놓았다. 얼마 후 가마슈는 필드 코트를 벗어 팔 위에 걸쳤다.

"평화롭네요." 잔이 말했다. 가마슈는 대꾸하지 않았다. 걸으며 기다릴 뿐이었다. "원하는 사람들에게만 나타나는 신비의 마을 같아요."

"이 마을을 원하십니까?"

"저는 휴식을 원해요. 그러니 그렇다고 해야겠죠. 비앤비에 대해 듣고 마지막 순간에 예약을 결정했어요."

"어디서 알게 되셨습니까?"

"책자를 봤어요. 가브리가 광고를 냈겠죠."

가마슈는 고개를 끄덕였다. 얼굴에 닿는 햇살은 뜨겁지 않고 약간 따듯한 정도였다.

"한 번도 이런 일이 생긴 적이 없어요. 제가 교령회를 하는 동안 아무도 죽은 적이 없거든요. 누가 다친 적도 없고요. 적어도 물리적으로는 그랬어요."

가마슈는 묻고 싶어 입이 근질거렸지만 잠자코 있기로 했다.

"사람들은 자신에게 감정적인 동요를 일으키는 소리를 듣곤 하죠. 영혼은 사람들의 감정에 별로 관심이 없는 것 같아요. 하지만 죽은 자들과 접촉하는 건 대부분 매우 부드럽고, 다정한 일이기까지 하죠." 잔이 말했다.

그녀는 말을 멈추고 가마슈를 바라보았다. "위카에 대해서 잘 모른다고 하셨죠. 그렇다면 교령회도 잘 모르시겠군요."

"그렇습니다."

"교령회에서는 귀신이 나타난다든가 유령이나 악마 같은 게 중요하지 않아요. 악령을 내쫓는 일도 그렇고요. 정말이에요. 죽은 자의 영혼과 접촉하지만 죽음도 별로 중요하지 않아요."

"그럼 뭐가 중요합니까?"

"삶이죠. 그리고 치유요. 교령회를 부탁하는 사람들은 치유를 원하는 경우가 많아요. 겉으로 보기에는 기분 전환이나 시간을 때우려고 하는 게임이나 서로를 두렵게 하려고 하는 것 같지만 어떤 사람들은 해결할 무언가 때문에, 혹은 자신들의 삶을 영위하기 위해 하죠. 교령회를 함으로써 무언가를 내려놓거나 누군가를 잊고 싶어 하는 거예요. 이게 내가 하는 일이에요. 내 직업이죠."

"그럼 당신은 치유자입니까?"

잔은 잠시 그대로 멈추어 가마슈의 깊은 갈색 눈을 똑바로 바라보았다. "맞아요. 모든 위카인은 치유자죠. 쪼그랑할멈도 있고 중년 부인도 있고 치료사도 있어요. 약초와 의식을 활용하고, 지구의 힘과 마음의 힘을 부리죠. 우주의 에너지와 영혼을 쓰기도 해요. 상처 입은 영혼을 치유하기 위해서는 무엇이든 한답니다."

"상처 입은 사람들이 많이 있죠."

"그래서 제가 여기 온 거예요."

"더 많은 일을 위해서입니까, 아니면 휴식을 취하기 위해서입니까?"

대답을 하려던 잔의 안색이 갑자기 바뀌었다. 진지하고 결연한 표정에서 혼란스러운 표정으로. 그녀는 가마슈 뒤에 있는 무언가를 보고 있었다.

돌아선 가마슈 역시 당황스러웠다.

루스 자도가 절름거리며 천천히 다가오고 있었다. 꽥꽥거리며.

장 기 보부아르는 어렵지 않게 라 메종 바이올로지크를 찾아냈다. 유기농 판매점은 생 레미의 중심가, 사람들이 담배나 맥주, 퀘벡 로토 등을 사 가는 데파뇌르_{다른 가게들이 문 닫은 뒤에도 늦게까지 영업하는 식료품점으로, 술을 팔 수 있다} 맞은편에 있었다. 두 가게 모두 희망을 파는 가게인지라 기대 이상으로 이웃 가게에서 주고받는 이득이 많았다. 한 가게는 복권 당첨이라는 희망을 팔았고, 다른 가게에서는 지구 온난화에 맞서는 데 너무 늦지 않았으면 하는 희망을 팔았다. 유기농 식품이 니코틴을 상쇄하리라는 희망도 있었다. 오딜 몽마니 본인도 데파뇌르에서 산 싸구려 와인 한 잔이나 한 병을 마신 다음에는 가끔 담배 피우기를 즐겼다.

텅 빈 가게에 들어선 보부아르 경위는 기이하고 부자연스러운 냄새를 맡았다. 다양한 약초와 마른 꽃들, 향료와 온갖 유기농 분말 냄새가 맞서 싸우는 것 같은 진한 사향 냄새였다.

한마디로 악취가 진동했다.

30대 후반이나 40대 초반으로 보이는 예쁘고 통통한 여성이 카운터 뒤에서 손을 공책 위에 올려놓고 서 있었다. 얼굴에는 싸구려 미용실에서 자르고 염색한 듯한 머리칼이 늘어져 있었다. 즐거워 보이기는 했지만 평범한 얼굴이었다. 잠시나마 그녀의 얼굴에 짜증이 비쳤다. 사적인 공간을 침범당했다는 듯이. 그러나 곧 그녀는 미소를 지었다. 다른 사람을 즐겁게 하려고 미리 연습해 둔 미소 같았다.

"위? 에스크 주 프 부 제데Est-ce que je peux vous aider 도움이 필요하신가요?"

"당신이……," 그는 가마슈가 건넨 종이를 꺼냈다. 교령회에 참석한 사람들의 이름이 적힌 명단이었다. 그는 종이를 내려다보며 시간을 끌었다. 그는 오딜이 자신의 말에 철저히 집중하기를 원했다. 그녀의 이름이 무엇인지는 물론 정확히 알고 있었다. 단지 그녀를 혼란스럽게 하고 싶었을 뿐이었다. 허를 찌르고 싶었다. 하지만 고개를 들어보니 그녀는 붉은 공책을 내려다보고 있을 뿐이었다. 그가 일부러 뜸을 들인 사이에 그녀는 저 멀리 달아나 있었다. 혼란스러워하기는커녕 원래 하던 일로 다시 돌아가 버렸다.

"당신이 오딜 몽마니입니까?" 그가 큰 소리로 물었다.

"네." 그녀는 밝지만 공허한 미소를 지었다.

"보부아르 경위입니다. 퀘벡 경찰청 살인 수사반에서 나왔습니다."

"질을 만나러 오신 게 아니고요?" 그녀의 태도가 달라졌다. 몸은 뻣뻣해지고 얼굴에는 집중하면서도 두려워하는 기색이 나타났다. 공책 위에 있던 손이 목재 카운터로 이동하더니 카운터 표면을 짓눌렀다.

"질이라니요?" 그가 되물었다. 그는 즉시 그녀가 생각하는 바를 알아차렸지만 아직은 그녀가 마음을 놓게 하고 싶지 않았다.

"무슨 일이에요?" 그녀가 애원하듯 물었다.

오딜은 자신이 기절할 거라고 생각했다. 머리가 마비되고 심장은 질을 찾으러 뛰쳐나오기라도 할 듯 심하게 요동쳤다.

"마들렌 파브로 일로 왔습니다."

그는 그녀를 주의 깊게 살폈다. 축 처지고 공허했던 얼굴이 생기를 되찾았다. 눈은 빛났고 정신도 집중했다. 그녀는 멋져 보였다. 겁을 먹었지만 아름다웠다. 그런데 이 모든 것이 사라졌다. 그를 향해 한껏 치켜들었던 고개가 축 처졌다. 모든 근육이 이완됐다. 중년의 오딜로 돌아왔다. 예쁘지만 윤기 없고 갈망하는 오딜로. 하지만 보부아르는 그 아래 숨어 있던 모습을 보았다. 그는 그녀 안에 존재하리라 의심했던 몇 가지 것들을 보았다. 아마 그녀도 알고 있으리라. 아둔함과 미소, 가식과 현실적인 목표라는 안전한 막 아래 숨은 멋지고 아름답고 역동적인 여인을 보았다.

"마들렌은 살해당했나요? 하지만 심장마비였잖아요. 확실해요."

"위, 세 브레c'est vrai 사실입니다. 심장마비도 일조했습니다. 그녀는 심장마비를 유발하는 약을 먹었습니다."

"약이라고요?"

스리 파인스의 어느 누구도 오딜에게 연락을 하지 않은 걸까? 마을 사람은 모두 올리비에의 비스트로에 모여 최근에 일어난 소식을 듣곤 했다. 비스트로는 스리 파인스의 방송국이었다. 진행자는 가브리였다. 보부아르는 이 지역에서 아무도 부를 생각을 하지 않은 유일한 사람을 만나고 있었다. 보부아르는 갑자기 이 여자와, 이 여자의 갈망하고 탐색하는 얼굴이 안쓰러웠다. 이 여자가 불쌍하게 느껴졌다. 약간의 혐오감도. 낙오자들은 항상 그에게 반감을 불러일으켰다. 니콜 형사를 결코 좋아하지 않는 많은 이유 중 하나가 그 때문이었다. 몇 년 전 그녀를 처음 보았을 때부터 그는 그녀가 단순히 골칫덩어리에 그치지 않고 더욱 위험한 존재가 되리라 짐작했다. 그녀는 낙오자였다. 보부아르는 경험을 통해 낙오자들이 가장 위험한 사람들이라는 사실을 알고 있었다. 그들은 점차 더 이상 잃을 게 없는 단계에 이르기 때문이었다.

"에페드라라고 합니다." 그가 말했다.

그녀는 잠시 그 단어를 곰곰이 되새겨 보는 듯했다. "그 약이 마들렌의 심장을 멈추게 했다고요? 누가, 왜 그런 방법으로 그녀를 죽여야 했을까요?"

누가 왜 죽였느냐가 아니고, 누가 왜 그런 방법으로 죽였느냐고? 그 여자를 죽였다는 사실이 아니라 어떤 방식으로 죽였는지가 오딜을 더욱 놀라게 한 것 같았다.

"마담 파브로와는 얼마나 잘 아는 사이였습니까?"

"손님이었죠. 여기서 과일이나 야채를 사 가곤 했어요. 비타민도 사 갔고요."

"좋은 손님이었나요?"

"정기적으로 들렀어요. 일주일에 한 번은요."

"허물없이 지내는 사이였나요?"

"전혀요. 왜죠?" 그녀는 지금 방어적인 태도를 취하고 있는 걸까?

"뭐, 일요일 저녁에 같이 저녁도 먹은 사이니까요."

"맞아요. 하지만 제가 마련한 자리가 아니었어요. 클라라가 초대했어요. 교령회를 하기 전에요. 마들렌이 올 줄은 몰랐어요."

"알았더라도 참석했을까요?" 보부아르는 실마리에 접근하고 있다는 느낌을 받았다. 확실히 느낄 수 있었다. 오딜의 표정에는 변명하려는 기색이 역력했다. 말투에서도 드러났다.

오딜은 주저했다. "아마도요. 마들렌에게 아무 유감도 없었어요. 말했듯이 그녀는 손님일 뿐이었고요."

"하지만 좋아하지는 않았죠."

"잘 알지도 못했는걸요."

보부아르는 침묵이 늘어지도록 놔두었다. 그리고 가게 주변을 주의 깊게 둘러보았다. 가게에는 여러 가지 상품이 뒤섞여 있었다. 한쪽에는 음식과 농산품이 있었고, 다른 쪽에는 옷가지와 가구가 있었다. 음식이 진열된 곳에는 나무 뚜껑과 숟가락이 달린 찰흙 항아리가 있었다. 조잡한 가방도 있고, 벽을 따라 높이 뻗어 있는 나무 선반에는 풀처럼 생긴 것이 가득 담긴 유리 단지가 있었다. 혹시 마약은 아닐까? 그는 오딜이 자신을 바라보고 있다는 것을 의식하며 더욱 가까이 다가가 항아리를 들여다보았다. 단지에는 '비 밤꿀벌 연고', '마황중국에서 감기나 천식 등 호흡기 질환에 사용하던 필수 약재', '아티쿰 라파유럽식 우엉의 일종'라고 쓰여 있었다. 자신이 좋아하는 '카디널 몽키플라워현삼과의 여러해살이풀. 물꽈리아재비'도 있었다. 그는 그 유리 단지를 집어 든 다음 뚜껑을 열고 망설이다 향을 맡아 보았다. 달콤한 향기가 났다. 그는 교황이 몽키플라워를 추기경으로 임명했다는 사실이 믿기지 않았다진홍색을 뜻하는 카디널에는 추기경이라는 뜻도 있다. 노트르담 루프 트뤼스 근처에 교황의 이름을 따서 지은 마을이 있을지도 모르겠군.

책장에는 작은 유기농 농장을 운영하는 방법, 오프그리드 하우스전기 등 도시 인프라의 도움 없이 태양열 등 자연의 힘을 이용한 친환경 주택를 짓는 방법, 직물을 짜는 방법에 대한 책들이 꽂혀 있었다. 과연 직접 직물을 짜고 싶어 하는 사람이 있을까?

장 기 보부아르는 환경주의 운동에 무심한 편은 아니었다. 오존층이나 지구 온난화를 후원하는 운동의 기금 조성에 참여한 적도 있었다. 하지만 원시적인 단계의 삶을 추구하면서 그 길만이 지구를 살린다고 믿는 사람들은 어리석다고 생각했다. 어쨌든 그를 사로잡은 한 가지가 있었다. 나무로 만든 소박한 의자였다. 윤기가 흐르는 나무는 옹이가 있었고 촉감이 부드러웠다. 보부아르는 의자를 어루만졌다. 의자에서 손을 떼고 싶지 않을 정도였다. 그는 한동안 의자를 바라보았다.

"앉아 보세요." 여전히 카운터 뒤에 서 있는 오딜이 말했다.

보부아르는 다시 의자를 바라보았다. 의자는 안락의자처럼 푹신하고 편안해 보였지만 나무로만 되어 있었다.

"의자가 붙들어 줄 테니 걱정 마세요."

그는 그녀가 더 이상 아무 말도 하지 않기를 바랐다. 그저 자신이 이 놀라운 가구를 즐길 수 있게 내버려 두었으면 했다. 그가 비로소 이해하게 된 예술 작품 같은 의자였다.

"질이 만들었어요." 그녀가 다시 그의 생각을 가로막았다.

"질 샌던이오? 여기서 만들었다고요?"

그녀가 환하게 웃었다. "네. 우리 질이오. 이게 바로 그이가 하는 일이죠."

"숲에서 일하는 줄 알았는데요."

"나무를 찾아 가구를 만들어요."

"직접 나무를 찾아낸다고요?"

"사실 그는 나무들이 자기를 찾는다고 해요. 숲으로 걸어 들어가 귀를 기울이기만 하면 된다고요. 나무가 부르는 소리가 들리면 나무에게 가는 거죠."

보부아르는 그녀를 바라보았다. 그녀는 이케아가 선전했던 말과 같은 말을 했다. 나무의 말을 듣는 것은 고사하고 나무에 귀를 기울이는 행위가 지극히 자연스럽고 정상적이라는 듯이. 그는 다시 의자를 바라보았다. 모두 헛소리일까? 보부아르는 문득 궁금했다. 의자는 더 이상 그에게 말을 걸어오지 않았다.

22

로베르 르미외 형사는 무슈 벨리보의 식료품점에서 차례를 기다리고 있었다. 처음에는 불량 식품, 담배, 싸구려 맥주, 와인, 봉투, 케이크용 양초같이 사람들이 갑자기 필요할 때 찾는 잡동사니로 가득 찬 데파뇌르를 찾아야 하는 줄 알았다. 하지만 그는 대신 진짜 식료품점을 발견했다. 할머니 세대나 즐겨 찾을 곳이었다. 검은 나무 선반에는 가지런히 정리된 야채, 통조림 식품, 시리얼, 파스타, 잼, 젤리, 수프, 크래커 등이 있었다. 모두 좋은 물건이었고 깔끔했고 질서정연해 보였다. 어수선하지도 않고 괜히 식욕을 불러일으키지도 않았다. 흠집이 있긴 했지만 바닥은 깔끔한 리놀륨이 깔려 있었고 사개맞춤으로 된 천장에서는 선풍기가 천천히 회전하고 있었다.

카운터 뒤에서 키가 크고 나이 든 남자가 물건값을 계산하며 쉬지 않고 떠드는, 훨씬 더 나이 든 여자의 이야기를 들으려고 상체를 구부리고 있었다. 그녀는 자신의 엉덩이에 대해 이야기했다. 아들에 대해서도 말했다. 남아프리카를 방문했던 시간이 얼마나 좋았는지 이야기하다가 마침내 부드럽고 다정한 목소리로 그에게 최근 생긴 일은 유감이라는 말을 건넸다. 그리고 푸른 혈관이 튀어나오고 반점이 있는 손을 내밀어 그의 길고 가늘고 매우 흰 손가락 위에 내려놓았다. 그런 다음 한동안 그대로 있었다. 그는 움찔하지 않았다. 손을 빼지도 않았다. 그녀의 바이올렛빛 눈동자를 바라보며 미소를 지을 뿐이었다.

"메르시, 마담 퍼랜드."

르미외는 그녀가 떠나는 모습을 지켜보았다. 그리고 마침내 수다가 끝난 걸 감사하며 그녀의 자리를 차지했다.

"좋은 분이시네요." 그가 무슈 벨리보에게 미소를 지었다. 무슈 벨리보는 가게 문을 열고 나가 현관 앞에 서서 길을 잃은 사람처럼 좌우를 살피다가 매우 천천히 발걸음을 떼는 마담 퍼랜드를 지켜보고 있었다.

"위."

마을 사람들은 마담 퍼랜드가 작년에 아들을 잃었다는 사실을 알고 있었다. 그녀가 직접 그 이야기를 꺼내지는 않았다. 적어도 오늘까지는. 오늘 그녀는 슬픔이라는 경험을 함께 나눌 줄 아는 무슈 벨리보에게 아들 이야기를 꺼냈다.

이제 그는 자신 앞에 서 있는 솜털이 보송보송한 젊은이에게 주의를 돌렸다. 진한 머리카락을 보수적인 스타일로 자르고 깨끗하게 면도를 한 호감이 가는 얼굴의 청년이었다. 좋은 사람 같았다.

"제 이름은 로베르 르미외입니다. 경찰청에서 일하고 있습니다."

"위, 무슈. 그럴 거라고 짐작했습니다. 마담 파브로 일로 오셨겠죠."

"그분과 특별한 사이셨다고 알고 있습니다만."

"그랬지요." 그녀 쪽에서는 두 사람의 관계를 어떻게 생각했는지 확실히 알 수 없었지만 무슈 벨리보는 이제 와서 자신의 감정을 굳이 부인할 필요를 느끼지 못했다. 자신이 어떻게 느꼈는지에 대해서만은 확실했다.

"두 분의 사이는 어땠습니까?" 르미외가 물었다. 자신이 너무 직설적인 게 아닌가 싶었지만 단시간 내에 이 남자의 주의를 끌어야 한다는 사실 또한 알고 있었다. 언제라도 다른 손님들이 들이닥칠 수 있었다.

"그녀를 사랑했습니다."

그의 말이 두 사람 사이에 내려앉았다. 마담 퍼랜드의 가방 속에서 떠돌던 잔돈이 따뜻하게 덥혔던 그 자리에.

르미외 형사는 이 답변을 예상하고 있었다. 경감이 두 사람의 관계를 짐작하여 미리 알려 주었기 때문이다. 경감은 두 사람이 적어도 평범한 관계는 아닐 것이라고 말했다. 하지만 눈앞의 깡마르고 창백하며 진지한 노인을 바라보며 그는 이해하려고 애썼다. 이 남자는 예순이 넘어 보였고 마들렌은 40대 초반이었다. 하지만 그를 놀라게 한 점은 나이 차이가 아니었다. 희생자의 사진 속에서 본 마들렌은 아름다웠다. 모든 사진에서 미소를 짓거나 웃음을 터트리고 있었으며 인생을 즐기는 것 같은 모습이었다. 활기와 즐거움이 넘쳐흘렀다. 르미외는 그녀라면 얼마든지 자신이 원하는 남자를 얻을 수 있었으리라고 생각했다. 그렇다면 왜 그녀는 굳이 이 의기소침해 보이는 남자를, 나이도 많고 자세는 구부정하며 말도 별로 없는 남자를 선택했을까?

그녀가 선택한 게 아닐지도 모른다. 그는 그녀를 사랑했지만 그녀의 감정은 달랐을지도 모른다. 어쩌면 그녀에게 실연당한 그가 그녀를 공격했을지도 모를 일이었다.

크래커 냄새를 풍기는 쭈글쭈글한 행주처럼 보이는 남자가 마들렌 파브로를 죽였을까? 사랑 때문에?

젊은 르미외 형사는 그렇게 생각하지 않았다.

"연인 사이였습니까?" 이런 생각만으로도 역겨웠지만 르미외는 동정적인 얼굴을 지어 보이며 자신의 모습에서 무슈 벨리보가 아들을 떠올리길 바랐다.

"아뇨. 우리는 잠자리를 하지 않았습니다." 무슈 벨리보는 당황하는 기색 없이 간결하게 대답했다. 그런 문제는 그의 관심 밖인 것 같았다.

"가족이 있으십니까, 무슈?"

"아이는 없습니다. 아내가 있었지요. 지네트. 이 년 반 전에 세상을 떠났어요. 팔월 이십이일에요."

가마슈 경감은 로베르 르미외가 처음 살인 수사반에 합류했을 때 그를 자리에 앉히고 살인범을 잡는 방법에 대해 특별 강좌를 해 주었다.

"사람들의 말에 귀를 기울여야 하네. 말만 해서는 아무것도 배울 수 없어. 살인 사건을 다룰 때는 배우는 과정이 중요하네. 사실만 배우는 게 아닐세. 살인 수사에서 배워야 할 가장 중요한 것은 보거나 만질 수 없는 것이지. 사람들이 어떻게 느끼는가 하는 점이야. 왜냐하면," 여기서 경감은 앞으로 몸을 기울였다. 르미외 형사는 고위 경찰 간부가 그의 손을 잡을지도 모른다는 느낌을 받았다. 하지만 그렇지는 않았다. 대신 그는 르미외의 눈을 똑바로 쳐다보았다. "우리는 정상적이지 않은 사람을 찾고 있기 때문이지. 건강하고 멀쩡해 보이지만 사실 무척 아픈 사람을 찾고 있기 때문이야. 단순히 사실만을 수집하지 말고 느낌을 수집해서 범인을 찾아야 해."

"사람들이 하는 말을 주의 깊게 들어야 살인범을 찾을 수 있군요." 르미외 형사는 사람들이 듣기 원하는 말을 할 줄 알았다.

"우리를 지혜로 이끄는 네 가지 진리가 있지. 잘 듣고 실천하기 바라네. 준비됐나?"

르미외는 수첩을 꺼내고 펜을 들었다. 그리고 귀를 기울였다.

"자네는 이렇게 말하는 법을 배워야 하네. 잘 모르겠습니다, 죄송합니다, 도와주세요, 제가 틀렸습니다."

르미외 형사는 네 가지 전부를 받아 적었다. 한 시간 후에 그는 브레뵈프 경정의 사무실에서 이 목록을 보여 주고 있었다. 그가 예상했던 대로 웃음 짓는 대신 경정은 이를 악물었다. 입이 얇아지고 하얘졌다.

"잊고 있었네. 우리 상관이 우리가 처음 수사에 합류했을 때 해 준 말이야. 삼십 년 전이지. 단 한 번 말고는 결코 다시 이야기를 꺼낸 적이 없었지. 까맣게 잊고 있었어." 브레뵈프가 말했다.

"기억할 가치도 없습니다." 경정이 듣고 싶어 하는 말이 이 말이라고 판단한 르미외가 말했다. 하지만 그는 틀렸다.

"어리석군, 르미외. 지금 누구를 상대로 하는지 모르나? 왜 내가 가마슈에게 반대할 거라고 생각하지?"

"경정님도 아시잖아요." 르미외는 마치 브레뵈프의 질책을 듣지 못한 사람처럼 말했다. "가마슈 경감은 그 말을 거의 사실이라고 믿고 있는 것 같았습니다."

한때는 나도 마찬가지였지. 브레뵈프는 자신에게 말했다. 아르망을 사랑했을 때였어. 우리가 서로를 믿고 지켜 주겠다고 맹세했을 때. 내가 틀렸다는 걸, 도움이 필요하단 걸, 잘 모른다는 걸 아직 인정할 수 있었을 때, 아직 미안하다고 말할 수 있었을 때였지.

하지만 그건 이미 오래전 일이었다.

"전 그렇게 어리석지 않습니다." 르미외 형사가 조용히 말했다.

브레뵈프는 르미외가 어김없이 징징거리고 의심하는 말을 늘어놓으면 자신이 안심시키는 말을 하게 되는 순서를 기다렸다. 그래, 우리는 옳은 일을 하고 있는 거야. 가마슈는 경찰청을 배신했고 자네는 가마슈의 위선을 꿰뚫어 볼 수 있는 현명한 젊은이지. 곤경에 처한 르미외에게 워낙 자주 반복해야 해서 자신도 거의 믿게 된 말들이었다.

그는 르미외 형사를 바라보며 계속 기다렸다. 하지만 브레뵈프는 침착하고 소신 있는 경찰관을 보고 있었다.

좋군. 좋아.

하지만 싸늘한 미풍이 브레뵈프의 심장을 파고들었다.

"또 다른 말도 했습니다." 문 앞에서 르미외가 편안한 미소를 지으며 덧붙였다. "마태오복음 십 장 삼십육 절."

브레뵈프는 조용히 문을 닫는 르미외를 무표정한 얼굴로 지켜보았다. 이내 참았던 숨이 터져 나왔다. 고개를 숙이니 자신이 주먹을 꽉 쥐고 있는 게 보였다. 주먹 안에는 공처럼 뭉친 종이가 들어 있었고 그 종이에는 한 문장의 글귀가 쓰여 있었다.

주먹을 꽉 채운 종이쪽처럼 르미외가 남긴 마지막 말이 그의 머릿속을 채우고 있었다.

마태오복음 10장 36절.

그는 성경 구절 역시 잊고 있었다. 그가 오랫동안 기억에 남은 것은 르미외의 표정이었다. 그가 본 것은 안달복달하고 자신감 없고 매달리는 데 익숙한, 확신을 얻고 싶어 하는 사내의 모습이 아니었다. 더 이상 연연해하지 않는 사내의 모습을 보았다. 그는 그의 표정을 보고 놀랐다. 르미외의 얼굴에 떠오른 표정은 영리함이 아니라 교활함이었다.

지금 르미외는 귀를 기울이며 무슈 벨리보가 무슨 말인가를 더 하길 참고 기다리는 중이었다. 하지만 늙은 식료품상 역시 참고 있는 듯했다.

"아내분은 어떻게 돌아가셨습니까?"

"뇌졸중이었습니다. 고혈압도 있었지요. 금세 죽지는 않았습니다. 집으로 데려가 몇 달 동안 보살필 시간은 있었으니까요. 하지만 또다시 발작이 일어났고, 결국은 세상을 떠났지요. 저 위에 있는 세인트 토머스 성당의 낡은 묘지에 그녀의 부모님, 그리고 제 부모님과 함께 묻혀 있습니다."

르미외 형사는 여기에 묻히는 것보다 더 불행한 결말은 없겠다고 생각했다. 그는 몬트리올이나 퀘벡시, 아니면 퀘벡의 퇴역 장교와 지도자들의 무덤이 있는 파리에 묻힐 계획이었다. 얼마 전까지 경찰청은 그에게 집과 목적의식을 주었다. 하지만 브레뵈프 경정은 은연중에 그의 삶에 전혀 다른 의미를 부여했다. 지금껏 자신의 삶에서 기대할 수 없던 것이었다. 그것은 미래에 대한 계획이었다.

로베르 르미외의 계획에 오랜 경찰 생활은 들어 있지 않았다. 승진을 하고 이름을 알린 후에 공직에 나설 수 있을 정도면 충분했다. 무엇이든 가능했다. 가마슈를 파멸시키기만 하면 무엇이든지 가능했다. 영웅이 되는 것이다. 그리고 영웅은 보상을 받게 마련이었다.

"봉주르, 무슈 벨리보." 머나 랜더스가 햇살과 미소로 가게 안을 가득 채우며 들어섰다. "제가 방해가 됐나요?"

"전혀 아닙니다." 르미외 형사는 수첩을 덮었다. "잠시 이야기를 나누었을 뿐입니다. 잘 지내시죠?"

"네. 그럭저럭요." 그녀는 무슈 벨리보를 향했다. "잘 지내세요? 어젯밤에 클라라와 피터하고 저녁을 먹었다고 들었어요."

"그랬죠. 좋은 시간이었습니다. 당신이 예상했을 그대로요."

"힘든 시기죠." 슬퍼해야 마땅한 무슈 벨리보의 기분을 억지로 띄우려 하지 않고 머나가 말했다. "신문을 사러 왔어요. 「라 주르네」요."

"오늘은 그 신문을 찾는 사람들이 꽤 많군요."

"이상한 기사가 실렸거든요." 그녀는 침묵을 지켜야 할지 말아야 할지 망설였다. 하지만 기차는 벌써 떠났다는 결론을 내렸다

그녀는 신문값을 지불하고 몬트리올시 칼럼을 찾을 때까지 지면을 넘겼다.

신문 위로 몸을 숙이고 있던 세 사람이 전통적인 방식의 기도를 마친 신자들처럼 벌떡 몸을 일으켰다. 두 사람은 크게 상심했다. 다른 한 사람은 기뻐서 어쩔 줄 몰랐다.

그때, 꽥꽥거리는 소리가 들려왔다. 그들은 방충망이 달린 여닫이문과 문 너머 포치로 시선을 옮겼다.

23

"무슈 샌던!" 보부아르 경위는 수도 없이 외쳤다. 슬슬 걱정이 되기 시작했다. 그는 지금 생 레미 교외의 숲에 들어와 있었다. 오딜은 어디로 가면 질의 트럭과 숲 속에서 질이 잘 다니는 길을 찾을 수 있는지 알려 주었다. 트럭을 찾기는 쉬웠다. 퀴 드 삭(막다른 곳)에서 딱 두 번 길을 잃었을 뿐이었다. 하지만 질을 찾는 일은 훨씬 더 어려웠다. 나무에 막 싹이 움트고 있는 정도여서 잎사귀가 시야를 가릴 정도는 아니었지만 떨어진 나뭇가지와 늪, 바위를 헤치고 나가기가 여간 힘들지 않았다. 그에게는 전혀 익숙한 환경이 아니었다. 미끌미끌한 돌을 타고 넘어야 했고, 삭아 가는 낙엽층 밑에 숨은 진흙 웅덩이에서 휘청거려야 했다. 분별없는 행동이라는 것은 알았지만 고무장화를 신어서 스타일을 구기고 싶지 않았다. 그 탓에 보부아르의 멋진 가죽 신발은 물과 진흙, 나뭇가지로 범벅이 되고 말았다.

유기농 상점의 역겨운 향에서 빠져나와 신선한 공기를 마시려고 바깥으로 발을 내디뎠을 때 오딜이 외친 말이 여전히 귓가에 맴돌았다.

"곰 조심하세요." 그녀가 등 뒤에서 쾌활한 목소리로 외쳤다.

그는 숲으로 들어서며 나뭇가지를 집어 들었다. 곰을 만나면 코를 후려갈길 작정이었다. 아니, 상어를 만났을 때 쓰는 방법이었나? 어쨌든 만반의 준비를 하고 있었다. 곰이 그를 잡아먹은 후에 그 나뭇가지를 이쑤시개로 사용할지도 몰랐다.

총도 있었다. 하지만 반드시 사용해야 할 경우가 아니면 절대로 꺼내지 말라고 가마슈에게 철저히 훈련을 받아 온 터라 총은 권총집에 들어 있었다.

보부아르는 어미와 새끼 사이에 끼어들지 않는 한 일반적으로 흑곰은 위험하지 않다는 것을 알 만큼 곰의 공격에 대한 뉴스를 충분히 보았다. 갑자기 놀라게 하면 위험하다는 것도 알고 있었다. 그러므로 '무슈 샌던!'이라고 외치는 데에는 두 가지 목적이 있었다.

"무슈 새애앤더어어언."

"여기요." 갑작스러운 대답이 들렸다. 보부아르는 멈추어 서서 주위를 둘러보았다.

"어디요?" 그가 외쳤다.

"이쪽이오. 내가 가겠소."

이제 보부아르는 낙엽과 떨어진 잔가지를 부스러뜨리는 발자국 소리를 들을 수 있었다. 하지만 아무도 눈에 띄지 않았다. 소리는 점점 커졌지만 여전히 사람은 보이지 않았다. 마치 유령이 다가오는 것만 같았다.

빌어먹을. 유령 생각을 하는 게 아니었다. 솟구치는 불안을 느끼며 보부아르는 생각했다. 난 유령을 믿지 않아. 절대로 믿지 않는다고.

"누구시오?"

뒤를 돌자 야트막한 둔덕 위에 육중한 남자가 서 있었다. 널찍한 가슴에 키가 큰 건장한 남자였다. 보풀투성이 니트 모자 아래 붉은 수염이 사방으로 뻗쳐 있었다. 몸은 온통 진흙과 나무껍질로 뒤덮여 있었다.

예티. 빅풋. 할머니가 들려준 이야기에 의하면 이런 숲에는 그런 괴물이 산다고 했다. 또 그린맨도 있었다. 반은 사람이고 반은 나무인 존재.

그가 바로 그린맨이었다.

보부아르는 나뭇가지를 움켜쥐었다.

"퀘벡 경찰청의 보부아르 경위입니다."

자신의 목소리가 오늘처럼 가냘프게 들린 적이 없었다. 그러자 그린맨이 웃음을 터뜨렸다. '사지를 찢어 주마.'라고 결심한 사람처럼 사악하게 웃지는 않았다. 진심으로 즐거워하며 터트리는 웃음이었다. 그는 늙은 나무와 어린 나무들이 우아하게 둘러싼 작은 언덕에서 내려왔다.

"나무가 나에게 말을 건네는 줄 알았소." 그가 크고 더러운 손을 내밀었고 보부아르가 그 손을 잡았다. 보부아르 역시 웃음을 터뜨렸다. 이 남자와 함께 있으면 활기가 넘칠 것 같았다. "물론 그것들이 말을 할 때는 좀 더 불확실하게 들리긴 하지요."

"나무 말인가요?"

"네, 그래요. 하지만 나무 이야기를 하러 오시지는 않았겠지. 나무들에게 말을 걸러 오지도 않았을 테고." 샌던은 옆에 있는 거대한 나무 몸통에 직각이 되도록 팔을 뻗어 손을 댔다. 기대지는 않았지만 버팀목으로 삼았다고나 할까. 오딜의 난해한 설명이 없었더라도 보부아르는 이 남자가 숲과 독특한 관계를 맺고 있다는 사실을 알 수 있었다. 다윈이 만약 사람이 나무에서 진화했다는 결론을 내렸다면 질 샌던이 연결고리가 되었으리라.

"맞습니다. 저는 마들렌 파브로의 살인 사건을 수사하고 있습니다. 제가 보기에……," 보부아르는 말을 멈추었다. 그가 직접 몸을 떠밀기라도 한 듯 눈앞의 거대한 남자가 한 걸음 뒤로 물러섰기 때문이다.

"마들렌의 살인 사건이라니? 무슨 말씀이오?"

"죄송합니다만 이미 아시는 줄 알았습니다. 죽었다는 건 아시겠죠."

"나도 그 자리에 있었소. 병원에 데려갔지요."

"유감스럽게도 검시관 보고서를 통해 그녀의 죽음이 자연사가 아니라고 밝혀졌습니다."

"물론 자연스럽지 않았소. 그날 밤 자연스러운 건 하나도 없었으니까. 영혼인가 뭔가 하는 걸 집으로 불러서는 안 되는 거였소. 영매가 한 짓이었지."

"그 영매는 마녀입니다." 보부아르가 말했다. 이 말을 입 밖으로 꺼냈다는 게 믿기지 않았지만 사실이었다. 그는 진짜로 그렇게 생각했다.

"별로 놀랍지 않군." 잠깐 정신을 수습한 후 샌던이 말했다. "그런 일을 하지 말았어야 했소. 우리 모두. 특히 그 영매는. 우리가 사는 세상에서 기이한 일들이 벌어질 때가 있소. 다음 세상에서도 기이한 일이 생겨나곤 합니다. 뭐 하나 말해 드리지." 그는 보부아르에게 가까이 다가와 몸을 숙였다. 보부아르는 고된 노동의 냄새와 약간의 비누 향을 맡게 되리라고 예상했다. 하지만 이 남자에게서는 신선한 소나무와 공기 냄새가 났다. "가장 기이한 일은 세상과 세상 사이에서 생깁니다. 그곳에 영혼이 살고 있거든. 갇혀 있지. 자연스러운 곳은 아니오."

"그럼 나무의 말을 듣는 건요?"

잠시 동안 단호하고 고통스러워 보였던 샌던의 얼굴에 미소가 돌아왔다. "언젠가는 당신도 듣게 될 겁니다. 고요함 속에 평생 동안 바람 소리로 착각해 왔던 어떤 속삭임 같은 걸. 나무의 속삭임이지. 자연은 항상 우리에게 말을 걸고 있소. 우리가 듣지 못한다는 게 문제요. 지금은 나도 물이나 꽃이나 돌의 이야기는 듣지 못해요. 사실 약간 들리기는 하지. 하지만 나무의 목소리만큼은 분명하게 들을 수 있소."

"나무가 뭐라고 하나요?" 보부아르는 실제로 이런 질문을 던지고 답을 듣기를 기다리는 자신이 믿기지 않았다.

질은 잠시 보부아르를 바라보았다. "언젠가는 말씀드리지. 하지만 지금은 때가 아니오. 당신이 날 믿지 못하고 시간을 낭비한다고 생각해서는 아니오. 언젠가 당신이 나무의 감정을 비웃거나 다치지 않게 하는 날이 오면 나무가 뭐라고 하는지 말씀드리지."

보부아르 경위는 이 말에 다른 사람이 아닌 자신이 상처를 받았다는 점에 놀랐다. 그는 이 남자가 자신을 믿어 주었으면 했다. 그리고 나무에 대한 이야기를 더 자세히 듣고 싶었다. 하지만 샌던이 방금 한 말이 옳다는 것도 알았다. 한편으로 그는 샌던이 하는 말이 모두 헛소리라고 생각하고 있었다. 어쩌면 다 허튼소리인지도 몰랐.

"마들렌 파브로에 대해 이야기해 주시겠습니까?"

샌던은 몸을 구부려 나뭇가지를 집어 들었다. 나뭇가지를 부러뜨려 가죽 장갑을 낀 손에 들고 자신을 위협하지 않을까 걱정했지만 그는 작은 손이라도 잡듯이 나뭇가지를 붙들고 있을 뿐이었다.

"아름다웠소. 말로 잘 표현이 안 되지만 아무튼 그랬소." 그는 나뭇가지로 숲 속을 가리켰다. 보부아르가 고개를 드니 햇살이 연초록색 새싹 위에서 반짝거렸고 황금빛 낙엽 위로 떨어지고 있었다. 말로 형언하기 어려울 만큼 아름다운 모습이었다.

"마들렌이 이 마을에 온 지 얼마 되지 않은 걸로 알고 있습니다." 보부아르가 말했다.

"몇 년 전에 왔을 거요. 헤이즐 스미스와 같이 살았지."

"두 사람이 사랑하는 사이였다고 생각하십니까?"

"헤이즐과 마들렌이?" 좀 뜻밖이라고 생각하는 것 같기는 했지만 혐오스러워하는 것 같진 않았다. 그는 얼굴을 찡그리고 잠시 생각에 빠졌다. "그럴지도 모르지. 마들렌은 사랑이 넘치는 사람이었으니까. 간혹 남녀 구분이 필요 없는 사람도 있소. 당신이 묻는 게 그거라면 나는 두 사람이 사랑했다는 걸 압니다. 하지만 당신은 다른 걸 묻는 것 같군."

"그렇습니다. 놀랍지는 않다고 생각하시는 거죠?"

"그래요. 하지만 마들렌이 많은 사람들을 사랑했다고 생각해서 그런 건 아니오."

"무슈 벨리보를 포함해서 말입니까?"

"그 사람에게 마들렌이 어떤 감정을 느꼈다면 그저 연민일 거요. 아내가 몇 년 전에 세상을 떠났으니까. 당신도 알다시피. 그리고 지금은 마들렌도 죽었지."

그의 분노가 워낙 빨리 치밀어 오르는 바람에 보부아르는 미처 대처할 준비를 못 했다. 샌던은 마치 무언가를, 아니면 누군가를 치고 싶어 하는 사람처럼 보였다. 그는 주먹을 불근 쥐고 눈물을 흘리며 사납게 주위를 노려보았다. 보부아르는 그의 마음속 생각을 읽을 수 있었다. 나무? 아니면 사람? 사람? 아니면 나무? 무엇을 후려칠 것인가?

나무, 나무, 나무. 보부아르는 간청했다. 하지만 곧 분노가 지나가고 샌던은 거대한 참나무에 기대어 몸을 지탱했다. 그리고 나무를 감싸 안는 모습을 보았다. 그에게서 나무를 업신여기는 태도를 전혀 느낄 수 없었다.

다시 보부아르 쪽을 향한 샌던은 체크무늬 소매로 얼굴을 훑어 눈물

과 먼지를 닦아 냈다

"미안합니다. 다 떨쳐 낸 줄 알았는데 아니었나 보군." 이제 이 큰 남자는 커다란 소매로 얼굴을 가리고 멋쩍은 듯이 웃고 있었다. 그러고 나서 고개를 숙였다. "어제도 여기 왔었소. 내게는 여기가 제일 편안해요. 개울가로 가서 마구 소리를 질러 댔소. 하루 종일. 가엾은 나무들. 하지만 싫어하는 것 같지는 않습디다. 나무들도 가끔은 소리를 지르거든. 특히 얼마 후면 잘려 나간다는 것을 알 때는 더욱 그렇소. 짐작하시겠지만 나무는 다른 나무의 공포를 느낄 수 있소. 뿌리를 통해서 말이오. 비명을 지르고 울기도 해요. 어제 난 소리를 질렀소. 오늘은 울고 있군. 이제 다 끝난 것 같소. 어쨌든 미안해요."

"마들렌을 사랑했나요?"

"물론이오. 안 그런 사람이 있었을까?"

"있었습니다. 그러니 죽였겠죠."

"아직도 받아들이기 힘들군. 정말 확실한 거요?" 보부아르는 아무 말도 하지 않았다. 덩치 큰 남자는 고개를 끄덕였지만 아직도 그 사실을 믿지 못하는 것 같았다.

"에페드라라는 약을 들어 보셨습니까?"

"에페드라?" 질은 잠시 생각해 보는 것 같았다. "모르겠소. 난 원래 약에 관심이 없으니까. 나는 생 레미에서 유기농 상점을 운영해요."

"라 메종 바이올로지크. 알고 있습니다. 여기 오기 전에 잠깐 들러 오딜과 대화를 나누었죠. 그런데 오딜은 알고 있나요?"

"뭘 말이오?"

"당신이 마들렌을 사랑했다는 사실 말입니다."

"아마 그럴 거요. 하지만 그녀도 일반적인 의미의 사랑이 아닌 줄은 알 거요. 마들렌은 멀리서 동경할 만한 사람이지. 하지만 난 그녀와 사귀겠다는 생각은 해 본 적 없소. 그러니까 내 말은, 날 봐요."

보부아르는 질 샌던을 보았다. 그리고 그의 말을 이해했다. 질 샌던은 거대하고 불결하고 숲을 자기 집처럼 드나드는 남자였다. 이런 남자와 사랑에 빠질 여자는 거의 없어 보였다. 하지만 오딜은 샌던을 사랑했다. 보부아르는 여자에 대해서 잘 알았다. 살인에 대해서는 더욱 확실히 알고 있었다. 살인을 유발하는 동기가 무엇인지도 잘 알고 있었다.

루스 자도는 그녀의 자그마한 미늘벽 판잣집에서 커먼스로 향하는 돌담 출입구로 느릿느릿 걷고 있었다. 가마슈와 잔이 그녀를 보았다. 마을 잔디 광장 너머에서는 로베르 르미외와 머나, 무슈 벨리보가 보고 있었다. 하던 일을 멈추고 루스를 지켜보는 사람들도 있었다.

모든 눈동자가 절뚝거리고 꽥꽥대는 늙은 여자를 향하고 있었다.

모자를 쓰지 않아 짧게 자른 흰머리가 미풍에 가볍게 흔들리는 루스는 뒤를 돌아보더니 걸음을 멈추었다. 그리고 가마슈가 이제껏 한 번도 보지 못한 행동을 했다. 그녀가 미소를 지었다. 꾸밈없고 편안한 미소였다. 그녀는 다시 걷기 시작했다.

사람들의 환영식을 뒤로하고 그녀가 아주 천천히 다가왔다. 뒤에서 꽥꽥거리는 소리가 들렸다. 두 마리의 작고 솜털이 보송보송한 새가 내는 소리였다.

"쪼그랑할멈이군요." 잔이 말했다.

"루스 자도죠." 가마슈가 웃으며 말했다. 그리고 그녀가 이 마을에서 말다툼할 일은 별로 없으리라고 생각했다.

잔이 놀란 듯이 가마슈를 돌아보았다.

"루스 자도요? 그 시인 말인가요? 저 사람이 루스 자도라고요?

때리기 위해 겨눈 말을 느끼지 못했네.
부드러운 탄환처럼 가슴을 파고드는 말을.
조각난 영혼을 느끼지 못했네.
내던진 돌을 감싸는 물처럼
감싸는 영혼을.

이 시를 쓴 루스 자도요?"

가마슈는 웃으며 고개를 끄덕였다. 그가 제일 좋아하는 루스 자도의 시 「절반의 형벌을 받은 메리」를 잔이 인용했기 때문이었다.

"와, 정말 대단해요." 잔은 거의 전율하고 있었다. "나는 그녀가 죽었다고 생각했어요."

"일부는 죽었습니다. 조금씩 그렇게 돼 가고 있는 것 같습니다." 가마슈가 말했다.

"우리 사이에서는 전설 같은 존재예요."

"마녀들 사이에서요?"

"루스 자도. 그리고 「절반의 형벌을 받은 메리」라는 시요. 그 시는 실존 인물인 메리 웹스터청교도인의 거주지인 해들리 지역 출신으로 사악한 마술을 부린다는 이유로 추궁을 당했다라는 여성을 다룬 시예요. 사람들이 그녀를 마녀라고 생각해서 나무에 목매달아 죽였지요. 마녀 사냥을 하던 시기의 일이에요. 천육백 년대 말이었죠."

"여기에서요?" 가마슈가 물었다. 퀘벡 역사를 공부한 적이 있었지만 그동안 섭렵해 온 수많은 기이하고 야만적인 사건 중에 마녀 사냥과 유사한 사례는 보지 못했다.

"아니, 매사추세츠주에서요." 그녀는 여전히 루스를 바라보고 있었다. 다른 모든 사람도 마찬가지였다. 루스는 커먼스 쪽으로 30센티미터 정도 나아갔다. 아기 새들은 자그마한 날개를 푸드덕거리며 물갈퀴가 달린 작은 발로 그림자처럼 그녀의 뒤를 부지런히 따라가고 있었다. "놀라운 여성이에요." 잔은 꿈이라도 꾸듯이 중얼거렸다.

"루스 말입니까, 아니면 메리 말입니까?"

"둘 다요. 정말 그래요. 그녀의 시를 읽어 보셨나요?"

가마슈는 고개를 끄덕였다.

나는 혼자 살라는 벌을 받았지.
푸른 눈과 까맣게 그을린 피부를 지녔기에.
단추도 얼마 없는 누더기 치마를 입은 데다
내 이름을 딴 농장에는
무사마귀에 직방인 잡초만이 가득하니.

"그 시 맞아요." 잔이 해를 따르는 해바라기처럼 눈으로 루스를 좇으며 말했다.

떨어진 과일처럼 거꾸로 치솟아 오르지.

검게 그을린 사과가 다시 나무에 매달리듯이.

"믿을 수가 없군요. 무엇보다도." 마침내 루스에게서 눈을 뗀 잔이 천천히, 몸을 완전히 돌리며 말했다. "정말 이 마을의 존재가 믿기지 않네요. 안전함을 찾는 사람들이 이 마을 말고 달리 갈 데가 있을까요? 마녀를 불태우는 지역에서 달아나서요."

"그래서 여기로 왔습니까?"

"지치고 기진맥진해서 온 거예요. 그게 이유예요. 기 빠진 마녀라고나 할까요." 그녀는 웃음을 터트렸고 두 사람은 다시 뒤로 돌아 언덕에 있는 작고 하얀 미늘벽 성당을 향해 걸었다.

"하지만 교령회를 여는 것은 찬성하시지 않았습니까?"

"일종의 훈련이에요. 거절하기 어려웠어요."

"훈련 같았기 때문입니까, 아니면 당신이 여자이기 때문입니까? 거절하는 게 어렵다면 치유자가 되지 말았어야 합니다."

"맞아요. 늘 어려웠어요." 그녀가 말했다. 세인트 토머스 성당에 도착한 그들은 교회 문으로 통하는 여섯 개의 나무 계단을 올라갔다. 가마슈가 커다란 나무 문을 열었지만 잔은 등을 돌린 채 서 있을 뿐이었다. 그녀는 루스에게서 시선을 돌려 마을 잔디 광장의 거대한 소나무 세 그루를 응시하고 있었다.

"우연의 일치일까요? 스리 파인스three pines라는 마을의 광장에 소나무세 그루가 있다는 거요."

"아닙니다. 이 마을은 미국독립전쟁 당시 미국에서 국경을 넘어 도망온 연합제국 왕당파들이 세웠습니다. 그땐 다 숲이었어요. 지금도 그렇지만." 가마슈가 그녀 옆에 섰다. 두 사람은 나란히 서서 마을과, 마을 너머의 울창한 수풀을 바라보았다.

"왕당파들은 언제 안전해질지 확실히 알지 못했죠. 그래서 암호를 만들었습니다. 빈터에 세 그루 소나무가 있으면 더 이상 도망치지 않아도 된다는 뜻입니다."

"안전하다는 뜻이군요." 잔이 말했다. 그녀는 나른해 보였다. "오, 하느님. 감사합니다." 그녀가 속삭였다.

가마슈는 부드러운 황금빛 태양 아래 서서 잔이 안으로 들어갈 준비가 될 때까지 기다렸다.

"우리는 원형으로 앉아 있었고 마녀가 소금을 뿌렸소." 질이 말했다. 두 남자는 힘차게 흘러가는 개울가의 돌 위에 앉아 있었다. 물소리를 듣고 있던 보부아르가 개울에 조약돌을 던졌다. 샌던은 개울을 응시하고 있었다. 햇살이 비춰 훤히 들여다보이는 개울 표면은 춤추는 은빛 얼룩으로 덮여 있었다.

"그때 떠났어야 했소. 하지만 잘은 몰라도 모두 뭔가에 사로잡힌 것 같았소. 일종의 광기 같은 거였지. 어둠 속에서 소리가 들려왔소. 정말 무서웠소."

보부아르는 슬쩍 샌던을 훔쳐보았는데 그는 두려움을 인정하길 부끄러워하지 않았다.

"그러고 나서 그녀가 유령들을 부르기 시작했소. 소리가 들린다고 했지. 나도 들었소. 끔찍하더군. 그녀가 촛불을 켰지만 어둠이 깊어졌을 뿐이었소. 그리고 발을 질질 끌면서 걷는 소리가 들리더군. 무언가 있다는 걸 알 수 있었소. 마녀가 죽은 자들에게서 무언가를 불러낸 거였지. 나조차도 그 일이 실수였다는 걸 느낄 수 있었소."

"그다음에는 무슨 일이 일어났죠?"

샌던이 거칠게 숨을 몰아쉬었다. 다시 그 사악한 방으로 돌아가 어둠과 공포와 또 다른 무언가에 둘러싸여 있는 것 같았다.

"영매가 무언가가 다가오는 소리가 들린다고 했소. 그다음에 손뼉을 치더군. 진짜 까무러치는 줄 알았소. 두 번의 비명 소리가 들렸소. 두 번 이상이었던 섯 같기도 하고. 무시무시한 소리였지. 그리고 쿵 떨어지는 소리가 들립디다. 두려움에 앞이 안 보일 지경이었는데도 마들렌이 쓰러지는 게 보였소. 난 너무 겁이 나서 선뜻 움직이지도 못했는데 클라라가 먼저 나서더군. 머나도. 내가 움직일 수 있게 되었을 때는 벌써 마들렌 옆에 몇 사람이 모여 있었소."

"무슈 벨리보도요?"

"아니, 그는 보이지 않았소. 그 사람보다는 내가 먼저 갔소. 처음에는 그녀가 그냥 기절한 줄 알았소. 솔직히 말해 내가 아니라 그녀라서 고맙기까지 했다오. 그다음에 우리는 그녀의 몸을 뒤집었소."

"믿어지지가 않았어요." 잔 쇼베는 지난 이틀 동안 벗어나려고 애썼던 마들렌의 얼굴을 떠올리며 말했다. "맥박을 찾기가 힘들었어요. 심폐 소생술도 하려고 했죠. 하지만 그녀가 너무 빳빳해서 그렇게 하기가 불가능했어요. 생명이 순식간에 그녀에게서 빠져나가 육신만이 그 자리에 얼어붙은 것 같았어요. 경감님이 말한 그 약……." 그녀는 이름을 떠올리려고 애썼다. 가마슈는 그녀가 연기를 하고 있는지 궁금해하며 아무 말도 하지 않았다. "이름을 잊어버렸네요. 하지만 무슨 약이 있다고 했죠?"

"에페드라입니다. 원래는 약초, 그러니까 천연 물질이에요. 사람들이 다이어트 보조제로 사용했지만 현재는 금지되어 있습니다. 너무 위험해서죠. 그때 모인 사람들에게서 어떤 인상을 받았습니까?"

"실은 그 교령회는 두 번째였어요. 첫 번째는 금요일 밤에 비스트로에서 했죠."

"성금요일 말이군요." 가마슈가 말했다.

"긴장감이 느껴졌어요. 특히 두 남자에게서요. 가브리 말고 다른 두 남자요. 키가 크고 슬퍼 보이는 남자와 건장하고 수염이 있는 남자요. 하지만 교령회에 참석한 남자들이 대부분 그렇긴 해요. 교령회 같은 걸 믿지 않아 부정적인 에너지로 넘치거나 열렬히 믿고 있다가 두려움을 느끼면 당황하곤 하죠. 다시 말하자면 부정적인 에너지가 느껴진다고 할 수 있었어요. 하지만 두 사람이 초조해한 이유가 교령회 때문만은 아니라는 느낌이 들었죠. 서로 껄끄러워하는 것 같았어요. 그 덩치 큰 남자는 분명히 그런 감정을 드러냈고, 그 식료품상은……"

"무슈 벨리보입니다." 가마슈가 말했다.

"그에게는 어딘지 모르게 어두운 느낌이 있어요."

그는 놀라서 그녀를 바라보았다. 자신이 좋아하는 남자를 이렇게 모르고 있다니. 가마슈의 눈에 벨리보는 그저 정중하고 소심하기까지 한 사람처럼 보일 뿐이었다.

"그는 무언가를 감추고 있어요." 잔이 말했다.

"누구나 다 그렇죠." 가마슈가 대꾸했다.

"여긴 매일 오시나 봐요?" 이야기를 마친 샌던에게 보부아르가 물었다. 여자에게 추근대는 말투처럼 들려 보부아르는 얼굴을 붉히지 않으려고 애썼다.

"아, 가구를 만들 나무를 찾으러 옵니다."

"직접 만든 가구 몇 점을 봤습니다. 멋지던데요."

"나무가 시키는 대로 할 뿐이지."

"나무가 자기를 자르라고 시키나요?" 보부아르가 놀라며 물었다.

"물론 아니오. 내가 어떤 사람 같소?"

살인자? 보부아르는 자신의 생각이 혼란스러웠다. 정말 그렇게 생각하는 걸까?

"나는 숲 속으로 들어가 영감을 기다려요. 죽은 나무들만을 사용하지. 내 생각에 우리에게는 많은 공통점이 있는 것 같구려."

공통점이 무엇인지도 모르면서 보부아르는 그 말을 듣고 왠지 모르게 기분이 좋아졌다.

"우리 둘 다 죽음을 다뤄요. 당신도 인정하겠지만 죽음으로 돈을 번다고 할 수 있지. 나는 죽은 나무 없이 가구를 만들 수 없고, 당신은 죽은 사람 없이 일을 할 수 없소. 물론 당신 같은 사람들은 그걸 재촉하기도 하지."

"무슨 뜻입니까?"

"알잖소. 오늘 신문 봤소?" 샌던이 뒤로 손을 뻗어 뒷주머니에서 잔뜩 구겨진 타블로이드 신문을 꺼냈다. 그리고 보부아르에게 건네며 더러운 손가락으로 신문을 가리켰다.

"봐요. 그들이 썩은 경찰들을 전부 감옥에 처넣었다고 생각했는데 여전히 밖에서 돌아다니는 사람이 있는 것 같소. 아니, 어쩌면 지금 여기에 와 있는지도 모르겠군. 당신은 괜찮은 경찰 같은데. 부패한 상사를 모시느라 힘들겠군."

보부아르는 질의 말이 거의 귀에 들어오지 않았다. 신문 속으로 떨어져 한 단어에 발목이 잡힌 것 같았다.

한 단어.

아르노.

나무로 지은 소예배당 안에서 잔은 한동안 말이 없었다. 녹색과 흰색의 은방울꽃으로 채워진 예배당 안에는 오래된 나무 냄새, 레몬 향 왁스 냄새, 책 냄새, 꽃향기가 넘쳐흘렀다. 예배당 전체가 하나의 커다란 보석 같았다. 햇빛이 스테인드글라스 창을 통과하며 녹색과 푸른색, 붉은색을 만들어 냈다. 스테인드글라스에서 가장 눈에 띄는 것은 제단 뒤로 보이는 부활한 예수가 아니라 군복을 입은 세 젊은이였다. 햇빛이 그들을 통과해 그들의 온기와 정수를 느끼며 앉아 있는 가마슈와 잔에게 그 빛을 흩뿌렸다.

"조심하세요." 그녀는 가마슈에게서 멀찍이 떨어져 그의 발아래 드리운 붉은빛을 바라보았다.

"무슨 뜻입니까?"

"당신 주변을 감싸고 있어요. 나는 보여요. 조심하세요. 무언가가 다가오고 있어요."

24

장 기 보부아르는 세인트 토머스 성당에 앉아 있는 가마슈를 찾아냈다. 경감은 마녀와 나란히 앉아 앞을 응시하고 있었다. 대화를 방해하리라는 것을 알았지만 별로 신경 쓰지 않았다. 그는 손에 더럽기 짝이 없는 신문을 들고 있었다. 고개를 돌린 가마슈가 보부아르를 발견하고 미소를 지으며 자리에서 일어났다. 보부아르는 멈칫하다가 상의 윗주머니로 신문을 다시 집어넣었다.

"보부아르 경위, 이쪽은 잔 쇼베."

"마담." 보부아르는 그녀의 손을 잡으며 움츠러들지 않으려고 노력했다. 아침에 일어났을 때 마녀와 악수를 할 줄 미리 알았더라면…… 글쎄, 평소와 다른 어떤 행동을 했을지 확신할 수 없었다. 그리고 이런 점 때문에 그는 자신이 하는 일을 사랑했다. 그가 하는 일은 언제나 예상을 뛰어넘었다.

"막 일어서려던 참이에요." 마녀가 말했다. 하지만 그녀는 어째서인지 계속 보부아르의 손을 잡고 있었다. "영혼을 믿으시나요, 경위님?"

보부아르는 눈알을 굴렸다. 이 질문이 신과 영혼을 두고 논쟁하는 경감과 마녀 사이로 녹아들다 사라지는 장면을 충분히 상상할 수 있었다.

"아니요, 마담. 믿지 않습니다. 마음 약한 사람들을 먹잇감으로 하는 사기라고 봅니다. 사기 치는 일보다 더 끔찍하다고 생각합니다. 슬픔에 젖어 있는 사람들을 이용해 먹는 거죠." 그는 잡힌 손을 뿌리쳤다. 화가 머리끝까지 치밀어 올랐다. 분노로 그의 우리가 덜컥거렸다. 곧 우리가 열리는 재앙이 닥칠 것 같았다. 지금 그가 느끼는 분노는 정상적이고 건강한 분노가 아니었다. 무엇이든 무작위로 잡아 찢고 할퀼 것만 같은 분노였다. 맹목적이고 강력하며, 양심이나 통제 따위를 모르는 분노였다.

가슴팍 외투 주머니에 접어 넣은 신문에는 가마슈를 상처 입힐 만한 말들이 적혀 있었다. 어쩌면 상처를 입히는 데서 끝나지 않을지도 몰랐다. 그리고 다름 아닌 그가 이 충격적인 소식을 전해야 했다. 보부아르는 자기 앞에 있는 이 작고 창백하고 이상한 여인에게 분노를 전가하고 있었다.

"나는 당신이 슬프고 외로운 사람들을 먹이로 삼는다고 생각합니다. 구역질이 나는군요. 할 수만 있다면 마녀들을 죄다 감옥에 처넣고 싶습니다."

"사과나무에 매달아 죽이고 싶지는 않나요?"

"꼭 사과나무일 필요는 없겠죠."

"보부아르 경위!" 평소에 거의 언성을 높이지 않는 아르망 가마슈지만 지금은 달랐다. 보부아르 자신도 선을 넘었다는 것을, 아니, 그 선을 넘고도 한참 더 나갔다는 것을 알고 있었다.

"죄송하군요, 마담." 좀처럼 화를 억누르지 못한 보부아르가 조롱에 가까운 말투로 사과했다. 하지만 눈앞의 이 작은 여자, 어느 모로 보나 대단해 보이지 않는 이 여자는 전혀 동요하지 않았다. 보부아르의 맹공 앞에서도 침착한 태도를 유지했다.

"괜찮아요, 경위님." 그녀는 문으로 향했다. 잔이 문을 열며 돌아서자 등진 금빛 햇살이 그녀를 검은 윤곽으로 만들었다.

"저는 대망막을 쓰고 태어났어요." 그녀가 보부아르에게 말했다. "당신도 그런 것 같군요."

문이 닫히고 작은 예배당에 두 사람만이 남았다.

"경감님을 말하는 것 같은데요."

"관찰력만큼은 변함없이 날카롭군, 장 기." 아르망 가마슈가 미소를 지었다. "왜 그랬지? 그녀가 날 정말 혼란스럽게 했는지 확인이라도 하고 싶었나?"

이제 보부아르는 마음이 편치 않았다. 마녀는 가마슈에게 완벽하게 예의를 갖추어 대한 것 같았다. 가마슈의 마음을 혼란스럽게 만들 사람은 보부아르 자신이었다. 그는 말없이 윗주머니에서 신문을 꺼내어 가마슈에게 건넸다. 조금 전까지만 해도 즐거워 보이던 가마슈 경감은 보부아르와 눈을 마주치자 미소를 거두었다. 그는 신문을 받아 들고 반달형 독서용 안경을 꺼냈다. 그리고 침묵이 깔린 세인트 토머스 성당에서 신문을 읽기 시작했다.

가마슈는 아주 조용해졌다. 주변 세계가 슬로모션으로 돌아가는 것 같았다. 모든 사물이 또렷해졌다. 그는 보부아르의 검은 머리카락에서 회색 머리칼을 볼 수 있었다. 앞으로 걸어가 보부아르가 눈치챌 겨를도 없이 머리카락을 뽑고 자리로 돌아올 수도 있을 것 같다는 느낌마저 들었다.

아르망 가마슈는 전에는 보지 못했던 것들을 갑자기 볼 수 있었다.

"그게 뭘 의미하는 거죠?" 보부아르가 물었다.

아르망 가마슈는 신문 이름을 보았다. 「라 주르네」, 몬트리올의 싸구려 신문이었다. 아르노 사건 당시에 그를 강력히 비판하던 타블로이드 신문 중 하나였다.

"낡은 뉴스야, 장 기." 가마슈는 신문을 접어 코트에 넣었다.

"그런데 왜 아르노 사건이 제기된 거죠?" 보부아르는 경감처럼 침착하고 이성적인 목소리를 내려고 노력하며 물었다.

"요새 별 뉴스거리가 없어서 실을 게 없었나 보지. 이 신문에서 하는 이야기는 온통 우스갯거리고 허튼소리에 불과해. 신문은 어디서 났지?"

"질 샌던이 주었습니다."

"그를 만났나? 잘했군. 무슨 말을 했는지 알려 주게나."

가마슈는 외투와 신문을 집어 들고 태양 속으로 걸어 들어가 옛 기차역으로 돌아갔다. 보부아르에게는 이와 같은 평범한 일상이 고맙게 느껴졌다. 신문에 실린 기사를 대수롭지 않게 넘긴 경감에게 감사했다. 자신 또한 별일 아니라는 듯이 행동할 수 있었다.

두 사람은 고개를 숙이고 나란히 걸었다. 지켜보는 사람들에게 그들은 화창한 봄날 대화에 푹 빠져 태평스럽게 산책하는 부자지간처럼 보였다. 하지만 방금 무언가가 달라졌다.

때리기 위해 겨눈 말을 느끼지 못했네.

부드러운 탄환처럼 가슴을 파고드는 말을.

조각난 영혼이 겨눈 말을 감쌌고 아르망 가마슈는 보부아르 경위가 하는 말을 귀 기울여 들으며 발걸음을 옮겼다.

헤이즐 스미스는 코완스빌에 있는 장례식장에 가기 위해 집을 나섰다. 소피가 함께 가겠다고 나섰지만 워낙 뚱한 목소리여서 혼자 가는 편이 낫겠다는 결론을 내렸다. 많은 친구들이 가겠다고 했지만 헤이즐은 그들을 번거롭게 하고 싶지 않았다.

지금 그녀는 일어났는지 실감도 할 수 없는 일로 인해 숨죽인 위로와 동정의 세계로 납치되어 끌려다니는 것만 같았다. 뜨개질 지침서나 뒤적거리는 대신 관을 보러 다녔다. 가엾은 애메를 화학 요법 치료 모임에 데려가거나 수전과 차를 마시며 말썽꾸러기 애들 이야기를 듣는 대신 부고를 알리는 문구를 써야 했다.

나를 어떻게 표현해야 할까? 친한 친구라고? 아니면 룸메이트? 한없이 그리운…… 왜 이 감정을 표현할 적당한 말이 없을까? 살짝 스치기만 해도 마음속의 느낌을 그대로 전달할 수 있는 말은 없을까? 마들렌을 잃고 난 자리에 생긴 균열을 표현할 말은 정말 없는 걸까? 가슴이 엘듯이 아프고 울컥 차오르는 것 같은 느낌은 또 어떤 말로 옮길 수 있단 말인가? 바위에 묶인 채 매일같이 고통을 받는 프로메테우스처럼, 아침에 눈을 뜰 때마다 상실의 아픔을 새로 겪어야 한다는 사실을 생각하면서 잠자리에 들어야 하는 공포는? 헤이즐을 둘러싼 모든 것이 달라져버렸다. 문법 체계까지도. 그녀는 갑자기 과거형으로 살게 되었다. 그것도 단수형으로.

"엄마!" 소피가 부엌에서 그녀를 불렀다. "엄마, 거기 있어요? 저 좀 도와줘요."

헤이즐은 꽤 먼 거리를 빙 돌아서 딸에게 갔다. 문장을 써 내려가는 것처럼 처음에는 느리지만 점점 더 속도를 붙여서.

저 좀 도와줘요.

부엌에서 소피가 고통스러운 표정으로 발뒤꿈치를 들고 카운터에 기대 서 있었다.

"왜 그러니? 무슨 일이야?" 발을 만져 보려 몸을 굽혔지만 소피는 헤이즐의 손을 밀쳐 냈다.

"하지 마요. 아파요."

"자, 여기 앉아 봐라. 한번 보자꾸나."

그녀는 간신히 소피를 달래 부엌 식탁에서 거실 의자로 데려갔다. 헤이즐은 또 다른 의자에 쿠션을 얹고 부드럽게 딸의 발을 들어서 의자 위에 놓인 쿠션에 내려놓았다.

"집 앞의 파인 구멍에 발을 접질렸어요. 좀 메우라고 그렇게 얘길 했는데."

"알아. 미안해."

"엄마 편지를 가지러 가려다 다쳤다고요."

"일단 좀 보자." 헤이즐은 몸을 숙여 능수능란한 솜씨로 조심스럽게 딸의 발목을 살피기 시작했다.

10분 후 그녀는 소피를 거실의 소파에 눕힌 다음, 손에 텔레비전의 리모콘을 쥐여 주고 접시에는 햄치즈 샌드위치를, 쟁반에는 다이어트소다를 담아 가져다주었다. 그녀는 접질린 발목을 압박붕대로 묶은 다음 예전 소피가 다쳤을 때 썼던 낡은 목발을 꺼내 왔다.

아찔할 만큼 이상하게도 괴롭고 혼란스럽기만 했던 기분이 한결 나아졌다. 이제 그녀는 자신의 도움을 필요로 하는 딸에게 온 신경을 집중하고 있었다.

올리비에는 비스트로의 뒷방으로 샌드위치 접시를 나르고 있었다. 사이드보드주방에서 식탁에 내갈 음식을 얹어 두는 작은 탁자에 버섯이 든 단지와 고수 향이 나는 수프, 여러 종류의 맥주와 탄산음료를 준비해 두었다. 살인 수사반이 점심을 먹으러 도착하자 올리비에는 가마슈의 팔꿈치를 붙들고 한쪽으로 데려갔다.

"오늘 신문 봤어요?" 올리비에가 물었다.

"「라 주르네」 말입니까?"

올리비에가 고개를 끄덕였다. "경감님 이야기죠. 그렇지 않나요?"

"그런 것 같은데요."

"하지만 왜죠?" 올리비에가 속삭였다.

"잘 모르겠습니다."

"이런 일이 자주 있나요?"

"자주는 아니고 가끔은 있죠." 그가 아무렇지도 않게 말하자 올리비에도 마음이 놓였다.

"도움이 필요하면 뭐든 말씀하세요."

올리비에는 점심을 먹으러 들이닥친 손님들에게 서둘러 돌아갔고, 가마슈는 수프 한 그릇과 구운 야채, 염소 치즈를 얹은 파니니 샌드위치를 챙겨 자리에 앉았다.

반원들은 주위에 앉아 수프를 마시고 샌드위치를 먹으며 그가 있는 쪽을 흘끔흘끔 쳐다보았다. 고개를 숙이고 있는 니콜만이 예외였다. 함께 둘러앉아 있는데도 그녀는 다른 방에 따로 떨어져 앉은 사람처럼 보였다.

그녀를 여기 데려온 게 실수였을까?

그녀와 같이 몇 년을 일했지만 달라진 점이 하나도 없는 것 같았다. 그 점이 가장 걱정스러웠다. 니콜 형사는 분노를 모으다 못해 만들어 내기까지 하는 것 같았다. 모욕과 상처와 짜증을 만들어 내는 완벽한 작은 공장 같았다. 그녀의 공장은 밤낮으로 분노를 찍어 냈다. 선의를 공격으로, 선물을 모욕으로, 타인의 친절을 인신공격으로 바꾸었다. 그녀에게는 미소뿐 아니라 웃음마저 육체적 상처가 되는 것 같았다. 그녀는 모든 원한을 붙들고 늘어졌다. 자신의 분별력 빼고는 아무것도 그냥 넘기지 않았다.

하지만 이베트 니콜 형사는 살인자를 찾아내는 데 소질을 보였었다. 일종의 이디엇 서번트특수 재능을 지닌 학습 장애자로 자신과 유사한 기질을 감지해 내는 한 가지 능력을 타고난 것 같았다.

하지만 그녀가 이 사건에 합류한 데에는 다른 이유가 있었다. 그가 그녀를 옆에 두어야만 하는 이유가 따로 있었다.

니콜은 너무 바짝 몸을 숙여 머리카락이 수프에 닿기 일보 직전이었다. 길게 늘어진 머리칼로 그 무엇도 뚫고 들어갈 수 없는 커튼을 치고 있는 것처럼 보였다. 머리카락 덤불을 헤치고 입으로 올라가는 스푼에서 수프가 이리저리 튀고 흘렀다.

"모두 이걸 봤을 걸세." 그가 「라 주르네」를 들어 올렸다.

모두 고개를 끄덕였다.

"물론 그들이 이야기하는 건 날세. 하지만 이런 일은 아무것도 아니야. 긴 주말이 지나고 새로운 소식이 별로 없어 아르노 사건을 다시 들춘 것뿐이야. 그게 전부야. 이 기사로 자네들 일에 지장이 없었으면 하네. 다코르D'accord 알겠나?"

그는 주위를 둘러보았다. 르미외 형사가 고개를 끄덕이며 동의했고, 종이 냅킨과 머리카락 끝을 수프에 담근 니콜 형사는 아무 말도 듣지 못한 척했다. 보부아르 경위는 그를 골똘히 바라보며 무뚝뚝하게 고개를 끄덕이고는 큼직한 로스트비프와 크루아상, 그리고 홀스래디시서양식 고추냉이 샌드위치를 집어 들었다.

"라코스트 형사?"

이자벨 라코스트는 꼼짝도 하지 않고 그를 응시했다. 먹지도 끄덕이지도 어떤 말도 하지 않았다. 그저 바라볼 뿐.

"말해 보게." 음식에서 손을 떼고 무릎 위에 깍지를 낀 가마슈가 그녀에게 온 주의를 기울이며 말했다.

"무언가가 있는 것 같습니다, 경감님. 모든 일에는 다 이유가 있다고 늘 말씀하셨죠. 이런 기사가 실린 데도 이유가 있다고 봅니다."

"그게 뭐지?"

"경감님도 아시잖아요. 이유는 언제나 같습니다. 그들이 경감님을 없애고 싶어 하는 거죠."

"'그들'이 누구지?"

"경찰청 내부에서 여전히 아르노에게 충성을 바치는 사람들이죠." 그녀는 생각할 필요도 없다는 듯 조금도 주저하지 않고 말했다. 물론 오전 내내 생각한 끝에 내린 결론이라는 점이 도움이 되기는 했다.

그녀는 자신의 이야기를 빨아들이다시피 하는 가마슈를 지켜보았다. 아르망 가마슈는 테이블 너머로 그녀의 눈을 똑바로 쳐다보았다. 그의 갈색 눈동자는 차분하고 사려 깊고 침착했다. 그 모든 혼란과 위협과 스트레스 속에서, 그 모든 언어적, 물리적 폭력 속에서 그들은 살인범을 찾아내는 시간을 함께 견뎌 냈다. 그녀는 항상 그것을 마음에 새기고 있었다. 침착하고 강인한 가마슈 경감이 그들의 책임자였다. 그가 그들의 리더인 데도 다 이유가 있었다. 그는 결코 겁을 먹지 않았다. 지금도 마찬가지였다.

"그들만의 이유일 뿐이야." 마침내 그가 말했다. "난 신경 쓰지 않네." 그는 주변 사람들을 둘러보았다. 니콜 형사마저도 입을 살짝 벌리고 그를 보고 있었다.

"다른 사람들은요?" 라코스트가 물었다. "이 마을 사람들요? 경찰청의 다른 형사들은요? 사람들은 그걸 믿을 거예요."

"그래서?"

"글쎄요. 그게 우릴 다치게 할 수도 있어요."

"내가 어떻게 했으면 좋겠나? 밖으로 나가 '사실이 아닙니다'라고 쓴 광고판이라도 들고 있어야 하나? 지금 할 수 있는 일은 두 가지밖에 없네. 불안해하면서 걱정하거나 그냥 지나가게 두는 것뿐이지. 내가 어느 쪽을 택할 것 같나?"

이제 그는 미소를 짓고 있었다. 방 안에 감돌던 긴장감이 사라지고 사람들은 다시 식사를 하고 대화를 나눴다. 올리비에가 접시를 치우고 치즈를 내오기 전까지 보부아르와 가마슈는 반원들에게 지금까지 알아낸 사실을 설명했다. 르미외는 무슈 벨리보와 만난 내용을 보고했다.

"우리가 그의 아내에 대해 뭘 알고 있지?" 보부아르가 물었다. "이름이 지네트라고 했나?"

"아직은 없습니다. 몇 년 전에 죽었다는 사실을 빼면요. 그게 중요한가요?" 르미외가 말했다.

"그럴 수도 있네. 질 샌던이 무슈 벨리보와 관계가 있는 두 여자가 죽은 일이 우연이 아닐지도 모른다는 암시를 내비쳤어."

"어쩌면 나무한테 들은 말일지도 모르지." 니콜이 중얼거렸다.

"무슨 소리지, 니콜 형사?" 보부아르가 그녀를 돌아보았다.

"아무것도 아니에요." 그녀가 말했다. 머리에서부터 싸구려 정장의 잔뜩 부풀린 소매까지 수프가 흘러내렸고 가슴팍에는 빵 부스러기가 묻어 있었다. "샌던이 하는 말을 너무 심각하게 받아들일 필요는 없다는 뜻이었어요. 그 사람은 얼간이가 틀림없으니까요. 세상에, 나무와 이야기를 나눈다니 마녀라는 여자와 다를 게 없잖아요. 마녀는 소금을 뿌리고 촛불을 켜고 죽은 자들과 대화를 나누죠. 마녀가 하는 이야기에 관심 있는 사람 있나요?" 그녀는 질문을 던지며 아르망 가마슈를 보았다.

"나 좀 볼까, 니콜 형사." 가마슈는 조심스럽게 냅킨을 식탁 위에 내려놓고 일어섰다. 아무 말 없이 그는 비스트로 뒤쪽에 있는, 강이 내려다보이는 테라스의 프랑스식 창문을 열었다.

보부아르는 경감이 강으로 집어 던진 니콜이 허우적대는 손짓을 끝으로 하얀 포말 속으로 사라졌다가 일주일 뒤에 대서양에서 떠오르는 상상을 잠깐 했다. 대신 반원들은 경감이 엄숙하고 진지한 얼굴로 이야기를 듣는 동안 거칠게 손동작을 하며 발을 구르는 니콜을 봤다. 그들은 강물이 으르렁대는 소리 외에는 아무 소리도 들을 수 없었다. 경감이 손을 들어 올리자 그녀는 평정을 되찾고 조용해졌다. 그다음에는 경감이 말하기 시작했다. 그녀는 고개를 끄덕이더니 몸을 돌려 밖으로 걸어 나갔다.

가마슈는 걱정이 가득한 얼굴을 하고 방으로 돌아왔다.

"니콜은 갔나요?" 보부아르가 물었다.

"수사본부로 돌아갔네."

"그다음에는요?"

"그다음에는, 나와 옛 해들리 저택에 갈 거라네. 자네도 함께 갔으면 하는데." 가마슈가 라코스트 형사에게 말했다.

마음이 바쁘게 움직이는 와중에도 장 기 보부아르는 침묵을 지키려고 애썼다. 라코스트 형사의 보고에 귀를 기울이기까지 했다. 왜 니콜 형사가 그곳에 가는 걸까? 왜지? 일어나는 모든 일에 이유가 있는 거라면 그녀가 이곳에 있어야 하는 이유는 무엇일까? 그가 아는 한 가지 이유가 있기는 했다.

"마들렌 파브로는 사십사 세였습니다." 라코스트가 특유의 분명하고 명확한 말투로 말했다. "몬트리올에서 태어났으며 본명은 마들렌 마리 가뇽입니다. 노트르담 데 그라스 카르티에지역의 하버드 스트리트에서 자랐으며, 중산층이었고 영국식 가정교육을 받았습니다."

"영국식이오?" 르미외가 물었다. "이름이 파브로인데도요?"

"음, 반은 영국계예요." 라코스트가 부연 설명을 했다. "아버지가 프랑스계, 어머니가 영국계였습니다. 이름은 프랑스식으로 지었지만 가정 교육은 주로 영국식으로 받았습니다. NDG의 공립 고등학교에 입학했는데 교직원이 아직 그녀를 기억하고 있었습니다. 본관 복도에 마들렌의 사진 몇 장이 걸려 있다더군요. 올해의 선수로 선정된 적이 있고 학생 자치 위원회장도 맡았다고 합니다. 우수한 학생들 중 하나였습니다. 치어리더이기도 했다고 합니다."

가마슈는 니콜이 자리에 없다는 데 안도했다. 이 장황한 성공 이력을 들으면 그녀가 어떤 반응을 보일지 상상이 갔다.

"성적은 어땠나?" 그가 물었다.

"교직원이 확인해 주기로 했습니다. 수사본부로 돌아갈 때쯤 답이 올 겁니다. 고등학교를 졸업한 후에는……."

"잠시만." 가마슈가 끼어들었다. "헤이즐 스미스는 어땠지? 그녀에 대해서도 물어봤나? 같은 학교를 다녔을 텐데."

"물어봤습니다. 그때는 헤이즐 랭이었죠. 현재 역시 사십사 세입니다. NDG 멜로스 애비뉴에서 살았습니다."

가마슈가 알고 있는 지역이었다. 오래되고 안정된 집들이 있는 동네였다. 나무와 소박한 정원이 있는.

"교직원이 그녀에 대해서도 찾아봐 주었습니다."

"금세 기억해 내지는 못하던가?"

"네. 지금 모습을 봐도 기억할지 의문입니다. 고등학교를 졸업하고 마들렌은 대학에 들어갔습니다. 퀸스 대학에서 공학을 전공하고 벨캐나다캐나다의 대형 통신 회사에 일자리를 얻었습니다. 사 년 반 전에 벨캐나다를 떠났고요."

보부아르가 가마슈를 바라보았다. 그는 아직 니콜과의 갈등을 머릿속에서 떨쳐 내지 못했다. 어떤 수사관이라도 회의석상에서 아르망 가마슈에게 니콜처럼 말했더라면 당장 쫓겨났으리라. 당연히 그래야만 했다. 솔직히 말해 그들 중 누구도 가마슈에게 니콜처럼 말한다는 것을 상상조차 할 수 없었다. 생존 본능 때문이 아니었다. 가마슈를 진심으로 존경하기 때문이었다.

왜 니콜은 가마슈 같은 상관을 함부로 대하고, 왜 가마슈는 그런 니콜을 가만히 내버려 두는 것일까?

"그녀가 일했던 회사의 다른 부서 직원과도 이야기를 했습니다. 파브로보다 좀 더 직위가 낮은 사람이었습니다." 라코스트가 보고를 계속했다. "마담 파브로가 좋은 상사였고 매우 유능했다고 했습니다. 사람들이 그녀를 좋아했다고요. 상사와도 이야기를 나누었습니다. 폴 마르샹이라는 사람입니다." 라코스트가 수첩을 뒤적였다. "연구개발 부서의 부장입니다. 마들렌 파브로는 제품개발팀 팀장이었고요. 마케팅 부서와도 자주 일했다고 합니다."

"전화기 같은 새로운 상품을 개발하는 일을 맡았습니까?" 르미외가 물었다.

"전문 분야는 정보 기술 쪽이었어요. 무척 각광을 받는 IT 분야죠. 상관의 말에 따르면, 회사를 그만두기 얼마 전까지 문서 일체를 관리하고 있었다고 해요."

가마슈는 다음 말을 기다렸다. 이자벨 라코스트는 함께 일한 형사 중가장 뛰어났고, 어떤 이유로 보부아르가 자리를 떠나게 된다면 가마슈는 자연스럽게 그녀를 부관으로 삼게 될 터였다. 그녀의 보고는 철저하고 명쾌했으며 애매한 표현도 없었다.

"프랑수아 파브로와 결혼했지만 결혼 생활이 행복하지 않았습니다. 결국 몇 년 전에 이혼했습니다. 하지만 상사는 그녀가 이혼 때문에 회사를 그만둔 거라고 생각하지는 않더군요. 상사가 사퇴 이유를 물었을 때, 이유를 확실히 밝히지는 않았지만 떠나겠다는 결심만큼은 확고했다고 합니다. 상사는 그녀의 의사를 존중해 주었습니다."

"그에게 다른 의견이 있던가?" 가마슈가 물었다.

"그렇습니다." 라코스트가 미소를 지었다. "육 년 전에 마들렌 파브로는 유방암 진단을 받았습니다. 무슈 마르샹은 이혼과 더불어 유방암 진단을 받은 게 회사를 떠난 이유가 아닐까 생각하더군요. 안타깝게 여겼고요. 목소리를 들으니 그녀를 좋아했다는 걸 알 수 있었습니다."

"사랑했던 건가?" 가마슈가 물었다.

"잘 모르겠습니다. 하지만 단순한 존중을 넘어서는 애정이 엿보였습니다. 그녀가 떠난 것도 상당히 아쉬워하더군요."

"회사를 관두고 여기 왔군." 가마슈가 의자 뒤로 몸을 기대며 말했다. 올리비에가 문을 두드리고 커피와 디저트를 담은 쟁반을 가져왔다. 그는 가마슈가 보기에 필요 이상으로 시간을 끌다가 단 한 조각의 정보도 얻지 못한 채 바게트 한 조각으로 만족하고 나갔다.

"아이는 없었나요?" 르미외가 물었다.

라코스트가 고개를 가로젓고는 커트 글라스무늬를 새겨 넣은 유리 접시 위의 휘핑크림을 가득 올리고 생크림과 라즈베리로 장식한 초콜릿 무스 케이크에 손을 가져갔다. 그리고 자신의 보고와 점심 식사에 만족해하며 진하고 그윽한 커피를 앞으로 끌어당겼다.

보부아르는 아직 남아 있는 무스 케이크 한 조각을 발견했다. 과일 샌드위치를 가져가는 르미외를 보고 안심했지만 곧 의심의 눈초리로 그를 쳐다보았다. 초콜릿 무스를 두고 누가 과일 샌드위치를 고른단 말인가? 하지만 지금은 자신 역시 음식계의 『소피의 선택』 못지않은 곤혹스러운 딜레마에 처하고 말았다. 마지막 남은 초콜릿 무스. 내가 먹느냐 가마슈를 위해 남겨 두어야 하느냐?

그가 무스 케이크를 노려보다가 눈을 들어 보니 가마슈 역시 보고 있었다. 디저트가 아닌 자신을. 희미하게 미소를 짓고 있었지만 무언가 다른 감정이 전해졌다. 가마슈의 얼굴에서 좀처럼 보기 힘든 표정이었다.

슬픔이었다.

다음 순간 보부아르는 깨달았다. 전부 깨닫게 되었다. 왜 니콜이 계속 팀에 남아 있어야 하는지. 왜 가마슈가 오후에 그녀를 데려가려 하는지.

아르노를 따르는 수사관이 가마슈를 파멸시키기 위한 정보를 원한다면 어떤 방법이 최선이겠는가? 누군가를 그의 팀에 투입하는 방법이었다. 아르망 가마슈도 알고 있으리라. 그리고 그녀를 내치는 대신 위험한 게임을 하겠다고 결정했다. 계속 그녀를 고수하는 것. 그리고 그 이상의 것도. 그는 그녀를 가까이 두었다. 그래서 그는 그녀를 지켜볼 수 있었고 다른 반원들에게서 떨어뜨려 놓을 수도 있었다. 아르망 가마슈는 이베트 니콜이라는 수류탄에 자신을 던졌다. 반원들을 위해서.

장 기 보부아르는 손을 뻗어 디저트를 집어 들었다. 그리고 초콜릿무스 케이크를 아르망 가마슈 앞에 놓았다.

25

클라라 모로는 손으로 머리카락을 쓸어내리며 이젤 위의 작품을 바라 보았다. 어쩌다 훌륭한 작품이 이렇게 금세 엉망이 되어 버렸을까? 다시 붓을 집어 들었다가 내려놓았다. 더 얇은 붓이 필요했다. 그녀는 원하는 굵기의 붓을 찾아내어 초록색 유화 물감에 문지른 다음, 노란색을 살짝 섞은 후에 그림 앞으로 다가갔다.

하지만 아무것도 할 수 없었다. 더 이상 자신이 무엇을 원하는지 알 수 없었다.

파란색과 노란색 물감이 묻은 머리카락 한 올이 머리에서 삐져나왔다. 어릿광대 클라라로 생계를 이어 갈 수도 있을 것 같았다. 눈가에도 물감이 묻어 있긴 했지만 그녀의 눈은 다가오는 아이들을 겁먹게 하고도 남았으리라.

클라라는 어디에 홀린 듯한, 두려움으로 가득 찬 눈빛을 하고 있었다. 데니스 포틴이 들른 지 일주일도 채 지나지 않았다. 그는 그날 아침 전화를 걸어 동료들과 함께 오겠다고 말했었다. 동료라는 단어는 언제나 클라라를 흥분시켰고 호기심을 불러일으켰다. 화가들에게는 동료가 별로 없기 때문이었다. 대부분의 화가들은 친구도 거의 없었다. 하지만 지금 클라라는 동료라는 단어가 싫었다. 전화도 싫었다. 그녀를 무명의 위치에서 끌어올려 미술계의 주목을 받게 해 줄 이젤 위의 작품도 싫었다.

클라라는 자신이 그린 작품을 두려워하면서 이젤에서 멀리 물러났다.

"이거 좀 봐." 문에서 피터의 머리가 불쑥 나타났다. 그녀는 앞으로는 문을 닫아야겠다고 생각했다. 더 이상은 방해받고 싶지 않았다. 그녀는 피터가 작업 중일 때 결코 방해한 적이 없었다. 그런데 왜 그는 말을 거는 것도 모자라 스튜디오에서 나와 뭘 보라고까지 하는 걸까? 여왕벌처럼 생긴 데다 구멍이 나 있는 빵? 카펫 속에 머리를 처박고 누운 루시? 아니면 새 모이를 먹고 있는 홍관조라도 보라는 거야?

피터에게는 이처럼 사소한 것들이 얼마든지 그녀의 작업을 방해할 이유가 되었다. 하지만 그녀는 자신이 공정하지 않다는 사실을 알고 있었다. 그녀의 작품을 매번 이해해 주지는 않았지만 피터는 언제나 그녀의 가장 든든한 후원자였다.

"빨리 와 봐." 그는 들떠서 손짓을 하더니 사라져 버렸다.

클라라는 온몸에 유화 물감을 문지르며 점퍼스커트소매 없는 윗옷과 스커트가 한데 붙은 옷를 벗었다. 그리고 스튜디오의 불을 껐을 때 찾아왔던 안도감을 무시하려고 애쓰며 스튜디오 밖으로 나왔다.

"어서 보라니까." 피터는 그녀를 창문으로 끌고 가다시피 했다.

루스가 마을 잔디 광장에 서서 누군가에게 말을 걸고 있었다. 하지만 그녀는 혼자였다. 여기까지는 전혀 이상하지 않았다. 그녀의 말을 들으려는 누군가가 있는 쪽이 오히려 더 이상할지도 몰랐다.

"기다려 봐." 피터는 클라라가 조바심을 내고 있다는 걸 눈치챘다. "자, 이제 봐." 그가 의기양양하게 말했다.

루스는 마지막으로 한마디 던지더니 식료품이 든 캔버스 백을 들고 뒤로 돌았다. 그리고 광장을 가로질러 집으로 천천히 걸어갔다. 그녀가 걷기 시작하자 두 개의 돌이 그녀를 따라 움직였다. 클라라는 좀 더 유심히 살펴보았다. 루스 뒤에 두 개의 보송보송한 돌이 있었다. 아니, 돌이 아니라 새였다. 어디에나 있는 박새일지도 몰랐다. 그때 한 마리가 날개를 펼쳐서 살짝 들어 올렸다.

"오리구나." 클라라가 미소를 띠며 말했다. 나란히 줄을 맞춰 광장 건너편의 작은 집으로 돌아가는 루스와 새끼 오리 두 마리를 보자 저절로 긴장이 풀렸다.

"난 루스가 무슈 벨리보네에 식료품을 사러 가는 걸 못 봤어. 하지만 가브리는 봤지. 그리고 그가 나를 부르더니 보라더군. 저 두 녀석이 가게 밖에서 루스를 기다리다가 잔디 광장으로 따라온 게 틀림없어."

"그런데 오리들한테 뭐라고 했을까?"

"아마 욕을 가르쳐 줬겠지. 상상이 가? 이제 여기도 작은 관광지가 될 거야. 말하는 오리가 사는 마을이라니."

"오리는 뭐라고 했을까?" 클라라가 즐거운 표정을 하고 피터를 바라보았다.

"우라질!" 두 사람이 동시에 말했다.

"시인들이나 '우라질'이라고 말하는 오리를 키울 수 있을걸?" 클라라가 웃으면서 말했다.

그때 비스트로에서 나와 낡은 철도역으로 향하는 경찰청 수사관들이 보였다. 다가가서 인사를 건네고 정보라도 들을까 하는 참에, 보부아르 경위가 가마슈 경감을 한쪽으로 데려가는 모습이 눈에 들어왔다. 그다음으로 클라라가 본 것은 손짓을 해 가며 말하는 젊은 남자의 말에 경감이 귀를 기울이는 모습이었다.

"경감님이 하신 일이 이겁니까?" 보부아르는 최대한 목소리를 낮춰 물었다. 그는 가마슈의 재킷으로 팔을 뻗었다. 그리고 주머니에서 접힌 채로 비죽 튀어나온 신문을 꺼냈다. "이건 별일 아닌 게 아니에요. 별일이라고요. 그렇지 않나요?"

"잘 모르겠네." 가마슈가 솔직하게 말했다.

"아르노죠? 늘 빌어먹을 아르노죠." 보부아르의 목소리가 커졌다.

"이 일에 대해서 자네는 날 더 믿어야 하네, 장 기. 아르노 사건을 너무 오랫동안 끌어 왔어. 이제 끝낼 때야."

"하지만 경감님은 어떤 대응도 안 하시잖아요. 그가 싸움을 걸어온 겁니다. 이걸 보세요." 보부아르가 신문을 흔들었다.

창문 너머로 피터와 클라라는 지휘봉처럼 흔들리는 신문을 보았다. 클라라는 그들이 보는 장면을 다른 사람들도 보고 있다는 사실을 알았다. 가마슈와 보부아르는 다투는 장면을 광고하는 데 가장 좋은 곳을 택한 것이다.

"몇 달, 아니 몇 년 동안 지켜봐서 잘 아시겠지만 이 사건은 아직 끝나지 않았습니다." 보부아르가 말을 이었다. "하지만 경감님은 계속 침묵을 지키셨어요. 이제 중요한 결정에 대한 의논을……."

"이건 다른 문젤세. 경찰 상층부도 그렇게 하지 않을 거야. 그들이 아르노에게 동조하고 있는 한은. 자신들의 결정에 반대했다는 이유로 나에게 벌을 주고 있는 걸세. 자네도 알고 있잖나. 이건 다른 문제야."

"하지만 이 방법은 옳지 않습니다."

"이런 생각 안 해 봤나? 내가 아르노를 체포했을 때 이런 일이 일어날 거라는 사실을 정말 몰랐을 거라고 생각하나?" 보부아르는 더 이상 팔을 휘두르지 않았다. 그리고 매우 차분해졌다. 가마슈가 거품 같은 걸로 그를 감싼 것 같았다. 가마슈의 갈색 눈동자는 무척 강렬했고 목소리는 무척 깊고 단호했다. 그는 보부아르를 그 자리에 붙박아 놓았다. "이런 일이 일어날 거라고 짐작했네. 고위 간부 위원회는 내가 명령을 어기고 하고 싶은 대로 하도록 허락한 적이 없네. 이게 그들이 내리는 벌인 셈이지. 그리고 그게 옳아. 내가 한 일이 옳았듯이 말이야. 내가 더 이상 승진할 수 없을 거라는 사실과 경찰청의 행보를 결정하는 데 관여할 수 없다는 점. 이 두 가지를 혼란스러워 말게, 장 기. 하지만 그런 건 중요하지 않아. 이런 일이 생길 줄 진작부터 알고 있었네."

손을 내밀어 보부아르에게서 신문을 낚아챈 가마슈는 큰 손으로 부드럽게 신문을 말아 쥐었다. 그리고 속삭임에 가까울 정도로 목소리를 낮추었다. 스리 파인스의 모든 것들이 움직임을 멈추었다. 다람쥐와 새들마저도 그의 말에 귀 기울이는 것 같았다. 그리고 그는 마을 사람들도 그러고 있다는 것을 너무 잘 알고 있었다.

"이건 다른 문제야." 그는 신문을 들어 올렸다. "피에르 아르노와 여전히 그를 따르는 사람들의 작품이지. 비난이 아니라 복수일세. 이건 경찰청 수법이 아니야."

아니길 바라야겠지. 보부아르는 생각했다.

"이렇게까지 할 줄은 몰랐네." 가마슈가 신문을 보며 인정했다. "체포와 재판이 끝난 지 한참 후에, 아르노 살인 사건이 세상에 알려진 지 한참 후에도 이럴 줄은 몰랐어. 아르노 사건이 끝나지 않았다는 경고를 듣긴 했지만 충성심을 이끌어 내는 아르노의 능력은 제대로 알지 못했네. 좀 놀랍긴 하군."

그는 보부아르를 이끌고 벨라벨라강의 돌다리를 건넜다. 다리를 건넌 그는 잠시 멈춰 서서 평상시에는 온화한 강의 흐름에 갇혀 있던 잎사귀와 진흙 덩어리를 휩쓸어 가는 거센 물살을 내려다보았다.

"아르노가 경감님의 허를 찔렀습니다."

"완전히는 아니야." 가마슈가 말했다. "놀랐다는 사실은 인정하지." 그는 신문을 넣은 주머니를 다시 두드렸다. "무언가를 꾸밀 줄은 알고 있었네. 하지만 정확히 무슨 일이 생길지, 언제가 될지는 몰랐네. 좀 더 직접적인 방식으로 공격해 올 줄 알았는데. 이번 일로 아르노가 예상보다 훨씬 교묘하고 참을성이 강한 인간이라는 걸 알게 되었네."

"하지만 이건 아르노가 꾸민 짓이 아닙니다. 적어도 직접적으로는 아니지요. 경찰청 내부에 사람들을 심어 놓은 게 틀림없습니다. 누구인지 아십니까?"

"짐작은 가네."

"프랑쾨르 경정이오?"

"잘 모르겠네, 장 기. 단정할 수는 없어. 그저 의심이 갈 뿐이야."

"하지만 니콜은 마약 단속반에서 주로 프랑쾨르와 일하지 않았습니까. 프랑쾨르와 아르노는 단짝이었고요. 그는 살인 방조 혐의에서 간신히 빠져나왔습니다. 적어도 아르노가 하는 짓을 알고 있었을 겁니다."

"모르는 일이지." 가마슈는 거듭 강조했다.

"그리고 니콜은 그와 함께 일했죠. 그가 니콜을 살인 수사반으로 복귀시켰고요. 그 문제로 논쟁을 벌이신 줄 압니다만."

가마슈 역시 기억하고 있었다. 전화선 너머 시럽처럼 흘러내리던 달착지근하고 부드러운 목소리를. 가마슈는 알고 있었다. 자신이 떨쳐 낸 니콜이 다시 자신에게 돌아온 데도 이유가 있다는 사실을.

"그녀는 프랑쾨르 경정을 위해서 일합니다. 그렇지 않습니까?" 보부아르가 물었다. 질문이 아니라 결론이었다. "그녀는 지금 경감님을 염탐하고 있습니다."

가마슈는 팽팽한 긴장감이 감도는 시선으로 보부아르를 바라보았다.

"대망막이 뭔 줄 아나?"

"뭐라고 하셨습니까?"

"잔 쇼베는 자신이 대망막을 쓰고 태어났다더군. 자네 역시 마찬가지라고 하던데. 그게 무슨 뜻인지 알고 있나?"

"전혀 모르겠습니다. 신경 쓰이지도 않고요. 그녀는 마녀입니다. 마녀가 하는 말을 귀담아들으시려는 겁니까?

"나는 모든 사람의 말을 귀담아듣네. 조심하게, 장 기. 지금은 위험한 시기고, 우리 주위에는 위험한 사람들이 있어. 받을 수 있는 모든 도움을 활용해야 하네."

"마녀의 도움도요?"

"나무의 도움을 받을 수도." 가마슈가 미소를 지으며 그를 놀리듯이 눈썹을 추켜올렸다. 그러고 나서 그는 사람들이 두 사람의 대화를 듣지 못 할 만큼 커다란 소음을 일으키는 거친 물살을 가리켰다. "강물도 우리 편이군. 이제 말하는 바위 몇 개만 찾아내면 두려울 게 없겠어."

가마슈는 주변을 둘러보았다. 보부아르는 가마슈와 똑같이 행동하고 있는 자신을 발견했다. 그가 햇살을 받아 따뜻해진 돌을 집어 들었을 때 경감은 수사본부를 향해 천천히 걸음을 옮기고 있었다. 편하게 뒷짐을 지고 고개를 젖힌 채. 보부아르는 그의 얼굴에 어린 한 줄기 미소를 얼핏 보았다. 그는 돌을 강에 내던지려다가 망설였다. 돌을 강물에 빠뜨리고 싶지 않았다. 젠장. 가마슈를 따라 수사본부로 돌아가는 길에 돌을 던졌다 받으며 생각했다. 한번 씨앗을 잘못 심으면 삶을 망칠 수도 있어. 돌이 가라앉는 게 두렵다면 나무는커녕 풀조차 벨 수 있겠어?

빌어먹을 마녀.

빌어먹을 가마슈.

26

헤이즐 스미스는 체크무늬 앞치마에 손을 문지르며 문에서 물러섰다.

"들어오세요." 그녀는 예의를 갖춰 미소를 지었지만 더 이상의 친절은 보이지 않았다.

보부아르와 니콜은 그녀를 따라 부엌으로 들어갔다. 단지들이 싱크대 위에 놓여 있었는데 뚜껑이 열린 것도 있었고 아닌 것들도 있었다. 스토브 위에는 양쪽에 손잡이가 달린 갈색 단지가 올라 있었다. 콩이 당밀과 흑설탕, 돼지껍데기와 함께 구워지고 있었다. 퀘벡의 전통 음식이었다. 방은 온통 진하고 향기로운 냄새로 가득했다.

베이크트 빈즈는 손이 많이 갔지만, 오늘 헤이즐의 만병통치약은 힘든 노동이었다. 몇 개의 캐서롤이 탱크 부대처럼 카운터에 늘어서 있었다. 보부아르는 불현듯 이 요리들이 무엇에 맞서 전쟁을 치르고 있는지 알아차렸다. 슬픔에 맞서는 전쟁이었다. 그녀는 목전에 닥친 적에 용감히 맞서 필사적으로 투쟁하고 있었다. 하지만 모두 허사였다. 언덕 위에 진을 치고 있는 서고트족은 모든 것을 파괴하고 불태우며 쓸어버릴 기세로 헤이즐 스미스에게 돌진하려 하고 있었다. 가차 없고 무자비하게. 그녀는 슬픔을 미룰 수는 있었지만 막을 수는 없었다. 달아나려고 하면 오히려 슬픔에 더욱 깊이 빠져들지도 몰랐다.

장 기 보부아르는 헤이즐을 바라보며 그녀가 이내 꼼짝없이 제압당하고 침해받을 거라는 사실을 알았다. 마침내 그녀의 심장이 자신을 배반하고 슬픔에 문을 열어 주리라. 슬픔, 상실감 그리고 절망이 그녀를 비웃고 짓밟으며 최후의 일격을 위해 전열을 가다듬으리라. 이 여자는 과연 살아남을 수 있을까? 보부아르는 궁금했다. 아닌 사람도 있었다. 극소수는 원래 상태로 영원히 돌아오지 못했다. 예민해지고 연민에 빠지는 사람도 있었다. 하지만 대부분의 사람들은 냉소적으로 되고 완고해졌다. 마음의 문을 닫고 상실의 위험을 되풀이하지 않았다.

"쿠키 드릴까요?"

"위, 메르시." 보부아르는 쿠키 하나를 집어 들었고 니콜은 두 개를 들었다. 헤이즐의 손이 주전자와 수도꼭지, 플러그와 찻주전자 사이를 분주히 오갔고 그녀는 끊임없이 떠들었다. 엄호 사격이라도 하듯이 말을 쏟아 냈다. 소피가 발목을 삐었어요. 화학 치료를 받는 가엾은 버튼 부인을 오후 늦게 병원에 데려다줘야 해요. 몬트리올에 사는 자식들이 몸이 불편한 톰 차트랜드를 보러 오지 않아요. 그녀는 자신의 슬픔을 보부아르가 눈치채지 못하게 쉬지 않고 떠들었지만 그는 그 슬픔에 무릎을 꿇을 참이었다.

차가 식탁에 놓였다. 헤이즐은 다과 쟁반을 들고 계단으로 향했다.

"따님을 위한 겁니까?"

"자기 방에 있어요. 가엾은 것. 아직 잘 움직이지 못해요."

"주세요. 제가 갖다 주죠." 그는 쟁반을 받아 들고 낡은 꽃무늬 벽지를 바른 좁은 계단을 올라갔다. 계단 꼭대기까지 올라간 그는 문이 닫힌 방으로 걸어가 발로 문을 두드렸다. 두 번의 무거운 발걸음 소리가 들리고 문이 열렸다.

소피가 지루한 표정으로 서 있었다. 그를 발견하기 전까지. 그를 보자 소피는 미소를 지으며 머리를 살짝 찡긋하더니 다친 발을 천천히, 아주 천천히 들어 올렸다.

"내 영웅이 왔네요." 그녀는 절뚝거리며 뒤로 물러나 화장대 위에 쟁반을 놓으라고 손짓했다.

그는 한동안 그녀를 바라보았다. 그녀가 매력적이라는 점은 부인할 수 없었다. 투명한 피부에 날씬한 몸매, 머리칼은 윤기가 흐르고 풍성했다. 보부아르는 그녀가 역겨웠다. 침대에 앉아 꾀병을 부리면서 슬픔에 잠긴 엄마의 시중을 기대하다니. 그리고 헤이즐은 소피의 기대에 부응했다. 정신 나간 모녀로군. 도대체 어떤 인간이, 어떤 딸이 이렇단 말인가? 정신 나간 듯이 요리하며 속사포로 수다를 떠는 헤이즐은 지금의 상황을 감당하기 힘들리라. 그렇다면 소피는 적어도 엄마 옆에 있어 주어야 하지 않는가? 돕지는 않더라도 엄마에게 더 큰 부담이 되어서는 안 될 일이었다.

"질문 좀 해도 되겠습니까?"

"봐서요." 그녀는 최대한 유혹적으로 말하려고 애썼다. 그녀는 한 음절마다 유혹을 담아 말하려고 애썼고, 실패했다. 보부아르는 그녀가 유혹하는 솜씨가 형편없는 부류의 여자라고 결론지었다.

"마들렌이 유방암에 걸렸다는 사실을 알고 있었습니까?" 그는 화장품 가방을 구석으로 치우고 화장대에 쟁반을 내려놓았다.

"네. 하지만 나아지고 있었어요. 맞나요? 아줌마는 괜찮았어요."

"정말인가요? 암이 완치되기까지는 오 년이 넘게 걸린다고 들었는데요. 그렇게 오래되지는 않았죠. 그렇지 않습니까?"

"거의 그쯤 됐어요. 좋아 보였어요. 우리한테도 그렇게 말했고요."

"당신에게는 그 말이면 충분했군요." 스물한 살짜리는 모두 이렇게 자기밖에 모르는 걸까? 이렇게 몰인정한 걸까? 그녀는 집과 삶을 함께 나누었던 여자가 암에 걸리고 자기 눈앞에서 끔찍하게 살해당한 일 따위 전혀 안중에 없어 보였다.

"마들렌이 오고 나서 여기서 살기는 어땠습니까?"

"잘 몰라요. 곧 대학에 갔거든요. 처음 돌아왔을 때는 마들렌이 유난을 떨었지만, 그다음부터는 마들렌이나 엄마나 신경 쓰지 않았어요."

"사실이 아닌 것 같은데요"

"하지만 사실이에요. 나는 퀸스에 갈 생각이 없었어요. 원래는 맥길 대학에서 입학 허가를 받았어요. 엄마는 거길 들어가길 원했어요. 하지만 퀸스 대학을 나온 마들렌이 모교에 대해 엄청 자랑했죠. 아름다운 교정에, 고풍스러운 건물, 호수까지 있다고요. 무척 낭만적인 곳 같더군요. 어쨌든 난 아무에게도 말하지 않고 지원했고 입학 허가를 받았죠.

그래서 퀸스로 갔던 거예요."

"마들렌 때문에요?"

소피가 그를 바라보았다. 그녀의 눈빛은 냉정했고 입술은 창백했다. 얼굴이 돌처럼 굳었다. 그때서야 그는 알아차렸다. 엄마가 멀리서 힘겹게 슬픔과 싸우는 동안 소피는 또 다른 전쟁을 치르고 있었다. 슬픔을 억누르는 전쟁이었다.

"마들렌을 사랑했나요?"

"마들렌은 절 좋아하지 않았어요. 전혀요. 그런 척만 했을 뿐이죠. 난 마들렌이 원하는 건 뭐든지 다 했어요. 뭐든지요. 망할 학교까지 갈아치웠다고요. 킹스턴까지 가야 했죠. 킹스턴이 어딘 줄이나 아세요? 차로 여덟 시간이나 가야 한다고요."

보부아르는 여기서 킹스턴까지 차로 여덟 시간이 걸리지 않는다는 사실을 알고 있었다. 대여섯 시간이리라.

"집에 오려면 하루 종일 걸린다고요." 소피는 자제력을 잃어버린 것 같았다. 마치 용암으로 변한 바위 같았다. "맥길에 갔으면 주말마다 집에 왔을 거예요. 이제야 알겠네요. 맙소사, 왜 그렇게 멍청했지?" 소피가 몸을 돌리고 손바닥으로 머리를 워낙 세게 치는 바람에 보부아르까지 아플 정도였다. "아줌마는 절 좋아하지 않았어요. 단지 쫓아내고 싶었던 거예요. 아주 멀리요. 아줌마가 사랑한 사람은 제가 아니었어요. 이제 알겠네요." 이번에 소피는 주먹을 쥐고 허벅지를 내리쳤다. 보부아르는 한 걸음 다가가 그녀의 손을 잡았다. 겉으로 드러나지 않은 멍이 그녀의 몸에 얼마나 많을지 궁금해하며.

아르망 가마슈는 침실 문 앞에 서 있다가 안으로 들어갔다. 그의 양쪽에는 불안해하는 두 형사가 서 있었다.

옛 해들리 저택의 창문을 통해 스며든 정오의 햇살이 전진을 멈춘 채 교착 상태에 빠진 것 같았다. 여러 갈래로 파고든 빛줄기는 저택을 밝고 활기차게 바꾸는 대신 켜켜이 쌓인 먼지만을 훤히 드러냈다. 수개월, 수년간의 방치와 부패가 살아서 꿈틀거리는 것처럼 빛 속에서 소용돌이치고 있었다. 세 명의 수사관이 집 안 깊숙이 들어감에 따라 그들의 발에 차이는 먼지는 점점 더 두꺼워졌고 빛은 점점 잦아들었다.

"둘러보고 달라진 점이 있으면 알려 주게."

세 수사관이 문 앞에 섰다. 문틀에는 노란색 테이프가 찢긴 채 매달려 있었다. 가마슈는 손을 뻗어 테이프 한 가닥을 떼어 냈다. 테이프는 찢겨서 늘어나 있었다. 깨끗하게 잘린 게 아니었다. 누군가가 잡아챈 것이었다.

옆에서 이자벨 라코스트 형사가 숨을 거칠게 몰아쉬었다. 다른 한쪽에서는 르미외 형사가 발을 이리저리 움직이고 있었다.

테이프가 둘러진 방이 살해 현장이었다. 묵직한 빅토리아식 가구, 검은색 맨틀피스가 딸린 벽난로와, 한참 동안 거주자가 없었다는 사실을 알고 있는데도 불구하고 최근에 누군가 잔 것처럼 보이는 사주식 침대가 있었다. 이 모든 것들은 침울해 보였지만 자연스러웠다. 그의 시선이 이내 부자연스러운 곳으로 이동했다.

원형을 그리고 있는 의자들. 소금. 넉 대의 촛불. 한 가지 더. 모로 누운 작은 새. 새의 작은 날개는 날아오르려는 듯 살짝 펼쳐져 있었다. 다리는 붉은 가슴팍으로 올라가 있었고 작은 눈을 크게 뜨고 어딘가를 응시하고 있었다. 형제들과 함께 굴뚝 위에 서 있었을 이 새는 자신들 앞에 펼쳐진 드넓은 세상을 바라보며 날 준비를 하고 있었을까? 굴뚝 끝에 불안하게 서 있었을 다른 새들은 마침내 날아올랐을까? 그리고 이 작은 새에게는 도대체 무슨 일이 일어난 걸까? 날아오르는 대신 추락한 걸까? 늘 실패하는 존재가 늘 추락하는 걸까?

그 존재가 새끼 울새였다. 봄과 부활의 상징. 지금은 죽어 있었다.

겁에 질려 죽었을까? 가마슈는 그럴지도 모른다고 생각했다. 이 방으로 들어간 모든 생명이 목숨을 잃지 않았던가?

아르망 가마슈는 방으로 들어갔다.

이베트 니콜은 부엌 주변을 돌아다니기 시작했다. 그녀는 헤이즐의 수다를 더 이상 참을 수가 없었다. 그 여자는 쉬지 않고 떠들었다. 처음에 헤이즐은 포마이카 테이블에 함께 앉아 있다가 종내는 굽고 있던 쿠키를 보러 가서 쿠키가 식자 그것을 쿠키 통에 집어넣었다.

"마담 브레메에게 주려고요." 마치 니콜이 관심이라도 있다는 듯이. 헤이즐이 분주하게 떠들고 일하는 동안 니콜은 방 안을 돌아다니며 요리책을 보고 푸른색과 흰색의 접시 컬렉션을 구경했다. 그녀는 사진이 더덕더덕 붙어 있는 냉장고로 다가갔다. 냉장고에는 주로 두 여자의 사진이 붙어 있었다. 헤이즐과 다른 여자. 미소를 띤 얼굴이 매력적인 이 여자와 시체 안치소에서 말없이 비명을 지르고 있던 것과는 전혀 닮지 않았지만 니콜은 이 여자가 마들렌이라고 결론지었다. 사진 옆에는 또 다른 사진들이 있었다. 크리스마스트리 앞에서, 크로스컨트리 스키를 하면서, 여름날의 정원에서, 하이킹을 하면서 찍은 사진들이었다. 모든 사진에서 마들렌 파브로는 미소를 짓고 있었다.

그때 이베트 니콜은 무언가를 알아차렸다. 그녀가 안 무언가는 아무도 알아차릴 수 없는 것이었다. 사진 속에 나타난 마들렌 파브로는 가짜이고 허구였다. 사진 속의 마들렌은 연극을 하고 있었다. 니콜은 어느 누구도 이렇게 행복할 수는 없다는 사실을 잘 알고 있었다.

그녀는 생일 축하 파티에서 찍은 사진을 유심히 바라보았다. 폭죽이 달린 우스꽝스러운 푸른색 아기 모자를 쓴 헤이즐 스미스는 프레임 밖의 부언가에 시선을 고정하고 있었다. 마들렌 파브로는 옆으로 몸을 돌리고 한 손으로 머리를 받친 채 귀를 기울이고 있었다. 그녀는 숨김없는 애정이 담긴 표정으로 헤이즐을 보고 있었다. 마들렌 옆에 서 있는 뚱뚱한 젊은 여자는 케이크를 자신의 입에 쑤셔 넣고 있었다.

사진 한 장을 주머니에 넣고 소파를 걷어차 가며 간신히 발 디딜 틈 없는 거실로 들어가고 있을 때 니콜의 휴대전화가 울렸다.

"메르드Merde 젠장. 위, 알루?"

"방금 나한테 욕한 거야?"

"아니에요." 질책에 빠르게 반응했다. 으레 그러듯.

"통화할 수 있어?"

"잠깐은요. 지금 용의자의 집에 와 있어요."

"수사는 어떻게 되어 가지?"

"천천히 진행되고 있어요. 가마슈를 아시잖아요. 잔뜩 시간을 끌고 있죠."

"어쨌든 다시 그의 팀으로 돌아왔잖아. 그게 중요한 거야. 절대로 그를 놓치지 마. 많은 것이 달린 일이니까."

니콜은 이런 전화가 싫었고 그 전화를 받는 자신이 싫었다. 전화가 울릴 때 느껴지는 초조한 기분은 더 싫었다. 다음에 찾아오는 피할 수 없는 허탈감. 또 어린애 취급이군. 실은 보부아르와 있다는 사실을 털어놓을 수 없었다. 원래 가마슈와 함께 움직이려 했지만 마지막 순간에 두 사람이 수사본부의 작은 사무실로 들어갔다. 밖으로 성큼성큼 걸어 나온 보부아르가 그녀를 부르더니 함께 가자고 했다.

그리고 지금 그녀는 침울한 거실에 혼자 남았다. 자신들의 잡다한 세간을 잔뜩 짊어지고 온 수많은 삼촌과 숙모 들의 집에 있는 것만 같았다. 그들은 옛 고향에서 가져온 것이라고 했지만 누가 루마니아 혹은 폴란드 혹은 체코슬로바키아에나 어울릴 법한 거실과 주방 용품을 몰래 들여온단 말인가? 국경을 몰래 넘으면서 핑크빛 플러시 천으로 짠 카펫, 무거운 커튼과 화려하기 짝이 없는 그림들을 어디에 숨기겠는가? 하지만 그들의 좁아터진 집은 가보로 전해 내려온 물건들로 가득 차 있었다. 의자와 책상과 소파는 쓰레기처럼 여기저기 흩어져서 누군가가 떨어뜨린 휴지처럼 바닥에 제멋대로 쓰러져 있었다. 숙모와 숙부의 집을 방문할 때마다 가보들은 사람을 위한 공간이 거의 없어질 때까지 자꾸 늘어났다. 어쩌면 그 점이 핵심일지도 몰랐다.

그녀는 이 집에서도 같은 인상을 받았다. 물건이 너무 많았다. 그런데 이때 한 가지 물건이 그녀의 눈길을 사로잡았다. 소파에 놓인 졸업 앨범이었다. 앨범은 펼쳐져 있었다.

날카로운 비명이 고요한 방을 갈랐다. 라코스트는 그대로 얼어붙었다. 옆에 있던 가마슈는 소리를 지른 무언가를 향해 고개를 돌렸다.

"죄송합니다." 문 옆에서 르미외가 문에서 뜯은 노란색 테이프를 손에 들고 멋쩍은 듯 서 있었다. "좀 더 조용히 뜯겠습니다."

이자벨 라코스트는 고개를 흔들었다. 심장박동이 다시 정상으로 돌아왔다.

"이 방이 좀 달라졌나?" 가마슈가 물었다.

라코스트가 주변을 둘러보았다. "똑같아 보이는데요, 파트롱."

"누군가가 들어왔네. 아무런 목적 없이 오지는 않았겠지. 그런데 목적이 뭐였을까?"

아르망 가마슈는 편안해지지는 않았지만 조금은 익숙해진 방 안을 천천히 둘러보았다. 무언가 사라진 거라도 있나? 왜 누군가가 들어와서 테이프를 훼손했을까? 무언가를 가져가려고? 무언가를 바꾸려고?

아니면 또 다른 이유가 있을까?

이 방에서 눈에 띄게 달라진 점이 있다면 그건 새였다. 고의로 새를 죽인 걸까? 희생양으로 삼으려 했을까? 그렇다면 왜 굳이 작은 새를 택했을까? 희생 제물은 원래 더 크지 않나? 소나 개나 고양이? 그는 자신이 적당히 둘러대고 있다는 사실을 깨달았다. 그는 제물에 대해서 하나도 몰랐다. 제물에 관련된 모든 것이 그저 섬뜩하게 느껴질 뿐이었다.

그는 카펫에 뿌려진 굵은 소금을 으스러뜨려 가며 무릎을 꿇고 새를 더 자세히 들여다보았다.

"이 새를 가방에 넣어야 할까요?"

"그게 좋겠네. 뭔가 떠오르는 거라도 있나?"

라코스트가 오늘 현장을 점검하기 위해서가 아니라 그녀만의 의식을 치르기 위해 이곳에 들렀다는 것을 가마슈는 알고 있었다.

"새가 겁을 먹은 것 같은데요. 제 상상일 수도 있지만요."

"우리 집 발코니에 새 먹이통이 있네." 가마슈가 몸을 일으키며 말했다. "날씨가 좋으면 발코니에 가서 커피를 마시곤 하지. 그런데 새 먹이통에 오는 새들은 하나같이 겁먹은 것처럼 보이지."

"경감님과 사모님은 무척 무서운 분들이잖아요." 라코스트가 말했다.

"렌이 좀 그런 편이지." 그는 미소를 지었다. "날 겁먹게 하니까."

"가엾기도."

"안타깝지만 우리가 죽은 새의 표정을 읽을 수는 없을 것 같네." 가마슈가 말했다.

"다행히도 여전히 찻잎과 내장으로 점을 칠 수는 있죠." 라코스트가 말했다.

"그게 마담 가마슈가 늘 하는 말이지."

그가 흰 소금 위의 검은 얼룩 같은, 자신의 발치에 옹송그리고 있는 새를 내려다봤을 때 그의 입가에서 미소가 가셨다. 새의 까만 눈은 공허했다. 저 눈이 마지막으로 본 건 무엇이었을까.

헤이즐 스미스는 졸업 앨범을 덮고 앨범의 모조 가죽 표지를 어루만지더니 가슴에 안았다. 앨범이 상처를 멎게 하고 그녀 안에서 흘러나오는 것이 무엇이든 그것을 멈추게 해 준다는 듯이. 헤이즐은 자신이 약해지고 있음을 느꼈다. 그녀가 단단하고 모난 앨범을 세게 끌어안을수록 앨범은 그녀의 가슴에 자국을 냈다. 지금은 가슴에 댄 채 손으로 꽉 쥐고 있을 뿐이었지만 마들렌과 자신의 젊은 시절 꿈이 담긴 앨범은 그녀의 가슴을 더욱더 깊이 찌르고 있었다. 그녀는 물리적인 고통에 오히려 안도하며, 단순히 멍이 아니라 앨범이 실제로 살을 베어 내길 바랐기 때문에 책의 모서리가 더 날카로웠으면 했다. 물리적인 고통은 이해할 수 있는 고통이었다. 하지만 또 다른 고통은 그저 무시무시하기만 했다. 검고 공허하고 무의미하고 영원히 지속될 것만 같은 고통이었다.

마들렌 없이 얼마나 더 오래 살아갈 수 있을까? 마들렌을 잃어버렸다는 공포가 불현듯 생생하게 다가왔다.

마들렌과 함께 그녀는 친절과 배려가 넘치는 삶을 살아왔다. 마들렌과 있으면 다른 사람이 되었다. 자유롭고 편안하고 활기찬 사람으로 변했다. 자신의 의견을 펼칠 수도 있었다.

아니, 의견 자체를 갖게 되었다. 그리고 마들렌은 항상 귀를 기울여 주었다. 항상 편을 들어 주지는 않았지만, 항상 들어 주었다. 밖에서 보기에 두 사람의 관계는 하나도 특별해 보이지 않고 오히려 지루한 삶처럼 보였으리라. 하지만 안에서 들여다보면 두 사람의 삶은 만화경만큼이나 다채로웠다.

그리고 서서히 헤이즐은 마들렌과 사랑에 빠졌다. 육체적인 사랑이 아니었다. 마들렌과 잠을 자거나 키스를 하고 싶지는 않았다. 가끔 밤에 마들렌이 소파에 앉아 책을 읽고 있으면, 안락의자에서 뜨개질을 하고 있다가 소파로 걸어가 마들렌의 머리를 가슴에 기대게 한 적은 있었다. 앨범이 놓인 지금 이 자리에서였다. 헤이즐은 앨범을 어루만지며 앨범 대신 아름다운 마들렌의 머리가 자신의 가슴에 기대 있는 장면을 상상했다.

"마담 스미스." 보부아르 경위가 헤이즐의 상념을 가로막았다. 가슴 위의 머리가 차갑고 단단해졌다. 머리가 앨범이 되었다. 집도 차갑고 공허한 공간으로 돌아왔다. 헤이즐은 또다시 마들렌을 잃어버렸다. "앨범 좀 봐도 되겠습니까?"

보부아르가 머뭇거리며 팔을 앞으로 내밀었다.

조금 전에 니콜 형사가 거실에 펼쳐진 채 놓인 앨범을 발견해 부엌으로 들고 왔다. 하지만 헤이즐의 반응은 전혀 예상 밖이었다. 아무도 예상할 수 없는 반응이었다.

"제 거예요. 내놔요." 헤이즐은 젊은 형사에게 다가가 니콜이 지체 없이 앨범을 돌려줘야 할 만큼 거침없는 악의를 드러내며 노여움을 띤 목소리로 말했다. 앨범을 받아 든 헤이즐은 자리에 앉아 앨범을 가슴에 끌어안았다. 그들이 오고 나서 처음으로 방 안이 조용해졌다.

"봐도 될까요?" 보부아르가 앨범으로 팔을 뻗었다. 헤이즐은 무슨 말인지 잘 이해하지 못한 것 같았다. 자신의 팔을 떼어 달라는 말이라도 들은 것처럼 멍하니 바라보기만 했다. 마침내 그녀가 앨범에서 손을 놓았다.

"졸업하던 해의 앨범이에요." 헤이즐이 그에게 몸을 구부려 졸업식 사진이 실린 페이지로 책장을 넘겼다. "여기 마들렌이 있네요." 그녀는 행복하게 미소 짓고 있는 여학생을 가리켰다. 사진 아래에는 이렇게 적혀 있었다. 마들렌 가농. 필시 탕와이로 가게 되리라.

"농담이었어요." 헤이즐이 말했다. 탕와이는 퀘벡에 있는 여성 교도소였다. "모두 마들렌이 성공하리라 믿었어요. 그래서 장난친 거예요."

장 기 보부아르는 헤이즐의 말이 진심이라고 믿고 싶었다. 하지만 모든 농담은 기본적으로 진실을 바탕으로 하고 있다. 마들렌의 고등학교 동창 중 그녀의 다른 모습을 본 사람이 있지는 않았을까?

"앨범을 가져가도 괜찮을까요? 돌려 드릴 겁니다."

분명 괜찮지 않아 보였지만, 헤이즐은 고개를 끄덕였다.

이 앨범을 보고 보부아르는 무언가 다른 생각이 떠올랐다. 가마슈가 헤이즐에게 물어보라고 한 질문이었다.

"사라 빙크스를 아십니까?"

그는 헤이즐의 표정을 보고 얼토당토않은 질문이었다는 것을 깨달았다. 블라 블라 블라 블라 빙크스.

"경감님이 마들렌의 침대 옆 서랍에서 사라 빙크스의 책을 발견했습니다."

"그래요? 이상하군요. 그런 이름은 못 들어봤어요. 음, 혹시……."

"지저분한 책이냐고요? 그런 것 같지는 않습니다. 경감님이 책을 읽다가 웃음을 터뜨렸거든요."

"도움을 못 드려서 죄송해요." 헤이즐은 정중하게 대답했지만 보부아르는 다른 낌새를 느꼈다. 헤이즐은 당황하고 있었다. 책 때문일까, 아니면 단짝 친구에게 비밀이 있었다는 점 때문일까?

"당신은 마들렌이 사망한 날 밤에 대해서만 말씀하셨는데 교령회가 한 번 더 있었습니다. 더 며칠 전에요."

"금요일 밤 비스트로에서였어요. 전 안 갔어요."

"하지만 마들렌은 갔습니다. 왜였죠?"

"경감님과 오신 날 말씀드리지 않았나요?"

헤이즐에게는 모든 기억이 흐릿한 것 같았다.

"그러셨죠. 하지만 처음 이야기를 들을 때는 구름이 낀 것처럼 불분명할 때가 있거든요. 다시 한 번 듣고 싶습니다만."

헤이즐은 그 말이 사실인지 미심쩍어하는 것 같았다. 그녀의 마음속 풍경에서는 구름이 걷히기는커녕 점점 더 어두워지기만 했다.

"왜 갔는지 잘 모르겠어요. 가브리가 뛰어난 영매인 마담 블라바츠키가 비앤비에서 머물고 있는데 그녀가 죽은 자를 소환하자는 의식에 동의했다고 성당과 비스트로에 그 내용을 게시했어요. 단 하룻밤만 한다고 했어요." 헤이즐이 미소를 지었다. "심각하게 받아들이는 사람은 없어 보였어요, 경위님. 어쨌든 마들렌만큼은 아니었어요. 다들 그저 재미로 하는 거라고 생각했거든요. 뭔가 이색적인 걸 즐기고 싶어서요."

"하지만 당신은 반대하지 않았습니까?"

"저는 함부로 다루어서는 안 되는 게 있다는 주의거든요. 기껏해야 시간 낭비일 뿐이죠."

"시간 낭비가 아니라 심각했다면요?"

헤이즐은 즉시 대답하지 못했다. 대신 그녀의 눈동자는 지상에서 가장 안전한 장소를 찾기라도 하는 것처럼 부엌을 이리저리 떠돌았다. 아무런 장소도 찾지 못하자 그녀는 다시 그의 얼굴로 시선을 돌렸다.

"성금요일이었어요, 경위님. 르 방드르디 생Le Vendredi saint 성금요일."

"그런데요?"

"생각해 봐요. 왜 사순절부활 주일 전 40일 동안의 기간이 기독교에서 가장 중요하겠어요?"

"예수가 십자가에 매달렸기 때문이죠."

"아니에요. 예수님이 부활하셨기 때문이에요."

27

라코스트가 옛 해들리 저택의 침실 내부 사진을 찍고, 르미외가 가방에 테이프를 챙기는 동안 가마슈는 장식장과 침대 옆 탁자의 서랍을 열었다가 다시 닫았다. 그리고 책장 앞으로 걸어갔다.

누군가가 이곳에 들어와 경찰 테이프를 찢었다. 그렇게까지 하면서 한사코 가져가려 했던 건 무엇이었을까?

가마슈는 캐나다의 혐오스러운 역사를 담은 『파크먼이 쓴 역사』를 발견하고 미소를 지었다. 이 책은 1백 년도 더 전에 학교에서 아이들에게 원주민은 음흉한 야만인이고 이 나라 해안으로 문명을 들여온 사람은 유럽인들이라고 가르쳤다.

가마슈는 파크먼의 역사책 시리즈 중에서 되는대로 한 권을 집어 들었다.

짐승 또는 끔찍하고 형언할 수 없을 만큼 흉측한 형태를 한 지옥의 자식들이 상상조차 할 수 없는 분노를 담아 울부짖으며 숲 속의 거처를 둘러싼 나뭇가지들을 찢어발겼다.

가마슈는 책장을 덮어 표지를 확인하고 깜짝 놀랐다. 정말 『파크먼이 쓴 역사』인가? 무미건조하고 냉담한 문체로 권태를 날려 버리겠다고 장담하던 책이 맞을까? 지옥의 자식들? 『파크먼이 쓴 역사』가 틀림없었다. 그가 펼친 대목은 퀘벡을 다룬 장이었다.

"라코스트 형사, 이리 좀 와 보겠나?"

그녀가 가까이 오자 그는 책을 내밀었다. "이 책을 펼쳐 보겠나?"

"펼치기만 하면 되나요?"

"실 부 플레S'il vous plaît 부탁하네."

라코스트는 금이 간 것처럼 찢겨 있는 가죽 장정의 책을 양손으로 붙들고 천천히 표지를 넘겼다. 그 순간 간신히 책에 매달려 있던 페이지 몇 장이 바닥으로 떨어졌고 책이 펼쳐졌다. 가마슈는 몸을 구부리고 펼쳐진 부분을 읽었다. **짐승 또는 끔찍하고 형언할 수 없을 만큼 흉측한**…….

좀 전의 그 페이지가 펼쳐졌다.

가마슈는 그 페이지를 응시하다가 책을 책장에 다시 꽂고 옆에 있는 다른 책을 집어 들었다. 성경책이었다. 우연의 일치인지, 아니면 무작위로 꽂아 놓은 건지, 두 책이 서로 참고가 된다는 것을 알고 나란히 꽂아 놓은 건지 궁금했다. 하지만 어느 책이 어느 책을 필요로 했을까? 그는 성경책을 훑어보다가 주머니에 넣었다. 할 일이 남아 있었고 아무리 작은 단서라도 도움이 되었다. 성경이 꽂혀 있던 자리가 벌려 놓은 어두운 구멍 사이로 그 옆에 꽂혀 있던 책의 표지가 드러났다. 책등에는 아무것도 쓰여 있지 않았다.

라코스트는 다시 일을 하러 돌아가느라 가마슈가 두 번째 책을 주머니에 넣는 모습을 보지 못했다. 하지만 르미외는 보았다.

가마슈는 자신이 시간을 낭비하고 있다는 것을 알았다. 곧 날이 저물 것이고, 이 일을 어둠 속에서 진행하고 싶지 않았다.

"저택 안을 수색해야겠네. 여기서 문제없겠나?"

라코스트와 르미외가 그를 바라보았다. 두 사람은 가마슈가 자식들인 다니엘과 아니에게 구명조끼 없이 만을 헤엄쳐 가 보라고 이야기했을 때와 같은 표정을 짓고 있었다.

"너희는 수영 선수로 전혀 손색이 없어."

하지만 아이들은 여전히 아빠가 자기들한테 그런 말을 했다는 것을 믿을 수가 없었다.

"아빠가 보트를 타고 너희 바로 옆에 붙어 있을 거야."

다니엘의 눈빛에는 여전히 주저하는 기색이 보였다. 하지만 아니는 곧장 뛰어들었다. 혼자 뒤처질 수 없던 다니엘 역시 뛰어들었다.

건장하고 튼튼한 체격의 다니엘은 만을 편안하게 헤엄쳐 갔다. 하지만 아니는 좀처럼 앞으로 나아가지 못했다. 아니는 렌 마리가 그녀 나이 때 그랬던 것처럼 작고 비쩍 말랐다. 그러나 다니엘과는 달리 두려움에 물러서지 않았다. 하지만 그녀는 너무 어렸고, 만은 너무 드넓어서 거의 나아가지 못했다. 가까스로 몇 미터 헤엄치는 시늉을 하는 아니를 결국은 가마슈가 다독거리고, 사랑스러운 작은 몸을 격려의 말로 밧줄처럼 붙들어서 해안가로 인도했다. 두 번이나 손을 뻗어 물에서 구해 내야 했지만 그는 기다려 주었고 그녀는 다시 앞으로 나아갈 힘을 되찾았다.

잔뜩 신이 난 꼬마들의 몸에 햇살을 받아 따스해진 수건을 둘러 준 아르망 가마슈는 크고 강인한 손으로 아이들을 안고 어루만졌다. 그리고 아니와 다니엘에게 동시에 수영을 해 보라고 한 게 실수였는지 돌이켜 보았다. 아니가 잘하지 못해서가 아니라 그녀가 어떻게든 버텨야 했기 때문이었다. 다니엘은 아르망의 품 안에서 빠져나가려다가 결국 수그러들어 아버지에게 안기며 위안과 축하를 받아들였다.

다니엘은 튼튼한 체격과 힘에도 불구하고 나약한 아이였다. 도움이 필요한 아이였다. 성인이 된 지금도 그랬다.

라코스트와 르미외를 바라보며 그는 두 아이를 보고 있을 때와 같은 느낌이 들었다. 하지만 누가 더 강한 쪽이고 누가 더 도움이 필요한 쪽일까? 그리고 과연 그 차이가 중요할까? 그는 아이들을 믿는 것처럼 두 사람 모두를 믿었다.

"좀 도와 드릴까요?" 라코스트는 자신이 원한다면 얼마든지 위험한 임무를 감수하기로 작정한 듯이 물었다.

"이미 충분히 도움이 되고 있네. 고마워. 끝나고 수사본부로 돌아가면 검시관 보고서에 무언가 나와 있으면 좋겠군."

이자벨 라코스트는 저택이 집어삼킨 듯 어둠 속으로 사라지는 가마슈를 지켜보았다.

그가 사라지자 그녀는 혼자 남았다. 아니, 르미외도 함께 있었다. 그녀는 로베르 르미외를 좋아했다. 열정이 넘치는 젊은이였다. 치열하게 세력 다툼을 하는 기색도 보이지 않았다. 니콜과는 달리 함께 일하기도 제법 즐거웠다. 니콜은 재앙 그 자체였다. 잘난 체하고 무뚝뚝하고 자기밖에 몰랐다. 라코스트가 신경 쓰이는 부분은 가마슈 경감이 왜 그녀를 곁에 두는가 하는 점이었다. 한 번 떨쳐 냈지만 니콜이 다시 살인 수사반으로 배정받았을 때 가마슈는 별말 없이 받아들였다. 아무런 충돌도 없었다.

그리고 니콜은 다시 여기로 돌아왔다. 가마슈는 그녀를 멀리 떨어진 지역에 배치할 수도 있었다. 경찰청 본부의 행정 업무를 맡길 수도 있었다. 하지만 대신 그는 가장 어려운 분야의 사건에 그녀를 배정했다. 자신의 옆에.

가마슈는 모든 일이 일어나는 데에는 이유가 있다고 했다. 모든 일에.

라코스트는 니콜이 다시 팀에 들어온 데에도 이유가 있음을 알고 있었다. 단지 그 이유가 무엇인지 알고 싶을 뿐이었다.

"잘 되고 있나요?" 르미외가 물었다.

"거의 끝나 가요. 당신은요?"

"몇 가지 더 남았습니다. 먼저 돌아가는 게 어때요?"

"아니, 기다리죠." 라코스트는 르미외를 이 끔찍한 장소에 혼자 내버려 두고 싶지 않았다.

진동으로 해 놓은 르미외의 전화가 5분 동안 줄기차게 울려 대고 있었다. 그는 오로지 전화를 받고 싶을 뿐이었다. 왜 그녀는 가지 않을까? 도대체 왜?

"느껴져요?"

불편한 척이라도 해야 하는 줄은 알지만, 사실 그에게는 옛 해들리 저택은 아무 의미가 없었다. 하지만 그는 다른 사람들이, 심지어 가마슈조차, 아니 가마슈가 제일 이 저택에 민감한 반응을 보인다는 사실을 알고 있었다.

"이 저택에 무언가가 우리와 함께 있는 것 같아요. 우릴 지켜보고 있는 것 같은 기분이 들어요." 라코스트가 말했다.

그들은 그 자리에 가만히 서 있었다. 라코스트는 모든 사소한 소리와 모든 미세한 틈에 주의하며 바짝 경계하고 있었고, 르미외는 주머니에서 진동하는 전화기에 신경이 바짝 곤두서 있었다.

"조심해요. 겁에 질려 죽을지도 모릅니다." 그가 말했다.

"범인이 장소를 잘 고른 것 같아요. 여기는 악마도 겁먹을 거예요."

"수사본부에 가서 할 일이 많잖아요. 난 괜찮아요. 정말로요."

"정말이죠?" 그녀는 간절히 믿고 싶은 마음으로 물었다.

제발 좀 가. 그는 소리라도 지르고 싶은 심정이었다.

"정말이에요. 전 너무 멍청해서 겁도 없거든요." 그가 미소 지었다. "악마들은 멍청이는 공격하지 않나 봐요."

"제 생각에는 멍청이만 공격하는 것 같은데요." 지금 옛 해들리 저택에서 악마 이야기를 하며 서 있는 게 아니기를 바라면서 라코스트가 말했다. "좋아요. 이따 봐요. 혹시 모르니까 휴대전화를……,"

"혹시 모른다고요?" 그는 장난스러운 미소를 지으며 그녀를 문 쪽으로 인도했다. "그럴게요."

이자벨 라코스트는 닳아 빠진 카펫이 깔리고 곰팡내와 썩는 냄새가 나는 어두운 복도로 들어섰다. 그가 등을 돌리기 무섭게 복도를 달려 거의 자신의 발에 걸려 넘어질 기세로 계단을 내려간 다음 컴컴한 자궁에서 세상 속으로 튀어나오듯 문 밖으로 나갔다.

"마들렌 파브로가 유방암이었다는 사실을 알고 있었습니까?" 보부아르 경위가 물었다.

"물론 알고 있었죠." 헤이즐이 놀라며 대답했다.

"하지만 우리에게 말씀 안 하셨지요."

"잊어버렸나 봐요. 한 번도 마들렌을 유방암에 걸린 여자로 생각한 적이 없고, 마들렌 본인도 그렇게 행동했으니까요. 유방암 이야기를 한 적도 거의 없고요. 그저 그것과 함께 잘 살아갈 뿐이었죠."

"처음 병에 걸렸단 걸 알았을 땐 많이 놀랐겠습니다. 사십 대 초반이었으니까요."

"그랬죠. 유방암에 걸리는 나이 대가 점점 젊어지는 것 같아요. 하지만 처음 유방암 판정을 받았을 때는 몰랐어요. 마들렌은 치료가 진행되고 나서야 연락했거든요. 이런 일이 자주 일어나는 것 같아요. 옛 친구가 점점 소중해지죠. 고등학교를 졸업하고 나서는 연락이 잘 되지 않았었는데 갑자기 전화를 걸고 찾아왔어요. 마들렌은 세월을 비켜 간 사람 같았어요. 화학 치료를 받아 쇠약해지긴 했지만 여전히 사랑스러웠죠. 열여덟 소녀 같았어요. 머리가 다 빠졌지만 그게 오히려 더 아름다워 보였어요. 이상할 정도였죠. 화학 치료가 사람들을 다른 세계로 데려가는 건 아닌지 전 가끔 궁금했어요. 많은 사람들이 매우 편해 보이죠. 얼굴도 더욱 매끄러워지고 눈동자는 더 빛이 나고요. 마들렌은 거의 눈부시게 빛나고 있었어요."

"방사선 치료를 받고 있지 않았다고 장담해요?" 니콜이 물었다.

"니콜 형사." 보부아르가 호통을 쳤다. 벨라벨라에서 주머니에 넣어 온 돌이 주머니에서 튀쳐나오려고 하는 걸 느낄 수 있었다. 그녀의 작고 쪼그라든 뇌에 닿을 때까지 그녀의 머리를 갈고 뼈를 으깨기 위해서. 그리고 다른 뇌로 교체하는 거야. 그런다고 누가 차이점을 알겠는가? "부적절한 말이었네."

"그냥 농담이었어요."

"잔인한 말이었네, 니콜 형사. 자네도 그 차이를 알 텐데. 사과하게."

니콜은 헤이즐을 굳은 눈빛으로 쳐다보았다. "죄송합니다."

"괜찮아요."

니콜도 자신이 선을 넘었다는 걸 알았다. 하지만 그녀는 그렇게 행동하라는 지시를 받았다. 팀을 짜증 나게 하고 초조하게 만들고 동요시키는 게 그녀가 할 일이었다.

그녀는 경찰청을 위해 기꺼이 이 일을 맡았다. 숭배하면서도 증오하는 상사를 위해서이기도 했다. 분노에 사로잡혀 달아오른 보부아르의 잘생긴 얼굴을 보면서 그녀는 자신이 잘 해내고 있음을 알았다.

"마들렌은 몬트리올로 돌아가 화학 치료를 마쳤어요." 어색한 침묵이 흐른 뒤 헤이즐이 말을 이었다. "하지만 그 후에도 주말마다 찾아왔지요. 결혼 생활이 불행했거든요. 아이도 없었고요."

"왜 불행했습니까?"

"그냥 사이가 멀어졌다고 했어요. 남편이 성공을 거둔 아내를 부담스러워하는지도 모른다고 생각하더군요. 그녀는 하는 일마다 성공을 거두었어요. 언제나 그랬어요. 마들렌은 그런 사람이었죠." 그녀는 아이를 자랑스러워하는 엄마의 표정으로 보부아르를 바라보았다. 그는 헤이즐이 훌륭한 엄마일 거라고 생각했다. 친절하고 배려심이 많은 엄마. 아이에게 힘이 되어 주는 엄마. 하지만 실제로 그녀는 위층에 있는 말썽꾸러기 딸을 키우고 있었다. 고마움이라고는 도무지 모르는 아이들도 있다는 걸 그는 알고 있었다.

"힘들었을 거예요." 헤이즐이 말했다.

"뭐가 말입니까?" 자신의 생각에 깊이 빠져 있던 보부아르가 물었다.

"언제나 성공을 거두는 사람 옆에 있는 거요. 자신이 불안정할 때는 더욱 그렇겠죠. 마들렌의 남편은 불안정했던 것 같아요. 경위님 생각은 어떠세요?"

"어디 가면 그를 만날 수 있습니까?"

"아직 몬트리올에서 살아요. 이름은 프랑수아 파브로고요. 좋은 남자예요. 몇 번 만난 적이 있어요. 원하시면 주소와 전화번호를 드릴게요."

헤이즐은 부엌 식탁에서 일어나 서랍장으로 갔다. 그리고 첫 번째 서랍을 열고 뒤적거린 후에 다시 돌아왔다.

"두 번째 교령회에는 왜 가셨죠, 마담 스미스?"

"마들렌이 가자고 했어요." 헤이즐이 서랍 속에서 꺼내 온 종이를 넘기면서 말했다.

"첫 번째 교령회에도 가자고 했지만 안 가셨죠. 그런데 왜 두 번째에는 가셨습니까?"

"찾았어요." 헤이즐이 몸을 돌려 보부아르에게 주소록을 건넸고 보부아르는 다시 니콜에게 건넸다. "질문이 뭐였죠, 경위님?"

"두 번째 교령회 말입니다, 마담."

"아, 맞아요. 제가 기억하기로는 여러 가지 이유가 있었어요. 마들렌이 첫 번째 교령회에서 좋은 시간을 보낸 것 같았고요. 어리석긴 했지만 놀이공원에서 즐기는 것 같다고 했어요. 롤러코스터를 타거나 유령의 집에 들어가면서 자신을 겁주려고 하는 거 있잖아요. 재밌어 보였고, 첫 번째 모임에 가지 않아 아쉽기도 했죠."

"소피도요?"

"그건 처음부터 정해져 있었죠. 그 애 말로는 이런 시골에서 드문 이벤트라고 하더군요. 그 애는 하루 종일 들떠 있었어요."

헤이즐의 생기 있던 얼굴이 천천히 어두워졌다. 보부아르는 헤이즐의 얼굴을 가로지르는 그날 밤의 기억을 읽어 낼 수 있었다. 헤이즐의 기억 속에 살아 있는 마들렌이 다시 죽었다.

"누가 그녀를 죽이고 싶어 했을까요?" 보부아르가 물었다.

"아무도 없어요."

"누군가는 죽이고 싶어 했습니다." 그는 가마슈만큼이나 이 말을 부드럽고 온화하게 하려고 애썼지만 자신의 귀에도 비난처럼 들렸다.

"마들렌은요." 헤이즐은 지휘를 하거나 공기 중에서 부드럽게 단어를 끌어 올리려는 사람처럼 우아하게 손을 움직이며 말했다. "햇살 같은 사람이었어요. 그녀가 접촉하는 사람의 삶은 모두 환하게 빛났죠. 그녀가 노력했기 때문이 아니에요. 노력은 제가 했지요." 헤이즐의 손이 남아 있는 캐서롤로 향했다. "전 부탁받은 적이 없는데도 사람들을 도우러 다녔어요. 어쩌면 귀찮게 했는지도 몰라요. 하지만 마들렌은 함께 있기만 해도 저절로 사람의 기분을 좋아지게 했어요. 설명하긴 어렵지만요."

하지만. 보부아르는 생각했다. 당신은 살아 있고 그녀는 죽었지요.

"누군가 저녁 식사 때 마들렌의 음식에 에페드라를 넣은 것 같습니다. 그녀가 음식에 대해 불평하지는 않았습니까?"

"전혀요. 행복해 보이기만 했는걸요."

"마들렌은 무슈 벨리보를 만나고 있던 걸로 아는데요. 무슈 벨리보를 어떻게 생각하십니까?"

"아, 좋아하죠. 아내하고도 친했어요. 그녀는 죽은 지 삼 년이 다 돼가요. 그다음에 마들렌과 제가 무슈 벨리보를 입양했다고나 할까요. 지네트의 죽음이 그를 산산조각 냈거든요."

"잘 극복하고 있는 것 같던데요."

"네. 물론 그렇겠죠." 그녀는 무뚝뚝하게 말하지 않으려고 지나치게 애를 쓰고 있었다. 그는 이 차분하고 다소 슬퍼 보이는 얼굴의 이면이 궁금했다. 헤이즐은 실제로 무슈 벨리보를 어떻게 생각하고 있을까?

28

가마슈는 옛 해들리 저택의 부엌을 지날 때 작게 콧노래를 흥얼거렸다. 콧노래는 유령을 겁줄 만큼 크지도, 위로해 줄 만큼 아름답지도 않았다. 하지만 인간적이고 자연스럽고 편안했다.

빠른 걸음으로 부엌에서 빠져나오자 마음이 편했다. 그런 다음 또 하나의 닫힌 문으로 향했다. 그는 닫힌 문 너머에 답이 살아 있다는 것을 알고 있음에도 불구하고 살인반 형사가 되고 나서 닫힌 문을 경계하게 되었다. 닫힌 문이 말 그대로든 비유적인 표현이든 간에.

하지만 가끔씩은 무언가가 닫힌 문 뒤에 도사리고 있었다. 시간과 필요에 의해 닳고 썩고 뒤틀린 무언가가.

가마슈는 집과 사람이 서로 닮았다는 점을 알고 있었다. 명랑하고 밝은 집도 있고, 우울한 집도 있었다. 밖에서는 좋아 보이지만 안에서는 끔찍하게 느껴지는 집도 있었다. 밖에서 보기에는 별로 매력적이지 않았는데 들어가 보면 다정하고 따뜻한 집도 있었다.

처음으로 눈에 띄는 몇 개의 방만이 사람들의 관심을 받는다는 것도 알았다. 하지만 안으로 깊숙이 들어가야만 집의 실체를 알 수 있었다. 그리고 마침내, 불가피하게, 집에는 우리가 체인을 걸고 빗장을 질러 잠가 놓는 마지막 방이 있었다. 자신에게조차 허용이 안 되는. 특히 자신에게는.

가마슈는 살인 사건을 수사할 때마다 이 닫힌 방을 샅샅이 뒤지곤 했다. 이 방에 비밀이 숨겨져 있었다. 괴물이 기다리고 있었다.

"왜 이렇게 오래 걸렸지?" 미셸 브레뵈프가 전화기에 대고 말했다. 불만스럽고 성난 목소리였다. 그는 기다리는 걸 좋아하지 않았다. 특히 직급이 낮은 수사관이 전화를 받지 않는 것을 죽도록 싫어했다. "나인 줄 알았을 텐데."

"알았습니다. 하지만 받을 수가 없었습니다. 일이 좀 있었습니다."

로베르 르미외의 말투는 더 이상 비굴하지 않았다. 가장 최근에 브레뵈프의 사무실에서 만난 후로 두 사람 사이의 무언가가 변했다. 권력의 축이 살짝 이동한 것 같았는데 브레뵈프는 왜 그런 일이 생겼는지 알 수 없었다.

"앞으로는 이런 일이 없도록 하게."

브레뵈프는 경고의 의미로 한 말이었지만 심통스럽고 불평스러운 말로 들렸다. 르미외는 이 말을 무시하며 심지를 굳건히 다졌다.

"지금 어디 있나?" 브레뵈프가 물었다.

"옛 해들리 저택입니다. 가마슈는 집의 다른 곳을 수색하고 있고, 저는 살인 사건이 일어난 방에 있습니다."

"그는 해결에 다가서고 있나?"

"농담하십니까? 몇 분 전만 해도 죽은 새와 교감을 하고 있었습니다. 사건을 해결하려면 아직도 한참 남았습니다."

"자네는 어떤가?"

"제가, 뭘 말입니까?"

"누가 그 여자를 죽였는지 알았느냔 말일세."

"그건 제 소관이 아닙니다. 기억 안 나십니까?"

브레뵈프 경정은 자신의 지시대로 일을 수행하고 있는 르미외의 말에 반박할 구실이 없다는 걸 인지했다. 경정님이라는 호칭조차 사라졌다. 친근하고 유순하고 열정적이지만 조금은 아둔하던 젊은 수사관이 다른 존재로 변해 있었다.

"니콜 형사는 어떤가?"

"그녀는 재앙입니다. 왜 그녀가 여기 있어야 하는지 모르겠습니다."

"다 쓸모가 있네." 브레뵈프는 귀까지 치솟아 오르던 어깨가 축 처지는 걸 느꼈다.

"왜 그녀가 여기 있어야 하는지 말해 주십시오." 르미외는 잠시 사이를 두더니 말했다. "경정님."

이제 브레뵈프는 미소를 짓고 있었다. 니콜 형사에게 축복을. 가련하고 가망 없는 니콜 형사에게.

"경감이 신문은 봤나?"

르미외가 니콜에 대한 생각을 떨쳐 내려 고전하는 동안 침묵이 흘렀다. "네, 점심시간에 이야기했습니다."

"그런데?"

"별로 신경 쓰지 않았습니다. 웃기까지 했습니다."

가마슈라면 그럴 수도 있다고 브레뵈프는 생각했다. 명백한 인신공격을 받았는데도 그저 웃어넘길 수 있다.

"괜찮네. 실은 예상대로네."

예상대로였다. 하지만 다른 반응을 바라기는 했다. 상상 속에서나마 상처를 입어 망연자실해하는 가마슈의 얼굴을 떠올려 보았다. 절친한 친구에게 전화를 걸어 지지와 충고를 구하는 가마슈를 그려 보기도 했다. 자신이 준비하고 연습하던 충고는 무엇이었던가?

"그들이 이기게 둘 수 없네, 아르망. 수사에만 집중하고 나머지는 내게 맡기게."

그러면 아르망 가마슈는 친구가 지켜 주리라 믿고 안심하리라. 살인범을 찾는 데에 집중하고 배후에서 무슨 일이 진행되는지는 전혀 알지 못하리라. 길고 어둡던 그림자에서 벗어나 브레뵈프는 새로 태어났다.

지금까지 가마슈는 다락방을 엿보며 손전등을 비춰 박쥐와 자신에게 겁을 주고 있었다. 침실과 욕실, 벽장을 하나하나 살펴보았다. 그리고 거대한 벽난로와 몰딩으로 장식된 거미줄투성이 거실을 성큼성큼 지나쳐 식당으로 향했다.

그곳에서 이상한 낌새가 느껴졌다. 갑자기 풍미를 돋우는, 잘 차린 저녁 식사의 냄새가 밀려들었다. 따뜻한 그레이비소스와 감자, 달콤한 파스닙배추 뿌리 모양의 채소을 곁들인 주일 만찬 요리의 냄새였다. 올리브유로 조리한 양파와 모락모락 김이 나는 신선한 빵과 레드 와인의 향도 맡을 수 있었다.

웃음소리와 이야기를 나누는 소리도 들렸다. 그는 어두운 거실에 홀린 듯이 서 있었다. 집이 자신을 홀리려는 것일까? 그래서 경계심을 늦추려는 걸까? 자신이 음식의 유혹에 약하다는 사실을 아는 집은 위험했다. 하지만 한편으로 이미 오래전에 죽어 묻힌 사람들을 위해 준비된 식사는 아닐까 하는 기묘한 느낌도 들었다. 한때는 이 집에서 행복하게 살았던 사람들을 위해서 차린 식사일지도 모른다. 물론 이런 생각은 그의 상상에 지나지 않았다. 그저 상상일 뿐이었다.

가마슈는 식당을 빠져나왔다. 이 집에 누군가가, 아니 무언가가 숨어 있다면 어디서 찾아야 할지 알기 때문이었다.

지하실이었다.

지하실 문의 손잡이를 향해 손을 뻗었다. 세라믹 손잡이를 만지니 한 기가 느껴졌다. 삐걱대는 소리를 내며 문이 열렸다.

"오셨군요." 라코스트는 니콜을 무시하고 손을 흔들며 보부아르를 맞았다. "수사는 어떻게 되어 가나요?"

"이걸 가져왔네." 그는 졸업 앨범을 회의실 테이블에 내려놓고 헤이즐과 소피를 만난 내용을 들려주었다.

"어떻게 생각해요?" 라코스트는 들은 내용을 곱씹으며 물었다. "소피는 마들렌을 사랑했을까요, 아니면 싫어했을까요?"

"잘 모르겠어. 혼란스러워 보이더군. 둘 다인 것 같기도 해."

"연상의 여자에게 반하는 여자애들이 많죠. 선생님이나 작가, 운동선수들한테요. 전 헬렌 켈러에게 반했었어요."

보부아르는 헬렌 켈러를 알지 못했지만 라코스트가 헬렌이라는 사람과 끈적끈적한 관계를 갖는 상상을 하다가 외투를 벗으면서 주춤거렸다. 그는 두 사람의 번들거리는 몸이 뒤엉키는 상상을 할 수 있었다.

"그녀는 눈과 귀가 다 멀었어요." 보부아르의 상상을 짐작한 그녀가 말했다. "이미 죽었고요."

이 말을 듣자 마음속에 그린 이미지가 전혀 달라졌다. 그는 눈을 깜빡이며 망상을 몰아냈다.

"아주 매력적인 사람이었나 보군."

"훌륭한 분이었죠."

"그런데 죽었군."

"그래요. 그래서 안타깝게도 만나 보지도 못했죠. 하지만 난 여전히 헬렌을 숭배해요. 놀라운 여자거든요. 그녀는 '모든 일에는 경이로움이 숨어 있다. 어둠과 침묵 속에도.'라고 했어요." 라코스트는 원래 하던 이야기로 돌아오려 했다. "무슨 이야기를 하고 있었죠?"

"연상의 여자에게 반하는 거에 대해서요." 니콜이 대답했다. 하지만 곧 자신의 엉덩이를 차고 싶었다. 자신이 그 자리에 있다는 사실조차 그들이 모르게 하고 싶었기 때문이다.

보부아르와 라코스트는 그녀가 그 자리에 있고 도움을 주었다는 데 놀라며 뒤를 돌아보았다.

"정말 헬렌 컬러에게 반했었나요?" 니콜이 물었다. "그 여자는 제정신이 아니었잖아요. 저도 영화 봤어요."

라코스트는 그녀를 철저히 무시했다. 경멸하는 표정조차 짓지 않았다. 니콜을 완전히 자리에 없는 사람으로 만들었다.

어둠과 침묵이군. 니콜이 생각했다. 그게 항상 좋은 건 아니지.

그녀는 자신에게 등을 돌리고 멀어져 가는 보부아르 경위와 라코스트 형사를 지켜보았다.

"소피 나이의 여자에게는 혼란스러운 게 자연스러운 거라고?" 보부아르가 라코스트에게 물었다.

"많이들 그러니까요. 감정은 어디에서나 생겨나요. 마들렌 파브로를 사랑했다가 증오하는 건 그녀에게는 자연스러운 일이에요. 그러다가 다시 숭배하기도 하고요. 대부분의 여자아이들이 엄마와 맺는 관계를 봐요. 그리고, 연구실에 연락해 봤어요." 라코스트가 말했다. "사건 현장 침입에 관한 보고서는 아침까지 준비가 안 되지만 검시관이 사전 보고서를 메일로 보냈대요. 그리고 퇴근하는 길에 들른다는데요. 비스트로에서 한 시간 정도 경감님을 뵙고 싶다고요."

"경감님은 어디 계시지?" 보부아르가 물었다.

"아직 옛 해들리 저택에 있어요."

"혼자 계신가?"

"아뇨. 르미외도 있어요. 그런데 할 말이 있어요." 그녀는 책상 앞에 앉아 컴퓨터 모니터를 들여다보고 있는 니콜을 흘낏 보았다. 프리셀 게임이나 하고 있겠지.

"좀 걸을까? 폭풍이 오기 전에 바람이나 쐬지." 보부아르가 말했다.

"폭풍이라뇨?"

그녀는 보부아르를 따라 문으로 향했다. 그는 문을 열면서 고개를 끄덕였다.

라코스트 눈에는 푸른 하늘과 기이하게 생긴 구름만이 보였다. 화창한 날씨였다. 옆에서는 보부아르가 심각한 표정으로 하늘을 올려다보고 있었다. 라코스트는 하늘을 더욱 자세히 살펴보았다. 그리고 저기, 언덕의 등성이에 자리한 어두운 소나무 숲 바로 위 옛 해들리 저택 너머로 그녀는 그것을 보았다.

밝고 상쾌하고 인위적으로 보이는 하늘이 돔처럼 보였고 그 위쪽에 검은 사선이 떠올랐다. 그리고 누군가가 그 돔을 열고 있었다.

"저게 뭐죠?"

"저게 폭풍이야. 시골에서는 더 엄청나 보이지. 도시에서는 빌딩 때문에 잘 볼 수 없는 거고." 그는 폭풍은 대개 사악한 뭔가가 다가오는 것처럼 보이는 법이라는 듯 그 사선을 향해 건성으로 손을 흔들었다.

보부아르는 외투를 걸친 뒤 밖으로 나가 스리 파인스로 가는 돌다리를 향해 발걸음을 돌렸지만 라코스트는 머뭇거렸다.

"이쪽으로 가면 안 될까요?" 그녀는 마을에서 멀리 떨어진 반대 방향을 가리켰다. 라코스트가 가리킨 쪽에는 숲으로 구불구불 이어지는 매혹적인 비포장도로가 있었다. 성장한 나무의 가지들이 서로 닿을 듯이 뻗치며 길 위에 아치를 만들고 있었다. 여름이 되면 나무들이 부드러운 응달을 만들겠지만 초봄인 지금은 나뭇가지에 작은 녹색 불꽃 같은 어린 싹만 돋아 있어 햇빛이 쉽게 통과했다. 그들은 달콤한 향기와 새소리로 가득 찬 세상을 말없이 걸었다. 보부아르는 질 샌던이 한 이야기를 떠올렸다. 나무가 말을 한다. 아마, 가끔은 노래도 한다고.

마침내 이자벨 라코스트는 아무도 엿들을 수 없다는 것을 확신했다. 특히 니콜.

"아르노 사건에 대해 알려 주세요."

가마슈는 고요한 어둠 속을 들여다보고 있었다. 이 지하실에는 전에 와 본 적이 있었다. 사나운 폭풍이 들이치는 가운데 어둠 속에서 이 문을 열고 들어와 납치당한 여인을 필사적으로 구하려 했다. 그리고 그는 공허함 속으로 발을 들여놓았다. 악몽이란 악몽이 모두 현실로 나타나는 것 같았다. 그는 문턱을 가로질러 무의 공간으로 건너갔다. 빛도, 계단도 없는 곳이었다.

그런 다음 그는 떨어졌다. 함께 간 사람도 마찬가지였다. 저 아래 바닥에서 상처를 입고 피를 흘리는 무더기 위로.

옛 해들리 저택은 스스로 보호했다. 참고 참다가 마지못해 최소한의 출입만을 허락하는 것처럼 보였다. 하지만 저택 안으로 깊이 들어갈수록 사악한 기운이 밀려왔다. 손이 자기도 모르게 바지 주머니로 들어갔고 이내 다시 나왔다. 아무것도 쥐지 않은 채.

하지만 성경이 재킷에 들어 있다는 걸 떠올리자 한결 기분이 나아졌다. 교회에 잘 나가지는 않았지만 그는 믿음의 힘을 알았다. 그리고 상징도. 하지만 이내 자신이 살해 현장에서 가져온 또 다른 책이 생각나자, 생각했던 위안이 뭐든 간에 그것이 자신의 안에서 빠져나와 눈앞에 있는 공동 속으로 사라지는 것을 느꼈다.

그는 손전등으로 계단 아래를 비췄다. 이번에는 적어도 계단이 있었다. 머뭇거리며 큰 발을 첫 번째 계단에 내려놓자 계단이 자신의 무게를 빼앗아 간다는 느낌이 들었다. 그는 깊은 숨을 내쉬며 아래로 내려가기 시작했다.

"뭐라고?" 보부아르가 말했다.

"아르노 사건에 대해 알아야겠어요." 라코스트가 말했다.

"왜지?" 그는 시골길 한가운데에서 걸음을 멈추었다. 그리고 고개를 돌려 그녀를 보았다. 그녀는 그를 정면으로 마주 보았다.

"전 바보가 아니에요. 무언가 중요한 사건이 일어나고 있어요. 뭔지 알고 싶다고요."

"텔레비전이나 신문에서 봤을 텐데." 보부아르가 말했다.

보부아르의 마음은 경찰청이 분열되었을 당시의 어두운 시절로 돌아갔다. 충성스럽고 단결이 잘되던 조직에서 전쟁이 일어나던 시절로. 그들은 단단히 방어 태세를 굳히고 안쪽을 향해 쏘아 댔다. 정말 끔찍했다. 모든 수사관이 경찰청의 힘이 충성심에 달려 있다는 사실을 알고 있었다. 그들의 삶 자체가 충성심에 의지한다고 해도 과언이 아니었다. 하지만 아르노 사건이 모든 것을 바꾸어 놓았다.

　한편에는 살인죄로 기소된 아르노 경정과 두 명의 공동 피고인이 있었다. 다른 한편에는 가마슈 경감이 있었다. 경찰청이 반으로 나뉘었다고는 할 수 없었다. 보부아르가 아는 모든 경찰은 아르노에게 치를 떨고 있었고, 그를 극도로 혐오했다. 하지만 가마슈가 한 일에 질색하는 사람도 많았다.

　"자네도 전부 알고 있잖나." 보부아르가 말했다.

　"전부는 아니에요. 아시잖아요. 뭐가 잘못된 거죠? 왜 저를 따돌리시는 거죠? 무슨 일이 있는 줄은 알아요. 아르노 사건은 아직 끝나지 않았어요. 그렇죠?"

　보부아르는 몸을 돌리고 천천히 길 아래로 내려가 숲 속으로 깊이 들어갔다.

　"말해 주세요!" 라코스트가 그의 뒤에서 소리쳤다. 하지만 보부아르는 아무런 대꾸도 하지 않았다. 그는 뒷짐을 지고 천천히 걸으며 생각에 빠졌다.

　라코스트에게 전부 말해야 할까? 그에 대해 가마슈는 어떻게 생각할까? 가마슈의 생각이 중요하기는 한 걸까? 경감이 언제나 옳은 것은 아니었다.

보부아르는 걸음을 멈추고 길 한복판에서 발을 단단히 딛고 서 있는 라코스트를 돌아보았다. 그는 그녀에게 손짓을 했다. 그리고 그녀가 다가오자 말했다. "자네가 아는 걸 얘기해 봐."

이 간단한 문장이 그를 놀라게 했다. 가마슈가 언제나 그에게 하던 말이었다.

"피에르 아르노가 경찰청의 경정이라는 건 알고 있어요."

"총경이었지. 마약 단속반에서 승진을 한 다음 강력반을 맡았어."

"그에게 무슨 일이 일어났어요. 무감각해지고 냉소적으로 변했죠. 여러 가지 일이 있었다고 들었어요. 하지만 아르노에게는 또 다른 문제도 있었죠." 라코스트가 말했다.

"내막을 알고 싶나?"

라코스트가 고개를 끄덕였다.

"아르노는 카리스마가 넘쳤어. 사람들은 그를 좋아했고 사랑하기까지 했지. 나도 몇 번 만나 봤는데 비슷한 감정이 들더군. 키가 크고 다부지게 생겼어. 맨손으로 곰이라도 때려잡을 것 같더군. 현명하기까지. 융통성과 현명함을 두루 갖추고 있었지."

"모든 남자들이 닮고 싶을 모습이었군요."

"정확해. 그리고 그는 휘하의 사람들을 스스로 힘 있고 특별하다고 느끼게 만들었어. 매우 강하게."

"경위님도 그에게 끌렸나요?"

"그의 부서에 지원했지만 거절당했지." 가마슈 아닌 다른 사람에게 이 사실을 밝히긴 처음이었다. "당시에 난 트루아 리비에 분견대에 있었네. 어쨌든 아마 자네도 들었겠지만 아르노는 자신을 따르는 사람들에게서 신비로울 정도의 충성심을 이끌어 냈지."

"그런데요?"

"그는 약자를 괴롭혔어. 절대적인 복종을 요구했지. 결국 정말 뛰어
난 형사들은 팀에서 나갔어. 보잘것없는 사람들만 남았지."

"약자들은 괴롭힘을 당하고, 겁에 질린 다른 형사들은 약자를 괴롭히
는 그에게 맞서지 못했군요." 라코스트가 말했다.

"내막을 모르는 줄 알았는데?"

"네, 맞아요. 하지만 학교 운동장에서 생기는 일은 잘 알죠. 어디나
똑같아요."

"여긴 학교 운동장이 아니야. 처음엔 조용히 시작됐지. 원주민 구역
에서 일어나는 폭력 사태를 막지 않고 놔뒀어. 살인 사건도 보고하지 않
았고. 아르노는 원주민들이 스스로를, 그리고 서로를 죽이고 싶어 한다
면 그들 내부의 문제라고 판단하고 관여하지 않겠다는 결론을 내렸지."

"하지만 거긴 아르노의 관할이잖아요." 라코스트가 말했다.

"맞아. 그가 보호 구역 수사관들에게 아무런 조치도 취하지 말라고
지시한 거야."

라코스트는 무슨 뜻인지 알아들었다. 청소년과 마약. 젊은 두뇌가 얼
어붙을 때까지 본드와 가솔린을 적신 헝겊을 빨아들였다. 그들은 차차
폭력과 학대, 절망에 무감각해졌다. 그들은 더 이상 아무것에도 신경 쓰
지 않았다. 무엇에도, 누구에게도. 남자애들은 서로에게, 그리고 자신
에게 방아쇠를 당겼다. 여자애들은 강간을 당했고 맞아 죽었다. 아마 그
들은 절망에 빠져 도와 달라며 경찰서에 전화했겠지만 답은 없었다. 신
출내기가 거의 대부분이었던 경찰들은 자신들의 첫 임무에서 상사를 만

족시켰다는 것을 알고 미소를 띤 채 전화기를 바라보고 있지 않았을까? 야만인이나 다름없었다. 아니면 자신들이 죽을까 봐 겁을 먹은 것이었을까? 그들은 죽임을 당하고 있는 어린 원주민이 하나가 아니라는 사실을 알고 있었고 자신들 역시 죽어 가고 있었다.

"무슨 일이 있었던 거예요?"

29

두려움을 느끼면 모든 것이 삐걱거린다. 아르망 가마슈는 에라스무스의 말을 떠올리며 방금 들은 삐걱거리는 소리가 실제로 난 소리인지 아니면 두려움이 만들어 낸 소리인지 궁금했다. 그는 몸을 휙 돌려 등 뒤의 계단에 손전등 불빛을 비췄다. 아무것도 없었다.

세월의 무게가 두껍게 쌓여 더러워진 바닥을 내려다보았다. 바닥에서는 거미와 썩은 나무 냄새, 곰팡내가 났다. 천명을 다하기 전에 세상을 뜬 사람들의 시체가 놓였던 지하 부검실에서 나는 냄새였다.

이 아래에는 무엇이 묻혀 있을까? 그는 뭔가가 있다는 것을 알았다. 느낄 수 있었다. 이 저택은 사악하고 잔인하고 악의에 가득 찬 비밀을 품고 있다고 말하고 싶어 죽을 지경인 것 같았고, 자신을 할퀴고 질리게 한 끝에 질식시켜 죽이려는 것 같았다.

다시 소리가 들렸다. 삐걱거리는 소리가.

가마슈는 몸을 휙 돌렸다. 손전등에서 흘러나온 희미한 원형 빛줄기가 거친 돌벽과 기둥, 열린 나무 문으로 흩어졌다.

그때, 휴대전화가 울렸다.

그는 휴대전화를 꺼내 번호를 확인했다.

"알루."

"세 무아C'est moi 나야." 렌 마리가 동료 한 명에게 미소를 건네고 국립 도서관의 서가 통로를 걸어가며 말했다. "난 일하고 있어. 어디야?"

"옛 해들리 저택이야."

"혼자 있어?"

"그랬으면 좋겠군." 그가 웃었다.

"아르망, 신문 봤어?"

"봤지."

"정말 유감이야. 하지만 이런 일이 생길 줄 알았잖아. 차라리 다행이지, 뭐."

아르망 가마슈는 그만의 싸움을 자신들의 싸움으로 받아들이는 이 여자와 결혼했다는 사실이 그렇게 기쁠 수 없었다. 그녀는 그가 앞으로 발을 내디디려 할 때조차 그의 옆을 굳건히 지키고 서 있었다. 아니, 그럴 때에는 특히 더.

"다니엘한테 전화했는데 안 받네. 메시지를 남겼어."

가마슈는 결코 렌 마리의 판단을 의심하지 않았다. 그것이 편한 관계를 만들었다. 하지만 그녀가 악의적인 기사 때문에 파리에 있는 아들에게 연락을 취하는 이유에 대해서는 확신할 수 없었다.

"아니가 막 전화했어. 방금 기사를 읽었고 사랑을 보낸다고 전해 달래. 혹시 죽이고 싶은 사람이 있으면 대신 죽여 주겠다는 말도 했어."

"그거 참 고맙군."

"어쩔 셈이야?" 그녀가 물었다.

"솔직히 말해, 그냥 무시할 생각이야. 상대할 가치도 없어."

잠시 침묵이 흘렀다.

"미셸한테 이야기하는 게 좋겠어."

"브레뵈프한테? 어째서?"

"실은 첫 번째 기사를 봤을 때도 그 생각을 했어. 하지만 너무 지나치지 않나 싶었지."

"첫 번째라니? 무슨 말이야?" 손전등이 깜빡거렸다. 스위치를 세게 누르자 다시 불이 들어왔다.

"오늘 신문. 「르 주르날 드 누」 조간. 아르망, 기사 본 거 맞아?"

손전등이 다시 꺼졌다가 한참 후에야 들어왔다. 하지만 불빛은 희미하고 약했다. 그는 다시 한 번 삐걱거리는 소리를 들었다. 이번에는 뒤에서. 몸을 돌려 계단을 향해 희미한 불빛을 비췄지만 아무것도 없었다.

"아르망?"

"듣고 있어. 기사 내용을 말해 줘."

렌이 읽어 주는 기사 내용을 듣고 있는 동안 옛 해들리 저택의 슬픔이 다가왔다. 그 슬픔은 마침내 가마슈가 옛 해들리 저택의 가장 깊은 곳 완벽한 어둠 속에 설 때까지 기다렸다가 그를 향해 살금살금 다가와 마지막 불빛을 집어삼켰다.

"아르노는 원주민들이 서로를 죽이는 것만으로는 성에 차지 않았어."
보부아르가 말했다. 그와 라코스트는 늦은 오후의 햇살이 아른거리는
진흙 길을 나란히 걷고 있었다. "아르노는 자신의 수하 중 최고 직급자
두 명에게 보호 구역에 들어가 문제를 일으키라고 지시했지. 쉽게 말해
프락치를."

"그다음은요?" 거의 참을 수 없을 지경이었지만 알아야 했다. 그녀는
평화로운 숲 속을 걸으며 잔혹한 이야기에 귀를 기울였다.

"그다음엔 피에르 아르노가 자신의 부하들에게 그들을 죽이라고 명령
했지."

보부아르는 해서는 안 될 말을 했다는 사실을 깨달았다. 그는 걸음을
멈추고 숲 속을 바라보았다. 귓전에 윙윙거리는 소리가 들리는가 싶더
니 다시 노랫소리가 들렸다. 울새? 어치? 소나무? 스리 파인스를 독특
한 장소로 만드는 소리인가? 마을 잔디 광장에 서 있는 거대한 소나무
세 그루가 가끔 합창하는 거 아냐? 질 샌던이 옳았나?

"얼마나 죽었죠?"

"아르노의 수하들은 증거를 남기지 않았어. 경찰청에는 여전히 찾지
못한 시체들을 찾으려고 하는 부서가 있지. 그놈들은 너무 많은 사람들
을 죽여서 시체를 어디에 묻었는지조차 기억하지 못해."

"어떻게 그런 짓을 하고 잘도 빠져나갔죠? 피해자 가족들이 이의를
제기하지 않았나요?"

"누구에게?"

라코스트는 고개를 숙여 발 사이의 땅을 내려다보았다. 완벽한 반역
이었다.

"경찰청에요." 그녀가 작은 목소리로 대답했다.

"크리족캐나다 중부에 많이 거주하는 원주민의 한 어머니가 계속 시도했지. 석 달 동안 빵 바자를 열고 직접 짠 모자와 벙어리장갑을 팔아 마침내 비행기 푯값을 마련했어. 퀘벡시행 편도였어. 피켓을 만들고 시위를 하러 주정부로 갔지. 국회 앞에서 하루 종일 시위를 벌였지만 아무도 돌아보지 않았어. 아무도 신경 쓰지 않았어. 결국 어떤 남자들이 그녀를 건물 앞에서 끌어냈지만 그녀는 다시 갔지. 한 달 동안 매일 같은 자리에 나타났고, 밤마다 공원 벤치에서 잠들었어. 날마다 떠나라는 말을 들었고."

"국회를요? 그들이 그렇게 할 수 없었을 텐데요. 공공물이잖아요."

"그녀는 국회에 가지 않았어. 국회에 간 줄 알았는데 알고 보니 샤토 프롱트나 호텔에서 시위를 하고 있었던 거야. 아무도 이 사실을 알려 주지 않았어. 도와주지도 않았고. 그저 비웃었을 뿐이야."

퀘벡시를 잘 아는 라코스트는 세인트로렌스강이 내려다보이는 절벽 위에 작은 탑이 있는 웅장한 호텔을 떠올릴 수 있었다. 퀘벡 시에 친숙하지 않은 사람이라면 착각할 수도 있지만 호텔 앞에는 분명 표지판이 있었다. 그리고 틀림없이 그녀는 길을 물어봤을 것이다. 그러지 않았다면⋯⋯.

"프랑스어를 못했나요?"

"영어도 못했어. 크리어만 할 줄 알았지." 보부아르가 확인해 주었다. 침묵 속에서 라코스트는 거대한 호텔을 보고 있었고, 보부아르는 반짝이는 눈망울과 주름진 얼굴의 작고 늙은 여인을 보고 있었다. 물어야 할 언어도 모르면서 아들에게 무슨 일이 생겼는지 절실히 알길 원하는 어머니를.

"그래서 어떻게 됐죠?" 라코스트가 물었다.

"모르겠나?" 보부아르가 물었다. 그들은 다시 멈추었고 보부아르는 상심한 표정의 라코스트를 바라보았다. 하지만 곧 그녀의 표정이 밝아졌다.

"가마슈 경감님이 그녀를 발견했군요."

"경감님은 그때 샤토 프롱트나 호텔에 머물고 있었어. 아침에 나가면서 보았던 그녀가 들어올 때도 그 자리에 있다는 걸 알게 되었지. 그래서 그녀에게 말을 걸었어." 보부아르가 말했다.

이자벨 라코스트는 전체적인 장면을 한눈에 그릴 수 있었다. 믿음직하고 예의 바른 경감이 홀로 있던 원주민 여자에게 다가간다. 라코스트는 그녀를 점잖은 시민들에게서 옮겨 주고 싶었던 어떤 경찰이 그녀에게 다가갔을 때 그녀의 검은 눈에 떠오른 공포를 볼 수 있었다. 원주민 여자는 가마슈의 말을 알아듣지 못했으리라. 그는 프랑스어로, 그다음에는 영어로 말을 붙이지만 그녀는 걱정이 가득한 주름진 얼굴로 그를 바라보기만 할 뿐이었다. 하지만 그녀도 한 가지 사실은 이해했다. 그는 친절한 사람이었다.

"그녀가 든 플래카드에는 물론 크리어가 적혀 있었어." 보부아르가 말을 이었다. "경감님은 그녀를 놔둔 채 떠났다가 차와 샌드위치, 그리고 원주민 센터에서 통역관을 데리고 돌아왔어. 초가을이었고 그들은 호텔 연못 앞에 앉아 있었지. 무슨 뜻인지 알겠어?"

"공원이요? 오래된 단풍나무 아래 말이죠? 잘 알아요. 비유 퀘벡옛 퀘벡 시내에 갈 때마다 앉아 있곤 했거든요. 카페 앞 언덕 아래에서 거리 예술가들이 공연을 펼치곤 했죠."

"그곳에 앉아 있었어." 보부아르가 고개를 끄덕였다. "차를 마시고 샌드위치를 먹었지. 경감님은 먹기 전에 그 늙은 여인에게 음식에 대해 감사하는 짧은 기도를 하자고 했지. 그녀는 굶어 죽기 일보 직전이었지만 기도를 하려고 하던 동작을 멈췄어."

보부아르와 라코스트는 더 이상 서로를 보고 있지 않았다. 햇빛 아래 진흙 길에 나란히 서 있었지만 서로 반대 방향을 바라보고 있었다. 저마다 생각에 잠겨 숲 속을 바라보면서 머릿속으로 옛 퀘벡에서 생긴 일을 되감고 있었다.

"그녀는 아들이 실종되었다고 말했어. 자신의 아들만 실종된 게 아니라고 했지. 일 년 전만 해도 바싹 말라 있던 제임스만의 해안가에 있는 자신의 마을에 대해 들려줬어. 밴드 카운슬캐나다 원주민 지역 의회의 결정에 따라 술도 마시지 못하던 곳이라고. 하지만 회장이 살해당하자 연장자들은 겁을 먹었고 여성 위원회는 해산되었다고 하더군. 그러고 나서 수상비행기를 타고 술이 도착했지. 몇 달 사이에 평화로운 마을이 엉망이 되고 말았어. 하지만 이게 다가 아니었지."

"살인 사건에 대한 이야기를 했군요." 라코스트가 말했다. "경감님이 그녀의 말을 믿었나요?"

보부아르는 고개를 끄덕였다. 같은 상황에 처했더라면 자신이 어떻게 행동했을지 생각해 본 적이 이번이 처음은 아니었다. 추악하고 나약한 답이 나온 적도 처음이 아니었다. 그는 아마도 그녀를 비웃는 사람들 중 한 명이었으리라. 예의를 갖춰 가까이 다가갔다고 해도, 과연 그녀가 들려주는 소름 끼치는 배신과 살인의 이야기를 믿으려 했을까?

아마 믿지 않았으리라. 오히려 어떻게든 그녀에게 등을 돌리려고 했을지도 모른다. 아무것도 듣지 못하고 이해하지 못한 척했을지 모른다.

이런 가정이 사실이 아니기를 바랐지만 알 수 없었다. 그가 확실히 아는 것은 늙은 크리 여인의 운명이 달라졌다는 것이었다.

처음에 가마슈는 이 만남에 대해 누구에게도 말하지 않았다. 보부아르에게도 비밀로 했다.

그는 퀘벡 북부 지방의 보호 구역을 구석구석 찾아다니며 몇 주를 보냈다. 그만의 답을 찾았을 때에는 어느덧 눈발이 흩날리고 있었다.

옛 퀘벡의 공원에 앉아 처음 그녀의 눈동자를 들여다봤을 때부터 그는 그녀를 믿었다. 그 역시 구역질이 나고 등골이 오싹했지만, 그녀가 진실을 말하고 있다는 점만큼은 전혀 의심하지 않았다.

모두 경찰이라는 작자들이 한 짓이었다. 그녀는 소년들을 숲으로 끌고 가는 경찰들을 지켜보았다. 경찰들은 돌아왔지만 소년들은 돌아오지 못했다. 그녀의 아들 미카엘도 그중 한 명이었다. 미카엘 대천사의 이름을 딴 소년은 숲으로 사라졌고, 그녀는 아들을 찾아 헤맸지만 도저히 찾을 수 없었다.

대신 그녀는 아르망 가마슈를 찾아냈다.

"거기 누구요?" 가마슈는 미동도 하지 않고 서 있었다. 어느새 눈과 귀 모두 어둠에 익숙해 있었다.

삐걱거리는 소리가 커지더니 차츰 가까워졌다. 그는 렌 마리가 들려준 이야기를 떠올리지 않으려 애썼고, 주위를 온통 둘러싸고 있는 것 같은 소리에만 집중하려 애썼다.

마침내 몇 개의 지하실 문 가운데 하나의 뒤쪽에서 조금 더 어두운 형체가 모습을 드러냈다. 검은 구두코. 그다음에는 후들거리는 다리가 천천히 시야에 들어왔다. 그리고 다리가 완전히 드러났고, 손 그리고 총.

가마슈는 움직이지 않았다. 지하실 한가운데에 서서 기다릴 뿐.

이제 두 사람은 서로를 정면으로 마주 보고 있었다.

"르미외 형사." 가마슈가 부드럽게 말했다. 그는 권총을 발견하자마자 누구인지 알아차렸다. 하지만 그렇다고 해서 위험이 전부 사라진 것은 아니었다. 그는 일단 총이 뽑히면 총을 쥔 사람이 행동 방침을 정한 것이나 다름없다는 사실을 알고 있었다. 갑작스러운 놀람이 그 사람의 손가락을 당기게 할 수도 있었다.

하지만 르미외 형사의 손은 조금도 흔들리지 않았다. 직사각형의 지하실에 똑바로 선 그는 허리까지 들어 올린 총을 경감에게 겨누고 있을 뿐이었다.

그러고 나서 르미외는 천천히 총구를 내렸다.

"경감님이셨습니까? 깜짝 놀랐습니다."

"내가 부르는 소리 못 들었나?"

"경감님이 부르셨나요? 무슨 소린지 잘 못 알아들었습니다. 그냥 신음 소리 같았죠. 저택이 절 위협하는 줄만 알았습니다."

"손전등 갖고 있나? 내 건 건전지가 다 됐네." 가마슈가 르미외를 향해 걸어가며 말했다.

한 줄기 빛이 가마슈의 발을 비추었다.

"총은 권총집에 넣었나?"

"네, 경감님. 제가 경감님에게 총을 뽑았다니. 사람들에게 자랑할 거리가 생겼는걸요." 르미외는 살짝 어색한 웃음을 지어 보였지만 가마슈는 웃지 않았다. 그리고 마침내 단호한 목소리로 말했다.

"지금 자네가 한 행동은 징계 사유가 되네. 사용할 생각이 없으면 절대로 총을 뽑아서는 안 돼. 자네도 알고 있을 테지. 그런데도 훈련 지침을 어기는 쪽을 택했어. 왜 그랬나?"

르미외는 가마슈를 몰래 염탐할 생각이었다. 하지만 경감의 귀가 지나치게 밝았다. 놀라움도 잠시, 그는 다른 무언가를 깨달았다. 가마슈는 이미 이 저택에 겁을 먹은 상태였다. 그렇다면 좀 더 겁을 주지 못할 이유가 무엇이겠는가? 가마슈에게 심각한 심장마비를 일으켜 가마슈 문제를 제거해 버린다면 브레뵈프가 어떤 반응을 보일지 궁금했다. 우선 작은 돌을 던져 보았다. 제자리에서 빙글 도는 가마슈가 보였다. 이번에는 줄을 잡아당겨 무언가가 스르르 미끄러지는 소리가 들리게 했다. 가마슈가 뒤로 물러섰다. 마지막으로 르미외는 총을 꺼냈다.

하지만 가마슈는 마치 자신이 한 짓이라는 것을 알아차린 듯 이름을 불렀다. 그는 더 이상 유리한 위치에 있지 않았다. 더욱 불행하게도 가마슈 경감은 더욱 강력해진 것처럼 보였다. 르미외 앞에 굳건히 버티고 서서 분노도, 심지어 두려움도 아닌 권력을, 권위를 뿜어내고 있었다.

"내가 물을 텐데. 르미외 형사. 왜 총을 뽑았나?"

"죄송합니다." 로베르 르미외는 말을 더듬으며 오랜 시간 시험을 거쳐 효과가 입증된 참회와 고백에 기댔다. "계속 혼자 있다 보니 겁이 났습니다."

"내가 있는 줄 알았을 텐데."

가마슈는 초라한 연기에 흔들리지 않았다.

"경감님을 찾고 있었습니다. 그때 무슨 목소리를 들었습니다. 목소리를요. 경감님이 누구와도 대화하지 않을 것이라고 생각해 다른 사람인 줄만 알았습니다. 테이프를 침범한 사람일 수도 있고요. 경감님께 제 도움이 필요할지도 모른다는 생각이 들었습니다. 하지만," 르미외는 고개를 숙이고 있다가 가로저었다. "변명의 여지가 없습니다. 전 경감님을 죽일 뻔했습니다. 제 총을 원하십니까?"

"난 진실을 원하네. 젊은이, 내게 거짓말하지 말게."

"거짓말이 아닙니다, 경감님. 정말입니다. 한심한 줄은 알시만 정말 무서웠습니다."

그래도 여전히 가마슈는 아무 말이 없었다. 이게 먹히지 않았다고?

"세상에. 저는 형편없는 실패자입니다. 처음에는 에페드라로 문제를 일으키더니 또 이렇게 되고 말았습니다."

"그건 실수였네." 가마슈가 말했다. 여전히 엄한 목소리였지만 조금 전처럼 엄하지는 않았다.

그가 이겼다. 브레뵈프가 뭐라고 했던가? '모든 사람이 죄인을 사랑하네. 하지만 가마슈를 따라올 사람은 없지. 그는 자신이 물에 빠지는 사람을 구해야 한다고 믿고 있네. 자네는 그냥 물에 빠지기만 하면 돼.'

그래서 그는 물에 빠졌다. 일부러 가브리의 컴퓨터에 에페드라에 관한 단서를 남기고 꼬리를 잡힌 뒤 용서를 받았다. 그리고 지금 다시 잡혔다. 총을 꺼내 든 일은 분명히 어리석었다. 하지만 그는 위기를 기회로 탈바꿈시켰다. 그리고 한심한 가마슈, 나약하기 짝이 없는 가마슈는 그가 총을 꺼내 든 행위를 사실상 용서했다. 용서는 가마슈의 만병통치약이자 약점이었다. 그는 용서를 사랑했다.

"뭐 찾아내신 거라도 있습니까, 경감님?"

"아무것도 없네. 이 집은 아직 비밀을 내놓을 준비가 되지 않았네."

"비밀이오? 집에 비밀이 있나요?"

"집은 사람과 비슷하네, 르미외 형사. 집에도 비밀이 있지. 내가 깨달은 걸 알려 주지."

아르망 가마슈가 목소리를 낮추자 르미외 형사는 안간힘을 쓰며 그의 말에 귀를 기울였다.

"우리를 병들게 하는 게 뭔지 아나, 르미외 형사?"

르미외는 고개를 흔들었다. 그리고 어둠과 침묵 속에서 답을 들었다.

"우리를 병들게 하는 건 우리의 비밀이라네."

등 뒤에서 작게 삐걱거리는 소리가 침묵을 깨뜨렸다.

30

"그다음엔 어떻게 됐죠?" 라코스트가 물었다. 그들은 수사본부로 돌아가고 있었다. 돔처럼 이어진 나뭇가지 아래에서 벗어나자 하늘에 먹구름이 밀려오는 것을 볼 수 있었다. 이제 먹구름은 하늘의 4분의 1을 뒤덮고 있었다. 천천히, 하지만 단호하게 전진하고 있었다.

"뭐라고?" 먹구름 때문에 주의가 산만해졌던 보부아르가 물었다.

"경감님이오. 아르노와 다른 사람들에 대한 증거를 갖고 있었잖아요. 경감님은 그걸로 어떻게 하셨죠?"

"나도 잘 모르네."

"오, 제발. 알고 계시잖아요. 경감님이 전부 이야기해 주셨잖아요. 하지만 크리족 여자에 대한 이야기는 법정에서 한 번도 안 나왔어요."

"그렇지. 그들은 그녀가 표적이 될 경우를 대비해서 침묵을 지키기로 결정했어. 아무한테도 말하면 안 돼."

라코스트는 신경 쓸 사람은 유치장에 있다고 반박하려다가 오늘 아침 신문 기사를 떠올렸다. 누군가는 여전히 신경을 쓰고 있었다.

"말 안 할게요."

보부아르는 퉁명스럽게 고개를 끄덕이더니 다시 걷기 시작했다.

"더 있잖아요." 라코스트가 그를 따라잡으려고 걸음을 재촉했다. "그게 뭐죠?"

"니콜 형사."

"니콜 형사가 왜요?"

보부아르는 자신이 이미 너무 많이 왔다는 걸 알았다. 그만하라고 스스로에게 경고하고 있었다. 하지만 공범을, 자신에게 동조하는 사람을 찾고자 하는 열망에 계속 말이 흘러나왔다.

"프랑쾨르 경정이 가마슈 경감님을 염탐하라고 보냈어."

그 말 자체에서 악취가 풍기는 것 같았다.

"메르드Merde 똥 같네." 라코스트가 말했다.

"메르드Merde 똥 같지." 보부아르가 동의했다.

"아니, 정말 똥이에요." 라코스트는 땅을 가리켰다. 말할 것도 없이 한 무더기의 똥이 길 한옆에서 김을 피우고 있었다.

보부아르는 피하려고 했지만 똥의 끄트머리를 밟고 말았다.

"젠장, 역겹군." 그는 발을 들어 올렸다. 부드럽기 그지없는 이탈리아 가죽에 더욱 부드럽고 악취가 나는 똥이 묻어 있었다. "자기 개의 배설물은 직접 치워야 하지 않나?"

그는 똥만큼이나 더러워진 가죽 구두를 길에 대고 문질렀다.

"이건 개똥이 아닙니다." 권위적인 목소리가 들려왔다.

보부아르와 라코스트가 주위를 둘러보았지만 아무도 없었다. 보부아르는 숲 속을 들여다보았다. 저 나무들 가운데 한 그루가 노래를 멈추고 실제로 말을 한 것일까? 나무에게서 처음 들은 말이 '이건 개똥이 아닙니다.'라는 게 가능한 일일까? 몸을 돌리자 그들 쪽으로 걸어오는 피터와 클라라 모로가 보였다. 그는 짐작도 하지 못한 터라 두 사람이 얼마나 오래 여기 있었고, 무엇을 들었을지 궁금했다.

피터는 허리를 구부려 앞에 놓인 똥 더미를 살폈다. 보부아르는 시골에 사는 사람들만이 끊임없이 똥에 매료된다고 생각했다. 시골 사람들과 부모만이.

"곰의 똥이군요." 피터가 몸을 일으켜 세우며 말했다.

"우린 방금 전에 여기를 지나왔는데요. 곰이 우리를 따라오고 있었다는 뜻인가요?"

지금 농담하는 걸까? 보부아르는 생각했다. 하지만 부부는 정색을 하고 있었고 여태껏 본 모습보다 훨씬 진지해 보였다. 피터 모로는 둥글게 만 신문을 들고 있었다.

"경감님이 주위에 있나요?"

"아뇨. 죄송하지만 안 계십니다. 제가 도울 일이라도?"

"경감님도 결국 보게 될 거야." 클라라가 피터에게 말했다.

피터는 고개를 끄덕이고 보부아르에게 신문을 건넸다.

"오늘 아침에 봤습니다." 보부아르가 다시 돌려주었다.

"다시 보세요." 피터가 말하자 보부아르는 한숨을 쉬며 신문을 펼쳤다. 예상하던 대로 「라 주르네」가 아니었다. 「르 주르날 드 누」였다. 신문 한가운데에는 경감과 아들 다니엘의 얼굴이 대문짝만하게 실려 있었다. 그들은 석조 건물 앞에 서 있었다. 교회 납골당 같았다. 가마슈는 다니엘에게 억지로 봉투를 떠넘기고 있었다. '정체불명의 남자에게 봉투를 건네고 있는 아르망 가마슈'라는 설명이 달려 있었다.

보부아르는 내용을 한 번 훑어보고 더 자세히 읽기 위해 다시 처음으로 돌아가야 했다. 너무 당황한 나머지 제대로 이해할 수가 없었다. 솟구치는 분노 속에 단어들이 흐릿해지고 빠르게 흩어지다가 가라앉았다. 그는 마침내 거친 숨을 몰아쉬며 신문에서 고개를 들었다. 그때 로베르 르미외와 함께 다리를 건너오는 아르망 가마슈가 보였다. 두 사람의 눈이 마주치자 가마슈는 따뜻한 미소를 지었지만 젊은 경위의 표정과 신문을 보고는 이내 미소를 거두었다.

"봉주르." 가마슈는 피터와 악수를 하고는 클라라에게 가볍게 몸을 숙였다. "가장 최근 기사를 읽었군." 그는 턱으로 보부아르의 손에 든 신문을 가리켰다.

"보셨나요?"

"아니. 하지만 렌 마리가 읽어 주었지."

"어쩌실 겁니까?" 보부아르가 물었다. 다른 사람들이 사라지고, 보부아르에게 존재하는 것은 가마슈 경감과 그의 뒤로 솟구쳐 오르는 기이한 먹구름뿐이었다.

"앉아서 한번 천천히 읽어 봐야겠네." 가마슈는 다른 사람들에게 고갯짓을 하고는 수사본부를 향해 걸었다.

"잠시만요." 보부아르가 달려가 그를 따라잡았고 가마슈가 문에 닿기 직전에 앞을 가로막았다. "신문에서 멋대로 떠들어 대게 내버려 두시면 안 됩니다. 이건 최소한 명예훼손감이라고요. 맙소사, 마담 가마슈가 기사를 전부 읽어 주셨다고요? 여기 이 부분 좀 들어 보세요." 신문을 낚아챈 보부아르가 펼쳐서 읽기 시작했다. "적어도 퀘벡 경찰청은 퀘벡인들에게 설명을 해야 한다. 어떻게 타락한 수사관이 계속 일하게 놔둘 수 있는가? 그것도 막강한 영향력이 있는 위치에서 말이다. 자신이 연루된 아르노 사건의 조사 과정에서 가마슈 경감은 자신의 상사에게 개인적인 복수를 한 것이 명백하다. 하지만 이제 그는 자신만의 사업을 시작한 것처럼 보인다. 그가 은밀히 봉투를 건네는 사람은 누구이며 봉투 안에는 무엇이 들어 있으며 남자는 어떤 목적으로 고용됐는가?"

보부아르는 손으로 종이를 으스러뜨리며 가마슈를 정면으로 쳐다보았다. "경감님 아들이잖습니까. 경감님이 다니엘에게 봉투를 주고 있다고요. 이런 취급을 당할 이유가 전혀 없습니다. 부탁입니다. 그저 전화기를 들고 편집자에게 전화를 걸기만 합니다. 경감님이 한 일을 설명하시라고요."

"왜 그래야 하지?" 가마슈의 목소리는 침착하기만 했다. 냉정한 시선에는 일말의 분노도 섞여 있지 않았다. "더 많은 거짓말을 지어내게 하려고? 내가 그들 때문에 상처받는다는 걸 알리려고? 난 그렇게 하지 않겠네, 장 기. 비난을 한다고 해서 내가 꼭 해명을 해야 할 필요는 없는 걸세. 나를 믿게."

"경감님은 당신을 믿어야 한다는 사실을 일깨우시려는 것처럼 그 말씀을 매번 저에게 되풀이하시는군요." 이제 보부아르는 누가 듣거나 말거나 상관하지 않았다. "'나를 믿게.'라는 말씀을 그만하시게 하려면 제가 얼마나 더 많이 증명해야 합니까?"

"미안하네." 아르망 가마슈가 처음으로 고통스러운 표정을 지었다. "자네 말이 맞아. 의심하는 건 아니야, 장 기. 절대로 그런 적은 없어. 난 자네를 믿네."

"그리고 저는 경감님을 믿습니다." 이제 차분한 목소리로 보부아르가 말했다. 흥분이 가라앉고 그를 사로잡은 거센 돌풍도 물러갔다. 잠시 동안 그는 '믿음'을 대신할 단어를 생각해 보았지만, '믿음'만으로도 충분했다. 그는 눈앞의 커다란 남자를 바라보았다. 가마슈는 아직까지 잘못된 걸음을 내디딘 적이 없었다. 가마슈는 분명 이탈리아산 가죽 구두에 똥이나 묻히고 다닐 사람은 아니었다.

"경감님이 해야 할 일을 하십시오. 믿고 따르겠습니다." 그가 말했다.

"고맙네, 장 기. 지금 당장은 다니엘에게 전화해야겠네. 파리는 곧 어두워질 테니."

"그리고 경감님," 라코스트는 이제 가마슈에게 다가가도 괜찮다는 생각이 들었다. "검시관이 이야기를 나누고 싶답니다. 비스트로에서 다섯 시에 보자고 하네요."

가마슈는 시계를 쳐다보았다. "방에서 침입을 설명해 줄 만한 단서는 찾았나?"

"못 찾았습니다." 라코스트가 말했다. "경감님은요?"

무슨 말을 할 수 있겠는가? 슬픔과 공포, 그리고 진실을 찾아냈다고? 우리는 단지 우리의 비밀만큼이나 병들어 있을 뿐이다. 그가 르미외에게 한 말이었다. 가마슈는 자신만의 비밀과 함께 저주받은 지하실에서 빠져나왔다.

질 샌던은 다리를 안고 문지르기 시작했다. 거친 손이 고통스러울 만큼 천천히 위아래로 움직였다. 한 번 문지를 때마다 그의 손이 더 위로 움직이다가 마침내 멈추었다.

"정말 부드럽군." 그는 다리를 툭 치고 부스러기를 떼어 내면서 말했다. "기름을 바를 때까지 기다려. 진한 오동나무 기름이야."

"누구한테 말하고 있어?"

오딜이 출입구 쪽에 털썩 주저앉았다. 잔에 담긴 액체와 질의 작업장이 동시에 소용돌이쳤다. 평소에 그녀는 분노를 와인으로 바꾸어 삼켜 버리곤 했지만 최근에는 이 방법도 별로 효과가 없었다.

질은 수치스럽고 은밀한 행동을 하다 들킨 사람처럼 놀라서 고개를 들었다. 입자가 고운, 닳아 빠진 사포 조각이 펄럭이며 바닥으로 떨어졌다. 오딜에게서 와인 향이 났다. 5시. 다섯 시면 나쁜 건 아니지. 대부분의 사람들은 5시에 한두 잔의 술을 마신다. '생크 아 세트오후 5시에서 7시 사이, 낮과 밤이 만나는 매혹의 시간이라는 뜻'라는 아름다운 퀘벡의 전통일 뿐이었다.

"다리한테 말하고 있었어." 그가 말했다. 처음으로 그 말이 우스꽝스럽게 들렸다.

"좀 멍청한 짓 아냐?"

그는 훌륭한 탁자의 일부가 될 운명인 다리를 쳐다보았다. 솔직히 말해 이 행동이 어리석게 느껴진 적은 한 번도 없었다. 그는 멍청한 사람이 아니었다. 대부분의 사람들이 나무와 대화하지 않는다는 것은 알았지만, 그가 보기에 그 점은 다른 사람들의 문제일 뿐이었다.

"새로운 시를 쓰고 있었어. 들어 볼래?"

대답을 기다리지도 않고 오딜은 문설주에서 몸을 떼고 무척 조심스럽고 느리게 가게의 프런트 카운터로 걸어갔다. 그리고 공책을 가지고 돌아왔다.

"들어 봐."

혼혈로 태어난 사람은 얼마나 쉽게 슬픔에 잠기는지.
대단치도 않은 일로 소란을 피우고
장밋빛 미래를 가시밭길로 만들지.
녹슨 못들. 그래. 그렇게나 많은.

"기다려." 그가 등을 돌리자 그녀는 다시 출입문 쪽으로 다가갔다. "더 들어 봐. 그럼 망할 다리 생각은 안 하게 될 테니까."

아래를 내려다본 그는 자신이 다리를 꽉 움켜쥐고 있다는 사실을 깨달았다. 마치 피가 그에게서 나무로 빠져나간 것처럼 손가락이 잔뜩 굳은 채 하얗게 변해 있었다. 잠시 주저하다가 나무 조각이 깔린 바닥인지 확인하고 조심스럽게 다리를 내려놓았다.

이 노래는 참새가 빽빽대는 소리가 아니며

실개천에서 황소개구리가 우는 소리도 아니야.

깃 위로 위풍당당한 코를 뽐내며

왜가리가 공격하는 소리도 아니야.

오딜은 공책을 내리고 질을 향해 의미심장한 표정을 지었다. 그녀는 몇 번 고개를 끄덕이더니 공책을 덮고 대단히 정신을 집중하며 다시 가게 안쪽으로 걸어갔다. 질은 그녀를 지켜보면서 그녀가 자신에게 무슨 말을 하려는 건지 생각해 보았다. 왜 오딜이 아니라 나무가 자신을 더 잘 이해할까?

갑자기 개미들이 피부 속을 기어 다니기라도 하는 것처럼 불안해졌다. 얼굴을 나무 다리로 가져간 그는 깊이 숨을 들이마셨다. 그리고 다시 숲으로 돌아갔다. 다정하고 사려 깊은 숲 속으로. 안전한 곳으로. 하지만 아무리 숲으로 돌아가는 상상을 해도 생각은 자꾸 현실로 돌아올 뿐이었다.

오딜이 아는 건 뭐지? 깃은 펜의 한 종류가 아니었나? 나를 소재로 조금 더 쉬운 시를 쓸 계획도 있을까? 나에게 시로 경고라도 할 작정일까? 그렇다면 그녀를 막아야만 했다.

그는 우아한 나무 다리를 손바닥으로 박자를 맞추어 두드리면서 하염없이 생각에 빠져들었다.

아르망 가마슈는 책상 앞에 앉아 구겨진 신문을 반듯하게 폈다. 여태까지는 다른 사람들이 읽어 주는 내용만 들었을 뿐이었다. 물론 그것만으로도 충분히 충격적이기는 했다. 하지만 사진을 보자 반발심이 고개를 들었다. 바로 어제 아침에 그가 아들에게 억지로 떠넘긴 봉투 위에 놓인 다니엘의 손. 다니엘, 아름다운 다니엘, 커다란 곰을 닮은 사내. 모두의 눈에는 두 사람이 부자지간으로 보이지 않는 걸까? 편집자들이 일부러 눈을 감기라도 한 걸까? 하지만 가마슈는 이미 그 답을 알고 있었다. 누군가가 사람들의 이성을 차단해 버렸다. 그는 전화기로 손을 뻗어 다니엘에게 전화를 걸었다.

닥터 샤론 해리스는 비스트로 앞 도로변에 차를 세웠다. 문설주가 달린 창으로 모로 부부와 얼핏 아는 몇몇 사람의 얼굴이 보였다. 벽난로에서는 불길이 치솟았고 가브리는 음료수 쟁반을 든 채 이야기하며 마을 사람들을 즐겁게 해 주고 있었다. 그녀는 능숙하게 가브리에게서 쟁반을 받아 들어 다른 사람들에게 음료수를 가져다주는 올리비에를 지켜보았다. 가브리는 육중한 다리를 꼬고 앉아 이야기를 계속했다. 가브리가 다른 사람의 위스키 술병에서 한 모금을 마시는 것 같았지만 확실치 않았다. 그녀는 고개를 돌려 마을을 바라보았다. 불이 켜지기 시작하고 장작불이 타는 향긋한 냄새가 공기에 가득 차 있었다. 마을 광장의 거대한 소나무 세 그루는 긴 그림자를 늘어뜨리고 있었다. 하늘을 올려다보았다. 하늘이 밤보다 더 가까이 내려앉았다. 그녀는 차 안에 앉아 일기예보에 귀를 기울였다. 캐나다 환경청조차 엄청난 기상 현상이 갑자기 발생한 사실에 놀라고 있었다. 폭풍은 무엇을 품고 있을까? 기상 캐스터들은 알지 못했다. 매년 이맘때쯤 찾아오는 비거나 진눈깨비, 심지어 눈일 수도 있었다.

아직 비스트로에 가마슈 경감이 나타나지 않았기 때문에 해리스 박사는 마을 광장의 의자에 앉아 바람을 쐬기로 했다. 막 앉으려는 참에 의자 아래 무언가가 시선을 붙들었다. 그녀는 그것을 주워 들어 살펴본 다음 미소를 지었다.

길 건너편에서 루스 자도네 현관문이 열리고 나이가 지긋한 여인이 나왔다. 그녀는 잠시 그 자리에 서 있었다. 해리스는 루스가 보이지 않는 누군가에게 말을 걸고 있다는 느낌을 받았다. 그런 다음 그녀는 쿵쿵거리며 계단을 내려왔다. 그리고 바닥에 서서 허공에 대고 몇 마디를 더 했다.

드디어 정신이 나갔군. 시 때문에 뇌가 타 버린 거야.

루스가 몸을 돌리더니 해리스 박사를 몸서리치게 하는 행동을 했다. 그녀는 루스에게 약간의 인간 혐오증이 있다는 것을 알고 있었다. 루스는 미소를 지으며 그녀에게 손을 흔들었다. 해리스 박사는 손을 흔들면서 저토록 행복해할 만큼 루스가 부화한 악의적인 음모가 무엇일지 궁금했다. 그리고 곧 그 정체를 발견했다.

절뚝거리며 길을 가로지르는 루스의 뒤에 자그마한 새 두 마리가 매우 작은 꼬리처럼 따라붙고 있었다. 한 마리는 날개를 펼쳐 퍼덕거렸고, 다른 한 마리는 절뚝거리며 조금 뒤처져 가고 있었다. 루스는 멈추어 서서 기다렸다가 좀 더 천천히 걷기 시작했다.

"그야말로 가족이군요." 샤론 해리스 박사 옆자리에 앉으며 가마슈가 말했다.

"제가 뭘 찾았는지 보세요."

해리스 박사가 주먹을 펼쳤다. 손바닥 한가운데에 자그마한 알이 놓여 있었다. 울새 알처럼 푸른색이었지만 울새 알은 아니었다. 초록색과 분홍색의 정교하고 섬세한 무늬가 있었다. 자세히 살펴보기 위해 가마슈는 반달형 안경을 써야 했다.

"도대체 어디서 찾았습니까?"

"바로 여기, 벤치 아래에서요. 믿어지세요? 제가 보기에는 나무 같은데요." 그녀가 알을 건넸다. 그는 얼굴 가까이 그것을 들어 올려 사시가 될 때까지 뚫어지게 응시했다.

"아름답군요. 어디서 온 걸까요."

해리스 박사가 고개를 가로저었다. "이 마을이겠죠. 시인이 오리와 산책하고 예술 작품이 하늘에서 떨어지는 이 스리 파인스라는 마을을 어떻게 설명해야 할까요?"

하늘 이야기가 나오자 두 사람은 모두 먹구름을 바라보았다. 먹구름은 하늘의 절반을 가리고 있었다.

"이 마을에 그렇게 많은 렘브란트가 있는지 몰랐는데요."

"아니에요. 제가 보기에 이건 고전파보다 추상파에 더 가까워요."

가마슈가 웃음을 터뜨렸다. 그는 해리스 박사를 좋아했다.

"가엾은 루스. 조금 전에는 절 보고 미소를 지었다니까요."

"루스가 미소를 지었다고요? 죽어 가고 있는 걸까요?"

"아니요. 하지만 오리 한 마리는 그런 것 같아요."

해리스 박사는 힘겹게 잔디를 가로질러 연못으로 향하는 더 작은 오리를 가리켰다. 두 사람은 의자에 앉아 가만히 지켜보았다. 루스가 힘겹게 걸음을 옮기는 오리 옆으로 바짝 다가가 천천히 함께 걸었다. 마치 한 쌍의 절뚝거리는 엄마와 아이 같았다.

"마들렌 파브로를 죽인 약물이 뭔지 아십니까, 박사님?"

"에페드라죠. 그녀의 체내에서 권장량의 대여섯 배가 검출됐어요."

가마슈가 고개를 끄덕였다. "독성학 보고서에 그렇게 쓰여 있더군요. 저녁 식사 때 먹게 된 걸까요?"

"그랬을 거예요. 제법 빨리 효과가 나타나거든요. 어떤 음식에 넣었더라도 별문제는 없었을 거예요."

"하지만 뭔가가 더 있지 않습니까?" 가마슈가 말했다. "에페드라 때문에 죽은 사람이 모두 두려움으로 가득 찬 표정은 아닐 텐데요."

"사실이에요. 정말 그녀를 죽인 게 뭔지 알고 싶으세요?"

가마슈가 고개를 끄덕였다.

샤론 해리스는 가마슈의 강인하고 침착한 얼굴에서 시선을 돌리고 턱으로 산비탈 쪽을 가리켰다.

"저 집이 그녀를 죽였어요. 옛 해들리 저택이오."

"왜 그러세요, 닥터. 집은 사람을 죽이지 못합니다." 가마슈는 설득력 있게 말하려고 애썼다.

"아마 집은 아니겠죠. 하지만 두려움은 사람을 죽일 수 있어요. 경감님은 유령을 믿으시나요?" 그는 아무 말도 없었지만 그녀는 계속 말을 이었다. "난 의사예요. 과학자이기도 하고요. 하지만 죽도록 겁을 먹게 하는 집에 가 본 적이 있어요. 흠잡을 데 없이 멋진 파티가 열린 집이었죠. 하지만 새로 지은 집에서조차 공포를 느꼈어요. 어떤 존재를요."

그녀는 줄곧 이 문제로 자신과 씨름해 왔다. 가마슈에게 전부 말해야 할까? 이것을 받아들여야만 할까? 그녀는 그래야만 한다는 것을 알고 있었다. 살인범을 찾기 위해서는 자신을 드러내야 했다. 하지만 지금까지 경찰청의 다른 어떤 경찰에게도 결코 이런 말을 한 적이 없었다.

"귀신이 나오는 집이 있다는 걸 믿습니까?" 가마슈가 물었다.

해리스 박사는 어느새 열한 살로 돌아가 트랭블랑의 집으로 난 소나무 숲 속을 천천히 걷고 있었다. 그 어둡고 음울한 집은 숲 속에 파묻힌 채 버려져 있었다.

"저 집에서 누가 죽었대." 친구가 귀에 대고 속삭였다. "어린애였대. 목이 졸린 다음 칼에 찔려 죽었대."

사내아이가 삼촌에게 맞아 죽었다고 말하는 사람도 있었고 굶어 죽었나고 하는 사람도 있었다.

그 아이는 아무리 달아나려 해도 그곳을 떠날 수 없었다. 아이는 그곳에서 기다렸다. 다른 아이의 몸에 들어가길 기다리고 있었다. 다시 살아나 죽음에 대한 복수를 하기 위해서.

그들은 트랭블랑 집의 마당으로 살금살금 걸어 들어갔다. 야심한 시각이었고, 어두운 숲으로 다가가자 낮에는 익숙하고 편안했던 것들이 하나같이 낯설어 보였다. 나뭇가지가 갈라지고, 발걸음 소리가 다가오고, 무언가 삐걱거리는 소리가 났다. 어린 샤론 해리스는 도망치려고 달음박질하다가 구르고 말았다. 길게 뻗은 나뭇가지에 얼굴이 긁혀 상처가 났다. 뒤에서 숨을 헐떡이는 소리가 들렸다. 자신이 버리고 온 친구일까? 죽은 소년이 팔을 뻗치고 있는 걸까? 그녀는 자신의 생명을 필사적으로 앗아 가려는 소름 끼치는 손이 어깨에 닿는 걸 느낄 수 있었다.

더 빨리 달릴수록 두려움은 자꾸만 더 커졌다. 그녀는 겁에 질려 흐느끼며 마침내 혼자서 숲을 헤치고 나왔다.

오늘날까지도 거울 앞에 서면 나무와 자신의 두려움이 만들어 낸 작은 흉터가 보였다. 흉터를 볼 때마다 자신 대신 가장 친한 친구를 죽은 소년에게 바친 그날 밤이 떠올랐다. 물론 잠시 후 친구도 나무를 헤치며 숲 속에서 뛰쳐나왔다. 마찬가지로 흐느끼면서. 그렇지만 그들은 죽은 소년이 무언가를 확실히 훔쳐 갔다는 걸 알았다. 소년은 친구 사이의 믿음을 훔쳐 갔다.

샤론 해리스는 귀신 들린 집이 있다고 믿었다. 하지만 사람 역시 귀신이 들린다는 걸 확실히 알고 있었다.

"제가 귀신이 나온다는 집을 믿을까요, 경감님? 정말 그걸 물으신 거예요? 의사이고 과학자인 제게요?"

"그렇습니다." 그가 미소했다.

"경감님은 믿으세요?"

"이제는 절 아시지 않습니까. 전 모든 것을 믿습니다."

그녀는 잠시 주저하다가 마음을 굳혔다. 아무려면 어떻겠는가.

"저 집은 귀신 들린 집이에요." 굳이 가리킬 필요도 없이 두 사람은 어느 집인지 알고 있었다. "어떤 귀신인지는 저도 잘 모르겠어요. 마들렌 파브로는 알고 있겠죠. 하지만 죽고 나서야 알게 됐어요. 저요? 목숨을 바쳐 가면서까지 알고 싶진 않네요."

두 사람은 평화로운 마을 한가운데에 있는 벤치에 조용히 앉아 있었다. 귀신과 악마, 죽음에 대한 이야기를 나누는 동안 주위에서는 사람들이 개를 산책시키며 수다를 떨고 있었다. 가마슈는 해리스 박사가 말을 잇기를 기다리며 루스가 작고 둥근 솜털을 연못에 들어가게 하려고 전전긍긍하는 모습을 지켜보았다.

"오후에 에페드라를 조사해 보았어요. 에페드라는," 그녀는 주머니에서 메모지를 꺼냈다. "겉씨식물 관목이에요."

"약초인가요?" 가마슈가 말했다.

"알고 계세요?"

"르미외 형사한테 들었습니다."

"어디서나 자라는 식물이죠. 예전에는 감기약이나 항히스타민제알레르기 치료제로 사용했어요. 중국인들은 몇백 년 전부터 알고 있었어요. 마황이라고 불렀죠. 그 후에는 제약 회사에서도 알게 되어 에페드린을 제조하기 시작했어요."

"어디에서나 자라는 식물이라고요……."

"여기서도 자라는지 궁금하신가요? 맞아요. 저기에도 있네요." 그녀는 앞쪽 잔디 위에 있는 커다란 나무를 가리켰다. 가마슈는 자리에서 일어나 그 나무로 다가갔다. 그리고 몸을 구부려 가을에 떨어졌던 거친 갈색 잎을 주웠다.

"은행나무죠." 해리스 박사 역시 가마슈 옆으로 가 잎사귀를 주우며 말했다. 나뭇잎의 모양은 평범하지 않았고 일반적인 잎사귀 모양보다는 부채 모양에 더 가까워 보였다. 그리고 힘줄 같은 두꺼운 잎맥이 돋아 있었다. "겉씨식물과의 한 종류예요."

"누군가가 잎에서 에페드라를 추출할 수도 있나요?" 가마슈가 그녀에게 잎을 보여 주었다.

"잎인지 나무껍질인지 어딘지 몰라요. 제가 아는 건 같은 과에 속한다고 해서 반드시 에페드라가 들어 있지는 않다는 것뿐이에요. 그리고 좀 전에 말했듯이 에페드라와 두려움만으로는 충분하지 않아요."

그들은 몸을 돌려 다시 의자로 돌아왔다. 가마슈는 손으로 잎을 문질렀다. 손에 잎의 잎맥이 느껴졌다.

"또 다른 어떤 일이 일어났어야 합니까?" 그가 물었다.

"또 다른 어떤 게 있어야 했어요." 해리스 박사가 고개를 끄덕였다.

"뭐죠?" 가마슈는 그녀가 유령이라고 대답하지 않길 바라며 물었다.

"마들렌 파브로에게 심장 질환이 있어야 했어요."

"있었습니까?"

"네. 부검 결과를 보면 그녀는 심장에 꽤 심각한 이상이 있었어요. 유방암 때문에 생긴 게 거의 확실하고요." 해리스 박사가 말했다.

"유방암이 심장에 이상을 일으키나요?"

"암 때문이 아니라 치료를 받는 과정에서 생기죠. 화학 요법 때문에요. 젊은 여자에게 나타나는 유방암 증세는 무척 공격적이어서 의사들은 암을 치료하기 위해 다량의 화학 약품을 투여하죠. 보통 치료를 받기 전에 상담을 하지만 그런다고 달라지는 건 없어요. 몇 달 동안 비참한 심정에 시달리고, 머리카락이 빠지고, 심장 질환을 겪게 되거나 거의 확실히 유방암으로 죽게 되죠."

"정말 끔찍하군요." 가마슈가 속삭였다.

"맞아요."

"굉장히 심각해 보이시는군." 루스 자도가 그들 곁으로 다가왔다. "빌어먹을 파브로 사건 때문인가?"

"그럴걸요." 가마슈는 자리에서 일어나 노시인에게 허리를 굽혔다. "해리스 박사를 아십니까?"

"한 번도 본 적 없어." 루스와 샤론 해리스는 악수를 나누었다. 샤론 해리스가 자신을 루스에게 소개한 것이 오늘로 열 번째였다.

"당신네 가족은 정말 사랑스러워 보이는군요." 가마슈가 연못 쪽으로 고개를 까딱했다.

"이름이 있나요?"

"큰 애가 로사고 작은 애가 릴리움이지. 쟤들을 연못 옆의 꽃 사이에서 발견했거든."

"아름다워요." 해리스 박사는 연못으로 풍덩 뛰어드는 로사를 보며 말했다. 릴리움은 한 걸음 내딛다가 발을 헛디뎠다. 새들에게 등을 돌리고 있던 루스는 무언가 잘못되었다는 사실을 어떻게 알았는지 재빠르게 연못으로 절뚝거리며 걸어갔다. 그리고 연못에서 작은 오리를 들어 올렸다. 흠뻑 젖었지만 살아 있었다.

"큰일 날 뻔했어." 루스가 소매로 부드럽게 새끼 오리의 얼굴을 토닥거리며 말했다. 샤론 해리스는 자신이 무슨 말이라도 해야 하는지 생각해 보았다. 루스는 릴리움이 얼마나 연약한지 확실히 알고 있을까?

"폭풍이 거의 근처까지 왔네요." 해리스 박사는 하늘을 올려다보았다. "길거리에서 폭풍을 맞고 싶지는 않은데요. 하지만 경감님께 말씀드릴 게 하나 더 있어요."

"뭔가요?" 손바닥으로 릴리움을 감싼 루스가 꽥꽥거리며 그녀의 뒤를 쫓는 로사를 데리고 집으로 향할 때 가마슈는 닥터 해리스의 차가 있는 곳까지 그녀와 동행했다.

"죽음에 영향을 끼쳤는지 확실치는 않아요. 직접적인 영향을 미치지는 않았겠죠. 하지만 좀 혼란스러운 문제가 있어요. 마들렌 파브로의 유방암이 재발했더군요. 상당히 심각했어요. 간에 병변도 생겼고요. 크지는 않았지만 크리스마스 때까지 살아 있기 힘들었을 거예요."

가마슈는 이 내용을 이해하느라 잠시 멈추어 서 있었다.

"그녀도 알고 있었을까요?"

"잘 모르겠어요. 몰랐을 수도 있죠. 하지만 솔직히 말하면 유방암을 앓는 여자들은 몸과 소통을 잘하게 돼요. 거의 초자연적인 수준이 되죠. 그만큼 강력한 관계를 맺게 되는 거예요. 데카르트가 한 말은 틀렸어요. 마음과 몸에는 경계가 없어요. 유방암에 걸린 여자들은 잘 알죠. 처음에는 모를 수도 있어요. 하지만 재발하면? 모를 수가 없죠."

호우를 알리는 커다란 첫 번째 빗방울이 떨어지고 바람이 세차게 불어오면서 작은 마을의 하늘이 보랏빛으로 물들며 칠흑같이 어두워져 갔다. 샤론 해리스는 부랴부랴 차에 올라 마을을 빠져나갔다. 아르망 가마슈는 하늘에서 폭우가 쏟아져 내리기 전에 서둘러 비스트로로 갔다. 안락의자를 차지하고 앉은 그는 스카치와 감초 파이프를 주문했다. 스리 파인스 주변으로 서서히 밀려드는 폭풍을 창밖으로 내다보면서 그는 죽어 가는 여자를 죽이고 싶어 한 사람이 누구일지 생각해 보았다.

31

"재미있나요?"

머나가 가마슈의 어깨 너머에서 몸을 구부렸다. 책에 몰입해 있던 가마슈는 그녀가 다가오는 줄도 모르고 있었다.

"잘 모르겠습니다." 그가 솔직히 말하며 그녀에게 책을 건넸다. 그리고 주머니에 넣어 두었던 책을 전부 꺼냈다. 자신이 이동도서관처럼 느껴졌다. 다른 수사관들이 지문과 증거를 수집하는 동안 그는 책을 수집했다. 모두가 이 방식이 옳다고 생각하지는 않으리라.

"지독한 폭풍이네요." 머나는 맞은편의 커다란 의자에 털썩 주저앉아 레드 와인을 주문했다. "밖으로 나가도 되지 않아서 다행이에요. 그럴 수만 있다면 다시는 밖에 나가고 싶지 않네요. 제가 원하는 모든 게 다 여기 있거든요."

그녀는 행복에 겨운 듯 두 팔을 벌렸다. 화려한 카프탄이 그녀가 앉은 소파의 팔걸이를 덮었다.

"사라와 벨리보의 가게에서 사 온 음식이랑, 커피와 친구들이 있으니까요."

"레드 와인도 있습니다, 폐하." 가브리가 어두운 나무 탁자에 둥글납작한 잔을 내려놓으며 말했다.

"이만 물러가도 되오." 머나는 놀랄 만큼 왕 같은 몸짓으로 고개를 끄덕였다. "와인과 스카치, 읽고 싶은 책도 모두 있구나."

그녀가 잔을 들어 올리자 가마슈도 잔을 들어 올렸다.

"상테Sante 건배!" 두 사람은 서로에게 미소를 짓고 음료를 조금 들이켠 다음, 유리창에다 양동이로 들이붓는 듯한 빗물을 바라보았다.

"어디, 무슨 책인지 한번 볼까요?" 독서용 안경을 쓴 머나가 가마슈가 건넨 작은 가죽 장정의 책을 훑어보았다. "어디서 났죠?" 마침내 그녀가 물으면서 줄이 달린 자신의 안경을 가슴 고원 위에 안착시켰다.

"마들렌이 죽은 방에서요. 책꽂이에 있었습니다."

머나는 책에서 사악함이 전이된다는 듯 즉시 책을 내려놓았다. 눈에 띄게 단순한 표지의 책이 두 사람 사이에 놓였다. 빨간색 잉크로 그린 작은 손. 마치 피처럼 보여 가마슈는 그것이 붉은색 잉크라고 자신을 납득시켜야 했다.

"마술에 관한 책이네요. 출판사 이름이나 ISBN도 없고요. 자비로 소량을 찍은 것 같은데요." 머나가 말했다.

"얼마나 오래되었는지 알 수 있을까요?"

머나는 몸을 숙였지만 책을 만지지는 않았다.

"책등 가죽이 조금 갈라져 있고, 몇 장은 헐거워졌군요. 접착제가 말라붙은 게 틀림없어요. 일차 세계 대전 전에 나온 책 같은데요. 제사題詞 책의 첫머리에 그 책과 관계되는 노래나 시 따위를 적은 글가 있나요?"

가마슈는 고개를 저었다.

"가게에서 이런 책을 본 적은 없습니까?"

머나는 생각하는 척했지만 답은 이미 나와 있었다. 그녀는 이 책처럼 섬뜩한 책을 기억하고 있었다. 그녀는 책을 사랑했다. 모든 책들을. 머나의 책방에 주술이나 마술에 관한 책도 있었다. 하지만 지금 두 사람 사이에 놓인 책과 같은 책이 책방에 들어왔다면 당장 치웠으리라. 꼴 보기 싫은 누군가에게.

"아니요. 전혀 없어요."

"그럼 이 책은 어떤가요?" 가마슈는 속주머니로 손을 뻗어 최근에 처음부터 끝까지 눈을 떼지 못하고 읽은 책을 꺼냈다.

그는 머나의 정중한 호기심이 깃든 표정을 기대했다. 즐거워하며 좋은 책이라고 인정하기를 기대했는지도 몰랐다. 어쨌든 공포에 질린 표정을 예상하지는 않았다.

"이 책은 또 어디서 났죠?" 그녀는 가마슈의 손에서 책을 낚아채더니 의자 한쪽으로 치워 버렸다.

"왜 그러십니까?" 그녀의 반응에 놀란 가마슈가 물었다.

하지만 머나는 듣고 있지 않았다. 대신 빠르게 방 안을 살피다가 불안한 표정으로 문 앞에 서 있는 무슈 벨리보에게 시선을 멈추었다. 무슈 벨리보가 낭황스러운 표정을 짓더니 이내 자리를 피했다.

그녀는 손을 뻗어 그 책을 집어 들더니 테이블에 내려놓았다. 지금 테이블 위에는 한 더미의 작은 책들이 있었다. 붉은 손이 그려진 기이한 가죽 장정의 책과 성경, 그리고 방금 소동을 일으킨 우스꽝스러운 표지의 새로 등장한 책까지.

"사라 빙크스가 누구죠?" 그는 제일 위에 놓인 책을 두드렸다.

"새스커툰캐나다 서스캐처원 주 중부 도시 출신의 매혹적인 여류 시인이에요." 머나는 이 한마디로 사라 빙크스를 전부 설명할 수 있다는 듯이 말했다. 가마슈도 이미 인터넷으로 사라 빙크스를 찾아보았다. 이 책이 가장 형편없는 시인에게 바치는 책이라는 사실도 알았다. 이 너그럽고 따뜻하며 유쾌한 책은 마들렌이 따로 숨겨 둔 책이기도 했다.

"마들렌의 침실에 있는 서랍 뒤에서 찾았습니다."

"마들렌이 이 책을 갖고 있었다고요?"

"다른 사람 책인 줄 알았습니까?"

"나는 책이 누구에게 흘러가는지 몰라요. 사람들은 여기저기 책을 빌려 주곤 하죠. 책방 주인의 골칫거리라고나 할까요. 사는 대신 빌려 보니까요."

그녀가 눈살을 찌푸렸지만 책 때문은 아닌 듯했다. 그녀는 방을 훑어보더니 갑자기 안절부절못하면서 불편한 기색을 드러냈다.

"왜 그러십니까?" 가마슈가 물었다. 그리고 답을 찾았다. 이리저리 방황하던 머나의 눈동자는 바 앞에 있는 수척한 남자에게 머물렀다. 무슈 벨리보는 슬픔에 빠져 방황하는 듯한 모습이었다. "늘 저래요." 그녀는 한 움큼 집어 든 캐슈너트를 탁자에 쏟았다. 가마슈는 멍하니 캐슈너트를 집어 입에 털어 넣었다.

"무슨 뜻이죠?"

머나는 잠시 망설였다. "그럴 만한 이유가 있다는 건 알아요. 전 부인도 죽기 전에 오래 아팠으니까요. 그리고 지금은 마들렌이 죽었죠. 그래도 여전히 출근해서 정시에 가게를 열고 열심히 일해요."

"슬픔에 익숙해졌는지도 모르죠. 슬픔이 일상이 된 건지도요."

"그럴 수도 있어요. 하지만 경감님이라면 아내분이 세상을 떠난 다음 날 일하러 갈 수 있겠어요?"

"마들렌은 아내가 아니었잖아요." 가마슈는 렌 마리가 죽는다는 상상을 서둘러 떨쳐 내며 말했다.

"하지만 지네트는 아내였고 무슈 벨리보는 지네트가 죽은 다음 날도 가게 문을 열었어요. 그가 씩씩한 걸까요, 아니면 우리가 가까이 있는 적을 보고 있는 걸까요?"

"방금 뭐라고 하셨죠?"

"가까이 있는 적이오. 심리학적인 개념이에요. 똑같아 보이는 두 개의 감정이 실제로는 정반대인 현상을 일컫는 표현이죠. 하나의 감정이 또 하나의 감정처럼 보이지만, 사실 하나는 건강한 감정이고 다른 하나는 병들고 왜곡된 감정일 때 쓰는 말이에요."

가마슈는 잔을 내려놓았다. 물방울이 그의 손가락을 살짝 적셨다. 물방울이 아니라 손바닥에 갑자기 맺힌 땀인지도 몰랐다. 맹렬하게 유리창을 두드리는 폭풍과 비, 우박이 빚어내는 소음에 비스트로의 이야기 소리와 웃음소리가 잦아들었다.

그는 앞으로 몸을 숙이고 목소리를 낮춰 말했다. "예를 들어 줄 수 있습니까?"

"세 가지 조합이 있어요." 이유도 모르는 채 머나 역시 앞으로 몸을 숙이고 속삭이듯이 말했다. "집착은 사랑인 척하고, 동정은 연민인 척, 무관심은 평정심인 척 속이죠."

방금 들은 내용의 의미를 이해하려고 애쓰면서 아르망 가마슈는 머나의 눈동자를 들여다보며 한동안 가만히 있었다. 머나가 말한 이야기에는 무척 심오한 내용이 숨어 있었다. 그는 방금 대단히 중요한 무언가를 들었다.

하지만 전부 다 이해하기는 어려웠다. 머나가 푹신한 소파에 기대 레드 와인이 담긴 둥글납작한 잔을 빙빙 돌리고 있는 동안, 그의 눈동자는 벽난로 주변을 배회했다.

"이해가 잘 안 됩니다." 마침내 머나에게 다시 눈을 맞추며 가마슈가 말했다. "자세히 설명해 줄 수 있겠습니까?"

머나가 고개를 끄덕였다. "동정과 연민이 제일 이해하기 쉬워요. 연민은 교감을 필요로 하죠. 고통받는 사람과 동등한 감정을 느끼게 되고요. 하지만 동정은 달라요. 누군가에게 동정심을 느끼는 사람은 그 누군가에게 우월감을 갖는 거라고 할 수 있죠."

"두 감정은 서로 잘 구별이 잘 안 되는데요." 가마슈가 말했다.

"정확한 지적이에요. 감정을 느끼는 당사자에게도 구별이 어렵죠. 거의 모든 사람들이 자신은 연민을 느낀다고 주장해요. 연민은 숭고한 감정 중 하나니까요. 하지만 실제로 대부분의 사람들이 느끼는 건 동정이에요."

"그렇다면 동정이 연민 가까이 있는 적이겠군요." 곰곰이 생각해 본 가마슈가 천천히 말했다.

"동정은 연민처럼 보이고, 동정을 느끼면 연민을 느낄 때와 비슷한 행동 양상이 나타나죠. 하지만 연민과는 정반대의 감정이에요. 동정이 자리 잡고 있는 한 연민이 들어올 틈은 없어요. 동정은 더욱 숭고한 감정인 연민을 파괴하고 몰아내 버리죠."

"실제로는 다른 감정을 느끼면서 더욱 숭고한 감정을 느끼고 있다고 자신을 속이기 때문이군요."

"자기 자신을 속이고, 다른 사람도 속이는 거죠." 머나가 말했다.

"그럼 사랑과 집착은 어떻습니까?" 가마슈가 물었다.

"엄마와 아이가 대표적인 예죠. 어떤 엄마는 아이가 더 큰 세상에서 살아갈 수 있게 준비를 해 주는 게 자신의 역할이라고 생각하죠. 독립적인 사람이 되고 결혼해서 아이를 가질 수 있게요. 아이가 자신이 원하는 곳에서 자신을 행복하게 하는 일을 하면서 살아갈 수 있게 돕죠. 이게 진정한 엄마의 사랑이에요. 하지만 주변에서 흔히 볼 수 있는 또 다른 엄마들은 아이에게 매달리죠. 아이와 같은 도시, 같은 동네로 이사를 가고요. 아이를 통해 삶을 살아가는 거예요. 아이를 질식하게 만들죠. 아이를 조종하고 죄의식을 빌미로 불구가 되게 하죠."

"불구가 되게 한다고요? 어떻게요?"

"독립적으로 살아가는 방법을 가르쳐 주지 않는 걸로요."

"하지만 그건 엄마와 아이 사이의 문제만은 아니겠죠." 가마슈가 말했다.

"그렇죠. 우정이나 결혼에서도 생길 수 있어요. 다른 친밀한 관계에서도요. 사랑은 상대방을 위한 최선을 바라죠. 집착은 상대방을 인질로 삼고요."

가마슈는 고개를 끄덕였다. 그에게도 유사한 경험이 있었다. 인질은 달아날 수 없다. 달아나려 하면 비극만이 따를 뿐이다.

"그리고 마지막은요?" 그는 다시 앞으로 몸을 숙였다. "뭐였죠?"

"평정심과 무관심이오. 제 생각에 가장 끔찍하고 가장 해로운 조합이에요. 평정심은 균형이에요. 일상을 압도하는 일이 생기면 우리는 그 일에 대한 강한 감정을 느끼게 돼요. 하지만 우리에게는 그 일을 극복할 능력도 있죠. 경감님도 보셨을 거예요. 아이나 배우자를 잃은 후에도 꿋꿋이 살아가는 사람들을요. 심리학자다 보니까 전 항상 그런 사람들을 만나게 돼요. 믿기 힘들 정도의 고통과 슬픔을 겪는 사람들이오. 하지만 안으로 깊이 들어가면 결국 본질에 닿게 되죠. 그걸 평정심이라고 해요. 상황을 받아들이고 앞으로 나아가는 능력을 말하죠."

가마슈는 고개를 끄덕였다. 그는 사랑하는 사람이 살해당한 사건을 극복한 가족에게 깊은 감동을 받은 적이 있었다. 심지어 살인범을 용서하는 사람도 있었다.

"평정심과 무관심은 어떤 공통점이 있나요?" 여전히 두 감정의 관계를 파악하지 못한 그가 물었다.

"생각해 보세요. 감정을 절제하는 모든 사람들을요. 불행 앞에 끄덕도 하지 않죠. 비극이 일어나도 냉정하게 대처해요. 정말로 그렇게 용기 있는 사람들도 있죠. 하지만 어떤 사람들은," 그녀는 목소리를 더욱 낮추었다. "정신이상자 같아요. 그냥 고통 자체를 느끼지 못해요. 왜인 줄 아세요?"

가마슈는 가만히 있었다. 뒤에서는 마치 대화를 방해하려는 것처럼 유리창에 폭풍이 거세게 부딪히고 있었다. 우박이 유리창에 내리꽂혔고, 마을 저편을 뒤덮고 있는 눈발이 유리창을 가득 메웠다. 그와 머나는 그들만의 세상에 철저히 갇힌 것 같았다.

"그들은 타인에게 전혀 관심이 없어요. 대부분의 사람들처럼 느끼지 않죠. 인간성의 덫에 싸여 있는 '보이지 않는 인간흑인 차별 문제를 다룬 랠프 엘리슨의 소설 제목으로 백인들의 눈에 흑인은 보이지 않는 인간으로 취급당한다는 내용. 보이지 않는 인간은 흑인과 마찬가지로 본연의 정체성을 인정받지 못한 사람들을 의미한다' 같아요. 그들의 내면에는 공허함뿐이죠."

가마슈는 피부에 찬기가 스며드는 걸 느꼈고 재킷 안의 팔에 소름이 돋고 있음을 알았다.

"문제는 한 감정과 다른 감정을 정확히 구별하는 데 있어요." 머나가 식료품상을 계속 주시하며 속삭였다. "평정심이 있는 사람들은 놀랄 만큼 용감해요. 고통을 흡수해 온전히 느끼고 놓아 보내죠. 그리고 이거 아세요?"

"뭘요?" 가마슈가 속삭였다.

"그런 사람들은 다른 사람에게 관심이 없고 무관심하기만 한 사람과 똑같아 보여요. 냉정하고 차분한 데다 아주 침착하니까요. 우리는 이런 사람들을 존경하죠. 하지만 정말로 용감한 사람은 누구이고, 가까이에 있는 적은 누구일까요?"

가마슈는 난로로 덥혀진 의자에 몸을 기댔다. 그 순간, 그는 알아차렸다. 적은 이미 가까이 와 있었다.

라코스트 형사와 르미외 형사는 퇴근했고 보부아르 경위만 수사본부에 혼자 남아 있었다. 니콜을 빼면. 그녀는 컴퓨터 앞에서 등을 구부리고 있었다. 얼굴이 너무 창백해 죽은 사람처럼 보였다.

시계가 6시를 알렸다. 가야 할 시간이었다. 그는 가죽 외투를 집어 들고 문을 열었다. 그런 다음 다시 재빨리 문을 닫았다.

"젠장."

"왜 그래요?" 니콜이 산만하게 서성였다. 보부아르가 뒤로 물러나더니 그녀에게 문을 열어 주겠다는 시늉을 하고 그녀를 문 앞으로 불렀다. 그녀는 미심쩍은 표정으로 그를 바라보더니 재빨리 문 앞에 섰다.

얼음처럼 차가운 비바람과 또 다른 무언가가 그녀를 덮쳤다. 그녀가 멀찌감치 물러났을 때 무언가 튀어 오르는 게 보였다. 우박이었다. 빌어먹을, 우박이라고? 바람 때문에 문에서 다시 쾅 하는 소리가 났고, 문을 닫으러 가다가 그녀는 빛 속에서 소용돌이치고 있는 눈을 보았다.

망할 눈까지?

비, 우박, 그리고 눈까지? 도대체 개구리는 어디로 간 거지?

그때 전화가 울렸다. 양철을 때리는 듯한 휴대전화 벨 소리였다. 익숙한 소리였지만 보부아르의 휴대전화에서 나오는 소리가 아니었다. 분명히 보부아르에게 온 전화는 아니었다. 그는 급기야 얼굴에 피까지 묻은 니콜을 쳐다보았다. 볼과 이마의 시뻘건 반점들이 마치 앙심을 품은 장의사가 화장을 해 놓은 것 같았다.

"자네 전화 같은데."

"제 전화가 아닙니다. 라코스트 형사가 두고 간 것 같습니다."

"자네 전화 맞는데." 보부아르가 그녀에게로 걸어왔다. 전화선 너머에 있는 사람이 누구인지 알아야겠다는 생각이 들었다. "전화 받게."

"잘못 걸려 온 전화입니다."

"자네가 받지 않겠다면 내가 받지." 그가 앞으로 다가가자 니콜이 뒤로 물러섰다.

"아니, 제가 받겠습니다." 그녀는 버튼을 눌러야만 하기 전에 벨이 멈추기를 명백하게 바라는 표정으로 휴대전화를 천천히 꺼냈다. 하지만 전화는 계속 울려 댔다. 보부아르가 성큼 다가섰다. 니콜은 뛸 듯이 뒤로 물러섰지만 충분히 빠르지 못했다. 보부아르는 순식간에 휴대전화를 낚아챘다.

"봉주르?" 그가 말했다.

전화가 끊겼다.

비스트로에는 거의 손님이 없었다. 화로 안에서 타닥거리는 소리를 내는 모닥불은 방 안에 호박색과 진홍색 불빛을 흩뿌리고 있었다. 가끔 폭풍이 거센 바람을 일으키면서 내는 쿵 하는 소리를 빼고는 비스트로 안은 전체적으로 따듯하고 편안하며 조용했다.

보부아르가 가방에서 앨범을 꺼냈다.

"훌륭해." 가마슈가 앨범으로 손을 뻗으며 말했다. 그는 의자에 몸을 뒤로 기대고 안경을 썼다. 그리고 레드 와인 한 잔을 들더니 현실에서 사라졌다. 보부아르는 가마슈가 손에 책을 들고 있을 때처럼 행복해하는 모습을 본 적이 없었다.

보부아르는 바삭바삭한 크루아상 한 조각을 집어 들어 그 위에 파테를 두껍게 얹었다. 그리고 먹었다. 밖에서는 바람이 울부짖었지만 안에서는 모든 것이 고요하고 편안했다.

잠시 후에 문이 열리고 잔이 불쑥 들어왔다. 얼굴에는 흐트러진 머리카락과 놀란 표정이 드러나 있었다. 가마슈는 의자에서 일어나 가볍게 몸을 숙였다. 그녀는 가마슈에게서 꽤 멀리 떨어진 테이블을 선택했다.

"니콜이 저 여자를 비앤비 밖 폭풍 속으로 내쫓을 수 있다는 데 내기 하시겠습니까? 산 자를 위해 죽은 자를 불러내는 여자에게 겁을 줄 수 있는 사람은 니콜뿐일 겁니다."

전채 요리가 도착했다. 가브리는 가마슈 앞에 바닷가재 비스크_{조개류로 만든 진한 수프를}, 보부아르 앞에 프랑스식 양파 수프를 놓았다.

두 남자는 요리를 먹으며 대화를 이어 나갔다. 이 순간이 수사 과정에 있어 보부아르가 가장 좋아하는 부분이었다. 가마슈 경감과 머리를 맞대고 해결책을 찾는 시간이었다. 생각과 의견이 오가는. 격식도 없고 메모도 없는. 그저 떠오르는 생각을 입 밖으로 내면 될 뿐이었다. 먹고 마시면서.

"뭐 떠오르는 게 있나?" 가마슈가 앨범을 툭툭 치면서 물었다. 바닷가재의 풍미가 부드럽게 느껴지는 수프에서는 살짝 코냑 향이 감돌았다.

"제가 보기에는 졸업 앨범 사진 밑에 적힌 글이 중요한 것 같습니다."

"탕와이 감옥 운운하던 글 말이군. 내 생각도 같네."

이번에는 헤이즐에 주목하며 가마슈는 졸업 앨범을 한 번 더 넘겨보았다. 헤이즐은 분명 사진을 찍기 전에 미용실에 다녀왔으리라. 머리카락은 잔뜩 부풀어 올라 있었고 눈은 아이라이너를 너무 많이 칠한 탓에 툭 튀어나와 있었다. 사진 아래에는 '스포츠와 연극반을 사랑한 헤이즐. 결코 화낸 적 없음.'이라는 글귀가 적혀 있었다.

'결코 화낸 적이 없음'이라는 문구를 되뇌며 가마슈는 그 말이 헤이즐에게 평정심이 있다는 뜻인지, 아니면 그녀가 무관심하다는 뜻인지를 생각해 보았다. 결코 화를 내지 않는 사람이 어디 있겠는가?

그는 연극반 사진이 실린 페이지로 넘어갔다. 진하게 화장을 한 여배우에게 팔을 두르고 미소 짓는 헤이즐을 볼 수 있었다. 사진 아래에는 '〈당신 좋으실 대로〉에서 로절린드 역을 맡은 마들렌 가뇽'이라고 쓰여 있었다. 크게 성공을 거둔 이 학교 연극에 대한 설명은 연출가인 헤이즐 랭이 썼다.

"마들렌은 어떻게 이 모든 걸 해낼 시간을 냈는지 모르겠습니다. 운동이랑 교내 연극까지요." 보부아르가 말했다. "치어리더도 했잖아요." 그는 찾는 페이지가 나올 때까지 책장을 넘겼다. "여기 보이시죠? 마들렌이오."

말할 것도 없이 거기에는 흑백사진 속에서도 윤이 나는 머리칼에 활짝 미소를 짓고 있는 마들렌이 있었다. 사진 속의 인물들은 모두 짧은 킬트와 몸에 딱 붙는 작은 스웨터를 입고 있었다. 싱그럽고 활기찬 모습이었다. 모두 젊고 사랑스러웠다. 가마슈는 치어리더 단원들의 이름을 읽었다. 모니크, 조앤, 마들렌, 조젯. 그리고 사진에는 없는 사람의 이름이 하나 있었다. 잔이라는 이름의 소녀였다. 잔 포트뱅이었다.

"여기에 빠진 치어리더의 이름을 보고 알아챈 게 있나?" 가마슈가 물었다. "잔일세."

그는 보부아르에게 앨범을 넘겨주고 식탁에 고독하게 앉아 있는 여자를 바라보았다.

"경감님은 정말로 그렇게 생각……," 보부아르도 같은 방향으로 고개를 획 돌렸다.

"이상한 일이 일어났군."

"유령이나 교령회 같은 겁니까? 경감님은 그녀가 마법을 써서 매력적인 치어리더에서 저런 모습으로 변신했다고 생각하시는 겁니까?"

두 사람은 칙칙한 스웨터와 슬랙스 차림의 소심한 여자를 보았다.

"돌이 많은 땅에서도 꽃들은 피어나지. 못생긴 사람들도 착한 일을 하지영국 계관 시인 존 메이스필드의 「에필로그」라는 시의 한 소절." 가마슈가 잔 쇼베를 보면서 말했다.

그때 올리비에가 메인 요리를 가지고 왔다. 보부아르는 두 배로 기뻤다. 음식을 먹게 되었을 뿐 아니라, 경감이 시를 더 이상 즐기지 못하게 막을 수 있었기 때문이었다. 보부아르는 자신이 전혀 이해할 수 없는 시를 알아듣는 척하는 데 지쳐 버렸다. 가마슈의 코코뱅닭고기에 와인, 돼지비계, 버섯, 마늘 등을 넣어 삶은 프랑스 요리은 감칠맛 나는 풍부한 향기와 뜻밖의 단풍 향으로 식탁을 가득 채웠다. 부드러운 해콩과 설탕에 절인 베이비 캐럿이 개인 접시에 놓였고, 보부아르의 앞에는 숯불에 구운 후 프라이팬에 볶은 양파가 수북이 쌓인 커다란 스테이크가 놓였다. 보부아르의 개인 접시에는 프리트감자튀김가 산처럼 쌓여 있었다.

보부아르는 지금 이 순간 이 자리에서 죽어도 좋을 만큼의 행복에 휩싸였다. 그러다가 디저트로 크림 브륄레커스터드푸딩을 구워 그 위에 설탕을 뿌리고 불로 태워 캐러멜 막을 만들어 먹는 디저트를 주문하지 않았다는 사실을 깨달았다.

"누가 그랬다고 생각하십니까?" 보부아르가 프리트를 우적우적 씹으며 물었다.

"많은 이에게 사랑을 받은 여자를 살해한 용의자 목록이 끝이 없는 것 같군. 쉽게 에페드라에 접근할 수 있고 교령회에 대해 알고 있는 사람 손에 죽었겠지. 하지만 살인범은 한 가지를 더 알고 있었어." 가마슈가 말했다.

"그게 뭡니까?"

"마들렌에게 심장 질환이 있었다는 거네."

가마슈는 보부아르에게 검시관 보고서에 대해 설명했다.

"하지만 우리가 이야기한 사람 중 누구도 그런 말은 안 했는데요." 보부아르가 맥주를 들이켜며 말했다. "살인범이 몰랐을 가능성은 없을까요? 에페드라를 먹이고 옛 해들리 저택으로 데려가는 것만으로도 충분하다고 생각했을 수도 있잖아요."

가마슈는 따뜻하고 부드러운 빵에 그레이비소스를 발랐다. "그럴 수도 있지."

"그런데 자신에게 심장 질환이 있었다면, 그녀는 왜 그걸 비밀로 했을까?"

마들렌이 간직했던 또 다른 비밀들과, 비명 소리와 함께 그녀를 무덤으로 데려가야 했던 비밀은 무엇이었을까?

"살인범이 운이 좋았을 수도 있죠." 보부아르가 말했다. 이번 사건은 수많은 요인의 힘을 빌려야 하는 살인 사건이지만 운은 거기에 포함되지 않는다는 것을 두 사람 모두 알고 있었다.

32

잔 쇼베는 그들에게서 등지고 앉아 혼자인 것을 좋아하는 척하려고 애썼다. 따뜻하고 생기 있는 난롯불에 사로잡혀 있는 척하려고 애썼다. 바깥의 폭풍만큼이나 난폭한 마을 사람들의 냉담한 시선에 상처받지도 흔들리지도 않은 척하려고 애썼다. 자신이 여기에 속한 사람인 척하려고 애썼다. 스리 파인스에.

요 며칠 전 자신의 작은 차를 타고 물렁 길을 미끄러져 내려오는 순간 편안함을 느꼈다. 마을은 밝은 햇살에 휩싸여 있었고, 나무는 연초록빛 싹으로 뒤덮여 있었으며, 사람들은 미소를 지으며 서로에게 가볍게 인사를 건넸다. 가마슈가 지금 막 그런 것처럼 이 매혹적인 골짜기에만 존재하는 것 같은 정중하고 공손한 방식으로 허리 숙여 인사하는 사람도 있었다.

잔 쇼베는 여기저기를 두루 돌아다니며 신비한 장소를 찾아다녔다. 스리 파인스도 그중 하나였다. 평생을 헤엄쳐 오다가 가까스로 섬에 닿은 것 같은 기분이었다. 그날 밤 그녀는 비앤비의 침대에 누워 빳빳하고 깨끗한 리넨 이불 속으로 파고들었다. 그리고 연못가의 개구리 울음 소리를 들으며 깊은 잠에 빠졌다. 오랫동안 쌓여 왔던 피로가 가시기 시작했다. 그동안의 피로가 기진맥진할 정도는 아니었지만 모든 뼈가 화석화되어 돌처럼 굳어진 듯한, 잡초가 무성한 나락으로 자신을 끌고 가는 듯한 피로였다.

하지만 그날 밤 침대에서는 스리 파인스가 자신을 구원했다는 느낌이었다. 기대도 안 했던 우편으로 안내 책자를 받은 그 순간부터.

그러다가 교령회에서 마들렌을 만나고 말았다. 섬이 다시 가라앉았다. 마치 아틀란티스처럼. 마들렌은 또 한 번 그녀의 머릿속을 복잡하게 만들었다.

그녀는 올리비에가 건넨 풍부한 향의 진한 커피를 한 모금 마시고는 크림을 섞어 커피를 부드러운 캐러멜 빛깔로 만들었다. 그리고 자신이 처음 이곳에 왔을 때 그토록 친절했던 마을 사람들이 차고 딱딱하고 무자비한 돌덩어리로 변하지 않았다고 상상했다. 지금 마을 사람들은 손에 횃불을 들고 공포가 서린 눈으로 그녀에게 돌진해 오는 것만 같았다.

전부 마들렌 때문이었다. 어떤 것들은 절대로 변하지 않았다. 잔이 유일하게 바라던 것은 소속감을 느끼고 싶은 것뿐이었는데 마들렌은 시종일관 잔이 힘겹게 얻은 소속감을 빼앗아 갈 뿐이었다.

"합석해도 될까요?"

잔은 흠칫 놀라며 위를 올려다보았다. 아르망 가마슈와 장 기 보부아르가 그녀를 내려다보고 있었다. 가마슈는 사려 깊고 친절한 눈빛을 하고 얼굴에 미소를 띠고 있었다. 옆에 있는 인간은 언짢아 보였다.

여기에서 나와 있는 게 싫은 게지. 영매가 아니더라도 그쯤은 알 수 있었다.

"그러세요." 그녀는 난롯불로 따뜻해진, 빛바랜 천의 포근한 소파를 가리켰다.

"다른 데로 옮길 생각은 없습니까?" 가브리가 씩씩대며 말했다.

"아직 초저녁이잖소, 파트롱." 가마슈가 말했다. "뭐 좀 드시겠습니까?" 가마슈가 잔에게 물었다.

"커피 마시고 있어요, 고맙습니다."

"술 한 잔 마실까 하는데요. 술이 마시고 싶어지는 날입니다." 그는 중간 문설주가 달린 유리창을 슬쩍 쳐다보았다. 유리창에는 따뜻한 비스트로의 실내가 고스란히 비쳤다. 낡은 판유리는 다시 돌풍을 맞아 흔들렸고, 유리창이 살짝 덜컹거리는 소리는 아직 우박이 멈추지 않았음을 알려 주었다.

"맙소사." 가브리가 한숨을 쉬었다. "날씨까지 이러면 이런 시골 마을에서 우리는 뭘 해 먹고 살라는 거야?"

"저는 브랜디를 넣은 에스프레소와 베네딕틴으로 하겠습니다." 보부아르가 말했다.

가마슈는 잔에게 고갯짓을 하며 의향을 물었다. 그녀는 경감이 자신보다 많아야 열 살 남짓 많을 테지만 왠지 모르게 그가 자신의 아버지, 어쩌면 할아버지처럼 느껴졌다. 그에게서는 마치 다른 세대, 다른 시대에서 온 것 같은 구시대적인 분위기가 풍겼다. 지금 같은 세상에서 그렇게 살아간다는 게 힘들다는 걸 알고 있을까. 하지만 경감이라면 그렇지 않을 거라는 생각이 들었다.

"네, 좋아요. 그러면 저는……." 그녀는 잠시 고민하다가 몸을 돌리고 바의 뒤쪽 선반에 일렬로 서 있는 술병들을 바라보았다. 티아 마리아, 크림드 멘트, 코냑이 있었다. 그녀는 다시 가브리에게 몸을 돌렸다. "쿠앵트로로 할게요. 실 부 플레."

가마슈도 주문을 한 뒤에 세 사람은 술이 도착할 때까지 날씨며 이스턴 타운십스, 도로 상황에 관한 이야기를 나누었다.

"줄곧 영매로 살아왔습니까, 잔 쇼베?" 가브리가 마지못해 자리를 뜨자 가마슈가 물었다.

"그럴 거예요. 하지만 열 살이 되기 전까지는 사람들도 다 저처럼 세상을 보는 줄 알았어요." 그녀는 작은 잔을 코에 대고 냄새를 맡았다. 오렌지의 달콤한 향이 났고 따뜻했다. 냄새를 맡자 눈시울이 촉촉하게 젖어 들었다. 쿠앵트로의 달콤한 액체로 입술을 적셨다. 그리고 잔을 내려놓은 다음 입술을 핥았다. 마지막 한 방울까지 원했다. 맛과 향, 모습까지. 그리고 지금 이 자리에 함께 있는 사람들까지도.

"어떻게 알게 되었습니까?"

그녀는 평소에 이런 이야기를 잘 하지 않았다. 사람들도 잘 묻지 않았다. 그녀는 주저하면서 오랫동안 가마슈를 바라보았다. 그러다가 마침내 이야기를 꺼냈다.

"친구의 생일 파티가 있었어요. 포장된 선물을 보고 안에 뭐가 들었는지 전부 맞혔죠."

"될 수 있는 한 아무 말도 말았어야 했군요." 가마슈는 이렇게 말하며 그녀를 좀 더 유심히 쳐다보았다. "하지만 했군요. 그렇지요?"

갑자기 영매로 변한 것 같은 가마슈를 보자 보부아르는 슬슬 짜증이 났다. 결국 대망막caul을 쓰고 태어난 사람은 경감이었다. 니콜이 비앤비로 급히 사라지고 난 후 그는 늦은 오후를 대망막에 대한 정보를 검색하며 보냈다. 제대로 된 철자를 알아내는 데만 해도 시간이 꽤 걸렸다. 코웰? 카울? 아니, 콜이었나? 그런데 불현듯 배트맨도 이걸 쓰고 다녔다는 걸 생각해 냈다. 구글에서 배트맨을 검색해 보았더니 모든 것이 맞아떨어졌다. 매일매일이 놀라움의 연속이었다.

처음에는 그녀가 자신이 우스꽝스러운 가면을 쓰고 끝이 뾰족한 귀를 지닌 채 태어났다고 하는 줄만 알았다. 하지만 그때 더욱 섬뜩한 이미지가 화면에 나타났다.

"맞아요." 잔이 대답했다. "선물 꾸러미 절반을 들여다보며 모두에게 안에 뭐가 들었는지 이야기하자 생일을 맞은 아이가 눈물을 터뜨렸어요. 지금까지도 방 안을 둘러보던 기억이 생생해요. 제 친구들인 어린 소녀들이 전부 절 쳐다보고 있었죠. 화를 내고 불안해했어요. 다들 엄마 뒤에 숨어 있었어요. 겁을 먹은 거죠. 그다음부터 모든 게 달라졌어요. 무언가 볼 수 있다는 건 알고 있었지만 다른 사람들도 그런 줄 알았거든요. 목소리를 듣고, 영혼을 봤어요. 다음에 무슨 일이 생길지도 알았고요. 모든 일은 아니지만요. 늘 그런 건 아니었어요. 하지만 그것만으로도 충분했어요."

그녀의 목소리는 명랑했지만 가마슈는 결코 쉽지 않았으리라는 사실을 알고 있었다. 그는 그녀의 어깨 너머로 각자의 식탁에서 편안하고 조용하게 식사를 즐기는 마을 사람들을 바라보았다. 하지만 어느 누구도 잔에게 다가오지 않았다. 그녀는 괴짜였고 영매였다. 그리고 마녀였다. 그는 스리 파인스 마을 사람들이 친절하다는 것을 알고 있었다. 그렇지만 친절한 사람들에게도 두려움은 있는 법이다.

"힘들었겠군요." 가마슈 경감이 말했다.

"더 힘든 사람도 있어요. 정말이에요. 전 알아요. 저는 누구의 희생
양도 아니에요, 경감님. 게다가 저는 제가 갈 방향을 잃은 적도 없어요.
아시겠어요?"

그녀는 이렇게 말하며 가마슈를 바라보았다. 하지만 시선을 돌려 장
기 보부아르를 정면으로 바라보자 그녀의 활짝 미소 짓던 얼굴이 조금
어두워졌다. 그런 잔의 얼굴에 이해심과 배려심이 가득해서 보부아르
역시 하마터면 자신도 결코 방향을 잃은 적이 없다고 답할 뻔했다.

그는 대망막을 쓴 채 태어났다. 어머니에게 전화를 걸어 물어보니 잠
시 망설이던 어머니는 사실이라고 말했다.

"매, 마망Mais, Maman 아니, 어머니. 왜 한 번도 말씀을 안 하셨죠?"

"너무 당황스러웠거든. 그 당시엔 부끄러운 일이기도 했지, 장 기. 병
원 간호사들도 불안해했단다."

"왜죠?"

"대망막을 쓰고 태어난 아이는 저주를 받거나 축복을 받는다고 하더
구나. 그건 네가 뭔가를 보고 뭔가를 알게 된다는 뜻이야."

"제가 그랬나요?" 그는 곧 자신이 바보 같은 질문을 했다는 것을 알았
다. 결국 깨달아야 할 사람은 자기 자신이었다.

"잘 모르겠다. 네가 이상한 소릴 할 때마다 한 귀로 듣고 흘렸으니까.
시간이 흐르니 그런 소리를 더 이상 하지 않더구나. 미안하다, 장 기.
우리가 틀렸을 수도 있지만 적어도 난 네가 저주받지 않았으면 했단다."

제가요, 아니면 어머니가요? 그는 하마터면 입 밖으로 소리 내어 말

할 뻔했다.

"아마 축복을 받은 거겠죠, 마망."

"축복 또한 저주란다, 몽 보mon beau 아들아."

그는 머리에 베일을 뒤집어쓴 채 어머니에게서 나왔다. 그와 세상 사이에 무언가가 있었다. 어머니에게 남아 있어야 할 막이 그와 함께 세상 밖으로 나오고 말았다. 기이하고 혼란스러운 일이었으며, 조사한 바에 따르면 오늘날까지도 대망막을 쓰고 태어난 사람들은 별난 삶을 살게 된다고 믿는 사람들이 있었다. 죽은 사람의 영혼이나 죽어 가는 사람의 영혼에 둘러싸인 삶을 살아간다고. 미래를 예측하는 능력도 함께.

그래서 자신이 살인 수사반에 들어오게 되었을까? 그것이 죽은 지 얼마 안 된 사람들과 하루 종일 시간을 보내며 귀신을 만들어 내는 사람들을 잡으러 다니는 일을 선택한 이유일까? 10년 넘게 그는 직관에 지나치게 의존한다는 이유로 경감을 조롱하고 놀리고 비판해 왔다. 그가 완벽한 사실, 만지고 보고 느끼고 들을 수 있는 것만 받아들이는 동안 가마슈는 그저 미소를 지으면서 자신의 방법을 고수해 나갔다. 그리고 이제 보부아르도 무엇이 옳은지 확신할 수 없게 되었다.

"어떻게 여기 오게 되었습니까?" 가마슈가 잔 쇼베에게 물었다.

"편지로 안내 책자를 받았어요. 멋져 보였고 휴식도 취하고 싶었죠. 전에도 말했던 것 같은데요."

"영매 역할에 지쳐서요?" 갑자기 흥미가 생긴 보부아르가 물었다.

"자동차 대리점 판매원 역할을 하느라 지쳐 있었죠. 휴식이 필요했는데, 마침 여기가 완벽해 보였어요."

다른 사실도 이야기해야 할까? 안내 책자 첫 페이지에 적혀 있던 문구에 대해 털어놓아야 할까? 그녀는 비앤비 현관에서도 같은 책자를 보았다. 그런데 그 책자에는 아무런 소개 문구도 적혀 있지 않았다. 누군가가 정말로 일부러 시간을 들여 그녀를 이곳으로 불러들이려고 그 이상한 말을 적은 것일까? 아니면 편집증일까?

"어디 출신이죠?" 가마슈가 물었다.

"몬트리올에서 태어나고 자랐어요."

가마슈가 그녀에게 졸업 앨범을 건넸다. "눈에 익은가요?"

"앨범이네요. 우리 학교 앨범은 가지고 있어요. 한동안 들춰 보지 않았어요. 지금은 없어졌을 거예요."

"절대 뭐든 잃어버리시지 않을 줄 알았는데요." 보부아르가 말했다.

"잃어버리고 싶지 않은 물건은 안 잃어버리죠." 그녀는 미소를 지으며 가마슈에게 다시 앨범을 돌려주었다.

"어느 고등학교를 나왔습니까?" 가마슈가 물었다.

"개러스 제임스 고등학교요. 베르뙹에 있어요. 왜 그러시죠?"

"그냥 연관 지어 보는 겁니다." 아르망 가마슈는 느릿느릿 코냑을 흔들었다. "사람들은 보통 자신이 모르는 사람을 죽이지 않습니다. 이 사건에는 무언가 남다른 점이 있습니다."

더 이상 설명할 필요가 없을 것 같아 그는 여기서 멈추었다. 얼마 후 잔이 말했다.

"친밀함 같은 게 느껴지긴 해요." 그녀가 차분하게 말했다. "아니, 그 이상이에요. 무언가 가득 차 있다는 느낌이 들어요."

여전히 호박색 액체를 내려다보고 있는 가마슈가 고개를 끄덕였다. "부활절 주일에 옛 해들리 저택에서 과거가 마들렌 파브로의 발목을 잡앉죠. 당신은 무언가를 부활시켰고요."

"그렇진 않아요. 교령회를 주도해 달라는 부탁을 받았을 뿐이에요. 제 뜻이 아니었어요."

"거절할 수도 있었을 텐데요. 방금 무언가를 알고 느끼고 볼 줄 안다고 말씀하셨죠? 그렇다면 무언가 다가오는 게 보이지 않았나요?" 그가 물었다.

잔이 이 비스트로에서의 교령회 날 밤을 되새기는 동안 밖에서는 바람이 세차게 울부짖고 있었다. 누군가가 또 한 번의 교령회를 제안했다. 다른 누군가는 옛 해들리 저택에서 하자고 했다. 그러자 무언가가 달라졌다. 이 행복하고 명랑한 사람들에게 두려움이 스며들기 시작했다.

그녀는 사랑스러운 마들렌을, 웃고 있는 마들렌을, 지쳐 있고 초조해 보이는 마들렌을 훔쳐보았다. 마들렌은 자신을 알아보지조차 못했다.

잔은 옛 해들리 저택에서 교령회를 하자는 제안에 마들렌의 얼굴에 언뜻 공포가 스치다가 사라지는 모습을 목격했다. 그것으로 충분했다. 트럭이 그들을 덮칠 수도 있었다. 하지만 그녀는 오로지 마들렌에게 상처를 입힐 방법에만 관심이 갈 뿐이었다.

두 번째 교령회를 거절해야겠다는 생각은 전혀 들지 않았다.

33

"스튜디오에 있어야 하지 않아?" 피터가 자신의 몫으로 커피 한 잔을 더 따르고 부엌에 있는 긴 소나무 식탁으로 가며 물었다. 그는 아무 말도 하지 않겠다고 다짐했었다. 시간이 훌쩍 지났다는 사실을 클라라에게 굳이 상기시킬 필요는 없었다. 지금 그녀가 가장 듣지 않아야 할 말은 데니스 포틴이 며칠 내에 여기에 온다는 말이었다. 아직 그녀가 끝내지 못한 그림을 보러 온다는 그 잔인한 말을.

"일주일도 안 돼서 올 거야." 그는 자신이 말하는 소리를 들었다. 마치 무언가에 홀린 것 같았다.

클라라는 멍하니 아침 신문을 바라보고 있었다. 신문의 머리기사는 나무를 쓰러뜨리고 도로를 절단하고 퀘벡에 정전을 일으키고 사라진 끔찍한 폭풍에 대한 것이었다.

동이 트자 안개가 잔뜩 끼고 보슬비가 내렸다. 평범한 4월의 하루였다. 아침에는 눈과 우박이 녹아 있었고 폭풍의 유일한 흔적이라고는 부러진 나뭇가지와 납작 엎드린 꽃뿐이었다.

"잘할 거라고 믿어." 피터가 그녀 옆에 앉았다. 클라라는 완전히 지쳐 보였다. "하지만 휴식을 취해야 할지도 모르겠네. 그림 생각은 접어 두고 말이야."

"제정신이야?" 그녀가 피터를 올려다보았다. 클라라의 깊고 푸른 눈이 충혈되어 있었다. 피터는 그녀가 혹시 운 건 아닌가 하는 생각이 들었다. "이건 내 일생일대의 기회야. 시간도 얼마 남지 않았어."

"하지만 지금 스튜디오에 들어갔다간 그림을 더 망치기만 할걸?"

"더 망친다고?"

"실제로 망친다는 뜻으로 한 말은 아니야. 미안해."

"세상에, 그럼 난 이제 어떻게 해야 하지?" 그녀는 손으로 지친 눈을 비볐다. 어제는 거의 밤이 새도록 깨어 있었다. 처음에는 잠을 자려고 노력하면서 침대에 누워 있었다. 하지만 잠이 오지 않자 다시 그림 생각에 사로잡히고 말았다. 더 이상 뭘 어떻게 해야 할지 알 수 없었다.

그림을 그릴 수 없을 만큼 마들렌의 죽음이 힘들었던 걸까? 그 생각은 편리하면서도 위로가 되는 생각이었다.

그녀의 작은 손을 꼭 잡은 피터는 그녀의 손이 온통 푸른색 유화 물감으로 얼룩져 있는 것을 보았다. 어젯밤 손을 씻지 않았거나 이미 아침부터 화실에 있었던 걸까? 본능적으로 엄지손가락을 물감이 묻은 부분으로 가져가 문질러 보았다. 오늘 아침에 묻은 물감이었다.

"사람들을 불러 조촐하게 저녁이라도 먹으면 어떨까? 가마슈와 몇몇 사람들을 초대해서. 집에서 만든 식사라면 가마슈는 당장 달려올걸?"

그는 자신이 내뱉은 말 한 마디 한 마디에 숨어 있는 잔인함에 가슴이 뜨끔했다. 저녁 초대야말로 정확히 클라라가 지금 결코 하지 말아야 할 일이기 때문이었다. 클라라는 정신이 산만해지는 일 없이, 두려움 속에서도 꾸준히 작업을 계속해야 했고, 화실 안에서 어느 누구의 방해도 받지 말아야 했다. 지금 순간의 만찬은 재앙이나 다름없었다.

내가 제정신이 아니라고 생각할까? 그림은 엉망인데 내가 파티를 제안해서? 반면에 그녀는 재능, 뮤즈, 영감, 그리고 용기를 잃은 듯 보였지만 그녀가 잃지 않은 한 가지는 피터가 자신에게 최선인 것을 바란다는 확신이었다.

"좋은 생각이야." 그녀는 애써 미소를 지었다. 그녀가 생각하고 있는 공포는 고갈이었다. 난로 위에 걸린 시계를 보니 7시 30분이었다. 커피를 다 마시고 자신들의 골든 레트리버 루시를 불렀다. 그리고 외투와 고무장화, 모자를 걸치고 밖으로 나갔다.

공기에서 상쾌하고 깨끗한 냄새가 났다. 아니, 깨끗하지는 않을지 몰라도 적어도 자연스러웠다. 밖은 더러웠다. 신선한 잎사귀와 나무, 진흙 냄새. 물 냄새도. 나무 타는 냄새도. 냄새는 완벽했지만 거리는 마치 태풍에 전멸당한 듯 처참했다. 튤립과 수선화는 죄다 쓰러져 있었다. 그녀는 무릎을 구부려 꽃 한 송이를 일으켜 세우며 영감을 얻길 바랐다. 하지만 그녀가 내려놓기 무섭게 꽃은 다시 털썩 내려앉았다.

클라라는 결코 정원 일에 몰두한 적이 없었다. 창조적인 에너지는 온통 그림에만 쏟았다. 운 좋게도 머나는 정원 일을 좋아했다. 머나가 돌볼 정원이 따로 없다는 점도 운이 좋았다.

가끔 식사와 영화를 대접받는 대신 머나는 클라라와 피터의 소박한 정원을 장미와 모란, 참제비고깔과 디기탈리스 같은 다년생식물이 만발한 아름다운 화단으로 꾸며 놓았다. 하지만 봄철 구근은 4월 말이나 돼야 꽃을 피웠다. 너희들한테 무슨 일이 생겼는지 보렴.

아르망 가마슈는 방문을 가볍게 두드리는 소리에 잠이 깨었다. 침대 옆에 있는 시계는 6시 10분을 가리키고 있었다. 아늑한 방으로 희미한 불빛이 들어왔다. 귀를 기울이고 있으려니 다시 한 번 문을 두드리는 소리가 들렸다. 침대에서 기어 나와 재빨리 가운을 입고 문을 열었다. 문 밖에는 숱이 많고 진한 머리가 검비아트 클로키가 창조한 만화 캐릭터처럼 한쪽으로 삐친 가브리가 서 있었다. 면도도 하지 않은 채 닳아 빠진 가운을 걸치고 헐렁한 슬리퍼를 신고 있었다. 올리비에가 더 우아하고 세련되어질수록 가브리는 점점 더 꾀죄죄해지는 것 같았다. 우주의 균형을 맞추는 커플.

오늘 올리비에는 특히 눈부시리라.

"네졸레Désolé 유감입니다." 가브리가 속삭였다. 그가 손을 들어 올리자 가마슈 눈에 신문이 들어왔다. 가마슈는 심장이 덜컥 내려앉았다.

"방금 왔어요. 다른 사람들보다 먼저 보셔야 할 것 같아서요."

"다른 사람들보다?"

"네, 저는 봤습니다. 올리비에도요. 하지만 우리 둘 말고는 아무도 못 봤어요."

"정말 친절하군요, 가브리. 메르시."

"커피를 타 놓겠습니다. 준비되면 내려오세요. 적어도 폭풍은 그쳤습니다."

"확실해요?" 가마슈가 미소 지으면서 말했다. 문을 닫은 후 침대에 신문을 올려놓고 샤워와 면도를 했다. 상쾌한 기분으로 하얀 시트와 대조되는 검은색과 회색의 얼룩을 응시하다가 용기가 사라지기 전에 재빨리 신문을 넘겼다.

기사는 거기에 있었다. 예상보다 심했다.

그는 입을 다물고 어금니를 악물었다가 다시 벌렸다. 사진을 본 순간 숨이 거칠어지는 것을 느꼈다. 딸 아니었다. 아니와 한 남자. 키스하고 있었다.

'안 마리 가마슈와 그녀의 연인 폴 미롱 검사.'

가마슈는 눈을 감았다. 다시 눈을 떴는데도 신문은 여전히 그 자리에 있었다.

그는 그 기사를 천천히 두 번 읽었다. 자신에게 서두르지 말라고 당부했다. 모든 혐오스러운 단어를 씹어 삼켜 소화시키라고 당부했다. 그리고 조용히 앉아 생각에 잠겼다.

잠시 후, 그는 렌 마리에게 전화를 걸어 잠을 깨웠다.

"봉주르, 아르망. 지금 몇 시지?"

"일곱 시 다 됐어. 잘 잤어?"

"별로 잘 못 잤어. 좀 설쳤어. 당신은?"

"나도 그래." 그가 솔직하게 말했다.

"안 좋은 소식이 있어. 앙리가 당신이 제일 좋아하는 슬리퍼를 뜯어 먹었어. 한쪽을 거의 다 먹은 것 같아."

"농담이지? 한 번도 그런 적 없잖아. 갑자기 왜 그랬는지 모르겠군."

"나처럼 당신이 보고 싶은가 봐. 지혜롭게 사랑하진 않지만 너무 많이 사랑하지셰익스피어의 『오셀로』 5막 2장에 나오는 대사."

"당신이 다른 쪽 슬리퍼를 먹어치우진 않았겠지? 혹시 그런 거야?"

"끄트머리만 살짝. 눈치채지 못할 만큼."

침묵이 흐른 뒤에 렌 마리가 말했다. "무슨 일이야?"

"또 다른 기사야."

소박한 이불과 깃털 베개, 그리고 깨끗한 흰 시트가 깔린 나무 침대에 앉아 있는 렌 마리가 보였다. 등에 두 개의 베개를 대고 가슴에 시트를 둘러 알몸을 감싸고 있었다. 부끄럽거나 수줍어서가 아니라 따뜻하게 하기 위해서.

"많이 심각해?"

"그런 편이야. 아니에 관한 기사야." 그의 귀에 거칠게 숨을 들이쉬는 소리가 들렸다. "아니가 폴 미롱이라고 밝혀진 남자와 키스하는 사진이 실렸어. 검사야. 유부남이고."

"아니랑 같네. 저런, 가엾은 데이비드. 가엾은 아니. 거짓말이야, 당연히. 아니가 데이비드에게 결코 그런 짓을 할 리가 없어. 아니, 누구한테도 그럴 리가 없어. 절대로 안 그래." 렌 마리가 말했다.

"내 생각도 그래. 기사의 골자는 내가 아니를 검사와 자게 해서 아르노가 그러려고 했던 것처럼 살인 혐의에서 벗어났다는 거야."

"아르망, 매 세 어푸방타블Mais, c'est épouvantable 정말 말도 안 돼. 어떻게 이럴 수가 있어? 이런 짓을 하는 사람이 있다니 도무지 이해할 수 없어."

가마슈는 눈을 감았다. 렌 마리가 있어야 할 가슴 한편에 구멍이 뚫려 있는 것만 같았다. 그는 진심으로 렌 마리와 함께 있고 싶었다. 옆에서 단단한 팔로 그녀를 감싸고 싶었다. 그녀가 자신을 붙들게 하고 싶었다.

"아르망, 이제 우리 어떻게 해야 돼?"

"아무것도 안 해도 돼. 그냥 가만히 있어. 내가 아니한테 전화해서 이야기할게. 다니엘하고는 어젯밤에 통화했어. 괜찮아 보이더군."

"이 사람들은 도대체 뭘 원하는 거야?"

"내 사표를 원하지."

"왜?"

"아르노에 대한 복수를 하기 위해서. 게다가 난 경찰청에 모욕을 준 상징적인 인물이 되었으니까."

"그런 게 아냐, 아르망. 내가 보기에는 당신 권력이 너무 강해진 것 같아."

전화를 끊고 난 후 아르망은 딸에게 전화해 그녀를 깨웠다. 그녀는 통화를 위해 슬쩍 다른 방으로 갔고 데이비드가 잠에서 깨어 움직이는 소리가 들렸다.

"아빠, 저 데이비드와 이야기해야 할 것 같아요. 이따 전화할게요."

"미안하구나, 아니야."

"아빠 잘못이 아니에요. 맙소사, 데이비드가 지금 신문을 보러 내려가요. 가 봐야겠어요."

잠시 동안 아르망 가마슈는 루아얄산 고원 지구에 있는 딸네 집의 집안 풍경을 상상해 보았다. 흐트러진 차림의 데이비드는 혼란스러워하고 있으리라. 그는 아니를 진심으로 사랑했다. 활발하고 의욕적이고 생기발랄한 아니. 마찬가지로 데이비드도 사랑했다.

그는 전화를 한 통 더 걸었다. 친구이자 상사인 미셸 브레뵈프에게.

"위, 알루." 익숙한 목소리가 들렸다.

"방해했나?"

"전혀 아니네, 아르망." 미셸의 목소리는 유쾌하고 따뜻했다. "오늘 아침에 전화하려고 했어. 어제 신문 읽었네."

"오늘 아침 신문도 봤나?"

침묵이 흐른 뒤에 미셸이 누군가를 부르는 소리가 들렸다. "카트린, 신문 왔어? 위? 그럼 좀 가져다주겠어? 잠깐만, 아르망."

가마슈는 브레뵈프가 바스락거리며 신문을 넘기는 소리를 들었다. 곧

소리가 멈췄다.

"몽 디우Mon Dieu 맙소사, 아르망. 세 테리블 세 트로c'est terrible. C'est trop 심각하군. 도가 지나쳐. 아니와는 이야기해 봤나?"

아니는 미셸의 대녀로 그가 특히 예뻐하는 아이였다.

"방금. 그 애는 아직 못 봤어. 지금 데이비드와 이야기하는 중이야. 물론 사실이 아니지."

"그걸 말이라고 해? 당연히 사실이 아니지. 물론 거짓말이야. 아니가 바람을 피우지 않을 거라는 건 우리도 잘 알아. 아르망, 상황이 점점 위험해지고 있어. 이런 헛소리를 믿는 사람도 있을지 모른다고. 해명하는 게 좋겠어." 브레뵈프가 말했다.

"자네에게?"

"내가 아니라 기자들에게 말이야. 처음에는 자네와 다니엘이 이야기를 나누는 사진이 실렸지. 편집장에게 전화를 걸어 상황을 바로잡는 게 어떻겠나? 봉투에 대해서 설명해. 그런데 그 안에는 뭐가 들었지?"

"다니엘에게 준 봉투 말인가? 별거 아니네."

다시 침묵이 흘렀다. 마침내 브레뵈프가 진지하게 말했다. "아르망, 크레페였어?"

아르망이 웃음을 터뜨렸다. "어떻게 알았나, 미셸? 정확히 맞혔어. 우리 할머니가 대대로 물려받은 비법으로 만든 크레페지."

함께 웃던 브레뵈프는 곧 조용해졌다. "이런 사소한 암시를 막지 않으면 점점 더 심해질 거야. 기자회견을 열고 모두에게 다니엘이 자네 아들이라고 말하게. 봉투 안에 뭐가 있는지도 밝히고. 아니에 대해서도 말해. 뭐가 문제인가?"

뭐가 문제냐고?

"그렇다고 거짓말이 멈추진 않을 걸세, 미셸. 자네도 알잖나. 거짓말
은 끝없이 늘어나는 머리가 달린 괴물과도 같네. 머리 한 개를 잘라 내
면 더 많은 머리가 생겨나지. 더 크고 사악한 머리들이. 우리가 반응을
보이면 저쪽에서는 우리가 휘둘린단 걸 알게 되네. 그렇게 하지는 않겠
네. 사표를 내지도 않을 거고."

"아이 같은 소리를 하는군."

"아이들은 현명하지."

"하지만 고집이 세고 이기적이기도 하지." 브레뵈프가 날카롭게 말했
다. 그리고 침묵이 흘렀다. 미셸 브레뵈프는 꾹 참고 아무 말도 하지 않
았다. 그리고 다섯까지 셌다. 깊은 생각에 잠겨 있다는 인상을 주기 위
해서. 그러고 나서 말했다.

"자네가 이겼어, 아르망. 하지만 내가 비밀리에 자네를 돕게 해 주겠
나? 신문사에 아는 사람들이 있네."

"고마워, 미셸. 그렇게 하지."

"좋아. 가서 일하라고. 수사에 집중해. 수사에만 초점을 맞추고 이 일
은 걱정 말게나. 내가 알아서 하지."

아르망 가마슈는 옷을 갈아입고 아래층으로 내려가며 진한 커피 향에
점점 더 깊이 빠져들었다. 잠깐 동안 그는 커피를 마시고 얇게 벗겨지는
크루아상을 먹으며 가브리와 대화를 나누었다. 이 단정치 못한 남자는
머그잔 손잡이를 만지작거리며 가족과 투자 회사 동료들에게 커밍아웃
했던 일에 대해 이야기했다. 그가 이야기를 하는 동안 가마슈는 가브리

가 자신의 심정을 이해한다는 것을 알았다. 벌거벗겨진 채로 드러나 수치스럽지 않은 일에 수치심을 느껴야 하는 심정을. 그리고 가브리는 그만의 독특하고 차분한 방식으로 가마슈가 혼자가 아니라고 말하고 있었다. 가브리에게 감사하면서 가마슈는 고무장화를 신고 방수 코트를 입은 뒤 산책을 하러 나갔다. 곰곰이 생각해 봐야 할 일이 많았다. 가마슈는 산책을 하면 여러 가지 문제를 해결할 수 있다는 것을 알고 있었다.

가볍게 보슬비가 내리고 있었고, 활기차게 피었던 봄꽃들은 전쟁터에서 희생당한 젊은 군인들처럼 바짝 엎드려 있었다. 20분 동안 그는 뒷짐을 진 채 걷고 있었다. 작고 고요한 마을을 빙 돌면서, 창문 너머로 불이 켜지고 개들이 밖으로 나오고 벽난로에 불이 타오르며 생기를 되찾아가는 마을을 둘러보았다. 평화롭고 차분한 광경이었다.

"안녕하세요." 클라라 모로가 외쳤다. 그녀는 한 손에는 머그잔을 들고, 잠옷 위에 비옷을 입고 정원에 서 있었다. "피해 상황을 살펴보고 있었어요. 오늘 저녁에 시간 있으세요? 사람들을 저녁 식사에 초대하려고 하는데요."

"정말 멋진데요. 고맙습니다. 함께 걸으시겠어요?"

가마슈는 커먼스를 둘러싼 원형 산책로를 가리켰다.

"물론이에요."

"작품은 잘 돼 갑니까? 데니스 포틴이 방문한다고 들었는데요." 그녀의 얼굴을 보고 가마슈는 불쾌하고 불편한 주제를 건드렸다는 느낌이 들었다. "제가 아무 말도 하지 말아야 했나요?"

"아니에요. 그냥 좀 애를 먹고 있을 뿐이에요. 며칠 전까지만 해도 그렇게 선명하던 게 갑자기 흐릿하고 불분명해졌거든요. 무슨 뜻인지 아시겠어요?"

"압니다." 그가 유감스럽다는 듯이 말했다.

그녀는 그를 쳐다보았다. 그녀는 다른 사람 옆에 있으면 어리석고 서투른 존재가 된 것 같다는 느낌을 받곤 했다. 하지만 가마슈 옆에 있으니 온전한 존재가 된 것 같은 기분이 들었다.

"마들렌 파브로를 어떻게 생각했나요?"

클라라는 걸음을 멈추고 생각을 가다듬었다. "좋아했어요. 많이요. 사실 그렇게 잘 알지는 못했어요. 마들렌이 성공회 부인회에 들어온 지 얼마 안 됐었거든요. 헤이즐이 참 운이 좋았죠."

"왜죠?"

"헤이즐이 이번 겨울에 가브리에게서 회장직을 인수하기로 했거든요. 그런데 마들렌이 대신하겠다고 나섰죠."

"헤이즐이 속상해하지는 않았나요?"

"성공회 부인회를 보신 적이 없군요."

"성공회교도가 아니어서요."

"굉장히 재미있답니다. 친목회를 열어 차도 마시고, 일 년에 두 번은 바자회도 해요. 하지만 관리하는 건 지옥 같은 일이죠."

"그럼 거기는 지옥이겠군요." 가마슈가 미소를 지었다. "중대한 죄를 지은 사람만이 성공회 부인회를 운영하나요?"

"그렇다니까요. 우리는 영원히 지원자를 구걸하라는 벌을 받았지요."

"그럼 헤이즐은 빠져나가게 돼서 좋았겠군요?"

"거의 흥분했다고 봐야 해요. 어쩌면 애초에 그 일을 맡기려고 마들렌을 데려온 건지도 몰라요. 두 사람은 상당히 다르긴 했지만 좋은 한

팀이었죠."

"어떤 면에서요?"

"글쎄요, 마들렌은 항상 주변 사람들이 자기 자신을 더 좋은 사람이라고 느끼게 했어요. 많이 웃고 다른 사람의 말에 귀를 잘 기울였죠. 무척 재밌는 사람이었어요. 하지만 누가 아프거나 도움이 필요할 때 나타나는 사람은 헤이즐이었죠."

"그럼 부인 생각에 마들렌은 겉치레뿐인 사람이었나요?"

클라라는 주서했다. "제가 보기에 마들렌은 원하는 걸 얻는 데 익숙한 사람이었던 것 같아요. 욕심이 많아서가 아니라 그냥 늘 그런 식으로 살아온 사람처럼 보였어요."

"그녀가 암에 걸렸다는 사실을 알고 있었나요?"

"알고 있었어요. 유방암이었죠."

"그녀가 건강해 보였습니까?"

"마들렌요?" 클라라가 웃음을 터트렸다. "저나 경감님보다는 건강해 보였죠. 몸매도 좋았고요."

"지난 몇 주나 몇 달 사이에 갑자기 달라지지는 않았나요?"

"달라졌다고요? 그런 것 같지 않은데요. 저한테는 똑같아 보였어요."

가마슈는 고개를 끄덕이고 말을 이어 나갔다. "그날 저녁 식사 자리에서 그녀를 죽음으로 이끈 것이 음식에 슬쩍 들어갔던 것 같습니다. 뭐이상한 낌새를 느끼거나 보지는 못하셨나요?"

"그날 모임에서요? 오히려 조금이라도 정상적인 게 있었다면 눈에 띄었을 텐데요. 그런데 그날 저녁 식사를 할 때 우리 중 한 명이 마들렌을 죽였다고요? 에페드라를 먹여서요?"

가마슈가 고개를 끄덕였다.

클라라는 그날의 저녁 식사를 마음속에 다시 떠올리면서 곰곰이 생각해 보았다. 준비된 음식이 따뜻하게 데워져 식탁에 차려졌다. 사람들이 자리에 앉았다. 그리고 여러 가지 음식들을 차례로 돌려 가며 먹었다.

실은 모든 것이 자연스럽고 평범해 보였다. 그 식탁에 앉아 있던 사람들 중 한 명이 마들렌을 독살한 일이 당연하다고 생각하니 끔찍하기 짝이 없었다. 그날 살인이 진짜로 일어났다면 그들 중 한 명이 살인을 저질렀다는 이야기가 된다.

"모두 같은 음식을 먹었고 직접 덜어 먹었어요. 그 약이 다른 사람을 노렸을 수도 있지 않을까요?"

"없습니다. 남은 음식을 검사해 봤더니 어디에서도 에페드라가 나오지 않았어요. 더군다나 다들 직접 음식을 덜어 먹었다고 하셨죠. 살인범이 에페드라를 사용해서 무슨 일을 꾸몄다면 직접 마들렌의 음식에 집어넣었을 겁니다. 그녀의 접시에 음식을 덜어 주었을 거라는 말입니다." 가마슈가 말했다.

클라라는 끄덕였다. 그녀는 그날 밤 사람들의 손과 행동을 기억할 수는 있었지만 얼굴까지 볼 수는 없었다. 그날 자신이 초대한 자리에 온 사람들을 떠올려 보았다. 무슈 벨리보? 헤이즐과 소피? 오딜과 질? 오딜은 시를 죽였지만 다른 걸 죽이지 않았다는 점만큼은 분명했다.

아니면 루스일까?

피터는 항상 루스가 살인을 저지를 수 있는 유일한 인물이라고 주장해 왔다. 그렇다면 그녀가 살인을 저질렀을까? 하지만 그녀는 교령회에도 오지 않았다. 하지만 그녀라면 그럴 필요조차 없었으리라.

"살인이 교령회와 관계가 있나요?" 그녀가 물었다.

"교령회도 한 가지 요인이라고 봅니다. 에페드라처럼요."

클라라는 걸으면서 차갑게 식은 커피를 마시고 있었다.

"이해가 안 가는 점은 왜 살인범이 그날 밤 마들렌을 죽였느냐는 점이에요."

"무슨 뜻입니까?" 가마슈가 물었다.

"왜 저녁 식사 도중에 에페드라를 먹었을까요? 교령회를 하는 날 먹여야 했다면 왜 금요일 밤에 먹이지 않았을까요?"

그동안 가마슈를 집요하게 괴롭히고 있던 질문이었다. 왜 일요일까지 기다려야 했을까? 왜 금요일 밤에 죽이지 않았을까?

"시도했는지도 모르죠." 그가 말했다. "금요일 밤에 어떤 이상한 일은 없었나요?"

"죽은 사람들과 접촉하는 일보다 더 이상한 일이오? 제 기억으로는 없었어요."

"누가 마들렌과 저녁을 먹었죠?"

"헤이즐인 것 같은데요. 아니, 잠시만요. 마들렌은 저녁 먹으러 집에 가지 않았어요. 여기 남아 있었어요."

"비스트로에서 저녁 식사를 했나요?"

"아니. 무슈 벨리보하고요." 그녀는 잔디 광장을 마주 보고 있는, 큼직하게 뻗은 미늘벽을 댄 무슈 벨리보의 집을 살펴보았다. "전 그를 좋아해요. 대부분의 사람들이 그렇죠."

"대부분의 사람들이라는 말은 모두는 아니란 말이군요?"

"하나도 그냥 넘어가지 않으시네요." 그녀가 웃었다.

"뭘가 놓치거나 그냥 넘어가게 되면 언젠가 한 덩어리가 되어 한꺼번에 들고 일어납니다. 그리고 목숨을 빼앗아 버리죠. 그래서 그냥 지나치지 않으려고 애쓰는 겁니다." 그가 미소를 지었다.

"아마 모두는 아니겠죠. 실제로 무슈 벨리보와 사이가 안 좋은 사람은 질 샌던뿐이었어요. 하지만 질도 꽤 특이한 사람이긴 하죠. 질을 아시나요?"

"숲 속에서 일을 하죠?"

"놀라운 가구를 만들죠. 하지만 사람들이 아니라 나무들하고 일하는 데는 다 이유가 있는 것 같아요."

"무슈 벨리보는 그를 어떻게 생각했나요?"

"질과 사소한 갈등이 있다는 점은 알지도 못했던 것 같아요. 아주 상냥하고 친절한 사람이거든요. 교령회에 참석한 이유는 그저 매드와 함께 있고 싶기 때문이었고요. 그가 교령회를 전혀 좋아하지 않는다는 걸 알 수 있었어요. 죽은 아내 때문이 아닐까 싶네요."

"다시 그녀가 돌아올까 봐요?"

"그럴 수도 있죠." 클라라가 웃었다. "무척 가까운 사이였으니까요."

"그녀가 나타나길 기다렸다고 생각하시나요?"

"벨리보의 죽은 아내, 지네트를요? 우리 중에서 뭘 기대한 사람은 아무도 없었어요. 어쨌든 비스트로에서 처음 한 교령회에서는 그랬죠. 그건 장난 같은 거였어요. 그래도 벨리보는 교령회를 불편하게 여기는 것 같았어요. 전날 밤 한숨도 못 잤다고 했죠."

"그리고 두 번째 교령회는 달랐고요."

"거길 다시 가다니 한마디로 단단히 미쳤었죠." 그녀는 옛 해들리 저택을 등지고 있었지만, 저택이 자신을 바라보고 있는 것 같다는 느낌이 들었다. 안에서 냉기가 자라나고 피부에 와 닿는 공기가 점점 더 차갑고 축축해지고 있다고 느낀 가마슈는 뒤를 돌아보았다. 해들리 저택은 언덕 위에 아슬아슬하게 균형을 잡고 앉아 그들을 덮칠 기회만을 호시탐탐 노리고 있는 위협과도 같았다. 하지만 가마슈는 그런 일은 일어나지 않을 것이라고 생각했다. 옛 해들리 저택은 그들에게 갑자기 들이닥치지 않을 것이다. 살금살금 다가올 것이다. 아주 천천히. 어느 날 아침 눈을 떴을 때 사신이 이미 저택의 절망과 슬픔에 삼켜졌다는 것을 알기 전까지는 거의 눈치조차 못 채리라.

"그날 밤 언덕을 걷고 있을 때였어요." 클라라가 말을 이었다. "무언가 이상한 일이 일어났어요. 처음에는 함께 모여서 가고 있었는데, 저택 가까이 갈수록 대화가 잦아들고 서로 거리를 두게 되었죠. 해들리 저택이 우리를 고립시킨 것 같았어요. 저는 거의 맨 뒤에 처져서 갔어요. 마들렌이 제 뒤에 있었고요."

"무슈 벨리보와 함께 있지 않았나요?"

"아니요. 그러고 보니 이상하네요. 무슈 벨리보는 헤이즐하고 소피랑 대화하고 있었거든요. 그는 한동안 소피를 못 봤어요. 두 사람은 그 사이에 서로 친해졌던 것 같아요. 저녁 식사 자리에서 소피가 확실히 벨리보 옆에 앉고 싶어 했어요. 저택으로 가는 길에 오딜을 지나쳤는데, 그때 오딜과 마들렌이 하는 이야기를 듣게 되었죠."

"흔한 일이 아니었나 보군요?"

"전에 없던 일이었죠. 하지만 두 사람은 거의 공통점이 없었어요. 무슨 말을 했는지 정확히 기억은 안 나지만 오딜이 마들렌을 치켜세우는 것 같았어요. 굉장히 사랑스럽고 인기도 많다고요. 그런데 이상하게도 오히려 그 말이 마들렌의 신경을 거슬렸던 것 같아요. 더 자세히 듣고 싶었지만 유감스럽게도 그럴 수가 없었죠."

"오딜을 어떻게 생각하시나요?"

클라라는 웃다가 자제했다. "웃어서 죄송해요. 참 예의도 없죠. 하지만 오딜을 생각하면 자꾸 오딜의 시가 떠올라요. 왜 시를 쓰는지 잘 모르겠어요. 경감님이 보시기에 그녀가 시 쓰는 일을 좋아한다고 생각하세요?"

"대답하기 쉽지 않은 문제입니다." 가마슈가 말하자 클라라는 심장 주변에서 꿈틀거리던 뱀이 머릿속으로 기어드는 공포를 느꼈다. 자신도 오딜처럼 착각을 하고 있는 게 아닌가 하는 공포. 포틴이 와서 비웃기라도 하면 어떡하지? 이미 작품 몇 개를 보긴 했지만 그때 그는 술에 취해 있었거나 정상이 아니었을지도 모른다. 피터의 그림을 내가 그린 걸로 착각한 게 아닐까. 틀림없어. 위대한 포틴이 실제로 내 그림을 좋아할 리 없어. 무슨 작품 말입니까? 당신의 스튜디오에 그리다 만 비참한 작품 말이오?

"오딜과 질은 오래 만났나요?" 가마슈가 물었다.

"몇 년 됐어요. 예전부터 알던 사이였는데 질이 이혼하고 난 다음부터 사귀기 시작했죠."

클라라는 가만히 생각에 잠겼다.

"왜 그러십니까?"

"오딜 생각을 좀 했어요. 분명히 힘들었을 거예요."

"무슨 뜻이죠?"

"오딜이 무척 애쓴다는 느낌을 받았거든요. 암벽등반가 같았죠. 무슨 뜻인지 아시겠어요? 하지만 오딜은 뛰어난 등반가가 아니었어요. 필사적으로 매달렸고, 두려워하는 티를 내지 않으려고 애쓸 뿐이었죠."

"뭐에 매달린다는 겁니까?"

"질에게요. 둘이 사귀고 나서야 시를 쓰기 시작했거든요. 질의 삶의 일부가 되고 싶었던 것 같아요. 그 창조적인 세계의 일부요."

"원래 오딜은 어떤 세계에 속해 있었죠?"

"합리적인 세계에 속해 있었다고 봐요. 사실과 숫자들의 세계죠. 가게 운영 같은 걸 참 잘하거든요. 그를 위해서 삶의 방향을 바꾼 거죠. 하지만 그 일로 칭찬받고 싶지는 않을 거예요. 그녀는 단지 훌륭한 시인이라는 칭찬을 듣고 싶은 거예요."

"이웃에 캐나다에서 가장 위대한 시인이 사는데도 굳이 시를 선택했다는 점이 흥미롭군요."

집 앞 계단을 내려오고 있는 루스를 보며 가마슈가 말했다. 루스는 잠시 멈춰서 뒤를 돌아보더니 몸을 구부렸다가 폈다.

"캐나다에서 가장 유명한 화가 중 한 명과 결혼한 저도 있는걸요."

"오딜에게서 자신을 보시는 겁니까?" 가마슈가 놀라서 물었다.

클라라는 잠자코 있었다.

"클라라, 저는 당신 작품을 봤습니다." 가마슈는 멈추어 서서 그녀를 똑바로 쳐다보았다. 그가 깊은 갈색 눈동자로 그녀를 바라보자 클라라에게서 잠시 동안 뱀이 사라졌다. 마음이 편안해지고 정신이 맑아졌다. "멋지더군요. 열정이 넘치고 솔직했죠. 희망과 신념, 그리고 의심이 흘러넘쳤습니다. 두려움도요."

"팔려고 내놓은 그림이 몇 개 있어요. 몇 장 드릴까요?"

"몸 둘 바를 모르게 하시는군요. 어쨌든 감사합니다. 그런데 이거 아십니까?" 그가 미소를 지었다. "최선을 다하기만 하면 모든 일이 순리대로 될 겁니다."

루스는 앞마당 잔디에 서서 아래를 내려다보고 있었다. 두 사람이 가까이 가자 두 마리 작은 새가 보였다.

"좋은 아침이에요." 클라라가 손을 흔들었다. 루스가 하늘을 보고 구시렁거렸다.

"아기들은 어때요?" 묻고 나서 그녀는 보았다. 꼬마 로사는 자랑스럽게 우쭐대면서 꽥꽥거리고 있었다. 릴리움은 가만히 서서 앞을 보고 있었다. 옛 해들리 저택의 작은 새처럼 겁먹은 것 같았다. 가마슈는 릴리움에게도 대망막이 있는 게 아닌가 하는 의문이 들었다.

"완벽해." 루스가 그들의 생각을 반박하기라도 하듯 딱딱거렸다.

"저녁 식사에 사람들을 초대하려고 해요. 오실래요?"

"어차피 오늘 가려고 했어. 스카치가 떨어졌거든. 맥도 오나?" 루스의 질문에 가마슈는 고개를 끄덕였다.

"잘됐군. 당신은 꼭 그리스 비극에 나오는 사람 같아. 잘 관찰해서 시를 한 편 써야겠어. 당신의 삶도 어떻게든 의미를 갖게 될 테니까."

"그 말을 들으니 안심이 됩니다, 마담." 가마슈는 이렇게 말하고 살짝 몸을 굽혔다.

"부인께서 초대해 주셨으면 하는 분이 있는데요." 다시 걷기 시작하면서 가마슈가 말했다. "잔 쇼베입니다."

클라라는 그저 정면을 보며 걷기만 했다.

"왜 그러시죠?" 그가 물었다.

"그녀가 무섭거든요. 별로 마음에 안 들어요."

가마슈는 클라라가 이런 말을 하는 것을 거의 들어 본 적이 없었다. 가마슈 저편에서 옛 해들리 저택이 자라나고 있는 것 같았다.

34

라코스트 형사는 연구실을 돌아다니느라 지쳐 버렸다. 지문 보고서가 완성되었다는 점은 확실히 알고 있었다. 단지 자신이 찾지 못하고 있을 뿐이었다.

그녀는 이미 마들렌의 남편 프랑수아 파브로를 만나고 왔다. 그는 아주 멋졌다. 중년의 「GQ」 잡지 모델 같았다. 큰 키에 잘생기고 총명했다. 총명한 만큼 자신의 질문에 막힘없이 대답했다.

"물론 죽었다는 말은 들었습니다. 하지만 연락이 끊긴 지 한참인 데다 헤이즐이 신경 쓰게 하고 싶지 않았죠."

"동정심이 안 들던가요?"

프랑수아는 커피 잔을 살짝 옆으로 밀었다. 손톱 정리가 되어 있지 않았다. 손을 어디에 두어야 할지 몰라 불안한 것 같았다.

"그냥 전 그런 게 싫습니다. 무슨 말을 해야 할지도 모르겠고요. 이걸 보세요."

그는 옆 책상에서 종이 몇 장을 꺼내 그녀에게 건넸다. 그는 종이에 다음과 같은 말을 휘갈겨 놓았다. **삼가 조의를 표합니다. 분명 좋은 곳으로⋯⋯.**

헤이즐, 진심으로⋯⋯.

마들렌은 정말로 사랑스러운 사람이었지요. 분명히⋯⋯.

이런 문구가 석 장에 걸쳐 계속되고 있었다. 절반에서 멈춘 문장과 절반만 달궈진 감정의 흔적이었다.

"그냥 느끼는 대로 쓰면 될 텐데요?"

그가 그녀를 쳐다보았다. 익숙한 표정이었다. 남편이 자주 짓는 표정이었다. 짜증이 섞인 표정. 그녀는 감정을 느끼고 표현하는 일이 매우 쉬웠다. 하지만 그에게는 불가능한 일이었다.

"그녀가 살해당했다는 소식을 들으셨을 때 기분이 어떠셨나요?" 라코스트는 사람들이 자신의 감정을 표현할 수 없을 땐 적어도 자신의 생각을 이야기한다는 것을 알았고 종종 그 두 가지는 상충했다. 그리고 공모했다.

"누가 그랬는지 궁금했습니다. 그토록 마들렌을 증오하는 사람이 누구였을까요?"

"지금은 그녀를 어떻게 생각하시나요?" 그녀는 그를 구슬리기라도 하는 것처럼 연민에 가득 찬 부드러운 목소리로 물었다.

"잘 모르겠습니다."

"정말이오?" 오랜 침묵이 흘렀다. 그녀는 감정에 빠져들지 않으려 이

성적인 두뇌의 절벽에 매달린 그가 감정과 이성의 경계선에서 비틀거리고 있음을 느꼈다. 하지만 결국 절벽에서 버티지 못하고 그 자신과 이성이 모두 무너져 내렸다.

"사랑했어요. 정말 사랑했습니다." 그는 자신을 부여안듯 손으로 머리를 부드럽게 감쌌고 검은 머리칼 사이로 길고 가는 손가락이 튀어나왔다.

"그런데 왜 이혼하셨죠?"

그는 얼굴을 문지르고 불현듯 게슴츠레한 눈으로 그녀를 바라보았다.

"그녀의 생각이긴 했습니다만 상황을 그렇게 몰고 간 사람은 저였습니다. 비겁하게 그런 말을 직접 꺼내지도 못했죠."

"왜 이혼하고 싶었죠?"

"더 이상 참을 수가 없었습니다. 처음에는 모든 게 완벽했습니다. 마들렌은 너무나 근사하고 다정하고 사랑스러웠죠. 성공을 거두었고요. 어떤 일이든 훌륭하게 소화했습니다. 빛이 나는 사람이었죠. 하지만 태양을 너무 가까이 두고 사는 기분이라고 해야 할까요?"

"태양에 눈이 멀고 데었군요."

"그래요." 파브로는 그 말에 안도한 것 같았다. "마들렌에게 너무 가까이 가면 상처를 받습니다."

"누가 그녀를 죽였는지 알고 싶으세요?"

"그렇습니다. 하지만……."

라코스트는 잠자코 기다렸다. 아르망 가마슈가 인내를 가르쳐 준 덕분이었다.

"하지만 제가 놀랄지는 모르겠습니다. 전혀 그럴 의도는 없지만,

그녀는 사람들에게 상처를 입힙니다. 그리고 만약 상처가 너무 커서……."

더 이상의 말은 필요치 않았다.

로베르 르미외는 스리 파인스로 오는 길에 코완스빌에 있는 팀 호튼에 들렀다. 지금 회의실 테이블 한가운데에는 도넛이 든 밝은색의 종이 상자와 더블더블 커피가 산더미처럼 쌓여 있었다.

"멋쟁이." 도넛과 커피를 본 보부아르가 소리를 지르며 르미외의 등을 툭 쳤다. 르미외는 방 가운데의 오래된 무쇠 장작 난로에 불을 지펴 더욱 사람들의 환심을 샀다.

방 안이 어느새 포장 상자와 커피, 달콤한 도넛과 향긋한 장작 냄새로 가득 찼다.

보부아르 경위가 아침 회의를 소집하자마자 니콜이 도착했다. 평소처럼 지각이었고 부스스한 차림이었다. 반원들의 보고에 이어 가마슈 경감이 마지막으로 검시관 보고 내용을 전달했다.

"마들렌이 심장이 안 좋았군요. 범인이 그걸 알고 있었고요." 르미외 형사가 말했다.

"그런 것 같네. 검시관은 세 가지가 합쳐져야 한다고 했습니다." 보부아르는 큼직한 백지가 걸린 차트 옆에 서서 매직을 지휘봉처럼 흔들며 말했다. "첫 번째, 다량의 에페드라 투여. 두 번째, 겁에 질리게 하는 교령회. 세 번째, 약한 심장."

"근데 왜 첫 번째 교령회에서 죽이지 않았을까요?" 니콜이 물었다. "세 가지 조건이 모두 적용되었잖아요. 적어도 셋 중 두 가지는요."

"내가 알고 싶은 점이지." 가마슈가 말했다. 그는 반원들의 이야기에 귀를 기울이면서 커피를 마시고 있었다. 초콜릿을 입힌 도넛 때문에 손가락이 약간 끈적거렸다. 그는 작은 종이 냅킨으로 손가락을 닦고 앞으로 몸을 숙였다. "성금요일의 교령회는 총연습이었을까? 아니면 서막이었을까? 그날 마들렌이 이틀 후에 살해당할 말이나 행동을 했을까? 두 교령회는 서로 연결되어 있을까?"

"연결성이 없다고 보기엔 우연의 일치가 너무 많습니다." 르미외가 말했다.

"제발 알랑대는 짓은 그만둬요." 니콜이 말했다. 그리고 가마슈를 향해 손가락을 튀겼다. 르미외는 잠자코 있었다. 그는 사람들의 비위를 맞추라는 지시를 받았다. 자신은 최선을 다했고 세심한 주의를 기울여 해냈다고 생각했다. 그런데 지금 이 망할 계집이 아침 회의 도중에 나에게 대놓고 지적을 하다니. 이성과 참을성의 가면이 니콜의 조롱 앞에 무너져 내리고 있었다. 그는 그녀를 경멸했다. 더 큰 목적이 없었더라면 그녀에게 주의를 돌렸으리라.

"봐요." 니콜은 르미외를 무시하고 말을 이어 나갔다. "분명하잖아요. 중요한 건 그들이 어떻게 연결이 됐느냐가 아니라 어떻게 연결되지 않았느냐예요. 두 교령회의 차이점이 뭐겠어요?"

그녀는 의기양양한 표정으로 자리에 앉았다.

이상하게도, 그녀를 축하하기 위해 아무도 자리에서 뛰어오르지 않았다. 침묵이 이어졌다. 이내 가마슈 경감이 천천히 일어나 보부아르에게 걸어갔다.

"내가 좀 써도 되겠나?" 그는 매직을 집어 들고 차트를 넘기더니 깨

끗한 종이 위에 요점을 적어 내려가기 시작했다. '두 교령회의 차이점은 무엇인가?'

니콜이 히죽 웃었다. 르미외는 고개를 끄덕였지만 테이블 아래에서 주먹을 불끈 쥐었다.

이자벨 라코스트는 프랑수아 파브로를 만난 뒤 곧장 노트르담 드 그라스에 있는 고등학교로 향했다. 거대한 붉은 벽돌 건물의 주춧돌에는 1867년이라고 새겨 있었다. 이 건물은 그녀가 나온 고등학교와 전혀 인상이 달랐고 느낌도 달랐다. 그녀가 나온 학교는 현대식 프랑스풍 건물들이 여기저기 제멋대로 퍼져 있었다. 그녀는 오래된 건물에 들어서자마자 북적거리는 학교 복도로 되돌아간 기분이 들었다. 콤비네이션속바지가 달린 슈미즈을 입어야 한다는 것을 늘 상기했고 머리카락을 내리거나 올려서 당시의 유행이 무엇이든 어떻게든 따라가려 했다. 빠르게 급류를 타려 하지만 한발 뒤처져 있는 카약 선수처럼 언제나 필사적이던 시절이었다.

익숙한 소리가 들렸다. 금속과 콘크리트를 때리는 소리, 딱딱한 복도에 신발이 끌리는 소름 끼치는 소리. 하지만 그녀를 옛날로 데려간 건 냄새였다. 책과 세제, 사물함 안에서 시들고 발효하는 점심 도시락 냄새였다. 그리고 두려움의 냄새도.

학교에서는 땀에 전 발 냄새와 싸구려 향수 냄새, 상한 바나나 냄새보다도 두려움의 냄새가 훨씬 강하게 진동했다.

"서류를 갖고 왔어요." 교직원인 플랜트 부인이 말했다. "전 마들렌 가뇽이 학교 다닐 때 여기 없었어요. 그때 일했던 사람은 지금 아무도 없어요. 벌써 삼십 년 전이니까요. 하지만 모든 기록이 컴퓨터에 보관되어 있어서 성적표와 형사님이 관심을 가질 만한 자료를 출력해 왔어요. 이것도 있고요."

그녀는 학교의 한 시대를 대표하는 성경책과도 같은 졸업 앨범 한 더미를 건넸다.

"고맙습니다. 하지만 성적표로도 충분한데요."

"이걸 찾느라 어제 창고에서 반나절을 보냈어요."

"고맙습니다. 정말 큰 도움이 되겠어요." 라코스트 형사는 사무실을 나서면서 두 팔로 파일을 받쳐 들고 맨 위의 파일이 떨어지지 않도록 균형을 유지했다.

"복도 벽에도 사진이 몇 장 있어요." 플랜트 부인이 앞장서서 걸어갔다. 복도마다 서로에게 윽박지르며 몰려드는 아이들의 이해할 수 없는 외침이 메아리가 되어 학교를 소음으로 가득 채우기 시작했다.

"여기에요. 별의별 사진이 다 있죠. 전 이제 사무실로 돌아가야 하는데 괜찮으시겠어요?"

"이미 많은 도움을 주셨어요. 전 괜찮습니다."

잠시 동안 라코스트 형사는 긴 콘크리트 복도를 천천히 걸으며 액자에 걸린 자랑스러운 학교 우승팀 사진과 학생회의 낡은 사진을 바라보았다. 어린 마들렌 파브로, 아니 가뇽도 있었다. 미소 띤 얼굴이 건강해 보여서, 활기차고 기나긴 삶이 약속되어 있는 사람처럼 보였다. 아이들에게 떠밀려 북적거리는 강당으로 들어온 라코스트는 문득 마들렌에게 고등학교는 어떤 의미였을지 궁금했다. 마들렌도 두려움의 냄새를 맡았을까? 그렇게 보이지는 않았다. 하지만 가장 두려움이 많은 사람들이야말로 전혀 두려움을 모르는 것처럼 보이는 경우도 많았다.

가마슈는 다시 자리에 앉아 커피로 손을 가져갔다. 모두가 칠판에 새로 적힌 목록을 바라보고 있었다. '두 교령회의 차이점은 무엇인가?'라는 제목 아래에 그는 다음과 같이 적었다.

헤이즐

소피

저녁 만찬

옛 해들리 저택

더욱 진지해진 잔 쇼베

그는 자신이 영매를 만났을 때 그녀가 첫 번째 교령회에 대한 마음의 준비가 되어 있지 않다고 말한 점을 설명했다. 가브리는 좀 놀라겠지만 그녀는 첫 번째 교령회를 그리 심각하게 생각하지 않았다. 그저 지루함을 느끼고 있는 마을 사람들이 색다른 자극을 원한다고 보았다. 그래서 할리우드 영화에서나 볼 것 같은 값싼 형태의 교령회를 준비했었다. 한심한 멜로드라마 한 편을. 하지만 나중에 누군가가 옛 해들리 저택을 들먹이며 그곳에서 죽은 사람을 불러내자는 의견을 냈고 그녀는 그 의견을 진지하게 받아들였다.

"왜죠?" 르미외가 물었다.

"멍청하기는." 니콜이 받아쳤다. "옛 해들리 저택이 아마 저주받은 집이라서 그랬겠죠. 산 자들을 위해 유령들을 불러내려고요. 그걸 몰라?"

보부아르는 니콜의 말을 무시하고 자리에서 일어나 이렇게 썼다.

양초
소금

"다른 건?" 그가 물었다. 그는 칠판에 무언가 적길 좋아했다. 늘 그랬다. 그리고 매직 냄새도 좋았다. 매직에서 나는 찌익 하는 소리도. 그것은 산만한 생각에서 질서를 창조했다.

"잔의 주문. 그것도 중요해." 가마슈가 말했다.

"맞아요." 니콜이 눈알을 굴리면서 거들었다.

"분위기 조성 차원을 위해서지." 가마슈가 덧붙였다. "그것도 큰 차이점이야. 내가 듣기로 성금요일의 교령회는 으스스한 정도에 지나지 않았지만 일요일 밤에는 그야말로 오싹했다더군. 어쩌면 살인범이 금요일 밤에 마들렌을 죽이려 했는데, 충분히 겁을 먹을 정도가 아니었는지도 모르지."

"누가 옛 해들리 저택에서 하자고 했죠?" 르미외는 질문을 던지며 어디 한 번 또 조롱해 보라는 듯 흘깃 니콜을 쳐다보았다. 하지만 니콜은 그저 코웃음을 치며 고개를 가로저을 뿐이었다. 가슴에서 솟구치는 분노가 목까지 차올라 부글부글 끓는 걸 느낄 수 있었다. 조롱과 모욕을 당하고, 알랑거린다는 비난을 사는 일은 그런대로 참을 만했다. 하지만 한심하다고 무시당하는 것은 최악이었다.

"잘 모르겠네." 가마슈가 대답했다. "물어보긴 했는데 아무도 기억을 못 하더군."

"하지만 옛 해들리 저택으로 자리를 옮긴 일이 큰 차이점이라면 헤이즐과 소피는 해당이 되지 않습니다." 보부아르가 말했다.

"왜죠?" 르미외가 물었다.

"그 자리에 없었으니 제안도 못 했겠지."

침묵이 흘렀다.

"첫 번째 교령회에는 참석하지 않고 두 번째 교령회에만 참석한 사람은 소피뿐이에요." 니콜이 말했다. "첫 번째 교령회는 살인과 아무 관계 없다고 생각해요. 누군가가 나중에 그렇게 생각한 것뿐이겠죠. 그리고 그건 그 누군가가 첫 번째 교령회에는 없었기 때문이에요."

"하지만 소피가 새롭게 참여한 유일한 사람은 아닙니다. 소피의 엄마도 두 번째 교령회에만 갔었죠." 르미외가 말했다.

"하지만 헤이즐은 첫 번째 교령회에 갈 수도 있었잖아요. 초대받았으니까요. 헤이즐이 마들렌을 죽이고 싶었다면 첫 번째 교령회에도 갔을 거예요."

"그게 그녀가 두 번째 교령회에 참석한 이유였겠지. 첫 번째에 실패했기 때문에 두 번째에는 확실히 해야만 했고." 가마슈가 말했다.

"그 자리에 친딸을 데려간다고요? 말도 안 돼요." 니콜은 수첩을 펼쳐 헤이즐 스미스의 집에서 가져온 사진을 꺼냈다.

"이 사진 좀 보세요." 그녀는 사진을 테이블에 휙 던졌다. 보부아르에게서 사진을 건네받은 가마슈가 물끄러미 그것을 바라보았다. 사진 속에는 세 여자가 있었다. 가운데에서 옆모습으로 찍힌 마들렌이 솔직하고 꾸밈없는 사랑을 담은 표정으로 헤이즐을 바라보고 있었다. 헤이즐은 우스꽝스러운 모자를 쓰고 웃고 있었다. 행복하고 즐거워 보이는 그녀의 얼굴에서도 숨김없는 사랑이 흘러넘쳤다. 그녀 역시 옆모습이었고, 카메라를 보고 있지 않았다. 사진의 다른 쪽 끝에 있는 살진 여자는 입에 막 한 조각의 케이크를 넣으려는 참이었다. 사진 앞쪽에는 생일 케이크가 있었다.

"어디서 났지?"

"헤이즐 스미스의 집에서요. 냉장고에 붙어 있었어요."

"왜 가져왔나? 어떤 점이 흥미로웠지?" 가마슈는 몸을 앞으로 숙이고 골똘히 니콜을 쳐다보았다.

"얼굴이오. 얼굴이 모든 걸 말하고 있어요."

니콜은 다른 사람들이 자신의 말을 이해했는지 확인하려고 잠시 기다렸다. 이 사람들이 예쁘게 미소 짓고 있는 마들렌 파브로의 상냥한 얼굴이 가짜라는 사실을 알 수 있을까? 정말 행복한 사람은 아무도 없었다. 그녀는 그런 척해야만 했을 거야.

"자네 말이 옳아." 가마슈가 보부아르를 돌아보며 말했다. "알아보겠나? 그녀를?" 가마슈는 커다란 손가락을 사진 가까이 가져갔다.

보부아르는 몸을 굽혀 사진을 자세히 관찰했다. 그러더니 곧 눈이 휘둥그레졌다.

"소피군요. 케이크를 먹고 있는 소녀요. 소피예요."

"지금과는 사뭇 다르군." 가마슈가 끄덕였다.

그는 사진을 뒤집었다. 뒷장에는 사진 찍힌 날짜가 적혀 있었다. 2년 전이었다.

겨우 2년 만에 10킬로그램 남짓 뺐다고?

모임이 막 끝나려 할 때쯤 가마슈의 전화가 울렸다.

"경감님, 접니다. 드디어 지문 검사 결과가 나왔습니다. 옛 해들리 저택에 침입한 사람이 누구인지 알았습니다." 라코스트 형사가 말했다.

지금 헤이즐 스미스는 움직이기 힘들어 보였다. 제대로 조립되지 않은 장난감처럼 전속력으로 움직이다가 멈추고, 비틀거리다가 또다시 최고 속도로 움직이곤 했다.

"몇 가지 질문이 있습니다, 마담 스미스." 보부아르가 말했다. "그리고 우리는 수색을 해야 할 필요가 있습니다. 코완스빌에서 파견된 경찰들이 곧 도착할 예정입니다. 여기 영장을 가져왔습니다."

그가 주머니에 손을 집어넣으려 하자 헤이즐 스미스는 "그럴 필요 없어요, 형사님. 소피, 소피이!"라고 외치며 몸을 홱 돌렸다.

"무슨 일이에요?" 소피가 부루퉁하게 대답했다.

"손님 왔어. 또 경찰이야." 그녀는 노래라도 부르듯 말했다.

소피가 목발을 짚고 쿵쿵거리며 계단을 내려왔다. 예전보다 더 팽팽한 붕대로 다리를 칭칭 동여매고 있었다. 찡그린 얼굴을 보니 증상이 더욱 심해진 것 같았다. 보부아르에게 애당초 그녀가 다치긴 했을까 하는 의문이 들었다.

그는 사진을 꺼내 두 여자에게 보여 주었다.

"냉장고에 붙였던 거네요." 헤이즐이 냉장고를 바라보며 말했다. 다시 에너지가 빠져나가 말도 겨우 하는 것처럼 보였다. 고개가 너무 무겁게 느껴지는 듯 푹 떨구고 숨을 쉴 때마다 간신히 들어 올렸다가 다시 떨어뜨리곤 했다.

"언제 찍은 사진입니까?" 보부아르가 물었다.

"예전에요." 소피가 사진을 낚아채려 하며 말했다. 보부아르는 사진을 그녀에게서 멀찌감치 떨어뜨렸다. "적어도 오륙 년은 됐어요."

"그럴 리 없어, 애야." 헤이즐은 한 마디 한 마디에 온힘을 쏟아붓는 듯했다. "마들렌 머리가 길잖니. 다시 다 자란거야. 그러니 이삼 년밖에 안 됐을 거야."

"당신입니까?" 그가 땅딸막한 사람을 가리키며 물었다.

"아닌 것 같은데요." 소피가 말했다.

"서한테 보여 주세요." 헤이즐이 말했다.

"마Ma 엄마, 안 봐도 돼요. 지금 발목이 너무 아파요. 내려오다가 계단에 찧은 것 같아요."

"가엾어라." 헤이즐은 갑자기 기력을 되찾았다. 그녀는 서둘러 부엌 찬장으로 달려갔다. 찬장 안에는 갖가지 약병들이 즐비했다. 보부아르는 그녀의 뒤를 따라가서 그녀가 찬장의 첫 번째 줄에 있는 약병을 치우고 더 깊이 손을 집어넣는 모습을 지켜보았다. 그러고 나서 그녀의 행동을 제지했다.

"봐도 될까요?"

"하지만 소피가 아스피린을 먹어야 해요."

그는 선반에서 약병을 꺼냈다. 저용량 아스피린. 그리고 걱정스럽게 자신을 바라보고 있는 헤이즐을 흘깃 쳐다보았다. 그녀는 알고 있었다. 그녀는 소피가 꾀병을 부리는 걸 알고 있었고 일부러 저용량 아스피린을 갖다 놓았다. 헤이즐에게 약을 건네고 양피지처럼 얇은 장갑을 꼈다. 보부아르 안의 무언가가 뒤죽박죽 섞인 약 사이에 아스피린보다 더 중요한 것이 있다고 말하고 있었다. 그는 자신이 대망막을 갖고 태어난 운명이라면 본능을 신뢰해야 한다고 판단을 내렸다.

10분 후에 그는 약병들에 둘러싸여 있었다. 두통약, 요통약, 생리통약, 질염약. 비타민과 젤리빈까지 있었다.

"가끔 놀러 오는 아이들에게 주는 약이에요." 헤이즐이 설명했다.

제조된 모든 약 중에 찬장에 없는 약은 에페드라뿐이었다.

관할 경찰에서 온 팀이 스미스의 집을 구석구석 조사했다. 불행하게도 이 쓰레기 같은 작업을 하는 데 사람 숫자에 비해 열 배나 많은 시간이 걸렸다. 최악을 상정하는 데는 거의 전문가 수준인 보부아르의 예상을 웃돌았다.

두 시간 동안 생긴 가장 중요한 사건은 경찰들 가운데 두 명이 사라졌다는 것뿐이었다. 두 경찰은 지하실에서 헤매고 있었다. 보부아르는 잠시 휴식을 취하기 위해 소파와 가운뎃부분이 툭 튀어나온 찬장이 어지럽게 얽혀 있는 식당의 소파에 앉았다. 앉기가 무섭게 소파는 그를 내동댕이쳤다. 말 그대로 소파에서 쫓겨났다. 보부아르는 힘을 빼고 다시 시도했다. 그가 소파에 강력 스프링이 있다는 인상을 받은 순간 그것들이 반동을 일으키면서 그를 다시 던져 버렸다. 그는 자신도 모르게 서커스 공연을 펼치고 있었다.

위층에서 경찰이 그를 불러 올라가자 한 경찰이 약병을 들고 있었다.

"어디서 찾았나?" 보부아르가 물었다.

"화장품 상자에 있었습니다."

경찰이 소피의 방을 가리켰다. 뒤에서 소피가 쿵쿵거리며 재빨리 계단을 오르는 소리가 들리더니 이윽고 쿵쿵거림이 멈췄고 한 걸음에 두 단씩 민첩하게 계단을 올라오는 소리가 들렸다.

"무슨 일이에요?" 다른 쪽에서 헤이즐의 목소리가 들려왔다.

보부아르는 두 여자에게 약병을 보여 주었다.

"에페드라군요." 헤이즐이 라벨을 읽었다. "소피, 약속했잖니."

"됐어요, 엄마. 내 거 아니라고요."

"당신 화장품 상자에서 찾았습니다." 보부아르가 말했다.

"어디서 났는지 모르겠어요. 제 거 아니라니까요."

그녀는 겁먹은 것처럼 보였다. 그러나 사실을 말하고 있는 거라면?

가마슈가 집 안으로 걸어 들어가자 토스트와 커피 냄새가 났다. 아늑함과 편안함이 느껴졌다. 넓은 나무 판지 마루는 진한 호박색이었다. 벽난로에 불을 피우지는 않았지만 가마슈 눈에 재와 거의 다 타 버린 통나무가 들어왔다. 커다란 유리창과 뒤뜰로 통하는 프랑스식 문이 있는 방은 흐린 날조차 밝고 쾌적했다. 가구는 낡았지만 편안했으며, 벽에는 마을의 풍경화와 초상화가 걸려 있었다. 그림이 없으면 책장이 있었다.

상황이 달랐다면 이 방에서 좋은 시간을 보냈으리라.

"이틀 전 마들렌이 살해당한 방에 침입한 사람이 있었습니다. 우리는 당신이 그랬다는 걸 알고 있습니다." 가마슈가 말했다.

"맞습니다. 제가 그랬습니다."

"왜 그러셨죠?"

"저택이 저 또한 데려가길 바랐습니다." 무슈 벨리보가 말했다.

그는 사람과의 접촉이 필요하기라도 한 것처럼 메마른 손을 비비며 자신의 뜻을 분명히 말했다.

"마들렌이 죽은 다음 날이었죠. 경감님은 사랑하는 사람을 잃어 본 적이 있으신지 모르겠습니다. 익숙했던 모든 게 달라지는 느낌입니다. 음식 맛도 다르고 집도 예전 같지 않습니다. 친구들까지 달라지죠. 친구들은 위로하려 하지만 그들은 그럴 수 없어요. 모든 게 멀어지고 소리도 사라지는 것 같죠. 사람들이 무슨 말을 하는지 알아들을 수도 없습니다." 그는 느닷없이 미소를 지었다. "가여운 피터와 클라라, 저를 저녁 식사에 초대했지요. 저를 많이 걱정해 주었지만 전 두 사람을 안심시킬 행동을 하나도 하지 못했어요. 제가 혼자가 아니란 걸 알려 주고 싶었겠지만 전 혼자였습니다."

그는 문지르던 손을 멈추고 이제 한 손으로 다른 손을 잡았다.

"저녁 식사를 하면서 그저 죽어야 한다고만 생각했습니다. 너무 고통스러웠어요. 피터와 클라라가 정원에 대해, 요리에 대해, 그날 일어났던 일에 대해 이야기하는 동안 전 자살할 궁리만을 하고 있었습니다. 그러다가 좋은 방법이 떠올랐죠. 그 자리로 돌아가 혼자 방에 앉아서 기다리기만 하면 되는 거였습니다."

아무것도 움직이지 않았다. 벽난로 선반 위의 탁상시계조차 시간이 멈추기라도 한 듯 침묵했다.

"어둠 속에서 충분히 오래 기다리기만 한다면 집 안에 있는 무언가가 절 찾아내리라고 생각했지요. 그리고 그 무언가가 절 찾아냈습니다."

"무슨 일이 생겼습니까?" 가마슈가 물었다.

"마들렌을 죽인 무언가가 되돌아왔습니다." 그는 머쓱해하지도, 난처해하지도 않고 말했다. 그저 있는 그대로를 전할 뿐이었다. 다른 세계에서 온 무언가가 그의 세계로 들어와 그를 끌고 가 버렸다. "그것은 복도를 따라 내려왔어요. 나는 그것이 할퀴고 긁어 대는 소리를 들을 수 있

있어요. 주변은 칠흑같이 어두웠고 나는 문을 등지고 있었지만 그게 거기 있다는 걸 알았어요. 그런데 갑자기 그 무언가가 소리를 질렀습니다. 그날 밤처럼요. 비명이 곧장 귀로 파고들었죠. 자리에서 일어나 물리쳐 내려고 했습니다."

그는 회색 울스웨터 안에 든 여윈 팔을 머리 앞에서 흔들었다. 지금 자신이 그 방에 있다는 듯이.

"하지만 저는 도망쳤습니다. 소리를 지르면서 그 방에서 달려 나왔습니다."

"삶을 선택했군요." 가마슈가 말했다.

"그런 게 아닙니다. 죽기에는 너무 겁에 질려 있었어요. 어쨌든 그런 건 아니에요." 그는 몸을 앞으로 숙이고 진지한 눈빛으로 가마슈를 응시했다. "그 집에 무언가 있어요. 절 공격한 무언가요."

"더 이상은 없습니다, 무슈. 당신이 죽었으니까요."

"제가요?" 그는 가마슈의 느닷없는 말에 떠밀린 것처럼 상체를 뒤로 젖혔다.

"새끼 울새였습니다. 아마 당신처럼 겁에 질려 있었겠죠."

무슈 벨리보가 이 말을 이해하는 데는 다소 시간이 걸렸다.

"그렇다면 내가 옳았군요. 죽음을 불러온 존재는 그 방에 있었어요." 그가 말했다. "그게 저였군요."

35

"여길 멋지게 바꿔 놓으셨는데요." 낡은 철도 역사에 냅킨과 그릇을 차리며 올리비에가 말했다. 그는 용의자 목록이 놓인 문서 보관함 위에 수프 접시를 올리며 목록에 자신의 이름이 없는 걸 보고 기뻐했고 가브리의 이름이 아직 남아 있는 걸 보고 더욱 기뻐했다. 말해 주면 질겁을 하겠군. 김이 모락모락 피어오르는, 새알심이 든 치킨 스튜가 회의 테이블 한가운데에 놓였다.

경감은 비스트로에 들러 올리비에에게 점심 식사를 가져다 달라고 청했었다.

"무슈 벨리보는 어떻던가요?" 올리비에가 물었다. 그는 조금 전에 가마슈가 벨리보의 집에서 나와 커먼스를 걷는 모습을 보았다.

"좋아질 것 같습니다."

"나빠질 수도 있습니다. 지네트가 죽고 나서 얼마나 슬퍼했는지 알거든요. 무슈 벨리보는 헤이즐과 마들렌에게 고마워해야 해요. 그를 다시회복시켰으니까요. 일이 있을 때마다 그를 초대했어요. 특히 크리스마스같이 중요한 날에는요. 생명의 은인이나 다름없죠."

수사본부로 돌아오는 동안 가마슈는 과연 벨리보가 그 점을 고맙게여겼을지 생각해 보았다. 그리고 지금 벨리보처럼 홀로 남은 헤이즐을떠올리며 두 사람이 결국 서로 의지하게 될지 생각해 보았다.

가마슈는 다시 옛 철도 역사로 돌아와 막 헤이즐의 집 수색을 마치고 돌아온 보부아르를 만났다. 얼마 후에 이자벨 역시 몬트리올에서 돌아왔고 사람들은 회의 테이블 주위로 모였다. 올리비에가 점심을 가져왔을 무렵에는 회의가 절정으로 치닫고 있었다.

올리비에는 최대한 시간을 끌었지만 사람들은 아무 말도 하지 않았다. 보부아르 경위가 올리비에를 문 앞으로 데려가 그의 등 뒤로 문을 굳게 닫았다. 올리비에는 잠시 차가운 금속 문에 귀를 대고 서 있었지만 결국 아무 말도 듣지 못했다.

실제로 붉은 렌즈콩과 카레를 넣은 사과 수프와 고깃덩어리가 많은 진한 스튜 그릇 위에서 달그락거리는 스푼 소리 이외에는 아무 소리도 들리지 않았다. 펑 터지는 소리와 함께 음료수 뚜껑이 열렸고, 보부아르는 맥주를 마셨다.

"보고하게." 가마슈가 말했다.

"에페드라를 찾았습니다." 보부아르가 약병을 테이블 위에 내려놓으며 말했다. "지문을 채취해 몬트리올로 보냈습니다." 그는 이미 가마슈에게 이 내용을 보고했지만, 지금은 수색 결과와 새롭게 발견한 정보에 대해 반원 모두가 공유하는 시간이었다.

"소피 스미스는 이 약이 본인 소유가 아니라며 잡아뗐습니다. 하지만 전 그녀가 한 짓이라고 봅니다. 마들렌에게 강박관념에 가까운 강한 반감이 있다고 인정했기 때문입니다. 거짓말도 했습니다. 발목을 다치지 않았다고 확신할 수는 없지만, 어쨌든 필요할 때는 다친 발목으로도 빠르게 달릴 수 있었습니다. 그때 그녀의 어머니 표정을 봤어야 합니다." 보부아르가 말했다.

"소피가 꾀병을 부려서 화가 났던가요?" 르미외가 물었다.

"멍청하기는." 니콜이 말하자 르미외는 그녀에게 노골적인 경멸의 시선을 던졌다.

"니콜 형사, 경고하네." 가마슈가 말했다.

"아니, 사실이 그렇잖아요." 니콜이 말했다. "어떻게 그런 생각을 해요?" 그녀가 테이블을 꽉 움켜쥐고 있는 르미외에게 물었다. "헤이즐 스미스가 놀란 이유는 딸의 소지품 중에 에페드라 병이 있었기 때문이겠죠." 니콜은 르미외를 바라보며 천천히 말했다. "여긴 살인 사건 수사 현장이라고요. 의사의 진료실이 아니고요. 멍청이가 아니고서야 누가 발목 같은 데 신경 쓰겠어요?"

"그만하면 됐네. 날 따라오게." 가마슈는 약병을 들고 방을 가로질러 문으로 향했다. 르미외와 눈이 마주치자 니콜은 재빨리 가마슈 쪽으로 고갯짓을 했다.

"너한테 하는 말이야, 바보 자식아."

르미외가 자리에서 벌떡 일어섰다.

"니콜 형사." 가마슈가 차갑고 또렷한 음성으로 말했다.

니콜은 로베르 르미외를 쳐다보며 능글맞게 웃다가 고개를 가로젓고는 자리에서 일어나 "빌어먹을 패배자."라고 중얼거리더니 경감의 뒤를 따랐다.

"뭐가 잘못됐나요, 경감님?" 그녀가 문 앞에서 물었다. 보는 눈이 사라지자 대담함도 자취를 감추었다. 지금은 니콜과 가마슈 둘뿐이었다.

"너무 멀리 갔네. 자리를 떠야겠어."

"손 떼라는 말씀이신가요?"

"아직은 아니야. 자네를 킹스턴으로 보낼 생각이야. 퀸스 대학에 가서 소피 스미스에 대해 알아보고 오게."

"킹스턴이라고요? 반나절은 걸릴 텐데요. 어두워지기 전엔 도착도 못할 텐데요."

"그보다 더 늦어질 걸세. 몬트리올로 가면서 연구실에 들러 이걸 맡겨야 하니까. 내일 아침까지 결과를 보고 싶군."

니콜은 그를 응시하다가 마침내 낮은 목소리로 말했다. "지금 실수하시는 것 같은데요, 경감님."

가마슈는 그녀를 정면으로 쳐다보았다. 그의 목소리는 차분하고 침착했지만 니콜은 그의 기세에 밀려 반 발자국 뒤로 물러서야 했다. "나는 내가 뭘 하고 있는지 잘 아네. 자넨 떠나야 하네. 지금 당장."

문 앞에서 그는 떠나는 니콜의 뒷모습을 지켜보았다. 품위라고는 찾아볼 수 없는 니콜 형사가 돌을 발로 차면서 축 처진 어깨를 하고 다리를 건너고 있었다.

가마슈는 회의로 돌아왔다. 니콜이 없는 회의 테이블은 한층 밝은 분위기였다. 가마슈는 조금 전보다 편해 보이는 르미외를 보고 안심했다.

올리비에는 디저트로 브라우니와 데이트 스퀘어^{대추야자 열매가 든 커피 케이크로 오트밀 부스러기를 토핑으로 올린다}를 가져왔다. 커피와 디저트를 즐기며 그들은 무슈 벨리보에 대한 이야기를 나누었다.

"죽으러 갔다고요?" 라코스트 형사가 브라우니를 내려놓으며 물었다. "너무 슬프네요."

슬픔. 이 단어가 또 등장하는군. 가마슈는 생각했다. 애처롭고 슬픈 무슈 벨리보. 하지만 문득 늙고 지친 무슈 벨리보가 아닌 새끼 울새가 떠올랐다. 두려움으로 더 크게 비명을 지르는 새끼 울새가. 사람들 옆에 있으려 하다가 죽음을 당한 울새였다.

다음은 라코스트가 몬트리올에 다녀온 결과를 보고할 차례였다.

"교직원이 제게 이걸 주었습니다." 그녀는 테이블 위에 서류 두 장을 내려놓았다. "마들렌과 헤이즐의 성적표입니다. 아직 다 훑어보지는 못했습니다. 마들렌은 학교에서 거의 전설적인 존재였던 것 같더라고요."

보부아르가 서류에 손을 가져가는 사이, 라코스트는 다시 테이블 아래로 몸을 숙여 졸업 앨범 한 묶음을 꺼냈다.

"나오려는데 이걸 주더라고요." 그녀는 테이블 위에 앨범을 놓고 다시 브라우니로 손을 뻗었다. 설탕을 입히는 대신 보송보송한 마시멜로를 여러 층으로 입히고 그릴로 구운 먹음직스러운 수제 브라우니였다.

"마들렌의 전남편과도 이야기해 보았나?"

"프랑수아 파브로는 별 도움이 되지 못했습니다. 마들렌이 먼저 이혼을 요구하긴 했지만 그렇게 된 건 자신 탓이라고 인정했습니다. 아직도 사랑한다고 했지만 그녀와 함께 사는 건 태양을 너무 가까이 두고 사는 것 같다고 하더군요. 눈이 부실 정도로 찬란하지만 한편으로는 고통스럽다고요."

그들은 각자 음식을 먹고 이런저런 생각을 하며 말없이 앉아 있었다. 라코스트는 너무 뛰어나서 살해당한 여인을, 르미외는 니콜을 죽이는 상상을, 보부아르는 자신이 사랑한 여자를 살해했을지도 모를 소피를 생각했다. 그리고 아르망 가마슈는 이카루스에 대해 생각했다.

운전 중인 장 기 보부아르 옆에서 가마슈는 창밖을 내다보며 길 위의 웅덩이와 바퀴 때문에 파인 자국, 움푹 들어간 골을 의식하지 않으려 애쓰고 있었다. 마을 전체에 걸쳐 파이거나 긁힌 자국, 틈새들이 자라나고 있는 것 같았다.

가마슈는 다시 사건에 집중했다. 소피는 두 번째 교령회에는 갔지만 첫 번째 교령회에는 가지 않았다. 그리고 두 번째 교령회에서 살인이 일어났다. 마들렌에게 강한 반감이 있다는 점도 인정했다. 한 가지 더 있었다. 클라라가 아침에 이야기했지만 신경을 쓰지 못하다가 시간이 지나면서 소피를 더욱 의심하게 만든 요인이었다. 범인이 어떻게 마들렌의 음식에 에페드라를 넣었는지가 줄곧 그를 괴롭혀 왔던 의문 중 하나였다. 클라라는 소피가 서둘러 무슈 벨리보 옆자리를 차지했다고 말했다. 하지만 그 이야기는 소피가 마들렌의 옆에 앉으려 했다는 뜻도 된다. 소피는 일부러 두 사람 사이에 끼어 앉았다.

왜일까?

두 가지 이유를 생각해 볼 수 있다. 말 그대로 두 사람의 관계를 질투한 나머지, 둘 사이에 앉으려 했다. 아니면 마들렌의 음식에 에페드라를 넣을 수 있길 바랐다.

아니면 두 가지 다일 수도 있었다.

그녀에게는 동기와 기회가 모두 있었다.

점심을 먹고 나서 가마슈는 순찰 경관에게 스미스의 집을 지켜보라고 지시했지만 에페드라 병이 소피의 것이 틀림없다는 증거가 확보될 때까지는 직접 나서지 않을 작정이었다. 아침에 소피를 체포할 것이다.

그동안 몇 가지 필요한 질문에 대한 답을 반드시 얻어야 했다.

그는 시계를 바라보았다.

"신문이 한 시간 내에 나올 겁니다." 보부아르가 말했다. "무슈 벨리보가 한 부 보관해 두겠다고 했습니다."

"메르시."

"니콜을 멀리 보내 주셔서 기쁩니다. 일이 훨씬 쉬워질 겁니다."

가마슈가 아무런 대답이 없자 보부아르는 계속 말을 이었다. "아르노
가 어떤 짓을 하고 있는지 알았을 때 경감님은 제게 무슨 일이 있었는지
절대 이야기해 주지 않으셨습니다. 물론 일부는 법정에서 알려지기도
했지만 저는 법정에서 밝혀진 내용 이상의 무언가가 있다는 걸 알고 있
습니다."

가마슈는 창문 밖으로 스쳐 지나가는 교외의 풍경을 보고 있었다. 나
무들이 되살아나는 것 같았다. 삶이 피어나는 순간을 지켜보는 느낌이
었다.

"고위 간부 위원회에서 긴급회의를 소집했었네." 가마슈가 말했다.
그의 눈은 더 이상 새로운 생명이 시작하는 기적을 보지 않고 경찰청 본
부의 차가운 회의실을 보고 있었다. 형사들이 도착했다. 브레뵈프와 가
마슈 이외에 회의가 왜 소집되었는지 아는 사람은 없었다. 점잖게 미소
를 지으며 나타난 피에르 아르노는 프랑쾨르 경정과 나란히 회전의자에
앉아 함께 웃었다.

"불빛을 어둡게 하고 벽에 영상을 띄웠지. 졸업 앨범에 실린 소년들
사진이었네. 그 소년들이 죽은 사진도 있었지. 하나씩 차례로 띄웠어.
그런 다음에 목격자 보고서와 감식반 보고서를 읽었지. 다들 혼란스러
워했어. 내가 무슨 말을 하려는지 이해하려고 노력했고. 차츰차츰 사람
들이 조용해지더군. 프랑쾨르 경정만 빼고 말일세. 아르노도 마찬가지
였지."

눈앞에 대리석같이 차가운, 푸른 눈동자가 보였다. 아르노는 사실과 사실 사이를 빠르게 회전하며, 이에 반박하려고 두뇌를 쥐어짜고 있었다. 처음에 아르노는 자신이 우세하다고 생각하고 자신이 있는 듯 여유 있어 보였다. 물론 아르노보다 더 잘 해낼 사람은 없었다. 하지만 회의가 진행될수록 그는 점점 안절부절못하고 주변의 눈치를 살폈다.

가마슈는 해야 할 일을 모두 마쳤다. 거의 1년에 걸쳐 휴가 때나 여가가 생기면 이 사건에 매달렸다. 아르노가 빠져나갈 법한 모든 길을 잠그고 차단하고 봉쇄하고 다시 잠갔다.

가마슈는 자신에게 단 한 번의 기회만이 있다는 사실을 잘 알고 있었다. 그 회의가 그 단 한 번의 기회였다. 아르노가 자유롭게 걸어 나간다면 가마슈와 브레뵈프를 비롯한 많은 사람들이 파국을 맞게 될 터였다.

가마슈는 증거를 철저히 수집했지만 아르노에게 사용할 수 있는 강력한 무기가 한 가지 있다는 사실을 알고 있었다. 아르노의 무기는 충성심이었다. 경찰들은 동료와 경찰청을 배신하느니 차라리 죽음을 택했다. 아르노는 많은 경찰들의 충성심을 얻고 있었다.

그리고 아르노가 이겼다.

증거를 대면한 그는 살인을 조장한 혐의와 살인 혐의를 인정했다. 하지만 지위와 근속연한을 인정받은 그는 자신과 공모한 두 경찰이 체포되지 않도록 위원회를 설득했다. 당장은. 두 경찰은 담당하고 있던 사건을 처리하고 가족들을 위해 주변을 정리한 다음 그들에게 작별 인사를 하고 아비티비 지역에 있는 아르노의 사냥 캠프로 향했다. 그런 다음 자살할 계획이었다.

경찰청 고위 간부가 대중 앞에서 재판을 받는 수모를 피하기 위해서였다. 대중 앞에서 경찰청이 수치를 당하지 않기 위해서였다.

가마슈는 어리석은 결정에 완강하게 저항했다. 하지만 아르노와 대중을 두려워하는 위원회는 그의 손을 들어 주지 않았다.

놀라운 점은 피에르 아르노가 자유롭게 걸어 나갔다는 사실이었다. 적어도 잠시 동안은. 하지만 그런 사내는 짧은 시간에도 크나큰 슬픔을 빚어낼 수 있었다.

"당시 머튼 베이 사건을 수사하고 계셨죠?" 보부아르가 물었다.

"맞아, 몬트리올에서 가장 먼 데로 갔지." 가마슈가 인정했다. 그는 렌 마리를 멀리 보내고 몬트리올 경찰서의 친구 마크 브로에게 경찰을 배치해 아이들을 보호해 달라고 부탁했다. 자신은 설상 비행기를 타고 퀘벡시로 갔다. 그런 다음 베 코뮤를 거쳐 나타시쿠안과 해링턴 하버를 지나 마지막으로 머튼 베이의 작은 어촌에 도착했다. 그곳에서 살인자를 찾는 동시에 자기 자신을 찾았다. 어촌의 험난한 해안가에 있는 초라한 식당에서였다. 갓 잡은 생선 냄새와 생선 튀김 냄새, 우락부락한 체격에 해진 옷을 입은 어부의 냄새가 나는 곳이었다. 바위에서 태어난 것 같은 어부들은 홀로 오두막에 앉아 바다를 내려다보고 있다가 가마슈가 기대치 않았던 눈부신 미소로 그를 반겼다. 그 순간 가마슈는 자신이 해야 할 일을 깨달았다.

"경감님이 안 계셨던 때가 그때였군요." 보부아르가 말했다. "다시 몬트리올로 돌아오셨죠. 그다음에 제가 아는 거라고는 피에르 아르노와 다른 두 경찰의 소식이 신문을 뒤덮었다는 것뿐입니다."

아이러니하게도 그랬지. 가마슈는 생각했다. 그리고 또 시계를 보지 않으려 애썼다.

가마슈는 아비티비로 달려가 자살을 막았다. 돌아오는 길에 안도감에 취해 거의 넋이 나간 두 경찰은 계속 울기만 했다. 하지만 아르노는 아니었다. 그는 두 수사관 사이에 꼿꼿이 앉아 백미러를 보면서 가마슈를 뚫어지게 응시했다. 가마슈는 오두막집에 들어가자마자 아르노에게 자살할 의사가 없음을 알아차렸다. 다른 두 사람에게는 그럴 마음이 있었다. 하지만 아르노는 아니었다. 눈보라를 헤치고 오는 네 시간 내내 가마슈는 아르노의 시선을 견뎌 내야 했다.

매체에서는 가마슈를 영웅으로 떠받들었지만, 그는 자신이 영웅이 아니라는 사실을 잘 알고 있었다. 영웅이라면 머뭇거리지 않았으리라. 영웅이라면 도망치지 않았으리라.

"아르노와 두 수하와 함께 나타났을 때 반응은 어땠습니까?"

"자네 짐작대로 우호적이었지." 가마슈가 웃음을 지으면서 말했다. "하지만 위원회는 격노했네. 내가 그들의 바람을 거슬렀기 때문이지. 위원회에서는 내가 충성심이 부족하다고 비난했네. 옳은 지적이었지."

"어디에 충성을 바쳐야 하는가에 따라 다르죠. 왜 그런 일을 하셨습니까?"

"자살을 막은 일 말인가? 어머니들에게는 침묵 이상의 조처가 필요했네." 잠시 후에 가마슈가 말했다. "내가 만난 크리족 여인과 다른 어머니들은 공식적으로 사과하고 해명하기를 원했네. 다시는 그런 일이 없을 거라는 약속도 받아야 했지. 누군가 앞장서서 아이들에게 벌어진 사태에 대한 책임을 인정해야 했네."

대부분의 경찰청 사람들처럼 보부아르 역시 가마슈가 한 일을 들었을 때 구역질이 나고 수치심을 느꼈다. 하지만 가마슈는 그들의 실수를 만

회해 주었고, 경찰청 사람이 모두 사악하지는 않다는 점을 입증했다. 지위를 막론한 대다수의 경찰들이 굳건히 그의 편을 들었고 두말없이 뒤를 따랐다. 대부분의 언론도 마찬가지였다.

하지만 전부는 아니었다.

가마슈가 아르노 사건에 결탁했다거나 아르노에게 복수를 했다고 비난하는 사람들도 있었다. 살인자 중 한 명이라거나 유명한 아르노를 상대로 음모를 꾸미고 있다고 넌지시 말하는 사람도 있었다.

그리고 지금 비난의 화살이 다시 돌아왔다.

"경찰청에는 아르노의 수하들이 얼마나 남아 있습니까?" 보부아르가 사무적인 말투로 물었다. 지금은 한가로운 잡담이나 나누고 있을 때가 아니었다. 전략상의 정보를 모아야 할 때였다.

"자네가 개입하지 않았으면 좋겠네."

"집어치우십시오."

장 기 보부아르는 한 번도 경감에게 이런 식으로 말한 적이 없었다. 두 사람 모두 그 말과 그 말에 내포된 힘에 망연자실했다.

보부아르는 차를 길 한편에 세웠다. "어떻게 그런 말을 하실 수 있습니까? 어린애 취급도 지겹습니다. 경감님이 더 지위가 높으신 줄은 압니다. 나이도 더 많고 더 지혜로우시죠. 그래서 행복하십니까? 하지만 이제 절 옆에 나란히 세우실 때도 됐습니다. 그만 밀어내세요. 그만하시라고요."

그는 손바닥으로 운전대를 부서뜨릴 듯 거세게 내리쳤다. 뼛속까지 통증이 전해졌다. 끔찍하게도 눈물까지 맺혔다. 손바닥일 뿐이야. 그저 손바닥일 뿐이라고. 자신을 타일렀다.

하지만 저 깊숙한 곳의 우리는 비어 있었다. 잘 숨겨 두지 않았거나 깊이 숨겨 두지 않아서였다. 가마슈를 향한 사랑이 우리를 헤치고 나와 그를 갈기갈기 찢어 놓겠다고 협박하고 있었다.

"나가게." 가마슈가 말했다. 보부아르는 더듬거리며 안전벨트를 풀고 가까스로 진흙 길로 구르듯 나왔다. 주위는 황폐했다. 비가 그쳤고, 태양도 보부아르만큼이나 힘겹게 구름 사이를 헤쳐 나오고 있었다.

가마슈는 보부아르 뒤에 단단히 버티고 서 있었다.

"빌어먹을." 보부아르가 있는 힘을 다해 외쳤다. 그저 울부짖고 싶을 뿐이었다. 주먹을 말아 쥐고 뭐든 누구든 내려치며 울부짖고 싶었다. 대신에 흐느꼈다. 그리고 술에 잔뜩 취한 사람처럼 팔을 휘저었다. 시간이 얼마나 흘렀는지 몰랐지만 이내 정신이 들었다. 처음에는 빛을 보았고, 그다음에는 새소리를 들었고, 비에 젖은 들판의 향기를 맡았다. 다시 태어나듯 그는 서서히 의식을 되찾았다. 그곳에 다름 아닌 가마슈가 서 있었다. 그는 떠나지 않았다. 보부아르를 진정시키려 하거나 막으려 하지도 않았다. 달래지도 않았다. 그저 울부짖고 흐느끼고 폭발하도록 내버려 두었다.

"저는 그저……." 보부아르의 목소리가 잦아들었다.

"그래, 원하는 게 뭔가?" 가마슈가 부드럽게 물었다. 태양을 등지고 있어 보부아르에게는 그의 실루엣만이 보였다.

"저를 믿어 주시기 바랍니다."

"더 있을 텐데."

보부아르는 극도로 지치고 약해지고 거의 탈진한 상태였다. 두 사람은 마주 보았다. 태양이 나뭇가지에 매달린 빗방울을 환하게 비추었다.

가마슈는 천천히 보부아르에게 다가와 손을 내밀었다. 보부아르는 크고 강인한 가마슈의 손을 바라보았다. 그리고 다른 사람의 손을 보듯 자신의 손이 들리는 걸 보았고 그의 손에 부드럽게 안착하는 모습을 보았다. 경감 손 위에 놓인 그의 손은 가늘었고, 섬세해 보이기까지 했다.

"트루아 리비에 파견대의 증거 자료실에 배속돼 있던 자네를 처음 봤을 때 자네는 화가 나 있었고 억울해하고 있었지." 가마슈가 말했다. "아무도 자네를 원하지 않았을 때 왜 내가 자네를 데려왔다고 생각하나? 왜 내가 자네를 부관으로 삼았는지 생각해 봤나? 맞아. 자네는 뛰어난 수사관이지. 살인범을 찾아내는 데 천부적인 소질이 있어. 하지만 그뿐만이 아니야. 나는 자네에게 유대감을 느끼네. 반원들 모두에게서 유대감을 느끼지만 자네에게 가장 강하게 느끼네. 자네는 내 후계자야, 장 기. 내 부관이란 말일세. 자네를 내 아들처럼 사랑하네. 그리고 자네가 필요해." 가마슈가 말했다.

보부아르의 코와 눈이 달아올랐고, 바람 속의 무언가와 맹렬하게 합류한 듯 흐느낌이 사라졌다. 그 감정은 마치 숲 속의 나무처럼 자연스러웠다.

두 사람은 끌어안았고 보부아르가 가마슈의 귀에 속삭였다. "저도 경감님을 사랑합니다."

그러고 나서 떨어졌다. 쑥스럽지는 않았다. 그들은 아버지와 아들이었다. 다니엘을 향한 보부아르의 질투심이 모두 사라졌다. 그는 질투심을 놓아 보냈다.

"모든 이야기를 해 주셔야 합니다."

가마슈는 여전히 망설였다.

"무지는 저를 지켜 주지 않습니다."

이내 가마슈는 모든 걸 이야기했다. 아르노에 대해, 프랑쾨르에 대해, 니콜에 대해 이야기했다. 보부아르는 듣고 망연자실했다.

36

오딜은 단단한 두부와 부드러운 두부의 차이를 궁금해하는 손님을 상대하느라 분주했다. 그녀가 일에 전념하는 동안 가마슈와 보부아르는 가게를 돌아다니며 죽 늘어선 유기농 식품과 차와 커피가 든 상자를 살펴보았다. 가게 뒤편에는 샌던이 만든 가구가 보였다. 가마슈는 골동품 가구, 특히 퀘벡산 소나무로 만든 가구를 좋아했다. 그는 가끔 현대식 디자인에 당혹스러움을 느꼈다. 하지만 질이 만든 테이블과 의자, 걸상, 주발, 지팡이를 보았을 때 가마슈는 전통과 유행의 놀랄 만한 공존을 보고 있다고 느꼈다. 나무는 정확히 이런 형태가 될 운명을 타고난 것 같았다. 이 남자의 눈에 띄어 이 용도로 쓰이길 기다리며 퀘벡의 숲 속에서 수백 년을 자라 왔다는 듯. 이곳의 디자인이 전통적인 것만은 아니었다. 현대적이면서도 과감했다.

"하나 갖고 싶으세요?" 오딜이 물었다. 가마슈는 그녀의 숨결에서 풍기는 박하 향에서 미처 감추지 못한 시큼한 와인 향을 맡았다. 냄새는 역겨운 조합이었고 그가 할 수 있는 일은 고개를 젖히지 않으려고 애쓰는 게 전부였다.

"그렇긴 하지만 오늘은 아닙니다. 죄송하지만 몇 가지 더 여쭤 보겠습니다." 그가 말했다.

"그러세요. 오늘은 손님이 많지 않으니까요. 요새는 별로 손님이 없네요."

"제 생각에는 시를 쓸 기회가 늘어난 것 같은데요."

그녀에게 불현듯 생기가 돌았다.

"제 시에 대해 들으셨나요?"

"그렇습니다, 마담."

"하나 들어 보시겠어요?"

보부아르는 경감과 시선을 마주치려 부단히 노력했지만 가마슈는 그의 안구 운동을 전혀 눈치채지 못했다.

"너무 번거롭지 않으시다면 감사히 듣겠습니다."

"여기 앉으세요." 그녀는 가마슈를 질의 의자 하나에 말 그대로 떠밀었다. 그는 의자가 부서지는 소리를 기다렸다. 의자와 자신의 은행 잔고가 한꺼번에 무너지는 소리를. 하지만 아무 일도 일어나지 않았다. 나무 의자와 그의 저축 예금 모두 안전했다.

오딜이 낡은 공책을 들고 돌아왔다. 보부아르가 들렀을 때 굳게 덮여 있던 바로 그 공책이었다.

그녀는 적 앞에 나선 전사처럼 목을 가다듬고 어깨를 고쳐 세웠다.

땅거미 질 무렵 황무지 너머로
구슬픈 구름이 떠가네.
우리는 안간힘을 다해 비에 맞서네.
나, 내 사랑, 그리고 나는.

갈매기는 울부짖고 갈대는 온몸을 숙이네.
우리는 손을 맞잡고
서둘러 지나가네. 바람에 맞서.
나, 내 사랑, 그리고 나는.

"제목은 '나, 내 사랑, 그리고 나는'이에요."

가마슈는 기가 차서 말문이 막혔지만 보부아르는 적당한 표현을 찾아 냈다.

"정말 놀라운 시군요. 시가 한눈에 들어오네요."

그는 진심이었다. 지금까지는 가마슈가 인용하는 모호한 시를, 거의 운율이라고는 신경 쓰지 않는 루스 자도의 난해한 시만을 들어 왔다. 하지만 이 시는 적어도 이해가 되었다. 새가 보이고 새의 울부짖음이 들리고 비가 보였다.

"다른 시도 들어 보실래요?"

"아쉽지만 몇 가지 질문을 해야 합니다." 가마슈는 옆에 있는 걸상을 두드렸다. "듣던 대로 아름다운 시군요."

오딜은 앉아서 조금 휘청거리다가 똑바른 자세를 유지하려고 애썼다.

"마들렌을 어떻게 생각하셨습니까?"

"괜찮았어요. 여기 가끔 들렀는데 잘 아는 사이는 아니었죠. 죽어서 유감이에요. 누가 그랬는지 아세요?"

"당신은 아십니까?"

오딜이 생각에 잠겼다.

"그녀의 친구가 아닐까 싶어요. 헤이즐이오. 항상 친절했거든요. 너무 친절했어요. 화가 날 정도였죠. 유력한 용의자가 틀림없어요. 하지만 원래는 그녀가 살해당하는 쪽에 가깝긴 하죠. 죽어야 할 사람이 죽었다고 확신하시나요?"

"옛 해들리 저택으로 가는 동안 마들렌과 대화를 하셨다고요."

"제가 그랬나요?" 오딜의 거짓말 실력은 시를 쓰는 능력 못지않게 형편없었다.

"그랬습니다. 두 사람의 대화를 들은 사람이 있습니다."

"그냥 이런저런 이야기를 했어요."

"서로 다투셨다고요, 마담." 가마슈는 단호하지만 침착하게 말했다. 그는 오딜의 옆모습을 보았다. 턱 선이 가냘프고 부드러웠다.

"다투진 않았어요." 그녀가 말했다. 가마슈는 다른 손님이 들어오지 않기를 바라면서, 기다리기만 하면 된다는 것을 알고 있었다.

"그녀가 질을 뺏으려고 했다고요." 오딜이 악취를 내뿜으며 말했다. 너무 오래 방치되어 부패한 것 같은 말이 시큼한 입김과 함께 가마슈를 덮쳤다. "그녀가 질을 원한다는 걸 알고 있었어요. 항상 그를 보며 웃고 만지곤 했다고요." 그녀는 마들렌의 행동을 따라 하며 가마슈의 팔을 건드렸다. "그가 관심을 보이길 원했죠. 물론 그이는 아니었지만요."

"정말인가요?" 가마슈가 물었다.

"정말이고말고요. 절 사랑하니까요." 마지막 말은 거의 들리지 않았다. 벌어진 입에서 간간이 침이 떨어졌다. 콧물이 흐르고, 눈에서는 눈물이 흘렀다. 얼굴이 산을 뒤집어쓰고 녹아내리는 것 같았다.

마들렌이 정말로 오딜에게서 질을 빼앗으려고 했을까? 가마슈는 생각해 보았다. 그렇다면 거기에는 두 가지 동기가 있었다. 오딜이 라이벌을 죽였다. 아니면 무슈 벨리보가 질투심 때문에 죽였다. 클라라가 뭐라고 했던가? 마들렌은 항상 원하는 걸 얻는다고 하지 않았던가. 하지만 그녀가 원한 건 무엇이었을까? 누구를 원했을까? 질일까? 무슈 벨리보일까? 둘 다 아니었을까?

"그날 밤 뭐라고 따졌습니까?" 가마슈가 한 발 더 나섰다.

"그만두라고 했어요. 됐어요? 이제 성에 차시나요? 제발 질에게서 떨어지라고 했어요. 마들렌은 어떤 남자라도 가질 수 있어요. 근사한 데다 똑똑하니까요. 모두 함께 있고 싶어 하죠. 누군들 아니겠어요? 하지만 저는 어떤가요? 사람들이 절 어떻게 생각하는지 잘 알아요. 멍청하고 지루하고 숫자 계산 같은 거나 잘하죠. 전 평생 질을 사랑했고, 마침내 질이 저를 택했어요. 저를요. 누구도 질을 빼앗아 가지 못해요. 마들렌에게 제가 질을 가질 수 있게 내버려 두라고 간청했어요."

"그녀가 뭐라고 하던가요?"

"모든 걸 부인했어요. 저를 바보로 만들고 창피를 줬어요. 그러면서 자기가 창녀라는 걸 인정할 용기는 없더군요."

가게를 나서며 가마슈는 그녀와 악수했다. 그녀의 손은 축축하고 끈적끈적했다. 하지만 슬픔은 자주 이렇게 축축하고 끈적끈적한 느낌을 남겼다. 보부아르는 가까스로 악수를 하지 않고 빠져나왔다.

그들은 깊은 숲 속에서 질을 찾아냈다. 나무 패는 소리를 따라 작은 언덕 꼭대기를 오르고, 죽어서 썩은 통나무를 타고 넘자 도끼로 쓰러진 나무를 쪼개고 있는 거구의 남자가 보였다. 그들은 한동안 육중한 팔이 오래된 연장을 들어 올려 나무를 내리치는, 힘차면서도 우아한 동작을 지켜보았다. 그때 그가 동작을 멈추고 빙글 돌아서 그들을 정면으로 쳐다보았다. 세 사람은 서로 바라보았다. 이내 질이 손짓을 했다.

"다시 왔군요." 그가 보부아르에게 말했다.

"상사와 함께 왔습니다."

질이 성큼성큼 그들에게 걸어왔다. 발아래 잔가지들이 부러졌다.

"숲 속에서는 윗사람이 없소." 그는 보부아르에게 말하며 시선을 돌려 가마슈를 살펴보았다. "신문에 나온 분이군요."

"그렇습니다." 가마슈가 태연하게 말했다.

"살인자처럼 보이진 않는데요."

"살인자가 아니니까요."

"그 말을 믿어도 되오?"

"당신이 믿고 싶은 걸 믿으십시오. 전 상관없습니다."

질은 끙 하고 앓는 소리를 내더니 마침내 비단 천을 씌운 의자라도 되는 양 나무 그루터기를 가리켰다.

"한때는 벌목꾼이셨겠군요." 아르망 가마슈가 그루터기에 걸터앉으며 말했다.

"어두운 시절에는 그랬소. 맞아요. 더 이상은 부끄럽지 않소. 그때는 잘 몰랐으니까."

하지만 그는 여전히 부끄러워하는 것 같았다.

"뭘 잘 몰랐습니까?" 보부아르가 물었다.

"말했잖소. 나무들은 살아서 숨을 쉰다고. 사람들은 나무가 살아 있는 줄은 알지만 우리와 똑같이 숨을 쉰다고는 생각하지 않소. 하지만 나무는 진짜로 살아 있지. 살아서 숨을 쉬는 생명체를 죽일 수는 없소. 해서는 안 될 일이지."

"어떻게 알았습니까?" 가마슈가 물었다.

샌던은 주머니에 손을 집어넣어 지저분한 손수건을 꺼냈다. 그리고 손수건으로 도끼를 문질러 깨끗이 닦으며 말했다.

"한때 이 근처의 제분소에서 벌목꾼으로 일했소. 동료들과 매일같이 숲으로 향했지. 나무들을 잘라서 트럭에 몰래 싣고 벌목 도로로 끌고 가 사람들이 가져가게 했소. 뼈 빠지게 힘들었지만 그래도 좋았소. 밖에서 상쾌한 공기를 마실 수 있었고 상사도 없었으니까."

그는 미심쩍다는 듯 가마슈를 보았다. 희끗해져 가는 붉은 수염이 질의 지친 얼굴을 덮고 있었고 날카로운 눈빛은 먼 곳을 향하고 있었다.

"그런데 어느 날 도끼를 들고 숲에 들어갔다가 훌쩍거리는 소리를 들었소. 어린아이가 우는 소리 같았지. 아마 이맘때쯤이었을 거요. 나무를 베기에 가장 좋은 시기지. 하지만 동물들이 새끼를 배는 시기이기도 합니다. 동료들이 도착했고, 훌쩍거리는 소리는 더욱 커졌소. 난 사람들에게 동작을 멈추고 가만히 귀를 기울여 보라고 했소. 훌쩍거리는 소리는 울부짖는 소리로 바뀌어 있었지. 도처에서 들려왔소. 난 느낄 수 있었소. 늘 숲이 편안했지만 갑자기 두려워지기 시작했소.

'아무 소리도 안 들리는데요.' 한 사람이 그렇게 말하더니 나무를 치더군. 그러자 다시 비명 소리가 들렸지. 다음은 짐작이 갈 거요. 하룻밤 사이에 모든 게 달라진 거요. 나는 다른 사람이 됐지. 그 전에도 나무의 소리를 들을 수는 있었소. 하지만 언제나 행복해하는 소리만 들었던 것 같소. 그래서 숲에만 있으면 행복했소. 하지만 이제는 나무의 두려움까지 들을 수 있게 됐소."

"그래서 어떻게 했습니까?"

"뭘 어떻게 할 수 있었겠소? 당신이라면 어떻게 했겠소? 하던 일을 때려치워야 했지. 나무를 죽이는 일을 그만두어야 했소. 당신을 향해 소리 지르는 나무를 내리칠 수 있겠소?"

보부아르는 할 수 있었다. 종일 비명을 질러 댄다면 더욱 그랬다.

"하지만 대부분의 나무들은 조용히 있소. 그냥 혼자 있기만을 바랍니다." 질이 말을 이었다. "한곳에 뿌리박혀 있는 존재에게서 자유를 배우다니 참 우습기도 하지."

가마슈는 질이 하는 말이 완벽하게 이치에 들어맞는다고 생각했다.

"나는 해고당했소. 어차피 그만두려고 했소. 그날 벌목하러 숲에 들어갔다가 전혀 다른 사람이 되어서 나온 거요. 세상이 완전히 달라졌더군. 같을 수가 없었소. 아내는 날 이해하려고 노력했지만 그러지 못했소. 결국은 아이들과 함께 나를 떠나더군. 샤를부아로 돌아갔소. 그녀를 원망하지는 않았소. 오히려 안심이 되더군. 그녀는 계속해서 나무는 말을 하지 못하고, 노래도 하지 못하고, 더군다나 소리를 지르지 않는다며 날 설득하려 애썼소. 하지만 나무는 이 모든 걸 할 수 있소. 아내와 난 서로 다른 세계에 속한 사람들이었소."

"오딜은 당신과 같은 세계에 속한 사람인가요?" 보부아르가 물었다.

"아니오." 질이 솔직히 말했다. "실은 같은 세계에 속한 사람을 한 번도 보지 못했소. 하지만 오딜은 나를 인정했소. 바꾸려 하거나 잘못을 깨닫게 하려고 하지도 않았지. 날 있는 그대로 받아들였소."

"그럼 마들렌은요?"

"아름답고 남다른 매력이 있는 사람이었지. 숲 속을 지나다가 야자수를 맞닥뜨린 것 같았소. 눈길을 잡아끌었소."

"마들렌과 관계를 가졌습니까?" 보부아르는 가마슈가 바라던 것보다 훨씬 무뚝뚝하게 말했지만 그게 그의 방식이었다.

"아니요. 밀리서 동경하는 것만으로 충분했소. 나무와 대화를 나누긴 하지만 난 미치지 않았소. 그녀는 나한테 관심이 없었소. 나도 실제로는 관심이 없었고. 상상 속에서라면 모를까, 현실 세계에서는 그랬소."

보부아르는 질이 언급하는 '현실' 세계가 정확히 무엇을 의미하는지 궁금했다.

"왜 무슈 벨리보를 좋아하지 않습니까?" 가마슈가 물었다. 질로서는 마들렌을 생각하다가 갑자기 소박한 식료품상에게 집중하기란 어려운 일이었다. 그는 육중한 손을 내려다보고 손에 박인 굳은살을 뜯어냈다. "벨리보의 땅에 큼지막한 참나무 한 그루가 있었소. 그런데 번개를 맞아 큰 가지가 아래로 축 처지고 말았지. 난 나무가 울부짖는 소리를 듣고 그 가지를 잘라 내서 나무를 돕고 싶다고 했소. 하지만 그는 들은 척도 하지 않았소."

"왜죠?" 보부아르가 물었다.

질이 그들을 바라보았다. "가지를 잘라 내면 나무가 죽는다고 하더군. 나도 위험하다는 사실은 인정했소. 하지만 나무가 고통을 겪고 있으니 건강하게 살아가거나, 아니면 빨리 죽는 쪽이 나무에게 훨씬 더 자비로운 처사라고 말해 주었소."

"하지만 그가 당신의 말을 믿지 않았군요?"

그는 고개를 가로저었다. "그 나무가 죽는 데 무려 사 년이나 걸렸소. 나무가 도움을 청하며 우는 소리가 들리더군. 벨리보에게 아무리 부탁해도 들어주지 않았소. 그는 나무가 좋아질 거라고 생각하더군."

"몰랐던 겁니다. 두려웠을 수도 있고요." 가마슈가 말했다.

질은 어깨를 으쓱하더니 무시해 버렸다.

"그가 마들렌과 사귀고 있었다는 점도 당신이 그를 좋아하지 않는 이유 중 하나입니까?" 가마슈가 물었다.

"그는 마들렌을 지켜 줘야 했소. 나무도 지켜야 했고. 자상해 보이지만 실은 한심한 사람이오."

무슈 벨리보가 자신을 뭐라고 불렀던가? 가마슈는 기억하려고 애썼다. 죽음을 부르는 존재. 그는 자신을 그렇게 불렀다. 처음에는 아내가 죽고, 다음에는 마들렌이, 그다음에는 새가 죽었다. 그리고 나무도 있다. 벨리보를 둘러싼 것들은 모두 죽었다.

세 남자는 촉촉한 소나무와 낙엽, 새싹의 달콤하고 쌉싸름한 향기를 들이마시며 침묵에 잠겼다.

"이제 나는 숲으로 와서 죽은 나무를 찾아 가구로 만듭니다."

"새로운 생명을 부여하는 거군요." 가마슈가 말했다.

샌던이 그를 바라보았다. "당신은 나무의 소리를 듣지 못하시겠지?"

고개를 한쪽으로 기울이고 샌던의 이야기를 듣고 있던 가마슈가 고개를 흔들었다. 그러자 샌던이 고개를 끄덕였다.

"주변에 은행나무가 있습니까?" 가마슈가 물었다.

"은행나무? 몇 그루 있소. 많지는 않아요. 대부분 아시아에서 온 것 같은데. 매우 오래된 나무요."

"오래 살았다는 이야기인가요?" 보부아르가 물었다.

"그렇긴 하지만 세쿼이아 나무만큼은 아니오. 수천 년을 살아온 나무가 있다면 믿겠소? 난 그 나무들 중 한 그루와 이야기하는 걸 좋아해요. 은행나무는 그 정도로 오래되지는 않았지만 세상에서 가장 오래된 나무들 중 하나지. 아주 옛날부터 있었소. 이런 니무들은 마치 살아 있는 화석과도 같다오. 한번 상상해 봐요."

질의 말이 가마슈의 뇌리에 깊이 박혔다. 샌던은 은행나무에 대해 상당히 잘 알고 있었다. 에페드라를 만들어 내는 오래된 은행나뭇과에 대해서.

수사본부로 돌아왔을 때, 그의 책상에는 반듯하게 접힌 신문이 놓여 있었다. 5시였고, 르미외는 컴퓨터로 작업을 하고 있었다. 그들이 들어오자 르미외가 올려다보고 손을 흔들었다. 그리고 가마슈를 딱하다는 듯이 바라보다가 신문으로 시선을 떨어뜨렸다.

보부아르는 신문으로 손을 뻗는 경감 옆에 서 있었다. 가마슈는 예전에 보았던 고릴라에 대한 다큐멘터리를 떠올렸다. 위협을 당하면 고릴라는 앞으로 나가 침입자를 주시하고 소리를 지르며 가슴을 두드린다. 하지만 가끔씩은 손을 뻗어 옆에 있는 다른 고릴라를 건드리기도 한다. 혼자가 아니라는 것을 확인하기 위해서였다.

보부아르는 지금 그의 옆에 서 있는 고릴라였다.

신문 1면에는 반쯤 눈을 감고 기이하게 얼굴을 찡그려 어리석어 보이는 가마슈의 사진이 실려 있었다.

'수SOÛL!'라는 대문자 활자 아래 영어로 '만취!'라고 쓰여 있었다.

"경감님이 술에 취해 사람들을 협박하고 살인을 사주하는 모습이 보이는군요." 보부아르가 말했다.

"르네상스형 인간여러 분야에 대한 폭넓은 지식과 다양한 재주를 겸비한 사람이군." 가마슈가 고개를 가로저으며 말했다. 한편으로는 마음이 놓였다. 처음에 기사를 훑어보면서 다니엘과 아니, 렌 마리부터 찾았다. 하지만 자신과 아르노의 이름뿐이었다. 언제나 둘을 연관 지었다. 한쪽이 없으면 다른 한쪽이 존재할 수 없기라도 한 것처럼.

그는 가족들에게 전화를 걸어 30분에 걸쳐 별 탈이 없는지 확인했다.

가마슈는 하루 일과를 마치고 보부아르와 함께 수사 자료와 졸업 앨범을 들고 비앤비로 돌아가면서 자신이 무능력한 술꾼이라고 비난받는 낯선 세계에 있다는 사실을 깨달았다.

37

25년 만에 처음으로 클라라는 스튜디오의 문을 닫았다. 올리비에와 가브리가 도착했다. 아르망 가마슈와 부관인 장 기 보부아르도 막 현관

문을 들어섰다. 머나는 셰퍼드 파이와 싹이 돋아난 나뭇가지로 장식된, 보닛처럼 보이는 꽃꽂이 작품을 들고 먼저 와 있었다.

"이 안에 경감님께 드릴 선물이 있어요." 그녀가 가마슈에게 말했다.

"정말입니까?" 가마슈는 선물이 보닛이 아니기를 바랐다. 클라라가 잔 쇼베를 사람들이 전부 모인 거실로 안내했다. 가마슈는 클라라와 눈이 마주치자 감사의 뜻으로 웃어 보였다. 클라라는 미소로 답했지만 상당히 지쳐 보였다.

"괜찮습니까?" 클라라에게서 음료가 담긴 쟁반을 받아 피아노 위의 적당한 자리에 내려놓으며 가마슈가 물었다.

"조금 스트레스를 받았을 뿐이에요. 오늘 오후만 해도 그림을 더 그려 보려고 했는데, 피터 말이 맞았어요. 영감이 찾아오지 않을 때는 너무 애쓰지 않는 편이 차라리 나아요. 다행스럽게도 저녁 식사 요리에 집중할 수 있었죠."

하지만 클라라는 저녁 식사 자리에 있기보다 자신의 발이라도 물어뜯고 있는 편이 나아 보였다.

올리비에는 가브리에게서 수제 파테가 담긴 세라믹 그릇을 받아 들었다. 원래는 가브리가 손님들에게 파테를 돌리기로 되어 있었지만 그는 난로 옆에 서서 잔과 대화를 나누기로 마음먹은 모양이었다.

"파테 드시겠어요?" 그가 보부아르에게 말했다. 보부아르는 커다란 바게트 한 조각을 집어 들어 그 위에 파테를 두툼하게 올렸다.

"당신이 마녀라던데요." 가브리가 잔에게 말하자 방이 조용해졌다.

"위카인이라는 말이 더 좋긴 하지만 상관없어요." 잔이 아무렇지도 않게 대꾸했다.

"파테 드실래요?" 애피타이저 뒤에 숨을 수 있는 걸 감사하며 올리비에가 물었다. 말이라도 끌고 왔으면 얼마나 좋았겠는가.

"고맙습니다." 잔이 말했다.

루스가 활기 넘치는 방 안으로 쿵쾅거리며 들어왔다. 루스의 등장으로 분위기가 산만해진 틈을 타 보부아르는 슬쩍 잔에게 말을 걸었다.

"르미외 형사가 당신이 나온 고등학교를 조사해 봤습니다." 조용한 구석으로 그녀를 데려가며 그가 말했다.

"정말로요? 흥미롭군요." 하지만 그녀는 전혀 흥미가 없어 보였다.

"정말 흥미롭더군요. 학교가 아예 없던데요."

"무슨 말이죠?"

"몬트리올에는 개러스 제임스 고등학교가 없었습니다."

"말도 안 돼요. 제가 그 학교를 나왔는걸요." 그녀는 약간 동요하는 것 같았다. 보부아르가 용의자에게 바라는 모습 그대로였다. 그는 이 여자를, 이 마녀를 조금도 좋아하지 않았다.

"학교가 이십 년 전에 불탔더군요. 참 편리하다고 생각하지 않습니까?" 그는 그녀가 대꾸도 하기 전에 자리를 떴다.

"내 술은 어디 있지?" 루스가 절뚝거리며 피아노로 다가갔다. "술을 죄다 마셔 버리기 전에 오느라 서둘렀지." 그녀가 가마슈에게 말했다. 올리비에는 마침내 이 방에 가브리보다 더 옹졸한 사람이 들어왔다는데 깊은 감사를 느꼈다.

"이 집 구석구석에 술을 숨겨 놓았습니다. 제게 친절하게 대해 주신다면, 마담 자도," 가마슈가 가볍게 몸을 숙이면서 말했다. "몇 병이 어디 있는지 알려 드리죠."

루스는 가마슈에게 친절히 대하고 술이 있는 장소를 알게 되는 일이 너무 번거롭다는 결론을 내린 듯했다. 그녀는 물을 담는 텀블러를 움켜쥐더니 피터에게 건넸다.

"스카치."

"어떻게 시인이 될 수 있었죠?" 피터가 물었다.

"어떻게 되는지 말해 주지. 자네 같은 사람들한테 좋은 말을 낭비하지 않으면 돼." 그녀는 텀블러를 집어 들더니 술을 꿀꺽 삼켰다.

"경감은 술을 왜 드시는 거요?" 그녀가 가마슈에게 물었다.

"부아이용Voyons 저기," 보부아르가 말했다. "신문 기사는 모두 거짓말입니다. 경감님은 술을 안 마십니다."

"신문 기사라니?" 루스가 물었다. "그럼 손에 든 건 뭔데?" 그녀는 가마슈의 손에 들린 스카치 잔을 가리켰다.

"긴장을 풀려고요." 가마슈가 말했다. "부인은 왜 술을 드시죠?"

루스는 그를 응시하고 있었지만, 속으로는 오븐에 든 작은 침대에 고이 감춰 두고 따뜻하게 데운 수건과 캐나디안 타이어에서 산 물병 사이에 잠들어 있는 두 마리 어린 새를 생각하고 있었다. 로사에게 먹이를 주고, 릴리움에게도 먹이려고 애썼지만 릴리움은 별로 먹지 않았다.

루스는 새들의 작고 푹신푹신한 머리에 부드럽게 입을 맞추었다. 그녀의 얇고 늙은 입술에 새의 가냘픈 깃털 조각이 닿았다. 그녀가 무언가에 입을 맞춘 건 오랜만이었다. 새들에게서는 상쾌한 냄새가 났고, 촉감은 따뜻했다. 릴리움은 몸을 구부려 살짝 그녀의 손을 쪼았다. 마치 입맞춤을 되돌려 주는 것 같았다. 루스는 클라라와 피터의 집으로 좀 더 일찍 출발하려 했었지만 로사와 릴리움이 잠들 때까지 기다려야 했다.

그녀는 부엌의 초시계를 들고 와 두 시간 삼십 분으로 알람을 설정한 다음 좀먹은 카디건에 집어넣었다.

그녀는 스카치를 꿀꺽 들이켜고 가마슈의 질문을 되새겨 보았다. 왜 술을 마시지?

"난 미치지 않으려고 마신다오." 그녀가 마침내 대답했다.

"분노에 미치지 않으려고요, 아니면 광기에 미치지 않으려고요?" 머나가 중얼거렸다. "어느 쪽이든 소용없을 텐데요."

저 멀리 소파 자리에서는 가브리가 다시 잔에게 접근하고 있었다.

"그런데 마녀들은 어떤 일을 하죠?"

"가브리, 이번 요리를 날라야 하지 않아?" 올리비에가 다시 가브리에게 파테를 건네려고 했지만 가브리는 자신이 먹을 한 스푼만 덜고는 접시를 올리비에가 다시 들게 하고 이내 사라져 버렸다.

"사람들을 치유해요."

"나는 당신이 정반대의 일을 한다고 생각했어요. 사악한 마녀도 있지 않나요?"

"제발, 하느님. 가브리가 우리를 먼치킨 랜드「오즈의 마법사」에 등장하는 가상의 나라로 데려가게 내버려 두지 마시길." 올리비에가 피터에게 소곤거렸다. 두 사람은 멀찍이 자리를 떴다.

"있긴 하죠. 하지만 당신 생각처럼 많진 않아요." 잔이 미소를 지었다. "마녀들은 그저 직관이 무척 뛰어난 사람일 뿐이에요."

"그럼 마법이 아니군요." 어느새 귀 기울여 듣고 있던 보부아르가 말했다.

"우리는 그 자리에 없는 건 아무것도 불러내지 않아요. 그저 다른 사람들이 못 보는 걸 볼 뿐이에요."

"이를테면 죽은 사람들이오?" 가브리가 물었다.

"아, 대단한 것도 아니야." 루스는 머나를 한편으로 밀치고 앙상한 팔꿈치를 내놓은 채 비좁은 소파에 끼어 앉았다. "난 늘 보니까."

"당신이오?" 머나가 물었다.

"지금도 보여." 루스가 말하자 방에 침묵이 감돌았다. 피터와 올리비에마저 관심을 보였다.

"여기서요?" 클라라가 물었다. "우리 집에서요?"

"바로 여기." 루스가 말했다.

"지금요?"

"바로 여기." 루스가 그렇게 말하며 손가락을 들어 한쪽을 가리켰다. 그녀의 손가락은 가마슈를 향하고 있었다.

숨을 급히 들이쉬는 소리가 들렸고 가마슈는 보부아르를 쳐다보았다.

"죽은 사람? 그가 죽었다고요?" 클라라가 속삭였다.

"죽었느냐고? 멍청한 소리를 지껄이는군." 루스가 말했다. "신경 쓰지 마."

"어쩌다가 시인이 됐지?" 피터가 올리비에에게 물었다. 두 사람은 피터가 최근에 맞춘 지그소 퍼즐을 보러 다시 멀찌감치 사라졌다.

"그래서, 누가 그런 거요? 아직 누가 마들렌을 죽였는지 모른단 말이야?" 루스가 물었다. "아니면 사람들을 매수하느라 너무 바쁘거나 어떤 일이라도 하려면 정말로 술을 마셔야 하는 거요?"

보부아르는 입을 떡 벌렸고 가마슈는 농담이라며 그를 진정시키는 의미로 손을 들어 올려 보였다.

"아직 잘은 모르겠습니다만 수사망이 좁혀지고 있습니다."

애써 놀란 표정을 감추고 있는 보부아르에게는 놀라운 말이었다.

"여러분은 마들렌이 암에 걸렸다는 걸 알고 있었습니까?" 가마슈가 물었다. 모두 서로를 쳐다보며 고개를 끄덕였다.

"하지만 오래전 일이에요." 머나가 말했다.

가마슈는 더욱 명확한 질문을 던지기 위해 뜸을 들었다.

"여러분이 알기로는 증세가 호전되고 있었나요?"

그들은 혼란스러워하며 서로를 돌아보았다. 그리고 사이좋은 친구들 사이에서 오가게 마련인 일종의 텔레파시 같은 시선을 교환했다

"어떤 말도 전혀 듣지 못했습니다." 피터가 말했다. 반기를 드는 사람은 아무도 없었다. 가마슈와 보부아르는 의미심장한 시선을 교환했다. 다시 대화가 시작되었고, 피터는 슬그머니 부엌으로 들어가 저녁 식사를 살펴보았다.

가마슈가 피터를 따라가니 그는 양고기 스튜를 휘젓고 있었다. 가마슈가 바게트와 빵 써는 칼을 집어 들고 피터에게 고개를 끄덕여 보이자 그는 감사의 미소를 지어 보였다.

두 사람은 옆방의 대화를 들으며 조용히 만찬을 준비했다.

"드디어 내일 날씨는 좋을 것 같다더군요. 햇살이 비치고 따뜻할 거래요." 피터가 말했다.

"사월다운 날씨겠네요. 그렇죠?" 가마슈가 빵을 썰어 나무 그릇 위의 키친타월에 놓으며 말했다. 키친타월을 들어 올리니 그릇에 적힌 서명이 보였다. 샌던이 만든 그릇 중 하나였다.

"예측할 수 없다는 뜻인가요? 종잡을 수 없는 달이긴 합니다." 피터가

말했다.

"어떤 날은 해가 비치고 따뜻하다가 바로 다음 날 눈이 내리곤 하죠." 가마슈가 동의했다. "셰익스피어는 이런 날씨를 변덕스러운 사월의 영광셰익스피어의 『베로나의 두 신사』에 나오는 대사이라고 하더군요."

"저는 T. S. 엘리엇의 표현을 더 좋아합니다. '가장 잔인한 달'이라는 말이오."

"왜 그런 말을 하십니까?"

"봄꽃들이 노소리 시들어 버리기 때문입니다. 매년 그런 일이 생기죠. 꽃들은 꽃망울을 터트릴 수 있을 거라는 기대에 속아 고개를 내밉니다. 그리고 꽃잎을 펼칩니다. 봄꽃 구근만이 아니라 나뭇가지의 싹도 마찬가지입니다. 장미 덤불도 그렇고, 전부 그렇습니다. 모두 밖으로 나와서 행복을 만끽하려 하죠. 그러다가 순식간에 모든 것이 변합니다. 변덕스러운 눈사태가 모든 걸 휩쓸어 가죠."

가마슈는 이제 그들이 더 이상 꽃에 대한 이야기만을 하는 것이 아니라는 느낌이 들었다.

"그럼 당신은 어떻게 되길 바랍니까?" 그가 피터에게 말했다. "그래도 꽃들은 피어야 합니다. 아주 짧게라도요. 그래야 다음 해에 다시 피어날 겁니다."

"하지만 그게 다가 아니에요." 피터가 고개를 돌려 가마슈를 바라보았다. 피터가 들고 있던 나무 숟가락에서 걸쭉한 그레이비소스가 흘러내렸다. "절대로 회복되지 않는 것도 있어요. 우리 집에 최고로 아름다운 장미 덤불이 있었어요. 그런데 된서리에 죽었습니다. 몇 년 전에요."

"된서리." 가마슈가 셰익스피어를 인용했다. "뿌리부터 서리를 맞아,

그러다 나처럼 몰락하리라셰익스피어의 희곡『헨리 8세』 3막 2장 중 '울지의 고별사'."

피터가 몸서리를 치고 있었다.

"누가 몰락하고 있습니까, 피터? 클라라인가요?"

"우리 둘 다 몰락하고 있지 않아요. 그렇게 놔두지 않을 거예요."

"캐나다는 이상합니다. 늘 통제할 수 없는 것에 대한 이야기를 하게 되는군요. 날씨 이야기 같은 거 말입니다. 죽음을 몰고 오는 서리를 막을 수도 없고 피는 꽃도 막을 수 없어요. 그게 자연의 본성이라면 영원히 묻힌 채로 숨어 있기보다 잠깐이라도 피어나는 게 맞겠지요."

"제 생각은 다릅니다." 피터는 손님에게 등을 돌리고, 말 그대로 스튜를 으스러뜨렸다.

"죄송합니다. 기분을 상하게 하려던 건 아닙니다."

"괜찮습니다." 피터가 벽에 대고 말했다.

가마슈는 긴 소나무 테이블로 빵을 가져가 식탁을 차리고 다시 거실로 돌아갔다. 그는 T. S. 엘리엇의 시를 곱씹어 보았다. 그리고 시인이 4월을 가장 잔인한 달이라고 한 이유는 4월에 꽃과 나무의 싹이 죽기 때문이 아니라 가끔은 죽을 수 없기 때문일 거라는 생각이 들었다. 새로운 생명과 희망만이 전부인데 아예 피어나지도 못하는 생명들에게 4월은 얼마나 고단한 시간이겠는가.

"내가 알아듣게 설명해 봐요." 올리비에가 말했다.

"올리비에는 한 번도 저런 말을 한 적이 없어요." 가브리가 클라라에게 장담하더니 새우 접시 쪽으로 몸을 돌렸다. 그 새우 접시는 아까부터 올리비에가 가브리에게 서빙을 시키려던 접시였다. 그리고 이번에도 그는 새우만 집어 들었다.

"부활절은 기독교 휴일이 아닌가요?"

"맞아요." 잔이 말했다. 이 작고 눈에 띄지 않는 여자가 개성이 강한 인물들이 가득 찬 방을 어떤 식으로든 다스리고 있었다. 그녀는 소파의 팔걸이와 머나 사이에 끼어 소파 구석에 파묻혀 있었다. 모든 시선이 그녀에게 쏠렸다. "하지만 초기 교회는 언제 예수가 십자가에 못 박혔는지 확실히 알지 못해서 임의로 날짜를 정했어요. 이교도 의식 일정에도 맞는 날싸로요."

"왜 그렇게 하길 원했을까요?" 클라라가 물었다.

"초기 교회에서는 개종자를 받아들여야 했기 때문이에요. 위험하고 취약한 시기였으니까요. 이교도들을 당해 내기 위해 이교도의 축제와 의식을 일부 받아들여야 했던 거예요."

"교회에서 쓰는 향이 우리가 의식을 치를 때 피우는 연기 냄새와 비슷하긴 하네요." 머나가 동조했다. "마른 약초에 불을 붙여 공간을 정화시키려 할 때처럼요." 그녀가 클라라 쪽으로 고개를 돌리자, 클라라도 고개를 끄덕였다. 하지만 그 의식은 즐겁고 편안한 분위기가 가득했다. 교회에서처럼 엄숙한 검열을 거치거나 침울하면서도 위협적인 분위기를 자아내지도 않았다. 클라라는 두 의식이 비슷하다는 생각이 전혀 들지 않았고, 성직자들이 이런 비교를 어떻게 받아들일지 궁금하기까지 했다. 그리고 마녀들은.

"맞아요. 축제와 똑같죠. 가끔은 율타이드크리스마스 무렵이라는 뜻라고 부르기도 한답니다." 잔이 말했다.

"어떤 캐럴에서는 그렇게 말하기도 하죠."

"우리 가게에도 율 로그전통적으로 크리스마스이브에 때는 굵은 통나무 장작가 있어요." 올리비에가 지적했다.

"율은 동지를 의미하는 고어죠. 일 년 중 가장 밤이 긴 날로 십이월 이십일일 무렵이에요. 이교도 축제 날이죠. 그래서 초기 기독교 교회가 그 무렵 크리스마스 행사를 치르기로 결정한 거예요."

"수많은 마녀들이 행사를 치를 수 있게 하려고? 이봐," 루스가 코웃음을 치면서 말했다. "자기 자신을 너무 치켜세우는 거 아냐?"

"지금은 분명히 그래요. 교회에서는 수백 년 동안 우리에게 관심이 없었죠. 불에 태우는 장작감으로라면 모를까요. 당신도 아시겠지만요."

"그게 무슨 말이야? 내가 뭘 안다는 거지?"

"오래된 믿음에 대한 시를 쓰셨잖아요. 여러 편이오. 그게 당신의 시 전편에 흐르고 있어요."

"시 속에 너무 깊이 빠져든 것 같군, 조앤 오브 아크." 루스가 말했다.

나는 혼자 살라는 벌을 받았지.

푸른 눈과 까맣게 그을린 피부를 지녔기에.

단추도 얼마 없는 누더기 치마를 입은 데다

내 이름을 딴 농장에는

무사마귀에 직방인 잡초만이 가득하니.

잔은 루스의 표정을 살피며 시를 인용했다.

"지금 루스가 마녀라는 겁니까?" 가브리가 물었다.

잔은 똑바로 앉아 있는, 주름이 자글자글한 늙은 여자에게서 억지로 관심을 돌렸다.

"위카인의 믿음에 따르면 대부분의 늙은 여자들은 지혜, 의술, 이야기를 지키는 사람이에요. 쭈그렁 할멈들이죠."

"루스가 사악한 여우 짓을 하긴 하죠. 그런 짓도 포함되나요?" 가브리의 질문에 와자한 웃음이 터졌다. 잔까지 웃을 정도였다.

"그때는 사람들 대부분이 이교도였고 오랜 방식대로 기념일을 치렀죠. 율과 이오스타 같은 거요. 이오스타는 춘분 행사를 말해요. 당신도 이런 의식을 치르나요?" 잔이 머나에게 물었다.

"어떤 의식은요. 하지나 동지를 기념하거나 연기 쐬기 같은 걸 하죠. 원주민과 이교도 믿음을 뒤섞은 거예요."

"한마디로 엉망진창이야. 나도 몇 번 가 봤는데, 이틀 동안 세이지 향이나 피우고 말더군. 약국 사람들은 내가 마약을 한 줄 알았다니까." 루스가 말했다.

"가끔은 마법이 효과 있을 때도 있다니까." 머나가 웃으면서 클라라에게 말했다.

"저녁 준비 다 됐습니다." 피터가 부엌에서 소리쳤다. 식당으로 들어가 보니 피터가 접시에 캐서롤과 스튜, 야채를 섬처럼 드높이 쌓아 올려놓았다. 클라라와 보부아르는 주위를 돌아다니며 식당 곳곳에 흩어져 있는 촛불을 밝혔다. 사람들이 자리를 잡았을 때에는 점점이 박힌 불빛들 때문에 어두운 천체 박물관에 앉아 있는 것 같았다.

사람들의 접시에는 양고기 스튜와 셰퍼드 파이, 신선한 빵과 부드러운 매시트포테이토, 어린 콩이 수북이 쌓였다. 그들은 배불리 먹으며 정원과 태풍, 성공회 부인회와 도로 상황에 관한 이야기를 나누었다.

"헤이즐한테 전화해서 오늘 올 수 있냐고 물어봤어요. 하지만 못 온다더군요."

"거의 항상 못 가겠다고 하지." 머나가 말했다.

"그게 사실인가요? 전혀 몰랐는데." 올리비에가 말했다.

"나도 몰랐어." 클라라가 감자를 한 스푼 더 떠먹으며 말했다. "하지만 생각해 보니까 마들렌이 죽고 나서 음식을 가져다주려고 했을 때도 들은 척도 하지 않았어."

"그런 사람들이 있지. 다른 사람을 도와주는 건 좋아하면서도 도움을 받아들이는 건 어려워하는 사람들. 너무 안타까워. 헤이즐은 분명 힘든 시간을 보내고 있을 테니까. 얼마나 고통스러울지 상상도 안 가." 머나가 말했다.

"오늘은 왜 못 온다고 한 거야?" 올리비에가 물었다.

"소피가 발목을 삐었대." 클라라가 얼굴을 찡그리며 말했다. 테이블 여기저기서 킥킥대는 소리가 났다. "소피는 언제나 어디 아프거나 다치곤 했죠. 제가 알기로는 늘 그랬어요." 클라라가 가마슈에게 설명했다.

가마슈는 머나에게 시선을 돌렸다. "어떻게 생각하십니까?"

"소피요? 쉽죠. 관심을 받고 싶은 거예요. 엄마와 마들렌 사이를 질투하고 있었죠." 그녀는 자신이 무슨 말을 하는지 깨닫고 문득 말을 멈추었다.

"걱정 마세요. 우리도 다 알고 있으니까요. 그리고 소피는 최근에 살이 빠졌더군요." 가마슈가 말했다.

"몇 톤이 빠졌죠. 하지만 계속 체중이 오락가락했어요. 몇 년 전에도 살이 빠졌다가 다시 쪘어요." 가브리가 말했다.

"집안 내력인가요? 헤이즐의 몸무게에도 변화가 있었습니까?" 가마슈가 물었다.

그들은 다시 서로를 쳐다보았다. 올리비에의 접시에서 빵 한 조각을 뺏어 든 루스만이 예외였다.

"제가 기억하기로는 늘 같았어요." 클라라가 말했다.

가마슈는 고개를 끄덕이고 와인을 한 모금 마셨다. "정말 멋진 식사였습니다, 피터. 고맙습니다." 그는 피터에게 잔을 들어 보였고 피터는 감사의 뜻을 받아들였다.

"나는 우리가 사냥한 새를 먹게 될 줄 알았는데." 올리비에가 말했다. "올해의 파티 음식 아니었어요?"

"하지만 자네는 손님이 아니잖아. 실제 손님들에게만 파티 음식을 대접하는 거라고." 피터가 말했다.

"당신은 오늘 루스 주변을 계속 서성거리는 것 같던데요." 올리비에가 말했다.

"실은 오늘 영계 요리를 하려다 당신의 아기들 생각이 났어요. 그 아기들을 먹고 싶진 않겠지요." 피터가 루스에게 말했다.

"무슨 말이야?" 루스는 정말로 혼란스러워하는 것 같았다. 가마슈는 루스가 그녀의 새끼 오리들이 사람이 아니라는 점을 잊은 건지, 진짜 자신의 자식이라고 생각하는 건지 의문이 들었다.

"그럼 우리가 가금류를 먹어도 괜찮겠어요?" 피터가 물었다. "브륌호수에서 잡은 오리도? 오리 콩피거위, 오리, 돼지 등에 소금을 뿌리거나 그 자체의 지방으로 천천히 조리하여 저장 효과를 높이는 프랑스 전통 요리법 바비큐를 하려고 했어요."

"로사와 릴리움은 닭도 아니고 오리도 아니야." 루스가 말했다.

"아니라고요?" 클라라가 물었다. "그럼 뭔데요?"

"날아다니는 원숭이「오즈의 마법사」에 나오는 동물들 같은데." 가브리가 말하자 올리비에가 코웃음을 쳤다.

"캐나다 거위야."

"확실해요? 상당히 작아 보이던데. 특히 릴리움은." 피터가 말했다.

모두가 잠잠해졌다. 클라라가 그의 곁에 더 가까이 있었더라면 피터는 걷어차였으리라. 대신 그녀는 보부아르를 찼다. 보부아르는 이 행동이 억압된 앵글로영국계의 분노를 보여 주는 또 하나의 예라고 생각했다. 그들을 믿을 수도 쫓아낼 수도 없으리라. 뇌물도 안 통하고.

"그래서? 릴리움은 원래 작았어. 부화할 때 알에서 잘 나오지도 못했다고. 로사는 벌써 나와서 꽥꽥거리고 있는데 릴리움은 앞뒤로 몸부림을 치면서 날개로 껍데기를 부수려고 버둥거렸지." 루스가 말했다.

"그래서 어떻게 하셨어요?" 잔이 물었다.

촛불이 다른 사람들의 얼굴처럼 그녀의 얼굴도 비추고 있었다. 하지만 다른 사람은 촛불을 받아 더욱 매력적으로 보이는 반면 촛불에 비쳐 눈은 퀭하고 어두워진 데다 진한 그림자까지 더해진 그녀는 마치 악마처럼 보였다.

"내가 어떻게 했을 것 같나? 릴리움을 위해 알을 부숴 줬지. 알을 열어서 밖으로 나오게 해 줬어."

"목숨을 구해 줬군요." 피터가 말했다.

"아마도요." 잔이 다시 자리에 앉았다. 그녀는 어둠 속으로 거의 사라져 버릴 것만 같았다.

"'아마도요'라니 무슨 뜻이지?" 루스가 따졌다.

"황제 나방."

이렇게 말한 사람은 잔이 아니라 가브리였다.

"'황제 나방'이라고 한 말 취소해." 클라라가 말했다.

"이미 했는데. 하지만 다 이유가 있어요." 그는 청중들이 관심을 기울이고 있다는 걸 확인하기 위해 잠시 말을 중단했지만 염려할 필요는 전혀 없었다.

"나방이 알에서 성충이 되기까지는 시간이 오래 걸리죠. 마지막 단계에 이르면 애벌레는 고치를 짓고 그 고치가 액체가 될 때까지 완전히 용해시킨 다음 변신을 해요. 완전히 다르게 변하는 거죠. 거대한 황제 나방으로요. 그 과정은 쉽지 않아요. 나방이 되려면 스스로 고치에서 빠져나와야 해요. 모두 그렇게 되는 건 아니지만요." 그가 말했다.

"내가 거기 있었다면 걔들도 그렇게 됐겠지." 루스가 술을 또 한 잔 꿀꺽 삼켰다.

가브리는 평소답지 않게 가만히 있었다.

"뭐야? 왜 그러는 거야?" 루스가 집요하게 따졌다.

"자기 힘으로 고치에서 나와야 해요. 그래야 날개와 근육이 튼튼해지니까요. 고치를 뚫고 나오는 힘으로 살아남는다고요. 아니면 불구가 되고 말아요. 그때 황제 나방을 도와주면 죽이는 거나 다름없어요."

루스의 잔이 입에서 멈추었다. 그 자리에 있던 사람들은 그녀와 알고 지낸 이후 처음으로 루스가 입가에서 술을 멈추는 모습을 보았다. 그러더니 루스는 잔을 스카치 술 기둥이 솟아오를 만큼 거칠게 테이블 위에 내려놓았다.

"제기랄. 자네가 자연계에 대해 뭘 안다고 그래?"

그러고 나서 침묵이 흘렀다.

한참 후에 가마슈가 머나 쪽을 향했다.

"정말 아름답게 꽃을 꽂으셨군요. 근데 이 안에 저한테 주실 선물이 있다고요."

"맞아요." 그녀가 마음을 놓으며 대답했다. "하지만 잘 찾아보셔야 할 거예요."

가마슈는 자리에서 일어나 조심스럽게 나뭇가지를 한편으로 밀었다. 그곳에, 숲 속에 책이 들어 있었다. 그는 책을 집어 들고 자리에 다시 앉았다.

"『마법의 명소 대백과사전』." 그가 책 제목을 읽었다.

"최신판이에요."

"마법사들이 그런 장소를 더 찾아냈다고?" 올리비에가 물었다.

"그럴걸. 어제 비스트로에서 읽으시는 책을 보고 이 책에도 관심이 있지 않을까 생각했어요." 머나가 가마슈에게 말했다.

"뭘 읽고 있었는데요?" 클라라가 물었다.

가마슈는 머드룸으로 가서 가지고 다니던 책들을 들고 돌아왔다. 그리고 테이블 위에 두 권을 포개서 올려놓았다. 검은색 가죽 표지에 붉은색의 작은 손이 그들을 올려다보았다. 하지만 아무도 자리에서 움직여 책을 보려 하지 않았다.

"어디서 난 책인가요?" 잔이 물었다. 그녀는 초조해 보였다.

"옛 해들리 저택에서요. 이 책을 아십니까?"

지금 그녀가 망설인 걸까? 가마슈는 궁금했다. 그녀가 손을 뻗자 가마슈가 책을 건넸다. 그녀는 잠시 살펴본 후에 책을 내려놓았다.

"함사 핸드네요. 시기심과 악마의 눈을 물리치는 고대의 상징이에요. 미리암의 손이라고도 하죠. 아니면 마리아라고도 하고요."

"마리아요?" 클라라가 다시 천천히 의자에 앉으며 물었다. "마돈나의 그 마리아인가요?"

잔이 고개를 끄덕였다.

"죄다 헛소리야." 루스가 말했다. 그녀는 자신이 흘린 스카치 방울을 훔친 손가락을 빨고 있었다.

"마법을 믿지 않으시나요?" 산이 물었다.

"안 믿어. 신도 안 믿고. 천사도 없고, 동산 저쪽 끝에 요정도 없지. 아무것도 없어. 마법이 있다면 이거뿐이야." 그녀가 병을 들어 한 모금 들이켰다.

"효과가 있나요?" 가마슈가 물었다.

"집어치우시게." 루스가 말했다.

"변함없는 달변가셔. 나는 가끔 신을 믿곤 했는데 사순절 기간 동안은 포기했어." 가브리가 말했다.

"하. 하. 하." 올리비에가 말했다.

"내가 뭘 믿는지 알고 싶나? 그 책 줘 봐." 루스가 말했다.

누가 건네기도 전에 그녀는 몸을 구부려 테이블에서 두 번째 책을 낚아챘다. 가마슈가 옛 해들리 저택에서 가져온 낡고 갈라진 성경책이었다. 그녀는 눈을 가늘게 뜨고 책을 촛불 가까이 가져가 원하는 페이지를 찾았다. 방은 조용했다. 양초 심지가 가볍게 타오르는 소리가 전부였다.

"내가 이제 심오한 진리를 하나 말씀드리겠습니다." 루스가 읽기 시작했다. 들고 있는 성경책만큼이나 닳아 빠진 목소리였다. "우리는 죽지 않고 모두 변화할 것입니다. 마지막 나팔 소리가 울릴 때에 순식간에 눈 깜빡할 사이도 없이 죽은 이들은 불멸의 몸으로 살아나고 우리는 모두 변화할 것입니다."

사람들은 침묵을 응시했다.

죽은 이들이 살아날 것이다.

그때 루스의 알람이 울렸다.

38

가마슈는 잠을 청할 수 없었다. 머리맡의 탁상시계는 2시 22분을 가리키고 있었다. 그는 시계가 1시 11분을 가리킬 때부터 깨어 어둠 속에서 빨간색 숫자가 바뀌는 모습을 바라보고 있었다. 악몽을 꾸거나 걱정이 있거나 요의가 있어서 잠에서 깬 것은 아니었다. 개구리 소리를 듣고 잠에서 깨었다. 꽥꽥대는 소리에. 연못가의 개구리 부대가 짝을 찾느라 밤새 노래를 불러 대고 있었다. 이제는 지쳤을 만하다고 생각했지만 전혀 아니었다. 황혼 무렵에는 즐거웠고 저녁 식사 후에는 운치가 있었다. 새벽 2시에 그 소리는 짜증만 불러일으킬 뿐이었다. 시골이 평화롭다고 말하는 사람은 시골에서 시간을 보내 본 적이 없으리라. 특히 봄에는.

그는 자리에서 일어나 잠옷을 걸치고 슬리퍼를 신었다. 그리고 서랍장 위에 있는 앨범들을 들고 아래층으로 내려갔다.

벽난로에 불을 지피고 차 한 주전자를 끓였다. 그런 다음 난롯불을 바라보며 편안히 앉아 저녁 식사 자리를 떠올렸다.

루스는 다른 사람들을 전부 무서워 죽을 지경으로 만들어 놓고는 알람이 울리자마자 떠났다. 그녀가 막 기이한 구절을 읽은 참이었다. 바오로 성인이 고린도인들에게 보내는 편지였다. 대단한 편지규. 여태 남아 있다니 나행스럽기도 하지.

"안녕히 가세요." 피터가 문가에서 외쳤다. "푹 주무시고요."

"난 늘 푹 자." 루스가 날카롭게 대꾸했다.

이후 식사 시간은 평화로웠다. 요리들도 훌륭했다. 피터는 후식으로 사라네 불랑제리에서 산 배와 크랜베리 타르트를 대접했다. 잔은 생 레미에 있는 마리엘의 매종 뒤 쇼콜라에서 수제 초콜릿을 사 왔다. 클라라는 치즈가 담긴 접시와 과일 그릇을 내왔다. 진하고 그윽한 향의 커피는 완벽한 유종의 미를 거두기에 제격이었다.

비앤비의 정적 속에서 차를 마시며 가마슈는 오늘 들은 내용을 되새겨 보았다. 그러다가 졸업 앨범 한 권을 집어 들었다. 마들렌이 고등학교 1학년일 때 앨범이었고, 그녀는 수많은 사진 속에서도 눈에 띄지 않았다. 헤이즐은 여러 청소년 운동 팀들 사진 가운데 몇 장에서 눈에 띄었다. 하지만 시간이 흐를수록 마들렌은 무르익어 갔다. 농구 팀과 배구 팀의 주장이 되었다. 모든 사진에서 헤이즐은 마들렌 뒤에 서 있었다. 헤이즐은 원래 늘 마들렌 뒤에 서 있는 사람 같았다.

가마슈는 앨범을 내려놓고 잠시 생각에 잠겼다. 곧 다시 다른 앨범을 집어 들고 치어리더 중 빠진 사람을 찾기 시작했다. 잔 포트뱅이라는 학생이었다. 이게 가능한 일일까? 정말로 그렇게 쉬울까?

"망할 개구리." 몇 분 후에 보부아르가 투덜거리며 발을 질질 끌면서 아래층으로 내려왔다. "겨우 니콜을 치웠더니 이제는 개구리가 나타나 설쳐 대기 시작하네요. 하지만 니콜보다 외모도 낫고 덜 끈적거리는데요. 뭘 보고 계셨습니까?"

"라코스트 형사가 들고 온 졸업 앨범일세. 차 좀 들겠나?"

보부아르는 고개를 끄덕였다. 그리고 손으로 눈가를 훔쳤다. "혹시 라코스트가 「스포츠 일러스트레이터」 같은 잡지는 안 가져왔나요?"

"안됐군, 아저씨. 그런데 앨범에서 뭔가를 찾아냈네. 우리가 찾던 치어리더 말일세. 짐작도 못 할 거야."

"잔 말씀이군요?" 보부아르가 자리에서 일어나 가마슈에게서 책을 받아 들었다. 그는 잔 포트뱅의 사진을 찾을 때까지 빠르게 책장을 넘겼다. 그리고 차를 마시며 머그잔의 가장자리 너머로 자신을 쳐다보고 있는 가마슈를 바라보았다.

"내 예감이 아니라 자네 예감이라 기쁘군. 대망막까지 들먹일 필요는 없지만."

그들이 찾던 치어리더 잔 포트뱅은 흑인이었다.

"시도해 볼 가치가 있었군요." 그는 입가의 웃음을 구태여 숨기려 하지도 않고 말했다. 그리고 『마법의 명소 대백과사전』을 집어 들어 책장을 넘기기 시작했다.

"그 책에 프랑스에 있는 동굴들에 대한 흥미로운 항목이 있네."

"맙소사." 보부아르는 한동안 사진을 바라보았다. 스톤 서클거대한 선돌이 둥글게 줄지어 놓인 고대 유적, 고가古家, 산 들이 있었다. 마법의 나무도 있었다. 은행나무. "경감님은 이런 걸 믿으십니까?"

가마슈는 반달형 안경 너머로 보부아르를 바라보았다. 젊은 형사의 머리카락은 흐트러져 있었고 희미한 수염의 흔적도 보였다. 그는 손을 얼굴로 가져갔다. 그의 얼굴 역시 꺼끌꺼끌했다. 이번에는 머리로 손을 가져갔다. 그리고 거기에는 숨길 수 없는 끝이 있었다. 머리카락 몇 개가 뻗쳐 있는 게 아닌가. 분명히 괴상망측하겠군.

"다들 개구리 때문에 일어나셨어요?" 가운을 걸친 잔 쇼베가 방으로 들어왔다. "차 더 있나요?" 그녀가 차를 가리켰다.

"차는 늘 더 있습니다." 가마슈가 미소를 지으며 남은 차를 그녀에게 따랐다. 차를 받아 든 그녀는 새벽 3시인데도 그에게서 살짝 백단유 향과 장미 향이 난다는 사실을 알고 놀랐다. 평온한 느낌이 들었다.

"마법 이야기를 하던 중이었습니다." 전에 잔이 앉았던 자리에 앉으며 가마슈가 말했다.

"경감님께 이 책에 나온 걸 믿느냐고 물어보고 있었습니다." 보부아르는 머나가 그들에게 준 책을 두드렸다.

"당신은 안 믿나요?" 잔이 물었다.

"전혀요."

그는 코웃음을 치는 경감을 건너다보았다.

"미안하네. 나도 모르게 나왔네." 그가 말했다.

경감이 원치 않으면 그 무엇도 그에게서 나올 수 없다는 것을 이미 알고 있는 보부아르는 얼굴을 찌푸렸다.

"뭐, 그렇다면," 가마슈가 몸을 앞으로 당겨 앉았다. "행운의 벨트를 하는 사람이 누구지? 자네는 행운의 동전을 갖고 다니지 않던가? 하키 시합 전에는 언제나 행운의 식사를 하지 않나?" 가마슈가 잔 쪽으로 몸을 돌렸다. "이 친구는 그때마다 이탈리아식 푸틴만 먹는 답니다. 그것도 왼손으로만."

"우리가 하키 시합에서 몬트리올 마약 단속반을 두들겼죠. 해트트릭을 했는데 그날 밤에는 왼손으로 이탈리아식 푸틴을 먹었죠."

"난 이해할 수 있어요." 잔이 말했다.

"비행기를 탈 때마다 자넨 5A 좌석을 고집하잖나. 그리고 가는 내내 안전 안내 방송을 들어야 하고. 내가 말을 걸어도 들은 척도 안 하지."

"그건 마법이 아니라 상식입니다."

"5A 좌석이?"

"편안한 자리죠. 그래요, 제가 제일 좋아하는 자리입니다. 제가 그 자리에 앉으면 사고가 나지 않는다고요."

"조종사도 알고 있나요? 조종사가 그 자리에 앉아야 할 것 같네요." 잔이 말했다. "당신이 그래서 마음이 편해지는 것처럼 누구나 자신의 미신을 믿고 있어요. 저는 그걸 마법적 사고라고 불러요. 두 가지 일이 전혀 연관이 없는데도 이런 일을 하면 저런 일이 생긴다고 믿는 거예요. 내가 금을 밟으면 엄마가 등뼈를 삐죠. 사다리 아래를 걷거나 거울을 깨뜨리면 불행한 일이 생긴다고 믿기도 하고요. 우리는 어려서부터 마법을 믿으면 벌을 받는다고 배웠어요. 우주 비행사도 우주에서 자신을 안전하게 지켜 줄 일종의 부적을 가져간다는 사실을 아시나요? 과학자인데도요." 잔이 말했다.

보부아르는 자리에서 일어섰다. "저는 잠이나 더 자야겠습니다. 앨범

보실래요?" 그는 가마슈에게 앨범을 건넸지만 가마슈는 고개를 저었다.

"이미 봤네. 상당히 흥미롭더군."

보부아르가 쿵쾅거리며 계단을 올라갔다. 그가 떠나자 잔이 가마슈를 돌아보았다. "제게 여기 왜 왔는지 물으셨죠. 저는 휴식을 취하러 왔다고 했고요. 그 말도 맞지만 꼭 그것 때문만은 아니에요. 안내 책자를 받았는데 어제 가브리가 갖고 있는 책자를 보기 전까지만 해도 제 책자에 다른 점이 있는 줄 몰랐죠. 한번 보세요."

그녀는 가운 주머니에서 비앤비의 화려한 안내 책자 두 부를 꺼냈다. 그는 책자를 살펴보았다. 앞면에는 비앤비와 스리 파인스의 사진이 있었다. 안내 책자는 똑같았는데 단 한 가지만 달랐다. 잔 쇼베가 받은 안내 책자의 상단에는 '레이 라인신비스럽고 눈에 보이지 않는 파워풀한 에너지 패턴을 나타내는 선. 고대의 유적지, 무덤, 교회, 성당, 거대 석조물 등이 정확히 이 선을 따라 만들어져 있다이 맞물리는 교차점-이스터 특집'이라는 문구가 있었다.

"저도 레이 라인이라는 말을 들어 본 적이 있습니다. 하지만 그게 뭡니까?"

"이걸 쓴 사람이 누구든 본인도 뭔지 잘 몰랐을 거예요. 철자가 틀렸어요. 레이lay가 아니라 레이ley거든요. 1920년에 처음 설명되었는데……." 잔이 말했다.

"그렇게나 최근입니까? 좀 더 오래전에 생긴 줄 알았는데요. 스톤헨지처럼요."

"맞아요. 하지만 구십 년 전까지만 해도 아무도 몰랐어요. 이름은 잊어버렸지만 영국의 어떤 사람이 환상열석거대한 돌이 둥글게 줄지어 놓인 고대 유적과 스탠딩 스톤, 가장 오래된 대성당이 모두 일렬로 배치되어 있다는 사실을 알아냈죠. 무척 멀리 떨어져 있시만 점을 연결해 보면 일직선을 이룬다는 걸 발견했어요. 아무튼 그 사람은 여기에 이유가 있다는 결론을 내렸어요."

"그 이유가 뭡니까?"

"에너지요. 지구가 이 레이 라인을 따라 더 많은 에너지를 방출한다는 거예요. 어떤 사람들은," 그녀는 앞으로 몸을 숙이고 혹시나 다른 사람이 듣고 있지 않는지 확인하기 위해 재빨리 주위를 둘러보았다. "이런 이야기를 믿지 않아요."

"그렇죠." 그가 속삭였다. 그리고 잔의 안내 책자를 집어 들었다. "누군가가 어떻게 하면 당신을 여기에 올 수 있게 하는지 알고 있었군요."

누군가가 부활절에 이 마을에 영매를 필요로 했다. 죽은 사람에게 접촉하고 죽을 사람을 창조하기 위해서.

루스 자도 역시 깨어 있었다. 사실 그녀는 아직 잠자리에 들지 않았다. 대신 자신이 부엌 세트라고 부르는 하얀색 수지로 된 정원용 가구에 앉아 오븐을 들여다보고 있었다. 오븐은 저온으로 설정되어 있었다. 로사와 릴리움을 따뜻하게 할 만한 온도였다.

가브리의 말은 사실이 아니었다. 알껍데기를 깨뜨려서 릴리움이 다친 게 결코 아니었다. 껍데기를 다 부순 게 아니었고 릴리움이 깨고 나오기에 충분할 만큼 약간의 금을 냈을 뿐이었다. 단지 그것뿐이었다.

루스는 자리에서 일어났다. 엉덩이와 무릎이 말을 듣지 않았다. 그녀는 절뚝거리며 오븐으로 걸어갔다. 그리고 정맥이 드러난 쪼그라든 손이 반사적으로 오븐이 제대로 작동하고 있는지 너무 뜨겁지 않은지 점검했다.

그리고 작은 새끼 오리를 집어 들어 숨을 잘 쉬는지 확인해 보았다.

릴리움은 괜찮아 보였다. 조금 더 자란 것처럼 보이기까지 했다. 릴리움의 작은 심장이 오르락내리락했다. 루스는 천천히 하얀 수지 의자로 돌아왔다. 오븐 안에 든 팬을 좀 더 지켜보다 자기 앞으로 공책을 끌어당겼다.

시체를 거두러 와
(입을 벌리고 눈을 감은 채로)
줄에서 몸을 떼어 낼 때
그들은 놀라게 될지니.
나는 아직 살아 있다네.

그녀는 분홍색 머리털을 보았고 노란색 부리가 껍데기를 쿡쿡 찔러 구멍을 내는 것을 볼 수 있었다. 작은 새끼 오리가 자신을 바라보면서 끽끽거리고 있다고 확신했다. 도움을 청하고 있었다. 그녀는 오리가 처음 보는 대상에게 애착을 느낀다는 말을 들은 적이 있었다. 그녀는 그것이 해가 될 수도 있다는 말은 들은 적이 없었다. 버둥거리는 작은 오리를 마냥 바라볼 수만은 없어 결국 손을 뻗었다. 그녀는 껍데기에 금을 냈다. 작은 릴리움을 해방시켜 주었다.

그게 왜 잘못이란 말인가?

루스는 펜을 내려놓은 뒤 손 위에 머리를 올려놓고 울퉁불퉁한 손가락으로 짧은 백발을 움켜쥐었다. 이런저런 생각을 억누르고 쓸데없는 감정에 사로잡히지 않으려 애썼다. 하지만 이미 너무 늦었다. 그녀도 알고 있었다.

지나친 친절은 화를 부르게 마련이었다. 루스는 평생 이 점을 의심해 늘 차갑고 잔인하게 굴었다. 친절에는 날카로운 말로 응수했다. 미소 짓는 얼굴을 보면 입술을 삐죽거렸다. 사려 깊고 자상한 행동은 비난으로 갚았다. 자신에게 상냥하고 정답고 다정하게 대하는 사람들을 모조리 무시했다.

그들을 사랑했기 때문이었다. 진심으로 그들을 사랑했고 그들이 상처받는 모습을 보고 싶지 않았다. 평생을 살아오며 누군가에게 상처를 주고 불구로 만들고 다치게 하는 가장 확실한 방법은 친절하게 대하는 것임을 터득했기 때문이었다. 누군가에게 마음을 연다는 것은 죽는 것과 다름없는 것이었다. 사람들이 자신을 철저히 지키게 하는 길이 최선이라고 판단했다. 비록 자신이 평생을 홀로 지내는 한이 있더라도. 사람들과 접촉하지 못하고 멀리 떨어져 지내는 한이 있더라도.

하지만 물론 그녀의 감정은 어떻게든 분출되어야 했고, 그래서 그녀는 60대가 되어서 자신 안에 감겨 있던 말의 끈을 풀어내기 시작했다. 시라는 방식으로.

루스는 잔의 말이 당연히 옳다고 생각했다. 그녀는 믿고 있었다. 신을, 자연을, 마법을 믿었다. 사람들을 믿었다. 그녀는 루스가 아는 한 가장 속기 쉬운 사람이었다. 모든 것을 믿는 사람이었다.

루스는 자신이 적어 내려간 글을 내려다보았다.

내가 절대로 말하지 않았던 무엇 때문에

벌을 받았지.

이제 하고 싶은 말은 무엇이든 할 수 있다네.

루스는 더 이상 따뜻한 새 타월이 필요 없는 작은 새를 들어 올렸다. 릴리움의 고개는 한쪽으로 기울어져 있었고, 눈은 여전히 엄마를 바라보고 있었다. 루스는 어쩌면 퍼덕거릴지 모른다고 기대하는 마음으로 작은 날개를 들어 올렸다.

하지만 릴리움은 죽었다. 친절에 죽임당했다.

예전에는 아니었지만

지금은 마녀가 되었다네.

클라라는 자정부터 스튜디오에 있었다. 그림을 그리며. 파티 때부터 그녀에게 어떤 느낌이 슬금슬금 다가왔다. 아직은 아이디어도 아니었고 생각도 아니었다. 그저 느낌이었다. 무언가 중요한 일이 일어났다. 그것은 말로 설명할 수 없었다. 말 이상의 어떤 것이었다. 어떤 표정, 어떤 감각이었다.

그녀는 침대에서 빠져나와 말 그대로 캔버스 앞까지 달려갔다. 캔버스 앞에서 멀리 떨어져 그것을 한참 응시했다. 있는 그대로의 그림을 바라보고, 그림이 어떻게 나아가야 할지 알게 되었다.

그러고 나서 그녀는 붓을 집어 들었다.

피터가 파티를 열자고 제안한 일은 정말 다행이었다. 파티를 열지 않았더라면 그녀는 틀림없이 그대로 멈춰 있었을 터였다.

39

다음 날 아침은 온통 황홀한 초록빛과 금빛으로 빛나고 있었다. 부드러운 아침 햇살에 모든 것이 환히 빛났고, 어제 내린 비 덕분에 공기는 신선하고 청결했다. 한밤중에 몇 시간 동안 깨어 있었지만 가마슈는 일찍 일어나 봄의 또 다른 신호인 길 위의 벌레를 발끝으로 피해 다니며 아침 산책을 했다. 적어도 벌레들은 조용했다. 20분 후에는 잔디 광장을 가로질러 뛰어온 장 기 보부아르와 함께였다.

"오늘 지금까지 알게 된 내용을 다시 정리해 봐야 합니다." 보부아르가 길을 따라 살금살금 걷는 듯한 가마슈를 보며 말했다.

"그래야 한다고 생각하나?"

"에페드라에 대한 자료가 오면 소피와 다시 얘기해 봐야 합니다. 소피가 우리에게 전부 이야기해 줄 겁니다."

"그녀가 자백을 한다는 말인가? 소피가 한 짓으로 보는 건가?"

"달라진 건 아무것도 없습니다. 제 생각엔 그렇습니다. 경감님은 아니라는 겁니까?"

"동기와 기회가 있었고, 어쩌면 분노도 있었겠지."

"그럼 뭐가 문제인가요?"

발끝으로 걷던 가마슈가 걸음을 멈추고 보부아르를 돌아보았다. 그들을 위한 날인 듯 느껴졌다. 이 아름다운 마을에 아직 돌아다니는 사람들이 없었다. 잠시 가마슈는 환상에 빠져들었다. 아르노 일당이 원하는 것을 들어주는 환상을. 오늘 몬트리올로 차를 몰고 가 사직서를 제출하는 일이 참으로 쉽게 느껴졌다. 그다음에는 국립 도서관에서 일하는 렌 마리를 태우고 이 마을로 데려온다. 벨라벨라강이 내려다보이는 비스트로의 테라스에서 점심을 먹고 집을 보러 간다. 적당한 곳을 발견하면 샌던의 아름다운 흔들의자 하나를 사서 그 집에 두고 그 의자에 앉아 아침마다 신문을 읽으며 커피를 마신다. 마을 사람들은 골칫거리를 들고 찾아온다. 빨랫줄에 걸어 둔 사라진 양말 한 짝, 이웃집에 도둑맞은 가전 요리법 같은 사소한 문제를 들고. 렌 마리는 아트 윌리엄스버그에서 예전부터 듣고 싶어 하던 강좌를 들을 수도 있으리라.

살인도 없고 아르노도 없다.

너무나 유혹적인 환상이었다.

"『마법의 명소 대백과사전』은 봤나?"

"봤습니다. 저한테 프랑스 항목을 보게 하려고 그렇게 교활한 꾀를 내셨군요."

"난 영리한 사람이지." 가마슈가 말했다. "그래서 봤나?"

"십오 년 전에 발견된 동굴에 관한 것만 봤습니다. 모두 이상한 동물 그림뿐이더군요. 수천 년 전 동굴에 살던 사람들이 그렸겠죠. 한참 읽어보긴 했는데 솔직히 그게 왜 중요한지 잘 모르겠습니다. 그림이 그려진 다른 동굴 사진도 있던데요. 그 동굴이 처음 발견된 동굴도 아닌 것 같았고요."

"사실이야."

가마슈는 지금도 그 그림들을 떠올릴 수 있었다. 우아하고 통통한 들소와 말들. 한 번에 한 마리씩이 아닌 한 떼의 활기찬 무리들이 바위 표면을 유유히 가로지르고 있었다. 약 20년 전 프랑스 숲 속을 하이킹하던 사람들에 의해 처음 발견된 그 그림을 보고 고고학자들은 깜짝 놀랐다. 고고학자들은 그림이 너무 상세하고 생생해서 그것이 인류가 더 진화하기 전의 마지막 무대로서 혈거인 예술의 정점이라고 생각했다.

이후 더욱 깜짝 놀랄 만한 사실이 알려졌다. 그 그림은 고고학자들이 그 이전에 발견했던 그림보다 더 오래된 2만 년 전의 그림이었다. 마지막이 아닌 처음이었다.

그들의 후손들이 할 수 없었던 일을 한 이들은 어떤 사람들이었을까? 음영을 넣고 3차원 이미지를 만들어 내고 그토록 우아하게 힘과 동작을 묘사한 사람들. 그런데 마지막으로 더 엄청난 발견이 찾아왔다.

그 동굴의 안쪽 깊숙한 곳에서 그들은 붉은색 손자국을 발견했다. 다른 모든 동굴의 그림에서는 한 번도 화가나 사람의 흔적이 발견되지 않았다. 하지만 그 그림을 그린 사람에게는 자의식이 있었다. 인간으로서의 자의식이었다.

어젯밤 가마슈는 『마법의 명소 대백과사전』에서 어떤 그림을 뚫어지게 응시했다. 붉은색 손 그림이었다. 3만5천 년이라는 시간이 흐른 지금에도 자신이 여전히 살아 있다고 화가가 외치는 것 같았다.

그리고 가마슈는 그만큼 오래되지는 않았지만 저주받아 황폐해져 가는 집에서 발견한 또 다른 이미지를 떠올렸다.

"그 그림이 독특한 이유는 그 그림들이 예술 그 자체의 즐거움을 위한 예술로 보이기 때문이야. 마법 말이네. 과학자들은 그 그림들이 동물에게 마법을 걸 목적으로 그렸다고 추정하지."

"과학자들이 그걸 어떻게 알죠?" 보부아르가 물었다. "원래 이해할 수 없는 무언가를 항상 마법이라고 부르지 않습니까?"

"그렇긴 하지. 그래서 마녀 사냥이라는 말이 나온 걸세."

"마담 자도가 그걸 뭐라고 했죠? 마녀를 불태우던 시기?"

"그 시기가 끝난 것 같지 않네." 가마슈가 옛 해들리 저택을 올려다보고 나서 다시 사랑스럽고 평화로운 마을을 훑어보며 말했다. "하지만 그 동굴 벽화에서 가장 흥미로운 부분은 동굴 이름이었네. 기억나나?"

보부아르는 생각해 보았다. 하지만 기억할 수 없다는 것을 이미 알고 있었다.

경감은 다시 걸음을 옮기기 시작했다. 다시 갈지자로 움직이는 벌레들 사이를 발끝으로 걸었다. 보부아르는 잠시 그를 지켜보았다. 큰 덩치의 고상하고 강인한 남자가 벌레를 피해서 지나가는 모습을. 그리고 자신도 발끝으로 걷기 시작했다. 마을 잔디 광장을 둘러싸고 있는, 중간 문설주를 댄 어느 창에서나 다 큰 두 남자가 어색하지만 능숙하게 발레를 하는 진풍경을 볼 수 있었다.

"경감님은 기억하십니까?" 보부아르가 경감을 따라잡으며 물었다.

"쇼베. 쇼베 동굴이네."

그들이 비앤비로 돌아왔을 때 그들을 맞은 것은 갓 끓여 낸 카페오레와 메이플 시럽을 바른 등살 베이컨과 계란 요리 냄새였다.

"에그 베네딕트입니다." 가브리가 달려 나와 그들을 맞이하고 외투를 받아 들며 알렸다. "정말 맛있습니다."

가브리는 거실을 지나 식사가 차려진 식당으로 그들을 안내했다. 가마슈와 보부아르가 앉자 가브리가 그들 앞에 모락모락 김이 나고 거품이 떠 있는 커다란 커피 잔 두 개를 놓았다.

"파트롱, 혹시 아침에 거실에 들어왔을 때 쌓여 있는 책들 못 봤습니까?" 가마슈가 그윽한 커피 한 모금을 마시며 물었다.

"책이오? 못 봤는데요."

가마슈는 커피 잔을 내려놓고 거실로 갔다. 보부아르는 아치형 거실 입구를 통해 주변을 한 바퀴 돌아보고 제자리로 돌아와 하얀 리넨 냅킨을 무릎 위에 다시 얹는 가마슈를 지켜보았다.

"사라졌군요." 그리 초조해 보이지 않는 기색의 보부아르가 말했다.

"졸업 앨범인가요?"

가마슈가 고개를 끄덕이며 미소를 지었다. 그럴 의도는 없었지만 이 상황이 마음에 들었다. 누군가가 당황했다. 모두가 문을 잠그지 않는다는 사실을 알고 있는 비앤비로 숨어들어 와 25년 전의 졸업 앨범을 치울 만큼.

"끝내줍니다. 끝내줘요." 가브리가 손님들 앞에 접시를 내려놓으며 말했다. 각각의 접시에는 노릇하게 구운 잉글리시 머핀에 두툼한 캐나다산 베이컨 등살과 달걀 프라이 두 개가 차곡차곡 담겨 있었다. 반숙 달걀에 홀랜다이즈 소스식초, 계란노른자, 양파와 물을 섞고 레몬주스, 소금, 후추를 가미하여 양념한 네덜란드식 소스를 끼얹고 접시 가장자리를 과일 샐러드로 장식했다.

"망제|Magnez 어서 드세요." 가브리가 말했다. 가마슈는 손을 뻗어 가브리의 허리를 살짝 잡았다. 그는 큰 체구의 단정치 못한 남자를 올려다보았다. 가브리는 미동도 없이 응시하다가 눈을 아래로 떨구었다.

"왜 그러시죠? 무슨 일인가요?" 가마슈가 물었다.

"그냥 드세요."

"말해 봐요."

보부아르는 홀랜다이즈 소스를 뿌린 큼직한 달걀을 집은 포크를 입가에서 멈추었다. 그는 두 남자를 바라보았다.

"뭔가 더 있군요. 신문이에요. 그렇죠?" 문득 알아차린 보부아르가 말했다. 두 사람은 가브리를 따라 거실로 향했다. 가브리는 소파의 쿠션 뒤에 쑤셔 넣은 신문을 꺼냈다. 가마슈에게 신문을 건넨 그는 텔레비전 앞으로 다가가 텔레비전을 켰다. 스테레오가 놓인 곳으로 가서 라디오도 틀었다.

눈 깜짝할 사이에 방 안이 비난의 소리로 가득 찼다. 스테레오에서, 아침 뉴스 프로그램에서, 신문 1면에서 쾅쾅 울려 댔다.

다니엘 가마슈는 범죄 기록을 조사받고 있었다.

휴가 중인 아니 가마슈의 변호사 면허는 정지되었다.

가마슈는 살인부터 강아지 공장_{열악한 환경에서 비인도적인 방식으로 대량 번식시켜 강아지를 판매하는 사육 시설} 운영에 이르는 모든 것에 혐의를 받고 있었다.

신문 1면에 실린 사진은 가마슈가 아니라 파리에 있는 아들이었고 그의 뒤에서는 로슬린이 플로렌스를 안고 있었다. 모두 기자들에게 거칠게 떠밀리고 있었다. 다니엘은 화가 나 있었고 어딘지 수상쩍어 보였다.

가마슈는 심장이 쿵쾅거리는 걸 느낄 수 있었고 깊고 거칠게 숨을 들이마신 채 그대로 참고 있다는 사실을 깨달았다. 텔레비전에서는 서류 가방을 얼굴까지 들어 올리고 아파트 건물을 떠나고 있는 한 젊은 여자를 생중계하고 있었다.

아니었다.

"맙소사." 가마슈가 속삭였다.

그때 아니가 서류 가방을 내리더니 우뚝 멈추어 섰다. 도망 중인 사냥감을 쫓아다니는 데에 익숙한 기자들은 아니를 보고 놀란 것 같았다. 아니가 기자들을 향해 미소를 지었다.

"아, 안 돼. 하지 마." 보부아르가 속삭였다.

아니가 팔을 들어 올리고 기자들에게 손가락을 들어 올렸다.

"아니." 가마슈는 입을 열었지만 아무런 소리도 나오지 않았다. "가 봐야겠군."

그는 위층으로 올라가 휴대전화를 움켜쥐었다. 손가락이 부들부들 떨려서 제대로 단축 다이얼을 누르지도 못한다는 사실에 깜짝 놀랐다. 첫 번째 신호가 울리고 상대방이 전화를 받았다.

"아, 아르망. 봤어?"

"지금 방금."

"로슬린하고 막 통화했어. 파리에서 다니엘을 구금 중이래. 마약 거래 혐의를 받고 있나 봐."

"괜찮아." 냉정을 되찾으며 가마슈가 말했다. "아무 일 없을 거야. 생각 좀 해 볼게."

"아무것도 못 찾을 거야." 렌 마리가 말했다.

"찾아낼 수도 있지."

"하지만 오래전이잖아, 아르망. 아직 어린애였고 그냥 시험 삼아 해 본 거야."

"누가 다니엘에게 뭔가를 몰래 넣어 두었을지도 모르지. 로슬린은 어때?" 가마슈가 말했다.

"스트레스가 심해."

렌 마리는 더 큰 짐이 될까 봐 말하지 않았지만 가마슈는 렌 마리가 아직 태어나지 않은 아기를 걱정하고 있다는 걸 알 수 있었다. 충격이 심하면 유산을 할 수도 있었다.

그리고 침묵이 감돌았다.

지금 상황은 가마슈가 일어나리라고 예상하던 것보다 훨씬 더 가혹했다. 도대체 브레뵈프는 뭐 하고 있는 걸까? 지금 이 상황이 그가 막으려고 애쓴 결과일까? 가마슈는 브레뵈프에게 향하는 분노를 애써 가라앉혔다. 브레뵈프가 지금의 분노를 발산하기 가장 쉬운 대상임을 알기 때문이었다. 그는 친구가 최선을 다하고 있으며 그들의 적이 가마슈의 예상보다, 그리고 브레뵈프가 통제하기를 바라는 수준보다 훨씬 더 사악하다는 사실을 알고 있었다.

누군가가 자신의 과업을 완수했다. 가마슈의 가족을 잘 알고, 오래전에 다니엘이 마약을 소지한 혐의로 유죄 판결을 받았다는 사실을 아는 사람이었다. 다니엘이 지금 파리에 있고 어쩌면 로슬린이 임신한 사실도 알고 있으리라.

"도가 지나치군." 마침내 가마슈가 입을 열었다.

"어떻게 할 거야?"

"막아야겠어."

잠시 후에 렌 마리가 물었다. "어떻게?"

"필요하다면 사임해야겠지. 그들이 이겼어. 가족을 더 이상 위험에 빠뜨릴 수는 없어."

"당신이 사임한다고 해도 저들이 만족하지 않을까 봐 걱정이야."

그 역시 같은 생각을 하고 있었다.

가마슈는 미셸 브레뵈프에게 전화를 걸어 그날 오후에 경찰청 고위 간부 위원회를 소집해 달라고 부탁했다.

"바보처럼 굴지 말게, 아르망. 그게 바로 그들이 원하는 거야." 브레뵈프가 말했다.

"난 바보가 아니야, 미셸. 내가 무슨 일을 하는지는 내가 잘 아네."

두 사람은 전화를 끊었다. 가마슈는 친구의 도움에 감사하며, 미셸은 가마슈가 정말 바보라는 사실을 확인하며.

아침에 열린 회의는 간결했고 긴장감이 넘쳤다.

라코스트 형사는 마들렌의 주치의와 나눈 대화를 보고했다. 마들렌은 살해되기 2주 전에 진료 예약을 잡았다. 의사는 마들렌에게 암이 재발해 간까지 퍼지고 있다고 알려 주었다. 그녀는 마들렌 파브로에게 분명히 말했다. 일시적인 처방을 제시했지만 마들렌이 살해당하기 전까지 전혀 손을 쓰지 못했다.

그녀는 의사와의 면담에 혼자 왔다. 의사는 진단 결과가 무척 충격적이었는데도 그녀가 전혀 놀라지 않았다는 인상을 받았다고 했다.

니콜 형사는 아직 소피의 학교가 있는 킹스턴에서 돌아오지 않았고 연구실에서는 에페드라가 든 병의 내용물에 대한 결과 자료를 보내오지 않았다. 병에는 지문이 묻어 있었다. 소피의 지문이었다.

"이제 명확해 보이는데요. 소피가 질투심 때문에 마들렌을 살해한 겁니다. 집에 와서 교령회에 참석할 수 있다는 걸 알고 저녁 식사 중에 그녀의 음식에 알약 몇 개를 집어넣었습니다. 그리고 해들리 저택에서 마무리할 때까지 기다린 겁니다." 르미외가 말했다.

모두 고개를 끄덕였다. 옛 철도역 유리창을 통해 가마슈는 천천히 커먼스를 가로질러 마을 잔디 광장으로 걸어가는 루스와 가브리를 보았다. 아직 이른 시간이었고, 마을에는 하루를 여는 아침의 신선한 첫 기운이 감돌고 있었다. 루스 뒤에서 활기 넘치는 작은 공 모양의 물체가 따라가고 있었다. 한 마리였다.

"경감님?"

"미안하네. 잘 못 들었네."

모두 가마슈를 응시했다. 여태까지 한 번도 없었던 혼란스러운 상황이었다. 보부아르가 알고 지낸 기간을 통틀어 가마슈는 절대로 대화나 회의 중에 한눈을 팔지 않았다. 그는 상대의 눈을 똑바로 쳐다보며 그들이 세상에서 유일한 사람인 것처럼 느끼게 만들었다. 반원들에게 저마다 소중하며, 보호받고 있다는 기분을 들게 해 주었다.

하지만 오늘 그는 주의가 흐트러져 있었다.

"뭐라고 했나?" 가마슈가 모인 사람들을 쳐다보며 다시 물었다.

"소피 스미스가 명백히 범인 같습니다. 그녀를 연행해야 할까요?"

"안 돼요."

뒤에서 목소리가 들려왔다. 빨간색의 커다란 소방차 옆에 매우 작은 여자가 서 있었다. 헤이즐이었다. 거의 눈에 띄지 않을 정도였다. 슬픔이 마침내 그녀를 집어삼킨 것 같았다. 더욱 왜소해 보였고, 커다란 눈으로 필사적으로 애원하고 있었다.

"제발요. 제발 그러지 마세요."

가마슈는 보부아르에게 고갯짓을 하고는 그녀에게 다가갔다. 두 사람은 헤이즐을 스리 파인스 자원 소방대에서 창고로 쓰는 작은 뒷방으로 데려갔다.

"헤이즐, 우리에게 도움이 될 내용을 알고 있습니까?" 가마슈가 물었다. "따님이 마들렌을 죽이지 않았다는 걸 확인시켜 줄 만한 단서 말입니다. 지금 같아서는 분명히 따님이 한 일 같습니다."

"소피는 그러지 않았어요. 제가 알아요. 그럴 리 없어요."

"마들렌은 에페드라를 먹었습니다. 소피는 에페드라를 갖고 있었고 그 자리에 있었죠." 가마슈는 그런 상황을 무척 의심하면서도 매우 느리고 분명하게 말했다.

"더 이상은 안 돼요." 헤이즐이 속삭였다. "소피를 잃을 순 없어요. 그 애를 체포하면 전 죽어 버릴 거예요."

가마슈는 그 말을 믿었다.

장 기 보부아르는 헤이즐을 바라보았다. 알아보는 사람은 없겠지만 헤이즐은 마들렌과 정확히 동갑이었다. 그녀는 스리 파인스 주변의 산이 내뱉은 화석처럼 보였다. 질 샌던의 생각처럼 중얼거리는 돌. 아니, 돌이 아니었다. 돌은 강했다. 이 여자는 자신들이 산책 중에 밟지 않으려고 애썼던 작은 벌레에 가까웠다. 그리고 지금 당장이라도 부서질 것 같았다.

"소피에게서 에페드라를 발견했을 때 당신은 말했죠. '소피, 약속했잖아.'라고요. 그게 무슨 뜻이죠?" 보부아르가 말했다.

"제가 그랬나요?" 헤이즐은 자신이 한 말이 무슨 뜻이었는지 기억해 내려고 애쓰며 생각에 잠겼다. "네, 그랬어요. 마들렌이 몇 년 전에 소피의 욕실에서 에페드라 약병을 찾아냈어요. 운동선수가 죽은 직후라 여기저기 뉴스가 나오고 있었죠. 소피는 그 뉴스를 보고 그 약을 다이어트용으로 사용하려 했던 것 같아요."

바다 밑바닥에 있는 기억을 훑어 힘겹게 끌어 올리는 것 같았다.

"인터넷으로 에페드라를 주문한 것 같았어요. 마들렌이 병을 찾아내 가져갔죠."

"소피는 어떤 반응을 보였습니까?"

"평범한 열아홉 살짜리같이 행동했죠. 화를 냈어요. 사생활을 침해당해서 화가 났다고 했지만 제가 보기에는 그냥 당황한 것 같았어요."

"그 일이 두 사람의 관계에 영향을 끼쳤습니까?" 가마슈가 물었다.

"소피는 마들렌을 사랑했어요. 그녀를 절대로 죽일 수 없어요." 헤이즐이 말했다. 그녀는 그 주장을 반복하고 반복했다. 그녀의 딸은 살인범이 아니었다.

"우리는 아직 소피와 얘기하지 않을 겁니다." 가마슈가 말했다. 그는 손을 뻗어 헤이즐의 고개를 들어 올리고 자신을 보게 했다. "제 말이 무슨 뜻인지 알겠습니까?"

헤이즐은 그의 깊은 갈색 눈동자를 바라보며 그가 영원히 시선을 돌리지 않길 바랐다. 하지만 그는 그랬다. 그리고 그녀는 다시 혼자가 되었다.

그들은 클라라에게 전화해 하루 동안 그녀와 함께 있어 달라고 말했다. 클라라가 나타나 그녀가 눕고 싶다면 그 말을 들어줄 자신의 집으로 데려갔다. 헤이즐은 이렇게 힘든 적이 없었고 기꺼이 소파에 머리를 올렸다. 클라라는 헤이즐의 다리를 들어 올리고 이불을 갖고 와 따뜻하게 덮어 준 다음, 실제로는 자신보다 젊지만 갑자기 더 나이 들어 보이는 여자가 잠이 들 때까지 옆에 있어 주었다.

클라라는 천천히 스튜디오로 돌아가 다시 그림을 그리는 데 열중했다. 이제는 선 하나하나 단호하고 신중하게, 더욱 천천히 그리고 있었다. 구체적인 형상보다는 이미지가 드러나고 있었다. 캔버스 위에서 특별한 무언가가 생명을 얻고 있었다.

"소피 스미스는 퀸스에서 잘 지냈습니다. 지원 센터에서 자원봉사도 했습니다. 교내 서점에서 시간제로 일했고 평범한 학생 같았습니다."

이베트 니콜이 돌아왔다. 그녀는 회의 테이블에 앉아 직접 사 온 더블 더블 커피를 마시고 있었다.

"성적은?" 보부아르가 물었다.

"괜찮았습니다. 아주 뛰어나지는 않았고요. 너무 늦어서 사무실에서는 이야기를 못 들었지만 룸메이트와 학교 친구들하고는 이야기해 보았습니다. 소피가 성실한 학생이라고 하더군요."

"병력은?" 이번에는 가마슈가 물었다. 그는 르미외가 그답지 않게 말수도 줄고, 가슴 위로 팔짱을 단단히 끼고 있다는 것을 알아차렸다.

"없습니다. 목감기에 걸린 적도, 타박상을 입거나 다리를 절뚝거린 적도 없습니다. 학교 양호실이나 킹스턴 병원에 간 적도 없고요. 친구들이 알기로는 재미로 수업을 빼먹는 걸 빼고는 결석한 적도 없다고 합니다." 니콜이 말했다.

"아주 건강했다는 뜻이군." 가마슈가 혼잣말에 가깝게 중얼거렸다.

"그럼 랜더스인가 하는 여자가 한 말이 맞네요. 소피가 집에 올 때마다 연기를 한다고 했잖아요. 마들렌에게서 엄마의 관심을 빼앗으려고요." 니콜이 말했다.

"약병도 갖다 주었나?" 보부아르가 물었다.

"물론이죠." 자신을 둘러싼 사람들의 굶주린 시선은 까맣게 모른 채 니콜이 크림을 가득 넣은 도넛을 베어 물며 말했다.

"전화해서 결과가 나왔는지 알아봐 주겠나?" 가마슈가 보부아르에게 말했다.

그가 전화를 하는 사이, 가마슈는 각자에게 임무를 할당하고 자신의 책상으로 돌아갔다. 그도 모두의 시선이 자신에게 향하고 있음을 느끼고 있었다. 자신이 폭발하는지, 평정심을 잃는지 지켜보는 것이리라. 그는 그들을 바라보았다. 라코스트를, 르미외를, 니콜을. 매우 젊고, 간절하고, 인간적인 그들을. 가마슈는 미소를 지었다.

르미외도 마주 미소를 보냈다. 행복해하는 표정은 아니었지만 결국은 라코스트도 미소를 지었다. 니콜은 모욕이라도 당한 사람처럼 보였다.

가마슈는 책상에서 찾고 있던 것을 발견했다. 누군가가 비앤비에 들어가 졸업 앨범을 꺼내 갔지만 그게 전부는 아니었다. 가장 중요한 앨범은 여전히 그의 책상 위에 있었다. 니콜이 헤이즐의 집에서 찾은 앨범이었다. 마들렌의 졸업 앨범이었다. 그는 앉아서 곧장 앨범의 뒷부분에 나와 있는 부록과 졸업 사진을 펼치고 들여다보기 시작했다. 그가 찾는 사람은 헤이즐도, 마들렌도 아니었다. 다른 여학생이었다. 치어리더였다.

"결과가 나왔습니다." 의자에 몸을 던진 보부아르가 회의 테이블에 수첩을 던지듯 내려놓으며 말했다. "소피의 약병에 든 에페드라는 마들렌을 죽인 물질과 다른 것 같습니다."

가마슈는 몸을 앞으로 숙이고 졸업 앨범을 내려놓았다. "다르다고?"

"연구실에서도 아직 확신이 서지 않아서 전방위 분석을 하길 바라고 있습니다만 어쨌든 소피의 약에는 다른 성분이 함유된 것 같습니다. 연구실에서는 결합제라고 하더군요. 에페드라는 약초의 일종으로 식물이기 때문에 제약 회사에서는 에페드라를 증류해야 약으로 만들 수 있습니다. 회사마다 다른 결합제를 사용하죠. 소피의 에페드라에 든 결합제는 마들렌에게서 나타난 약품의 결합제와 다릅니다."

가마슈의 눈이 초롱초롱해졌다. "정말 어리석었군. 그녀가 마들렌을 죽인 화학물질에 대해 다른 말은 안 했나?"

그는 거의 숨을 죽이며 기다렸다.

"거의 한 세대 전 에페드라라고 하더군요. 천연 물질에 더욱 가깝지만 지속력은 떨어진다고요."

가마슈는 고개를 끄덕였다. "천연 물질에 더 가깝군. 그래야겠지."

그는 르미외를 불러 몇 가지 질문을 한 후 보부아르에게 돌아섰다.

"나와 함께 가세."

보부아르와 가마슈가 도착했을 때 오딜 몽마니는 가게 문을 여는 참이었다.

"시를 더 들으러 오셨나요?"

보부아르는 그녀가 진심으로 하는 말인지 알 수 없었다. 그는 질문을 무시했다.

"에페드라에 대해 들어 보셨습니까?"

"아뇨, 전혀요."

"마들렌이 죽은 후에 제가 그것에 관해 물었습니다. 당신은 그것이 그녀를 죽이는 데 사용했다는 걸 알고 있을 텐데요." 그가 말했다.

"아, 그래요. 그때 들었네요. 그 전에는 한 번도 못 들어 봤어요."

그들은 지금 사향 냄새가 나는 가게에 있었다. 차와 향신료 냄새가 사방에 넘쳐흘렀다. 약초 또한.

가마슈는 악마의 발톱, 세인트 존스워트, 은행잎 등등의 라벨이 붙은 통으로 다가갔다. 그는 거기에 비치된 숟가락을 사용하는 대신 주머니에서 집게를 꺼내 가져온 비닐봉지에 어떤 것을 조심스럽게 넣었다. 그는 봉투에 라벨을 붙였다.

"이걸 사고 싶습니다. 실 부 플레."

오딜은 루스가 마시는 양만큼의 술을 담을 수도 있겠다는 듯 그 봉지를 바라보았다.

"얼마 안 되니 그냥 가져가세요."

"아닙니다, 마담. 돈을 드리겠습니다." 가마슈는 그녀에게 무게를 재 달라며 봉지를 건넸다.

라벨에는 '마황'이라고 적혀 있었다.

"첫날 르미외가 말한 중국 약초로군요." 차 안으로 돌아오자 보부아르가 말했다.

"수백 년, 아니 수천 년 동안 다른 목적으로 사용되었지. 제약 회사에서 이걸 발견해서 살인 약품으로 둔갑시키기 전까지는. 마황이라. 해리스 검시관이 마황에 대해서도 말하더군. 에페드라에 대해 이야기할 때마다 실제로 에페드라를 잘 아는 사람은 그걸 약초라고 한다는 거야. 한약이나 다른 약재로 사용된다더군. 하지만 다이어트 보조제에만 너무 관심이 쏠려 있어 제대로 듣지 못했지. 그런데 여기 있었군." 가마슈가 말했다.

"흠, 경감님은 제 위에 계시는군요." 보부아르가 젖은 길 위의 개구리를 피하려고 애쓰며 말했다. 하지만 가마슈는 그가 개구리를 피하려는 건지, 개구리를 잡으려고 방향을 트는 건지 잘 알 수 없었다. "저는 샌던이 은행나무 잎을 달이는 환영을 보았습니다."

"대망막이 항상 쓸모가 있는 건 아닌가 보군."

"제 눈으로 스며들어 오는 것 같았어요. 정말입니다." 보부아르가 말했다. "마황이 도대체 뭘 의미하는 걸까요? 오딜이 이걸로 마들렌을 죽였을까요? 그 영매는 또 어떻고요? 프랑스의 신비한 동굴과 이름이 같다는 게 우연의 일치일까요? 혼란스럽네요."

"지금은 어두운 유리창을 통해 보고 있을 뿐이야. 하지만 곧 전부 다 보게 되겠지." 가마슈가 말했다.

"저는 그걸 압니다." 보부아르가 퀴즈쇼에서 우승한 사람처럼 말했다. "고린도전서 말입니다. 결혼식 때 우리는 그걸 읽었습니다. 그건 사랑 안에서 하나가 됨을 뜻하죠. 루스가 그날 밤 읽은 구절은 아니었죠. 우리는 이걸로 뭘 해야 합니까?" 그가 마황이 담긴 봉지를 가리켰다.

"내가 몬트리올에 갈 때 실험실로 가져갈 걸세." 가마슈가 말했다.

"조심하십시오. 미디어에서 경감님을 다니엘의 최우수 고객으로 오해할지도 모릅니다."

보부아르는 이런 농담을 하는 자신에게 놀라 저절로 입을 다물었다.

"요즘 같아선 그게 더 나아 보이는군." 가마슈가 웃음을 터트렸다.

"죄송합니다."

"그럴 필요 없네. 모두 잘될 테니까."

"'어두운 유리창을 통해'라고요." 보부아르가 거의 독백이라도 하듯 중얼거렸다. "정말 근사한 표현이네요. 정말로 유리창이 환해질 거라고 믿으십니까?"

"그래." 가마슈가 말했다. 하지만 그는 바오로 성인이 유리창이 아니라 거울에 대해 말했다는 사실을 알고 있었다.

40

경찰청 제일 꼭대기 층에 있는 회의실은 가마슈에게 익숙한 장소였다. 경찰청에 닥친 윤리적이고 도덕적인 문제로 씨름하느라 얼마나 많은 커피가 차갑게 식어 갔던가? 끝없는 질문 세례는 결국 한 가지로 줄어들었다. 사회를 보호하기 위해 얼마나 멀리까지 가야 하는가? 안전과 자유 사이의 갈등이었다.

그는 이 방에 있는 사람들을 대단히 존경했다. 한 사람 빼고.

유리벽은 몬트리올의 동쪽 끝과 삶을 고뇌하기 위해 태어난, 선사시대의 창조물 같은 올림픽 스타디움의 길쭉하게 뻗친 구조물을 바라보고 있었다. 회의실 안쪽의 사선형 목제 테이블 주위에는 안락한 접이식 의자가 놓여 있었다. 모두 같은 의자였다.

일종의 무대 장치였다.

좌석이 따로 정해져 있지는 않지만 사람들은 다 자기 자리를 알고 있었다. 고위 간부 몇 명이 가마슈를 보았다. 두어 사람은 악수를 청했지만 대부분 그를 무시했다. 그는 더 이상 아무 기대도 하지 않았다. 가마슈는 이 사람들과 평생을 일해 왔지만 그들을 배반하고 말았다. 아르노 사건을 공개했기 때문이었다. 가마슈조차 사건을 공개할 당시 자신의 선택이 어떤 의미인지를 알고 있었다. 그는 내몰렸고 이 부족에서 축출됐다.

어쨌든 그는 다시 돌아왔다.

"알로, 우릴 불렀더군, 아르망. 그래서 왔네." 경찰청의 명목상 지도자인 패짓 경정이 말했다.

마치 휴가 일정이라도 상의하려는 것처럼 대수롭지 않은 말투였다. 가마슈는 바다에서 불기 시작한 폭풍을 보듯 이 순간이 멀리서부터 다가오는 것처럼 보였다. 그는 불안해하는 뱃사람이었고 지금까지 계속 기다려 왔다. 하지만 결국 기다림은 끝났다.

"원하는 게 뭔가?" 패짓 경정이 물었다.

"이 일을 멈춰야 합니다. 제 가족에 대한 공격을 멈춰야 합니다."

"그 일은 우리하고 아무런 상관이 없네." 데자르댕 경정이 말했다.

"물론 상관이 있지." 브레뵈프 경정이 옆에 앉은 그를 돌아보며 말했다. "고위 간부가 공격을 받고 있는데 그냥 두고 볼 수만은 없는 노릇 아닌가."

"가마슈 경감은 늘 우리의 도움이나 조언이 필요하지 않다고 강조해 왔네." 통찰력 있고 합리적인 발언이었다. 침착하기까지 했다. 대부분은 고개를 돌려 말한 사람을 쳐다보았고 몇몇 사람은 수첩을 응시했다.

프랑쾨르 경정이 가마슈 옆에 앉아 있었다. 가마슈는 그가 거기에 앉을 거라는 사실을 알았고, 그는 그 자리에 앉았다. 결국 가마슈는 그의 옆자리를 골랐다. 그는 숨기 위해 이렇게 멀리까지 온 게 아니었다. 구석이나 브레뵈프의 뒤에 웅크리고 있느니 저주를 받는 편이 나았다.

그는 자신을 몰아내고 싶어 하는 사람 옆에 앉았다. 오히려 핵심 인물 바로 옆을 선택했다. 피에르 아르노의 가장 친한 친구이자 후배이자 프로테제애완견인 실뱅 프랭쾨르 옆이었다.

"해묵은 싸움이나 하려고 온 게 아닙니다. 공격을 멈춰 달라고 부탁하러 왔습니다." 가마슈가 말했다.

"왜 우리가 공격을 멈출 수 있을 거라고 생각하지? 언론에는 원하는 기사를 실을 권리가 있고, 실제로 철저한 조사를 거치지 않고 실었을 거라고 보지도 않네. 언론이 잘못한 점이 있다면 고소하게나." 프랑쾨르 경정이 말했다.

몇 차례의 헛기침 소리가 들렸다. 브레뵈프는 화가 난 것 같았지만 가마슈는 미소 지을 뿐이었다.

"그럴 수도 있겠지만 제 생각은 다릅니다. 우리 모두 신문에 실린 내용이 거짓이라는 걸 알고……"

"어떻게 알지?" 프랑쾨르가 물었다.

"부아이용, 아르망 가마슈가 친딸을 창녀로 만들 확률이 얼마나 되겠나?" 브레뵈프가 단호한 목소리로 말했다.

"그렇다면 피에르 아르노가 살인자일 확률은 얼마나 되겠나?" 프랑쾨르가 물었다. "경감의 말에 따르면 그렇다던데."

"'법정에 따르면'이라는 뜻이겠죠?" 프랑쾨르의 사적인 공간으로 몸을 기울인 가마슈가 차분하게 말했다. "경정님께는 아직 익숙하지 못한 체제의 일부 같기도 합니다만."

"어떻게 감히 그런 말을 할 수가 있지?"

"어떻게 감히 제 가족을 공격하실 수 있지요?"

두 사람은 서로 응시했다. 가마슈가 눈을 깜빡거리자 프랑쾨르는 미소를 지으며 다시 편안하게 의자에 몸을 파묻었다.

가마슈는 끈질기게 프랑쾨르를 바라보았다. "죄송합니다. 경정님을 탓하려는 건 아닙니다."

프랑쾨르는 기사가 소작농에게 하듯 고개를 끄덕였다.

"여러분 가운데 한 분과 말다툼하러 온 게 아닙니다. 모두 신문을 보시고 TV도 보셨겠지요. 아시다시피 상황은 점점 나빠지고 있습니다. 이미 말씀드렸지만 전부 거짓말입니다. 제 말을 꼭 믿거나 신뢰해 주기를 바라지는 않습니다. 아르노 사건 당시 한 일이 있으니 더욱 그렇지요. 저는 이미 루비콘 강을 건넜습니다. 되돌아올 수 없다는 건 잘 알고 있습니다."

"그렇다면 바라는 게 뭔가, 경감?" 패짓 경정이 물었다.

"사표를 수리해 주셨으면 좋겠습니다."

편하게 앉아 있던 사람들이 이제 자세를 고쳐 앉았다. 모두 의자를 앞으로 끌어당겼다. 너무 급히 서두르는 바람에 테이블 위에 훈장을 떨어뜨릴 위험에 처한 사람도 있었다. 모든 이가 시선을 가마슈에게 고정했다. 루아얄산이 침하하여 땅속으로 꺼지는 모습이라도 보는 듯한 모습이었다. 놀랄 만한 무언가가 사라질 참이었다. 아르망 가마슈. 그를 중오하던 사람들조차 아르망이 경찰청 안팎으로 전설이 되었고 영웅이 되었다는 사실을 인식하고 있었다.

하지만 때때로 영웅들은 추락하곤 했다.

이제 이 자리에 모인 사람들은 그것을 목격할 참이었다.

"우리가 왜 그래야 하지?" 프랑쾨르가 물었다. 모든 시선이 프랑쾨르 쪽으로 쏠렸다. "왜 자네를 자유롭게 해 줘야 하지? 그게 자네가 바라는 일일 텐데 말이야. 안 그런가? 아르노 판결에서 빠져나간 것처럼 도망치길 바라는군. 상황이 어려워질 때마다 늘 그러는군."

"사실이 아니네." 브레뵈프가 말했다.

"우리 중 한 명이 신문에 그런 내용을 제보했다고 믿나?" 다른 이에게 양도하지 않는 한 자연스럽게 경찰청의 대표가 될 프랑쾨르가 편안하게 좌중을 통솔하며 물었다.

"전 그렇게 생각합니다."

"모두들 그가 우리를 어떻게 생각하는지 봤소?"

"전부가 아닌 한 사람입니다." 가마슈가 프랑쾨르를 빤히 쳐다봤다.

"어떻게 감히……."

"그런 말이 벌써 두 번째입니다. 이제 지겹군요. 감히 말씀드리자면 누군가는 분명히 그랬습니다." 그는 방을 둘러보았다. "아르노 사건은 끝나지 않았습니다. 다들 알고 계시겠죠. 이 방의 누군가는 그가 하는 일을 계속하고 있습니다. 살인까지 저지르지는 않았지만 그럴 날도 머지 않았습니다. 저는 알고 있습니다."

"안다고? 안다고? 자네가 어떻게 안다는 거야?" 프랑쾨르는 자리에서 벌떡 일어나 가마슈 쪽으로 몸을 기울였다. "자네 말을 듣고 있는 자체가 어리석기 짝이 없군. 시간 낭비야. 자네에게는 생각이 없네. 감정만 있을 뿐이야."

키득거리는 소리가 들렸다.

"제게는 둘 다 있습니다. 경정님." 가마슈가 말했다. 프랑쾨르는 가마슈 앞에 버티고 서서 한 손은 가마슈의 의자 뒤에, 다른 한 손은 테이블 위에 올려놓았다. 마치 그를 옭아매려는 듯이.

"자넨 죽도록 거만하지." 프랑쾨르가 외쳤다. "정말 최악의 경찰이야. 온통 자기 생각뿐이야. 자네는 보잘것없는 똘마니 부대를 만들어 왔어. 자네를 숭배할 사람들로 말이야. 다른 경찰들이 경찰청을 위해 가장 우수한 졸업생을 선택하는 동안 일부러 형편없는 사람들만 선택했지. 자네는 위험한 사람이야, 가마슈. 난 진작부터 알고 있었네."

가마슈가 천천히 일어서자 프랑쾨르는 뒷걸음질 쳤다.

"저희 팀은 저희가 관여한 거의 모든 살인 사건을 해결했습니다. 유능하고 헌신적이고 용감하죠. 경정님은 스스로를 재판관으로 삼고 자신을 따르지 않는 사람들을 죄다 내쳤습니다. 거기까진 좋습니다. 하지만 경정님이 쓰레기라고 판단한 사람들에게서 가치를 발견한 일로 절 비난하진 마십시오."

"니콜 형사도 그런가?" 프랑쾨르의 목소리가 낮아졌다. 사람들은 그의 말을 듣기 위해 잔뜩 귀를 기울였지만 가마슈는 달랐다. 가마슈의 귀에는 크고 분명하게 들려왔다.

"니콜 형사도 마찬가지입니다." 가마슈는 차갑고 딱딱한 눈빛으로 그를 응시하며 말했다.

"내가 알기로 자네는 나에게 니콜을 다시 돌려보냈는데." 프랑쾨르가 속삭이다시피 했다. "그녀를 내쳐서 내 부서로 배정했지. 마약 단속반에 말일세. 그녀는 그 자리를 받아들였고."

"그렇다면 왜 그녀를 다시 저에게 보냈습니까?" 가마슈가 물었다.

"하고 싶은 말이 뭔가, 경감? 모든 일에는 다 이유가 있어. 아주 깊은 이유가. 생각해 보게나. 자, 이제 한 가지 질문을 하겠네." 그의 목소리는 더욱 낮아졌다. "자네가 아들에게 그토록 은밀하게 건넨 봉투에는 뭐가 들어 있었지? 이름이 다니엘인 걸로 알고 있네. 딸 이름은 플로렌스. 아내도 있고. 임신했다던가?"

프랑쾨르의 말이 너무 부드러워서 방 안의 다른 사람들은 아무도 듣지 못했다. 가마슈는 프랑쾨르가 그 말을 소리 내어 하지 않고 자신의 머릿속에 직접 집어넣은 것 같은 기묘한 착각에 빠졌다. 상처를 주고 경고하기 위해 날카롭게 찔러 대는 것 같았다.

그는 심호흡을 하고 주먹을 불끈 쥐었다. 음흉하게 웃고 있는 의기양양하고 가증스러운 얼굴을 내리치지 않으려 있는 힘껏 스스로를 억눌러야 했다.

"그렇게 하게, 가마슈. 가족을 구하고 싶으면 그렇게 해." 프랑쾨르가 속삭였다.

프랑쾨르는 내가 반격하길 유도하는 걸까? 그런 다음 나를 체포해서 감옥에 넣을 작정일까? 감옥에서 일어날 수 있는 어떤 '사고'로 내몰려는 것일까? 이게 가족을 괴롭히지 않는 대신 프랑쾨르가 요구하는 대가일까?

"빌어먹을 겁쟁이." 프랑쾨르는 미소를 짓고는 고개를 가로저으며 뒤로 물러났다. "가마슈 경감은 절대로 해명 같은 건 하지 않겠지." 그는 담담한 목소리로 말했다. 긴장하고 초조해하던 얼굴도 누그러졌다. 사람들에게 다시 그의 목소리가 들렸다. "그를 위해 어떤 조치를 취하거나 사표를 수리하기 전에 몇 가지 알아야겠네. 아들에게 건넨 봉투에 뭐가 있었나 하는 것 같은 문제 말이야. 부아이용-Voyons 자, 경감, 이건 타당한 질문이네."

회의실 테이블 여기저기서 사람들이 동의하며 고개를 끄덕였다. 가마슈는 이 말이 이상할 정도로 관대한 요구라고 말하는 듯이 얼굴을 높이 쳐들고 있는 브레뵈프를 보았다. 위원회에서 바라는 요구 사항이 이 질문으로 그친다면 가벼운 꾸지람 수준이라고 보아도 무방하다고 여기는 듯했다.

가마슈는 잠시 동안 묵묵히 생각에 잠겨 있었다. 그러고 나서 고개를 가로저었다.

"죄송합니다. 사적인 겁니다. 말씀드릴 수 없습니다."

가마슈도 이제 다 끝났다는 사실을 알고 있었다.

그는 몸을 아래로 굽혀 신문을 집어 들고는 문 쪽으로 향했다.

"자네는 어리석은 사람이야, 가마슈 경감." 프랑쾨르가 만면에 미소를 지으며 뒤에서 외쳤다. "여기서 나가면 자네 삶은 망가지고 말 걸세. 미디어에서 뼈도 못 추릴 때까지 자네와 가족들을 물고 늘어지겠지. 경력도, 친구도, 사생활도, 인간으로서의 존엄도 사라질 거야. 모두 그 잘난 자부심 때문이지. 자네가 가장 좋아하는 시인 중 한 명이 이런 걸 뭐라고 했지? 예이츠였던가? 모든 게 무너져 내리리라. 중심을 잡지 못한다면예이츠의 「The Second Coming」에 나오는 구절."

가마슈는 발걸음을 멈췄다가 의도적으로 돌아서서 발걸음을 떼었다.

한 걸음씩 옮길 때마다 길이 트이는 것 같았다. 테이블 주변의 경찰들이 크게 뜬 눈으로 길을 비켰다. 그러고는 미소를 거둔 프랑쾨르에게 다가갔다.

"중심은 잡힐 겁니다." 가마슈는 한 단어 한 단어를 천천히 또박또박 발음했다. 그의 목소리는 강하고 낮았으며, 프랑쾨르가 들어 본 목소리 중에서 가장 위압적이었다. 가마슈가 돌아서서 문 밖으로 걸어 나가자 그는 자신을 추스르려고 노력했지만 이미 너무 늦었다. 방 안의 모든 사람들이 프랑쾨르의 얼굴을 스치는 두려움을 보았다. 적어도 한 사람 이상은 자신이 줄을 잘못 선 것은 아닌지 의구심을 느꼈다.

하지만 이미 너무 늦었다.

가마슈가 성큼성큼 복도를 걸어갈 때 복도 양쪽에서 남자와 여자 경찰 들이 미소를 지으며 머리를 끄덕였고 그는 마음이 차분해졌다. 프랑쾨르가 늘어놓은 말 가운데 무언가가 그의 머릿속을 돌아다니는 무언가를 건드렸다. 그 순간 정보의 한 조각이 머리를 들면서 전혀 다른 쪽에서 새로운 의미를 띠었다. 하지만 스트레스 탓인지 곧 다시 잊고 말았다. 아르노와 상관이 있는 내용일까? 아니면 스리 파인스 사건과 관계가 있는 내용일까?

"그래, 프랑쾨르에게는 차라리 잘됐어." 그를 쫓아온 브레뵈프가 함께 엘리베이터를 기다리면서 말했다. 가마슈는 아무 말도 없이 숫자를 바라보면서 그토록 중요하던 내용이 무엇인지 떠올리려고 애썼다.

"봉투 안에 뭐가 있었는지 말해야 했네. 그렇게 중요한 것도 아니잖아. 그런데 뭐가 들어 있었나?" 브레뵈프가 말했다.

"미안, 미셸. 지금 뭐라고 했지?" 가마슈는 다시 현실로 돌아왔다.

"봉투 말일세, 가마슈. 안에 뭐가 있었냐고."

"아, 별거 아니야."

"맙소사. 그럼 왜 말하지 않았지?"

"'부탁입니다.'라고 하지 않았잖아." 가마슈가 미소를 지었다.

브레뵈프는 얼굴을 찌푸렸다. "자네가 하는 말을 스스로 지키기는 하나? 다른 사람들에게 하는 충고가 자네의 두꺼운 뇌 속으로는 들어가지 않는 모양이지? 왜 비밀로 하는 건가? 우리를 병들게 하는 건 우리의 비밀이다. 자네가 늘 하던 말 아닌가?"

"비밀과 사생활은 다르네."

"의미론적인 말일 뿐이야."

엘리베이터 문이 열렸고 브레뵈프는 밖으로 나갔다. 회의는 그가 감히 꿈꾸었던 것보다 훨씬 잘 풀렸다. 가마슈는 거의 확실히 경찰청에서 떨려 나게 되었지만 무엇보다 모욕을 당하고 황폐해졌다. 아니라면 곧 그렇게 되리라.

엘리베이터 안에서 가마슈는 질 샌던의 나무처럼 뿌리를 내린 듯 서 있었다. 샌던이 옆에 있었더라면 아르망 가마슈가 지르는 소리를 들었으리라. 나무가 베일 때 내는 비명 소리를.

"내가 이제 심오한 진리를 하나 말씀드리겠습니다."

성 바오로가 「고린도인들에게 보낸 편지」 가운데 잊지 못할 구절이 줄곧 가마슈의 머릿속을 맴돌고 있었다. 이 구절은 마치 예언 같았다. 눈 깜짝할 사이에 그의 세상이 달라졌다. 여태까지 감추어져 있던 무언가를 분명히 볼 수 있게 되었다. 그가 보고 싶어 하지 않던 무언가였다.

그는 노트르담 드 그라스 고등학교에 들러 막 퇴근하려던 교직원을 붙잡았다. 그리고 지금은 주차장에서 그녀가 준 두 가지 물건을 보고 있었다. 졸업생 명부와 또 다른 졸업 앨범이었다. 그녀는 도대체 왜 그렇게 많은 앨범이 필요한지 궁금해했지만 가마슈가 사과의 말을 읊조리자 수그러들었다. 그는 그녀가 자신에게 경고를 한 건지도 모른다는 생각이 들었다. 또다시 졸업 앨범을 잃어버려서는 안 돼.

하지만 앨범은 잃어버린 게 아니라 도둑맞은 것이었다. 마들렌, 헤이슬과 함께 학교를 다녔던 누군가에 의해서. 그들의 정체를 감추기로 결정한 누군가. 지금 졸업생 명부와 졸업 앨범을 보고 가마슈는 그 사람이 누구인지 정확히 알았다.

'내가 이제 심오한 진리를 하나 말씀드리겠습니다.' 이 놀라운 구절을 읽던 루스의 쉰 목소리가 귓가에서 되살아났다. 뒤이어 다른 목소리가 따라왔다. 미셸 브레뵈프의 목소리였다. 화가 나 있고, 책망하는 것 같은 목소리였다. 우리를 병들게 하는 건 우리의 비밀이다.

그것은 사실이었고 가마슈도 알고 있었다. 우리가 내면에 감춰 둔 수많은 것들 중 가장 위험한 것은 비밀이다. 우리는 그 비밀을 너무 부끄러워하고 두려워한 나머지 자신에게도 감추려 한다. 비밀은 착각을 부르고, 착각은 거짓을 부른다. 그리고 거짓은 벽을 만든다.

우리의 비밀이 우리를 병들게 하는 이유는 비밀이 우리를 다른 사람들과 갈라놓기 때문이다. 우리를 혼자 내버려 두기 때문이다. 두렵고 성나고 비참한 사람으로 만들기 때문이다. 우리를 다른 사람들에게, 급기야 자신에게마저 등을 돌리게 하기 때문이다.

살인은 거의 언제나 비밀에서 출발한다. 살인은 시간이 지나 밖으로 퍼져 나온 비밀과도 같다.

가마슈는 렌 마리, 다니엘과 아니, 마지막으로 장 기 보부아르에게 전화를 걸었다.

차에 시동을 걸고 교외로 향했다. 운전하는 동안 날이 저물었고 스리 파인스에 도착했을 무렵에는 이미 캄캄했다. 헤드라이트 불빛 속에 길을 가로지르려는 개구리로 가득한 진흙 길이 보였다. 그에게 개구리들의 그런 행동은 미스터리로 남게 될 터였다. 그는 곧 속도를 늦추어 개구리를 치지 않으려 노력했다. 개구리들은 반갑다고 인사라도 하듯 헤드라이트로 뛰어들었다. 개구리들은 올리비에의 비스트로에서 파는 장난감 같은 골동품 접시들에 그려진 개구리와 똑같이 생겼다. 잠시 가마슈는 춤추는 개구리와 이 봄날의 자신을 추억하기 위해 그 접시 몇 벌을 사면 어떨까 생각했다. 하지만 그는 자신이 그렇게 하지 않으리라는 사실을 알고 있었다. 오늘 있었던 일은 전혀 기억하고 싶지 않았다.

"모두 호출했습니다." 가마슈가 수사본부로 들어오자마자 보부아르가 말했다. "곧 올 겁니다. 이 방법을 동원하고 싶으신 게 확실합니까?"

"확실하네. 난 누가 마들렌 파브로를 죽였는지 알고 있네, 장 기. 원형으로 둘러앉아 시작한 이 사건은 원점으로 돌아오는 게 맞는 것 같네. 오늘 밤 아홉 시에 옛 해들리 저택에서 만나세. 그리고 살인범을 잡는 거야."

41

클라라의 심장은 마치 목에, 허리에, 관자놀이에 걸려 있는 것 같았다. 심장이 달음박질치는 소리로 온몸이 진동했다. 그녀는 자신들이 다시 옛 해들리 저택에 모였다는 사실이 도무지 믿기지 않았다.

희미한 촛불을 제외하고는 주위에 어둠만이 가득했다.

보부아르 경위가 전화를 걸어 가마슈가 무엇을 원하는지 이야기했을 때 클라라는 그가 농담을 하거나 취했다고 생각했다. 어쨌든 분명히 잘못된 생각이었다.

하지만 그는 진지했다. 그들은 옛 해들리 저택에서 9시에 만나기로 약속했다. 더군다나 마들렌이 죽은 방에서였다.

저녁 내내 그녀는 살금살금 전진하는 시계를 지켜보았다. 시곗바늘은 처음에는 고통스러울 정도로 느리게 움직이다가 차츰 레이스를 시작하더니 나중에는 문자반 위를 날고 있었다. 그녀는 먹지도 못할 상태가 되었고 급기야 피터가 가지 말라고 간청하기까지 했다. 마침내 두려움이 그녀를 집어삼켰고, 결국 그녀는 집에 남아 있는 데 찬성했다. 그들의 작은 오두막집에서, 모닥불 옆에서, 좋은 책과 메를로와인의 일종 한 잔과 함께.

숨어 있고 싶었다.

하지만 클라라는 숨는 쪽을 선택한다면 평생토록 비겁한 채로 살아가게 되리라는 사실을 알았다. 그리고 시계가 8시 45분을 가리키자 다른 사람의 몸에 들어가기라도 한 듯 자리에서 벌떡 일어나 옷을 입고 집을 나섰다. 피터가 소장한 옛 흑백영화 중 한 편에 나오는 좀비처럼.

그리고 그녀는 흑백의 세계로 들어섰다. 가로등이나 신호등이 없는 스리 파인스는 어둠이 내려앉기만 하면 온통 검은빛으로 물들었다. 하늘에 점점이 박힌 별빛뿐이었다. 오늘 밤 마을 잔디 광장 주변의 집에서 새어 나오는 불빛이 마치 그녀에게 자기들 곁을 떠나지 말라고, 어리석은 짓을 되풀이하지 말라고 경고하는 것 같았다.

어둠 속에서 클라라는 다른 사람들과 만났다. 머나, 가브리, 무슈 벨리보, 마녀 잔까지. 모두 스스로의 의지를 저버리기라도 한 듯 언덕 위의 귀신 들린 집으로 무거운 발걸음을 옮기고 있었다.

지금 그녀는 다시 방에 돌아와 있었다. 그리고 원 한가운데에 깜빡거리는 양초만을 빤히 쳐다보는 사람들의 얼굴을 바라보았다. 사람들이 느끼는 두려움을 점화하는 불씨라도 되는 듯 촛불이 그들의 눈에 비치고 있었다. 클라라는 촛불만 켜져 있을 때, 그저 초가 깜빡거리기만 해도 얼마나 소름이 끼치는지 실감했다.

헤이즐과 소피처럼 오딜과 질은 그녀의 맞은편에 앉아 있었다.

무슈 벨리보는 클라라 옆에 앉았고, 잔 쇼베는 십자가와 다윗의 별^{다윗}
^{왕의 방패를 의미하는 유대교의 상징}으로 중무장하고 주머니에는 크루아상을 넣어 둔 가브리 옆으로 의자를 가져갔다. 크루아상은 마치 다른 물건처럼 보여 머나는 가브리에게 주머니에 무엇을 넣었냐고 묻기까지 했다.

하지만 그들이 만든 원형은 여전히 끊겨 있었다. 거의 일주일 전에 가운데로 넘어졌던 의자는 한쪽 편에서 기념비처럼 앉아 있었다. 의자는 희미한 불빛 속에서 나무 팔다리와 등받이 갈비뼈가 달린 해골처럼 보

였고 벽에 일그러진 그림자를 던지고 있었다.

옛 해들리 저택 밖에서는 잔잔하고 고요하기만 한 밤이 흘러가고 있었지만 저택 안에는 저택만의 기운과 무게감이 있었다. 저택 안은 신음 소리와 삐걱거리는 소리, 슬픔과 한숨이 들어찬 또 다른 세계였다. 이 저택이 또 하나의 생명을 앗아 갔다. 새까지 포함한다면 둘이었다. 아직도 저택은 굶주려 있었다. 더 많은 생명을 원하고 있었다. 마치 무덤 같았다. 아니, 무덤보다 더 끔찍하다고 클라라는 생각했다. 림보지옥과 천국 사이에 있으며 그리스도교를 믿을 기회를 얻지 못했던 착한 사람 또는 세례를 받지 못한 어린이, 백치 등의 영혼이 머무는 곳처럼 느껴졌다. 저택 안 계단을 올라 이 방에 들어서는 것은 삶과 죽음 사이 어딘가에 있는 지하 세계로 들어선 것이나 다름없었다. 이 방은 최후의 심판을 받고 저마다 다른 곳으로 가기 전에 머무르는 세계와도 같았다.

어둠 속에서 손 하나가 원 안으로 성큼 들어와 해골과도 같은 의자를 움켜쥐었다. 아르망 가마슈가 그들 사이로 들어왔다. 그는 몸을 앞으로 숙이고 다리를 꼰 다음, 두 손을 모아 기도하는 사람처럼 손가락을 낀 채 한동안 가만히 앉아 있었다. 깊은 갈색 눈은 생각에 잠겨 있었다.

그녀는 숨을 내쉬는 소리를 들었다. 그들이 뿜어내는 스트레스가 양초를 격렬하게 흔들었다.

가마슈는 그들을 바라보았다. 가마슈의 시선이 클라라에서 잠시 멈추는가 싶더니 미소를 지어 보였지만 클라라는 모든 사람이 같은 인상을 받았으리라고 짐작했다. 그녀는 그가 어떻게 시간이 자신의 법칙을 거스르게 하는지 궁금했다. 스리 파인스 자체가 시간의 법칙을 거스르는 것처럼, 시간이 신축성 있게 느껴지는 마을이라는 것은 이미 알고 있었지만.

"비밀로 가득한 비극적인 이야기 하나를 들려 드리죠." 가마슈가 말했다. "저주와 유령, 용기로 포장한 사악함의 이야기기도 합니다. 숨겨져 있고 묻혀 있던 이야기기도 하죠. 살아 있는 존재들의 이야기기도 합니다. 미처 다 죽지 못한 무언가를 파묻게 되면 그 무언가는 다시 되돌아옵니다." 그는 잠시 침묵한 뒤 말을 이었다. "부패하고 악취가 진동하는 먼지 속을 파헤쳐 나오죠. 잔뜩 굶주린 채로요. 이 비극적인 이야기의 무대는 이 방입니다. 지금 이 방에 있는 모든 사람들에게는 비밀이 있습니다. 감춰야 할 이야기가 있고, 얼마 전에 되살아난 이야기도 있습니다. 라코스트 형사가 전한 마들렌의 남편과의 인터뷰 내용을 듣고 이 살인 사건에 대한 단서를 얻게 되었습니다. 그는 마들렌을 태양에 비유했습니다. 주위에 생기를 불어넣는 즐겁고 밝고 명랑한 사람이라는 의미로요."

원을 만들고 있는 촛불에 비친 얼굴들이 고개를 끄덕였다.

"하지만 태양에 가까이 다가가면 데게 마련이죠. 눈이 멀고 타 버리고 맙니다." 그는 사람들을 다시 한 명씩 쳐다보았다. "그리고 태양은 강력한 그림자를 만듭니다. 태양 가까이에서 살 수 있는 사람이 몇이나 되겠습니까? 저는 이카루스가 떠올랐습니다. 아버지가 날개를 줘서 날 수 있게 된 그 아름다운 소년이오. 하지만 아버지는 경고도 했습니다. 태양에 너무 가까이 가지 말라고요. 물론 그는 가까이 갑니다. 자녀가 있는 분들은 어떻게 이런 일이 생기는지 아실 겁니다."

그는 흘깃 헤이즐을 보았다. 그녀의 얼굴에는 아무런 표정이 없었다. 텅 비어 있었다. 근심과 고통, 분노가 서렸던 얼굴에 지금은 아무런 감정도 비치지 않았다. 기병은 어떤 자취도 남기지 않고 말을 타고 사라졌다. 하지만 가마슈는 기병이 슬픔은 거두어 가지 않은 것 같다고 생각했다. 헤이즐이 필사적으로 막으려 했던 기병들은 더욱 끔찍한 무언가를 불러들였다. 그들의 짐은 외로움이었다.

"가장 유력한 용의자는 소피입니다. 여러분이 부르는 것처럼 가엾은 소피요. 항상 다치고, 늘 아픈. 마들렌과 같이 살기 시작하면서 상황이 나아지기 시작했는데도 불구하고요."

소피가 가마슈를 노려보았다. 그녀의 눈썹이 화를 내고 있었다.

"많은 물건으로 가득 차 있지만 텅 비어 있던 집에 갑자기 활기가 넘치기 시작했습니다. 상상이 가십니까?"

그들은 불현듯 헤이즐과 소피의 단조로운 집에 햇빛이 처음 스며든 날로 돌아갔다. 커튼을 활짝 열어젖히던 날을. 웃음이 집 안의 침체된 공기를 휘저어 햇빛이 비치는 곳으로 몰아냈을 때를.

"하지만 당신은 그림자가 드러나고 마는 대가를 치르게 되지요. 마들렌과 사랑에 빠지고 말았습니다. 그렇지 않습니까?"

"사랑은 그림자가 아니잖아요." 소피가 도전적으로 말했다.

"맞습니다. 사랑은 그림자가 아닙니다. 하지만 집착은 그림자입니다. 머나, 제게 가까이 있는 적에 대한 말씀을 하셨죠."

"사랑의 탈을 쓴 집착에 대해서였죠." 머나가 고개를 끄덕였다. "하지만 소피를 두고 한 말은 아니었어요."

"그렇습니다. 다른 사람을 두고 한 말이었죠. 하지만 이 경우에도 적용이 됩니다." 그는 다시 소피를 돌아보았다. "당신은 오로지 자신만을 위해 마들렌을 필요로 했습니다. 그녀의 모교인 퀸스에 들어가 그녀를 감동시키려 했죠. 더 많은 관심을 받고 싶어 했습니다. 엄마와 마들렌을 공유한다는 자체로도 불만스러웠는데, 집에 돌아와 보니 마들렌은 얼마 전에 무슈 벨리보와 사랑에 빠져 있었죠. 감당하기 힘들었을 겁니다."

"어떻게 그럴 수가 있죠? 제 말은요, 무슈 벨리보를 한번 보세요. 나이도 많고 못생긴 데다 가난하기까지 하다고요. 게다가 식료품상이잖아요. 그런데 어떻게 그를 사랑할 수가 있냐고요. 난 아줌마한테 잘 보이려고 망할 퀸스 대학까지 갔는데 돌아와 보니 아줌마는 절 기다리고 있지도 않았어요. 무슈 벨리보하고 교령회나 갔다고요."

그녀는 모욕을 뛰어넘어 큰 상처를 받은 것 같은 무슈 벨리보를 목발로 쿡 찔렀다.

"다음 교령회가 찾아왔을 때 당신에게 기회가 왔습니다. 평생 동안 살을 뺐고, 몇 년 전에는 에페드라까지 먹었지요. 에페드라를 먹고 있다는 걸 들켜서 압수당할 때까지요. 하지만 결국 다시 살이 쪄서 인터넷에서 더 많은 약을 주문했습니다. 이 사진 속의 소녀는 통통했습니다. 고작 이 년 전이었는데요." 가마슈가 냉장고에서 떼어 온 사진을 차례로 돌렸다. 모든 사람들이 사진을 보았다. 마치 다른 행성에서 찍은 사진처럼 보였다. 함께 웃고 사랑하고 축하하던 시절의 행성. 마들렌이 아직 살아 있던 시절의 행성이었다.

"당신은 약병을 찾아냈습니다. 엄마가 아무것도 버리지 않는다는 걸 알고 있었던 거죠. 보부아르가 찬장에 이미 유효기간이 지난 약병이 많이 있었다고 하더군요. 우리는 감식반 조사를 통해 당신이 최근에 산 에페드라를 사용하지 않았다는 사실을 알게 되었습니다. 대신 예전의 에페드라를 사용했죠. 화학 치료 때문에 마들렌의 심장이 약화되었다는 걸 알고 있었고……."

원을 따라 낮게 중얼거리는 소리가 들렸다.

"……그리고 당신은 심장이 약한 그녀에게 다량을 투여하면 죽일 수 있다는 걸 알고 있었죠. 그러니 필요한 건 두려움 하나뿐이었습니다. 심장에 부담이 되어 두근거리고 쿵쾅거리게 할 무언가요. 그리고 당신에게 기회가 주어졌죠. 옛 해들리 저택에서의 교령회입니다."

"바보 같은 소리예요." 소피가 말했다. 하지만 더 이상 자신만만해 보이지는 않았다.

"당신은 저녁 식사 자리에서 굳이 마들렌 옆자리에 앉으려 했습니다. 그리고 마들렌의 음식에 약을 집어넣었습니다."

"안 그랬어요. 엄마, 아니라고 말해 줘요."

"얘는 안 그랬어요." 마침내 소피를 보호할 힘을 되찾은 헤이즐이 희미하게 말했다.

"물론 제가 소피에게 말했던 모든 사실은 헤이즐에게도 해당됩니다." 가마슈는 가브리 옆에 앉은 여자에게로 몸을 돌렸다. "당신은 마들렌을 사랑했습니다. 한 번도 그 마음을 숨기려 하지 않았죠. 정신적인 사랑이었던 건 거의 확실하지만 그래도 깊은 사랑이었습니다. 어린 시절부터 그녀를 사랑했던 것 같더군요. 그런데 시간이 흘러 그녀가 나타나 함께 살자고 했습니다. 그녀는 당시 화학 요법 치료를 받아 회복되고 있었죠. 당신의 삶은 새로 시작되었습니다. 그동안의 답답함도, 외로움도 사라졌죠."

헤이즐이 고개를 끄덕였다.

"소피가 에페드라를 찾아낼 수 있었으니 당신 역시 마찬가지였을 겁니다. 그날 저녁 식사에서 당신은 마들렌의 다른 쪽 옆에 앉아 있었습니다. 당신도 그녀에게 에페드라를 먹일 수 있었습니다. 하지만 한 가지 골치 아팠던 문제는 그렇다면 왜 첫 번째 교령회에서 마들렌을 죽이지 않았느냐 하는 점이었죠. 왜 굳이 기다려야 했을까요?"

그는 질문이 사람들 속으로 스며들도록 뜸을 들였다. 지금 그들이 이룬 원형 밖의 세상은 아예 존재하지 않는 것 같았다. 이미 알고 있던 세상은 어둠의 가장자리 너머로 사라지고 말았다.

"두 번의 교령회는 세 가지 면에서 달랐습니다." 가마슈가 손으로 숫자를 셌다. "피터와 클라라의 집에서의 저녁 식사, 옛 해들리 저택, 그리고 스미스 모녀입니다."

"하지만 왜 헤이즐이 마들렌을 죽이려 하겠어요?" 클라라가 물었다.

"질투심 때문이죠. 사진 보셨죠?" 그는 지금 가브리의 손에 있는 사진을 가리켰다. "마들렌은 사랑이 넘치는 얼굴로 헤이즐을 보고 있고, 헤이즐은 훨씬 더 솔직한 사랑을 드러내고 있습니다. 하지만 그녀는 마들렌이나 소피를 보고 있지 않습니다. 카메라 밖을 쳐다보고 있습니다. 그리고 제게 올리비에의 말이 떠올랐습니다. 올리비에는 무슈 벨리보의 아내가 죽고 난 이후로 헤이즐이 그에게 무척 친절하게 대했다고 말했었죠. 그는 축하 자리에 모두 초대받았습니다. 성대한 자리일수록 더했죠. 사진 속의 헤이즐은 흰색과 푸른색이 섞인 모자를 쓰고 있습니다. 케이크에는 푸른색 설탕이 입혀 있죠. 남자의 생일 파티였던 겁니다. 당신의 생일이었죠."

가마슈는 당황스러운 표정을 짓고 있는 벨리보에게로 시선을 돌렸다. 가브리가 사진을 건네자 벨리보는 잠시 사진을 살펴보았다. 침묵 속에 있으려니까 삐걱거리는 소리가 더욱 많이 들려왔다. 무언가가 계단을 밟고 다가오는 것 같았다. 클라라는 모두 자신의 상상일 뿐이라는 사실을 알고 있었다. 전에 자신을 사로잡았던 존재는 상상 속의 괴물이 아니라 아기 새였을 뿐이었다. 새는 이제 죽었다. 그러니 계단을 밟고 무언가가 다가올 수도 없었다. 그 무엇도 내려앉을 수 없었다. 그 무엇도 복도에서 삐걱거리는 소리를 낼 수 없었다.

"헤이즐은 늘 친절했어요." 무슈 벨리보가 헤이즐을 바라보며 말했다. 헤이즐의 얼굴에는 실망이 가득했다.

"당신은 무슈 벨리보를 사랑하게 됐죠?" 가마슈가 말했다.

헤이즐은 가볍게 고개를 저었다.

"엄마? 그랬던 거예요?"

"좋은 사람이라고 생각했어. 예전에 한 번……."

헤이즐의 목소리가 잦아들었다.

"마들렌이 나타나기 전까지는요. 마들렌은 고의는 아니었습니다. 당신이 그를 어떻게 생각하고 있는지 전혀 몰랐을 테고요. 하지만 당신에게서 무슈 벨리보를 빼앗아 갔죠." 가마슈가 말했다.

"원래 제 것이 아니었으니 빼앗아 갈 수도 없었어요."

"다들 그렇게 말하죠. 하지만 말과 감정은 엄연히 다릅니다. 당신과 무슈 벨리보는 둘 다 외로운 사람들이었습니다. 어느 모로 보나 훨씬 더 자연스러운 상대였습니다. 하지만 아름다운 마들렌은 사랑스럽고 유쾌했죠. 그리고 사람을 끌어당겼습니다. 무슈 벨리보는 그녀에게 매료됐습니다. 마들렌이 사악하거나 비열하다는 생각은 들지 않습니다. 그저 그녀 자신일 뿐이었으니까요. 그녀와 사랑에 빠지지 않기란 어려웠을

겁니다. 제 말이 맞나요, 무슈 샌던?" 가마슈가 말했다

"무아|Moi 나 말이오?"

자신의 이름을 들은 샌던이 고개를 홱 쳐들었다.

"당신도 그녀를 사랑했습니다. 아주 많이요. 가장 깊고 완전한 형태의 짝사랑이었죠. 짝사랑은 절대로 시험받지 않기 때문에 여러 가지 면에서 가장 깊은 사랑일지 모릅니다. 그녀는 당신에게 이상적인 존재로만 남아 있었죠. 완벽한 여성상으로요. 그런데 완벽한 여성이 흔들리기 시작했습니다. 다른 사람과 사랑에 빠진 겁니다. 더욱 비참하게도 당신이 경멸하던 남자였죠. 무슈 벨리보였습니다. 죽음을 부르는 자였죠. 늙은 참나무를 고통 속에서 죽게 놔둔 사람이었습니다."

"나는 절대로 마들렌을 죽일 수 없었소. 나무 한 그루도 죽이지 못하는걸. 꽃을 밟지도 못하고, 집게벌레를 잡지도 못해요. 난 생명을 빼앗지 못합니다."

"아니, 할 수 있습니다. 무슈 샌던." 아르망 가마슈는 말이 없어지더니 몸을 다시 앞으로 숙이고 거대한 벌목꾼을 응시했다. "당신이 직접 그렇게 말했습니다. 길고 고통스러운 죽음을 맞게 내버려 두기보다는 고통을 끝내 버리는 게 좋다고요. 물론 참나무 이야기긴 했지만, 어쨌든 당신은 나무를 죽일 준비가 되어 있었습니다. 마들렌이 죽어 가고 있는 줄 알았다면 같은 방식으로 행동했을지도 모릅니다."

샌던은 눈을 크게 뜨고 입을 크게 벌린 채 잠자코 있었다.

"나는 그녀를 사랑했소. 죽일 수 없었소."

"질." 오딜이 속삭였다.

"하지만 그녀는 다른 사람을 사랑했습니다." 가마슈는 질에게 더욱

가까이 다가갔고 그의 말은 그의 급소를 찌르고 있었다. "그녀는 무슈 벨리보를 사랑했습니다. 매일 당신은 그 모습을 봤고, 매일 그 사실이 당신의 머릿속에 남았습니다. 부인할 수 없는 사실이죠. 아무리 당신이라도. 그녀는 조금도 당신을 사랑하지 않았습니다."

"어떻게 그녀가 그럴 수가 있소?" 그는 의자에서 벌떡 일어나 커다란 손을 나무망치처럼 꽉 움켜쥐었다. "두 사람이 함께 있는 모습을 보는 게 어떤 기분인지 당신은 상상도 못 할 거요." 그는 고개를 돌려 온순한 무슈 벨리보를 바라보았다. "그녀가 나 같은 사람에게 관심이 없다는 건 압니다. 하지만……," 그는 머뭇거렸다.

"당신을 사랑할 수 없다면 다른 사람도 사랑할 수 없나요? 많이 힘드셨을 줄은 압니다." 가마슈가 부드럽게 말했다.

벌목꾼은 무너지듯 의자에 주저앉았다. 사람들은 나무가 부러지면서 삐걱거리는 소리가 나리라 생각했지만 나무는 엄마가 상처 입은 아이를 보듬어 주듯 그를 붙들어 줄 뿐이었다.

"하지만 그녀를 죽인 물건은 스미스네 약품 상자에 있었잖아요." 오딜이 매섭게 외쳤다. "질이 어떻게 그걸 구하겠어요?"

"맞습니다. 그는 스미스 씨 집에 접근하지 않았습니다." 가마슈가 이번에는 오딜 쪽으로 향했다.

"조금 전 연구실 보고서에 대해 말했습니다. 마들렌을 죽인 에페드라는 최근에 생산된 약이 아니라더군요. 훨씬 더 천연 물질에 가깝다고요. 전 바보였습니다. 사람들이 계속 이야기를 해 줬는데 전혀 알지 못했죠. 에페드라는 약초입니다. 식물이죠. 그리고 수백 년 동안 한약으로 사용되었습니다. 질은 스미스 씨 집에 갈 필요가 없었습니다. 제가 당신 가게에서 뭘 가져왔는지 아십니까?"

그는 오딜을 바라보았다. 오딜도 반쯤은 얼이 빠지고 얼어붙은 표정으로 그를 마주 보았다.

"마황입니다. 오래된 중국 약초죠. 모르몬스티라고도 알려져 있습니다. 그리고 에페드라."

"제가 한 일이 아니에요. 질이 한 일도 아니고요. 그는 그녀를 사랑하지 않았어요. 그 망할 계집은 정말 끔찍했어요. 사람들에게 그녀가 자기들을 좋아한다는 착각을 심어 줬어요."

"그날 밤 여기로 오면서 당신은 그녀에게 말을 걸고 주의를 주었습니다. 그렇지 않습니까? 그녀는 누구라도 차지할 수 있지만 질은 당신이 원하는 유일한 남자라고 말했죠. 제발 그에게서 멀리 떨어져 달라고 간청했습니다."

"그녀는 제게 어리석은 소리 하지 말라고 했어요. 하지만 전 어리석지 않아요."

"그땐 이미 너무 늦었습니다. 에페드라가 마들렌의 몸속에 있었으니까요." 가마슈는 원형을 이룬 사람들을 바라보았다. 모두 그를 응시하고 있었다. "당신에게는 그녀를 죽일 이유가 충분했습니다. 기회도 충분했고요. 하지만 한 가지 더 필수적인 요인이 있었죠. 마들렌 파브로를 죽인 건 에페드라와 공포였습니다. 그러니 누군가가 공포를 조성해야 했습니다."

모두의 눈길이 잔 쇼베에게 쏠렸다. 반쯤 감긴 그녀의 눈은 퀭하고 어두웠다.

"당신은 계속 제가 잔을 용의자로 보도록 유인했습니다. 그녀를 믿지도 않고 좋아하지도 않는다고 말씀하셨죠. 잔이 두렵다고 했습니다. 전 그걸 일종의 히스테리라고 생각했습니다. 낯선 사람에 대한 히스테리라 고요. 마녀를 향해서요. 범인이길 바라는 사람이 마녀가 아니면 누구겠 습니까?"

클라라가 가마슈를 응시했다. 가마슈는 이 문제를 무척 간단하고 명 쾌하게 풀어 나가고 있었다. 이들은 이 소심하고 내성적인 여자를 종교 재판으로 몰고 간 걸까? 그녀를 고발한 걸까? 오만한 청교도인들처럼 화상용 장작더미에 불을 피우고 따듯하게 불을 쬐면서. 저 불쾌한 마녀 가 자신들의 일원이 아니라는 확신으로. 진실이나 이 여자는 전혀 염두 에 두지 않았으리라.

"저는 그녀가 너무 유력한 용의자라 접어 두었습니다만 어젯밤 저녁 식사 때 마음이 바뀌었습니다."

클라라는 저택이 잠에서 깨어나기라도 한 듯 다시 삐걱거리는 소리를 들은 것 같았다. 그리고 다시 죽음의 기운을 감지할 수 있었다. 그녀의 심장은 쿵쾅거렸고, 양초는 두려움에 몸을 떨듯 깜빡거렸다. 옛 해들리 저택에 무언가가 있었다. 무언가 다시 살아나고 있었다. 가마슈 역시 감 지한 것 같았다. 그는 어리둥절한 표정을 지은 채 고개를 한쪽으로 기울 였다. 귀 기울여 듣고 있었다.

"루스 자도가 마녀를 불태우던 때를 들먹이며 당신을 조앤 오브 아크 라고 불렀지요?" 그가 잔에게 말했다. "잔은 조앤의 프랑스 발음입니다. 조앤 오브 아크가 잔 다르크가 됐습니다. 잔 다르크는 목소리를 듣고 환 영을 본다는 이유로 화형 당한 여자였죠. 마녀였습니다."

"성인이에요." 잔이 정정했다. 그녀의 목소리가 멀리서 들려오는 것 같았다.

"원하신다면 그렇게 부르겠습니다. 당신은 첫 번째 교령회는 그저 장난이라고 생각했지만 두 번째는 진지하게 받아들였습니다. 가능하면 분위기를 살리고 섬뜩한 자리가 되게 하려고 최선을 다했죠." 가마슈가 말했다.

"전 다른 사람들이 느끼는 두려움까지 책임지지는 않아요."

"그렇습니까? 누군가가 어둠 속에서 뛰쳐나와 다른 사람을 놀라게 한다면, 상대방을 놀라게 한 책임이 전혀 없다고는 할 수 없을 텐데요. 당신이 한 일이 바로 그겁니다. 다분히 의도적이었고요."

"아무도 그날 밤 매드에게 오라고 강요한 사람은 없어요." 잔이 말했다. 그리고 말을 멈췄다.

"매드." 가마슈가 조용히 말했다. "애칭이군요. 그녀를 잘 알았던 사람이 그렇게 부르곤 했습니다. 만난 지 얼마 되지 않은 사람은 그렇게 부르지 않았습니다. 당신은 그녀를 알고 있었습니다. 아닙니까?"

잔은 아무 말도 없었다.

가마슈는 고개를 끄덕였다. "당신은 그녀를 알고 있었습니다. 여기에 대해서는 잠시 후에 이야기하겠습니다. 살인에 필요한 마지막 요소는 교령회였죠. 아무도 당신을 이곳으로 이끌지 않았습니다. 그리고 부활절에 영매가 나타나리라고 누가 예상했겠습니까? 우연이라고 하기엔 지나칩니다. 그리고 우연이 아니었습니다. 당신이 이걸 보냈습니까?"

가마슈가 가브리에게 비앤비의 안내 책자를 건넸다.

"보낸 적 없는데요." 책자를 쳐다보지도 않고 가브리가 말했다. "올리비에가 너무 광고를 하지 않는다고 하길래 비위를 맞추려고 만들었을 뿐이에요."

"우편으로 아무런 책자도 보내지 않았다는 말입니까?" 가마슈가 끈질 기게 물었다.

"제가 왜 그러겠어요?"

"비앤비 주인이잖아." 머나가 의견을 냈다. "비즈니스 차원에서."

"그게 올리비에가 늘 하는 말이지. 하지만 우리에게는 손님이 이미 충분합니다. 왜 제가 더 일하고 싶어 하겠어요?"

"그냥 가브리로 살아가기도 힘든데 말이야." 클라라가 거들었다.

"정말 진이 다 빠진다니까." 가브리가 말했다.

"그렇다면 책자 맨 앞 장에 이런 말을 쓰지도 않았겠군요." 가마슈가 가브리의 큰 손에 들린 화려한 페이지를 가리켰다. 가브리는 촛불 쪽으 로 몸을 숙이고 안간힘을 쓰며 들여다보았다.

"레이 라인이 맞물리는 지점. 부활절 특집." 가브리가 껄껄거리면서 읽었다. "그래서 저한테 사랑을 나누지 못할 거라고 말한 겁니까?" 그는 크루아상을 이리저리 흔들며 잔에게 물었다.

"전 그렇게 말하지 않았어요. 레이 라인이 교차하지 않는다고 했을 뿐이에요."

"전 여기서는 사랑을 나눌 수 없다고 한 줄 알았습니다." 가브리가 안 심하며 말했다. "하지만 전 이런 걸 쓴 적이 없습니다." 그는 다시 가마 슈에게 책자를 돌려주었다. "그게 무슨 뜻인지도 모르겠는데요."

"그런 말을 적지도 않고, 보내지도 않았군요. 그럼 누가 한 걸까요?" 대답을 기대하고 한 말이 아닌 게 분명했다. "잔을 스리 파인스에 불러 들이고 싶어 한 사람이겠죠. 레이 라인이라는 말이 그녀의 관심을 끌 수 있다는 걸 알 정도로 그녀를 잘 아는 사람이겠고요. 하지만 철자를 틀릴 정도로 실제로는 레이 라인이 뭔지 잘 모르는 사람입니다."

"그렇다면 우리 모두일 수 있다고 말해야겠네요." 클라라가 말했다. "한 사람 빼고요." 그녀는 잔을 바라보았다.

"제가 직접 썼다는 말인가요? 누가 저를 여기 불러들인 것처럼 보이게 하려고요? 일부러 철자도 틀리고요? 전 그렇게 똑똑하지 않아요."

"아마도." 가마슈가 말했다.

"첫 번째 교령회 말이야, 가브리. 자기가 포스터에다가 마담 블라바츠키가 죽은 이들을 불러낼 거라고 썼잖아. 자기가 그녀의 이름을 속였……." 클라라가 말했다.

"예술적 허용이죠." 가브리가 해명했다.

"가브리로 산다는 건 진이 빠지는 일일 거야." 머나가 말했다.

"하지만 당신은 잔이 영매라는 건 알고 있었습니다. 어떻게 아셨죠?"

"그녀가 직접 말했으니까요."

잠시 후 잔이 말했다. "맞아요. 아무 말도 하지 말아야 한다고 스스로에게 늘 다짐해요. 그리고 물론 그 말을 입 밖에 낸 건 이번이 처음이에요. 왜인지 아세요?"

"특별해지고 싶어서였겠죠." 머나가 말했다. 불친절한 말투는 아니었다. "사람들은 누구나 다 그래요. 당신은 좀 더 솔직했을 뿐이고요."

"어쨌든," 가브리가 그답지 않게 작은 목소리로 말했다. "그녀를 구슬리거나 하지는 않았습니다. 전 모든 손님에게 무슨 일을 하는지 물어요. 무엇에 열정을 가지고 있는지도 물어보죠. 정말 흥미롭거든요."

"그런 다음 그 사람들한테 일을 시키지." 가브리가 부른 포커 챔피언 때문에 수백 달러를 잃은 일로 아직도 속이 쓰린 샌던이 말했다.

"마을이 너무 조용해서요." 가브리가 점잔을 빼며 가마슈에게 설명했다. "전 스리 파인스에 문화를 끌어들였을 뿐입니다."

악을 써 대던 오페라 가수를 들먹이는 사람은 아무도 없었다.

"체크인을 하던 날, 잔이 제 손바닥을 들여다봤어요." 가브리가 계속 말을 이었다. "전생에 저는 아크로폴리스의 빛의 수호자였다고 하더군요. 하지만 아무한테도 말하지 마세요."

"약속할게." 클라라가 말했다.

"하지만 전 이 마을에 들어서기 전부터," 잔이 말했다. "이곳의 에너지를 느꼈어요. 그리고 재밌는 건 누가 그런 말을 썼든지 간에," 그녀는 가마슈가 들고 있는 책자를 가리켰다. "그 말이 거의 맞는다는 거예요. 이 근처에 레이 라인이 있거든요. 하지만 스리 파인스와는 평행을 이루고 있죠. 이렇게 레이 라인이 가까이 있는 지역도 드물어요. 하지만 막상 레이 라인이 직접 지나가지는 않아요. 여긴 에너지가 너무 많아요. 성스러운 곳으로 삼기에는 좋겠죠. 하지만 스톤헨지에 아무도 살지 않는다는 건 모두 알고 있겠죠."

"중요한 건 레이 라인이 아닙니다." 놀랍게도 가마슈가 이렇게 말했다. "누가 책자를 보냈건 간에 그 사람은 가브리가 손님이 영매인 줄 알면 교령회를 열리라는 점을 분명히 알고 있었습니다. 교령회를 하는 건 기정사실이었습니다. 그리고 어제 당신은 피터와 클라라의 집에서 제게 책을 한 권 갖다 주셨어요, 머나. 『마법의 명소 대백과사전』. 그 책을 읽고 뭘 찾아냈는지 아십니까?"

아무도 말이 없었다. 그는 잔을 돌아보았다. "뭘 찾았는지 아실 텐데요. 당신은 제가 책을 꺼냈을 때 당황했죠. 특히 최신판이라서 더욱 그 랬습니다. 그때 올리비에가 새로운 마법의 장소라도 발견했느냐는 농담 을 했습니다. 하지만 올리비에의 말은 사실이었습니다. 최근 이십 년 사 이에 실제로 새로운 장소가 발견되었거든요. 프랑스에서요. 여러 개가 이어진 동굴에 발견된 지명의 이름을 따서 붙였죠. 일명 쇼베 동굴이라 고 합니다."

다시 한 번 삐걱거리는 소리가 들리자 가마슈는 시간이 얼마 남지 않 았다고 생각했다. 어둡고 은밀한 무언가가 다가오고 있었다.

"잔 쇼베. 마녀 사냥 때 불에 탄 중세 여인과 신비의 동굴의 이름을 따 자신을 위카인이라고 선언한 영매입니다. 그녀의 이름은 절대 본명 일 리 없습니다. 하지만 어제 다른 일도 있었습니다. 보부아르 경위와 저는 개구리 때문에 잠을 설쳤습니다. 우리가 거실에서 헤이즐과 마들 렌의 졸업 앨범을 보고 있었을 때 잔 쇼베가 나타났습니다. 그런데 오늘 아침에 앨범들이 사라졌죠. 책을 가져갈 수 있는 사람은 단 한 명밖에 없었습니다. 왜 그랬습니까, 잔?"

잔은 한동안 어둠 속을 응시하다가 대답했다.

"무언가가 다가오고 있어요."

"뭐라고 하셨습니까?" 가마슈가 물었다.

잔이 가마슈 쪽을 향했다. 비로소 그녀의 눈이 촛불을 받아 반짝거렸 다. 눈동자는 이제 눈부시게 빛나고 있었다. 부자연스럽고 불안해 보일 정도였다.

"경감님도 느끼고 있잖아요. 전 알고 있어요. 제가 저번 날 아침 교회 에서 경고했죠. 마침내 왔어요."

"왜 졸업 앨범을 가져갔습니까, 잔?" 가마슈는 정신을 집중하고 마음이 다른 데로 분산되지 않도록 주의하려고 했다. 지금은 이 문제를 먼저 마무리해야 했다.

그녀는 그저 문만 바라보면서 잠자코 있을 뿐이었다.

"오늘 오후 여기 오는 길에 고등학교에 들러 몇 가지를 챙겨 왔습니다. 또 다른 졸업 앨범과 졸업생 명부를요. 헤이즐과 마들렌의 졸업 앨범에서 뭔가를 확인하고 싶었습니다." 그는 몸을 아래로 굽혀 무릎 위에 책을 한 권 올리고 포스트잇으로 표시한 부분을 펼쳤다. "조앤 커밍스. 치어리더. 조앤 오브 아크, 세상을 깜짝 놀라게 할 계획을 세우다."

그는 부드럽게 책을 접었다.

"네가 조앤 커밍스?" 깜짝 놀라며 헤이즐이 물었다. "우리 학교 출신인 조앤 커밍스?"

"넌 날 몰라봤어. 그렇지? 매드도 몰라보더군."

"넌 많이 변했어." 헤이즐이 당황해하며 약간 더듬거리듯 말했다.

"하지만 매드는 변하지 않았지." 잔이 말했다.

가마슈는 책을 돌려 사람들에게 치어리더의 사진을 보여 주었다. 어른거리는 불빛 속에서 그들은 살짝 탄 팔을 하늘로 들어 올린 젊고 예쁜 여자가 만면에 미소를 머금고 있는 모습을 보았다.

"거의 삼십 년 전 사진입니다. 하지만 아무리 화장을 하고 웃고 있어도 아이들은 여전히 당신을 조앤 오브 아크라고 부르며 화형 이야기나 했을 뿐이었죠."

잔의 눈이 문 쪽으로 휙 움직였다가 다시 돌아왔다.

"치어리더 팀에서 마들렌을 알게 됐어요. 방금 태양에 대한 이야기는 정확해요. 마들렌은 태양 같은 존재였죠. 아니, 그 이상이었어요. 착하기까지 해서 사태가 더욱 악화되었죠. 오랫동안 놀림을 받고 괴롭힘을 당하면서 저는 그저 애들과 같이 어울리기만을 바랐어요. 화장도 하고 머리도 하고 농담하는 법도 배워서 드디어 치어리더 팀에 들어갔죠. 마들렌과 친구가 되고 싶었지만 그 애는 저에게 관심이 없었어요. 가혹하게 대하지는 않았지만 무시했어요."

"그녀를 싫어했나요?" 클라라가 물었다.

"당신은 늘 인기가 있었겠어요." 잔이 날카롭게 말했다. "아름답고 재능도 많고 생기 있으니까요." 클라라는 잔의 말을 듣기는 했지만 자신에게 한 이야기라고는 생각하지 않았다. 잔은 말을 계속 이었다. "전 어느 쪽도 아니었어요. 그리고 친구가 필요했을 뿐이에요. 단 한 명의 친구가요. 아웃사이더라는 게 얼마나 끔찍한지 상상이 가세요? 결국 전 치어리더 팀에 들어갔어요. 멋진 여학생들이 모두 모여 있는 곳에요. 근데 제가 어떻게 거길 들어갔는지 아세요?"

잔은 지금 거의 속삭이다시피 하고 있었다.

"제 자신의 모든 걸 배신했어요. 자신을 어리석고 천박한 존재로 만들었죠. 사람들이 '변장'이라고 하는 데에는 다 이유가 있어요. 전 말 그대로 매일 변장을 했으니까요. 실제로 관심이 있는 모든 대상은 안에 가둬 두고, 친구가 될 수 있을지도 모르는 사람들에게 등을 돌렸죠. 단 한 사람, 완벽한 여학생에게 빠져 있었기 때문에요."

"마들렌." 가마슈가 말했다.

"그녀는 완벽했어요. 제 삶에서 가장 비참했던 순간은 아무짝에도 쓸모없는 것을 위해 좋아하는 모든 것을 저버렸다는 걸 깨달았을 때였죠."

"그리고 이름을 잔 쇼베로 바꾸었군요. 다시 변장하려고요."

"아니에요. 전 마침내 제 자신을 받아들였어요. 이름을 쇼베로 바꾼 이유는 그 사실을 기념하고 널리 알리기 위해서였죠. 이번만큼은 나 자신이 누구인지 감추지 않았어요."

"그녀는 마녀야." 가브리가 머나에게 속삭였다.

"우리도 알아. 몽 보mon beau 멋쟁이 양반. 나도 마녀야."

"제가 누구인지는 알고 있었지만, 어디에 속한지는 몰랐죠. 어딜 가나 이방인 같았어요. 여기 오기 전까지는요. 그리고 스리 파인스로 향하는 길로 들어서자마자 집을 찾았다고 확신했어요."

"하지만 당신은 마들렌 역시 찾았습니다." 가마슈가 말했다.

잔이 고개를 끄덕였다. "금요일 밤의 교령회에서였죠. 그녀는 다시 제 빛을 빼앗아 갔어요. 그녀가 욕심이 많아서가 아니라, 제가 그녀에게 건네주었기 때문이죠. 전 느낄 수 있었어요. 제 자신을 찾고 제 집을 찾았어요. 제가 갖지 못한 건 친구뿐이었어요. 하지만 매드를 보자마자 다시 과거를 반복하게 되었죠. 친구가 되려고 노력했지만 거절당했죠."

"하지만 왜 그녀를 죽였죠?" 클라라가 물었다.

"전 죽이지 않았어요."

원 주위로 사람들이 반신반의하며 웅성거리는 소리가 퍼졌다.

"그녀가 한 말은 진실입니다. 잔은 마들렌을 죽이지 않았습니다." 가마슈가 말했다

"그럼 누가 죽인 거죠?" 가브리가 물었다.

잔은 문 앞의 어둠을 응시하며 자리에서 일어났다.

"경감님?" 문가에서 머뭇거리는 듯한 젊은 사람의 목소리가 들려왔

다. 그래서인지 더욱 섬뜩하게 들렸다. 마치 악마가 예전부터 알고 지내 온 친구라는 사실을 알게 될 때와 비슷했다.

가마슈도 일어서서 문 쪽을 돌아보았다. 처음에는 검은색밖에 보이지 않았지만, 마침내 서서히 윤곽이 드러났다. 그에게는 시간이 부족했다. 다시 원으로 고개를 돌렸다. 모든 시선이 그를 향하고 있었다. 서치라이트처럼 둥글게 퍼진 사람들의 얼굴은 그가 모든 이야기를 확실하게 설명해 주기를 기다리고 있었다.

"잠시 후에 다시 돌아오겠습니다."

"우리를 두고 가시진 않겠죠?" 클라라가 물었다.

"죄송합니다만 지금은 자리를 떠야 합니다. 하지만 여러분에게 아무런 나쁜 일도 생기지 않을 겁니다."

돌아선 가마슈는 일렁이는 불빛에서 걸어 나갔다. 그리고 세상의 가장자리 너머로 사라져 버렸다.

42

르미외 형사는 그를 복도 제일 끝에 있는 어두컴컴한 방으로 데려갔다. 거기에는 누군가가 다리를 꼬고 무릎 위에 손전등을 올려놓은 채 앉아 있었다.

"안녕, 아르망."

무척이나 익숙한 목소리였다. 희미한 불빛 속에서도 한순간에 그의 형체를 알아볼 수 있었다. 수십 년간 사랑한 사람. 미성년자 신분으로 함께 몰래 술집에 가기도 했고 더블데이트를 하기도 했으며 시험 기간 에는 함께 벼락치기 공부를 했다. 젊은 남자들이 그러듯 자신이 생각하 는 세상의 문제들을 하나하나 끄집어내 토론하며 오래 걷기도 했다. 그 리고 그것들을 함께 생각했다. 함께 담배를 배웠고 함께 끊었다. 서로의 들러리를 서 주기도 했고 서로에게 힘이 되어 주었으며 서로를 소중하 고 사랑스러운 자녀들의 대부로 선택했다.

별안간 아르망 가마슈는 어릴 적 집으로 돌아갔다. 거친 소파 등받이 에 뺨을 기댄 채 두 눈을 부릅뜨고 길을 쳐다보고 있었다. 엄마 아빠를 기다리고 있었다. 부모님은 이틀 밤에 한 번씩 집에 왔다. 하지만 오늘 밤에는 부모님의 차 대신 낯선 차가 현관 진입로로 들어섰다. 두 남자가 내렸다. 그리고 문을 두드리는 소리가 들렸다. 할머니가 가마슈의 손을 잡았다. 할머니가 그 말을 못 듣게 하려고 그의 머리를 품에 품었을 때 할머니의 스웨터에서 강한 좀약 냄새가 났다. 하지만 그 말은 기어이 그 를 찾아내 그를 엄습했고 평생 동안 그에게 매달렸다.

끔찍한 사고였다.

어린 친구 미셸 브레뵈프는 그때도 변함없이 그의 옆에 있었다. 자라 면서 그토록 끔찍한 일은 다시 일어나지 않으리라고 거의 확신할 수 있 었다는 점이 그나마 위안이 되었다.

지금까지는.

지금 그는 자신이 세상에서 가장 사랑한 남자를 마주하고 서 있었다. 기병들은 경사로를 박차고 내려가며 진격을 시작했고 말들이 울부짖고 무기가 들렸다. 포로가 될 일은 없으리라.

"봉주르, 미셸."

"자네는 알고 있었군. 그렇지? 오늘 오후에 엘리베이터에서 내릴 때 자네 얼굴을 보고 알았어."

가마슈는 고개를 끄덕였다.

"어떻게 알았지?" 브레뵈프가 물었다.

가마슈는 주위를 둘러보았다. 르미외 형사가 문 옆에 서 있었다.

"그는 계속 저기 있을 거야, 아르망."

가마슈는 르미외를 쳐다보며 그의 표정을 살폈다. 하지만 르미외는 차갑게 굳은 얼굴로 빤히 쳐다볼 뿐이었다.

"아직 너무 늦진 않았네." 가마슈가 말했다.

"이미 너무 늦었습니다." 젊은 남자가 말했다. "우리 둘 다에게요."

"난 자네 이야기를 하는 게 아니야." 가마슈가 말했다.

"어떻게 알았나?" 브레뵈프가 일어섰다.

"비밀이네." 가마슈가 말했다. 자신의 목소리가 매우 정상적으로 들린다는 점에 스스로도 놀랐다. 여태껏 미셸과 수도 없이 대화할 때와 똑같았다. 합리적이고 사려 깊고 부드럽기까지 했다. "우리를 병들게 하는 건 우리의 비밀이다. 자네는 엘리베이터에서 그렇게 말했지."

"그런데?"

"자네는 그게 내가 훈련생에게 늘 하는 말 중 하나라고 했네. 하지만 그건 사실이 아니야. 난 그 말을 딱 한 번 했어. 여기, 옛 해들리 저택에서였지. 르미외 형사에게 한 말이지."

브레뵈프는 잠시 생각에 잠겼다.

"그때 르미외가 날 위해 일한다는 걸 알게 됐나?"

"나 말고 다른 사람을 위해 일한다는 건 알고 있었지. 스파이라는 건 진작부터 알고 있었네."

"어떻게?" 자신이 그렇게 꾸민 장본인임에도 불구하고 브레뵈프는 궁금했다.

"그게 아르노가 일하는 방식이니까. 간단하고 효율적이지. 스파이를 심은 다음 상황을 악화시키지. 프락치 말이야. 아르노의 수하가 날 파멸시키려고 한다면 안에서 시작할 거라고 짐작했네. 누군가를 내 팀에 심어 놓을 거라고. 아르노는 난폭한 사람을 썼지만 자네는 아르노보다 훨씬 현명했지. 호감이 가고 쉽게 환심을 얻을 수 있는 인물을 택했어."

가마슈는 르미외 쪽으로 향했다.

"자네는 쉽게 사람들의 호감을 사지. 반원 모두가 자네를 좋아했네. 똑똑하면서도 현명하게 자신을 낮출 줄도 알지. 이 역할에 딱 맞았어. 폭력적인 형사보다 훨씬 더 은근하게 스며들었지. 자네는 입을 맞추면서 상대방을 죽일 수도 있는 사람이야."

로베르 르미외 형사의 차가운 눈길은 결코 가마슈에게서 떠나지 않았다. 가마슈도 그를 바라보았다. "조심하게, 젊은이. 자네는 지금 뭐가 뭔지도 모르는 판에 끼어들었어."

"뭐가 뭔지도 모른다고요?" 르미외가 한 발짝 앞으로 나섰다. "제가 그저 순진하고 단순하고 멍청한 풋내기 르미외라고 생각하십니까? 경정님이 터무니없는 보상을 약속해서 잘못된 길로 들어섰다고 생각하시나요? 제가 유혹당했다고 생각하십니까?"

그는 말하면서 점점 가마슈 앞으로 다가왔다. 의도적으로 천천히. 그의 목소리는 부드럽고 달콤했으며 또 매력적이었다. 매혹적이기까지 했다. 당황한 얼굴의 홍조는 점점 사라졌고 한 걸음씩 다가와 가마슈의 얼굴 가까이까지 왔을 때쯤에는 나이 들고 쇠락해 보였다. 가마슈는 그가 고약하고 끈적끈적한 혀로 자신을 핥을지도 모른다는 느낌이 들었다. 물러서서 구토를 하지 않으려 애쓰는 일이 전부였다.

"언젠가 제가 이 일을 후회하게 될 거라고 생각하십니까?" 르미외의 불결한 숨결이 가마슈의 뺨에 와 닿았다. "경감님은 너무 뻔합니다. 당신이 구원받은 것처럼 다른 사람들을 구원해야 한다고 생각하죠. 두 번째 기회를 줘야 한다고요. 여기 경정님이 당신 부모에 대한 이야기를 해 줬습니다. 대부분의 소년들에게는 큰 상처였겠지만, 당신은 어떻게든 살아남았고 성공을 거두기까지 했죠. 하지만 대신 다른 사람들을 돕겠다고 맹세했습니다. 당신이 지켜보는 한 어느 누구도 물에 빠지지 않습니다. 하지만 상당한 부담이 됐겠죠."

가마슈는 가슴이 두방망이질하는 게 느껴졌다.

"두 소년이 함께 나누었던 것들. 난 당신을 잘 압니다, 가마슈. 다부진 체격의 성실하고 착실한 소년이 단짝 친구에게 사람들을 도우며 살겠다는 엄숙한 맹세를 하죠. 그리고 여기 있는 브레뵈프는 당신을 돕겠다고 약속했습니다. 그렇지 않았나요? 랜슬롯과 아서 왕처럼. 하지만 결국은 한쪽이 다른 쪽을 배신합니다. 첫 번째 상사가 두 사람에게 뭐라고 가르쳤습니까? 마태오복음 십 장 삼십육 절. 당신은 내가 주의 깊게 듣고 있는 줄 몰랐겠죠?" 그가 가마슈에게 물었다.

"오, 난 자네가 항상 주의가 깊다는 걸 알고 있었지." 가마슈는 브레뵈프 쪽으로 돌아섰다. 자신이 통제력을 잃어 가고 있다는 걸 느낄 수 있었다. 그리고 통제력을 잃는다면 모든 게 끝장이었다. "나를 공격하고 있다는 건 알고 있었지만 내 가족은 왜 건드린 거지? 미셸, 왜 다니엘인가? 왜 자네의 대녀인 아니를 공격했지?"

"배후가 나라는 걸 자네가 알고 있다고 확신했네. 자네 가족에 대해서 잘 아는 사람이 누구겠나? 하지만 자네는 여전히 보지 못하고 있었어. 매우 충실한 사람이니까." 브레뵈프는 고개를 가로저었다. "결코 의심하지 않았지. 안 그런가? 계속 프랑쾨르를 의심했어."

가마슈는 브레뵈프에게 한 발짝 더 다가섰지만 르미외가 둘 사이를 파고들었다. 가마슈는 르미외가 이렇게 체격이 큰지 미처 몰랐다. 가마슈는 멈추어 섰지만 시선은 브레뵈프에게서 떠나지 않았다.

"우리 사이에 뭔가가 달라졌다고 생각했네. 자네와 거리감이 느껴졌지. 예의는 차렸지만 그뿐이더군. 미묘한 차이라서 정확하게 설명할 수도 없었지. 하지만 사소한 일들이 이어졌네. 생일을 잊어버리고, 파티에 오지 않고, 모욕을 주기로 작정한 것 같은 무례한 말을 했지. 하지만 난 믿을 수 없었네. 믿지 않는 쪽을 택했어." 가마슈가 말했다. 가마슈는 믿기 두려웠다. 사실일까 봐. 그래서 제일 친한 친구를 잃게 될까 봐 두려웠다. 마들렌을 잃어버린 헤이즐처럼. "난 자네가 집안 문제로 정신이 팔려 있다고 생각했지. 꿈에도 그런 줄은……," 그는 말문이 막혔다. 하지만 결국 입 안에서 형태를 갖춰 가던 마지막 한마디가 튀어나왔다. "왜지?"

"아르노와 다른 사람들이 형을 받고 난 후를 기억하나? 사건은 끝났지만 자네의 명예는 크게 실추됐지. 위원회에서는 제명당했고. 카트린과 나는 자네와 렌 마리를 초대해 기운을 북돋아 주려고 했네. 하지만 자네는 활기가 넘치더군. 서재에서 코냑을 마셨을 때 자네는 별로 신경쓰이지 않는다고 하더군. 그저 해야 할 일을 했을 뿐이라고. 경력이 산산조각 났는데도 여전히 행복해했지. 자네가 가고 나서 나는 앉아서 책을 읽었네. 아마 자네가 내게 줬던 책이었을 거야. 그 책에서 엄청나게 충격적인 문구를 봤지. 그날 밤 그것을 적어서 지갑에 넣어 두었기 때문에 잊지 않고 있었지."

그가 지갑을 꺼내 들었다. 그리고 그는 접힌 종잇조각 하나를 꺼냈다. 연애편지처럼 손때가 묻은 채 닳아 있었다. "기원후 구백육십 년의 글이네. 스페인의 아브드 알라흐만 삼세가 쓴 글이라는 것 같더군."

그는 교실 앞에 나와 바짝 긴장한 학생 같았다.

"나는 오십 년 동안 승리와 평화 속에 나라를 다스려 왔다. 백성들은 날 사랑했고 적은 날 두려워했으며 동맹군은 날 존경했다. 부와 명예, 권력과 기쁨이 나의 부름을 기다렸고, 모자랄 게 없었다. 이렇게 순수하고 진실된 나날의 수가 십사 년에 이른다."

르미외는 웃었지만 아르망 가마슈의 심장은 찢어졌다.

브레뵈프는 조심스럽게 종이를 다시 접어 지갑에 넣었다.

"함께 자라 오면서 난 자네보다 더 현명했고, 더 빨랐고, 테니스와 하키 실력도 자네보다 나았지." 브레뵈프가 말했다. "성적도 더 좋았고 사랑하는 사람도 먼저 만났네. 아들도 셋 낳았고. 자네는 손주가 하나인데 반해 난 다섯이지. 훈장도 일곱 개 있지. 자네는 몇 개나 있지?"

가마슈가 고개를 저었다.

"자네는 알지도 못하네. 그렇지 않나? 난 경정 심사에서 자네를 제치고 자네 상사가 되었네. 자네가 경력을 망치는 과정도 지켜보았지. 그런데 왜 자네가 더 행복하지?"

브레뵈프의 말은 가마슈를 뚫고 들어와 가슴과 심장을 찌르고 머릿속을 메웠다. 그는 눈을 감을 수밖에 없었다. 다시 눈을 뜨자 환각을 보고 있다는 생각이 들었다. 르미외의 뒤에 다른 사람이 서 있었다. 그림자 속의 누군가였다.

그때 작은 그림자가 큰 그림자에서 빠져나와 니콜 형사가 되었다.

"뭘 원하는가?" 그가 브레뵈프에게 물었다.

"그는 당신이 사직하기를 원합니다." 르미외가 말했다. 보아하니 그는 아직도 니콜 형사의 존재를 눈치채지 못하고 있었다. "하지만 우리 둘 다 사직만으로는 충분하지 않다는 걸 알고 있죠."

"물론 충분하네." 브레뵈프가 잘라 말했다. "우리가 이겼어."

"그럼 앞으로 어떻게 되는 겁니까?" 르미외가 말했다. "당신은 나약한 사람입니다, 브레뵈프. 저를 승진시켜 주겠다고 약속했지만 어떻게 가장 절친한 친구를 배신하는 사람을 믿겠습니까? 절대 믿을 수 없죠. 제 승진을 보장받으려면 나는 당신이 물러설 수 없을 만큼 끔찍한 약점을 잡아야 하죠." 그는 총을 꺼내 들고 가마슈를 바라보았다. "바로 이 저택에서 당신이 한 말이 있죠. 사용할 생각이 없다면 절대 총을 뽑지 말라고 했던가요. 마음에 새겨 두어야 할 가르침이었습니다. 하지만 전 이 총을 사용하지 않을 겁니다. 당신이 해야 하죠."

그는 권총을 브레뵈프에게 내밀었다. "받으십시오." 르미외의 소년 같은 음성은 부드럽고 차분했다.

"하지 않겠네. 나보고 내 가장 친한 친구를 쏘라는 건가?"

"친구라고요? 당신은 이미 그 관계를 죽였습니다. 그런데 왜 사람은 못 죽입니까? 그가 당신을 그냥 내버려 둘 리 없습니다. 사직하더라도 그냥 넘어갈 리 없습니다. 평생 동안 당신을 파멸시키려 애쓸 겁니다."

브레뵈프는 손을 양옆으로 떨어뜨렸다. 르미외는 한숨을 쉬더니 총의 공이치기를 당겼다.

"르미외!" 가마슈가 외쳤다. 그는 르미외와 르미외의 뒤에 있는 니콜에게서 시선을 떼지 않으려고 노력하며 앞으로 나아갔다. 그는 니콜의 손이 엉덩이로 가는 모습을 보았다.

"멈춰."

어둠 속에서 총이 걸어 나왔다. 장 기 보부아르의 손에 총이 들려 있었다. 그는 단단히 총을 움켜쥐고 날카로운 눈초리로 르미외를 응시하고 있었다. 니콜은 그림자 속으로 사라졌다.

"괜찮으십니까?" 보부아르가 주의를 게을리하지 않으며 가마슈에게 말했다.

"괜찮네."

보부아르와 르미외는 오랜 앙숙처럼 서로 응시하며 각자의 총을 자신의 앞으로 겨눴다. 보부아르는 르미외를, 르미외는 가마슈를.

"내가 더 이상 잃을 게 없다는 걸 알 텐데요, 경위님." 젊은 형사가 차분한 목소리로 말했다. "여기서 당신의 포로로 잡히는 일 따위는 절대로 없습니다. 다섯을 셀 때까지 총을 내리지 않으면 가마슈를 죽이겠습니다. 당신이 숨만 쉬어도, 쏘려는 아주 작은 낌새만 보여도 나는 쏠 겁니다. 사실 아무려면 어떻습니까?" 그는 가마슈에게 고개를 살짝 돌렸다.

"안 돼. 안 돼. 기다려!" 보부아르는 권총을 떨어뜨렸다.

"약해 빠졌군." 르미외가 고개를 저었다. "당신 수하들은 하나같이 나약해."

그는 가마슈에게로 돌아서더니 총을 쏘았다.

43

클라라 모로는 총소리를 듣고 벌떡 일어섰다. 15분 동안 그들은 소곤대는 듯한 목소리들을 듣고 있었다. 목소리들은 때때로 논쟁이 인 듯 높아지기도 했지만 적어도 그 목소리는 사람이었다. 하지만 총성은 전혀 다른 문제였다. 클라라가 세상에서 가장 듣고 싶지 않은 소리였다. 그로테스크한 죽음의 징후가 옛 해들리 저택에서 다시 고개를 들었다.

"가 봐야 할까요?" 그녀가 물었다.

"제정신이야?" 공포로 눈이 휘둥그레진 머나가 말했다. "가서 어쩌려고? 지금 누군가가 총을 갖고 있다고. 얼른 여기서 나가야 해."

"같이 가요." 이미 자리에서 일어난 가브리가 말했다.

"여기 있어야 해요. 경감님이 당부했잖아요." 잔이 말했다.

"그게 무슨 말이오?" 샌던이 따지고 들었다. "경감이 창문 밖으로 뛰어내리라고 하면 뛰어내릴 거요?"

"그런 말은 안 했고, 하지도 않을 거예요. 여기 있어야 한다고요." 잔이 말했다

아르망 가마슈는 총을 잡으려고 바닥에서 허둥대고 있었다. 보부아르는 경감을 부르며 바닥에 무릎을 댄 채 기어 다니면서 필사적으로 자신의 총을 찾으려고 했다.

"괜찮으세요? 어떻게 된 겁니까?"

"총을 잡게." 가마슈는 온몸을 비틀어 빠져나가려는 르미외를 힘껏 끌어당기며 고함을 쳤다. 어두컴컴한 바닥 위에서 모든 손과 발, 의자 다리가 권총처럼 느껴졌다. 가마슈의 손이 돌에 닿았다.

"이제 그만하셔도 돼요."

그들 위에서 젊고 낭랑한 목소리가 들려왔다. 한데 뒤엉켜 바닥에서 뒹굴던 세 남자가 위를 올려다보았다. 이베트 니콜 형사가 손에 총을 들고 서 있었다.

남자들이 천천히 일어섰다. 르미외는 손을 뒤통수로 가져갔다. 손에 피가 묻어났다.

"그거 이리 내." 르미외는 니콜의 총을 향해 손을 뻗었다.

"아, 내 생각은 좀 다른데?" 니콜이 말했다.

"내 말 잘 들어, 이 멍청한 계집애. 빨리 내놓으라고."

하지만 니콜은 아무런 흔들림 없이 총을 들고 서서 꼼짝도 하지 않았다. 르미외는 어둠 속에 잠긴 브레뵈프 쪽으로 시선을 돌렸다.

"뭐 하는 겁니까, 브레뵈프? 저 여자를 말려요."

"못 해." 히스테리를 억누르는 것 같은 높은 목소리로 브레뵈프가 끽끽거리다시피 말했다.

"경고합니다, 브레뵈프."

그림자에서 미처 참지 못한 짧은 웃음이 새어 나왔다.

"그는 날 말릴 수 없어. 난 그분 소속이 아니니까." 니콜의 눈은 차갑고 냉정했다.

"프랑쾨르군." 르미외가 비웃듯이 브레뵈프에게 속삭였다. "난 당신이 그를 조종하는 줄 알았는데."

"총 이리 주게, 니콜 형사." 가마슈가 손을 내밀며 앞으로 나갔다.

"쏴 버려!" 르미외가 고함을 질렀다. "그를 쏴 버려."

그때 그녀의 휴대전화가 울렸다. 놀랍게도 그녀는 전화를 받았다. 눈길은 여전히 그들에게서 결코 떨어지지 않았다.

"네, 알았어요. 지금 그와 같이 있어요."

그녀는 가마슈에게 휴대전화를 떠안겼다. 가마슈는 머뭇거리다가 전화를 받았다.

"위 알루?"

"가마슈 경감님?" 전화 건너편에서 사투리가 심한 목소리가 물었다.

"위."

"아리 니콜레프입니다. 이베트 아빠 되는 사람입니다. 제 딸을 잘 돌봐 주시리라 믿습니다. 제가 전화할 때마다 그 애는 경감님을 도와서 사건을 수사 중이라고 말하더군요. 사실입니까?"

"니콜은 능력이 출중한 아가씨입니다, 선생님." 가마슈가 말했다. "이만 가 봐야겠습니다."

그는 니콜에게 다시 전화를 건넸다. 르미외는 입을 떡 벌리고 지켜보고 있었다.

"이게 어찌 된 일입니까?" 그가 그림자 속에서 식식거리고 있는 브레뵈프에게로 다시 한 번 시선을 돌렸다. "니콜이 우리 편이라고 하지 않았습니까?"

"쓸모 있다고 했을 뿐이야." 자신을 사로잡은 히스테리에 맞서느라 브레뵈프의 목소리는 부자연스러웠다. "프랑쾨르가 니콜을 다시 살인 수사반으로 보냈을 때 가마슈가 그녀를 프랑쾨르의 스파이로 의심할 거라고 생각했지. 그가 왜 그녀를 돌려보냈겠나? 프랑쾨르는 진짜 비열하고 멍청한 놈이었어. 상황이 어려워지자마자 아르노를 실각시켰지. 니콜은 우리의 희생양이었어. 가마슈가 의심하기에 적격인 인물이었지."

"빌어먹을, 보기 좋게 틀렸군." 르미외가 사납게 말했다.

"네, 아빠. 제 생각에 좋다고 하실 것 같아요. 지금은요." 니콜이 가마슈 쪽으로 돌아섰다. "아빠가 언제고 경감님을 집으로 한번 초대하라고 절 괴롭히고 있어요. 차나 한 잔 드시라고요."

"아버님께 영광이라고 전해 드리게."

"예, 아빠. 그러시겠대요. 아니, 총을 들이대지는 않았어요." 그녀는 가마슈를 향해 눈썹을 추켜올렸다. "지금 막이오. 아니, 일을 망치진 않았어요. 하지만 물어봐 줘서 고마워요."

"알고 있었어요?" 보부아르가 르미외의 손을 뒤로 확 잡아당겨 수갑을 채우는 동안 르미외가 그에게 물었다.

"물론 알고 있었지." 보부아르는 거짓말을 했다. 길가에서 가마슈에게 정면으로 반박할 때까지만 해도 모르고 있었다. 서로에게 모든 걸 털어놓기 전까지만 해도. 그때 이 모든 이야기를 알게 되었다. 니콜은 우리 편이었다. 경감이 그녀를 봄비로 불어난 벨라벨라강에 처넣지 않았다는 사실이 다행스럽게 느껴졌다. 자신의 모든 본능이 경감에게 그렇게 하라고 시켰지만. 대망막은 정말 믿을 게 못 되는군.

"난 니콜이 프랑쾨르의 스파이가 아닌 줄 알고 있었네. 너무 뻔했거든." 가마슈가 총을 보부아르에게 건네며 말했다. "일 년 전에 그녀를 불러 내 계획을 이야기했고 그녀는 동의했네. 용감한 아가씨야."

"정신병자가 아니라고?" 르미외가 말했다.

"호감형은 아니지. 그건 인정하지. 하지만 내가 원했던 게 바로 그 점이야. 내가 그녀를 의심한다고 자네가 생각하는 한 자네는 얼마든지 자유롭게 움직일 수 있었겠지. 니콜에게는 될 수 있는 한 짜증 나게 굴라고 시켰네. 하지만 특별히 자네에게 초점을 맞출 필요는 없다고 했지. 당황하게 만들라고 했어. 자네의 무기는 그 호감 가는 성격이야. 우리가 자네의 중심을 흔든다면 자네가 어리석은 말이나 행동을 할 것 같았지. 자네는 정말 그렇게 했어. 여기서 자네가 내게 살금살금 다가왔던 날 말이야. 우리 반원 가운데 어느 누구도 내게 총을 들이댄 적이 없어. 자네는 날 혼란스럽게 하려고 총을 들이댔지. 그 대가로 자네가 스파이라는 사실이 분명해진 거야. 하지만 그때 난 엄청난 실수를 했지." 가마슈는 브레뵈프에게로 돌아섰다. "내 제일 가까운 적이 프랑쾨르라고 생각했네. 절대로 자네일 줄은 몰랐어."

"마태오복음 십 장 삼십육 절. 집안 식구가 바로 원수가 된다." 브레뵈프가 부드러운 목소리로 성경 구절을 인용했다. 히스테리도, 분노도, 두려움도 물러났다. 전부 사라졌다.

"친구도 마찬가지일지니." 가마슈는 보부아르와 니콜이 브레뵈프와 르미외를 문으로 데려가는 모습을 지켜보았다.

열나흘이었군. 미셸 브레뵈프는 생각했다. 열나흘간의 행복이었다. 그 말이 옳았다. 하지만 그가 지금 이 순간까지도 잊고 있던 사실은 행복한 시간에 그는 늘 가마슈와 함께했다는 점이었다.

"도대체 날 뭐로 친 거야?" 르미외가 따지듯이 물었다.

"돌로." 니콜이 우쭐거리며 말했다. "며칠 전 보부아르 경위의 외투에서 떨어진 돌이야. 내가 주웠거든. 네가 막 쐈을 때 던졌지."

아르망 가마슈는 어두컴컴한 복도를 걸어 내려갔다. 옛 해들리 저택에서 이상한 일이 일어나고 있었다. 저택이 친숙해지고 있었다. 손전등을 켜지 않고도 움직일 수 있었다. 하지만 그는 도중에 걸음을 멈추어야 했다.

매우 큰 무언가가 그를 향해 다가오고 있었다.

그는 외투 속에 손을 넣어 손전등을 꺼냈다. 그리고 스위치를 눌렀다. 그의 앞에는 머리가 여럿 달린 생명체가 있었다.

"경감님을 구하러 왔어요." 머나 뒤에 선 가브리가 말했다. 제일 앞에는 잔이, 잔 뒤에는 클라라가, 그리고 다른 사람들이 있었다.

"전진하는 이교도 병사들이죠." 잔이 차분한 목소리로 말했다.

초들이 힘없이 타올랐다. 그들은 마치 봄의 제전처럼 편안하고 오래된 의식이라도 치르듯이 앉던 자리에 앉았다.

"마들렌을 죽인 사람이 누군지 말해 주실 차례였죠." 오딜이 말했다.

가마슈는 모든 사람들이 자리를 잡을 때까지 기다렸다 입을 열었다.

"타인의 눈으로 행복을 본다는 것은 얼마나 비참한 일인가."

그는 사람들이 이 끔찍한 대사를 충분히 음미할 수 있도록 한동안 가만히 있었다.

"이 자리의 누군가는 마들렌의 즐겁기만 한 세상을 바라볼수록 고통스러워졌습니다. 이 대사가 어디에 나오는지 아는 분 있습니까?"

"셰익스피어요. 『뜻대로 하세요』죠." 잔이 말했다.

가마슈가 고개를 끄덕였다. "어떻게 아셨습니까?"

"졸업하던 해에 한 연극이거든요. 네가 연출을 맡았지." 그녀가 헤이즐을 돌아보았다. "마들렌이 주연이었고."

"마들렌이 주연이었습니다." 가마슈가 되풀이했다. "항상 주연이었습니다. 노력한 게 아니라 저절로 그렇게 되었습니다."

"그녀는 태양이었소." 질이 부드럽게 말했다.

"그리고 누군가는 너무 가까이 다가갔습니다." 가마슈가 맞장구를 쳤다. "여기 있는 누군가는 이카루스입니다. 태양에 너무 오래, 너무 가까이 있었죠. 결국 태양은 늘 하던 대로 했습니다. 그 사람을 땅에 내동댕이치고 말았습니다. 하지만 시간이 걸렸습니다. 오래 걸렸죠. 실제로 몇십 년이 걸렸습니다.

범인은 멋진 삶을 누렸습니다. 친구들도 있었고 사회적인 관계도 잘 이끌어 나갔죠. 풍요롭고 행복한 시간이었습니다. 하지만 과거의 유령은 언제나 우리를 찾아내게 마련입니다. 이 사건에 있어 유령은 사람이 아니라 감정이었습니다. 오래 묻혀 있어 잊기까지 했던 감정이었습니다. 그런데도 너무 강렬했습니다. 눈을 멀게 하고, 몸을 비틀거리게 하고, 모든 걸 태워 버릴 것 같은 질투심을 일게 했습니다." 그는 잔을 향했다. "당신이 마들렌과 치어리더 팀에 있는 것만으로도 힘들었다면 단짝으로 지내는 일은 어땠을지 상상해 보세요."

모두의 시선이 헤이즐에게 쏠렸다.

"앨범을 보니 당신은 뛰어난 농구 선수였더군요, 헤이즐. 하지만 마들렌이 더 뛰어났습니다. 주장은 그녀였습니다. 항상 주장이었죠. 당신은 토론討論 팀에서도 활동했는데, 그 대표도 역시 마들렌이었습니다."

그는 졸업 앨범을 꺼내 졸업 사진이 실린 쪽을 펼쳤다.

"쉬 네버 갓 매드She never got mad. 'get mad'는 '화를 내다'라는 뜻이며, 'got'은 '가졌다', '얻었다'라는 뜻. 'mad'는 마들렌의 애칭이기도 하다. 저는 이 말이 당신이 한 번도 화를 낸 적이 없다는 뜻인 줄 알았습니다. 하지만 다른 의미더군요. 아닌가요?"

헤이즐의 눈은 손만 바라보고 있었다.

"헤이즐은 마들렌을 한 번도 갖지 못했습니다. 결코 따라잡지도 못했죠. 그녀를 이해한 적도 없었습니다. '갖지' 못했던 겁니다. 그녀를 갖기 위해 노력을 거듭했지만 계속 실패했습니다. 당신은 그 노력을 경쟁으로 생각하기 시작했지만 그녀는 결코 그런 식으로 생각하지 않았습니다. 당신은 모든 면에서 자신보다 조금씩 우월한 친구에게 쫓기는 심정이었습니다. 졸업 후에 당신은 그녀에게서 달아났고 우정도 시들었죠. 하지만 수년 후 유방암에 걸린 마들렌은 옛 친구를 찾고 싶어 했습니다. 그즈음 당신은 독립적으로 만족스러운 삶을 살고 있었습니다. 아름다운 동네의 소박한 집에서 살고 있었죠. 딸도 있고 친구들도 있었습니다. 성공회 부인회에도 들어 있었죠. 연인이 될 만한 사람도 있었고요. 하지만 당신은 고등학교에서 얻은 교훈이 있었습니다. 오늘 오후에 있었던 몬트리올의 회의에서 한 동료가 제게 어떤 말을 했습니다. 그것은⋯⋯,"
가마슈는 잠시 주저했다. "또 다른 경우에 대한 말이었죠."

가마슈는 깊고 당당하며 권위적인 목소리를 다시 한 번 들었다. 자신
이 언제나 약하고 쓸모없고 아무도 원하지 않는 사람만 데려간다고 비
난하는 목소리를. 그래야 그가 다른 사람들보다 항상 더 뛰어날 수 있고
자존심을 세울 수 있기 때문이라고. 그는 물론 그 말이 틀리다는 사실을
알고 있었다. 그에게 자존심이 없어서가 아니었다. 그와 함께 일하는 사
람들이 최악이 아니라 최고의 사람들임을 알기 때문이었다. 그들은 몇
번이고 이 점을 증명했다.

하지만 여전히 프랑쾨르의 비난이 귓전에 울렸다. 스리 파인스로 운
전해 돌아오는 길에도 계속 귓전에서 울려 댔다. 아르노 사건 때문이 아
니었다. 지금 맡은 사건 때문이었다. 헤이즐 때문이었다.

"당신은 상처받고, 어떤 면에서 장애가 있는 사람들로 주위를 채웠습
니다. 무언가가 결핍된 사람들을요. 환자, 불행한 결혼 생활을 하는 사
람, 알코올중독자, 비만인 사람, 문제가 있는 사람들에게 친구가 되어
주었습니다. 그래야 당신이 더 우월하다고 느낄 수 있었으니까요. 그들
을 내려다보면서 친절하게 대했습니다. 한 번이라도 헤이즐이 '가엾은'
누군가가 아닌 사람 이야기를 하는 들은 적이 있습니까?"

그들은 서로를 바라보며 고개를 흔들었다. 사실이었다. 가엾은 소피,
가엾은 미세스 블랜차드, 가엾은 무슈 벨리보.

"가까이에 있는 적이군요." 머나가 말했다.

"네. 맞습니다. 연민에 대한 동정이죠. 모든 이가 당신을 성녀라고 생
각했지만 당신에게는 도움이 되는 행동이었습니다. 당신이 도운 모든

사람들보다는 자신이 훨씬 나은 사람이며 훨씬 필요한 존재라고 느끼기 위해서였죠. 당신과 만났을 때 마들렌은 여전히 아픈 상태였습니다. 당신은 기뻤습니다. 그녀를 보살피고 돌볼 수 있다는 뜻이었죠. 책임질 수도 있었고요. 그녀는 아팠고 도움이 필요했고, 당신은 그렇지 않았습니다. 하지만 그때 그녀에게 당신이 기대하지 않던 일이 생겼습니다. 병이 나은 겁니다. 오히려 예전보다 더 좋아졌습니다. 눈부시고 발랄하고 생기에 넘쳤을 뿐만 아니라, 삶을 붙잡겠다는 갈망과 감사의 마음으로 충만했습니다. 하지만 그녀가 붙잡은 삶은 당신의 삶이었습니다. 그녀는 조금씩 다시 빼앗아 가기 시작했습니다. 당신의 친구와 성공회 부인회에서의 당신의 일 등을요. 당신은 다시 뒤로 물러날 시간이 다가온다는 걸 알게 되었습니다. 그때 마들렌이 선을 넘었습니다. 당신이 가장 소중히 여기는 두 가지를 가져갔죠. 당신의 딸과 무슈 벨리보였습니다. 두 사람 모두 마들렌에게로 관심을 돌렸습니다. 적이 다시 돌아와 당신 집에서 살고, 당신의 접시로 밥을 먹고, 당신의 삶을 야금야금 빼앗아 갔죠."

헤이즐이 의자 위로 고꾸라졌다.

"어떤 기분이 들었습니까?"

그녀는 위를 올려다보았다.

"어떤 기분이 들었을까요? 전 고등학교 시절 내내 계속 이등이었어요. 매드가 들어오기 전까지는 팀에서 제일가는 배구 선수였다고요."

"하지만 이등만 해도 대단한 거예요." 어떤 스포츠 시합에서나 열 번째 순위 내에 들기만 해도 만족하는 가브리가 말했다. 축제 때 열리는 고무장화 던지기 대회에서조차.

"그렇게 생각해요? 그렇다면 한번 항상 그 자리에 있어 봐요. 모든 분야에서요. 그리고 평생 동안 사람들에게 지금 한 말과 정확히 같은 말을 듣는다고 생각해 보세요. 두 번째로 잘하기만 해도 좋다고요. 아니, 그렇지 않아요. 학교 연극에서도 그랬죠. 결국 저는 총책임자가 됐어요. 연출자가 된 거죠. 하지만 연극이 성공을 거두면 주목을 받는 사람은 누구죠?"

그녀가 더 설명할 필요는 없었다. 잔인한 장면을 훤히 그릴 수 있었다. 사람들이 그녀에게 얼마나 많이 선심 쓰듯 웃어 주었을까? 진짜 스타를 찾으면서 그녀를 스쳐 지나간 눈길은 또 얼마나 많았을까?

마들렌.

얼마나 비참했을까. 클라라는 생각했다.

"그때 갑자기 마들렌이 연락을 했죠. 몸이 아팠고 절 만나고 싶어 했어요. 곰곰이 생각해 보았지만 그 애를 향한 미움은 남아 있지 않았어요. 다시 만났을 때 마들렌은 무척 지쳐 있었고 안쓰러워 보였죠."

모든 사람이 재회의 순간을 떠올릴 수 있었다. 마침내 역할이 바뀌었다. 그리고 헤이즐은 엄청난 실수를 하고 말았다. 함께 살자고 마들렌에게 청하는 실수를 저질렀다.

"마들렌은 정말 멋졌어요. 온 집을 환하게 밝혔죠." 헤이즐은 기억을 떠올리며 미소를 지었다. "우리는 웃고 떠들고 모든 일을 함께했어요. 그 애를 주위 사람들에게 소개하고, 주변 일에 참여하게 했죠. 그 애는 다시 제 단짝 친구가 되었지만 이번에도 똑같았어요. 전 그 애를 다시 사랑하기 시작했죠. 정말 행복한 시간이었어요. 어떤 기분일지 짐작이 가세요? 매드가 다시 나타나기 전까지는 내가 외로웠는지조차 몰랐어요. 그리고 갑자기 내 마음이 충만해졌죠. 그때 사람들은 그 애에게만 따로 연락을 취하고, 가브리도 그 애한테 성공회 부인회를 맡아 달라고 했어요. 제가 부회장이었는데도요."

"하지만 당신은 그 일을 싫어했잖아요." 가브리가 말했다.

"그랬어요. 하지만 내쳐지기는 더 싫었어요. 다들 그렇지 않나요?"

클라라는 결혼식에 초대받지 못했던 모든 순간과 그때의 심정을 떠올려 보았다. 결혼식에 선물을 가져갈 형편이 못 됐기 때문에 한편으로는 안심이 되기도 했지만 그보다는 배제됐다는 사실에 큰 상처를 받았다. 잊히거나 더 심한 경우도 있었다. 기억하면서도 초대받지 못했다.

"그다음 그녀는 무슈 벨리보를 차지했군요." 가마슈가 말했다.

"지네트가 죽어 가고 있을 때 그녀는 자주 저와 벨리보가 좋은 한 쌍이 될 것 같다는 얘기를 했어요. 서로 친구가 되면 좋겠다고요. 저도 그게 사실이면 좋겠다고 생각하게 되었죠."

"하지만 그는 친구 이상을 원했어요." 머나가 말했다.

"그는 그 애를 원했어요." 헤이즐의 말에 비참한 심정이 그대로 배어났다. "그리고 전 끔찍한 실수를 했다는 걸 깨닫기 시작했어요. 하지만 어떻게 하면 돌이킬 수 있는지 알 수 없었어요."

"언제 그녀를 죽이겠다는 결심이 섰습니까?" 가마슈가 물었다.

"크리스마스 때 집에 온 소피가 그 애에게 먼저 입을 맞췄을 때요."

이 간결하면서도 충격적인 한마디가 죽은 새처럼 신성한 원 안으로 파고들었다. 가마슈는 마을 사람들이 되풀이해서 이야기했던 어떤 말이 떠올랐다. '봄에는 숲 속에 들어가지 마라. 어미와 새끼 사이에 끼어들려고 해서는 안 된다.'

마들렌은 그랬다.

마침내 가마슈가 입을 열었다. "당신은 몇 년 전부터 소피의 에페드라를 보관했습니다. 그때는 그것을 사용할 계획이 없었죠. 하지만 당신은 무엇이든 버리지 않았습니다."

가구도, 책도, 감정도 버리지 않는다고 가마슈는 생각했다. 헤이즐은 아무것도 놓아 보내지 않았다.

"보고서에 따르면 알약은 최근에 제조되었다고 보기엔 지나치게 다른 물질이 섞이지 않았다고 합니다. 처음에 저는 그 에페드라가 당신 가게에서 나왔다고 생각했습니다." 그가 오딜에게 말했다. "하지만 그때 다른 약병이 있었다는 게 생각났죠. 몇 년 전의 에페드라 약병 말입니다. 헤이즐은 마들렌이 그 약을 발견해서 압수해 갔다고 했지만 사실이 아니었죠. 그렇지 않나요, 소피?"

"엄마?" 소피는 놀라 눈을 동그랗게 뜨고 앉아 있었다.

헤이즐은 소피의 손을 잡으려 했지만 소피는 재빨리 손을 빼냈다. 다른 어떤 것보다 헤이즐은 그 행동에 더 많은 상처를 받은 것 같았다.

"엄마가 찾아냈잖아요. 나 때문에 마들렌 아줌마에게 사용했나요?"

클라라는 소피의 말투에 드러난 만족의 기미를 무시하려 애썼다.

"그래야 했어. 그 애는 내게서 널 빼앗아 갔어. 뭐든 가져가 버렸다고."

"처음에는 금요일 밤의 교령회에서 죽이려고 했습니다. 하지만 적정량을 사용하지 않았죠." 가마슈가 말했다

"하지만 그녀는 거기에 있지조차 않았는데요." 가브리가 말했다.

"맞습니다. 하지만 그녀가 만든 캐서롤은 있었죠." 가마슈가 무슈 벨리보를 돌아보며 말했다. "당신은 그날 밤 잠을 잘 못 잤다고 했습니다. 교령회 때문에 심란한 줄 알았죠. 하지만 그날 밤의 교령회는 하나도 무

섭지 않았습니다. 당신을 깨어 있게 만든 건 에페드라였습니다."

"에스크 세 브레Est-ce que c'est vrai 정말입니까?" 무슈 벨리보가 놀라서 헤이젤에게 물었다. "그 약을 넣은 캐서롤을 우리에게 줬어요? 당신이 날 죽였을지도 몰라요."

"아니, 그렇지 않아요." 그녀는 그에게 손을 뻗으려 했지만 그는 재빨리 물러섰다. 한 사람씩 차례로 헤이즐에게서 물러났다. 그리고 그녀가 가장 두려워하던 곳에 남겨졌다. 혼자 있는 곳에. "전 절대로 그런 위험을 무릅쓰지 않았어요. 뉴스에서 에페드라는 심장 질환이 있는 사람에게만 위험하다는 내용을 봤고 당신은 괜찮으리란 걸 알고 있었어요."

"하지만 마들렌에게는 위험하다는 사실을 알고 있었습니다." 가마슈가 말했다.

"마들렌의 심장이 안 좋았나요?" 머나가 물었다.

"화학 치료를 받고 나서 안 좋아졌습니다." 가마슈가 설명했다. "마들렌이 그 이야기를 했을 텐데요. 그렇지 않습니까, 헤이즐?"

"그 애는 병든 사람 취급을 원치 않았기 때문에 아무에게도 말하지 않았어요. 어떻게 아셨죠?"

"검시관 보고서에 심장이 안 좋았다고 언급이 됐고, 검시관이 확인해 주었습니다." 가마슈가 말했다.

"아니, 제 말은 제가 그 사실을 어떻게 알았는지 아셨냐고요. 아무에게도 말하지 않았어요. 소피한테도요."

"아스피린."

헤이즐은 한숨을 쉬었다. "나는 내가 영리했다고 생각했어요. 다른 약들 사이에 매드의 약을 숨기면 모를 거라고요."

"당신이 발목을 삔 소피에게 주려고 뭔가를 찾는 걸 보고 약이 있는 곳을 알아차렸습니다. 당신 집에는 오래된 약으로 꽉 찬 찬장이 있죠. 보부아르는 당신이 소피에게 아스피린을 주지 않는 점을 이상히 여겼습니다. 대신 당신은 계속 다른 병을 찾고 있었습니다."

"아스피린 약병에 에페드라가 들어 있었나요?" 갈피를 잡지 못한 클라라가 물었다.

"처음엔 그런 줄 알았습니다. 그래서 내용물을 분석해 보았습니다. 하지만 그냥 아스피린이었습니다."

"그럼 뭐가 문제였습니까?" 가브리가 물었다.

"강도였죠. 그 약은 저용량이었습니다. 일반 수치보다 약의 성분이 낮았습니다. 심장 질환이 있는 사람들은 하루에 한 번씩 저용량 아스피린을 복용하곤 하죠." 가마슈가 말했다.

원 주변으로 끄덕임이 퍼졌다. 가마슈는 잠시 말을 멈추고 헤이즐을 응시했다.

"마들렌에게는 비밀이 있었습니다. 당신에게도 감추었죠. 당신이라 더욱 그랬는지도 모릅니다."

"그 애는 저한테 뭐든지 이야기했어요." 헤이즐이 가장 친한 친구를 변호하듯 말했다.

"아닙니다. 가장 큰 최후의 비밀은 말하지 않았습니다. 아무에게도 털어놓지 않았어요. 마들렌은 죽어 가고 있었습니다. 온몸에 암이 퍼지고 있었죠."

"매 농Mais, non 그럴 리 없어요." 무슈 벨리보가 말했다.

"하지만 그건 불가능해요." 헤이즐이 날카롭게 말했다. "그럼 무슨 말이라도 했을 거예요."

"그녀가 아무 말도 하지 않은 건 이상한 일입니다. 제 생각에는 당신에게서 무언가를 감지하고 아무 말도 하지 않은 것 같군요. 당신의 나약함을 먹고 자란 무언가를요. 그녀가 그 사실을 말했더라면 당신이 그녀를 죽일 필요도 없었겠지요. 하지만 이미 계획은 진행되고 있었습니다. 이것과 함께요."

그는 그날 오후 학교에서 가져온 졸업생 명부를 들어 보였다.

"마들렌은 당신의 고등학교 동창생이었습니다. 그리고 당신도요." 가마슈의 시선이 잔을 향했고, 그녀는 고개를 끄덕였다. "헤이즐은 가브리의 안내 책자 한 권을 가져다 '레이 라인이 맞물리는 지점―부활절 특집'이라고 맨 앞 장에 쓰고 잔에게 우편으로 보냈습니다."

"저 여자가 내 안내 책자를 훔쳤어." 가브리가 머나에게 말했다.

"정황상 그렇습니다, 가브리."

결국 가브리는 자신이 마들렌만큼은 불행하지 않았다는 사실을 인정했다. 혹은 헤이즐만큼은.

"가엾은 헤이즐." 가브리가 말했다. 모두가 고개를 끄덕였다. 가엾은 헤이즐.

44

　다음 한 주 동안, 가마슈는 일종의 전쟁신경증_{전투에 시달린 군인들에게서 나타}나는 정신적인 증상에 시달렸다. 입맛도 별로 없고, 신문에도 흥미가 가지 않았다. 그는 「르 드부아르」 신문의 같은 문장을 되풀이해 읽었다. 렌 마리는 결혼 35주년 기념 마누아르 벨샤스 여행에 대한 의논으로 그의 주의를 돌리려고 노력했다. 그는 대답을 하고 관심도 보이긴 했지만 그의 삶의 선명하고 반짝이는 색채는 탁해져 있었다. 갑자기 심장이 두 발로 지탱하기에 너무 무겁게 느껴졌다. 렌 마리, 앙리와 함께 산책을 나온 어느 날 저녁, 목줄에서 풀려난 셰퍼드가 갑자기 공원을 가로질러 공원 반대편에 있는 낯익은 남자에게 달려갔다. 가마슈는 앙리를 부르며 뒤를 쫓았고 앙리는 멈춰 섰다. 하지만 앙리가 다가가기도 전에 저편에 있는 남자 역시 앙리를 발견했다. 그리고 개 주인도.

　한 번 더, 그리고 마지막으로 미셸 브레뵈프와 아르망 가마슈는 서로에게 시선을 고정했다. 두 사람 사이에는 여러 삶의 풍경이 펼쳐지고 있었다. 아이들이 뛰놀고, 개들은 구를 듯이 달려가 나뭇가지를 물어 오고, 젊은 부모들은 자신들이 창조한 그 광경에 경이로워했다. 사람들 사이에 흐르는 공기에는 라일락과 인동 꽃 향기, 벌이 윙윙대는 소리와 애완견이 짖는 소리, 어린아이들의 웃음소리가 만발했다. 아르망 가마슈와 가장 절친한 친구 사이의 공간만 멈추어 있었다.

　가마슈는 앞으로 걸어가 그를 안고 싶었다. 팔로 그의 익숙한 손길을 느끼고 싶었다. 코끝으로 미셸의 냄새를, 비누 향과 파이프 담배 냄새를 맡고 싶었다. 그와 함께 있고 싶고 그의 목소리를 듣고 사려 깊고 유머가 넘치는 눈을 들여다보고 싶었다.

그는 가장 친한 친구가 온몸으로 그리웠다.

그리고 미셸이 정말로 자신을 증오했던 나날을 헤아려 보았다. 왜였을까? 행복하다는 이유 때문이었다.

타인의 눈으로 행복을 본다는 것은 얼마나 비참한 일인가.

하지만 오늘 행복은 어디에서도 찾을 수 없었다. 단지 슬픔과 후회뿐.

가마슈는 한 손을 들어 올렸다가 내리고 다시 멀어져 가는 미셸을 지켜보았다. 가마슈가 막 손을 들려고 했지만 미셸은 이미 돌아서서 가고 난 후였다. 렌 마리가 그의 손을 잡았고, 그는 다시 앙리의 줄을 잡았다. 그리고 셋은 산책을 계속했다.

로베르 르미외는 폭행과 살인 미수 혐의로 기소되었고 장기 징역형이 예상되었다. 하지만 아르망 가마슈는 차마 직접 미셸 브레뵈프를 기소할 수 없었다. 그래야 하는 줄은 알았다. 물러선다면 겁쟁이가 된다는 사실도 알았다. 하지만 그를 넘기기 위해 패짓의 사무실 문 앞에 다가갈 때마다 그의 팔에 와 닿던 어린 미셸의 손이 떠올랐다. 아직 소년의 태를 벗지 않은 음성으로 괜찮을 거라고 말해 주던 미셸. 그때 그는 혼자가 아니었다.

그는 결국 아무것도 할 수 없었다. 친구는 한 번 그를 구해 주었다. 이번에는 가마슈의 차례였다.

하지만 미셸 브레뵈프는 산산조각 난 채 경찰청에서 물러났다. 그와 카트린은 집을 내놓고 정든 몬트리올을, 그들이 사랑하고 아끼던 모든 것을 떠나야 했다. 미셸 브레뵈프는 도리에 어긋난 행동을 하고 말았다.

어느 토요일 오후, 아르망 가마슈는 니콜 형사의 가족과 차를 마시는 자리에 초대받았다. 그는 작지만 티끌 하나 없이 말끔한 집 앞에 차를 세웠다. 그가 차에서 내려 다가가자 사라지긴 했지만, 유리창으로 길을 내다보고 있는 얼굴들이 보였다. 문은 두드리기도 전에 열렸다.

그는 이베트 니콜을 처음 보았다. 경찰이 아닌 사람으로서. 그녀는 평범한 슬랙스와 스웨터 차림이었고 옷에 얼룩이 없는 모습 또한 처음이라는 걸 알아차렸다. 작고 마른 체형에 지쳐 보이는 아리 니콜레프가 바지에 손을 문지르더니 그에게 손을 내밀었다.

"우리 집에 와 주셔서 영광입니다." 그가 서투른 프랑스어로 말했다.

"제가 더 영광입니다." 가마슈는 체코어로 말했다. 두 남자는 서로의 언어를 연습하며 오늘 아침을 보냈으리라.

다음 한 시간 가마슈는 짐작조차 할 수 없는 언어로 서로에게 소리치는 친척들의 불협화음에 동참했다. 그가 보기에 나이 든 한 고모는 불협화음을 끊임없이 창조하는 게 확실했다.

음식과 음료가 끊임없이 이어졌다. 그리고 노래도. 모임은 정신없었지만 즐거웠다. 그럼에도 그가 니콜을 찾을 때마다 그녀는 오직 거실 밖에서만 서 있었다.

"왜 어울리지 않는 건가?"

"여기도 좋습니다, 경감님."

그는 잠시 그녀를 바라보았다. "뭔가? 어울려 본 적이 있긴 한가?" 그는 어리둥절해하며 문지방에 선 그녀 옆으로 다가가 물었다 그녀가 고개를 흔들었다. "초대받은 적도 없는걸요."

"하지만 여긴 자네 집이잖나."

"사람들이 다 차지해 버렸는걸요. 남은 자리가 없어요."

"자네 몇 살이지?"

"스물여섯이오." 그녀가 무뚝뚝하게 대답했다.

"그럼 스스로 자기 자리를 찾을 나이가 아닌가. 자기 목소리를 내야지. 자네가 여기 서 있는 건 저 사람들 잘못이 아니야, 이베트."

하지만 그녀는 여전히 망설이고 있었다. 사실 그녀에게는 이곳이 더욱 편안했다. 춥고, 가끔은 외롭기도 했지만 그래도 편안했다. 도대체 그가 무엇을 알고 있단 말인가? 가마슈에게는 모든 일이 쉬웠다. 소녀도 아니고, 이민자도 아니고, 어린 나이에 어머니를 여의지도 않았고, 식구들에게 놀림받지도 않았다. 하찮은 형사도 아니었다. 자신이 얼마나 힘든지 절대 이해할 리 없었다.

달콤한 케이크와 진한 차를 실컷 먹고 마신 가마슈가 집을 나서며 이베트 니콜에게 자신의 차까지 같이 걷자고 말했다.

"자네가 한 일에 고맙다고 말하고 싶네. 의도적으로 무리에서 떨어져 있는 일이 얼마나 고통스러운 일인지 잘 아네."

"전 원래 늘 밖에 있었어요." 니콜이 말했다.

"이젠 들어갈 때인 것 같군. 난 여기가 자네 영역이라고 믿네."

그는 주머니에 손을 넣었다. 그리고 그녀의 손 위에 무언가를 올려놓았다. 그녀는 손을 펴고 따뜻한 돌을 보았다.

"고맙네." 그가 말했다.

니콜이 고개를 끄덕였다.

"유대교 신앙에서는 누군가가 죽으면 그 사람을 사랑했던 사람들이 그의 묘비 위에 돌을 올려놓는다는 걸 아나? 예전에 우리가 처음으로 아르노 사건에 대해 이야기했을 때, 자네에게 충고를 한 적이 있지. 기억하고 있나?"

니콜은 생각하는 척했지만 분명하게 기억하고 있었다.

"죽은 사람은 묻어야 한다고 하셨죠."

가마슈가 차 문을 열었다.

"그 이야기를 잘 생각해 보게." 가마슈는 그녀의 손에 있는 돌을 향해 고갯짓을 했다. "하지만 묻기 전에 그들이 정말로 죽었는지 확인해야 해. 그렇지 않으면 그들을 절대 떨쳐 버릴 수 없을 테니까."

차를 몰고 가며 가마슈는 자신이야말로 자신의 충고를 새겨야 할 사람이라고 생각했다.

아르망 가마슈는 경찰청 본부의 맨 위층으로 올라가 복도를 따라 걸어갔다. 그리고 웅장한 나무 문 앞에 섰다. 그는 안에 아무도 없길 바라며 문을 두드렸다.

"들어오게."

가마슈는 문을 열고 들어가 실뱅 프랑쾨르 앞에 섰다. 경정은 꿈쩍도 하지 않았다. 혐오감을 감추지 않으며 가마슈를 바라볼 뿐이었다. 가마슈는 본능적으로 바지 주머니에 손을 넣고 살아오면서 대부분의 시간 동안 지니고 다녔던 부적을 찾았다. 하지만 주머니는 비어 있었다. 일주일 전에 그는 아버지의 파이고 긁힌 십자가상을 간단한 쪽지와 함께 평범한 흰 봉투에 넣어 아들에게 주었다.

"뭘 원하는가?"

"사과드리고 싶습니다. 제 가족들에 대한 말을 퍼뜨렸다고 경정님을 비난한 건 잘못된 일이었습니다. 경정님이 아니었죠. 죄송합니다."

프랑쾨르는 눈살을 찌푸리며 '그러나'라는 말을 기다렸다. 하지만 그 말은 없었다.

"사과문을 써서 그 자리에 참석한 모든 위원회분들께 보낼 준비를 해 두었습니다."

"난 자네가 사직하기를 원하네."

그들은 마주 보았다. 그리고 가마슈는 지친 미소를 지었다. "남은 평생 동안 이러실 생각입니까? 경정님이 협박하면 제가 보복하는 일을? 제가 비난하면 경정님이 반박하는 일을? 우리가 정말 이럴 필요가 있습니까?"

"자네에 대한 내 의견은 조금도 바뀌지 않았네, 경감. 자네가 어떻게 이번 건을 처리했는지도 포함해서 말이야. 브레뵈프는 자네보다 훨씬 뛰어난 경찰이었네. 그리고 이제 자네 덕분에 물러나게 되었지. 난 자네를 잘 알아, 가마슈."

프랑쾨르는 자리에서 일어나 책상 너머로 몸을 구부렸다. "거만한 데다 멍청하기까지 하지. 나약하고. 본능에만 의존하지. 가장 친한 친구가 자네를 등졌는데도 모르고 있었어. 잘난 자네의 본능은 뭘 하고 있었지? 아르노 사건의 영웅, 탁월한 가마슈. 하지만 눈이 멀었지. 감정에, 다른 사람들을 돕고 구해야 한다는 사명감에 눈멀었어. 지도자 위치에 오른 이후로 줄곧 경찰청에 먹칠만 해 왔지. 그리고 이제 모든 걸 망치고 있네. 아직 끝나지 않았어, 가마슈. 절대로 끝나지 않을 걸세."

더 이상 미소 짓고 있지 않는 가마슈의 얼굴에 프랑쾨르의 말이 쏟아졌다. 그는 분노로 몸을 부들부들 떨고 있는 프랑쾨르를 바라보았다. 가마슈는 고개를 끄덕였고, 돌아섰고, 떠났다. 그는 죽기를 거부한 어떤 것들을 알고 있었다.

며칠 뒤에 앙리를 포함한 가마슈 가족은 스리 파인스의 파티에 초대받았다. 어린 잎사귀들이 만개하고 나무들이 하루하루 산뜻한 녹색으로 치장하는 화창한 봄날이었다. 세인트 토머스 성당의 스테인드글라스처럼 라임빛 녹색으로 빛나는 나뭇가지 아래 시골길을 덜컹거리며 지날 때, 길 저편으로 특이한 움직임이 눈에 띄었다. 잘 보이지는 않았지만 가마슈는 그것이 옛 해들리 저택이라는 것을 알았고 마을 사람들이 결국 그 저택을 허물고 있는 것인지 궁금했다. 한 남자가 도로 한가운데로 걸어오더니 자신들에게 옆으로 비키라는 손짓을 했다. 작업복과 페인트칠용 모자를 쓴 무슈 벨리보가 미소를 짓고 있었다.

"봉Bon 외! 우리 모두 경감님이 오시길 고대했습니다." 식료품상이 열린 창문으로 몸을 숙이니 누군지 보기 위해 가마슈 위에 올라타 발로 문을 두드리고 있던 앙리가 차를 운전하는 것처럼 보였다. 가마슈가 문을 열자 앙리가 큰 소리로 짖으며 뛰어나갔다. 강아지였던 때 이후로 앙리를 보지 못했던 마을 사람들에게 환대를 받고자.

잠시 후 렌 마리는 사다리 위에 올라 옛 저택에 남아 있는 페인트 조각을 긁어내고 있었고, 가마슈는 1층 창문의 장식 틀을 떼어 내고 있었다. 그는 높은 곳이 싫었고, 렌 마리는 떼는 일이 싫었다.

긁어내고 떼어 내는 동안 그는 자신이 앙리의 귀를 문질러 줄 때처럼 집이 신음 소리를 내고 있다는 느낌을 받았다. 즐거운 신음이었다. 오랜 쇠락과 방치와 슬픔의 세월이 벗겨져 나가고 있었다. 두르고 있던 슬픔과 분노의 외피를 걷어 내자 저택은 본연의 자태로 되돌아가고 있었다. 저택은 내내 신음하고 있었던 게 아닐까? 옛 저택은 마침내 찾아온 친구들을 보고 기쁨의 신음을 내는 것일까? 그것을 사악한 소리로 착각했던 것일까?

스리 파인스 사람들은 허무는 대신 옛 해들리 저택에 또 다른 기회를 주기로 했다. 저택에 생명을 되찾아 주고 있었다.

저택은 태양 아래서 벌써 의기양양한 자태를 드러내고 있었다. 새롭게 페인트를 칠한 부분이 눈부시게 빛났다. 한 무리는 새로 창문을 달고 다른 무리는 집 안을 청소했다.

"상쾌한 봄맞이 대청소네요." 빵집 주인 사라가 말했다. 뒤로 틀어 올린 긴 적갈색 머리카락이 흘러내렸다.

불 위에서 바비큐 요리가 익고 있었고, 사람들은 한숨을 돌리며 맥주나 레모네이드를 마시고 햄버거와 소시지를 먹었다. 가마슈는 맥주를 마시며 언덕 위에서 스리 파인스를 내려다보며 서 있었다. 마을은 고요했다. 노인과 젊은이 할 것 없이 모두 여기에 있었다. 몸이 불편한 사람조차 접이식 의자에 올라 브러시를 들고 일을 거들었다. 모든 마을 사람들이 옛 해들리 저택을 어루만지고 저택에 깃든 저주를 푸는 데 동참했다. 고통과 슬픔의 저주를.

무엇보다 외로움의 저주를.

유일하게 오지 않은 사람은 피터와 클라라 모로 부부였다.

"준비 다 됐어." 클라라가 스튜디오에서 외쳤다. 얼굴에 물감이 묻어 있었다. 그녀는 너무 더러워져서 쓸모가 없어진 유화 물감 헝겊에 손을 문질렀다.

피터는 스튜디오 밖에 서서 정신을 가다듬고 있었다. 심호흡을 하며 기도하고 있었다. 청원의 기도였다. 정말로, 명백히, 구제할 길 없이 끔찍한 그림이길 청하는 기도였다.

그는 어릴 때부터 도망 다니던 존재와 맞서기를, 그의 삶 내내 그리고 꿈속에서까지 그를 쫓아다녔던 말들에 숨기를 포기했다. 그가 최고가 되길 바라셨던 아버지는 실망하셨고, 피터는 자신이 언제나 실패했다는 걸 알고 있었다. 자신보다 나은 누군가가 항상 있었다.

"눈 감아 봐." 클라라가 문으로 다가왔다. 그녀의 말대로 피터가 눈을 감자 클라라는 작은 손을 그의 팔에 얹고 그를 방으로 이끌었다.

"릴리움을 마을 잔디 광장에 묻었다오." 루스가 가마슈 옆으로 다가오며 말했다.

"유감입니다." 가마슈가 말했다. 지팡이에 몸을 의지하고 있는 루스 뒤에 튼튼하고 멋지게 자라고 있는 로사가 서 있었다.

"작고 가엾은 것."

"그토록 사랑을 받았으니 운이 좋았죠."

"사랑이 그 애를 죽였지." 루스가 말했다.

"사랑이 그 애를 지탱한 겁니다." 가마슈가 대꾸했다.

"고맙구려." 이렇게 말하고 늙은 시인은 몸을 돌려 옛 해들리 저택을 바라보았다. "가엾은 헤이즐. 그녀는 정말 마들렌을 사랑했지. 당신도 알다시피. 나조차 알 수 있을 정도였어."

가마슈가 고개를 끄덕였다. "질투가 가장 잔인한 감정이라는 생각이 듭니다. 우리를 기괴한 존재로 일그러뜨리고 말죠. 헤이즐은 질투에 단단히 사로잡혔습니다. 질투가 그녀의 행복과 만족을 모두 집어삼켰죠. 온전한 정신도요. 결국 헤이즐은 고통에 눈이 멀었고, 자신이 이미 원하는 전부를 갖고 있다는 사실을 보지 못했습니다. 사랑과 우정을요."

"지혜롭게 사랑하진 않았지만 너무 많이 사랑했지. 누가 이 주제로 연극을 한 편 써야 해." 루스가 애석하다는 듯이 미소를 지으며 말했다.

"절대로 흥행하지 못할 겁니다." 가마슈가 말했다. 잠시 침묵이 흐르고 그가 혼잣말에 가깝게 중얼거렸다. "가까이에 있는 적이라. 그건 다른 사람이 아닙니다. 그렇겠죠? 우리 자신입니다."

두 사람은 옛 해들리 저택과, 저택을 복구하려고 분주히 일하는 사람들을 바라보았다.

"사람이라는 걸 믿는 수밖에." 루스가 말했다. 그때 갑자기 그녀가 깜짝 놀란 표정을 지었다. 그녀는 옛 해들리 저택 뒤편의 숲을 가리켰다. "맙소사, 내가 틀렸군. 정원 구석에 요정이 있어."

가마슈는 주위를 둘러보았다. 정원 맨 뒤쪽에서 페인트 붓이 움직였다. 그리고 잘라 낸 고사리를 끌고 올리비에와 가브리가 나타났다.

"하." 루스가 득의만만한 웃음을 터뜨렸다. 이내 웃음이 사라졌고 그녀의 굳은 얼굴에 작은 미소만이 남았다. "내가 이제 심오한 진리를 하나 말씀드리겠습니다." 그녀는 옛 해들리 저택에서 일하고 있는 마을 사람들을 향해 고갯짓을 했다. "우리는 죽지 않고 모두 변화할 것입니다."

"눈 깜빡할 사이도 없이." 가마슈가 말했다.

"준비됐어?" 잔뜩 흥분한 클라라가 소리를 지르다시피 물었다. 그녀는 포틴이 도착할 시간과 경쟁하며 쉬지 않고 작업을 했었다. 이내 그림은 무언가 다른 것이 되어 가고 있었다. 그녀가 보고, 그녀가 느낀 것을 얻으려고 했던 경쟁이 화폭 위에 있었다.

그리고 마침내 그녀는 그 일을 해냈다.

"좋아. 이제 봐도 돼."

피터의 눈이 떠졌다. 자신이 본 것을 받아들이는 데 시간이 걸렸다. 눈앞에는 커다란 루스의 초상화가 있었다. 하지만 그가 한 번도 본 적이 없는 루스였다. 아니, 실은 그렇지 않았다. 하지만 지금은 그것을 보았다. 그는 자신이 루스의 그런 모습을 봐 왔다는 사실을 깨달았다. 단지 스쳐 지나듯, 이상한 각도로, 기대하지 않았던 순간에.

그녀는 선명한 푸른빛 천에 뒤덮여 있었고 그 아래로 붉은색 튜닉^{엉덩}이 위까지 내려오는 여성용 상의이 얼핏 보였다. 주름지고 정맥이 튀어나온 피부가 목 아래 툭 튀어나온 쇄골까지 드러나 있었다. 그녀는 늙고 지치고 추해 보였다. 그녀의 힘없는 손은 벌거벗은 몸이 드러날까 두려운 듯 여민 푸른 숄을 꽉 움켜쥐고 있었다. 얼굴에는 씁쓸하고 고통스러운 표정이 깃들어 있었다. 외로움과 상실감. 하지만 그 밖의 다른 무언가가 있었다. 그녀의 눈 속에. 눈 속의 무언가가.

피터는 다시 숨을 쉴 수 있을지 확신할 수 없었다. 굳이 숨을 쉴 필요도 없을 것 같았다. 초상화가 그를 대신해서 숨을 쉬고 있는 것 같았다. 그림은 그의 몸속으로 살며시 들어와 고스란히 그 자신이 되었다. 두려움과 공허함, 그리고 수치심이 되었다.

그림 속의 루스는 예수의 어머니인 마리아의 형상을 하고 있었다. 늙고 기억에서 사라진 여인으로서의 마리아였다. 하지만 루스가 늙은 눈으로 이제 막 보기 시작한 무언가가 있었다. 피터는 여전히 선 채로 클라라가 늘 자신이 그렇게 하길 바랐지만 자신이 늘 무시했던 일을 했다. 그림이 자신에게 다가오게 했다.

그제야 그는 볼 수 있었다.

클라라는 절망이 희망으로 탈바꿈하는 순간을 그림에 담았다. 세상이 영원히 변하는 순간을. 루스가 보고 있던 건 바로 그 순간이었다. 희망이었다. 갓 태어난 희망이 서서히 드러나는 순간이었다. 이 그림은 걸작이었다. 피터는 알 수 있었다. 클라라의 그림은 미켈란젤로가 그린 시스티나 성당의 벽화 같았다. 미켈란젤로가 신이 인간에게 생명을 부여하는 순간을 그렸다면, 클라라는 신의 손가락이 인간에게 닿는 순간을 포착했다.

"훌륭해." 그가 속삭였다. "내가 본 그림 중에 최고로 멋져."

이 초상화 앞에서 예술가연하는 모든 미사여구가 사라졌다. 두려움과 불안도 날아갔다. 클라라를 향한 사랑이 되살아났다.

그는 클라라의 손을 잡았다. 그리고 두 사람은 즐거운 마음으로 함께 웃고 울었다.

"그날 밤 저녁 식사에서 루스가 릴리움에 대한 이야기를 했을 때 영감이 떠올랐어. 당신이 저녁 식사를 제안하지 않았다면 이 그림은 없었을 거야. 고마워, 피터." 그녀는 피터를 와락 끌어안으며 입을 맞추었다.

그리고 다음 한 시간 동안 그는 클라라가 작품에 대해 쉴 새 없이 떠드는 이야기를 들었다. 그들이 들뜨고 기진맥진할 때까지 그녀의 흥분이 그를 물들였다.

"자, 어서." 클라라가 피터를 찔렀다. "옛 해들리 저택으로 가자. 냉장고에 있는 여섯 개들이 맥주도 챙겨서. 사람들은 그게 필요할 거야."

그는 자리를 뜨면서 클라라의 스튜디오를 다시 한 번 슬쩍 보았다. 그리고 그가 느꼈던 몹쓸 질투의 희미한 자취를 감지하고 안도했다. 질투가 물러가고 있었다. 곧 그것은 완전히 자취를 감추고 난생처음으로 누군가를 위해 진심으로 행복해할 수 있을 터였다.

피터와 클라라는 옛 해들리 저택으로 발걸음을 옮겼다. 피터는 맥주 상자와 곪기 시작한 질투의 작은 파편을 들고 있었다.

"행복해?" 렌 마리의 손이 미끄러지듯 가마슈의 손을 잡았다. 맥주를 잔디밭에 내려놓은 다음 그는 그녀에게 입을 맞추고 고개를 끄덕였다. 앙리는 잔뜩 화가 난 머나와 공 던지기 놀이를 하고 있었다. 머나는 지칠 줄 모르는 개에게 대신 공을 던져 줄 사람을 찾으려 노력 중이었다. 그녀는 앙리에게 흙 묻은 핫도그를 주는 실수를 범했고 이제 그녀는 앙리의 절친한 새 친구였다.

"메담제 메시유Mesdames et Messieurs 신사 숙녀 여러분." 무슈 벨리보의 목소리가 모인 사람들 사이로 울려 퍼졌다. 모두 식사를 중단하고 옛 해들리 저택의 현관 앞으로 모였다. 무슈 벨리보 옆에는 매우 긴장하고 있지만 진지한 표정을 한 오딜 몽마니가 서 있었다.

"사라 빙크스의 책을 읽었습니다." 가마슈는 루스처럼 지금 막 슬쩍 다가온 머나에게 속삭였다. "무척 마음에 들더군요." 그가 재킷 주머니에서 책을 꺼냈다. "이 책은 저 대초원 여인몽마니는 캐나다 퀘벡에 있는 도시 이름이기도 하다의 시에 바치는 헌사 같달까요. 끔찍하다는 건 차치하고요."

"우리의 오딜이 이 집과 오늘에 바치는 시를 썼습니다." 무슈 벨리보가 말하자 오딜은 갑자기 오줌이라도 마려운 사람처럼 어기적거렸다.

"사라 빙크스는 내 책이었어. 그녀에게 줄 작정이었거든." 가마슈의 손에서 책을 낚아챈 루스가 오딜을 가리켰다. "어디서 났지?"

"마들렌의 침대 옆 테이블에 숨겨져 있었습니다." 가마슈가 말했다.

"마들렌? 그 여자가 훔쳐 갔다고? 그냥 잃어버린 줄 알았는데."

"당신이 그 책으로 무슨 일을 꾸밀지 알고 가져간 거라고요." 머나가 비난조로 말했다. "당신이 오딜을 보고 사라 빙크스가 떠오른다고 했을 때 오딜은 칭찬인 줄만 알았어요. 당신을 숭배했거든요. 마들렌은 당신이 그녀를 상처 주길 원치 않았어요. 그래서 그녀가 숨긴 거예요."

"어제 하키 시합을 보면서 썼어요. 대단한 시는 아니에요." 오딜이 말했다. 사람들은 시와 시합 간의 자연스러운 연관성을 창의적인 과정으로 되살린 통찰력에 공감하며 고개를 끄덕였다.

오딜이 목청을 가다듬었다.

저주받은 오리가 한쪽 귀를 쪼아 먹었네.
얼굴이 뾰족하고 창백해졌네.
'아, 어떻게 하면 여자가 지금 이대로의 나를 사랑할 수 있을까?'
그는 끊임없이 외로이 울부짖었지.
그런데 한 여자가 다가와 남자를 사랑해 주었지.
그토록 청명하고도 맑은 사랑을.
한쪽 귀뿐인 남자를 사랑할 수 있는
여자만이 줄 수 있는 사랑을 주었지.

마지막 시구가 끝나자 침묵이 흘렀다. 오딜은 머뭇거리며 현관 앞에 서 있었다. 그때 가마슈는 루스가 꽥꽥거리는 로사를 뒤에 달고 사라 빙크스의 책을 움켜쥔 채 사람들 사이를 헤치고 나아가는 오싹한 장면을 보았다.

"오리와 오라질 여사에게 길을 비켜 줍시다." 가브리가 외쳤다.

루스는 가까스로 현관 앞으로 나아가 오딜 옆에 섰다. 그리고 젊은 여자의 손을 잡았다. 가마슈와 머나는 숨을 죽였다.

"이렇게 감동적인 시는 처음 들어 봐. 외로움과 상실감을 아주 명확하게 표현했군. 집을 오리에 비유한 솜씨도 놀라워, 내 사랑."

오딜은 혼란스러워 보였다.

"망가진 사람 같은 옛 해들리 저택도 다시 사랑받게 될 거야." 루스가 말을 이어갔다. "자네 시는 늙고 병들고 부족한 우리 모두에게 희망을 주었어. 브라보!"

루스는 잔뜩 낡은 스웨터 속으로 책을 밀어 넣고 그녀를 감싸 안았다. 오딜은 옛 해들리 저택의 낡아 빠진 현관에서 천국이라도 발견한 사람처럼 보였다.

피터와 클라라가 환영받을 맥주 상자를 들고 도착했다. 하지만 그들은 저택 앞에서 갑자기 멈추었다. 가마슈는 그들이 어떤 반응을 보일지 궁금했다. 옛 해들리 저택은 어떤 마을 사람들보다 피터와 클라라에게 가장 괴로운 장소였다. 두 사람은 웅성거리며 일하고 있는 사람들에게 떨어져서 저택을 바라보았다. 그때 클라라가 몸을 구부려 '매물' 표지판을 들어 올렸다. 그녀는 소매로 더러운 진흙과 먼지를 닦아 내고 피터에게 건넸다. 피터는 표지판을 땅속에 찔러 넣었다. 표지판이 땅 위에 반듯하고, 깨끗하고, 의기양양한 모습으로 섰다.

"누군가가 이 집을 사게 될 거라고 생각하세요?" 클라라가 청바지에 손을 닦으며 물었다.

"누군가가 이 집을 사서 사랑해 줄 겁니다." 가마슈가 말했다.

"그런데 한 여자가 다가와 남자를 사랑해 주었지. 그토록 청명하고도 맑은 사랑을. 한쪽 귀뿐인 남자를 사랑할 수 있는 여자만이 줄 수 있는 사랑을 주었지." 오딜의 시를 인용하며 루스가 다시 그들 쪽으로 다가와 섰다. "물론 우스꽝스러운 시야. 하지만 여전히……," 그녀는 절뚝거리며 다시 한 번 오딜에게 다가가 친절을 베풀었다. 꼬마 로사가 그녀의 뒤를 쫓아 뒤뚱거렸다.

"이제 루스는 적어도 꽥꽥거릴 구실이 생겼네." 클라라가 말했다.

밝은 햇살 아래로 옛 해들리 저택이 되살아나는 모습을 지켜보던 아르망 가마슈는 맥주를 내려놓고 사람들과 다시 함께 어울렸다.

분노와 고통의 정화 의식

장경현(추리문학 평론가)

『가장 잔인한 달』은 아르망 가마슈 경감과 작지만 아름다운 마을 스리 파인스가 등장하는 시리즈 세 번째 장편이다. 애거서 크리스티의 진정한 후계자로 거론되는 루이즈 페니는 2007년 본 작품으로 두 번째 애거서상을 수상했다. 혹시라도 이 작품으로 처음 이 시리즈를 접한 독자라면 빨리 전 작품 『스틸 라이프』와 『치명적인 은총』을 보시라고 권하고 싶다. 본 작품에 나오는 인물 대부분은 전 작품에 등장하며, 본 작품에서 느꼈겠지만 인물 모두가 복잡미묘한 심리적 갈등과 삶의 변화를 경험했고 그것이 끈덕지게 각 작품의 소주제로 작용하고 있기 때문이다.

스리 파인스는 조용한 시골 마을이지만 매우 독특한 곳이다. 주민들 상당수가 지성인이며 예술가이거나 예술적 감성을 갖고 있다. 그리고 모두 한 가족처럼 결속력이 강하며 편견과 차별을 증오하여 서로를 독립된 인간으로서 공정하게 대한다. 그러나 중년을 넘어선 나이에 격의 없는 농담을 즐기면서도 인간적인 나약함에 솔직한 탓에 내면에 숨어 있는 질투와 의심과 증오가 그들 스스로를 두렵게 한다.

이 시리즈의 또 한 가지 특징은, 각 절기의 연례행사가 작품의 배경이 된다는 점이다. 1작에서는 추수감사절, 2작에서는 크리스마스, 그리고 여기서는 4월 부활절이 배경으로, 마을 주민들이 모두 모여 즐거운 시간을 갖는 가운데 숨어 있던 어둠이 번져 나와 가장 행복한 시간을 오염시킨다. 서로의 끈끈한 애정을 의심하고 눈에 보이는 행복이 사실일까 의혹에 빠지게 되는 것이다. 축제는 상징적인 내면의 용광로가 된다.

작가는 언제나 인간관계에 대한 한 가지 심각한 질문을 던지고 살인 사건을 통해 그 주제를 섬세하고 집요하게 파고든다. 『가장 잔인한 달』의 경우, 작가는 어느 인터뷰에서 질투와 구원에 대한 이야기라고 밝힌 바 있다. 작중에 머나가 가마슈에게 말한 것과 같이 이러한 주제는 대체로 모순되는 한 쌍의 개념들로 표현된다. 이와 관련하여 본 작품에는 작가 자신이 이 시리즈를 규정하는 말이 나온다. '균형'. 모든 등장인물이 빛과 어둠의 사이에서 갈팡질팡하며 아슬아슬한 균형을 유지해 나간다. 이 균형이 깨어질 때 살인 사건이 발생하고 이들은 다시 균형을 찾기 위해 다양한 노력을 한다. 이성으로 진실을 찾으면서 또 한편으로는 오래된 믿음의 정화 의식을 행하며.

이 작품의 제목으로 쓰인 T. S. 엘리엇의 「황무지」 첫 줄은 4월의 눈부신 햇살이 생명 없이 어둠 속에 살아가는 이들을 억지로 깨우기 때문에 잔인하다고 말한다. 어쩌면 작가는 심술궂고 무례한 노파 루스가 가장 타인을 잘 이해하고 아름다운 언어로 시를 쓸 줄 아는 사람이듯, 행복과 평화를 유지하기 위해서는 잔인한 현실을 직시할 줄 알아야 한다는 메시지를 전하고 있는 것일지도 모른다.

본 작품에서 우리는 깊은 슬픔과 새로운 희망을 동시에 볼 수 있다. 그리고 스리 파인스 시리즈가 비로소 진정한 걸작의 반열에 들어섰음을 확신하게 된다. 이토록 수수께끼와, 인간의 깊고 고귀한 내면적 성찰이 합일된 이야기를 접할 기회는 흔치 않다.

가장 잔인한 달

THE CRUELLEST MONTH

초판1쇄 발행 2014년 6월 1일
초판2쇄 발행 2019년 9월 30일

지은이 | 루이즈 페니
옮긴이 | 신예용
발행인 | 박세진
불어감수 | 김문영
교　정 | 박은영, 양은희, 윤숙영, 이형일
표지디자인 | 허은정
용　지 | 두송지업
인　쇄 | 대덕문화사
제　본 | 자현제책사

펴낸곳 | 피니스 아프리카에
출판등록 | 2010년 10월 12일 제25100-2010-000041호
주소 | 03958 서울시 마포구 망원동 419-3 참존 1차 501호
전화 | 02-3436-8813
팩스 | 02-6442-8814
블로그 | www.finisafricae.co.kr
메일 | finisaf@naver.com